Todo bajo el Cielo

Matilde Asensi

Todo bajo el Cielo

 *Una rama de* HarperCollins*Publishers*

Los libros de HarperCollins pueden ser adquiridos para uso educacional, comercial o promocional. Para recibir más información, diríjase a: Special Markets Department, HarperCollins Publishers, 10 East 53rd Street, New York, NY 10022.

Este libro fue publicado originalmente en España en el año 2006 por Editorial Planeta, S.A.

PRIMERA EDICIÓN RAYO, 2007

ISBN: 978-0-06-135330-7
ISBN-10: 0-06-135330-2

07 08 09 10 11 DT/RRD 10 9 8 7 6 5 4 3 2 1

Para Pascual y Andrés,
porque, tras largas y duras negociaciones,
han ganado ellos. Y, a pesar de todo,
les quiero

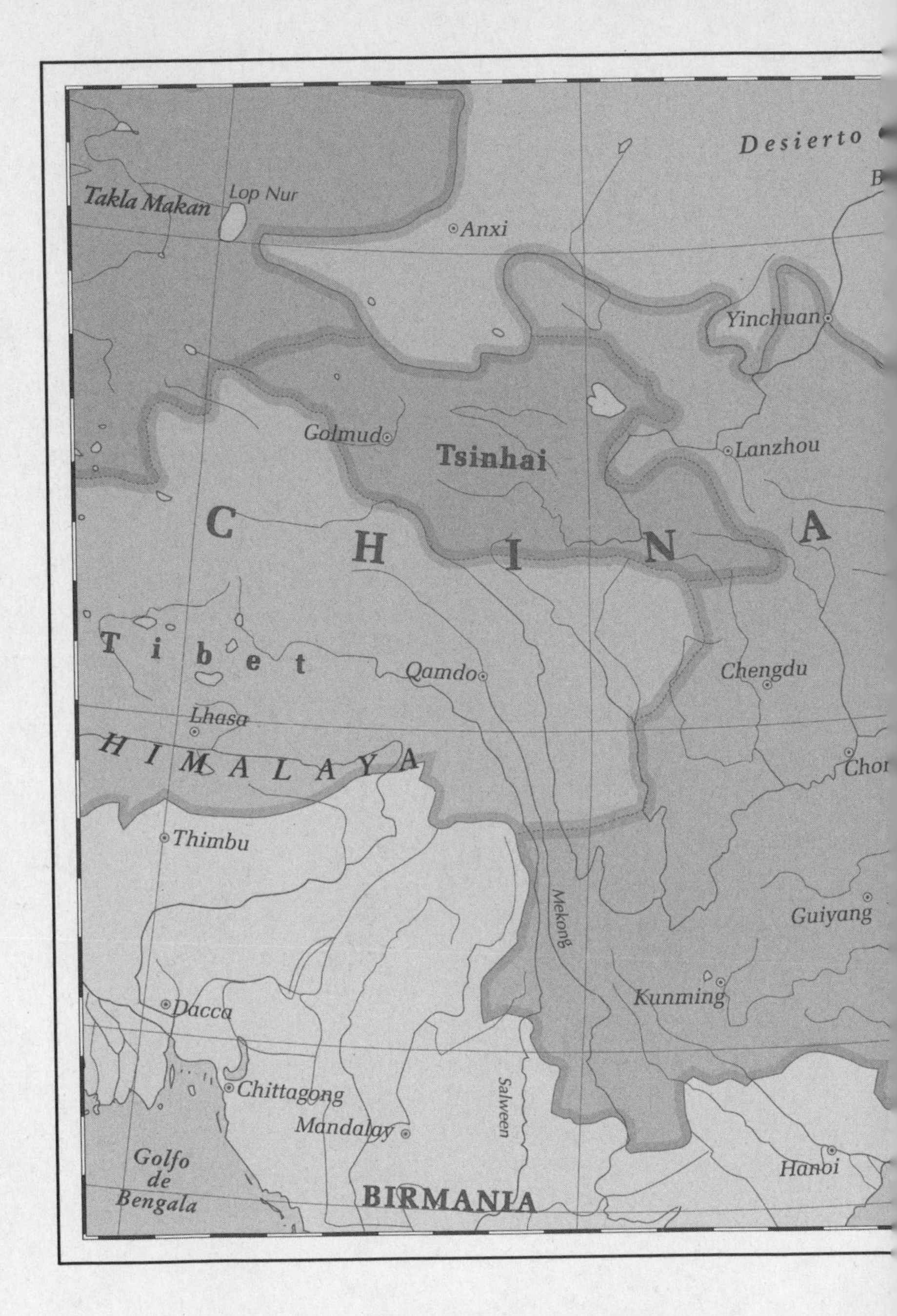
Desierto
Takla Makan
Lop Nur
Anxi
Yinchuan
Golmud
Tsinhai
Lanzhou
C H I N A
Tibet
Qamdo
Chengdu
Lhasa
HIMALAYA
Thimbu
Mekong
Guiyang
Kunming
Dacca
Chittagong
Salween
Mandalay
Golfo de Bengala
BIRMANIA
Hanoi

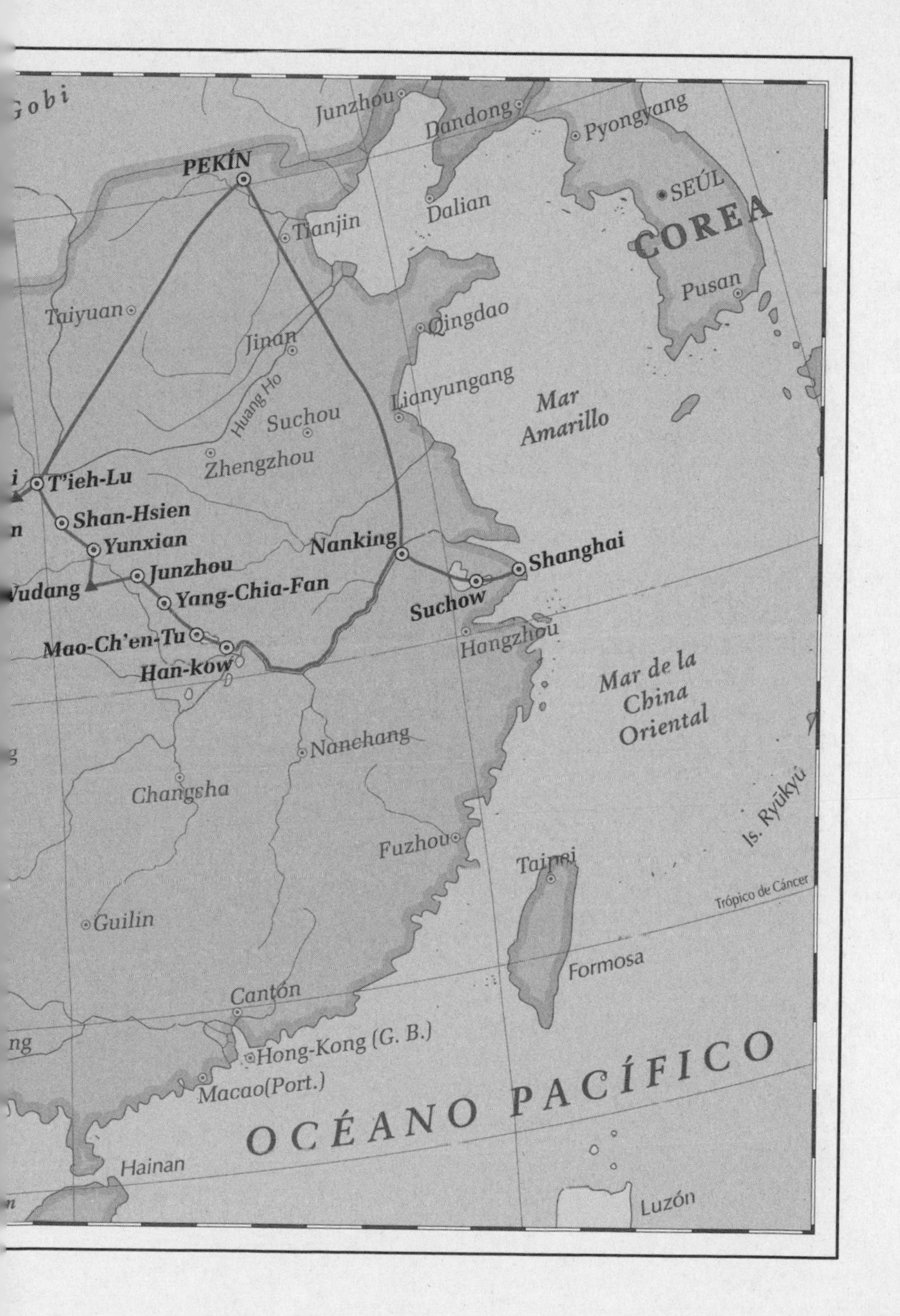

Gobi
Junzhou
Dandong
Pyongyang
PEKÍN
SEÚL
Dalian
Tianjin
COREA
Pusan
Taiyuan
Qingdao
Jinan
Huang Ho
Lianyungang
Suchou
Mar Amarillo
Zhengzhou
T'ieh-Lu
Shan-Hsien
Yunxian
Nanking
Shanghai
Junzhou
Wudang
Yang-Chia-Fan
Suchow
Mao-Ch'en-Tu
Hangzhou
Han-kow
Mar de la China Oriental
Nanchang
Changsha
Is. Ryūkyū
Fuzhou
Taipei
Trópico de Cáncer
Guilin
Formosa
Cantón
Hong-Kong (G. B.)
Macao(Port.)
OCÉANO PACÍFICO
Hainan
Luzón

CAPÍTULO PRIMERO

Después de esa interminable pendiente de mareos y angustias que había sido la travesía a bordo del *André Lebon*, una sorprendente quietud se apoderó de la nave cierto mediodía, obligándome al desagradable esfuerzo de entreabrir los ojos, como si, de ese modo, pudiera averiguar por qué el paquebote había dejado de batirse contra el oleaje por primera vez en seis semanas. ¡Seis semanas...! Cuarenta días infames, de los cuales sólo recordaba haber estado en cubierta uno o dos, y eso con mucho valor. No vi Port Said, ni Djibuti, ni Singapur... Ni siquiera fui capaz de asomarme por las ventanillas de mi cabina mientras cruzábamos el Canal de Suez o atracábamos en Ceilán y Hong-Kong. El decaimiento y las náuseas me habían mantenido tumbada en aquel pequeño lecho de mi camarote de segunda desde que salimos de Marsella la mañana del domingo 22 de julio, y ni las infusiones de jengibre ni las inhalaciones de láudano, que me atontaban, habían conseguido mejorar un poco mis congojas.

El mar no era lo mío. Yo había nacido en Madrid, tierra adentro, en la meseta castellana, a mucha distancia de la playa más próxima, y aquello de subir en un barco y cruzar medio mundo flotando y balanceándome no me parecía natural. Hubiera preferido mil veces hacer el viaje en ferrocarril, pero Rémy siempre decía que era mucho más peligroso y, ciertamente, desde la revolución de los bolcheviques en Rusia, atravesar Siberia suponía una verdadera locura, de modo que no tuve más remedio que comprar los pasajes para aquel elegante paquebote a vapor de la Compagnie des Messageries Maritimes anhelando que el dios de los mares fuera compasivo y no sintiera el excéntrico deseo de llevarnos al fondo, donde seríamos devorados por los peces y el légamo cubriría nuestros huesos para siempre. Hay cosas que no las traemos al nacer y yo, desde luego, no había llegado al mundo con espíritu marinero.

Cuando la quietud y el desconcertante silencio del barco me reanimaron, contemplé las familiares aspas giratorias del ventilador que colgaba de las tablas del techo. En algún momento de la travesía me había jurado que, si llegaba a poner de nuevo los pies en tierra, pintaría ese ventilador tal y como lo veía bajo los confusos efectos del láudano; quizá consiguiera vendérselo al marchante Kahnweiler, tan aficionado a los trabajos cubistas de mis paisanos Picasso y Juan Gris. Pero la visión brumosa de las aspas del ventilador no me proporcionó una explicación de por qué el barco se había detenido y, como tampoco se oía el zafarrancho propio de la llegada a los puertos ni las carreras alborotadas de los pasajeros dirigiéndose a cubierta, tuve rápidamente un mal presentimiento... Al fin y al cabo estábamos en los azarosos mares de China donde, todavía en aquel año de 1923, peligrosos piratas orientales abordaban los buques de pasaje para robar y asesinar. El corazón empezó a latirme con fuerza y las manos a sudarme y, justo en ese momento, unos golpecitos siniestros sonaron en mi puerta:

—¿Da usted su permiso, tía? —inquirió la voz apagada de esa sobrina recién estrenada que me había tocado en una rifa sin haber comprado papeleta.

—Pasa —murmuré, reprimiendo unas ligeras náuseas. Como Fernanda sólo venía a verme para traerme la infusión contra el mareo, cada vez que aparecía por mi camarote el estómago se me destemplaba.

Su gordezuela figura cruzó el dintel trabajosamente. La muchacha traía un tazón de porcelana en una mano y su sempiterno abanico negro en la otra. Jamás se desprendía del abanico como tampoco jamás se soltaba el pelo, siempre recogido en un moño a la altura de la nuca. Llamaba mucho la atención el duro contraste entre sus lozanos diecisiete años y el riguroso vestido de luto que nunca se quitaba, escandalosamente anticuado incluso para una señorita de Madrid y, por supuesto, totalmente inadecuado para los tórridos calores que sufríamos en aquellas latitudes. Pero, aunque yo le había ofrecido algo de mi propia ropa (unas blusas más ligeras, muy *chics*, y alguna falda más corta, hasta la rodilla, según mandaba la moda de París), como buena heredera de un carácter seco y poco agradecido, rechazó de plano mi oferta, santiguándose y bajando la mirada hacia sus manos, con un gesto categórico que daba por zanjada la cuestión.

—¿Por qué se ha parado el barco? —quise saber mientras me incorporaba, muy despacito, y empezaba a oler los agresivos aromas de aquella pócima que los cocineros del paquebote preparaban rutinariamente para varios pasajeros.

—Hemos dejado el mar —me explicó sentándose al borde de mi lecho y acercándome la taza a la boca—. Estamos en un lugar llamado Woosung o Woosong, no sé..., a catorce millas de Shanghai. El *André Lebon* avanza lentamente porque estamos remontando un río y podríamos chocar contra el fondo. Llegaremos dentro de unas horas.

—¡Por fin! —exclamé, advirtiendo que la cercanía de Shanghai me aliviaba mucho más que la tisana de jengibre. Sin embargo, no me sentiría bien hasta que no dejara aquel dichoso camarote con olor a salitre.

Fernanda, que no retiraba el tazón de mis labios por mucho que yo me apartase, hizo una mueca que quería ser una sonrisa. La pobre era clavadita a su madre, mi insufrible hermana Carmen, desaparecida cinco años atrás durante la terrible epidemia de gripe de 1918. Además del carácter, tenía sus mismos ojos grandes y redondos, su misma barbilla prominente y esa nariz terminada en una graciosa bolita de carne que les confería a ambas un aire cómico a pesar de que sus caras siempre lucían un gesto agrio que espantaba incluso a los más animosos. La gordura, sin embargo, la había sacado de su padre, mi cuñado Pedro, un hombre de barriga imponente y con una papada tan abultada que, para disimularla, se había tenido que dejar crecer la barba desde muy joven. Tampoco Pedro era un dechado de simpatía, así que no resultaba extraño que el fruto de aquel desgraciado matrimonio fuera esta chiquilla seria, enlutada y tan dulce como el aceite de ricino.

—Debería recoger sus cosas, tía. ¿Quiere que la ayude a preparar el equipaje?

—Si fueras tan amable... —murmuré, dejándome caer en el camastro con un gesto de sufrimiento que, aunque en el fondo era bastante real, quedó un tanto amanerado porque lo estaba exagerando. Pero, en fin... Si la niña se ofrecía, ¿por qué no dejarla hacer?

Mientras ella revolvía en mis baúles y maletas, y recogía las pocas cosas utilizadas por mí durante aquel penoso viaje, empecé a escuchar ruidos y voces alegres en el pasillo; sin duda, los demás pasajeros de segunda estaban tan impacientes como yo por abandonar el medio acuático y regresar al terrestre, con el resto de la humanidad. Este pensamiento me animó tanto que hice un esfuerzo voluntarioso y, entre quejidos y lamentos, conseguí levantarme y quedar sentada en la cama con los pies en el suelo. Me encontraba muy débil, de eso no cabía ninguna duda, pero aún peor que la fatiga era recuperar la sensación de tristeza que el letargo del láudano había conseguido borrar y que, por desgracia, la vigilia me devolvía.

No sabía cuánto tiempo tendríamos que quedarnos en Shanghai tramitando los asuntos de Rémy pero, aunque en aquellos momentos pensar en el viaje de regreso me ponía los pelos de punta, esperaba que nuestra estancia en esta ciudad fuera lo más breve posible. De hecho, había concertado telegráficamente una cita con el abogado para la mañana siguiente, con el propósito de acelerar las gestiones y resolver cuanto antes los temas pendientes. La muerte de Rémy había sido un golpe muy duro, terrible, un trance que todavía me resultaba difícil de aceptar: ¿Rémy, muerto? ¡Qué absurdo! Era una idea totalmente ridícula y, sin embargo, tenía muy fresco en mi memoria el recuerdo del día en que recibí la noticia, el mismo en el que Fernanda había aparecido en mi casa de París con su maletita de cuero, su sobretodo negro y su cursi capotita de niña española acomodada. Aún estaba intentando hacerme a la idea de que aquella mocosa, a la que no conocía de nada, era la hija de mi hermana y de su recientemente fallecido viudo, cuando un caballero del Ministerio de Asuntos Extranjeros apareció en la puerta, se quitó el sombrero y, dándome sus más sentidas condolencias, me entregó un despacho oficial al que venía adherido un cablegrama en el que se me anunciaba la muerte de Rémy a manos de unos ladrones que habían entrado a robar en su casa de Shanghai.

¿Qué podía hacer? Según el despacho, debía viajar a China para hacerme cargo del cuerpo y resolver los asuntos legales, pero también tenía que responsabilizarme, en calidad de tutora dativa, de aquella tal Fernanda (o Fernandina, como a ella le gustaba ser llamada, aunque no lo iba a conseguir de mí) cuyo nacimiento se había producido algunos años después de que yo rompiera definitivamente las relaciones con mi familia y me marchara a Francia, en 1901, para estudiar pintura en la Académie de la Grande Chaumière —la única escuela de París donde no había que pagar matrícula—. No tenía tiempo para venirme abajo ni para compadecerme de mí misma: deposité en el montepío un par de cadenitas de oro, malvendí todas las telas que tenía en el estudio y compré dos carísimos pasajes para Shanghai en el primer barco que zarpaba de Marsella al domingo siguiente. Después de todo, Rémy De Poulain era, al margen de cualquier otra consideración, mi mejor amigo. Sentía una punzada aguda en el centro del pecho cuando pensaba que ya no estaba en este mundo, riéndose, hablando, caminando o, simplemente, respirando.

—¿Qué sombrero quiere ponerse para desembarcar, tía?

La voz de Fernanda me devolvió a la realidad.

—El de las flores azules —murmuré.

Mi sobrina se quedó inmóvil, observándome con la misma fijeza indefinida con que me observaba su madre cuando éramos pequeñas. Esa habilidad heredada para ocultar sus pensamientos era lo que menos me gustaba de ella porque, de todos modos, y mal que le pesara, se le adivinaban. Así que, como yo había practicado aquel deporte durante mucho tiempo con su abuela y su madre, aquella niña no tenía nada que hacer conmigo.

—¿No preferiría el negro de los botones? Le quedaría bien con algún vestido a juego.

—Voy a ponerme el de las flores con la blusa y la falda azules.

La mirada neutral continuó.

—¿Recuerda que va a venir al muelle personal del consulado para recogernos?

—Por eso mismo voy a ponerme lo que te he dicho. Es la ropa que mejor me sienta. ¡Ah, y el bolso y los zapatos blancos, por favor!

Cuando todos los baúles estuvieron cerrados y la ropa que había pedido dispuesta a los pies de la cama, mi sobrina salió del camarote sin decir una sola palabra más. Para entonces, yo ya me encontraba bastante recuperada gracias a la engañosa inmovilidad de la nave que, según pude advertir por las ventanillas, avanzaba lentamente entre un denso tráfico de buques tan grandes como el nuestro y un enjambre de veloces barquichuelas con velas cuadradas bajo cuyos sombrajos se cobijaban pescadores solitarios o, increíblemente, familias enteras de chinos, con ancianos, mujeres y niños.

Según decía la guía de viajes *Thomas Cook* que había comprado precipitadamente en la librería americana Shakespeare and Company el día antes de zarpar, estábamos remontando el río Huangpu, a cuyas orillas se encontraba la gran ciudad de Shanghai, cerca de la confluencia de esta corriente con la desembocadura del gran Yangtsé, el Río Azul, el más largo de toda Asia, que cruzaba el continente de Oeste a Este. Aunque parezca extraño, a pesar de que Rémy había vivido en China durante los últimos veinte años, yo jamás había visitado este país. Ni él me había pedido en ningún momento que fuera, ni yo me había sentido tentada por semejante viaje. La familia De

Poulain tenía grandes sederías en Lyon, sustentadas por la materia prima que, en un principio, mandaba desde China el hermano mayor de Rémy, Arthème, que tuvo que volver a Francia para hacerse cargo del negocio tras la muerte del padre. A Rémy, que hasta entonces había disfrutado de una vida ociosa y despreocupada en París, no le quedó más remedio que hacerse cargo del puesto de Arthème en Shanghai, es decir, que con cuarenta y cinco años recién cumplidos, y sin haber dado jamás un palo al agua, se convirtió de la noche a la mañana en apoderado y agente de las hilanderías familiares en la metrópoli más importante y rica de Asia, la llamada «París del Extremo Oriente». Yo tenía entonces veinticinco años y, con sinceridad, me sentí muy aliviada cuando se marchó, dueña de la casa y libre para hacer lo que me diera la gana —que era exactamente lo que él había estado haciendo mientras yo estudiaba en la Académie—. Bien es verdad que, a partir de ese momento, tuve que depender exclusivamente de mis magros ingresos, pero el tiempo y la distancia sanearon la desquiciada relación entre Rémy y yo, convirtiéndonos en buenos amigos. Nos escribíamos mucho, nos lo contábamos todo y, qué duda cabe que, sin su puntual ayuda económica, me habría encontrado en verdaderos apuros en más de una ocasión.

Cuando terminé de vestirme, el bullicio en el barco era ya considerable. Por el tipo de luz que entraba por las ventanillas de mi camarote deduje que serían, aproximadamente, las cuatro de la tarde y, por los ruidos, que debíamos de estar atracando en los muelles de la compañía naviera en Shanghai. Si el viaje había transcurrido según lo previsto y si la memoria no me fallaba, aquel día tenía que ser el jueves 30 de agosto. Antes de abandonar el camarote y subir a la cubierta, me permití añadir un último toque escandaloso a mi veraniego atuendo de viuda cuarentona, soltando las cintas de las solapas de mi blusa y anudándome al cuello el suave y hermoso fular de seda blanca con bordados de flores que Rémy me regaló en 1914, tras volver a París con motivo de la guerra.

Cogí el bolso y, ante el espejo, me calé bien el sombrero sobre el pelo corto a lo *garçon*, me retoqué el maquillaje, me puse un poco de colorete para que no se me notaran tanto las ojeras y la palidez del rostro —por suerte, aquel año se llevaban los tonos lívidos— y, con paso vacilante, me encaminé hacia la puerta y hacia lo desconocido: estaba ni más ni menos que en Shanghai, la ciudad más dinámica y opulenta del Extremo Oriente, la más famosa, conocida en el mundo entero por su incontrolada pasión hacia todo tipo de placeres.

Desde la cubierta vi a Fernanda descendiendo por la pasarela con firmes andares. Se había puesto su terrible capotita negra y tenía exactamente el mismo aspecto que un cuervo en un campo de flores. La barahúnda era tremenda: cientos de personas se agolpaban para abandonar la nave mientras que otros cientos, o quizá miles, se amontonaban en el muelle, entre los cobertizos, los edificios de las Aduanas y las oficinas que ostentaban la bandera tricolor francesa, descargando fardos y equipajes, ofreciendo autos de alquiler, hoteles, transporte en esos carritos de dos ruedas llamados *rickshaws*, o, simplemente, esperando a familiares y amigos que llegaban, como nosotras, en el *André Lebon*. Policías vestidos de amarillo, con la cabeza velada por sombreros en forma de cono y bandas de tela en las piernas, intentaban poner orden en el caos golpeando brutalmente con varas cortas a todos los chinos descalzos y semidesnudos que, cargando al hombro una oscilante pinga de bambú con cenachos, vendían comida o vasos de té a los occidentales. Los gritos de los pobres culíes eran inaudibles entre el fragor humano, pero se les veía huir de la vara a toda velocidad para ir a detenerse pocos metros más allá y seguir con su actividad.

Fernanda era perfectamente visible entre la multitud; ni todas las coloridas pamelas y sombreros del mundo, ni todos los brillantes parasoles chinos, ni todos los toldos de todos los *rickshaws* de Shanghai hubieran conseguido ocultar a aquella enlutada y rolliza figura que avanzaba entre la gente como un carro de combate alemán hacia Verdún. No podía imaginar qué la animaba a alejarse del buque con tanta resolución, pero estaba demasiado ocupada tratando de no ser atropellada por el resto del pasaje como para inquietarme por alguien que, además de hablar el francés perfectamente —había recibido la educación propia de las muchachas españolas de familia con posibles, es decir, francés, costura, religión, algo de pintura y algo de piano—, que además de hablar francés, digo, podía merendarse a un par de pequeños chinos con coleta en un abrir y cerrar de ojos.

Descendí por la pasarela y el fuerte olor a podredumbre y suciedad que subía desde el muelle me hizo sentir de nuevo las agonías del mareo náutico. Como avanzábamos con mucha lentitud me dio tiempo a impregnar un pañuelo de batista con algunas gotas de colonia y a ponérmelo sobre la nariz y la boca, ocurrencia que fue rápidamente imitada por otras damas de mi entorno mientras los caballeros se resignaban, con cara de póquer, a respirar aquel terrible hedor fecal imposible de ignorar. Supuse entonces que el tufo procedía de las aguas sucias del Huangpu, al tener también algo de efluvio a pescado y a grasa quemada, pero más tarde descubrí que era el aroma habitual de Shanghai, un aroma al que, con el tiempo y sin remedio, terminabas acostumbrándote. Y, así, tras un buen rato, pisé suelo chino por primera vez en mi vida con el rostro embozado tras una máscara perfumada que sólo me dejaba los ojos al descubierto y cuál no sería mi sorpresa al encontrar allí mismo, al pie de la escalerilla, a mi diligente sobrina acompañada por un elegante caballero que, cortésmente, se deshizo en amables saludos tras darme el pésame por el fallecimiento de Rémy. Se trataba de *monsieur* Favez, agregado del cónsul general de Francia en Shanghai, Auguste H. Wilden, quien tenía el inmenso placer de invitarme a almorzar al día siguiente en su residencia oficial si, naturalmente, yo no había hecho otros planes y si me encontraba ya recuperada del viaje.

Acababa de llegar y mi agenda empezaba a estar repleta: por la mañana, reunión con el abogado de Rémy y, a mediodía, comida con el cónsul general de Francia. En realidad, yo iba a necesitar al menos un par de vidas para estabilizarme sobre tierra firme, sin embargo, por razones inexplicables, Fernanda parecía fresca, descansada y pletórica. Nunca, en el mes y medio que la conocía, había visto a mi sobrina exudar tan intensamente algo parecido a la alegría. ¿Sería el hedor de Shanghai o, quizá, que las multitudes la alteraban? En fin, por lo que fuese, aquella niña presentaba los mofletes encendidos y el rictus agrio de la cara se le había dulcificado muchísimo, sin contar con el valor y la determinación que había demostrado al lanzarse ella sola entre la multitud para localizar al agregado consular (quien, por cierto, la miraba a hurtadillas con una expresión de estupor muy poco diplomática). Sin embargo, aquella agradable impresión resultó tan efímera como un rayo de sol en una tormenta: mientras resolvíamos los trámites y papeleos en las oficinas de la Compagnie con ayuda de M. Favez, Fernanda volvió a ser sólo un rostro amurallado y una personalidad de metal sólido.

Un puñado de culíes cargaron en un abrir y cerrar de ojos nuestros bártulos en el portaequipajes del espléndido auto de M. Favez —un Voisin blanco descapotable con rueda de repuesto trasera y manivela de arranque plateada— y, sin más demora, salimos del muelle con un encantador chirrido de neumáticos que me hizo soltar una exclamación de regocijo y puso una sonrisa satisfecha en el rostro del agregado mientras hacía circular el auto por el lado izquierdo del Bund, la hermosa avenida emplazada en la ribera oeste del Huangpu. Ya sé que no parecía una viuda que había llegado a Shanghai con el propósito de hacerse cargo del cuerpo de su marido, pero me daba exactamente lo mismo. Peor hubiera sido aparentar un luto falso, especialmente cuando toda la colonia francesa de la ciudad debía de saber a la perfección que Rémy y yo vivíamos separados desde hacía veinte años y, con toda seguridad, le conocían cien, o quizá mil, aventuras galantes. Rémy y yo nos casamos por interés; yo, para tener seguridad y un techo bajo el que cobijarme en un país extranjero y él, una esposa legal que le permitiera acceder a la cuantiosa herencia de su madre, que murió desesperada por ver sentar la cabeza a su hijo libertino. Cumplidos los objetivos, nuestro matrimonio fue una hermosa historia de amistad y por eso precisamente no pensaba vestir de negro ni llorar a lágrima viva una ausencia que jamás había sido otra cosa. Sólo yo sabía lo que me dolía perder a Rémy y, ciertamente, no estaba dispuesta a manifestarlo en público.

Mientras mis ojos saltaban de un personaje extraño a otro de los que transitaban por la populosa calle, M. Favez nos explicó que Shanghai, cuya población estaba compuesta mayoritariamente por celestes, era, sin embargo, una ciudad internacional controlada por occidentales.

—¿Celestes...? —le interrumpí.

—Así llamamos aquí a los chinos. Ellos se consideran aún miembros del Imperio del Hijo del Cielo, es decir, del último emperador, el joven Puyi (1), que sigue viviendo en la Ciudad Prohibida de Pekín aunque no tiene ningún poder desde 1911, cuando el doctor Sun Yatsen derrocó a la monarquía y estableció la República. Pero eso no impide que los chinos sigan creyéndose superiores a los occidentales y por eso les llamamos, irónicamente, celestes. O amarillos. También les llamamos amarillos —puntualizó con una sonrisa.

—¿Y no le parece un poco ofensivo? —me sorprendí.

—¿Ofensivo...? Pues no, la verdad. Ellos nos llaman bárbaros, Narices Grandes y *Yang-kwei*, «diablos extranjeros». Quid pro quo, ¿no le parece?

En Shanghai existían tres importantes divisiones territoriales y políticas, siguió explicándonos el agregado mientras conducía a toda velocidad haciendo sonar la bocina para apartar a personas y vehículos; la primera, la Concesión Francesa, donde nos encontrábamos, una alargada franja de terreno a la que también pertenecía el muelle del Bund en el que había atracado el *André Lebon*; la segunda, la vieja ciudad china de Nantao,

(1) El nombre oficial del último emperador de China fue Hsuan Tung del Gran Qing pero en Occidente es más conocido por su nombre de pila, Puyi, gracias a la película *El último emperador* de Bernardo Bertolucci.

un espacio casi circular ubicado al sur de la Concesión Francesa y rodeado por un hermoso bulevar construido sobre los restos de las antiguas murallas que fueron derribadas tras la revolución republicana de 1911; y, por último, y mucho más grande que las anteriores, la Concesión Internacional, al norte, gobernada por los cónsules de todos los países con representación diplomática.

—¿Y todos mandan igual? —pregunté, sujetándome contra el pecho el fular que el viento me lanzaba hacia la cara.

—*Monsieur* Wilden tiene plena autoridad en la parte francesa, *madame.* En la Internacional, se nota más el peso político y económico de Inglaterra y de Estados Unidos, que son las naciones más fuertes en China, pero hay colonias de griegos, belgas, portugueses, judíos, italianos, alemanes, escandinavos... Incluso de españoles —recalcó amablemente; yo era francesa por matrimonio, pero mi origen se delataba sin ninguna duda gracias a mi acento, mi nombre (Elvira), mi pelo negro y mis ojos marrones—. Por otra parte, en estos últimos tiempos —continuó explicando mientras sujetaba el volante con mucha fuerza—, Shanghai se ha llenado de rusos, tanto de los rusos bolcheviques que viven en el consulado y sus inmediaciones, como de rusos blancos que han huido de la revolución. Éstos son los más numerosos.

—En París ha ocurrido lo mismo.

M. Favez giró la cara hacia mí un instante, se rió, y, luego, volvió a mirar rápidamente hacia la avenida, tocando la bocina y maniobrando con pericia para no chocar contra un tranvía atestado de celestes con sombreros occidentales y largas vestiduras chinas que viajaban, incluso, colgados de las barras exteriores del vehículo. Todos los tranvías de Shanghai estaban pintados de verde y plata, y exhibían vistosos rótulos publicitarios con extraños caracteres.

—Sí, *madame* —concedió—, pero a París han ido los rusos ricos, la aristocracia zarista; a esta ciudad sólo han llegado los pobres. En realidad, la raza más peligrosa, si se me permite decirlo así, es la nipona, que lleva mucho tiempo intentando apoderarse de Shanghai. De hecho, han creado su propia ciudad dentro de la Concesión Internacional. Los imperialistas japoneses tienen grandes ambiciones sobre China y, lo que es peor, también tienen un ejército muy poderoso... —De repente se dio cuenta de que, quizá, estaba hablando demasiado y sonrió con turbación—. Aquí, Mme. De Poulain, en esta hermosa ciudad que es el segundo puerto del mundo y el primer mercado de Oriente, vivimos dos millones de personas, ¿sabe?, de las cuales sólo cincuenta mil somos extranjeros y el resto, amarillos. Nada es sencillo en Shanghai, como ya tendrá oportunidad de comprobar.

Fue una lástima que sólo viéramos el corto tramo del Bund que pertenecía a Francia porque, aquel primer día, y como M. Favez torció pronto a la izquierda entrando en el Boulevard Edouard VII, no pudimos disfrutar de las maravillas arquitectónicas de la calle más impresionante de Shanghai, a lo largo de la cual se encontraban los hoteles más lujosos, los clubes más espléndidos, los edificios más altos y los bancos, las oficinas y los consulados más importantes. Todo ello frente a las aguas sucias y malolientes del Huangpu.

La Concesión Francesa constituyó una sorpresa muy agradable. Yo temía encontrar barrios de calles estrechas y casas de tejados con cuernos, al modo chino, pero resultó ser un lugar encantador, con el aire residencial de los arrabales de París, lleno de preciosas villas de fachadas blancas y jardines con exquisitos macizos de lilas, rosales y alheñas. Había clubes de tenis, cabarés, plazoletas jalonadas con sicomoros, parques públicos en los que se veían madres cosiendo junto a los cochecitos de sus bebés, bibliotecas, un cinematógrafo, panaderías, restaurantes, tiendas de moda, de cosméticos... Podía haberme encontrado en Montmartre, en los pabellones del Bois o en el Barrio Latino y no habría advertido ninguna diferencia. De vez en cuando, aquí o allá, se divisaba desde el auto alguna casa china, con sus ventanas y puertas pintadas de rojo, pero eran las excepciones en aquellos agradables y limpios barrios franceses. Por eso, cuando el vehículo de M. Favez se detuvo frente a los portones de madera de una de esas residencias orientales sin que él nos hubiera comentado nada acerca de un recado o alguna tarea que tuviera que hacer antes de dejarnos en casa de Rémy, me quedé un poco desconcertada.

—Ya hemos llegado —declaró alegremente mientras apagaba el motor y salía del auto.

Bajo uno de los dos globos rojos de papel con caracteres chinos que colgaban a los lados de la puerta, se veía una cadenilla que salía del interior de la casa por un agujero en el muro. M. Favez tiró de ella con energía y regresó para abrirme la portezuela y ayudarme galantemente a salir del vehículo. Pero, aunque su mano permanecía tendida, esperando, una fulminante parálisis se había apoderado de mi cuerpo y no era capaz de moverme. Jamás, en veinte años, Rémy me había comentado que vivía en una casa china.

—¿Se encuentra bien, Mme. De Poulain?

Los portones se abrieron lentamente, sin ruido, y tres o cuatro sirvientes nativos, entre los que había una mujer, salieron a la calle haciendo reverencias y murmurando, en su extraña lengua, frases que, por el contexto, debían de ser saludos y cumplidos. El primer movimiento que fui capaz de realizar no fue, sin embargo, el de coger la paciente mano de M. Favez sino el de volver la cabeza hacia el asiento de atrás para mirar a mi sobrina en busca de un poco de comprensión y complicidad. Y sí, Fernanda tenía los ojos abiertos como platos, expresando así la misma horrorizada sorpresa que sentía yo.

—¿Qué ocurre? —preguntó el agregado, inclinándose con solicitud.

Me repuse como pude de la turbación y puse, al fin, mi mano en la de M. Favez. No tenía nada en contra de las casas chinas, naturalmente, pero no era lo que esperaba de Rémy, tan sibarita y refinado, tan francés, tan atento a las comodidades y al buen gusto europeo. Cómo había podido adaptarse a vivir en una antigua y vulgar residencia de celestes era algo que escapaba a mi entendimiento.

La sirvienta china, una mujer diminuta y delgada como un

junco, de una edad tan imprecisa que lo mismo hubiera podido decir que tenía cincuenta como setenta años —más tarde descubrí que este fenómeno obedece al hecho de que los celestes no encanecen antes de los sesenta—, dejó de dar órdenes a los tres hombres que estaban cargando el equipaje para inclinarse ante mí hasta casi besar el suelo.

—Mi nombre es señora Zhong, *tai-tai* (2) —dijo en perfecto francés—. Bienvenida a la casa de su difunto esposo.

La señora Zhong, ataviada con una casaca corta de cuello alto y unos calzones amplios del mismo color azul con el que parecían uniformarse todos los celestes y hacerles vestir a juego con su calificativo, volvió a inclinarse ceremoniosamente. Tenía unos ojos que parecían ranuras de alcancía y el pelo negro azabache recogido en un moño similar al que llevaba Fernanda, aunque ése era todo el parecido entre ambas porque hubieran hecho falta dos o tres señoras Zhong para ocupar el espacio físico que llenaba mi sobrina, que continuaba sentada en el auto sin decidirse a salir.

—Vamos, Fernanda —la animé—. Tenemos que entrar.

—En España todo el mundo me llama Fernandina, tía —repuso fríamente, hablándome en castellano.

—Por favor, no pierdas la educación ante M. Favez y la señora Zhong, que desconocen nuestro idioma. Te ruego que bajes del auto.

—Yo me despido de ustedes en este momento, *madame* y *mademoiselle* —apuntó el agregado ajustándose elegantemente el frégoli—. Debo pasar por el consulado para confirmar a M. Wilden que mañana almorzará usted con él.

—¿Nos deja ya, M. Favez? —me alarmé.

Mientras Fernanda descendía del Voisin, el agregado se inclinó ante mí y tomó mi mano, llevándosela ligeramente a los labios a modo de despedida.

—No se preocupe, *madame* —susurró—. La señora Zhong

(2) Tratamiento que usaban los criados chinos para dirigirse a sus amas.

es de absoluta confianza. Ha estado siempre al servicio de su difunto marido. Ella la ayudará en todo cuanto necesite.

Se incorporó y me sonrió.

—Mañana vendré a buscarla a las doce y media, ¿le parece bien?

Asentí y el diplomático se volvió hacia la niña, que se había puesto a mi lado.

—Adiós, *mademoiselle*. Ha sido un placer conocerla. Espero que disfrute de su estancia en Shanghai.

Fernanda hizo un gesto vago con la cabeza, ladeándola no sé cómo, y a mí me vino de golpe a la mente la imagen de su abuela, mi madre, cuando se sentaba en el salón grande de la vieja casa familiar de la calle Don Ramón de la Cruz, en Madrid, los jueves por la tarde, para recibir a las visitas envuelta en su hermoso mantón de Manila.

El Voisin desapareció a toda velocidad por el fondo de la calle y nosotras nos giramos hacia la entrada de la vivienda con la alegría de un condenado a garrote vil. La señora Zhong sostenía una de las hojas del portalón para franquearnos el paso y no sé por qué le vi en aquel momento un aire de guardia civil español que me inquietó. Quizá le confundí el pelo con el tricornio, pues los dos eran del mismo color y tenían el mismo brillo acharolado. Lo raro era que me estaba acordando de cosas de España que había olvidado desde hacía más de veinte años o que, por lo menos, no había vuelto a recordar y, eso, sin duda, se debía a la presencia de esa niña huraña y cejijunta que había traído de vuelta mi pasado guardado en su maleta.

Entramos en un patio inmenso, lleno de exuberantes arriates de flores, estanques de agua azul verdosa decorados con rocalla y enormes árboles centenarios desconocidos para mí, algunos de ellos tan grandes que ya había visto sus ramas asomarse a la calle por encima del muro. Un amplio camino en forma de cruz conducía desde la puerta hacia tres pabellones rectangulares de un solo piso con hermosos soportales llenos de plantas a los que se accedía por unas anchas escaleras de piedra; los pabellones, de paredes blancas y grandes ventanas de madera tallada con formas geométricas, tenían unos horribles tejados de esquinas cornudas hechos con loza vidriada de un color verde tan brillante que refulgía con las últimas luces de la tarde.

La señora Zhong nos guió con pasos menudos hacia el pabellón principal, el que estaba enfrente, y recuerdo haberme preguntado, observándola, cómo es que no tenía esos pies deformes tan característicos de las mujeres chinas de los que hablaban todos cuantos habían estado en aquel país. Rémy me explicó una vez, mientras vivió en París con motivo de la guerra, que era costumbre china, a partir de los dos o tres años de edad, vendar los pies a las niñas de manera que los cuatro dedos menores se doblaran bajo la planta del pie. Cada día, durante años, en un monstruoso ritual de llantos, gritos y dolor que llegaba a provocar la muerte de algunas desgraciadas, se apretaba el vendaje un poco más para impedir el crecimiento de la extremidad y aumentar su deformación, con objeto de convertir a la niña en una «Azucena de oro», como eran denominadas por la elegancia que, para el hombre amarillo, poseían esas pobres mujeres condenadas a caminar para siempre con un movimiento oscilante, ya que, para ello, sólo podían utilizar lo que les quedaba de talón y el dedo gordo, teniendo que extender los brazos y sacar el trasero si no querían perder el equilibrio. Esos pies espantosos, llamados «Pies de loto» o «Nenúfares dorados», le producían a la víctima dolores para toda la vida, pero, incomprensiblemente, provocaban la más encendida sensualidad en los varones chinos. Rémy me había dicho también que, desde el fin del Imperio, es decir, desde que el doctor Sun Yatsen había derrocado a la monarquía, la costumbre de vendar los pies había sido prohibida, pero, con todo, de eso sólo hacía once años y la señora Zhong era lo bastante mayor como para que hubieran podido aplicarle tan horrible tortura.

Sin embargo, allá iba ella, con sus pies pequeños pero sanos embutidos en unos calcetines blancos y unas curiosas zapatillas de fieltro negro, sin empeine, abriéndonos paso hacia la casa que ahora, si no había más sorpresas durante la entrevista con el abogado de Rémy, había pasado a ser mía. Naturalmente, mi intención era venderla, igual que todo su contenido, ya que eso me reportaría unos ingresos que me hacían mucha falta. También contaba con que Rémy me hubiera dejado algo de dinero, no mucho, pero el suficiente para permitirme vivir con holgura algunos años, hasta que pasara la moda de los cubismos, dadaísmos, constructivismos, etc., y mis cuadros se cotizasen en el mercado de arte. Yo admiraba el trazo audaz de Van Gogh, el color ardiente de Gauguin, el genio creativo de Picasso..., pero, como me dijo un marchante en cierta ocasión, a diferencia de ellos, mi pintura era demasiado figurativa y, por lo tanto, accesible al gran público, de manera que jamás conseguiría entrar en el panteón de los grandes. Bien, no me importaba. Yo sólo quería captar el movimiento sorprendente de una cabeza, la perfección de un rostro, la armonía de un cuerpo. Extraía mi inspiración de la belleza, de la magia, allá donde las encontrara, y deseaba plasmarlas en el lienzo con la misma fuerza y emoción con que yo las sentía, de manera que, quienes contemplaran mis obras, encontraran en ellas un motivo de placer que les dejara dentro sabor y aroma. El único problema era que esto no estaba de moda, así que apenas conseguía llegar a fin de mes; por eso tenía la certeza de que Rémy, que lo sabía, me habría dejado un pellizco suficiente en su testamento. Lógicamente, no contemplaba la posibilidad de heredarlo todo porque, con absoluta seguridad, la poderosa familia De Poulain jamás consentiría que una pobre pintora extranjera se convirtiera en copropietaria de las sederías. Pero, bueno, la casa sí porque, incluso para los De Poulain, habría resultado poco elegante privar a una viuda del hogar de su marido.

—Adelante, por favor. Pasen —nos pidió la señora Zhong empujando las dos hojas de la hermosa puerta de madera labrada que daba acceso al pabellón principal.

Las dimensiones interiores de aquella edificación eran muchísimo más grandes de lo que se dejaba adivinar desde fuera. A derecha e izquierda de la entrada se distribuían amplias estancias separadas entre sí por paneles de madera, tallados también con formas geométricas como las ventanas y, como éstas, cubiertos por detrás con un finísimo papel blanco que dejaba pasar una luz ambarina muy matizada. Pero lo más extraño eran las puertas que había en el centro de estos paneles, si es que a esos vanos redondos, a esos grandes agujeros con forma de luna llena, se les podía llamar puertas. Debo admitir, sin embargo, que el mobiliario era realmente hermoso, con incrustaciones y tallas, y lacado en una gama que iba del rojo chillón al marrón oscuro, de manera que destacaba muchísimo contra las paredes blancas y el suelo de baldosas claras. La sala hacia la que nos condujo la señora Zhong —la última de la derecha— estaba llena de mesas de todas las clases, formas y alturas. Encima de algunas había bellísimos jarrones de porcelana y figuras de dragones, tigres, tortugas y pájaros de bronce; sobre otras, macetas con plantas y flores; y en otras más, velas de color rojo, gruesas por arriba y estrechas por abajo, que descansaban directamente sobre la tabla, sin un platillo o candelero que protegiera la pieza. Me di cuenta de que toda la decoración de esta y de las otras estancias por las que habíamos pasado estaba dispuesta de una forma curiosamente simétrica, muy extraña para un occidental, sin embargo, esta armonía se desgarraba de forma deliberada con, por ejemplo, determinadas pinturas o caligrafías en las paredes o con un aparador cubierto de cuencos de cerámica que parecía fuera de sitio por accidente. Todavía tardaría algún tiempo en descubrir que, para los celestes, cada mueble era una obra de arte y que su disposición en las habitaciones no tenía nada de casual, ni siquiera de estético; toda una compleja y milenaria filosofía se escondía detrás de una simple decoración doméstica. Pero, en aquellos momentos, para mí, la casa de Rémy era una especie de museo de curiosidades orientales y pensaba que, si bien las *chinoiseries* todavía seguían estando muy de moda en Europa, en tal acumulación producían un agudo vértigo.

Un sirviente sin coleta y tocado con un bonete apareció de improviso portando una bandeja en la que había unas tazas blancas con tapadera y una pequeña tetera de arcilla roja realmente bonitas que dejó, con aire sonámbulo, sobre un velador grande colocado en el centro de la sala. La señora Zhong nos señaló un canapé junto a la pared y se inclinó para coger del suelo una mesilla cuadrada y de patas muy cortas que puso justo en el centro del asiento, en el preciso lugar en el que yo iba a sentarme, de manera que quedé separada de Fernanda por aquella especie de mesa-taburete y sin saber qué decir ni qué hacer mientras la señora Zhong nos servía un aromático té que despertó mis muy maltratados jugos gástricos haciéndome sentir, repentinamente, un hambre atroz. Pero, para mi desgracia, los chinos no toman el té con pastas ni tampoco le añaden leche o azúcar, así que lo único que podía hacer con aquel líquido caliente era lavarme el estómago y dejármelo muy limpio.

—*Tai-tai* —me llamó la señora Zhong, inclinándose respetuosamente—, ¿cómo debo llamar a la joven señora?

—¿A la niña...? —repuse mirando a mi sobrina, que contemplaba su taza de té como si no supiera qué hacer con ella—. Llámela por su nombre, señora Zhong: Fernanda.

—Me llamo Fernandina —objetó mi sobrina mientras seguía con su infructuosa búsqueda del asa de aquella taza.

—Escucha, Fernanda —le dije con voz seria—. En España existe la tonta costumbre de llamar a las personas con el diminutivo de sus nombres: Lolita, Juanito, Alfonsito, Bernardino, Pepita, Isabelita... Pero fuera de allí se considera una cursilada, ¿lo entiendes?

—Me da lo mismo —replicó en castellano, para enfadarme aún más. Decidí ignorarla.

—Señora Zhong, llame Fernanda a la niña, le diga ella lo que le diga.

La sirvienta se inclinó de nuevo, aceptando la orden.

—Su equipaje ha sido llevado a la habitación de *monsieur*, *tai-tai*, pero si desea usted otra cosa le agradecería que me lo dijera. A Mlle. Fernanda la he alojado en una alcoba vecina a la suya.

—Me parece muy bien, señora Zhong. Le agradezco mucho su ayuda.

—Ah, *tai-tai*, hoy ha llegado una carta para usted —añadió dando un pequeño pasito adelante y extrayendo del bolsillo de su calzón un sobre alargado.

—¿Para mí? —No podía creerlo. ¿Quién, que yo conociera, podía escribirme a la casa de Rémy en Shanghai?

Pero el sobre llevaba membrete y, además, uno muy significativo, y, en su interior, había una nota impresa en un papel muy elegante en la que se nos invitaba a Fernanda y a mí a cenar la noche del viernes, 31 de agosto, en casa del cónsul general de España, don Julio Palencia y Tubau, en compañía de su esposa y de los miembros más ilustres de la pequeña comunidad española de Shanghai, que estarían encantados de conocernos.

O a mí se me acumulaba el trabajo o es que nadie, en aquella ciudad, tenía la menor consideración hacia los viajeros recién llegados. Yo deseaba acercarme hasta el cementerio francés en el que estaba temporalmente enterrado Rémy y había creído que podría hacerlo después de hablar con su abogado pero, por lo visto, no iba a ser posible porque los cónsules de mis dos países, el adoptivo y el natal, estaban empeñados en conocerme lo antes posible. ¿A qué tantas prisas?

—Habrá que confirmar de algún modo nuestra asistencia —murmuré, dejando el sobre en una esquina de la mesita y destapando mi taza de té para dar un sorbo.

Fernanda alargó el brazo y se apoderó de la nota. Una sonrisa —esta vez, una auténtica sonrisa— apareció en su cara y me miró con ojos esperanzados.

—Iremos, ¿verdad?

Al devolverle la mirada, me di cuenta de que la niña sufría del mal que enferma a todos cuantos abandonan forzosamente su país por largo tiempo: la añoranza de un lugar y de una lengua.

—Supongo que sí. —El té estaba realmente bueno, incluso sin azúcar. El contraste entre la porcelana blanca y el precioso color rojo brillante de la infusión era toda una inspiración. Me hubiera gustado tener cerca mi paleta y mis pinceles.

—No podemos rechazar una invitación del cónsul de España.

—Lo sé, pero mañana tengo muchos compromisos y por la noche me encontraré muy cansada, Fernanda. Intenta comprenderlo. No es que no quiera ir, es que no sé si tendré ánimo cuando llegue el momento.

—La cena estará lista dentro de una hora —dijo la señora Zhong.

—Permita que le diga, tía, que las obligaciones...

—... están por delante de las diversiones, ya lo sé —la atajé, terminando la vieja y conocida frase.

—Si se encuentra muy cansada, se toma un chocolate y...

—... y me recupero en seguida, también lo sé, porque el chocolate resucita a los muertos, ¿verdad?, ¿era eso lo que ibas a decir?

—Sí.

Suspiré profundamente y dejé la taza en su platillo con un gesto parsimonioso.

—Aunque te resulte tan difícil de creer como a mí, Fernanda —dije, al fin, mirándola de nuevo—, venimos de la misma familia y nos han criado con las mismas ideas, las mismas costumbres y los mismos ridículos latiguillos. Así que no te olvides de que todo cuanto vayas a decir ya lo he oído yo antes muchas veces y no me sirve de nada, ¿de acuerdo? ¡Ah, y otra cosa! Tomar un chocolate para reponerse, por muy española que sea la tradición, puede resultar un tanto problemático en China. Será mejor que te vayas acostumbrando al té.

—Muy bien, pero, se encuentre usted como se encuentre mañana por la noche, tía, al consulado español hay que ir —insistió, terca y con el ceño fruncido.

Fijé la mirada en un hermoso tigre de bronce que tenía las fauces abiertas, mostrando los colmillos afilados, y las garras delanteras alzadas y listas para el ataque. Durante un segundo me sentí transfigurada en ese animal y, con sus ojos, miré a mi sobrina... Luego, volví a suspirar profundamente y bebí té.

Cuando la señora Zhong entró por la mañana en mi habitación para despertarme, apareció con una vela en la mano, de un modo espectral. La casa disponía de iluminación de gas y, en uno de los pabellones, en su despacho, Rémy había hecho instalar una potente araña eléctrica bajo la que rodaba un gran ventilador. Pero si el estudio de Rémy era impresionante, con su colosal escritorio de madera de almendro rojo con guarniciones de bronce, sus estantes llenos de extraños libros chinos plegables —sin tapas, sólo papel cosido—, sus colecciones de pinceles para escribir y sus caligrafías en todas las paredes, el dormitorio aún era más extraordinario, con un armario de color rojo intenso incrustado de nácar, una cómoda decorada con exóticas charnelas y pasadores y, delante de un monumental biombo lacado y pintado con un paisaje campestre que estaba al fondo y que ocultaba una bañera de estaño y lo que la señora Zhong llamó un *ma-t'ung* —que no era otra cosa que una silla con orinal—, una enorme y pesada cama con dosel clausurada por paneles trabajados tan primorosamente que parecían lienzos de puntillas y a la que se accedía por una gran abertura circular cubierta con unas preciosas cortinas de seda. Estas cortinas eran tan delicadas que, una vez acostada, podía ver sin problemas toda la habitación a través de ellas, pero, además, dejaban pasar la brisa nocturna y, al mismo tiempo, servían de magníficas mosquiteras, lo que me permitió descansar, por fin, sin ser molestada por los insectos. Otra cosa distinta es que pudiera dormir, que no pude, porque mi mente, presumo que alterada por el lugar, se dedicó a recordar morbosamente momentos lejanos en el tiempo pero terriblemente cercanos por el dolor que me producían. Mi juventud había quedado atrás y, con ella, aquel Rémy encantador con el que me casé, aquel divertido seductor al que tenía que llevar a la cama todas las madrugadas, cuando volvía a casa ebrio de Pernod, *champagne* y Cointreau, con olor a tabaco y a perfumes femeninos, impregnados en su ropa quién sabe en qué cabarets y *music-halls* del

París de los primeros años del siglo. El amanecer me pilló con los ojos llenos de lágrimas.

Fernanda desayunó conmigo. Su hosquedad habitual se había pacificado un tanto y mostró mucho interés por saber qué íbamos a hacer hasta que M. Favez viniera a buscarme a las doce y media. Cuando le señalé que me marchaba sola porque los asuntos que tenía que tratar con el abogado de Rémy eran personales, se limitó a preguntarme si podía emplear la mañana buscando una iglesia católica dentro de la Concesión Francesa para poder asistir a misa mientras estuviéramos en Shanghai. Me mostré conforme, siempre y cuando saliera acompañada por la señora Zhong o por algún otro criado de confianza, pero le recomendé que aprovechara el tiempo sobrante leyendo alguno de los libros de la biblioteca de Rémy, sobre todo porque no la había visto tocar uno desde que la conocía (misal y devocionario al margen). De hecho, su reacción fue de total escándalo:

—¡Libros franceses!

—Franceses, ingleses, españoles, alemanes... ¡Qué más da! El caso es que leas. Ya tienes edad suficiente para conocer el pensamiento y la obra de gentes que han visto el mundo desde puntos de vista diferentes al tuyo. Debes alimentarte de vida, Fernanda, o te perderás muchas cosas interesantes y divertidas.

Pareció quedar realmente impresionada por mis palabras, como si jamás hubiera escuchado ideas de semejante cariz. La verdad es que, la pobre, había crecido en un entorno muy estrecho y corto de miras. Quizá ahí estuviera la clave del asunto y todo consistiese en enseñarle algo tan sencillo como la libertad. De hecho, había dado pruebas suficientes de florecer espectacularmente cuando volaba por cuenta propia.

—Y ahora me voy —dije, echando la silla hacia atrás y poniéndome en pie—. Mi entrevista es dentro de media hora. Espero que tengas suerte y encuentres la parroquia. Ya me contarás más tarde.

Me había puesto una falda ligera de algodón, una blusa veraniega sin mangas y una pamela blanca para evitar el radiante sol que caía a plomo sobre Shanghai. Mientras atravesaba el jardín en dirección a la calle, pude ver, a través de las hojas abiertas del portalón, un pequeño *rickshaw* junto al que permanecía la señora Zhong parloteando en su lengua con el culí descalzo que haría de tiro del cochecillo. En cuanto ambos me vieron, la voz de la señora Zhong se hizo más aguda y apremiante, de modo que el culí se apresuró a ocupar su puesto, listo para llevarme hasta la calle Millot, en la que tenía su despacho el amigo, abogado y albacea testamentario de Rémy, André Julliard.

Me despedí de la señora Zhong, rogándole que cuidara de Fernanda hasta mi regreso, y emprendí aquel trepidante viaje a través de las calles de la Concesión Francesa viendo la espalda esquelética y sudorosa del culí, su cabeza rapada —menos por un redondel de pelo erizado, probable resto de una coleta— y escuchando su respiración jadeante y el palmoteo de sus pies desnudos sobre el pavimento. Por las avenidas circulaban y se adelantaban entre sí autos, *rickshaws*, bicicletas y ómnibus disfrutando sus ocupantes no sólo del *maravilloso* olor de Shanghai sino también, y afortunadamente, de una grata vista de las villas y de las tiendecitas situadas a ambos lados de la calle.

La pequeña y estrecha calle Millot estaba junto a la vieja ciudad china de Nantao y el despacho de M. Julliard se encontraba en un inmueble oscuro que olía a papel húmedo y a madera vieja. El abogado, que aparentaba unos cincuenta años y llevaba la americana de hilo más arrugada del mundo, me recibió cortésmente en la puerta y me introdujo en su oficina tras pedirle a su secretaria que nos sirviera unas tazas de té. El despacho era un cuartito acristalado que permitía ver las dependencias y escritorios exteriores entre los que deambulaban las mecanógrafas y los jóvenes pasantes chinos que trabajaban para M. Julliard, quien, tras ofrecerme un asiento con su acusada pronunciación meridional (exagerando las erres al estilo español), circunvaló su vieja mesa llena de múltiples quemaduras de cigarro y, sin más preámbulos, extrajo de un cajón un voluminoso legajo que abrió con gesto lúgubre.

—Mme. De Poulain —empezó a decir—, me temo que no tengo buenas noticias para usted.

Se alisó con una mano el bigote canoso, amarillo de nicotina, y se caló en el puente de la nariz unos quevedos que, seguramente, habían conocido tiempos mejores. A mí el corazón se me había disparado en el pecho.

—Aquí tiene una copia del testamento —dijo, alargándome unos papeles que cogí y comencé a hojear distraídamente—. Su difunto esposo, *madame*, era un buen amigo mío, por eso me duele tanto verme en la obligación de decirle que no fue un hombre previsor. Le advertí muchas veces que debía poner orden en sus finanzas, pero ya sabe usted cómo son las cosas y, sobre todo, cómo era Rémy.

—¿Cómo era, M. Julliard? —pregunté con un hilillo de voz.

—¿Cómo dice, *madame*?

—Le he preguntado que cómo era Rémy. Usted ha dicho que yo lo sabía, pero empiezo a pensar que no sé nada. Me ha dejado atónita con sus palabras. Siempre vi en él a un hombre bueno e inteligente y, sin duda, con recursos.

—Cierto, cierto. Era un hombre bueno e inteligente. Demasiado bueno incluso, diría yo. Pero sin recursos, Mme. De Poulain, o, mejor dicho, con unos recursos cada vez menores que él gastaba sin medida. En fin, me disgusta hablar así de mi viejo amigo, ya me comprende, pero debo informarla para que... Bueno, Rémy no ha dejado otra cosa que deudas.

Le miré sin comprender y él lo leyó en mi cara. Puso las dos manos sobre los papeles del legajo y me observó compasivamente.

—Lo lamento mucho, *madame*, pero usted, como esposa de Rémy, va a tener que hacer frente a una serie de impagos que ascienden a una cuantía tan grande que casi no me atrevo a mencionarla.

—¿De qué está hablando? —balbucí, sintiendo un peso enorme en el centro del pecho.

M. Julliard suspiró profundamente. Parecía abrumado.

—Mme. De Poulain, desde que Rémy volvió de París su situación económica no fue, digamos, buena. Contrajo deudas por importes muy elevados que no podía satisfacer, así que se comprometió con préstamos bancarios y anticipos de la sedería que tampoco devolvió. Eso sin contar con que entregó pagarés que nunca amortizó y que han ido pasando de mano en mano por cantidades cada vez mayores. Es cierto que en Shanghai todo se arregla con una firma y que hasta un cóctel se paga a plazos, pero Rémy fue más allá. Al final, la situación era tan grave que su familia mandó a un contable desde Lyon y, por desgracia, lo que este empleado descubrió en los libros de caja no fue muy agradable, de modo que al hermano mayor de Rémy, Arthème, no le quedó más remedio que enviar a otro apoderado para que se hiciera cargo del negocio. Quiso que Rémy volviera a Francia pero, dado el... mal estado de salud de su esposo, *madame*, resultó imposible. Al final, tanto para ayudar a Rémy como para prevenir daños mayores, puedo asegurárselo, Arthème retiró a su hermano de la empresa familiar, asignándole una cantidad mensual para que pudiera subsistir dignamente el tiempo que le quedaba de vida.

Pero ¿qué estaba diciendo aquel hombre? ¿De qué hablaba? ¿Acaso Rémy no había muerto a manos de unos ladrones? Sentí que dejaba de oírle, que su voz se apagaba, y escuché los primeros zumbidos sordos en el interior de mi cabeza. Me asusté. Aquello era el preludio de una crisis nerviosa, de uno de mis habituales trastornos de orden neurasténico. Yo siempre había sido muy intrépida de pensamiento y de deseo pero excesivamente cobarde ante el dolor físico o moral y ahora el instinto me avisaba de que algo terrible se cernía sobre mí. Tenía el pulso desbocado y empecé a pensar que iba a sufrir un ataque al corazón. «Calma, Elvira, calma», me dije.

—De hecho —continuaba explicándome el abogado—, Arthème pagó una parte importante de las deudas de Rémy, pero se negó a satisfacerlas todas, lógicamente. El caso es que su esposo, Mme. De Poulain, continuó endeudándose hasta el último día.

—Ha dicho usted... ¿qué le pasaba a Rémy?, ¿cuál era su estado de salud?

M. Julliard me miró con preocupación y lástima.

—¡Oh, *madame*! —exclamó, sacando un pañuelo no muy limpio del bolsillo de su chaqueta de hilo y pasándoselo por la cara—. Rémy estaba bastante enfermo, *madame*. Su salud se había deteriorado mucho. Este testamento es de hace diez años y en él la nombra a usted heredera de todos sus bienes, excepción hecha de su participación en las hilanderías familiares por razones que ya se podrá imaginar. La situación era entonces muy distinta, claro. Pero las cosas cambiaron y Rémy no modificó su última voluntad a pesar de mis sugerencias al respecto. Estaba muy enfermo, *madame*. Lo malo es que, según la ley francesa, usted hereda el patrimonio, sí, pero también las deudas pendientes.

—Pero ¿por qué? —dejé escapar casi en un grito.

—Lo dice la ley. Usted era su esposa.

—¡No, no estoy hablando de eso! Me refiero a por qué no sabía yo todo esto, a por qué jamás me dijo que estaba enfermo, que tenía deudas... ¿Es que no murió asesinado por unos maleantes que entraron a robar en su casa? Lleva usted un rato dando vueltas sin decirme realmente nada.

El jurisconsulto se echó hacia atrás en su asiento y allí se quedó durante unos minutos, mirando a través de mí como si yo no estuviera, sin pestañear, perdido en sus pensamientos. Al final, tras retorcerse las guías del bigote repetidamente, se inclinó de nuevo sobre la mesa y, contemplándome con mucha tristeza por encima de los quevedos, me dijo:

—Cuando la banda de ladrones entró en la casa, Rémy estaba *nghien, madame*. Por eso pudieron con él.

—¿*Nghien?* —repetí a duras penas.

—En estado de necesidad..., de necesidad de opio, quiero decir. Rémy era adicto al opio.

—¿Adicto al opio? ¿Rémy...?

—Sí, *madame*. Siento ser yo quien se lo comunique, pero su esposo, en los últimos años, derrochó su fortuna en opio, juego y burdeles. Le pido por favor que no vaya a pensar mal de Rémy. Era un hombre excelente, ya lo sabe usted. Estas tres aficiones corrompen en general a todos los hombres de Shanghai, sean chinos u occidentales. Muy pocos escapan. Es esta ciudad... Siempre es culpa de esta dichosa ciudad. Aquí la vida consiste en eso, *madame*, en eso y en hacerse rico si queda tiempo. Todo el mundo derrocha el dinero a manos llenas, sobre todo en las apuestas. He visto caer a muchos hombres prominentes y desvanecerse muchas fortunas. Llevo tanto tiempo en Shanghai que nada me sorprende. Lo de Rémy estaba cantado, y discúlpeme la expresión. Sé que usted me entiende. Antes de la guerra ya se veía venir. Luego, perdió el control. Eso fue todo.

Me pasé la mano por la frente y noté que tenía sudor frío en la palma. Mi crisis nerviosa, quizá por la enorme pena que sentía en aquel momento, se había detenido. Realmente, si era sincera conmigo misma, Rémy había tenido el único final posible para él, y no me refería a su muerte violenta, injusta a todas luces, sino a esa caída en picado hacia la destrucción personal. Era el hombre más divertido, amable y elegante del mundo, pero también era débil, y el destino había tenido la mala ocurrencia de ir a colocarle en el lugar más inadecuado para él. Si en París desaparecía durante días y volvía a casa en unas condiciones lamentables, ¿qué no iba a sucederle en Shanghai, donde, por lo visto, era fácil y común dejarse llevar sin control por las apetencias y los placeres? Un hombre como él no podía resistirse. Lo que no conseguía entender era de dónde había sacado, teniendo tantas deudas, el dinero que me mandaba de vez en cuando a través del Crédit Lyonnais. El sueldo que la viuda del pintor Paul Ranson me pagaba por dar clases en su Académie no daba para muchas alegrías, así que, en ocasiones, le pedía ayuda en mis cartas y, casi a vuelta de correo, tenía a mi disposición una suma generosa en la oficina del Crédit del Boulevard des Italiens.

M. Julliard interrumpió el hilo de mis pensamientos.

—Ahora, Mme. De Poulain, tendrá usted que saldar las deudas de Rémy o exponerse a pleitos y embargos. De hecho, ya hay algunos litigios en marcha que no van a detenerse con su muerte.

—Pero, ¿y su hermano? Yo no tengo nada.

—Como ya le he dicho, *madame*, Arthème pagó gran parte de los débitos hace algunos años. Los abogados de la empresa, así como *monsieur* Voillis, el nuevo apoderado, me han comunicado que la familia se desentiende de cualquier problema relacionado con Rémy o con usted, a la que me han pedido que comunique la conveniencia de no solicitarles ninguna ayuda ni hacerles ninguna reclamación.

El orgullo me hizo dar un respingo.

—Dígales que no se preocupen, que para mí no existen. Pero le repito, M. Julliard, que yo no tengo nada, que no puedo hacer frente a esos pagos.

De nuevo sentía crecer el ritmo de los latidos de mi corazón y de nuevo el aire encontraba problemas para entrar en mis pulmones.

—Lo sé, *madame*, lo sé, y no imagina cómo lo lamento —murmuró el abogado—. Si usted me lo permite, voy a proponerle algunas soluciones en las que he estado pensando para que pueda afrontar esta situación.

Empezó a remover enérgicamente los papeles del legajo de tal manera que terminaron por inundar su mesa.

—¿Y los criados, M. Julliard? —le pregunté—. ¿Cómo voy a pagar a los criados?

—¡Oh, no se preocupe por eso! —exclamó, distraído—. Los amarillos trabajan por el techo y la comida. Así son las cosas aquí; hay mucha miseria y mucha hambre, *madame*. Quizá Rémy le diera una pequeña cantidad de vez en cuando a la señora Zhong porque la apreciaba mucho, pero usted no está obligada... ¡Ah, ésta es! —Se interrumpió, sacando una hoja del desordenado montón—. Bueno, veamos... Ante todo, *madame*, tendrá que vender las casas, tanto la de aquí como la de París. ¿Tiene usted alguna otra propiedad con la que pudiéramos contar?

—No.

—¿Nada? ¿Está segura? —El pobre hombre no sabía cómo insistir y yo apenas podía respirar—. ¿Alguna propiedad en su país, en España? ¿Una casa, tierras, algún negocio...?

—Yo... No. —Mi garganta emitió un leve silbido y me agarré con desesperación al borde del asiento—. Mi familia me desheredó y hoy lo tiene todo mi sobrina. Pero no puedo...

—¿Quiere un poco de agua, *madame*? ¡El té! —recordó de pronto. Se levantó de golpe y se dirigió corriendo hacia la puerta. Poco después tenía entre mis manos una bonita taza china con tapadera que desprendía un aroma delicioso. Di pequeños sorbos hasta que me encontré mejor. El abogado, lleno de preocupación, se había plantado a mi lado.

—M. Julliard —supliqué—. No puedo disponer de nada en Europa y no voy a pedirle ayuda a mi sobrina. No me parecería correcto.

—Muy bien, *madame*, como usted diga. Quizá, con un poco de suerte, consigamos sacar lo suficiente con las casas y su contenido.

—¡Pero no puedo perder la casa de París! ¡Es mi hogar, el único que tengo!

¿A los cuarenta y tantos años iba a empezar de nuevo? No, imposible. Cuando me fui de España era joven y poseía empuje y energía para afrontar la pobreza, pero ahora ya no era la misma, los años me habían restado brío y no me sentía capaz de vivir en alguna buhardilla inmunda de un barrio peligroso.

—Tranquilícese, Mme. De Poulain. Le prometo que haré todo lo que pueda para ayudarla. Pero las casas hay que venderlas, no queda otra solución. ¿O podría usted reunir trescientos mil francos en las próximas semanas?

¿Cuánto había dicho...? No podía ser. ¿Trescientos mil...?

—¡Trescientos mil francos! —grité horrorizada. La moneda francesa y la española iban más o menos a la par, así que estábamos hablando, nada más y nada menos, que de... ¡trescientas mil pesetas! ¡Si yo sólo ganaba quince duros al mes en la Académie! ¿Cómo iba a conseguir esa cantidad? Además, después de la guerra, la vida en París se había vuelto insoportablemente cara. Hacía mucho tiempo que nadie podía comprar en sitios como Le Louvre o Au Bon Marché. La gente hacía verdaderas economías para sobrevivir y los pocos que aún tenían dinero habían visto muy mermadas sus rentas.

—No se preocupe. Venderemos las casas y organizaremos una almoneda. Rémy era un gran coleccionista de arte chino. Seguro que conseguimos acercarnos al total.

—Mi casa de París es muy pequeña... —musité—. Valdrá unos cuatro mil o cinco mil francos nada más. Y, eso, porque está cerca de L'École de Médecine.

—¿Quiere que me ponga en contacto con un abogado amigo mío para que se encargue de la venta?

—¡No! —exclamé con la poca fuerza que me quedaba—. Mi casa de París no se vende.

—*¡Madame...!*

—¡Que no!

M. Julliard se batió en retirada, apesadumbrado.

—Muy bien, Mme. De Poulain, como usted diga. Pero vamos a tener problemas. Por la casa de Rémy podríamos conseguir unos cien mil francos, más o menos, y con la almoneda, si todo va bien, otros treinta o cuarenta mil. Todavía faltará muchísimo dinero.

Tenía que salir de aquel despacho. Tenía que llegar a la calle para poder respirar. No debía quedarme allí ni un minuto más si no quería sufrir una crisis nerviosa delante del abogado.

—Déjeme unos días para pensar, *monsieur*—dije, poniéndome en pie y sujetando mi bolso con fuerza—. Encontraré una solución.

—Como usted quiera, *madame*—repuso el abogado, abriéndome con solicitud la puerta de la oficina—. La estaré esperando. Pero no deje que pase mucho tiempo. ¿Podría firmarme ahora los papeles para empezar a organizar la venta y la subasta?

No podía entretenerme ni un segundo.

—Otro día, M. Julliard.

—Muy bien, *madame.*

Cuando alcancé la calle, tuve que apoyarme contra la pared un momento para que las piernas no me dejaran caer. El culí de mi *rickshaw* dejó de dormitar en cuanto me vio y se levantó del asiento para coger los varales, dispuesto a volver al punto de origen, pero yo no podía caminar, no podía recorrer los escasos dos metros que me separaban del vehículo. Estaba asustada, acobardada; sentía que todo se hundía bajo mis pies, que mi vida entera se tambaleaba. Iba a perder todo cuanto tenía. Podría vivir un tiempo en casa de alguna amiga o alojarme en alguna pensión barata de Montparnasse; podría mantenerme con la venta de mis cuadros y con mi trabajo en la Académie, pero no podría costearme otra vivienda. Me tapé los ojos con las manos y empecé a llorar silenciosamente. Perder mi casa, aquel bonito apartamento de tres habitaciones en las que entraba a raudales una poderosa luz del sureste que yo consideraba indispensable para conseguir la pureza de línea y de color en mis pinturas, me provocaba una angustia terrible, un miedo insoportable. Rémy, con su muerte, me quitaba todo cuanto me había dado en vida. Estaba igual que veinte años atrás, antes de conocerle.

Durante el camino de regreso, entre llantos interminables, me vine abajo por fin. Nada iba a ser fácil durante las próximas semanas y la vuelta a París se convertía en otra pesadilla. Con todo, de repente me di cuenta de que aún existía otro problema con el que no había contado: acostumbrada a estar sola, a pensar siempre de manera individual, había olvidado que ahora tenía una sobrina a mi cargo que debía seguirme a donde yo fuera hasta su mayoría de edad y a la que tenía que sostener y alimentar mientras estuviera bajo mi tutela. Sentí como si la vida me odiara y hubiera decidido hundirme en el barro pisándome con una bota de hierro. ¿Cómo podían acumularse tantos problemas al mismo tiempo? ¿Quién me había echado una maldición? ¿Es que no tenía bastante con la ruina económica?

Llegué a tiempo a la casa para cambiarme de ropa y volver a salir. Tuve que zafarme de la señora Zhong y de Fernanda, que aparecían como sombras en mi camino, y creo que, a pesar de mis esfuerzos, mi sobrina se percató de que algo pasaba. Me encerré en la habitación de Rémy y, tras lavarme la cara con agua fría, recompuse mi aspecto poniéndome un vestido de muselina de color verde y una pamela a juego, más adecuada para el mediodía. Hubiera dado cualquier cosa por no tener que salir, por meterme en la cama y quedarme allí para siempre, dejando que el mundo se hundiera, pero el maquillaje de mi rostro y los retoques con el lápiz labial me apremiaban más que la huida de la realidad; el cónsul general de Francia en Shanghai me estaba esperando para comer y quizá, sólo quizá, M. Wilden podría ayudarme. Un cónsul siempre tiene poder, información y recursos para afrontar cualquier situación incómoda en un país extranjero y yo era una viuda francesa en China con muchos apuros. A lo mejor se le ocurría algo.

A las doce y media en punto, M. Favez se presentó en la puerta de la casa al volante de su maravilloso Voisin cabriolé.

—Tiene usted mala cara, Mme. De Poulain —comentó preocupado mientras me ayudaba a subir al auto—. ¿Se encuentra bien?

—No he podido descansar, *monsieur*. La cama china de mi marido ha resultado bastante incómoda.

El agregado soltó una alegre carcajada.

—¡Nada como una blanda cama europea, *madame*!

Bueno, en realidad, nada como tener mucho dinero en el banco para no preocuparse por las deudas de juego, opio y burdeles de un golfo como Rémy. Empezaba a sentir un afilado rencor hacia aquella cigarra jaranera que tanta gracia me había hecho siempre. Era un estúpido redomado, un imbécil sin cerebro incapaz de dominar sus apetencias. No me sorprendía lo más mínimo que su hermano hubiera decidido apartarle de los negocios; sin duda, la empresa hubiese quebrado con su mal hacer y sus desfalcos. Existe una línea que permite al ser humano divertirse e, incluso, propasarse en esta diversión, sin que se produzcan efectos irreparables en su vida cotidiana, en su trabajo y en su familia. Rémy no conocía esa línea. Para él, lo primero era lo que demandaba su cuerpo, lo segundo, también, y lo tercero, más de lo mismo. ¿Alcohol?, alcohol; ¿mujeres?, mujeres; ¿juego?, juego; ¿opio?, pues opio, y todo hasta caer exhausto, hasta el límite.

El cónsul Wilden y su esposa, la encantadora Jeanne, fueron realmente amables conmigo. Él era un hombre de mi edad, inteligente, elegante y profundo conocedor de la cultura china. De hecho, llevaba dieciocho años en el país y había vivido en ciudades de nombres tan exóticos como Tchong-king, Tcheng-tou y Yunnan. Jeanne y él se esforzaron mucho por consolarme cuando, llorando, les expliqué lo que me había comunicado el abogado de Rémy por la mañana. Su trato con mi marido había sido siempre muy cortés, me contaron, y, desde que llegaron a Shanghai en 1917, le habían visto en repetidas ocasiones con motivo de la celebración en el consulado de las fiestas nacionales francesas y de las Navidades. Rémy era para ellos un caballero amable y divertido, con el que Jeanne siempre se reía muchísimo por la gracia que tenía para contar chistes y para hacer un comentario agudo en el momento preciso. Sí, claro que conocían sus problemas económicos. La comunidad extranjera era muy pequeña y todo se acababa sabiendo. El caso de Rémy, sin ser el único, había sido muy comentado por la gran cantidad de amigos que tenía. Él cuidaba mucho su red social y siempre estaba dispuesto a ayudar a cualquiera que lo necesitara. Cientos de personas acudieron al funeral, afirmaron los Wilden, y toda la colonia francesa había sentido terriblemente su muerte, sobre todo por cómo se había producido.

—¿Ya le han contado los detalles? —inquirió Jeanne con cierta preocupación.

—Esperaba que lo hicieran ustedes.

Fueron tan delicados que se abstuvieron de comentar el estado de Rémy la noche de la tragedia. No mencionaron la palabra *nghien* ni hablaron del opio; se limitaron a narrarme los hechos de la manera más piadosa posible. Por lo visto, diez amarillos del miserable barrio de Pootung —situado en la otra orilla del Huangpu, frente al Bund—, se colaron en la Concesión Francesa con la intención de robar y, probablemente, al ver la casa china de Rémy, pensaron que les sería más fácil entrar en ella y moverse por su interior sin despertar a los propietarios, que, a esas horas, cerca de las tres de la madrugada, debían de encontrarse profundamente dormidos. Todo esto figuraba en el informe de la policía de la Concesión que obraba en poder del cónsul y del que estaba dispuesto a darme una copia si yo así lo deseaba. Por desgracia, Rémy permanecía despierto en su despacho, quizá estudiando alguno de los objetos de arte chino a los que era tan aficionado, ya que, desparramadas por el suelo, se encontraron múltiples obras de su colección, casi todas de gran valor según el informe. Rémy debió de enfrentarse valerosamente a ellos porque el despacho presentaba el aspecto de un campo de batalla. Despertados por el ruido, los criados de la casa acudieron armados con palos y cuchillos pero, al oírles venir, los ladrones se asustaron y huyeron en desbandada, dejando a Rémy muerto en el suelo. El ama de llaves, la señora Zhong, aseguró que no se habían llevado nada, que no faltaba nada en la casa de su amo, así que, después de todo, Rémy había conseguido su propósito de defender la vivienda y sus propiedades.

—¿Qué desea hacer con los restos de Rémy, Mme. De Poulain? —me preguntó de improviso, aunque no sin delicadeza, el cónsul Wilden—. ¿Quiere llevarlos a Francia o desea dejarlos aquí, en Shanghai?

Le miré desconcertada. Hasta esa misma mañana tenía la intención de darle sepultura en Lyon, en el panteón de su familia, pero ahora ya no estaba tan segura. El traslado debía de costar una fortuna y no estaban las cosas para gastos ociosos, así que quizá fuera mejor que se quedara donde estaba.

—La tumba de Rémy en el cementerio de la Concesión es propiedad del Estado francés, *madame* —me aclaró M. Wilden, con gesto contrito—. Tendría usted que comprarla.

—No estoy en condiciones de hacerlo, como ya supondrá —precisé, dando un sorbo del café que nos habían servido después de comer—. La situación financiera me ata de pies y manos. Quizá usted podría ayudarme, señor cónsul. ¿Se le ocurre alguna manera para salir de este atolladero? ¿Qué me aconseja que haga?

Auguste Wilden y su esposa se miraron a hurtadillas.

—El consulado podría regalarle la parcela de terreno del cementerio —comentó él—, pero tendría que ser justificado como un detalle de nuestro país hacia la prestigiosa familia De Poulain.

—Se lo agradezco, *monsieur.*

—En cuanto a los problemas económicos con los que se ha encontrado usted, *madame,* no sé qué decirle. Creo que los consejos de su abogado son prudentes y acertados.

—¿Por qué no le pide ayuda a la familia de su difunto esposo, querida? —inquirió Jeanne, dejando la taza en el platillo.

—Sus abogados han expresado con claridad que no sería una buena idea.

—¡Lamentable! —exclamó el cónsul Wilden—. De verdad que lo siento, Mme. De Poulain, sería una gran felicidad para nosotros poder ayudarla, pero como cónsul de Francia no estoy en disposición de hacer nada más. Espero que lo entienda. Adquirir para usted la tumba de Rémy es un gesto que puedo permitirme porque era un destacado miembro de nuestra colonia y un notable ciudadano de nuestro país, pero cualquier otra actuación quedaría fuera de mis competencias y podría ser malinterpretada tanto por la embajada de Pekín como por el Ministerio de Asuntos Extranjeros y, de seguro, por la comunidad francesa de Shanghai. Espero que tenga mucha suerte, *madame.* Jeanne y yo le deseamos lo mejor y, si cree que podemos favorecerla en alguna otra cosa, no dude en decírnoslo, por favor.

Abandoné el viejo caserón del consulado con paso firme, revestida de una entereza que estaba muy lejos de experimentar. Sin embargo, tras mis lágrimas iniciales, no quise que los Wilden apreciaran el temblor de mis manos ni la vacilación de mis piernas una vez que me habían expuesto, con la delicadeza que proporcionan los muchos años de ejercicio de la diplomacia, la imposibilidad de auxiliarme más allá de lo políticamente indicado. Con la compra de la parcela en el cementerio, el gobierno francés quedaba bien ante una familia tan influyente y respetada como los De Poulain, sin contar con que sería una iniciativa muy apreciada por los poderosos sederos de Lyon y que, a mí, en verdad, me sacaba de un aprieto. Es decir, un detalle barato del que se obtendrían buenos réditos sociales, económicos y políticos. Pero en cuanto a mis problemas para pagar las deudas de Rémy no se había dado ni un solo paso adelante. Montada en el *rickshaw* que me devolvía por segunda vez en aquel día a la casa que yo había tomado por una fuente de ingresos para mi maltrecha economía y que había resultado ser una propiedad efímera que no me iba a proporcionar más que disgustos, pensé que en los momentos de auténtica desgracia, en aquellas ocasiones en que la vida te supera y no puedes con el peso de los problemas, resulta perjudicial confiar en que alguien va a echarte una mano porque, cuando no es así, te tambaleas y caes. Sin duda, lo más inteligente era no pedir a nadie más de lo que puede dar y ése era el caso de los Wilden que, a fin de cuentas, ya habían hecho bastante quitándome un grave problema de encima. Estaba entrando en un callejón muy negro del que no sabía cómo iba a salir y lo peor de todo era que aún tenía muchas horas por delante para seguir tragándome mi angustia porque esa noche nos esperaban a Fernanda y a mí en el consulado español, donde no podía ni imaginar qué diantre se me habría perdido.

No quise probar la merienda que la señora Zhong preparó a media tarde; tampoco quise salir de mi cuarto ni ver a nadie hasta la hora de arreglarme para la cena. No me encontraba bien y el esfuerzo de hablar me superaba. A pesar de lo que le había dicho al abogado, intenté pensar en soluciones para conseguir los ciento cincuenta mil francos que faltaban para saldar las deudas pero no las encontré, ya que la única realmente buena —huir a España y esconderme en algún pueblo perdido— resultaba de todo punto irrealizable. Mi país estaba muy atrasado. Sólo las grandes ciudades como Madrid o Barcelona se encontraban a nivel europeo en cuanto a higiene y cultura pero el resto agonizaba de hambre, suciedad e ignorancia. Además, ¿dónde iba una mujer sola por aquellas tierras? En el resto del mundo civilizado, la mujer había conquistado un nuevo papel en la sociedad, mucho más libre e independiente, pero en España seguía siendo un objeto, en el mejor de los casos de adorno, dominado por la Iglesia y el marido. Allí me quedaría sin alas, sin aire para respirar y aquello que veinte años atrás me había obligado a salir corriendo acabaría conmigo para siempre. ¿Una mujer pintora...? María Blanchard y yo, Elvira Aranda, éramos el ejemplo de lo que podían hacer las mujeres pintoras en España: marcharse.

Alrededor de las siete, mi sobrina entró en la habitación para recordarme que debíamos irnos. Me levanté de la cama bajo su mirada escrutadora y me dispuse a arreglarme. Fernanda permaneció inmóvil en la puerta siguiéndome con los ojos hasta que ya no pude resistirlo más:

—¿Es que tú no tienes que vestirte? —le pregunté desabridamente.

—Estoy lista —respondió. La observé con atención pero no advertí ningún cambio significativo. Iba igual que siempre, con su vestido negro y anticuado, su moño y el sempiterno abanico en la mano.

—¿Estás esperando algo?

—No.

—Pues vete, anda.

Pareció dudar un momento pero terminó por marcharse. Ahora pienso que quizá estaba preocupada por mí pero en aquel momento me sentía abrumada por la pena y no podía comprender lo que ocurría a mi alrededor.

Después de ondularme el pelo y perfumarlo con *Quelques Fleurs*, me vestí con un traje de noche encantador de seda marrón que tenía unos grandes lazos de tul en los costados. Frente al espejo, el resultado era espectacular, para qué voy a negarlo, y es que, a fin de cuentas, se trataba de mi mejor vestido, copiado de un modelo de Chanel y hecho con una pieza de seda que me había regalado Rémy. Satisfecha, me ajusté los finos tirantes sobre los hombros desnudos y, tras calzarme los zapatos de color barquillo, puse en línea recta la costura de las medias. Resultaba extraño pensar en todo lo que había sucedido a lo largo del día mientras contemplaba mi imagen. Sin duda, ponerse guapa proporciona salud porque yo me encontré mucho mejor cuando, por fin, me sujeté la onda de la frente con una horquilla en forma de delicada libélula multicolor.

Aquella noche fue la primera vez que abandonamos la Concesión Francesa. Cruzamos la verja pasando por delante del puesto de guardia a bordo de dos *rickshaws* y entramos en la llamada Concesión Internacional, en la que los autos más grandes y modernos —modelos norteamericanos en su mayoría— circulaban a toda velocidad por las calles con los faros encendidos. Debo decir que en Shanghai se conduce por la izquierda, al modo inglés, y que son los impresionantes policías *sikhs*, enviados por los británicos desde su colonia de la India, los que dirigen el tráfico. Estos súbditos de la corona inglesa, de abultados turbantes rojos y anchas barbas oscuras, utilizan unos largos bastones para realizar su trabajo, bastones que, llegado el caso, se convierten en sus manos en armas muy peligrosas.

El consulado español no estaba muy lejos. En seguida nos encontramos frente a una moderna villa de estilo mediterráneo y frondoso jardín, iluminada como uno de esos brillantes farolillos chinos, en la que flameaba de un mástil situado en el primer piso la bandera de España. Dos o tres coches muy lujosos dormían estacionados a un lado del parque, señal de que otros invitados ya habían hecho acto de presencia. Mi sobrina, curiosamente, estaba hecha un manojo de nervios —no paraba de abrir y cerrar el abanico con golpes secos— y, en cuanto descendió del *rickshaw*, empezó a parlotear en nuestra lengua de manera incontrolada. Esto me alegró y me di cuenta, conmovida, de que en un día tan raro y aciago como aquél cualquier pamplina pueril servía para levantarme el ánimo.

El cónsul de España, Julio Palencia y Tubau, resultó ser un hombre extraordinario (3), de gran personalidad y cariñosísi-

(3) Julio Palencia (1884-1952), como embajador español en Bulgaria, se enfrentó valerosamente a las autoridades nazis durante la II Guerra Mundial para impedir el exterminio de los judíos de este país. Gracias a sus esfuerzos, más de 600 personas salvaron la vida.

mas maneras, hijo de la famosa actriz española María Tubau y del dramaturgo Ceferino Palencia. Pero aún había más: su hermano, llamado también Ceferino, estaba casado con mi muy admirada escritora Isabel de Oyarzábal (4), a quien había tenido el inmenso gusto de conocer dos años atrás, en el curso de una interesantísima conferencia que dio ella en París. Entre otras muchas actividades igualmente loables, Isabel era la presidenta de la Asociación Nacional de Mujeres Españolas, entidad que luchaba por la igualdad de derechos en un país tan difícil como el nuestro. Era una mujer cultísima que tenía la firme convicción de que era posible cambiar el mundo. Fue una alegría para mí descubrir este parentesco del cónsul, lo que me llevó a simpatizar rápidamente con él y con su esposa, una elegante dama de origen griego. Y mientras yo departía con ellos y con algunos de los invitados (empresarios españoles que habían hecho grandes fortunas en Shanghai, acompañados por sus mujeres), Fernanda estaba disfrutando de lo lindo en compañía de un sacerdote de barbita quijotesca y cabeza abultada y completamente calva. La distribución de los invitados en la mesa les permitió seguir conversando sin parar. Se trataba, según supe, del padre Castrillo, superior de la misión de los agustinos de El Escorial y distinguido hombre de negocios, que había sabido utilizar el dinero de su comunidad adquiriendo terrenos en Shanghai cuando no costaban ni un céntimo para venderlos a precio de oro en años posteriores, convirtiendo así a los agustinos en propietarios de muchos de los principales edificios de la ciudad.

Otro personaje singular que asistía a aquella cena era un irlandés calvo y cincuentón que deambuló a mi alrededor buena parte de la noche. Se llamaba Patrick Tichborne y el cónsul me lo presentó como un lejano familiar político de su esposa. Tich-

(4) Sería imposible, por extensa, ofrecer una biografía de Isabel de Oyarzábal (Málaga, 1878-México, 1974), periodista, escritora y la segunda mujer diplomática del mundo —primera española— con el cargo de embajadora de la República en Estocolmo.

borne tenía una gran barriga de bebedor y la piel atezada de un campesino y, puesto que era periodista, trabajaba como corresponsal para varios periódicos ingleses aunque, sobre todo, lo hacía para el *Journal* de la Royal Geographical Society. Estuvo toda la noche siguiéndome, dando vueltas a mi alrededor y escapando torpemente en cuanto nuestras miradas se cruzaban. Tan pesado se puso que llegó a incomodarme y poco faltó para que le hiciera alguna observación al cónsul.

Acababa de terminar una charla muy interesante con la esposa de un tal Ramos, el acaudalado propietario de seis de las mejores salas de cinematógrafo de Shanghai, cuando Tichborne se me acercó, rápido como una exhalación. El resto de invitados estaba ocupado en otras conversaciones así que me temí lo peor y puse, a modo de defensa, un gesto áspero en la cara.

—Si me permite unos minutos, Mme. De Poulain... —farfulló en francés. El aliento le hedía a alcohol.

—Usted dirá —repuse haciendo un mohín de desagrado—. Pero dese prisa.

—Sí, sí... Tengo que ser muy rápido. Lo que voy a decirle no puede escucharlo nadie más.

¡Oh, oh! Mal había empezado el irlandés.

—Un amigo de su marido necesita hablar urgentemente con usted.

—No entiendo tanto secretismo, *mister* Tichborne. Si quiere verme, que deje su tarjeta en mi casa.

El hombre empezó a impacientarse, echando miradas furtivas a derecha e izquierda.

—El señor Jiang no puede ir a su casa, *madame.* Usted está siendo vigilada de día y de noche.

—¿Qué dice? —me indigné; había conocido muchas formas en las que un hombre aborda a una mujer pero aquélla era la más descabellada de todas—. Creo, *mister* Tichborne, que ha bebido usted demasiado.

—¡Escuche! —exclamó él, aferrándome nerviosamente por el brazo; me zafé con un gesto brusco e intenté alejarme en dirección al cónsul pero Tichborne volvió a sujetarme, obligándome a mirarle—. ¡No sea necia, *madame*, está usted en peligro! ¡Escúcheme!

—Como vuelva a insultarme —declaré gélidamente—, se lo comunicaré al cónsul de manera inmediata.

—Mire, no tengo tiempo para tonterías —afirmó, soltándome—. A su marido no lo mataron unos ladrones, Mme. De Poulain, sino los sicarios de la *Green Gang*, la Banda Verde, la mafia más peligrosa de Shanghai. Entraron en su casa buscando algo muy importante que no encontraron y torturaron a su marido hasta la muerte para que les confesara dónde estaba. Pero Rémy estaba *nghien*, *madame*, y no pudo decirles nada. Ahora van a por usted. La están siguiendo desde que bajó ayer del barco. Volverán a intentarlo, no lo dude, y su vida y la de su sobrina corren un gran peligro.

—¿De qué está hablando?

—Si no me cree —repuso, altanero—, interrogue a sus criados. No acepte la versión oficial sin investigar. Averigüe la verdad con una buena vara en la mano; los amarillos no hablarán si no es por miedo. La Banda Verde es muy poderosa.

—Pero ¿y la policía? El cónsul de Francia me ha dicho hoy que en el informe...

El irlandés soltó una carcajada.

—¿Sabe quién es el jefe de la brigada policial de la Concesión Francesa, *madame*? Huang Jin Rong, más conocido como *Surcos* Huang porque tiene la cara picada de viruela, y *Surcos* Huang es también el jefe de la Banda Verde. Él controla el tráfico de opio, la prostitución, las apuestas y también la policía que vigila su casa y que escribió el informe sobre la muerte de su marido. Usted no sabe cómo son las cosas en Shanghai, *madame*, pero va a tener que aprenderlo rápidamente si quiere sobrevivir aquí.

De pronto, la angustia que había llevado conmigo todo el día desde que había hablado con el abogado por la mañana volvió de una forma exagerada. Notaba otra vez los ahogos y las palpitaciones.

—¿Habla usted en serio, *mister* Tichborne?

—Mire, *madame*, yo siempre hablo en serio menos cuando estoy borracho. Debe usted encontrarse con el señor Jiang. Es un respetable anticuario de la calle Nanking al que le unía una gran amistad de muchos años con su marido. Como a usted la están siguiendo, el señor Jiang no puede ir a su casa ni usted a su tienda. Tienen que encontrarse en algún lugar donde los chinos tengan prohibida la entrada, de ese modo sus perseguidores se verán obligados a permanecer fuera, como ahora, esperando a que usted salga.

—Pero si los chinos no pueden entrar, el señor Jiang tampoco.

—Sí, si entra por la puerta de atrás y acompañado por mí. Le hablo de mi Club, el Shanghai Club, en el Bund. Yo vivo allí, en el hotel, en una de las dos habitaciones que la Royal Geographical Society posee para uso de los socios que viajan a esta zona de Oriente. Introduciré al señor Jiang hasta mi habitación por las cocinas y usted ingresará normalmente por la puerta principal. Le advierto que es un club masculino por lo que no podrá visitar los salones ni el bar. Tendrá que dirigirse a mi cuarto aparentando que me trae este libro. —Sacó, con disimulo, un pequeño volumen encuadernado en piel del bolsillo de su chaqueta que, afortunadamente, tenía las dimensiones justas para caber en mi bolso—. Diga que viene para que se lo dedique. Lo escribí yo. Los huéspedes del hotel reciben muchas visitas femeninas de toda clase: secretarias, empresarias americanas, vendedoras rusas de joyas..., así que no levantará demasiadas sospechas y su reputación no peligrará, sobre todo después de habernos conocido esta noche aquí. No se le ocurra traer ningún objeto que los sicarios de la Banda Verde pudieran confundir con una pieza de arte. El señor Jiang está convencido de que lo que buscan es algo así. Podrían matarla en plena calle para robársela.

Intenté reflexionar sobre toda aquella catarata de información pero no terminaba de entender qué era lo que el tal señor Jiang podía querer de mí.

—El señor Jiang —me explicó precipitadamente el irlandés mirando fijamente por encima de mi hombro; el gesto de su cara fue muy claro: alguien se acercaba— está convencido de que, si pueden descubrir qué quiere la Banda Verde, usted y su sobrina dejarán de estar en peligro entregándoles lo que sea que buscan. Él tiene algunas ideas al respecto... ¡Naturalmente que puedo dedicarle mi libro, *madame*! —exclamó con un tono alegre que no había empleado hasta ese momento; la esposa del cónsul apareció, sonriente, en mi campo de visión—. Pase mañana, a la hora de comer, por mi hotel y estaré encantado de firmarle su ejemplar.

—Vengo a rescatarla, Elvira —dijo, guiñándome un ojo, la elegante esposa de Julio Palencia; su castellano tenía un poco de acento—. Patrick puede llegar a ponerse muy pesado.

Luego, en inglés, le pidió a su remoto familiar político que le trajera una copa de *champagne*. Él le respondió en francés, con retintín:

—Ha leído mi libro, querida. De eso hablábamos.

La esposa del cónsul tuvo la prudencia de no preguntar nada al respecto mientras me llevaba amablemente hacia el grupo más numeroso de invitados que, en ese momento, sostenía una sorprendente conversación sobre el peligro de pronunciamiento militar que vivía nuestro país en aquellos difíciles momentos. Yo siempre había seguido con un cierto interés las cosas que ocurrían en España, como la apertura de los primeros grandes almacenes al estilo de los de París o la construcción de la línea inaugural de metro en Madrid, pero la política nunca me había interesado demasiado, quizá porque era tan confusa y problemática que no me sentía capaz de entenderla, aunque me preocupaban mucho los recientes atentados y las revueltas. Lo que no me podía imaginar era que los militares intentaran, otra vez, hacerse con el poder. El cónsul Palencia mantenía un ecuánime silencio mientras Antonio Ramos, el de las salas de cinematógrafo, y un tal Lafuente, arquitecto madrileño, mostraban su preocupación por la inminencia de un golpe de Estado.

—El rey no lo consentirá —afirmaba Ramos, vacilante.

—El rey, mi querido amigo, apoya a los militares —objetó Lafuente— y, sobre todo, al general Primo de Rivera.

La esposa del cónsul intervino para zanjar la espinosa cuestión.

—¿Qué les parece si encendemos el gramófono y ponemos algún disco de Raquel Meller? —preguntó en voz alta, con aquel ligero acento suyo.

No hizo falta más. El entusiasmo recorrió a los invitados que lanzaron exclamaciones de júbilo y se precipitaron, poco después, a bailar alegremente los mejores cuplés de la artista. Fue entonces cuando empecé a sentir el cansancio del día, aunque mejor sería decir la extenuación. De repente estaba agotada hasta el punto de no poder mantenerme en pie, así que, cuando le llegó el turno a *La Violetera* y todos empezaron a cantar a voz en cuello aquello de «Llévelo usted, señorito, que no vale más que un real», decidí que era hora de marcharme. Recogí a Fernanda, que seguía de cháchara con el padre Castrillo, y nos despedimos del cónsul y de su esposa, dándoles las gracias por todo y asegurándoles que volveríamos a visitarles antes de marcharnos de China.

Mientras cruzábamos el jardín en dirección a la calle empecé a sentir una cierta preocupación por lo que me había dicho Tichborne. ¿De verdad ahí afuera había secuaces de la Banda Verde? Daba un poco de miedo pensarlo. Cuando dejamos atrás las verjas, miré disimuladamente en todas direcciones pero sólo vi un par de menudas viejecitas harapientas vencidas bajo el peso de los cestos que acarreaban con las pingas y unos cuantos culíes dormitando en sus vehículos a la espera de clientes. El resto eran europeos. En cualquier caso, esa noche haría que todos los criados, sin excepción, se quedaran de vigilancia tras asegurar bien las puertas.

Fernanda y yo montamos en los *rickshaws* escuchando todavía, en la distancia, la voz aguda de la Meller que llegaba a través de las ventanas del consulado y lo cierto es que resultaba una experiencia extravagante en aquel decorado oriental.

Tiempo después, cuando escuché los insufribles maullidos de gato que los celestes consideran el más exquisito de los cantos operísticos descubrí que la Meller tenía, en realidad, una voz realmente hermosa.

CAPÍTULO SEGUNDO

—

El agotamiento me hizo dormir de un tirón toda la noche con un sueño profundo que me descansó por completo. Aquella mañana hubiera necesitado disponer de tiempo y tranquilidad para ordenar mis ideas; me habría venido bien sentarme a dibujar un rato, tomar algunos apuntes en el jardín y, así, estaba segura, recuperar la lucidez perdida por culpa de los nervios del día anterior. Tenía la cabeza llena de ruidos: rápidas imágenes y pedazos de las conversaciones mantenidas con M. Julliard, con M. Wilden, con el cónsul Palencia y su esposa y, sobre todo, con Tichborne, venían y se iban a toda velocidad sin ningún control y el miedo a la ruina me pesaba en el alma como una losa. En general, solía ser rápida y eficaz tomando decisiones —consecuencia de vivir sola tanto tiempo y de haber tenido que espabilarme desde jovencita—, sin embargo, los problemas que se habían desmoronado sobre mí me volvían torpe, lenta y agudizaban mis ataques de nervios. Con resignación me dije que, si no podía dibujar, al menos debía intentar salir de aquella cama oriental y hacer un esfuerzo por levantar el ánimo.

Desayuné con Fernanda, a la que tuve que sacar con sacacorchos un breve resumen de su larguísima conversación con el padre Castrillo. Al parecer, se habían hecho muy amigos, por rara que parezca una amistad entre un anciano sacerdote expatriado y una huérfana de diecisiete años recién cumplidos. El padre Castrillo había invitado a Fernanda a acudir a su iglesia los domingos y a visitar las instituciones que los agustinos de El

Escorial regentaban en Shanghai, especialmente el orfanato, donde había un muchachito que hablaba castellano perfectamente y que podría servir a Fernanda como criado e intérprete. La niña estaba deseando salir hacia allí en cuanto terminase el desayuno, por lo que me vi en la obligación de desbaratar sus planes comunicándole que debía acompañarme a la extraña visita que tenía que realizar a Tichborne en el Shanghai Club. Prefería ir con una carabina por si el riesgo que pudiera sufrir mi reputación era mayor de lo que tan alegremente se me había dicho.

Después de desayunar, me encerré con la niña en el despacho y le conté, en voz baja, la extraña historia del irlandés. No sólo no creyó ni una palabra, sino que permaneció impasible cuando supo que estábamos en el mismo aposento en el que Rémy había sido torturado y asesinado y únicamente expresó una leve aprensión al enterarse de que debíamos acudir, no a un lugar público, sino a las propias habitaciones del hotel en las que vivía el periodista. Privada de su complicidad, no me quedó otro remedio que mantenerla a mi lado mientras hacía entrar en el despacho a la señora Zhong ya que, si ésta confirmaba lo que me había dicho Tichborne, la niña tendría que aceptar mis palabras. Pero la señora Zhong resultó un hueso duro de roer. Negaba una y otra vez, con aspavientos cada vez más exagerados, las acusaciones que se le hacían, llegando a poner una nota histérica en la defensa de su honor y el honor del resto de criados de la casa. Como usar la vara para hacerla confesar no entraba en mis planes —me horrorizaba la idea de golpear y hacer daño a otro ser humano—, tuve que recurrir, finalmente, a medidas de presión no sé si más civilizadas pero, sin duda, un poco menos brutales: le hablé de echarla a la calle con cajas destempladas y de despedir al resto del servicio en los mismos términos, condenándoles al hambre y a vagar por esos mundos, pues poco trabajo había en Shanghai y en toda China en aquellos tiempos de revueltas y señores de la guerra. Ante tal amenaza, la señora Zhong claudicó. Por sus súplicas averigüé que tenía una hija y tres nietos en el sórdido barrio de Pootung —el mismo del que procedían los asesinos de Rémy— a los que mantenía con parte de las sobras de esta casa. Aquello me partió el corazón, pero debía sostener la imagen de dureza e inflexibilidad aunque me sintiera la persona más desalmada de la tierra. Sin embargo, la treta surtió efecto y la vieja criada habló:

—Aquella noche —nos explicó mientras permanecía reverentemente arrodillada frente a nosotras como si fuéramos unas sagradas imágenes de Buda— su esposo se quedó levantado hasta muy tarde. Todos los criados nos fuimos a dormir menos Wu, el que abre la puerta y saca la basura, porque el señor le mandó a comprar unas medicinas que se habían terminado.

—Opio —murmuré.

—Sí, opio —admitió la señora Zhong de mala gana—. Cuando Wu regresó, unos maleantes le estaban esperando para colarse en la casa. Wu no es responsable de nada, *tai-tai*, él sólo abrió la puerta y esos malvados se le tiraron encima y le golpearon, dejándole en el jardín. Los demás nos despertamos con los ruidos. Tse-hu, el cocinero, se acercó sigilosamente para averiguar qué estaba pasando y nos contó, al volver, que había visto cómo pegaban con palos al señor.

El estómago se me encogió al imaginar el sufrimiento del pobre Rémy y noté el picorcillo de las lágrimas en los ojos.

—Cuando todo quedó en silencio, un rato después —siguió explicándonos la señora Zhong—, salí corriendo para auxiliar a su esposo, *tai-tai*, pero ya no pude hacer nada por él.

Sus ojos se desviaron hacia el suelo, entre el escritorio y la ventana que había enfrente, como si estuviera viendo el cadáver de Rémy tal y como lo encontró aquella noche.

—Hábleme de los asesinos, señora Zhong —le pedí.

Ella tuvo un estremecimiento y me miró con angustia.

—No me pregunte eso, *tai-tai*. Es mejor que usted no sepa nada.

—Señora Zhong... —la amonesté, recordándole mis amenazas.

La vieja criada sacudió la cabeza con pesar.

—Eran de la Banda Verde —reconoció al fin—. Asquerosos asesinos de la Banda Verde.

—¿Cómo lo sabe? —le preguntó Fernanda, con incredulidad.

—Todo el mundo los conoce en Shanghai —murmuró—. Son muy poderosos. Además, el señor tenía la marca, lo que se conoce como «rodilla lisiada». La Banda Verde corta con un cuchillo los tendones de las piernas antes de matar a sus víctimas.

—¡Oh, Dios! —exclamé, llevándome las manos a la cara.

—¿Y por qué iban a querer matar a M. De Poulain? —inquirió Fernanda con un tono menos escéptico que el de antes.

—No lo sé, *mademoiselle* —repuso la señora Zhong, secándose las mejillas con los faldones de su blusón azul—. Este despacho estaba destrozado, con la mesa y las sillas caídas, los libros por el suelo y todos los valiosos objetos de arte esparcidos por aquí y por allá de cualquier manera. Había mucha rabia en esos actos. Tardé dos días en limpiar y ordenar esta habitación. No quise que ningún otro criado me ayudara.

—¿Se llevaron algo, señora Zhong?

—Nada, *tai-tai.* Yo conocía bien cada una de las cosas que tenía el señor aquí. Algunas eran muy caras y él prefería que me encargara yo de la limpieza.

Rémy no era un hombre valiente, pensé, dejando que mis ojos vagaran por los bellos muebles y las librerías, no hubiera resistido el dolor físico sin confesar cualquier cosa que le hubieran preguntado. Durante la guerra, como era demasiado mayor para ser llamado a filas, entró a trabajar en el Cuerpo de Auxilio Social del Gobierno francés y tuvieron que asignarle un puesto de oficina porque no podía soportar la vista de la sangre, eso sin mencionar cómo le temblaban las manos y le amarilleaba el rostro cuando sonaban las alarmas de los ataques aéreos de los zepelines alemanes. No tenía claro qué representaba estar *nghien,* pero, en cualquier caso, para Rémy eso hubiera significado, sin duda, un motivo suficiente para hablar y confesar todo lo que fuera que aquellos desalmados querían saber.

—Señora Zhong, aquella noche mi marido se quedó hasta tarde porque estaba nervioso, ¿verdad? Necesitaba opio.

—Sí, pero cuando le atacaron ya no sentía necesidad. Mandó a Wu a comprar porque se le había terminado la reserva con la última pipa.

¡Ah, entonces, Rémy lo que estaba era atontado, dormido!

—¿Había fumado mucho?

La señora Zhong se levantó del suelo con una sorprendente flexibilidad para su edad y se dirigió hacia las estanterías donde se apilaban en columnas apretadas los libros chinos de Rémy. Retiró un par de aquellas columnas dejando a la vista la pared desnuda y, con el puño cerrado, dio un pequeño golpecito sobre ella, haciendo girar un fragmento cuadrado sobre un eje central y descubriendo así una especie de alacena de la que extrajo una bandeja de madera pintada sobre la que descansaban algunos objetos antiguos: un palo largo con boquilla de jade, algo que parecía una lamparilla de aceite, una cajita dorada, un envoltorio de papel y un platillo de cobre, todo muy bello a primera vista. La señora Zhong se me acercó y depositó la bandeja sobre mis rodillas, alejándose a continuación y volviendo a postrarse humildemente en el suelo. Yo miraba perpleja aquellos objetos e, intuyendo lo que eran, empecé a sentir repugnancia y ganas de apartarlos de mí. Como en un sueño, vi la mano de Fernanda levantarse en el aire y dirigirse con resolución hacia la pipa de opio que yo había tomado al principio por un simple palo; no pude evitar la reacción instintiva de sujetarle la muñeca y detenerla.

—No toques nada de esto, Fernanda —murmuré sin desviar la mirada.

—Como puede ver, *tai-tai*, el señor había fumado muchas pipas aquella noche. La caja de bolitas de opio está vacía.

—Sí..., cierto —dije abriéndola y examinando su interior—, pero ¿cuánto había?

—La misma cantidad que en el envoltorio de papel. Wu había ido a comprar esa tarde. El señor siempre quería el «barro extranjero» más puro, el de mejor calidad y sólo Wu sabía dónde encontrarlo.

—¿Y volvió a salir por la noche? —me asombré. En el envoltorio, que desplegué con cuidado, había tres extrañas bolitas negras.

La señora Zhong pareció molesta por mi pregunta.

—Al señor le gustaba tener opio de reserva en el *bishachu* por si le apetecía fumar varias pipas.

—¿El *bishachu*? —repetí con dificultad. En aquel extraño idioma todo parecían ser eses silbantes y ches explosivas.

Ella señaló la alacena secreta.

—Eso es un *bishachu* —explicó—. Significa «Armario de seda verde» y a veces es pequeño como éste o grande como una habitación. Su nombre es muy antiguo. Al señor no le gustaba tener la pipa de opio a la vista. Decía que no era elegante y que estos utensilios eran para su uso privado, así que mandó construir ese *bishachu*.

—Y aquella noche había fumado tanto que no podía articular ni una palabra, ¿verdad, señora Zhong?

Ella se inclinó hasta tocar el suelo con la frente y permaneció silenciosa en esa postura. Su moño negro estaba atravesado por un par de finos estiletes cruzados.

—De manera que estaba profundamente drogado cuando llegaron los matones de la Banda Verde —reflexioné en voz alta, mientras cogía la bandeja con las dos manos y me incorporaba para dejarla sobre la mesa—, así que, aunque le golpearon y torturaron, no consiguieron arrancarle la información que buscaban porque Rémy no podía hablar, no estaba en condiciones de hacerlo. Quizá por eso se ensañaron... —Me dirigí hacia el *bishachu* movida por una intuición: según Tichborne, los asesinos habían entrado en la casa buscando algo muy importante que no encontraron y, también según Tichborne, el señor Jiang, el anticuario, estaba convencido de que la Banda Verde buscaba una obra de arte. Además, la señora Zhong había comentado que la noche del asesinato los sicarios se entretuvieron removiendo y desordenando todas las cosas del despacho, así que, sumando dos más dos, acababa de darme cuenta de que, seguramente, lo que codiciaban era un objeto muy valioso por el que se podía llegar a matar. Rémy podía ser muchas cosas —entre ellas, tonto— pero no hubiera dejado algo así a la vista.

Me incliné sobre el anaquel de la librería para mirar en el interior del agujero y la repisa vacía en la que había estado la bandeja quedó a la altura de mis ojos; intenté moverla y descubrí que estaba suelta. La levanté muy despacio. Debajo de ella, en un hueco hondo y oscuro, una forma rectangular, apenas perceptible, se esbozó con la luz que le llegaba desde la habitación. Cuidadosamente, introduje la mano hasta que alcancé a rozarla con la yema de los dedos. Tenía un tacto rugoso y un suave aroma a sándalo subía desde el fondo. Retiré el brazo y volví a poner la repisa en su sitio, girándome hacia la niña que me miraba en silencio con el ceño fruncido. Le hice una seña para que no preguntara nada.

—Gracias, señora Zhong —dije con amabilidad a la vieja criada, que continuaba con la cara pegada al suelo—. Tengo que pensar detenidamente en todo lo que nos ha contado. Es una historia muy triste para mí. Le ruego que se retire y me deje a solas con mi sobrina.

—¿Seguiré a su servicio, *tai-tai*? —preguntó, temerosa.

Me incliné hacia ella, sonriente, y la ayudé a levantarse mientras le decía:

—No se preocupe, señora Zhong. Nadie va a ser despedido. —No, yo no echaría a nadie a la calle, tan sólo vendería la casa y les dejaría a merced del próximo dueño—. Por favor, recuerde que dentro de una hora, más o menos, Fernanda y yo saldremos para visitar a un amigo que vive en el Bund.

—Gracias, *tai-tai* —exclamó, y cruzó más tranquila la puerta de luna llena del despacho de Rémy haciendo reverencias con las dos manos unidas a la altura de la cabeza.

—Tenía usted razón, tía —admitió Fernanda a regañadientes en cuanto la señora Zhong puso el pie en el jardín—. La historia de ese inglés...

—Irlandés.

—... era cierta. Así que, en verdad, nos están vigilando.

¿Cree usted prudente que salgamos de la casa para acudir a esa peligrosa cita?

No le contesté. Regresé junto al *bishachu* y levanté de nuevo la tabla de la repisa. Ahora sí podía coger aquel objeto, sacarlo y examinarlo detenidamente. Me costó un poco porque la profundidad del chiribitil estaba pensada para un brazo más largo que el mío, pero, por fin, conseguí atrapar aquella cosa de madera que, al tacto, parecía un joyero pequeño o una cajita de costura. Para mi sorpresa, cuando la luz le dio de lleno, descubrí que se trataba de un cofre, un bellísimo cofre chino tan antiguo que creí que se iba a deshacer bajo la presión de mis dedos. Fernanda se levantó de un salto y se puso a mi lado, llena de curiosidad.

—¿Qué es? —preguntó.

—No tengo la menor idea —repuse dejando el cofre sobre el escritorio, junto a una pequeña percha de la que colgaban los pinceles de caligrafía de Rémy. Sobre la tapa, un exquisito dragón dorado se contorsionaba formando volutas. Sólo podía pensar en lo hermosa que era aquella pieza, en la abundancia de detalles de sus dibujos, en esas extrañas tiras de papel amarillo con caracteres en tinta roja que debieron de sellarlo algún día y que ahora colgaban blandamente de sus extremos, en el olor a sándalo que aún desprendía su madera. ¡Qué perfección! Me asombraba la meticulosidad del artesano que lo había realizado, la paciencia que había debido de tener para llevarlo a cabo. Y, en éstas, Fernanda lo abrió con sus manazas regordetas sin el menor miramiento. ¡Señor, qué falta le hacía a esta niña un poco de cultura y sensibilidad artística!

—Mire, tía, está lleno de cajitas.

No era exactamente así, pero, como explicación, podía servir. Al abrirlo, se habían desplegado, a modo de escalera, una serie de peldaños divididos en docenas de pequeñas casillas, cada una de las cuales contenía un minúsculo y precioso objeto que la niña y yo empezamos a coger y a examinar nerviosamente sin dar crédito a lo que veían nuestros ojos: un pequeño jarrón de porcelana que sólo podía haber sido fabricado bajo una poderosa lente de aumento, una edición miniaturizada de un libro chino que se desplegaba de igual manera que los grandes y que, al parecer, contenía el texto íntegro de alguna obra literaria, una bolita de marfil exquisita e increíblemente tallada, un sello de jade negro, la mitad longitudinal de un menudo tigre de oro con una fila de inscripciones en el lomo, un hueso de melocotón en el que, al principio, no advertimos nada hasta que, a contraluz, descubrimos que estaba totalmente cubierto por caracteres chinos del tamaño de medio grano de arroz —caracteres que también aparecían en un puñadito de pepitas de calabaza que ocupaban otra de las casillas—, una moneda redonda de bronce con un agujero cuadrado en el centro, un caballito también de bronce, un pañuelo de seda que no me atreví a desplegar por miedo a que se desmenuzara, un anillo de jade verde, otro de oro, perlas de variados tamaños y colores, pendientes, tiras de papel enrolladas en finos carretes de madera que, al extenderse, exhibían dibujos a tinta de unos paisajes increíbles... En fin, imposible describir todo lo que había y mucho menos nuestro asombro ante semejantes objetos.

No sé si ya he comentado que las chinerías nunca me habían gustado demasiado a pesar de los fervores que despertaban por toda Europa, sin embargo debía reconocer que jamás había visto nada parecido a lo que tenía delante, mil veces más exquisito y hermoso que cualquiera de las burdas bagatelas que se vendían a precio de oro en París, Madrid o Londres. Creo, profundamente, en el conocimiento sensible, el conocimiento a través de los sentidos y de los sentimientos que, aunque imperfectos, nos transmiten la belleza. ¿De qué otro modo podríamos disfrutar con un cuadro, un libro o una pieza musical? El arte que no conmueve, que no dice nada, no es arte, es moda, pero cada uno de aquellos pequeños objetos del cofre contenía la magia de mil sensaciones que, como los vidrios de colores de un caleidoscopio, al unirse, formaban una imagen única y hermosa.

—¿Qué va usted a hacer con todo esto, tía?

¿Hacer? ¿Que qué iba yo a hacer? Pues, vaya..., venderlo, desde luego. Necesitaba dinero desesperadamente.

—Ya veremos... —murmuré, empezando a colocar otra vez las pequeñas joyas en su sitio—. De momento, guardarlo todo y dejarlo donde estaba. Y mantener el secreto, ¿me oyes? No le digas nada a nadie, ni al padre Castrillo ni a la señora Zhong.

Poco después, abandonábamos la casa en dirección al Bund, cada una en un *rickshaw.* El calor del mediodía era terrible. Una especie de vaho ardiente flotaba en el aire, desfigurando las calles y los edificios, y el asfalto del suelo parecía derretirse cual goma bajo los pies descalzos de los pobres y sudorosos culíes, atacados, como nosotras, por unas repugnantes moscas, gordas e irisadas. Empleados municipales echaban continuamente agua sobre los raíles del tranvía y las puertas y ventanas de las casas aparecían cubiertas por persianas de bambú y esteras de paja de arroz para proteger el interior de las altas temperaturas. Qué poca inteligencia había demostrado Tichborne citándome a esas horas imposibles. La única alegría que sentía era la que me procuraba la malvada idea de que también nuestros seguidores, fueran quienes fuesen, se estarían friendo en aceite como nosotras.

Dejamos atrás la frontera de alambradas de la Concesión Francesa y alcanzamos el Bund internacional en diez o quince minutos. Vimos entonces las aguas rielantes del sucio Huangpu estropeando la impresionante majestuosidad de la gran avenida por la que paseaban celestes casi desnudos y europeos en mangas de camisa cubiertos por salacots de corcho. Y entonces los *rickshaws* se pararon, es decir, que no siguieron Bund arriba como yo esperaba sino que los culíes dejaron de correr y soltaron los varales frente a una grandiosa escalera de mármol custodiada por unos muy británicos porteros vestidos con librea de franela roja y sombreros de copa con los distintivos del Shanghai Club. Recuerdo haber pensado que debían de estar sudando a mares bajo aquella vestimenta tan fresca y tan acertada para una época como aquélla. Pero, en fin, *noblesse oblige.*

Fernanda y yo ascendimos la escalinata para entrar en un lujoso recibidor dominado por el busto del rey Jorge V donde el aire, muy fresco (casi helado en comparación con el exterior) olía a tabaco de hebra. Aspiré con gusto y me dirigí hacia el conserje para preguntarle por la habitación de *mister* Tichborne. El empleado me sometió a un elegante interrogatorio al que respondí amablemente enseñándole el libro que el irlandés me había facilitado el día anterior para que me sirviera de excusa. No sé si me creyó o sólo aparentó hacerlo pero, en cualquier caso, avisó al periodista de nuestra llegada y nos rogó que tomáramos asiento en unos cercanos butacones de cuero. Ciertamente, allí no había demasiadas mujeres, según pude comprobar en el breve lapso de tiempo que estuvimos esperando a nuestro anfitrión. Varias dependencias, entre las que había una barbería, se abrían a un lado y a otro del *hall* y una multitud exclusivamente masculina deambulaba silenciosamente entre unas y otras con la pipa en la boca y el periódico bajo el brazo: todo hombres, ninguna mujer. Muy típico de los misóginos clubes ingleses.

El calvo y gordo irlandés apareció de repente detrás de una columna y se acercó a saludarnos. Se comportó muy correctamente con Fernanda, a la que trató con el respeto debido a una mujer adulta, aunque, en voz baja, me avisó de que no era posible dejar a la niña sola en el recibidor y que, por lo tanto, debería acompañarnos, como si eso fuera un imponderable que estropeara la reunión. Hice un gesto de asentimiento con la cabeza para que entendiera sin más explicaciones que tal era, precisamente, mi propósito y, así, entramos los tres en el majestuoso ascensor de hierro alrededor del cual giraba una ancha escalera de mármol blanco y nos dirigimos a la habitación del periodista. Al parecer, allí nos estaba esperando ya el anticuario amigo de Rémy, el señor Jiang.

Desde mi llegada a Shanghai había visto muchos celestes. No sólo la Concesión Francesa estaba llena de ellos sino que también se contaban los criados de la casa y había conocido a los pasantes del despacho de M. Julliard, vestidos a la occidental, pero lo que no había tenido era la oportunidad de contemplar a un auténtico mandarín, a un caballero chino ataviado a la más vieja usanza, un comerciante al que hubiera tomado por aristócrata de habérmelo cruzado por la calle. El señor Jiang, que descansaba su peso sobre un ligero bastón de bambú, vestía una túnica talar de seda negra sobre la que llevaba un chaleco de brillante damasco también negro, abrochado hasta el cuello con pequeños botones de jade de color verde oscuro. Una barbita blanca de chivo, unas gafas redondas de concha y un solideo sobre la cabeza completaban la imagen, a la que se añadía, como detalle decorativo, una uña ganchuda de oro en cada meñique. Su mirada era como la de un halcón, de esas que parecen verlo todo sin movimiento aparente, y la sonrisa que bailaba en sus labios hacía resaltar los abultados pómulos propios de su raza. Aquél era, pues, el señor Jiang, el anticuario, cuyo porte irradiaba distinción y fuerza, aunque no hubiera podido decir si era o no atractivo pues los rasgos faciales de los celestes me despistaban muchísimo, tanto para la belleza como para la edad. Que era mayor lo delataban el bastón y la barbita blanca, pero cuánto, resultaba imposible de saber.

—*Ni hao* (5), Mme. De Poulain. Encantado de conocerla —murmuró en un exquisito francés, inclinando la cabeza a modo de saludo. No tenía el menor acento; hablaba el idioma mejor que Tichborne que, en realidad, lo mascullaba comiéndose casi todas las vocales.

—Lo mismo digo —repuse, levantando mi mano derecha para que la tomara y quedándome en suspenso al darme cuenta de lo absurdo que resultaba mi gesto: los chinos jamás tocan a una mujer, ni siquiera para un educado y occidental saludo de cortesía. Ellos tienen otras costumbres, así que bajé el brazo rápidamente y me quedé quieta y un poco cohibida.

—Ésta debe de ser su sobrina —dijo mirando a la niña, ante la que no se inclinó.

—Sí, Fernanda, la hija de mi hermana.

—Me llamo Fernandina —se apresuró a señalar la interesada antes de darse cuenta de que el señor Jiang ya había desvia-

(5) Saludo chino, equivalente a «Hola», «¿Cómo está usted?», «Buenos días»...

do la mirada y la ignoraba. No volvió a fijarse en ella durante todo el rato que permanecimos allí y, en las semanas sucesivas, mi sobrina, simplemente, no existió para él. Las mujeres son poca cosa para los chinos y las niñas menos aún, así que Fernanda tuvo que tragarse su indignación y aceptar el hecho de que el señor Jiang ni la vería ni la oiría aunque estuviera ahogándose y pidiendo ayuda a gritos.

Mientras nos sentábamos en unas butaquitas que se apretujaban alrededor de una mesita de café, el anticuario me dijo que su apellido era Jiang, su nombre Longyan y su nombre de cortesía Da Teh, que sus amigos le llamaban Lao Jiang y que los occidentales le conocían como señor Jiang. Naturalmente, creí que se trataba de alguna clase de broma, algo gracioso que le sucedía sin que él supiera explicar muy bien por qué, así que solté una carcajada y le miré divertida, pero fue otro grave error por mi parte: Tichborne me hizo un gesto con las cejas para que parara. Entonces, con un cierto tonillo de superioridad, me explicó que para los chinos era una norma de educación presentarse a sí mismos dando su nombre completo en primer lugar —anteponiendo el apellido, ya que el nombre es algo muy personal que queda reservado a la familia; nadie más puede utilizarlo—, luego, su nombre de cortesía, al que sólo tenían derecho los hombres con formación intelectual y de cierta clase social alta, y, después, el nombre que le daban sus amigos en situaciones informales y que se componía con las palabras *Lao*, es decir, «Viejo», o *Xiao*, «Joven», delante del apellido. Había muchos otros nombres, me dijo Tichborne: el nombre de leche, el nombre de colegio, el nombre de generación e, incluso, el nombre póstumo, dado después de la muerte, pero, por regla general, en las presentaciones se utilizaban los tres que había mencionado el señor Jiang, que permanecía silencioso y animado escuchando nuestra conversación. Luego, el irlandés nos dijo a Fernanda y a mí, como si nos hiciera un gran honor, que Jiang significaba «Estuche de jade» y Da Teh, «Gran Virtud».

—Y no te olvides de mi nombre propio —añadió el anticuario humorísticamente—. Longyan quiere decir «Ojos de dragón». Mi padre pensó que sería bueno para el hijo de un comerciante que siempre debe estar atento al valor de los objetos.

En ese momento, por lo visto, ya nos podíamos reír.

—En fin, Mme. De Poulain —continuó diciendo el señor Jiang, al que el nombre de «Ojos de dragón» se ajustaba como un guante—, creo que sería oportuno preguntarle si todo ha ido bien desde que llegó a Shanghai, si ha sufrido usted, digamos, algún accidente desde que habló anoche con Paddy en el consulado.

—¿Con quién? —me sorprendí.

—Conmigo —aclaró Tichborne—. Paddy es el diminutivo de Patrick.

No le quedaba nada bien ese nombre, pensé, y Fernanda me echó una mirada cargada de reproche en la que iba incluido un mensaje clarísimo: «Él puede llamarse Paddy y yo no puedo llamarme Fernandina, ¿verdad?» Hice lo mismo que el anticuario: la ignoré.

—Pues no, señor Jiang, no hemos sufrido ningún accidente. Anoche dejé a todos los criados de guardia, vigilando la casa.

—Buena idea. Haga hoy lo mismo. Nos queda poco tiempo.

—Poco tiempo, ¿para qué? —pregunté, inquieta.

—¿Ha encontrado un cofre pequeño entre las piezas de colección de Rémy, Mme. De Poulain? —inquirió súbitamente, pillándome por sorpresa. El silencio me delató—. ¡Ah, ya veo que sí! Bien, pues, estupendo. Eso es lo que debe entregarme para que pueda resolver este asunto.

Un momento... Alto. No, de eso nada. ¿Quién era el señor Jiang para que yo le entregara, porque sí, un valiosísimo objeto que podía ayudarme a escapar de la ruina? ¿Y qué sabía yo del señor Jiang aparte de lo que me había dicho Tichborne? ¿Y quién era Tichborne? ¿Acaso había metido a mi sobrina en la boca del lobo? ¿No serían aquellos dos pintorescos personajes miembros de la mismísima Banda Verde que, supuestamente, amenazaba nuestras vidas? Creo que se notó que me había puesto, de repente, muy nerviosa porque mi sobrina dejó caer su mano tranquilizadora sobre mi brazo y se dirigió al periodista para exclamar:

—Dígale al señor Jiang que mi tía no va a darle nada. No sabemos quiénes son ustedes.

Bueno, ahora tocaba que nos mataran, me dije. El irlandés sacaría una pistola de algún bolsillo y nos amenazaría para que les entregásemos el cofre mientras el anticuario, con un cuchillo, nos cercenaba los tendones de las rodillas.

—Hace exactamente dos meses, Mme. De Poulain —murmuró el señor Jiang, plegando los finos labios en una sonrisa burlona... ¿Tanto se me había notado el miedo?—, llegó a mis manos, procedente de Pekín, el cofre que usted ha encontrado en su casa. Traía los sellos imperiales intactos y formaba parte de un lote de objetos comprados en las inmediaciones de la Ciudad Prohibida por mi agente en la capital. La corte del último monarca Qing (6) se desmorona, *madame*. Mi gran país y nuestra ancestral cultura están siendo destruidos no sólo por los invasores extranjeros sino también, y sobre todo, por la debilidad de esta caduca dinastía que ha dejado el poder en manos de los señores de la guerra. El joven y patético emperador Puyi ni siquiera puede controlar los robos de sus tesoros. Desde el más alto dignatario hasta el menor de los eunucos sustrae sin escrúpulos joyas de un valor incalculable que pueden encontrarse a las pocas horas en los mercados de antigüedades que han aparecido últimamente en las calles aledañas a la Ciudad Prohibida. En un vano intento por impedirlo, Puyi decretó, no hace mucho, la elaboración de un completo inventario de los objetos de valor y, como era de esperar, poco después, se desató el primero de una terrible serie de incendios que han surtido en abundancia los puestos callejeros de antigüedades. Para ser más preciso, puedo decirle que ese primer incendio tuvo lugar el pasado 27 de junio en el palacio de la Fundada Felicidad, ya que así lo contaron los periódicos, y que sólo tres días después

(6) Se pronuncia *Ching*. La «q» equivale a nuestro sonido «ch».

llegó a mis manos el «cofre de las cien joyas» que usted ha descubierto en su casa, de modo que su procedencia no ofrece ninguna duda.

—¡Yo no sabía nada de todo esto...! —farfulló Tichborne, enfadado. ¿Sería verdad o estaría fingiendo? Lo cierto es que, la noche anterior, en el consulado español, él sólo había mencionado «un objeto de valor», «una pieza de arte». ¿El anticuario le había ocultado de qué se trataba hasta ese momento? ¿Acaso no se fiaba de él?

—¿«Cofre de las cien joyas»? —inquirí, curiosa, aparentando ignorar el malestar del irlandés. El señor Jiang ni se inmutó.

—Es una vieja tradición china. Se les da este nombre porque contienen exactamente un centenar de objetos valiosos y, créame Mme. De Poulain, son muchos los «cofres de las cien joyas» que, como el nuestro, están saliendo de la Ciudad Prohibida desde el pasado 27 de junio.

—¿Y qué tiene el *nuestro* de especial, señor Jiang? —pregunté con retintín.

—Ahí está el problema, *madame*, que no lo sabemos. Alguno de sus cien objetos debe de ser realmente inestimable porque, durante la siguiente semana, la primera del mes de julio, aparecieron por mi tienda tres notables caballeros de Pekín que querían comprar el cofre y que estaban dispuestos a pagar por él la cantidad de taels de plata que les pidiese.

—¿Y no se lo vendió? —me sorprendí.

—No podía, *madame*. Se lo había ofrecido a Rémy el mismo día que llegó el lote en el Shanghai Express y, naturalmente, él lo había comprado. El cofre ya no estaba en mi poder y así se lo comuniqué a aquellos honorables caballeros de Pekín, a quienes no sentó nada bien la noticia. Insistieron mucho para que les diera el nombre del nuevo propietario pero, por supuesto, me negué.

—¿Cómo sabe usted que eran de Pekín? —objeté, suspicaz—. Podrían ser miembros de la Banda Verde, disfrazados.

El anticuario Jiang sonrió tanto que sus ojos desaparecieron bajo los pliegues de sus orientales párpados.

—No, no —repuso, contento—. Los de la Banda Verde aparecieron una semana después, muy bien acompañados por un par de Enanos Pardos... de japoneses, quiero decir.

—¡Japoneses...! —exclamé. Recordaba perfectamente lo que nos había dicho M. Favez a Fernanda y a mí sobre los nipones, aquello de que eran unos peligrosos imperialistas, dueños de un gran ejército, que llevaban mucho tiempo intentando apoderarse de Shanghai y de China.

—Déjeme seguir con orden, *madame* —me rogó el señor Jiang—. Me hace usted perder el hilo de los acontecimientos.

—Perdón —musité mientras observaba, sorprendida, cómo el barrigudo Paddy sonreía con satisfacción ante el reproche que me acababa de hacer el anticuario.

—Los distinguidos hombres de Pekín se marcharon de mi tienda bastante disgustados y no me cupo ninguna duda de que volverían o de que, al menos, iban a intentar localizar al propietario del cofre. Su actitud y sus palabras habían dejado muy claro que pensaban conseguir lo que querían por las buenas o por las malas. Yo sabía que el valioso objeto que ahora estaba en manos de Rémy era una pieza excelente, un original del reinado del primer emperador de la actual dinastía Qing, Shun Zhi, que gobernó China desde 1644 hasta 1661, pero ¿por qué tanto interés? Hay miles de objetos Qing en el mercado y muchos más desde el incendio del 27 de junio. Si hubiera sido una pieza Song, Tang o Ming (7) lo hubiera entendido, pero ¿Qing...? Y, en fin, para que termine usted de comprender mi extrañeza bastará con que le diga que, si bien al principio no me llamaron la atención las agudas voces de falsete de aquellos obstinados clientes, cuando caminaron hacia la puerta de mi establecimiento para marcharse ya no pude ignorar, viéndoles dar esos pasitos cortos con las piernas muy juntas y el cuerpo inclinado hacia adelante, que se trataba de Viejos Gallos.

—¿De qué habla? —pregunté—. ¿Viejos Gallos?

(7) Importantes dinastías de la historia de China: Tang (618-907 n. e.), Song (960-1279 n. e.), Ming (1268-1644 n. e.)

—¡Eunucos, Mme. De Poulain, eunucos! —profirió Paddy Tichborne con una risotada.

—¿Y dónde hay eunucos en China? —observó retóricamente el señor Jiang—. En la corte imperial, *madame*, sólo en la corte imperial de la Ciudad Prohibida. Por eso le decía que eran caballeros de Pekín.

—Yo no les llamaría caballeros... —comentó desagradablemente el irlandés.

—¿Qué son eunucos, tía? —quiso saber Fernanda. Por un momento dudé si responder a su pregunta, pero al instante decidí que la niña ya tenía edad de conocer ciertas cosas. Lo raro fue que me arrepentí:

—Son los criados de los emperadores de China y de sus familias.

Mi sobrina me miró como esperando alguna explicación más, pero yo ya había terminado.

—¿Y por ser criados del emperador hablan con voz de falsete y caminan con las piernas juntas e inclinados hacia adelante? —insistió.

—Las costumbres de cada país, Fernanda, son un misterio para los forasteros.

El señor Jiang terció en nuestro breve diálogo.

—Espero, *madame*, que comprenda mi sobresalto cuando descubrí quiénes eran aquellos compatriotas vestidos a la occidental que salían, furiosos, por la puerta de mi tienda. Esa noche cené con Rémy y le conté lo sucedido, advirtiéndole que el «cofre de las cien joyas» podía ser peligroso para él. Pensé que lo mejor sería aconsejarle que me lo entregara y así yo podría vendérselo a aquellos Viejos Gallos, quitándonos ambos un conflicto de encima. Pero no me hizo ningún caso. Creyó que, como él no me lo había pagado todavía, mi intención era conseguir un precio mejor y se negó a devolvérmelo. Intenté hacerle comprender que alguien muy poderoso de la corte imperial, quizá el emperador mismo, quería recuperar el cofre y que esa gente no estaba acostumbrada a ver frustrados sus deseos. Hasta no hace muchos años hubieran podido matarnos y conseguir la pieza sin incumplir ninguna ley. Sin embargo, ya sabe usted, *madame*, cómo era Rémy. —El anticuario, muy serio, se caló las gafas meticulosamente—. Muerto de risa, me aseguró que pondría el cofre a buen recaudo y que, si los eunucos volvían a mi tienda, él en persona acudiría a decirles que no estaba interesado en venderles nada.

—¿Y no cambió de opinión tras la visita que le hicieron a usted los japoneses y la Banda Verde? —No daba crédito a la inconsciencia de Rémy, aunque, bien pensado, ¿de qué me sorprendía?

—No, no cambió de opinión. Ni siquiera cuando le informé de que el propio Huang Jin Rong, el jefe de la Banda Verde y de la policía de la Concesión Francesa, me había advertido de que, si no les entregábamos el cofre antes de una semana, ocurriría algún desagradable accidente.

—¿Sabían que el cofre lo tenía Rémy?

—Lo sabían todo, *madame*. *Surcos* Huang tiene espías por todas partes. Quizá usted no sepa de quién le estoy hablando pero Huang es el hombre más peligroso de Shanghai.

—M. Tichborne me habló anoche de él.

El periodista, al sentirse aludido, cruzó y descruzó las piernas.

—Créame si le digo —continuó el anticuario— que pasé auténtico miedo cuando le vi entrar en persona por la puerta de mi tienda. Ciertos individuos no merecen ser hijos de esta noble y digna tierra de China, pero no podemos hacer nada por evitarlo porque son el resultado de la mala suerte que persigue a mi país. *Surcos* Huang no se prodiga habitualmente de esta forma, por eso el asunto se convirtió, de pronto, en algo mucho más alarmante de lo que yo había pensado hasta entonces.

—¿Y qué tienen que ver los japoneses con todo esto?

—Puede que la respuesta a su pregunta se encuentre en el interior del cofre, *madame*. En cierto modo, lamento no haberme quedado más tiempo con él antes de ofrecérselo a Rémy. Ni siquiera lo examiné. Romper las tiras de papel amarillo de los sellos imperiales hubiera significado menguar su valor. De haberlo hecho, quizá comprendería mejor lo que está ocurriendo hoy y por qué *Surcos* Huang en persona acudió a mi tienda acompañado por su lugarteniente, Du Yu Shen, Du «Orejotas», y por aquellos dos Enanos Pardos que se limitaron a quedarse quietos y a mirarme con desprecio.

El señor Jiang había conseguido asustarme. Empecé a notar la desazón de estómago que preludiaba las palpitaciones. ¿Cómo no iba a sentirme morir ante una situación de riesgo real como era la de poseer el dichoso cofre que querían los eunucos imperiales, los colonialistas japoneses y ese tal *Surcos* Huang de la Banda Verde?

—Quisiera hacerle llegar la pieza —balbucí.

—No se preocupe, *madame*. Le mandaré a un vendedor de pescado que es de mi total confianza. Envuelva usted bien el cofre en telas secas y haga que un criado lo coloque en uno de los cestos mientras aparenta comprar algo para la cena.

Era una buena idea. Como las mujeres acomodadas no podían salir nunca a la calle porque lo prohibía la tradición —y porque, evidentemente, no podían caminar con esos horribles pies mutilados llamados «Nenúfares dorados» o «Pies de loto»—, los vendedores ambulantes, en China, acudían continuamente a las casas para hacer sus negocios y entraban directamente hasta el patio de la cocina para ofrecer fruta, carne, verduras, especias, alfileres, hilos, ollas y cualquier otra clase de artículo doméstico. El vendedor de pescado del señor Jiang pasaría totalmente desapercibido entre tanto ir y venir.

Cuando terminó de hablar, el anticuario se puso en pie con movimientos elegantes y, aunque pareció apoyarse cansinamente en su bastón de bambú, observé que se levantaba con la misma asombrosa flexibilidad con que lo hacía la señora Zhong. Resultaba curioso cómo se movían los chinos, como si sus músculos se impulsaran sin esfuerzo, y, cuanto más mayores eran, más elásticos. No ocurría así con Fernanda y Paddy Tichborne, que tuvieron que desencajarse a empellones de sus butaquitas. A mí también me costó levantarme, aunque no por la misma razón, ya que, en mi caso, era la flojedad de piernas la que me dificultaba el movimiento.

—¿Cuándo llegará a mi casa el vendedor de pescado? —quise saber.

—Esta tarde —me dijo el señor Jiang—, a eso de las cuatro, ¿le parece bien?

—Y después, ¿todo habrá terminado?

—Espero que sí, *madame* —se apresuró a decir el anticuario—. Esta pesadilla ya se ha cobrado una vida, la de su marido y amigo mío, Rémy De Poulain.

—Lo extraño es —murmuré, encaminándome hacia la puerta de la habitación seguida por Tichborne y Fernanda— que, desde que entraron en la casa aquella noche, no lo hayan vuelto a intentar. Durante más de un mes sólo han estado los criados y no son precisamente valientes.

—Aquel día no encontraron nada, *madame*, ¿qué sentido tendría volver? Por eso me preocupa su seguridad. Lo más probable es que estén esperando a que usted encuentre el cofre para obligarla a entregárselo. La Banda Verde conoce la situación financiera en la que Rémy la ha dejado y sabe que, antes o después, tendrá que deshacerse de todo lo que posee para saldar las deudas. Lo lógico es que usted, o alguien en su nombre, haga un inventario; que revuelva vitrinas y armarios, que vacíe rápidamente todos los cajones y que vaya vendiendo los objetos de valor que aparezcan. Es sólo cuestión de tiempo. Por eso la vigilan. En cuanto sospechen que tiene el cofre, irán a por usted.

Estábamos casi en la puerta y el anticuario permanecía delante de su butaca, en la sala. De repente, el mundo se me vino abajo. Miré a mi sobrina y vi que ella me contemplaba fijamente, con ojos de sorpresa por lo que acababa de oír. Miré al anticuario Jiang y descubrí en su cara una sincera preocupación por mi vida. Miré a Tichborne y el irlandés fingió buscar algo en los bolsillos de su desgarbada chaqueta. ¿Qué había pasado conmigo? ¿Dónde estaba la pintora que vivía en París, la que llevaba una existencia que ahora me parecía despreocupada, que daba clases y paseaba junto al Sena los domingos por la mañana? De ser una persona completamente normal, con las dificultades habituales de cualquier artista que intenta abrirse camino, había pasado a estar en la ruina, amenazada de muerte y enredada en una truculenta conspiración oriental en la que podía estar envuelto el mismísimo emperador de la China. En mi desesperación sólo podía pensar que estas cosas no le ocurrían nunca a la gente, que nadie a quien yo conociera se había visto involucrado en una locura semejante, de modo que ¿por qué me estaba pasando todo esto a mí? Y ahora, además, tendría que darle explicaciones a mi sobrina sobre las deudas de Rémy, algo que había intentado evitar por todos los medios.

—No volveremos a vernos, Mme. De Poulain —afirmó el anticuario mientras nosotras abandonábamos las habitaciones de Tichborne—. Ha sido un placer conocerla. Recuerde dejar criados de guardia por la noche. Y, créame, lamento que se esté llevando tan mala impresión de China. Este país, antes, no era así.

Hice una leve inclinación de cabeza y me volví. Estaba más preocupada por respirar y no venirme abajo que por despedirme de aquel celeste estirado.

El reloj del recibidor del Shanghai Club señalaba la una y media de la tarde cuando Fernanda y yo, con unas espectaculares sonrisas, nos despedimos del grueso periodista. La entrevista con el anticuario apenas había durado media hora, pero había sido una de las peores medias horas de toda mi vida. En qué mal momento había decidido ir a China para resolver los asuntos de Rémy, pensé dejándome caer con desaliento en la silla del *rickshaw.* Si hubiera sabido lo que me esperaba, ni loca habría embarcado en aquel maldito *André Lebon.* El aire caliente del Bund terminó de agudizar mi sensación de ahogo. El viaje de regreso a casa fue un completo infierno.

La tarde pasó en un suspiro. Mientras yo escribía y mandaba una nota a M. Julliard, el abogado, para que pusiera en marcha los trámites de venta de la casa y la subasta pública del contenido, Fernanda, para mi disgusto, se empeñó en visitar al padre Castrillo a pesar del peligro que entrañaba su salida, y el vendedor de pescado apareció a la hora convenida para llevarse el envoltorio que le entregó la señora Zhong.

Era la tarde del día 1 de septiembre, sábado, y estaba en Shanghai y quizá hubiera podido hacer algo, no sé, dibujar o leer, pero no me encontraba muy bien, así que, sentada en un banco del jardín, dejé que el sol se ocultara tras los muros que rodeaban la casa contemplando los parterres de flores y el suave movimiento de las ramas de los árboles. Un par de criados enfriaban el suelo mojándolo con unas escobas empapadas de agua. En realidad, pese a mi aparente calma, por dentro sostenía una guerra sin cuartel contra la desesperación y la angustia. Todo me parecía extraño y no sólo porque aquella casa y aquel país fueran nuevos para mí sino porque, en ocasiones, cuando las circunstancias se salen extraordinariamente de lo normal, el mundo se vuelve raro y parece que ya no será posible recuperar nunca la vida de antes. No podía ubicarme bien ni en el espacio ni en el tiempo y tenía la opresiva sensación de estar perdida en una inmensidad de silencio en la que no había nadie más que yo. Mirando los rododendros blancos, tomé la firme decisión de partir de Shanghai lo antes posible. Debíamos regresar a Europa, salir de aquella tierra extraña y volver a la cordura, a la normalidad. El lunes, sin falta, pasaría por las oficinas de la Compagnie des Messageries Maritimes para comprar los pasajes de regreso en el primer paquebote que zarpara del muelle francés con destino a Marsella. No quería permanecer ni un minuto más de lo necesario en aquel país que sólo me había traído desgracias y problemas.

De repente, mientras empezaba a preguntarme por qué Fernanda todavía no había regresado de su visita siendo, como era, la hora de cenar, vi aparecer por una de las puertas a la señora Zhong, que echó a correr hacia mí agitando un periódico en el aire.

—¡*Tai-tai!*—gritó antes de llegar—. ¡Un enorme terremoto ha destruido Japón!

La miré sin comprender y atrapé al vuelo el diario en cuanto estuvo a mi altura. Se trataba de la edición vespertina de *L'Écho de Chine*, que abría su primera página con un inmenso titular anunciando el peor terremoto de la historia del Japón. Al parecer, según las primeras informaciones, se estimaba en más de cien mil el número de muertos en Tokio y Yokohama, ciudades que seguían siendo pasto de las llamas debido a que los terribles incendios provocados por el seísmo no se podían apagar por culpa de unos pavorosos vientos huracanados que acosaban estas ciudades a más de ochenta metros por segundo (8) y, además, el suministro de agua se había visto afectado por la catástrofe. La noticia era terrible.

—¡La gente anda revuelta por las calles, *tai-tai*! Los vendedores ambulantes dicen que todo el mundo se dirige hacia el barrio de los Enanos Pardos. Pronto empezarán a llegar a Shanghai grandes oleadas de refugiados y eso no es bueno, *tai-tai*. No es nada bueno... —Entonces bajó la voz—. El chico que vendía los periódicos por las casas traía una carta para usted del señor Jiang, el anticuario de la calle Nanking.

La miré, muy sorprendida, sin decir nada. Acababa de ver a mi voluminosa sobrina apareciendo en el jardín, y no venía sola: un chiquillo chino, muy alto y muy flaco, vestido con una blusa y unos calzones azules de tela descolorida, la seguía a cierta distancia, mirándolo todo con curiosidad y desparpajo. Las dos figuras no podían ser más opuestas, geométricamente hablando.

—Ya estoy en casa, tía —anunció Fernanda en castellano, desplegando su abanico negro con un gracioso y muy español golpe de muñeca.

—Tome, *tai-tai* —me urgió la señora Zhong, poniendo en mi mano un sobre antes de hacer una de sus exageradas reverencias e iniciar el camino de vuelta hacia el pabellón central.

Aunque no moví ni un músculo, había vuelto a ponerme tensa como la cuerda de un violín. La carta del señor Jiang era

(8) Más de 280 km/h.

algo inesperado y me dolía en las manos. Se suponía que él debía haber entregado a la Banda Verde el cofre que se habían llevado de la casa aquella misma tarde. ¿Qué podía haber sucedido durante aquellas tres últimas horas para que el anticuario se viera en la necesidad, peligrosa a todas luces, de escribirme una carta? Algo había salido mal.

—Tía, éste es Biao —anunció mi sobrina tomando asiento junto a mí, en el banco—, el criado que me ha procurado el padre Castrillo. —El niño alto y flaco se sujetó ambas manos a la altura de la frente y se inclinó con respetuosa ceremonia, aunque había un no sé qué de burlón en sus ademanes que desmentía el gesto. Parecía un golfillo de la calle, un pequeño galopín resabiado. Sin embargo, curiosamente, sus ojos eran grandes y redondos, apenas un poco rasgados. No me desagradó. Era bastante guapo para ser un amarillo pues, a pesar de la crencha negra e hirsuta propia de su raza y de unos dientes demasiado grandes para su boca, llevaba el pelo rapado a la europea, con raya a un lado.

—*Ni hao,* señora. A su servicio —dijo Biao en un castellano macarrónico, inclinándose de nuevo. Los chinos debían de tener los riñones de hierro, aunque éste aún era muy joven para resentirse de estas cosas.

—¿Sabe qué significa «Biao» en chino, tía? —comentó mi sobrina con satisfacción, abanicándose enérgicamente—. «Pequeño tigre». El padre Castrillo me ha dicho que puedo quedármelo todo el tiempo que quiera. Tiene trece años y sabe servir el té.

—Ah..., muy bien —murmuré distraída. Tenía que leer la dichosa carta del señor Jiang. Estaba asustada.

—Con todo respeto, tía —mascculló Fernanda, cerrando súbitamente el abanico contra la palma—, creo que deberíamos hablar.

—Ahora no, Fernanda.

—¿Cuándo pensaba contarme usted esos problemas económicos de los que habló el señor Jiang?

Me puse en pie con lentitud, apoyando las manos en las rodillas como si fuera una anciana y escondí la carta del anticuario en el bolsillo de mi falda.

—No voy a discutir este asunto contigo, Fernanda. Espero que no vuelvas a preguntarme sobre ello. Es algo que no te concierne.

—Pero yo tengo dinero, tía —protestó. A veces mi sobrina me despertaba algo parecido a la ternura, aunque sólo con mirarla se me pasaba; su cara era idéntica a la de mi hermana Carmen.

—Tu dinero está retenido hasta que cumplas veintitrés años, niña. Ni tú ni yo podemos tocarlo, así que olvida todo este asunto. —Me alejé de ella en dirección al pabellón de los dormitorios.

—¿Quiere decir que voy a pasar necesidades y penurias durante seis años teniendo, como tengo, la herencia de mis padres?

Ahora sí. Ahora era la digna hija de su madre y nieta de su abuela. Sin parar de caminar, sonreí dolorosamente.

—Te servirá para convertirte en una persona mejor.

No me sorprendió nada escuchar el golpe seco de una patada contra el suelo. También era un célebre sonido familar.

Sentada, por fin, en el interior de la cama china, protegida del mundo por la preciosa cortina de seda que dejaba pasar la luz de las lámparas, abrí el sobre del anticuario con manos temblorosas sintiendo un hormigueo de miedo en los brazos y las piernas. Sin embargo, la carta sólo contenía una nota y, además, muy breve: «Por favor, acuda cuanto antes al Shanghai Club.» Estaba firmada por el señor Jiang y escrita con una elegante y anticuada caligrafía francesa que no podía ser más que del anticuario... Bueno, salvo que resultara una falsificación y me la hubiera enviado la Banda Verde, posibilidad que analicé cuidadosamente mientras me vestía a toda prisa y le pedía a la señora Zhong que diera de cenar a la niña. Estaba tan aterrada que, sinceramente, no era capaz de juzgar nada con claridad. Las cosas más absurdas se abrían paso con naturalidad, lo extraordinario había entrado a formar parte de lo cotidiano y ahí estaba yo, un sábado por la noche, en China, acudiendo por segunda vez en el mismo día, y como si fuera la cosa más normal del mundo, a una cita que podía suponer un riesgo real para mi vida. Había entrado, supongo, en una espiral de locura y, aunque quien me esperase en la habitación de Tichborne fuera el peligroso *Surcos* Huang acompañado por los eunucos de la Ciudad Prohibida y los imperialistas japoneses, peor sería no acudir si es que realmente era el anticuario quien me había convocado. Podía haber sucedido cualquier cosa durante la entrega del cofre, así que, a riesgo de sufrir un corte en los tendones de las rodillas, tenía que presentarme en el Shanghai Club.

El conserje me sonrió con petulancia cuando me reconoció. Debió de pensar que el gordo de Paddy y yo habíamos iniciado alguna relación íntima y no depuso su actitud arrogante ni siquiera cuando entré en el ascensor sin dejar de mirarle fríamente. Si yo hubiera sido un hombre se habría cuidado mucho de exponer de ese modo sus sospechas. Esta vez, Tichborne no bajó al recibidor a buscarme, así que crucé sola, y más muerta que viva, el largo pasillo alfombrado que llevaba hasta su habitación. Me encontraba turbada hasta tal punto que, cuando el irlandés me sonrió tras abrir la puerta, creí ver un tumulto de gente a su espalda, tumulto que, por suerte, desapareció con un rápido parpadeo. De hecho, allí no había nadie más que el señor Jiang, ataviado con su maravillosa túnica de seda negra y su brillante chaleco de damasco. Él también sonreía, aunque como los amarillos sonríen por casi todo, no le di ninguna importancia. No obstante, una especie de euforia, de satisfacción, se agitaba en el aire, algo muy distinto, desde luego, de lo que esperaba encontrar y que me calmó los nervios de manera inmediata. Sobre la mesita de la sala, junto a un juego de té y una botella de whisky escocés, descansaba el «cofre de las cien joyas», luciendo su maravilloso dragón dorado en la tapa.

—Pase, Mme. De Poulain —me animó el anticuario sin dejar de apoyarse en su bastón de bambú. Si a mediodía no le hubiera visto moverse con la elasticidad de un gato, habría podido creer que se trataba de un anciano vencido por los años—. Tenemos noticias muy importantes.

—¿Ha habido algún problema con el cofre? —pregunté angustiada mientras los tres tomábamos asiento en las butaquitas.

—¡En absoluto! —dejó escapar Tichborne con alegría. Había un vaso vacío frente a él y en la botella de whisky sólo quedaban dos dedos, así que no me cupo ninguna duda de que su regocijo se debía en buena medida al alcohol—. ¡Grandes noticias, *madame*! Sabemos lo que quiere la Banda Verde. ¡Esta pequeña caja es el cofre del tesoro!

Me volví para mirar al anticuario y vi que éste sonreía tanto que sus ojos eran dos rayas rectas perfectas en un océano de arrugas.

—Cierto, muy cierto —confirmó, dejándose caer cómodamente contra el respaldo de su asiento.

—¿Y eso va a salvar mi vida y la de mi sobrina?

—¡Oh, *madame*, por favor! —protestó el gordo Paddy—. No sea usted aguafiestas.

Antes de que pudiera contestar adecuadamente a esta grosería, el señor Jiang hizo un gesto con la mano para llamar mi atención. La uña ganchuda de oro de su meñique bailó ante mis ojos.

—Estoy seguro, Mme. De Poulain —empezó a decir mientras se inclinaba sobre la mesa para servir un té casi transparente en las dos tazas chinas que había preparadas—, que usted no conoce la leyenda del Príncipe de Gui. En este gran país al que nosotros, los hijos de Han, llamamos *Zhongguo*, el Imperio Medio, o *Tianxia*, «Todo bajo el Cielo», los niños se duermen por la noche escuchando la historia de este príncipe que llegó a ser el último y más olvidado de los emperadores Ming y que salvó el secreto de la tumba del primer emperador de la China, Shi Huang Ti. Es un cuento hermoso que hace renacer el orgullo de esta inmensa nación de cuatrocientos millones de personas.

Me alargó una de las tazas de té pero yo rehusé el ofrecimiento con un gesto vago.

—¿No le apetece?

—Es que hace demasiado calor.

El señor Jiang sonrió.

—Contra eso, *madame*, lo mejor es un té bien caliente. Le refrescará en seguida, ya lo verá. —Y volvió a insistir acercándome la taza. Yo la cogí y él se arrellanó en el asiento sujetando la suya—. Cuando yo era pequeño, junto con mi hermano y mis amigos, escenificaba en la calle la tragedia del Príncipe de Gui y, al terminar, los vecinos nos daban algunas monedas aunque lo hubiéramos hecho realmente mal —se rió silenciosamente, recordando—. Debo señalar, sin embargo, que, con el tiempo, nuestra actuación llegó a tener una cierta calidad.

—¡Al tema, Lao Jiang! —exclamó el irlandés. No pude dejar de preguntarme qué unía a aquellos dos hombres tan dispares. Por suerte para todos, al anticuario no pareció molestarle la interrupción, así que continuó con su relato al tiempo que yo probaba un pequeño sorbo de mi taza de té y me sorprendía por su agradable sabor afrutado. Naturalmente, empecé a sudar en seguida pero, lo curioso fue que el sudor se enfrió y noté una sensación fresca por todo el cuerpo. Los chinos eran más listos de lo que parecían y, desde luego, tomaban unas tisanas excelentes.

—Antes de conocer la leyenda del Príncipe de Gui, tiene usted que aprender algunas cosas sobre una parte muy importante de nuestra historia, Mme. De Poulain. Hace algo más de dos mil años el Imperio Medio no existía como lo conocemos hoy. El territorio estaba dividido en varios reinos que peleaban encarnizadamente entre sí, por lo que aquella época se conoce como el Período de los Reinos Combatientes. El que llegaría a ser el primer emperador de la China unificada nació, según los anales históricos, en el año 259 antes de la era actual. Se llamaba Yi Zheng y gobernaba en el reino de Qin (9). Después de subir al poder, el príncipe Zheng inició una serie de gloriosas batallas que le llevaron a apoderarse, en apenas diez años, de los

(9) Al pronunciarse *Chin*, se piensa que de este reino viene el nombre de China.

reinos de Han, Zhao, Wei, Chu, Yan y Qi, fundando, de este modo, el país de *Zhongguo*, el Imperio Medio, llamado así por estar situado en el centro del mundo, y él, a su vez, adoptó el título de *Huang Ti*, es decir, «Soberano Augusto», que es, hasta hoy, el apelativo de todos nuestros emperadores. La gente le añadió el calificativo *Shi*, es decir «Primero», de modo que el nombre por el que se le ha conocido a lo largo de la historia es *Shi Huang Ti*, o lo que es lo mismo, «Primer Emperador». Sus enemigos, sin embargo, le llamaban «El Tigre de Qin» —y, mientras decía esto, el señor Jiang abrió el «cofre de las cien joyas» y dejó sobre la mesa la figurilla del medio tigre de oro con inscripciones en el lomo que Fernanda y yo habíamos estado examinando aquella mañana—. Como a él le gustaba este apelativo, adoptó el tigre como insignia militar pero, en realidad, sus adversarios le llamaban así por su ferocidad y su corazón despiadado. En cuanto Shi Huang Ti tuvo a toda la China bajo su absoluto control, puso en marcha una serie de medidas económicas y administrativas tan importantes como la unificación de los pesos, las medidas y la moneda —y el señor Jiang colocó también sobre la mesa la pieza redonda de bronce con un agujero cuadrado en el centro—, la adopción de un único sistema de escritura que, por cierto, es el que seguimos utilizando hoy en día —y puso junto a la moneda el minúsculo libro chino, el hueso de melocotón y las pepitas de calabaza con ideogramas escritos—, una red centralizada de canales y caminos —y colocó la diminuta figura de un carro tirado por tres caballitos de bronce— y, lo más importante: inició la construcción de la Gran Muralla.

—¡Lao Jiang, te estás yendo por las ramas! —le gritó Paddy con malos modos. Ahora sí que le miré con profundo desprecio. Qué hombre tan maleducado.

—En fin, Mme. De Poulain, en lo que a nosotros concierne —prosiguió el señor Jiang—, Shi Huang Ti fue, no sólo el primer emperador de la China, sino uno de los hombres más importantes, ricos y poderosos del mundo.

—Y aquí es donde entra en juego este pequeño cofre —apuntó el irlandés, con una gran sonrisa.

—Todavía no, pero nos estamos acercando. Cuando el todavía príncipe Zheng subió al trono, ordenó que diesen comienzo las obras de su mausoleo real. Eso era lo normal en aquella época. Luego, dejó de ser el príncipe de un pequeño reino para convertirse en Shi Huang Ti, el gran emperador, de modo que el proyecto inicial se amplió y magnificó hasta adquirir proporciones gigantescas: más de setecientos mil trabajadores de todo el país fueron enviados al lugar para hacer de aquella tumba el enterramiento más lujoso, grande y espléndido de la historia. Millones de tesoros fueron enterrados con Shi Huang Ti a su muerte, además de miles de personas vivas: los cientos de concubinas imperiales que no habían tenido hijos y los setecientos mil obreros que habían participado en la construcción. Todos aquellos que sabían dónde se encontraba el mausoleo fueron enterrados vivos y el lugar se cubrió de secreto y misterio durante los siguientes dos mil años. Un monte artificial, con árboles y hierba, se levantó sobre la tumba, que fue olvidada, y toda esta historia pasó a formar parte de la leyenda.

El señor Jiang se detuvo para dejar delicadamente su taza vacía sobre la mesa.

—Discúlpeme, señor Jiang —murmuré, confusa—, pero ¿qué tiene que ver el primer emperador de China con el cofre?

—Ahora le contaré la historia del Príncipe de Gui —repuso el anticuario. Paddy Tichborne resopló, aburrido, y apuró el contenido del vaso en el que había vaciado la botella de whisky—. Durante la cuarta luna del año 1644, el último emperador de la dinastía Ming, el emperador Chongzen, acosado por sus enemigos, se ahorcó colgándose de un árbol en Meishan, la Colina del Carbón, al norte del palacio imperial de Pekín. Con esto se puso fin, oficialmente, a la dinastía Ming y dio comienzo la actual, la Qing, de origen manchú. El país estaba en el caos, las finanzas públicas arruinadas, el ejército desorganizado y los chinos divididos entre la antigua y la nueva casa reinante. Pero no todos los Ming habían sido exterminados; aún quedaba un último contendiente legítimo al trono, el joven Príncipe de Gui que había podido huir hacia el sur con el resto de un pequeño ejército de fieles. A finales de 1646, en Zhaoqing, en la provincia de Guangdong, el Príncipe de Gui fue proclamado emperador con el nombre de Yongli. Poco dicen las crónicas de este último emperador Ming, pero se sabe que, desde su entronización, vivió huyendo permanentemente de las tropas de los Qing, hasta que, por fin, en 1661, tuvo que pedir asilo al rey de Birmania, Pyé Min, quien le acogió a regañadientes y le dispensó un trato humillante como prisionero. Un año después, las tropas del general Wu Sangui se plantaron en la frontera de Birmania dispuestas a invadir el país si Pyé Min no le entregaba a Yongli y a toda su familia. El rey birmano no lo dudó y Yongli fue llevado por el general Wu Sangui hasta Yunnan, donde fue ejecutado junto con toda su familia durante la tercera luna del año 1662.

—Y usted, *madame*, se preguntará —le atajó Paddy Tichborne con hablar ebrio—, qué relación existe entre el primer emperador de China y el último emperador Ming.

—Bueno, sí —admití—, pero, en realidad, lo que me pregunto es qué relación existe entre todo esto y el «cofre de las cien joyas».

—Era necesario que usted conociera ambas historias —indicó el anticuario— para que pudiera comprender la importancia de lo que hemos encontrado. Como le he dicho, forma parte de la cultura china la vieja leyenda del Príncipe de Gui, también llamado emperador Yongli, que se relata a los niños desde que nacen y que yo mismo he representado con mis amigos en la calle por algunas monedas de cobre. Dice la leyenda que los Ming poseían un antiguo documento que señalaba el lugar donde se encontraba el mausoleo de Shi Huang Ti, el Primer Emperador, así como la forma de entrar en él sin caer en las trampas dispuestas contra los saqueadores de tumbas. Ese documento, un hermoso *jiance*, pasaba secretamente de emperador a emperador como el objeto más valioso del Estado.

—¿Qué es un *jiance*? —pregunté.

—Un libro, *madame*, un libro hecho con tablillas de bambú atadas con cordones. Hasta el siglo I antes de nuestra era, los chinos escribíamos sobre caparazones, piedras, huesos, tablillas de bambú o lienzos de seda. Después, en torno a esa fecha, inventamos el papel, utilizando fibras vegetales, pero el *jiance* y la seda continuaron empleándose durante algún tiempo más. No mucho, eso es cierto, porque el papel pronto sustituyó a los antiguos soportes. En fin, la leyenda del Príncipe de Gui cuenta que, la noche en que el príncipe fue proclamado emperador, un hombre misterioso, un correo imperial procedente de Pekín, llegó hasta Zhaoqing para hacerle entrega del *jiance*. El reciente emperador tuvo que jurar protegerlo con su vida o bien destruirlo antes de que pudiera caer en manos de la nueva dinastía reinante, los Qing.

—¿Y por qué no podía caer en manos de los Qing?

—Porque no son chinos, *madame*. Los Qing son manchúes, tártaros, proceden de los territorios del norte, al otro lado de la Gran Muralla, y qué duda cabe que para ellos, usurpadores del trono divino, poseer el secreto de la tumba del Primer Emperador y apoderarse de sus objetos y tesoros más significativos hubiera supuesto un acto de legitimación ante el pueblo y la nobleza difícilmente superable. De hecho, y preste atención a lo que voy a decir, *madame*, incluso hoy día un descubrimiento semejante sería un suceso tan crucial que, de producirse, podría provocar el fin de la República del doctor Sun Yatsen y la reinstauración del sistema imperial. ¿Entiende lo que quiero decir?

Fruncí el ceño intentando concentrarme y captar la dimensión de lo que el señor Jiang acababa de decirme, pero resultaba difícil siendo europea e ignorante de la historia y la mentalidad del llamado Imperio Medio. Desde luego, la China que yo apenas conocía, la de Shanghai, con su modo de vida occidental y su amor por el dinero y los placeres, no me parecía que fuera a levantarse en armas contra la República para regresar a un pasado feudal bajo el gobierno absolutista del joven emperador Puyi. Sin embargo, era razonable pensar que Shanghai resultaba la excepción y no la norma de la vida china, de su cultura y de sus ancestrales costumbres y tradiciones. Con toda seguridad, fuera de aquella ciudad portuaria y occidentalizada existía un inmenso país del tamaño de un continente que todavía seguía anclado en los viejos valores imperiales, pues tras más de dos mil años de vivir de una determinada manera resultaba muy improbable que las cosas hubieran cambiado en apenas una década.

—Lo entiendo, señor Jiang. Y deduzco de sus palabras que esa posibilidad se ha vuelto real en estos momentos por algo relacionado con el «cofre de las cien joyas», ¿no es así?

Paddy Tichborne se levantó torpemente de su asiento para coger otra botella de whisky escocés del mueble-bar. Yo terminé de un sorbo mi té, que ya estaba tibio, y dejé la taza en la mesa.

—Precisamente, *madame* —aprobó, satisfecho, el anticuario—. Ha tocado usted el último punto, y el más importante, de mi exposición. Ahora es donde la madeja se enreda de verdad. La leyenda del Príncipe de Gui cuenta que, la noche antes de que el rey de Birmania entregase a Yongli y a toda su familia al general Wu Sangui, el último emperador Ming invitó a cenar a sus tres amigos más íntimos, el licenciado Wan, el médico Yao y el geomántico y adivino Yue Ling y les dijo: «Amigos míos, como voy a morir y con mi muerte y la de mi joven hijo y heredero termina para siempre el linaje de los Ming, debo haceros entrega de un documento muy importante que vosotros tres deberéis proteger en mi nombre a partir de hoy. La noche en que fui entronizado como Señor de los Diez Mil Años juré que, llegado un momento como éste, destruiría un importante *jiance* que contiene el secreto de la tumba del Primer Emperador y que ha estado en poder de mi familia durante mucho tiempo. No sé cómo llegó hasta nosotros pero sí sé que yo no voy a cumplir mi juramento. Es preciso que, algún día, una nueva y legítima dinastía china reconquiste el Trono del Dragón y expulse de nuestro país a los usurpadores manchúes. Así pues, tomad.» Y, cogiendo el *jiance* y un cuchillo —continuó narrando el señor Jiang—, cortó los cordones de seda que unían las tablillas de bambú haciendo tres fragmentos que entregó a sus amigos. Antes de separarse para siempre, les dijo: «Disfrazaos. Adoptad otras identidades. Id hacia el norte dejando atrás los ejércitos del general Wu Sangui hasta que alcancéis el Yangtsé. Esconded los pedazos en sitios distantes entre sí a lo largo del cauce del río para que nadie pueda volver a unir las tres partes hasta que llegue el momento en que los Hijos de Han puedan recuperar el Trono del Dragón.»

—¡Pues sí que lo puso difícil! —exclamé, sobresaltando a Tichborne, que se había quedado de pie, con el vaso nuevamente lleno en la mano—. Si nadie más sabía dónde habían escondido los pedazos los tres amigos del Príncipe de Gui, sería imposible volverlos a unir. ¡Qué locura!

—Por eso era una leyenda —asintió el anticuario—. Las leyendas son hermosas historias que todo el mundo considera falsas, cuentos para niños, argumentos para el teatro. A nadie se le hubiera pasado por la cabeza ponerse a buscar tres fragmentos de tablillas de bambú de más de dos mil años de antigüedad a lo largo de la orilla septentrional de un río como el Yangtsé que tiene más de seis mil kilómetros de longitud desde su nacimiento en las montañas Kunlun, en Asia central, hasta su desembocadura aquí, en Shanghai. Pero...

—Afortunadamente, siempre hay un «pero» —apostilló el irlandés, antes de sorber ruidosamente un trago de whisky.

—... lo cierto es que la historia es verdadera, *madame*, y que nosotros tres sí que sabemos dónde escondieron los pedazos los tres amigos del Príncipe de Gui.

—¡Qué me dice! ¿Lo sabemos?

—Así es, *madame*. Aquí, en este cofre, hay un documento inestimable que relata la conocida leyenda del Príncipe de Gui con algunas diferencias significativas respecto a la versión popular. —Extendiendo el brazo derecho, el anticuario puso la mano con la uña de oro sobre la edición miniaturizada del libro chino y lo empujó hacia mí, separándolo del resto de objetos que había extraído del cofre al principio de nuestra conversación—. Por ejemplo, menciona con toda claridad los lugares que el príncipe indicó a sus amigos para que escondieran las tablillas y, ciertamente, la elección presenta una gran lógica desde el punto de vista de los Ming.

—Pero ¿y si es falso? —objeté—. ¿Y si se trata simplemente de otra versión de la leyenda?

—Si fuera falso, *madame*, ¿qué otro objeto de este cofre habría motivado un viaje desde Pekín de tres eunucos imperiales? ¿Y qué otra cosa podría animar a dos dignatarios japoneses a presentarse amenazadoramente en mi tienda acompañando a *Surcos* Huang? Recuerde que Japón todavía tiene en el trono a un emperador poderoso e incuestionado por su pueblo, que ha demostrado en múltiples ocasiones su disposición a intervenir militarmente en China para apoyar una restauración imperial. De hecho, durante años ha facilitado millones de yenes a ciertos príncipes leales a los Qing para mantener ejércitos de manchúes y mongoles que siguen hostigando a la República sin descanso. El interés del Mikado se centra en convertir a ese tonto de Puyi en un emperador títere bajo su control y apoderarse así de toda China en una única jugada maestra. No le quepa ninguna duda de que sacar a la luz la tumba del primer emperador de China sería el golpe definitivo. Puyi sólo tendría que atribuirse el hecho como una señal divina, decir que Shi Huang Ti le bendice desde el cielo y le reconoce como hijo o algo así para que los centenares de millones de campesinos pobres de este país se arrojaran humildemente a sus pies. La gente, aquí, es muy supersticiosa, *madame*, todavía creen en hechos sobrenaturales de este tipo y puede estar segura de que ustedes, los *Yang-kwei*, los extranjeros, serían masacrados y expulsados de China antes de que pudieran preguntarse qué estaba pasando.

—Sí, pero, señor Jiang, se olvida usted de un pequeño detalle —protesté, sintiéndome algo ofendida por el hecho de que el anticuario hubiera utilizado la expresión despectiva *Yang-kwei*, «diablos extranjeros», para referirse también a mí—. El cofre procedía de la Ciudad Prohibida, usted me lo dijo. Lo adquirió su agente en Pekín después de aquel primer incendio en el palacio de la Fundada Felicidad. Lo recuerdo porque me gustó mucho el nombre, me pareció muy poético. Lo cierto es que todo eso que usted dice que Puyi podría hacer con ayuda de los japoneses, teniendo el cofre en su poder, ¿por qué no lo ha hecho ya? Si no me han informado mal, Puyi perdió el gobierno de China en 1911.

—En 1911, *madame*, Puyi tenía seis años. Ahora tiene dieciocho y recientemente ha contraído matrimonio, lo que le ha proporcionado la mayoría de edad que, de no haberse producido la revolución, hubiera significado el fin de la regencia de su padre, el ignorante príncipe Chun, y su ascenso al poder como Hijo del Cielo. Pensar en la Restauración hubiera sido absurdo hasta ahora. De hecho, durante estos años ha habido algunos intentos que han quedado reducidos siempre a ridículos fracasos, tan ridículos como el hecho mismo de que cuatro millones de manchúes quieran seguir gobernando a cuatrocientos millones de hijos de Han. La corte Qing vive en el pasado, mantiene las viejas costumbres y los antiguos rituales detrás de los altos muros de la Ciudad Prohibida, sin darse cuenta de que ya no hay lugar para Dragones Verdaderos ni Hijos del Cielo en este país. Puyi sueña con un reinado lleno de coletas Qing (10) que, afortunadamente, no regresará. Salvo, claro está, que ocurra un milagro como el descubrimiento divino de la tumba perdida de Shi Huang Ti, el Primer y Gran Emperador de China. El pueblo sencillo está harto de las luchas por el poder, de los gobernadores militares convertidos en señores de la guerra con ejércitos privados, de las disputas internas de la República y no hay que olvidar tampoco la existencia de un fuerte partido de promonárquicos que, alentados por los japoneses, los Enanos Pardos, simpatiza con los militares porque no les convence el actual sistema político. Si une usted, *madame*, la reciente mayoría de edad de Puyi, que no esconde sus grandes deseos de recuperar el trono, con un próximo descubrimiento del sagrado mausoleo de Shi Huang Ti, verá que las condiciones para una restauración monárquica están servidas.

(10) En 1645, los manchúes ordenaron que todos los hombres chinos adultos debían afeitarse la frente y llevar el pelo trenzado (la conocida coleta china) siguiendo el estilo manchú.

El anticuario Jiang me sobrecogió con sus palabras pero, sobre todo, por el ardor que ponía en ellas. Sin darme cuenta, quizá le miré más intensamente de lo que el decoro permitía. Si mi primera impresión de él fue la de estar delante de un auténtico mandarín, de un aristócrata, ahora estaba descubriendo a un chino apasionadamente entregado a su raza milenaria, afligido ante la decadencia de su pueblo y de su cultura, y lleno de desprecio hacia los manchúes que gobernaban su país desde hacía casi trescientos años.

Tichborne, que hasta entonces había estado bastante callado, ocupado en rellenar su copa para volverla a vaciar rápidamente y que, por falta de equilibrio, hacía algunos minutos que se había apoyado contra una de las paredes de la sala, soltó una estruendosa risotada:

—¡Puyi debió de llevarse un gran susto cuando descubrió que, por culpa del inventario de tesoros que había ordenado, el cofre que le iba a dar el trono se le había escapado de las manos!

—Ahora estoy más seguro que nunca —terció el señor Jiang— de que los Viejos Gallos que vinieron a mi tienda contrataron a la Banda Verde y buscaron el amistoso apoyo del consulado japonés cuando descubrieron que no era tan fácil recuperar el documento con la verdadera historia del Príncipe de Gui.

—¿Y qué vamos a hacer? —inquirí, angustiada.

El irlandés se separó de la pared sin dejar de sonreír mientras el anticuario entrecerraba los ojos para examinarme con atención mientras me preguntaba:

—¿Qué haría usted, *madame*, si, en sus actuales circunstancias financieras, pudiera conseguir unos cuantos millones de francos...? Y fíjese que digo millones y no miles.

—Y yo, además de hacerme inmensamente rico —farfulló Paddy, tomando asiento de nuevo en su butaca—, conseguiré el reportaje de mi vida. ¡Qué digo! ¡El libro de mi vida! Y nuestro amigo Lao Jiang se convertirá en el anticuario más reputado del mundo. ¿Qué le parece, Mme. De Poulain?

—Sin embargo, lo más importante de todo, *madame*, es que impediríamos el regreso al poder de la dinastía manchú, evitando una catástrofe histórica y política a mi país.

Millones de francos, repetía mi mente, cansada ya a esas horas de la noche. Millones de francos. Podría liquidar las deudas de Rémy, conservar mi casa de París y mantener a mi sobrina, dedicándome sólo a pintar durante el resto de mi vida sin verme obligada a dar clases por ochenta miserables francos al mes. ¿Qué debía de sentirse al ser rico? Hacía tanto tiempo que contaba desesperadamente las monedas para hacer milagros con la comida, los lienzos, las pinturas y el queroseno que no podía ni imaginar lo que significaría tener millones de francos en el bolsillo. Era una locura. Pero tampoco había que olvidar la parte arriesgada de la empresa:

—¿Y cómo esquivaremos a los eunucos de la Ciudad Prohibida? No..., en realidad, ¿cómo esquivaremos a los sicarios de la Banda Verde, que son los peligrosos?

—Bueno, hasta ahora lo hemos hecho bastante bien, ¿no es cierto, *madame*? —sonrió el señor Jiang—. Váyase a casa y espere mis instrucciones. Esté preparada para salir en cualquier momento a partir de esta noche.

—¿Salir...? ¿Salir hacia dónde? —me alarmé de repente.

El anticuario y el periodista intercambiaron una mirada de complicidad, pero fue Paddy quien, con lengua de trapo, expresó la idea que les había pasado a ambos por la cabeza:

—Los tres pedazos del *jiance* se encuentran escondidos en tres lugares que fueron muy importantes durante la dinastía Ming, dos de los cuales están a muchos cientos de kilómetros Yangtsé arriba. Tendremos que viajar hacia el interior de China para llegar hasta allí.

¿En barco...? ¿Otra vez metida en un barco durante días y días remontando un río chino de miles de kilómetros perseguida, en esta ocasión, por eunucos, japoneses y mafiosos? ¿Acaso me estaba volviendo loca?

—¿Y tengo que ir yo? —me preocupé; a lo mejor no era necesario—. Recuerde que soy responsable de mi sobrina y que no puedo abandonarla. Además, ¿de qué les iba a servir mi compañía?

Tichborne volvió a soltar una desagradable carcajada.

—¡Bueno, si se fía de nosotros, pues quédese! Pero, en lo que a mí respecta, no le garantizo que esté dispuesto a compartir mi parte cuando volvamos. ¡Es más, ni siquiera estoy de acuerdo en que usted participe en esta expedición! Ya le dije a Lao Jiang que usted no tenía por qué enterarse de nada de esto, pero él se empeñó.

—Escuche, *madame* —se apresuró a decir el anticuario, inclinándose ligeramente hacia mí—. No haga caso a Paddy. Ha bebido demasiado. Sin las consecuencias del alcohol, este hombre es un prodigio de saber al que yo mismo consulto en muchas ocasiones. Lo malo es que sus resacas suelen durar varios días. —Tichborne volvió a reír y el señor Jiang apretó con fuerza la empuñadura del bastón como si quisiera retenerlo para que no golpeara por su cuenta al irlandés—. Son sus vidas, *madame*, la suya y la de su sobrina, las que están en peligro y no las de Paddy o la mía y, además, el cofre era de Rémy, no debemos olvidarlo. Usted tiene, por tanto, el mismo derecho que nosotros a una parte de lo que encontremos en el mausoleo, pero eso significa que debe acompañarnos forzosamente. Si se queda en Shanghai nadie podrá garantizar su seguridad. En cuanto la Banda Verde descubra que Paddy y yo hemos desaparecido, vendrán en nuestra busca porque no son tontos. Usted y su sobrina serán entonces sus víctimas. Y ya sabe cómo actúan. Ese cofre es muy valioso. ¿Cree que correrán tras nosotros y que a usted la dejarán en paz? No lo espere, *madame*. Lo más sensato es que vayamos los tres, que los tres escapemos de Shanghai juntos y que intentemos no ser atrapados hasta que consigamos llegar al mausoleo. Una vez que el descubrimiento se haga público con nuestros nombres, Puyi y los Enanos Pardos no podrán hacer nada y tendrán que buscar la restauración por otros cauces. Hágame caso, *madame*, por favor. Paddy y yo ultimaremos los detalles. Prepare también a la joven hija de su hermana. No puede dejarla en Shanghai, así que tendremos que llevárnosla.

—Va a ser muy peligroso —murmuré. Menos mal que estaba sentada porque no sé si hubiera podido mantenerme en pie.

—Sí, *madame*, lo será, pero, con un poco de suerte e inteligencia, lo conseguiremos. Sus problemas económicos se habrán terminado para siempre. De hecho, creo que, de los tres, usted es la que tiene más motivos para emprender esta aventura y, así, poder regresar a París sana y salva. La Banda Verde está relacionada con otras sociedades secretas chinas como el Loto Blanco, Razón Celeste, Pequeño Cuchillo, la Tríada... que se han extendido fuera de este país, especialmente en *Meiguo* (11) y en *Faguo* (12).

—En Estados Unidos y en Francia —me aclaró Tichborne.

—Lo que intento decirle es que ni siquiera podría escapar tranquila a *Faguo* porque también allí conseguirían matarla si no deja este asunto resuelto en China. Usted no conoce el poder de las sociedades secretas.

—¡Está bien, está bien! Iremos —exclamé.

El temor me oprimía la garganta. ¿Cómo se me ocurría involucrar a la niña en una situación tan peligrosa? Si le pasara algo nunca me lo perdonaría. Aunque el señor Jiang tenía razón: también podía ocurrirle en Shanghai o en *Faguo*. En realidad, Fernanda había caído en una trampa mortal por mi culpa y yo me sentía terriblemente mal al pensarlo.

—Y, ahora, para que se anime un poco, escuche esto, *madame* —propuso alegremente el anticuario, cogiendo el minúsculo libro de encima de la mesa y usando como lupa un segundo par de gafas, que sacó de un bolsillo de su chaleco, para ver los pequeñísimos caracteres del diminuto acordeón de papel que sostenía en una mano—. ¿Dónde estaba...? ¡Ah, sí! Aquí, eso es... Preste atención. Nos encontramos en Birmania, en la cena que el Príncipe de Gui celebra con sus amigos la noche antes de ser entregado al general de los Qing, ¿de acuerdo? Bien, veamos... Dice el príncipe a sus amigos: «Poneos disfraces y haceros

(11) «El hermoso país».

(12) «El país de la ley».

pasar por otras personas para que, así, podáis atravesar las líneas del ejército de Wu Sangui sin peligro para vuestras vidas. Subid hacia el norte, hacia las tierras centrales de China, hasta que lleguéis a las riberas del Yangtsé. Una vez allí, tú, licenciado Wan, dirígete hacia el Este hasta llegar a los bancos del delta del río. Busca acomodo en Tung-ka-tow, en el condado de Songjiang, encuentra los hermosos jardines Ming que imitan en todo a los jardines imperiales de Pekín, y esconde en ellos el pedazo que te ha correspondido del *jiance*. El mejor lugar sería, sin duda, bajo el famoso puente que zigzaguea. Tú, médico Yao, dirígete a Nanking (13), la Capital del Sur, donde están las tumbas de aquellos primeros antepasados míos que gobernaron China desde allí, y busca en la Puerta Jubao la marca del artesano Wei de la región de Xin'an, provincia de Chekiang (14), para depositar allí tu fragmento. Y tú, maestro geomántico Yue Ling, no permitas que te descubran hasta llegar al pequeño puerto pesquero de Hankow, donde emprenderás el largo y difícil camino hacia el Oeste que te llevará hasta las montañas Qin Ling y, una vez allí, al honorable monasterio de Wudang y pedirás al abad que guarde tu pedazo del libro. Después de poner a buen recaudo el *jiance*, huid para salvar vuestras vidas, pues los Qing no se van a conformar con matar a nueve generaciones de mi familia sino que asesinarán también a todos nuestros amigos.»

El mensaje del Príncipe de Gui debía de estar muy claro para el señor Jiang y para Tichborne porque, cuando el anticuario terminó de leer, ambos sonreían con tanta alegría y de una manera tan exuberante que parecían niños pequeños frente a un juguete nuevo.

—¿Lo entiende, *madame*? —farfulló el irlandés—. Conocemos los lugares exactos en los que están escondidos los fragmentos del *jiance* y podemos ir a por ellos cuando queramos.

—Bueno, lo cierto es que yo no he entendido mucho del mensaje pero supongo que ustedes dos sí.

(13) La forma actual de escribir Nanking es Nanjing.

(14) Zhejiang.

—Efectivamente, Mme. De Poulain —concluyó el anticuario—. Y, el primer fragmento, el que escondió el licenciado Wan, está aquí, en Shanghai.

—¡Vaya!

—El fragmento de Wan, según el mensaje del libro, se encuentra bajo un puente que zigzaguea en unos jardines estilo Ming situados en un lugar llamado Tung-ka-tow, en el delta del Yangtsé. Estamos en el delta; Tung-ka-tow era el nombre de la antigua ciudadela china que dio origen a lo que hoy es Shanghai y que aún persiste dentro de lo que se conoce como Nantao, la vieja ciudad china; y en el corazón de Nantao, en lo que fue Tung-ka-tow, existen, efectivamente, unos viejos jardines abandonados y llenos de inmundicia, los jardines Yuyuan, que se dice fueron construidos por un oficial Ming a imitación de los jardines imperiales de Pekín. Apenas queda nada de ellos. Están en una zona muy pobre y peligrosa y sólo los visitan algunos *Yang-kwei* curiosos debido a que, en el centro de lo que debió de ser un hermoso lago, hay una isla con un establecimiento donde se puede tomar el té.

—¿Y a que no se imagina, *madame*, cómo es el puente que lleva al pabellón de la isla? —preguntó Paddy.

No tuve que pensar mucho.

—¿Zigzagueante?

—¡Premio!

—Es una suerte magnífica que el primer pedazo se encuentre aquí, en Shanghai —señalé—, ya que, si no está, significará que el texto es falso y no habrá que hacer ningún viaje, ¿verdad?

Ambos volvieron a cruzar una mirada de complicidad. Se veía en sus caras que no estaban dispuestos a dar cuartelillo a mi idea. Pero otro pensamiento, más preocupante, ocupaba ya mi cabeza cuando dejaron de mirarse y se volvieron hacia mí:

—¿Cómo voy a escabullirme de los vigilantes de la Banda Verde? Si me están siguiendo a todas partes, va a resultar imposible esquivarlos para escapar sin que se den cuenta. Una cosa es dejarlos en la puerta, esperando como ahora, y, otra, abandonar Shanghai delante de sus narices.

—En eso tiene usted razón, *madame* —aceptó el señor Jiang, quien, por unos momentos quedó sumido en una profunda reflexión, al cabo de la cual, me miró con ojos brillantes—. Ya sé lo que vamos a hacer. Hable con la señora Zhong y pídale que, discretamente, consiga ropa china para su sobrina y para usted. No creo que le resulte difícil hacerse con algunas prendas de las criadas. Además, sus pies grandes las ayudarán mucho a dar la imagen de sirvientas. Intenten también arreglarse el pelo como lo haría una mujer china, aunque va a ser difícil teniendo usted el pelo corto y ondulado, y, por supuesto, maquíllense de manera que sus ojos occidentales no resulten tan evidentes. Por último, salgan de la casa en compañía de varios criados, de manera que pasen ustedes desapercibidas dentro del grupo y, con todo esto, confío en que no las descubran.

Estaba horrorizada. ¿Cuándo se había visto que una mujer de buena familia se disfrazase de sirvienta doméstica y, además, de otra raza distinta a la suya? Ni siquiera durante el Carnaval, en Europa, se daban situaciones así. Hubiera resultado zafio.

—¿Qué les parece si terminamos la reunión? —bramó el gordo irlandés desde el fondo de su asiento—. Resulta que son las nueve de la noche y estamos sin cenar.

En eso tenía razón. Si yo sentía ya un poco de hambre y seguía guiándome, más o menos, por el tardío horario español de comidas (no había conseguido acostumbrame al europeo), ellos debían de estar famélicos.

—Espere noticias mías, *madame* —terminó el señor Jiang, incorporándose lleno de entusiasmo—. Tenemos un gran viaje por delante.

Un viaje de miles de kilómetros por un país desconocido, pensé. Una amarga sonrisa se me dibujó en los labios sin querer al recordar que había planeado comprar los billetes para el primer paquebote que saliera de Shanghai en los días siguientes. Seguía sin ver la hora de marcharme de China, pero, si todo salía bien, podría deshacerme de las deudas de Rémy y recuperar para siempre mi vida tranquila en París, paseando por la *rive gauche* los domingos por la mañana. La seguridad de Fernanda era lo que más me preocupaba de todo aquel asunto. La niña, por poco que la apreciara, no dejaba de ser una pieza inocente de mi ruina económica y, cuando se enterase de que debía disfrazarse de china y viajar en barco por el Yangtsé para recuperar los pedazos de un viejo libro, escapando de los mismos asesinos que habían terminado con la vida de Rémy, iba a protestar enérgicamente y con toda la razón. ¿Qué podría decirle para que entendiera que, si se quedaba en Shanghai, corría mucho más peligro? De repente, se me ocurrió la solución: ¿por qué no se quedaba con el padre Castrillo, en la misión de los agustinos, mientras yo estaba fuera? Sería perfecto.

—¡Ah, no, de eso nada! —exclamó, ofendida, cuando se lo propuse. Estábamos en el pequeño gabinete contiguo al despacho de Rémy (también allí, como en el resto de la casa, todo era simétrico y equilibrado), sentadas en un par de sillas de altos respaldos suavemente curvados, junto a un biombo plegadizo que ocultaba un *ma-t'ung*. La había hecho levantar de la cama cuando regresé y la pobre llevaba puesto un camisón horrible bajo una bata más fea aún y el pelo extrañamente suelto. A la luz de las velas parecía un espectro salido de los infiernos. Mientras cenaba rápidamente una torta rellena de pato con guarnición de setas y unos huevos de milano, le había contado, a grandes trazos y sin conseguir recordar esos complicados nombres chinos, la leyenda del Príncipe de Gui y el secreto de la tumba del Primer Emperador.

—No hay nada más que hablar —repuse, decidida—. Te quedas en la misión bajo la protección del padre Castrillo. Hablaré con él mañana por la mañana. Te acompañaré a misa y le pediré el favor.

—Yo voy con usted.

—Te estoy diciendo que no, Fernanda. No se hable más.

—Y yo le digo que sí, que voy con usted.

—Muy bien, insiste si quieres, pero mi decisión está tomada y no vamos a perder toda la noche discutiendo. Estoy realmente cansada. El único rato de paz que he tenido desde que desembarcamos ha sido el de esta tarde en el jardín. No puedo con mi alma, Fernanda, así que no me hagas pelear.

Los ojos se le llenaron de rabia y de resentimiento y, de un salto, se puso en pie y salió del pabellón pisando fuerte, con un orgullo tan grande como el de don Rodrigo en la horca. Pero mi decisión estaba tomada. No quería llevar ese cargo en la conciencia. La niña se quedaba en Shanghai, con el padre Castrillo. Aunque, naturalmente, cuando se atraviesa una racha de mala suerte como la mía, siempre hay que contar con que todo se tuerce para que no tengamos ni un pequeño respiro, de manera que, a las cinco de la madrugada, cuando me despertó la luz de una vela que brillaba en las manos de la señora Zhong, supe que mi plan se había desbaratado; acababa de llegar el vendedor de pescado con los primeros ejemplares capturados en Shanghai aquella noche y traía un mensaje urgente del señor Jiang:

—«A la hora del dragón en la Puerta Norte de Nantao».

Suspiré, sacando los pies de la cama.

—¿Sería tan amable de traducirlo a un lenguaje comprensible, señora Zhong?

—A las siete de la mañana —susurró, haciendo pantalla con la mano sobre la llama y dejándome en la más siniestra oscuridad—, en la antigua puerta del norte de la ciudad china.

—¿Y dónde está eso?

—Muy cerca de aquí, ya le explicaré cómo llegar mientras se viste. Aquí tiene la ropa que me pidió anoche. Voy a despertar a *mademoiselle* Fernanda mientras usted se lava.

Media hora después, al mirarme en el espejo, apenas podía creer lo que veía: enfundada en unos gastados pantalones y una blusa de descolorido algodón azul, y calzada con unos ligeros zapatos de fieltro negro, mi aspecto era el de una extraña que, gracias a un flamante flequillo de pelo lacio, a unos pómulos resaltados por el maquillaje y a unos ojos orientales delineados por unos finos bastoncillos impregnados en tinta, bien podía ser una sirvienta o una campesina natural del país. La señora Zhong añadió algunos coloridos collares que resultaron ser amuletos y que dieron un poco de vida a mi pálida cara. No daba crédito a la imagen del espejo y aún menos al aspecto de la robusta joven china que se coló en mi habitación ataviada y maquillada de igual modo aunque con una larga coleta a la espalda y, en los pies, unas viejas sandalias de cáñamo. La cara de Fernanda relucía de satisfacción igual que cuando descendimos del *André Lebon*. Estaba claro que lo que aquella niña necesitaba de verdad era libertad y acción. Quizá mi hermana Carmen y yo éramos, por temperamento, las caras opuestas de una misma moneda familiar pero, desde luego, su hija había nacido con las dos facetas.

A las seis y media de la mañana, en el centro de un grupo de criados a los que la señora Zhong había ordenado dirigirse a la ciudad china para comprar diversos productos que sólo allí se podían adquirir, salimos de la casa cargando al hombro unos grandes cestos vacíos que nos servirían para ocultarnos aún más a los ojos de cualquier vigilante. La calle parecía desierta, aunque del cercano Boulevard de Montigny llegaban los ruidos de la vida matinal que comenzaba. Extrañamente, me pareció distinguir al mismo par de menudas viejecitas sucias y harapientas que circulaban por delante del consulado español la noche de la recepción. Me llevé un susto de muerte: ¿eran ellas las espías de la Banda Verde? Desde luego, si eran las mismas —y lo parecían—, la cosa no ofrecía dudas. Noté que me ponía mucho más nerviosa de lo que ya estaba antes de salir de la casa y no le dije nada a Fernanda, que caminaba junto a su espigado criado Biao, el muchacho que hablaba castellano, para que no hiciera ningún gesto que pudiera despertar la atención de las ancianas. Hasta llegar a L'École Franco-Chinoise, en la esquina de Montigny con Ningpo, estuve girando la cabeza con disimulo para comprobar si nos seguían, pero no volví a verlas. Lo habíamos conseguido.

Pronto nos encontramos frente a lo que, tiempo atrás, fue la llamada Puerta Norte, es decir, la entrada posterior de la vieja ciudad china amurallada, ya que los amarillos consideran que el punto cardinal principal es el Sur (hacia donde señalan sus brújulas, al contrario que las nuestras) y, por este motivo, orientan en esa dirección las puertas delanteras de sus casas y de sus ciudades. El norte, por lo tanto, es la parte de atrás en la concepción china del espacio. Pero allí ya no había ninguna puerta, como tampoco había murallas; se trataba simplemente de una calle un poco más ancha de lo normal que se adentraba en Nantao pero que conservaba el viejo nombre y, en uno de sus lados, disfrazados como nosotras de humildes siervos celestes, esperaban unos desconocidos Lao Jiang y Paddy Tichborne —este último, con un amplio sombrero de cono en la cabeza—, a los que identifiqué porque se nos quedaron mirando con más atención de la normal. Luego supe que también a ellos les había costado reconocernos. Y no era de extrañar.

Los criados de la casa se separaron de nosotras sin alharacas ni despedidas, quitándonos de las manos los canastos y entregándonos los hatos con nuestras pertenencias para, luego, continuar tranquilamente su camino por las callejuelas estrechas, sinuosas y húmedas de la ciudad china. Entonces fue cuando me di cuenta de que Biao se había quedado junto a Fernanda.

—¿Qué hace él aquí? —le pregunté con acritud a mi sobrina.

—Se viene con nosotras, tía —me explicó tranquilamente.

—Ya le estás mandando de vuelta a casa ahora mismo.

—Biao es mi criado e irá donde yo vaya.

—¡Fernanda...! —exclamé subiendo el tono de voz.

—No grite, *madame* —me indicó el señor Jiang, iniciando un tranquilo paseo hacia el final de la calle. Me resultaba raro verle sin sus uñas de oro ni su bonito bastón de bambú y ataviado con aquella pobre túnica *beige* y un sombrero occidental.

—¡Fernanda! —susurré, siguiendo al anticuario y sujetando a mi sobrina por un brazo de tal manera que, al mismo tiempo, le estaba dando un pellizco de los que hacen historia.

—Lo siento, tía —me respondió también en susurros, sin inmutarse por el pellizco—. Se viene.

Algún día la mataría y disfrutaría bailando sobre su cadáver pero, en aquel momento, no podía hacer nada más que disculparme ante el señor Jiang y Paddy Tichborne.

—No se preocupe, *madame* —repuso tranquilamente Lao Jiang sin dejar de vigilar en todas direcciones con disimulo—. Nos vendrá bien un criado que sepa preparar el té.

Biao dijo algo en chino que no comprendí. A mí, las frases chinas me sonaban igual que los quejidos de una chaira de carnicero pasando sobre los picos de una sierra: un montón de monosílabos que subían, bajaban y volvían a subir de timbre y entonación creando una música extraña de notas incompatibles. Pero, en fin, era evidente que entre ellos se entendían, así que aquella paleta de cacofonías debía de tener algún sentido. Lao Jiang, sin embargo, le contestó en su magnífico francés:

—Muy bien, Pequeño Tigre. Prepararás el té y servirás las comidas. Ayudarás a tu joven ama, obedecerás las órdenes de todos y serás humilde y silencioso. ¿Lo has entendido?

—Sí, Venerable.

—Pues, vamos. El jardín Yuyuan está ahí mismo.

Avanzamos, abriéndonos paso con los codos, entre una masa de celestes que deambulaban por las malolientes callejuelas pobladas de tiendecitas pobretonas en las que se vendía cualquier cosa imaginable: jaulas de pájaros, ropa vieja, bicicletas, peces de colores, carne de dudosa identificación, orinales, escupideras, pan caliente, hierbas aromáticas... Vi un par de talleres en los que se fabricaban preciosos muebles y ataúdes al mismo tiempo. Mendigos, leprosos sin manos o nariz, comerciantes, músicos callejeros, equilibristas, buhoneros y parroquianos regateaban, pedían limosna, cantaban o hablaban a gritos formando una terrible barahúnda bajo los vistosos rótulos verticales con ideogramas chinos pintados de oro, bermellón y negro que colgaban de lo alto. Escuché cómo Tichborne se entretenía traduciendo en voz alta los carteles: «Pociones de Serpiente», «Píldoras Benévolas», «Tónico de Tigre», «Cuatro Tesoros Literarios»...

De repente, los altos muros de los jardines Yuyuan aparecieron al doblar una esquina. Unos grandes dragones de fauces abiertas y retorcidos bigotes protegían, desde arriba, la puerta de entrada, que estaba abierta y desvencijada. Sus lomos negros y ondulantes descansaban sobre todo el perímetro del muro hasta donde la vista alcanzaba. Luego, fijándome mejor, descubrí que lo que me habían parecido bigotes no eran sino la representación del humo que les salía por los agujeros de la nariz, pero para eso tuve que cruzar la entrada y pasar justo por debajo de ellos.

En el interior ya no quedaban jardines. El terreno se había llenado de casas miserables, de chozas construidas con palos y telas, apiñadas unas contra otras hasta ocupar todo el espacio disponible. Niños sucios y desnudos correteaban arriba y abajo y las mujeres barrían el suelo frente a sus viviendas con un manojo de paja que las obligaba a doblarse por la mitad. El olor era nauseabundo y enjambres de moscas negras zumbaban, frenéticas por el calor, sobre el estiércol acumulado en los rincones y las esquinas. Todos nos miraban con curiosidad aunque no parecieron darse cuenta de que, de los cinco que formábamos el grupo, tres éramos Narices Grandes, diablos extranjeros.

—Ustedes, los *Yang-kwei* —comentó Lao Jiang caminando con seguridad por las veredas llenas de desperdicios—, llaman a este lugar el Jardín del Mandarín. ¿Sabe que la palabra «mandarín» no existe en chino? Cuando los portugueses llegaron a nuestras costas hace algunos siglos dieron ese nombre despectivo a las autoridades locales, a los funcionarios del Gobierno que mandaban. Y se les quedó para siempre el apodo de mandarines. Pero los hijos de Han no lo utilizamos.

—De todos modos —señalé—, el nombre de Jardín del Mandarín es muy bonito.

—Para nosotros no, *madame*. Para nosotros resulta mucho más bonito su nombre chino, Yuyuan, que significa Jardín de la Salud y la Tranquilidad.

—Pues ya no parece ni muy saludable ni muy tranquilo —rezongó Tichborne, dando un puntapié a una rata muerta y lanzándola sobre una montaña de basura. Fernanda ahogó un grito de asco llevándose la mano a la boca.

—Pan Yunduan, el oficial Ming que ordenó su construcción

hace cuatro siglos —repuso el anticuario con orgullo—, quiso ofrecer a sus ancianos padres un lugar idéntico en belleza a los jardines imperiales de Pekín para que pudieran disfrutar de salud y tranquilidad durante los últimos años de su vida. La fama de este lugar llegó a todos los rincones del Imperio Medio.

—Pues será como tú dices —añadió desagradablemente el periodista—, pero hoy es un asqueroso vertedero.

—Hoy es el lugar —objetó Lao Jiang— donde viven los más pobres de mi pueblo.

Aquella frase me recordó las arengas marxistas de la Revolución bolchevique del 17, pero me abstuve de hacer ningún comentario al respecto. En temas políticos era mejor no meterse porque, al parecer, tanto en China como en Europa las sensibilidades estaban a flor de piel desde que había pasado lo de Rusia. Incluso en España, por lo que yo sabía, hasta la poderosa e implacable oligarquía terrateniente, integrada sobre todo por la nobleza, estaba admitiendo pequeñas mejoras en las terribles condiciones de vida de sus aparceros para evitar males mayores. «Cuando veas las barbas de tu vecino cortar...», se estarían diciendo. A mí me parecía bien que tuvieran el susto en el cuerpo. A ver si, así, las cosas empezaban a cambiar un poco.

—¡El lago! —exclamó, de pronto, el gordo Paddy y, al mismo tiempo, sin que mediara tiempo para reaccionar, el rugido de cuatro o cinco gargantas resonó a nuestras espaldas de una forma terriblemente amenazadora. Apenas pude girar sobre mí misma antes de ver a un grupo de sicarios volando por el aire hacia nosotros con los pies extendidos.

Lo que vino a continuación fue una de las escenas más insólitas que he contemplado en toda mi vida. El señor Jiang, a la velocidad del rayo, extrajo de su túnica un largo abanico de, al menos, el doble del tamaño normal y, con un golpe fulminante nos lanzó a Fernanda, a Biao, a Tichborne y a mí hacia atrás, contra el suelo, a mucha distancia. No recuerdo que me hiciera daño, pero la fuerza con la que me impulsó podía haber sido la de un ómnibus de París. Sin embargo, lo más increíble de todo fue que, apenas rozamos el suelo, el señor Jiang ya estaba peleando con los cinco matones al mismo tiempo sin apenas moverse y con el brazo izquierdo tranquilamente apoyado en la espalda, como si sostuviera una agradable conversación con unos amigos. Uno de los sicarios lanzó la pierna para darle una fortísima patada y el señor Jiang, sosteniendo tranquilamente el abanico contra el vientre, le golpeó con su pie de manera que la pierna del sicario rebotó hacia atrás pegando de lleno a uno de sus compañeros y lanzándolo contra un montón de basura. El tipo debió de quedar inconsciente porque ya no se movió y el de la patada, que había perdido el equilibrio, fue dando tumbos y moviendo los brazos en el aire hasta ir a estrellarse contra una gran roca que le dio de lleno en la cabeza y le hizo rebotar hacia atrás como una pelota. Mientras tanto, un tercer esbirro había tomado velocidad e intentaba propinar, en plena carrera, un terrible puntapié al señor Jiang por la izquierda. Pero el anticuario, que seguía sin alterarse, paró el golpe con el abanico, descargándoselo sobre el empeine. No quisiera equivocarme, porque lo que estoy contando ocurría con una rapidez tal que los ojos casi no podían seguirlo (y yo estaba todavía en el suelo, intentando levantarme), pero diría que, en ese momento, el esbirro, mientras retiraba la pierna, lanzaba el puño hacia el estómago de Lao Jiang, el cual, con toda parsimonia, le golpeó con el abanico en la muñeca y, de ahí, subió a la cara y le golpeó también. El tipo emitió un grito horrible y, al tiempo que su mejilla izquierda empezaba a sangrar abundantemente, su mano y su pie derechos colgaban, exánimes, como esos animales desollados que habíamos visto en las carnicerías suspendidos de un gancho. Mientras, otros dos sicarios se echaban a la carrera contra Lao Jiang con los puños extendidos; el primero se llevó un tremendo golpe de abanico en las costillas que lo dejó sin respiración y, el segundo, en el brazo con el que iba a batir al anticuario, de manera que ambos quedaron a un tiempo vacilantes permitiendo al señor Jiang aprovechar esos breves segundos para propinar, a uno, un tremendo abanicazo en la cabeza que lo hizo desplomarse contra el suelo como un pelele sin conocimiento y, al otro, una patada brutal en el estómago que lo catapultó hacia atrás encogido sobre sí mismo. Ninguno volvió a moverse.

—Vamos, deprisa —masculló el anticuario, volviéndose hacia nosotros que, puestos por fin en pie, contemplábamos la escena petrificados por el asombro.

Biao fue el primero en reaccionar. Saltando como un gato se encaró con los dos matones que gemían en el suelo, haciéndolos reaccionar y emprender dificultosamente la huida mientras el señor Jiang se inclinaba sobre los tres que permanecían inconscientes y, con movimientos rápidos, les bailó los dedos sobre el cuello, presionando misteriosamente, incorporándose luego con un suspiro de satisfacción y una sonrisa en los labios.

Fernanda, Tichborne y yo continuábamos convertidos en estatuas de sal. Todo había ocurrido en menos de un minuto.

—Nunca me habías dicho que dominabas los secretos de la lucha, Lao Jiang —balbució el periodista, peinándose las ralas greñas grises con las manos y calándose bien el sombrero de paja.

—Como dice Sun Tzu (15), Paddy: «No confíes en que el enemigo no venga. Confía en que lo esperas. No confíes en que no te ataque. Confía en cómo puedes ser inatacable.»

Yo quería saber más sobre lo que acababa de ver pero mi boca se negaba a moverse. Estaba tan perpleja, tan impresionada, que no podía reaccionar.

—Vamos, *madame* —me animó el anticuario dirigiéndose hacia el lago.

Fernanda se había quedado igual de inmóvil y silenciosa que yo. Cuando Biao regresó junto a ella, luciendo una de esas sonrisas deslumbrantes y contagiosas de los chinos, mi sobrina le tomó por el brazo y le detuvo:

—¿Qué ha pasado aquí? —preguntó en castellano sin aliento—. ¿Qué tipo de pelea ha sido ésa?

—Pues..., a lo mejor es lo que llaman lucha Shaolin, Joven

(15) Sun Tzu, autor del conocido tratado *El Arte de la Guerra*, s. IV a. n. e.

Ama. No estoy seguro. Lo que sí sé es que así luchan los monjes en las montañas sagradas.

—¿El señor Jiang es un monje? —se extrañó Fernanda.

—No, Joven Ama. Los monjes llevan la cabeza rapada y visten túnicas. —No parecía muy seguro de este detalle, a pesar del aplomo con el que hablaba—. El señor Jiang ha debido de recibir las enseñanzas de algún maestro itinerante. Dicen que algunos viajan de incógnito por el país.

—¿Y utilizan el abanico como arma? —preguntó aún más sorprendida mi sobrina, sacando el suyo de uno de los múltiples bolsillos que tenían sus calzones chinos y mirándolo como si no lo hubiera visto nunca antes.

—Utilizan cualquier cosa, Joven Ama. En China son muy famosos por sus habilidades. La gente dice que tienen poderes mentales que los hacen invencibles. Pero el abanico del señor Jiang no es como el que tiene usted. El del señor Jiang es de acero y sus varillas son cuchillas afiladas. Yo vi uno de esos cuando era pequeño.

No pude evitar sonreír ante este último comentario. ¿Acaso creía Biao que ya era un hombre hecho y derecho? En cualquier caso, mientras nos dirigíamos hacia un lago de aguas turbias y verdosas, en cuyo centro destacaba un gran pabellón de dos pisos con unos tejados negros exageradamente cornudos, observé al anticuario con un nuevo interés. Acababa de entrar en un extraño puente zigzagueante seguido por Paddy, que inclinaba ligeramente la cabeza examinando el suelo de macizos bloques de granito. El anticuario miraba al frente, al destartalado y solitario quiosco construido sobre la isla artificial. Mis ojos empezaban a acostumbrarse a las formas chinas y por eso pude advertir la originalidad del edificio. Había una cierta belleza en él, algo profundamente sensual y armonioso, tan elegante como el propio anticuario.

—¡El puente tiene cuatro esquinas, Lao Jiang! —voceó Tichborne para que todos le oyéramos.

—No. Te equivocas. Tiene siete.

—¿Siete?

—Continúa por el otro lado del pabellón.

—¡Es muy largo! —se quejó el irlandés—. ¿Cómo vamos a saber dónde buscar?

Al poco, los cinco recorríamos la pasarela arriba y abajo en busca de algo que llamara nuestra atención. Algunos ancianos nos contemplaban con curiosidad desde las balaustradas de las viviendas cercanas construidas dentro del jardín y dos o tres personas se habían acercado a los sicarios inconscientes y se reían de ellos. Me pregunté qué les habría hecho en el cuello el señor Jiang. Finalmente, nos reunimos ante la puerta cerrada del pabellón y tuvimos que admitir que en el puente no había nada extraordinario como no fuera la gran cantidad de carpas brillantes que asomaban sus lomos en el agua verdosa que ondulaba debajo de él. Algunas eran tan largas como mi brazo y tan gordas como botijos y las había de muchos colores: blancas, amarillas, anaranjadas e, incluso, negras, pero todas relucientes como perlas o diamantes.

—¿Por qué construirían este puente con una forma tan rara? —pregunté—. Hay que caminar mucho para ir de un lado a otro.

—¡Por los espíritus! —exclamó Biao, con cara de susto.

—Los chinos creen que los malos espíritus sólo pueden avanzar en línea recta —gruñó el gordo Paddy, alejándose de nuevo hacia la zona derecha del puente.

—Ahora vamos a tener que mojarnos —anunció Lao Jiang—. Debemos revisar el puente por debajo. Como dijo el Príncipe de Gui: «El mejor lugar sería, sin duda, bajo el famoso puente que zigzaguea.»

—Pero ¿qué locura es ésta? —pregunté horrorizada a mi sobrina que estaba a mi lado un instante antes. Pero, junto con Lao Jiang y su criado Biao, Fernanda caminaba ya hacia tierra firme con la intención de meterse en el lago de aguas verdes. Paddy, que regresaba, me miró con ojos amustiados.

—Esperaba no tener que llegar a esto. ¿Quiere que nosotros dos saltemos desde aquí? —preguntó irónicamente, siguiendo los pasos de los tres locos que ya salían del puente por el otro extremo.

No me moví. En absoluto estaba dispuesta a meterme en esas aguas sucias llenas de peces vivos más grandes que un niño de dos años. A saber cuántos microbios albergaban, cuántas enfermedades podrían cogerse allí. Morir de fiebres no entraba en mis planes ni tampoco en los de mi sobrina.

—¡Fernanda! —grité—. ¡Fernanda, ven aquí ahora mismo!

Pero, mientras que todo un vecindario de ojos rasgados se asomó a los balcones al reclamo de mis gritos para ver qué pasaba, la niña hizo oídos sordos.

—¡Fernanda! ¡Fernanda!

Sabía que me estaba oyendo, así que, con todo el dolor de mi corazón, no tuve más remedio que claudicar. Algún día, me dije satisfecha, algún día colgaría su rollizo cuerpo de un gancho carnicero.

—¡Fernandina!

Se detuvo y giró la cabeza para mirarme.

—¿Qué quiere, tía? —respondió.

Si las miradas matasen, la niña habría caído muerta en ese mismo momento.

—¡Ven aquí!

—¿Por qué?

—Porque no quiero que te metas en ese lago ponzoñoso. Podrías caer enferma.

En ese momento se oyó el ruido de un cuerpo al chocar contra el agua. Biao, haciendo honor a su nombre, había saltado a la sopa verde sin pensárselo dos veces. El anticuario, tras quitarse las gafas de concha y dejarlas en el suelo, descendía por unas pequeñas escalerillas talladas en la piedra y ya tenía las piernas metidas hasta las rodillas. La túnica *beige* empezaba a flotar a su alrededor. O estaban locos o eran unos ignorantes. En la guerra, mucha gente había muerto por beber agua contaminada y hubo epidemias terribles que los médicos intentaron atajar obligando a hervir los líquidos antes de ingerirlos.

—No se preocupe tanto, Mme. De Poulain —voceó Lao Jiang terminando de meterse en el lago hasta el cuello—. No va a pasarnos nada.

—Yo no estaría tan segura, señor Jiang.

—Entonces, usted no se meta porque enfermará.

—Y mi sobrina tampoco.

Fernanda, obediente pese a todo, se había quedado en el borde del lago, mirando cómo Biao nadaba de un lado para otro igual que un pez y Tichborne, después de quitarse el sombrero de paja aceitada, bajó también las escalerillas y siguió al anticuario, que se dirigía con paso tranquilo hacia la parte inferior del puente. En algún momento dejó de hacer pie y empezó a bracear. Al poco, ya tenía a los tres nadando debajo de mí, y Fernanda, viendo que yo estaba mejor situada para observar lo que ocurría, se acercó y se puso a mi lado. Ambas nos asomamos por la barandilla.

—¿Ves algo, Lao Jiang? —se oyó preguntar a Paddy, resoplando.

—No.

—¿Y tú, Biao?

—No, yo tampoco, pero las carpas intentan morderme.

El niño estaba cerca de las rocas que formaban la isla del pabellón y le vimos salir de allí a toda velocidad perseguido por unas carpas anaranjadas y negras que parecían perros de presa.

—Las carpas no muerden, Biao. Tienen la boca demasiado pequeña —comentó Paddy sin resuello—. Mejor será examinar la otra parte, la de las tres esquinas.

Fernanda y yo les seguimos desde arriba y esperamos pacientemente a que terminaran de inspeccionar todos y cada uno de los pilares de piedra que sujetaban la estructura.

—No creo que haya nada por aquí, señor Jiang —bufó Biao sacando la cabeza del agua. Una ramita verde le colgaba del pelo.

Ahora el anticuario sí parecía enfadado. Desde arriba pude distinguir con claridad su ceño fruncido.

—Tiene que estar, tiene que estar... —salmodió y volvió a sumergirse en la sopa con gesto decidido.

Pequeño Tigre levantó la cabeza para mirar a Fernanda y puso una mueca de duda en la cara para que la viera la niña. Luego, desapareció otra vez.

Paddy, nadando cansinamente, se dirigió hacia las escalerillas. Era evidente que no podía más y que se había dado por vencido. Salió del agua con toda la ropa pegada al cuerpo, echándose hacia atrás las dos mechas de pelo mojado —en realidad eran las patillas, muy largas, que utilizaba para cubrir el descampado superior—. En cuanto llegó arriba, se dejó caer en el suelo, agotado, y, sin moverse de donde estaba, nos hizo una señal de saludo con la mano.

Lao Jiang y Biao continuaron su búsqueda bajo el puente. El sol avanzaba en el cielo y la luz se hacía más intensa, más blanca. El anciano y el niño pasaron varias veces cerca de las rocas que formaban la base de la isla artificial y, siempre que lo hacían, un banco de carpas de aspecto fiero les golpeaba de manera enloquecida hasta que conseguía alejarles. La tercera vez que ocurrió, Lao Jiang ya no se movió. Ni Fernanda ni yo podíamos verlo pero la cara de Biao, que escapaba nadando como un ratón perseguido por una manada de gatos salvajes, era lo suficientemente expresiva como para adivinar que algo malo estaba ocurriendo. Fernanda no pudo contenerse:

—¿Y el señor Jiang, Biao?

El niño zarandeó la cabeza para sacudirse el agua y miró en dirección al anciano.

—¡Entre las carpas! —vociferó, asustado. Las que le perseguían a él habían dado la vuelta y regresaban para sumarse a las que continuaban aporreando a Lao Jiang—. ¡No se mueve!

—¿Cómo que no se mueve? —me espanté. ¿Le habría pasado algo? ¿Se estaría ahogando?—. ¡Ayúdale! ¡Sácale de ahí!

—*¡Bu* (16)... *bu!* ¡No puedo! Pero está bien, parece que está bien, sólo que no se mueve.

Alterado por los gritos, Tichborne se había levantado del suelo y corría como podía para bajar las escaleras y volver al agua.

—Me está haciendo gestos con las manos —explicó el niño.

—¿Y qué dice? —chillé, al borde del colapso nervioso.

(16) *Bu*, «No».

—Que nos callemos —explicó Biao, sin dejar de bracear—. Que no hagamos ruido.

Miré a Fernanda sin comprender nada.

—A mí no me pregunte, tía. Yo tampoco entiendo lo que está pasando. Pero si dice que nos callemos, mejor será hacerle caso.

Los minutos siguientes fueron de verdadera angustia. Biao y Tichborne, juntos, contemplaban la escena que se producía fuera de nuestro campo de visión, bajo el puente, cerca de las rocas, y ninguno hablaba ni se movía como no fuera para mantenerse a flote. Después de un tiempo que me pareció eterno, les vimos retroceder un par de metros sin quitar la vista de lo que sucedía frente a ellos. Y, entonces, la cabeza del anticuario —aunque mejor sería decir la cabeza y una mano que portaba un objeto— apareció tranquilamente en el centro de un ruedo de carpas que avanzaban pegadas a él sin apenas dejarle espacio para respirar. Eran como un ejército sitiando al enemigo dispuesto a impedir que escapara. El anticuario se deslizaba muy despacio y el cardumen de peces se desplazaba con él. El irlandés y el niño empezaron a nadar a toda velocidad hacia las escalerillas, huyendo de lo que se les venía encima y Fernanda y yo contuvimos un grito de horror al ver aquella situación espeluznante. Cuando al fin reaccionamos, echamos a correr hacia el lugar por donde Paddy y el niño estaban saliendo del agua, empujados por la masa de carpas que continuaban rodeando al señor Jiang mientras éste se dirigía muy despacio hacia las escaleras. En cuanto puso el pie en el primer peldaño, el agua comenzó a hervir. Los animales empezaron a agitarse enloquecidamente y a embestir a Lao Jiang como si fueran toros, pero el anticuario continuó impasible su ascenso hasta que, por fin, salió y sonrió triunfante. Apestaba, igual que apestaban Tichborne y Biao, pero, sin duda, me estaba acostumbrando a los olores putrefactos de Shanghai porque no me molestó demasiado. Lao Jiang, satisfecho, nos mostró una vieja caja de bronce cubierta de cardenillo.

—*Voilà!* —dejó escapar, contento, pisoteando el charco de agua que se estaba formando a sus pies—. ¡La tenemos!

—¿Por qué le atacaban las carpas? —inquirió Fernanda arrugando la nariz cuando Biao se colocó junto a ella.

El señor Jiang no le hizo caso, así que fue Paddy quien le contestó.

—Las carpas son peces muy nerviosos. En seguida se sienten amenazados si se invade su territorio y se vuelven realmente fieros si, además, están en época de cría. El licenciado Wan eligió bien el lugar. Durante siglos, estas carpas han mantenido alejados de la caja a los nadadores curiosos. Un tipo muy listo ese Wan.

—Debimos adivinar desde el principio —añadió Lao Jiang, calándose las gafas— que las carpas formaban parte de la trampa.

—¿Por qué? —Tichborne parecía ofendido.

—Porque las carpas son el símbolo chino del mérito literario, de la aplicación en el estudio, de haber aprobado un examen con excelentes notas... Es decir, el símbolo del propio licenciado Wan.

—¡Abrámosla! —exclamé.

—No, *madame*, ahora no. Primero debemos salir de Shanghai. —El anticuario levantó la mirada hacia el cielo y buscó el sol—. Es tarde. Debemos marcharnos inmediatamente o perderemos el ferrocarril.

¿El ferrocarril...?

—¿El ferrocarril? —me sorprendí. Había estado convencida todo el tiempo de que huiríamos en barco, remontando el Yangtsé.

—Sí, *madame*, el Expreso de Nanking que sale de la Estación del Norte a las doce del mediodía.

—Pero, pensé que... —balbucí.

—La Banda Verde creerá que huimos escondiéndonos en algún sampán del río, como cabría esperar, y registrará cualquier barcaza que navegue por el delta del Yangtsé durante los próximos días. A estas horas, los dos matones que huyeron durante la pelea estarán informando de lo ocurrido y la Banda ya sabe que hemos empezado la búsqueda y que, o nos cazan ahora o tendrán que perseguirnos por todo el país.

Empezamos a caminar en dirección a la salida, desandando el trayecto realizado al llegar. Los sicarios a los que Lao Jiang había hecho algo en el cuello permanecían en la misma postura, sin moverse, aunque los ojos les iban de un lado a otro, desorbitados. El anticuario no se inmutó.

—¿Qué les pasa? —pregunté, examinándolos aprensivamente a distancia.

—Están encerrados dentro de sus cuerpos —afirmó Biao con temor.

—En efecto.

—¿Morirán? —quiso saber Fernanda, pero el señor Jiang permaneció silencioso, andando hacia la puerta de salida del Jardín del Mandarín.

—Mi sobrina le ha preguntado si morirán, Lao Jiang.

—No, *madame*. Podrán moverse dentro de un par de horas chinas, es decir, dentro de cuatro horas de las suyas. La vida, cualquier vida, hay que respetarla, aunque sea tan indigna como ésta. No se puede alcanzar el Tao con muertes innecesarias sobre la conciencia. Si un luchador es superior a su contendiente, no debe abusar de su poder.

Ahora hablaba como un filósofo y supe que era un hombre compasivo. Lo que no acababa de entender era aquello del Tao, pero tiempo habría para aclarar los cientos de preguntas que se me acumulaban en la garganta. Lo más urgente era escapar, huir de Shanghai lo antes posible porque, como había dicho el anticuario, la Banda Verde ya estaría al tanto de que los cinco habíamos visitado los jardines Yuyuan a primera hora de la mañana y no se iba a creer que había sido para hacer turismo.

—¿Conocerán los eunucos imperiales el texto verdadero de la leyenda del Príncipe de Gui? —inquirí en aquel momento.

—No lo sabemos —repuso Tichborne retorciendo los faldones de su larga túnica para escurrir el agua—, pero es de suponer que no porque, en caso contrario, ¿para qué necesitarían el cofre?

—Lo más probable —observó juiciosamente Lao Jiang— es

que conocieran su existencia, que alguien lo hubiera leído alguna vez y que tuvieran el cofre localizado y a buen recaudo para poder usar el texto cuando llegase el momento. La torpeza de Puyi se vuelve a poner de manifiesto al ordenar aquel inventario de tesoros sin calcular las consecuencias. Hubiera sido lógico adivinar que los eunucos y los funcionarios que venían enriqueciéndose con los robos no iban a permitir que se descubrieran. La solución más fácil era quemar las pruebas, provocar los incendios para que no pudiera llegar a saberse la cuantía de lo robado y apoderarse así de más objetos valiosos.

—Pero quizá alguien recuerde lo que decía el texto —objeté.

—En cualquier caso, *madame*, aunque Puyi y sus manchúes tuviesen la información de los lugares donde se escondieron los pedazos del *jiance*, cosa poco probable dada la nula inteligencia demostrada por los miembros de la familia imperial y por la vieja corte, este detalle resulta insignificante. Lo que realmente importa es que no pueden permitirse de ningún modo que otros la tengan también. Piénselo con cuidado. Cualquier señor de la guerra, cualquier noble Han, cualquier erudito Hanlin de rango superior y grandes ambiciones podría estar igualmente interesado en descubrir la tumba de Shi Huang Ti, el Primer Emperador, y por las mismas razones que Puyi. De modo que necesitan recuperar el cofre al precio que sea y el cofre lo tenemos nosotros.

Tichborne soltó una carcajada.

—¿Quieres ser emperador, Lao Jiang?

—Creí que usted era un chino profundamente nacionalista —musité sin hacer caso al irlandés.

—Y lo soy, *madame*. Pero también creo que China ya no puede vivir dando la espalda al mundo, regresando al pasado. Hay que avanzar para que, algún día, podamos ser una potencia mundial como *Meiguo* y *Faguo*. Incluso como su patria, la Gran Luzón, que lucha por integrarse en las democracias modernas.

—Yo soy de España, señor Jiang —objeté.

—Es lo que he dicho, *madame*. La Gran Luzón. España.

Le costó lo suyo pronunciar el nombre. Resultaba que,

como los mercaderes chinos llevaban trescientos años haciendo negocios con Manila, la capital de la isla de Luzón, España, para ellos, era «La Gran Luzón», el remoto país que compraba y vendía productos a través de su colonia de las Filipinas. No tenían la más remota idea de dónde estaba ni de cómo era y, además, les importaba muy poco y, por eso, pensé que el señor Jiang volvía a tener razón: China debía abrirse al mundo urgentemente y dejar de vivir en la Edad Media. No necesitaba más emperadores feudales, fueran manchúes o Han, sino partidos políticos y un moderno sistema parlamentario republicano que la hiciera progresar hasta el siglo XX.

Habíamos salido de nuevo a las callejuelas de Nantao y nos dimos cuenta de que llamábamos bastante la atención por las ropas mojadas de los tres hombres. El calor de la mañana las secaría en breve pero, entretanto, había que ocultarse y, al mismo tiempo, salir a toda prisa hacia la Estación del Norte, donde debíamos tomar el Expreso de Nanking.

Avanzamos a paso ligero entre la bullanguera muchedumbre que deambulaba por las calles llenas de tiendas. No teníamos tiempo que perder. Pero cada vez resultaba más difícil atravesar la masa de shanghaieses amarillos que se iba haciendo más compacta a medida que nos acercábamos a la Puerta Norte de Nantao para alcanzar la Concesión Francesa. Un comerciante de melones luchaba por sacar las ruedas de su carro de una zanja mientras un culí semidesnudo empujaba desde atrás con los brazos extendidos. Ambos inclinaban la cabeza, tensos a causa del esfuerzo, sudorosos, ignorantes del atasco que estaban provocando. Por allí no se podía pasar.

—Yo conozco un camino —dijo Biao, mirando a Lao Jiang.

—Te seguimos —repuso el anticuario.

El niño se giró y echó a correr hacia una estrecha calleja que torcía a la derecha. Todos fuimos detrás intentando no quedar rezagados. Atravesamos calles que no eran más anchas que un pañuelo y pisamos suelos blandos de porquería. El olor, a veces, era nauseabundo. Al cabo de poco, Fernanda resoplaba como un fuelle por el esfuerzo.

—¿Puedes seguir? —le pregunté, volviéndome a mirarla.

Hizo un gesto afirmativo con la cabeza y continuamos avanzando hasta que, de repente, nos dimos cuenta de que habíamos salido de Nantao y corríamos por el Boulevard des deux Republiques, la gran avenida que rodeaba la vieja ciudad china ocupando el lugar que antaño fuera un foso defensivo que había sido rellenado y cubierto cuando se derribaron las viejas murallas.

—¡*Rickshaws!* —exclamó Tichborne, señalando un grupo de culíes que jugaban a las cartas sobre el pavimento junto a sus vehículos de alquiler.

Rápidamente, alquilamos cuatro de aquellos *rickshaws* y montamos en ellos después de que Lao Jiang pagase la tarifa hasta la estación de ferrocarril. Biao, que se había sentado junto a mí porque éramos los más delgados del grupo y podíamos aprovechar un solo carretón, estaba preocupado:

—¿Cómo voy a subir al *huoche* con ustedes?

—No sé lo que has dicho, niño.

—Al *huoche*... Al carro de fuego... Al ferrocarril.

El pobre apenas podía pronunciar esa difícil palabra castellana. Nunca hubiera sospechado que decir «ferrocarril» fuera tan complicado pero, para los chinos, era una tortura.

—Pues subirás igual que los demás, supongo —afirmé mientras los *rickshaws* avanzaban rápidamente por la Concesión Francesa conforme a las indicaciones de Lao Jiang, que parecía querer seguir un camino concreto, lejos de las grandes avenidas y bulevares.

—Pero ¿quién pagará mi billete?

Sospeché que sería yo la que tendría que hacerse cargo de los gastos del espigado Biao porque Fernanda, que yo supiera, no llevaba dinero encima. A decir verdad, yo sólo tenía un puñado de pesados dólares mexicanos de plata que había encontrado en un cajón de la cómoda de la habitación de Rémy. Aunque en la Concesión Francesa podía utilizarse el franco sin grandes problemas, el dinero oficial de Shanghai era el dólar mexicano de plata, la divisa que servía de patrón monetario en todo el mundo dado que muchos países seguían negándose a entrar en el sistema del patrón oro (entre ellos, España). Al coger el dinero de Rémy, calculé que, al cambio, debía de ser una cantidad respetable en taels chinos, la moneda que, seguramente, utilizaríamos durante nuestro viaje por el interior.

—No te preocupes de nada —le dije al niño, sin mirarle—. Tú vienes con Fernanda y conmigo y tu única preocupación debe ser hacer bien tu trabajo. Lo demás es cosa nuestra.

—Pero ¿y si el padre Castrillo descubre que he salido de Shanghai?

Vaya, en eso no había pensado. La irresponsable de Fernanda tomaba decisiones que nos podían traer muchos quebraderos de cabeza. ¿Cómo justificar la desaparición de Biao del orfelinato y de la ciudad? El chiquillo parecía tener más sesera que la tonta de mi sobrina.

—Te he dicho ya que no te preocupes de nada. Y deja de hablar, que me mareas.

Salimos sin problemas de la Concesión por uno de los puestos fronterizos de alambradas después de que Lao Jiang sostuviera una amistosa charla con el jefe del puesto, a quien al parecer conocía. Una vez dentro de la Concesión Internacional, y sin detener nuestra marcha, el *rickshaw* del anticuario se colocó un momento junto al de Tichborne y, poco después, junto al mío.

—¿Me escucha bien, *madame*? —quiso saber, hablando en voz bastante baja.

—Sí.

—La policía francesa nos busca. Todos los puestos fronterizos de la Concesión han recibido hace unos minutos la orden de captura dictada por *Surcos* Huang —me explicó, divertido.

—¿Y qué le hace tanta gracia? —repuse. Me había convertido en una delincuente buscada por la policía francesa de Shanghai. ¿Cuánto tardaría en llegar la noticia al cónsul general de Francia, Auguste Wilden, y qué cara pondría el encantador cónsul general de España, don Julio Palencia, cuando se enterase?

Un cupé negro pasó a toda velocidad junto a nosotros, haciendo soltar una fuerte exclamación al culí de mi *rickshaw*.

—La carrera ha empezado, *madame* —exclamó, satisfecho, Lao Jiang.

—¡Debería comprobar que la caja del lago no está vacía antes de continuar con esta locura!

—Ya lo he hecho. —Su cara china y arrugada expresaba una alegría rayana en el fanatismo—. Dentro hay un bellísimo fragmento de un antiguo libro de tablillas de bambú.

Supongo que se me contagió su entusiasmo porque fui consciente del paulatino cambio de gesto de mi cara desde el malestar hasta la más abierta sonrisa que había puesto en los últimos tiempos. La confianza no era mi fuerte, pero en aquella caja negra manchada de cardenillo que Lao Jiang sostenía sobre las piernas, estaba el pedazo del *jiance* escondido por el licenciado Wan cientos de años atrás y cortado por el último y olvidado emperador Ming. Los millones de francos que saldarían las deudas de Rémy y me harían rica quizá existían, eran reales y, sobre todo, estaban un poquito más cerca, más al alcance de la mano.

El *rickshaw* de Lao Jiang se alejó para volver a colocarse a la cabeza de la comitiva y guiarnos hacia la Estación del Norte por calles y rondas que poco me permitieron disfrutar de mi segunda visita a la Concesión Internacional. Noté, eso sí, que el aire francés de los barrios había desaparecido para dejar paso a un entorno más anglosajón, más americano, en el que las mujeres lucían modelos ligeros y frescos, sin medias en las piernas, los chinos escupían en las calles con una tranquilidad pasmosa y los hombres llevaban el pelo reluciente de brillantina y vestían trajes de verano de corte impecable y chaqueta cruzada. Pero no pude ver ni un solo rascacielos, ni una sola avenida con rótulos luminosos, ni siquiera uno de esos grandes y modernos autos norteamericanos, que era lo que más ilusión me hacía. Avanzamos por barrios periféricos en dirección norte, sorteando las zonas más habitadas y concurridas, ocultos en el interior de nuestros *rickshaws* aunque nada podía hacer allí *Surcos*

Huang contra nosotros porque aquello no era territorio francés.

Llegamos, por fin, al gran edificio de la Shanghai North Railway Station cuando el reloj marcaba las doce menos diez del mediodía. Cargados con nuestros hatillos, parecíamos una familia china que regresaba al hogar después de una corta estancia en Shanghai. Me preocupaba que la tinta que me achinaba los ojos se hubiese alterado por el sudor o la humedad del aire, pero mi reflejo en los cristales de la estación me confirmó que se mantenía bastante bien, igual que en el caso de Fernanda y de Tichborne, que no se quitaba el gorro de paja con forma de sombrilla ni así lo matasen.

Nada dijo Lao Jiang del precio del viaje. Nos dejó bajo el reloj de la estación y se marchó muy resuelto hacia las atestadas ventanillas para regresar con los cinco billetes en la mano poco tiempo después. Sólo atiné a pillar una o dos frases que le dijo a Tichborne sobre algo relacionado con un amigo suyo que era el jefe de estación. Aquel hombre estaba resultando un pozo insondable de recursos y, la verdad sea dicha, nos venía muy bien que así fuera.

En el andén, a cierta distancia de la enorme y negra locomotora que escupía hollín y niebla gris por la chimenea, había un grupo numeroso de extranjeros separado por unas vallas de la masa vocinglera de amarillos en la que nos encontrábamos nosotros. Cuando gimió el silbato de vapor, subieron a unos elegantes vagones pintados de brillante azul oscuro mientras que los destinados a los celestes eran poco menos que cajones herrumbrosos, con viejos asientos de madera astillada y suelos llenos de basura y escupitajos.

Al poco de empezar el traqueteo de la marcha, una lluvia interminable de vendedores golpeaba los cristales de las puertas de los compartimentos ofreciendo todo tipo de comestibles. Tomamos fideos, gachas de arroz y buñuelos de carne con setas, todo ello acompañado por té verde. —Una anciana servía el agua caliente y un muchachito que debía de ser su nieto depositaba unas pocas hojas en el líquido durante el tiempo justo para darle color antes de sacarlas y reutilizarlas en la taza siguiente—. Era la primera vez que Fernanda y yo nos enfrentábamos a la complicada tarea de intentar coger y sujetar los alimentos con esos largos palillos que los celestes utilizan en lugar de cubiertos. Menos mal que estábamos solos porque de poco nos hubiera servido el disfraz ante tamaña exhibición de ineptitud por nuestra parte: la comida volaba, las salsas salpicaban y los palillos resbalaban de nuestros dedos o se enredaban en ellos. Por fortuna, la niña acabó manejándolos con bastante soltura; a mí, lamentablemente, me costó un poco más. Al pobre Biao, que no estaba acostumbrado al zarandeo de los ferrocarriles, la comida le cayó mal en el estómago y vomitó todo lo que había engullido, y algo más, en una de las escupideras del departamento.

Durante las tres primeras horas de viaje Lao Jiang y Paddy se dedicaron a charlar sobre el negocio de las antigüedades; Biao, avergonzado, había desaparecido después de vomitar, y Fernanda, aburrida, miraba por la ventanilla, así que yo, más aburrida aún, terminé por imitarla. Hubiera preferido leer un buen libro (el viaje hasta Nanking duraba entre doce y quince horas), pero era un peso innecesario en el hatillo. Al otro lado del cristal, grandes extensiones de huertos y arrozales separaban pequeñas aldeas de techos de paja. No vi ni un solo palmo de tierra sin cultivar, con excepción de los caminos y de los abundantes y numerosos grupos de sepulturas que aparecían por todas partes. Recuerdo haber pensado que, en un país de cuatrocientos millones de habitantes, donde las tumbas de los antepasados jamás caen en el olvido, podría darse la circunstancia de que, algún día, los sepulcros de los muertos se apoderasen de la totalidad de la tierra que sustentaba a los vivos. Tuve el presentimiento de que miles de años de tradición en un pueblo eminentemente agrícola y apegado a sus costumbres ancestrales iba a ser una montaña demasiado escarpada para la joven y frágil República de Sun Yatsen.

Cuatro horas después de salir de Shanghai, el ferrocarril entró en la estación de Suchow con un prolongado chirrido de frenos. Lao Jiang se puso en pie.

—Hemos llegado —anunció—. Debemos bajar.

—Pero ¿no íbamos a Nanking? —protesté. Tichborne tenía también una cara de sorpresa que valía la pena ver.

—En efecto. Allí vamos. Un sampán nos espera.

—¡Estás loco, Lao Jiang! —bramó el irlandés, cogiendo su hato.

—Soy prudente, Paddy. Como dice Sun Tzu, a veces deberemos movernos «rápido como el viento, lento como el bosque, raudo y devastador como el fuego, inmóvil como una montaña».

Biao, que, al parecer, había permanecido todo el rato sentado en el suelo al otro lado de la puerta del compartimento, abrió las hojas y nos miró, atónito.

—Coge los equipajes —le ordenó Fernanda con resolución de ama—. Nos bajamos aquí.

En Suchow no había *rickshaws*, de modo que tuvimos que alquilar sillas de mano con porteadores. Una vez instalada en la mía, eché las cortinillas y me dispuse a pasar un buen rato dando brincos dentro de aquella caja con forma de confesonario. ¡Qué cómodos me parecieron entonces los *rickshaws* de Shanghai! No llegamos a entrar en la ciudad de Suchow; rodeamos su parte norte hasta llegar a un cauce que yo creí del Yangtsé (aunque me pareció extraño un trazado tan recto de sus orillas) y que resultó ser el Gran Canal, el río artificial más grande y antiguo del mundo, que cruzaba toda China de Norte a Sur durante casi dos mil kilómetros y cuya construcción dio comienzo en el siglo VI a. n. e. Por lo visto, el ferrocarril se había desviado hacia el Sur y ahora teníamos que volver para seguir camino hacia Nanking.

Creo que fue en el Gran Canal, al poco de subir a bordo de la gran barcaza de fondo llano en la que pasamos los siguientes tres días, cuando me di cuenta de la magnitud de la locura que estábamos cometiendo. Nuestra gabarra formaba parte de una ringlera de naves, unidas entre sí por gruesas cuerdas de cáñamo, que transportaba sal y otros productos hacia Nanking. Enormes búfalos de agua remolcaban al grupo tirando de las maromas mientras decenas de hombres trabajaban delante de ellos sin descanso para eliminar los sedimentos acumulados que podían impedir el paso, al tiempo que enloquecidos enjambres de mosquitos nos chupaban la sangre veinticuatro horas al día sin permitirnos descansar ni siquiera durante las frescas horas de la noche. Fernanda y yo dormíamos en la última barcaza, la que más se movía de un lado al otro del ancho canal que, en ocasiones, parecía hundirse en la tierra de tan altas como habían sido hechas sus artificiales riberas. La comida era asquerosa, los gritos de los marineros —que corrían y se llamaban de proa a popa de la caravana a todas horas— inaguantables, el olor nauseabundo y la higiene inexistente. Y ninguna de aquellas penurias parecía tener sentido en esos momentos. ¿Qué hacíamos allí...? ¿Qué dios había trastocado el orden de las cosas para que mi sobrina y yo, nacidas en el seno de una buena familia madrileña, llevásemos los ojos embadurnados de tinta para que parecieran oblicuos y estuviésemos sentadas horas y horas en una barcaza china maloliente que ascendía por el Gran Canal mientras los mosquitos nos desangraban y nos transmitían vaya usted a saber cuántas enfermedades mortales?

El segundo día de viaje, a punto de llegar a Chinkiang (donde se cruzan el Gran Canal y el Yangtsé), como no podía llorar si no quería perder el disfraz, decidí que lo único que me salvaría de la demencia sería dibujar, así que saqué un pequeño cuaderno *Moleskine* y una sanguina y me dediqué a tomar apuntes de todo cuanto veía: de las maderas de las gabarras —los nudos, las juntas, las aristas...—, de los búfalos de agua, de los marineros trabajando, de las materias primas apiladas...; Fernanda empleó su tiempo en torturar al pobre Biao con tediosas clases de español y de francés, idiomas que el niño dominaba con igual desmaña; Tichborne cogió una cogorza monumental con vino de arroz que, sin exagerar, le duró desde la primera noche hasta el mismísimo día en que llegamos a Nanking, y Lao Jiang, por su parte, permaneció extrañamente sentado contemplando el agua salvo durante las horas de comer o dormir y el tiempo que dedicaba, todas las mañanas, a unos extraños y lentos ejercicios físicos que yo observaba a escondidas, impresionada: completamente abstraído, levantaba los brazos al tiempo que subía una pierna y giraba muy despacio sobre sí mismo en un equilibrio perfecto. Aquello duraba poco más de media hora y resultaba muy gracioso, aunque, por supuesto, siguiendo la costumbre china de ir al revés del mundo, la cosa no era para reír.

—Son ejercicios taichi —nos explicó Biao, muy serio—. Para la salud del *qi*, la fuerza de la vida.

—¡Menuda tontería! —profirió Fernanda despectivamente.

—¡No es ninguna tontería, Joven Ama! —exclamó, nervioso, el niño—. Los sabios dicen que el *qi* es la energía que nos mantiene vivos. Los animales tienen *qi*. Las piedras tienen *qi*. El cielo tiene *qi*. Las plantas tienen *qi*... —canturreó, exaltado—. La misma tierra y las estrellas tienen *qi*, y es el mismo *qi* de cada uno de nosotros.

Pero Fernanda no daba su brazo a torcer con facilidad:

—Eso son majaderías y supersticiones. ¡Si el padre Castrillo te oyera, te caería una buena tunda!

La cara de Pequeño Tigre expresó temor y enmudeció de golpe. Sentí un poco de lástima por él y pensé que valía la pena romper una lanza en su favor.

—Cada religión tiene sus creencias, Fernanda. Deberías respetar las de Biao.

Lao Jiang, que no había dado la impresión de estar enterándose de lo que hablábamos mientras ejecutaba su extraña danza taichi, bajó lentamente los brazos, se puso las gafas y se quedó inmóvil, contemplándonos:

—El Tao no es una religión, *madame* —declaró al fin—, es una forma de vida. Para ustedes es muy difícil entender la diferencia entre nuestra filosofía y su teología. El taoísmo no lo inventó Lao Tsé. Existía desde mucho tiempo atrás. Hace cuatro mil seiscientos años, el Emperador Amarillo escribió el famoso *Huang Ti Nei Ching Su Wen*, el tratado de medicina china más importante sobre las energías de los seres humanos que sigue vigente hoy en día. En este tratado, el Emperador Amarillo dice que, tras levantarse por la mañana después de dormir, hay que salir al aire libre, soltarse el cabello, relajarse y mover el cuerpo lentamente y con atención para conseguir los deseos de longevidad y salud. Eso es taoísmo, meditación en movimiento: lo externo es dinámico y lo interno permanece en calma. Yin y yang. ¿Lo consideraría usted una práctica religiosa?

—Desde luego que no —respondí con respeto, pero en mi interior estaba pensando: «Por lo visto, he seguido los consejos del Emperador Amarillo toda mi vida porque, cuando me levanto, sólo puedo arrastrarme lentamente durante un buen rato.»

Lao Jiang hizo un gesto vago con la mano, como indicando que renunciaba a continuar con su taichi aquella mañana y, por supuesto, a dar más explicaciones sobre taoísmo a unas mujeres extranjeras.

—Creo que es un buen momento —dijo— para echar, por fin, una ojeada a nuestro fragmento de *jiance*. ¿Qué les parece?

¿Qué nos iba a parecer...? La pena era que Paddy dormía la mona bajo una estera de paja dos barcazas más adelante, pero a Lao Jiang no le preocupó. Con paso resuelto se encaminó hacia su fardel y extrajo cuidadosamente la caja del lago. Luego, se sentó frente a mí (Fernanda estaba a mi lado y Biao a su derecha, un poco apartado, pero para el anticuario ninguno de los dos merecía la consideración de ampliar el círculo para incluirlos) y levantó la pesada tapa llena de herrumbre que la cubría. Un hermoso paño de seda amarilla brillante envolvía protectoramente un manojo de seis finas tablillas de bambú de unos veinte centímetros de largo unidas por dos cordones verdes muy descoloridos.

Lao Jiang apartó el paño amarillo y, tras observarlo cuidadosamente, lo dejó dentro de la caja, sosteniendo las tablillas en la palma de la mano con un celo y un mimo exquisitos, protegiéndolas del sol con su propio cuerpo. Luego, desenrolló el manojo y lo depositó sobre el faldón de su túnica, entre las rodillas. Permaneció un minuto contemplándolo impertérrito y, después, con cara de perplejidad, le dio la vuelta y lo encaró hacia mí para que yo también pudiera examinarlo. Las tres tiras de bambú de la derecha estaban cubiertas de caracteres chinos; las otras tres, por el contrario, parecían simplemente sucias, como si el escribano hubiera sacudido sobre ellas un pincel empapado en tinta. Con un dedo largo y huesudo, el señor Jiang señaló las tablillas escritas:

—Es una carta. No resulta fácil comprender lo que pone porque está escrita en una forma de chino clásico muy complejo, el antiguo sistema *zhuan*, que se utilizó hasta que el Primer Emperador ordenó la unificación de la escritura en todo el imperio, como ya le conté en Shanghai. Por suerte, trabajé mucho tiempo con documentos antiguos, así que, si no voy desencaminado, se trata de un mensaje personal de un padre a su hijo.

—¿Y qué dice?

Lao Jiang giró de nuevo las tablillas hacia él y comenzó a leer en voz alta:

—«Yo, Sai Wu, saludo a mi joven hijo, Sai Shi Gu'er,...» —el anticuario se detuvo—. Aquí hay algo muy extraño. *Sai Shi Gu'er*, el nombre del hijo, significa, literalmente, «Huérfano del clan de los Sai», de modo que Sai Wu, el que escribe, debía de estar o muy enfermo o condenado a muerte. No hay otra explicación. Además, el nombre «Huérfano del clan» da a entender que la estirpe de los Sai se agota, que sólo queda el niño.

—Vaya, qué lástima.

—«Yo, Sai Wu, saludo a mi joven hijo, Sai Shi Gu'er, y le deseo salud y longevidad. Cuando leas esta carta...» —Lao Jiang se detuvo otra vez, levantó la cabeza y me miró con desolación—. Es muy difícil leer estos caracteres. Además, algunos están borrosos.

—Haga lo que pueda. —Sentía tanta curiosidad que no estaba dispuesta a aceptar el hecho de que el anticuario no fuera capaz de traducir aquel mensaje.

—«Cuando leas esta carta —continuó—, habrán pasado muchos inviernos y veranos, meses y años habrán transcurrido.»

—¿Todo eso está escrito en esas tres tablillas? —me sorprendí.

—No, *madame*, sólo en estos primeros caracteres —y apuntó

con el dedo hacia la mitad de la primera tira de bambú. Estaba claro que los chinos escribían de arriba abajo y de derecha a izquierda (al menos, dos mil años atrás) y que sus ideogramas decían muchas más cosas que nuestras palabras—. «Ahora eres un hombre, Sai Shi Gu'er, y suspiro porque no podré conocerte, hijo mío.»

—El padre iba a morir.

—No cabe duda. «Por mi culpa, los trescientos miembros del clan de los Sai pronto cruzaremos las Puertas de Jade y viajaremos más allá de las Fuentes Amarillas. Sólo quedarás tú, Sai Shi Gu'er, y deberás vengarnos. Para ello te pongo a salvo enviándote, con un criado de toda confianza, a la lejana Chaoxian (17), a casa de mi antiguo compañero de estudios Hen Zu, quien, no hace mucho, perdió a un hijo de tu misma edad cuyo lugar en su familia ocuparás hasta que alcances la madurez.»

—Supongo que «cruzar las Puertas de Jade» y «viajar más allá de las Fuentes Amarillas» significa que van a morir, ¿no? —comenté, horrorizada—. ¡Trescientos miembros de una familia! ¿Cómo puede ser?

—Era una práctica común en China hasta hace muy poco, *madame*. Recuerde lo que decía el Príncipe de Gui en la leyenda que le conté: mil ochocientos años después de esta carta, la dinastía Qing mandó asesinar a nueve generaciones de la familia Ming. La cifra de muertos pudo ser similar o, incluso, superior. Como castigo, se mataba al delincuente y a todos sus familiares hasta el último grado de parentesco. De esa manera, como la mala hierba, el clan quedaba eliminado de raíz impidiendo que aparecieran nuevos brotes.

—¿Y qué delito había cometido ese padre, Sai Wu, para merecer tal castigo? Usted acaba de leer que él se consideraba culpable de la desgracia.

—Tenga paciencia, *madame*.

(17) La actual ciudad de Liaoyang, en la provincia de Liaoning, al norte de Pekín.

Yo, como adulta, podía contenerme, pero Fernanda y Biao, con los ojos fuera de las órbitas, no iban a esperar mucho antes de lanzarse sobre Lao Jiang y exigirle, con uñas y dientes, que leyera más. Por Biao no habría puesto la mano en el fuego pero, por mi sobrina, sí: estaba a punto de explotar de impaciencia. Creo que se dominaba porque el anticuario le daba un poco de miedo. A mí ya me hubiera arañado la cara.

—«Según me ha dicho un buen amigo del infortunado general Meng Tian, el eunuco Zhao Gao le ha contado que Hu Hai, el nuevo emperador Qin, tiene la intención de enterrar con el Dragón Primigenio, que ya ha cruzado las Puertas de Jade, a todos cuantos hemos trabajado en su mausoleo. Como yo, Sai Wu, he sido el responsable de tan grandiosa y recóndita construcción durante treinta y seis años, desde que el ministro Lü Buwei me encomendó la tarea, mi clan al completo debe morir para preservar el mayor secreto de todos, el que yo te voy a revelar ahora para que vengues a tu familia y a tus parientes. Nuestros antepasados no descansarán en paz hasta que hagas justicia. Hijo mío, lo que más me atormenta en estas horas de adversidad es que ni siquiera tendré el consuelo de que mi cadáver repose en el panteón familiar.»

El señor Jiang hizo una pausa. Todos permanecimos en silencio. Resultaba increíble la desmesura del castigo impuesto a una familia inocente por el hecho de que uno de sus miembros hubiera trabajado fielmente para el Primer Emperador.

—No debe de quedar mucho ya por leer, ¿verdad? —pregunté, al fin. Seguía atónita por la cantidad de cosas que podían escribirse en un espacio tan pequeño utilizando esos curiosos caracteres chinos.

—Este pedazo es muy revelador —musitó el anticuario, sin hacerme caso—. Por un lado, menciona a Meng Tian, un general importantísimo de la corte de Shi Huang Ti, responsable de muchas de sus victorias militares y a quien el Primer Emperador encargó la construcción de la Gran Muralla. Este general y toda su familia fueron sentenciados a muerte por un falso testamento de Shi Huang Ti elaborado por el poderoso eunuco

Zhao Gao, también citado en la carta, que había trabajado para el Primer Emperador y que, a su muerte, quiso hacerse con el control del imperio. Este falso testamento obligaba al hijo mayor de Shi Huang Ti a suicidarse y nombraba emperador a Hu Hai, el débil hijo segundo. Como verá, nuestro *jiance* tuvo que ser escrito forzosamente a finales del año 210 antes de la era actual, cuando murió el Dragón Primigenio, otro de los nombres de Shi Huang Ti.

—O sea, que tiene... —hice un rápido cálculo mental—, dos mil ciento y pico años de antigüedad.

—Dos mil ciento treinta y tres, exactamente.

—Y, entonces, ¿qué pasó con Sai Wu?

—¿Acaso no recuerda lo que le conté en Shanghai sobre el mausoleo real de Shi Huang Ti? Le dije que todos aquellos que sabían dónde se encontraba fueron enterrados vivos con él: los cientos de concubinas imperiales que no habían tenido hijos y los setecientos mil obreros que habían participado en la construcción. Así lo afirma Sima Qian, el historiador chino más importante de todos los tiempos (18). Con mayor razón debía morir, pues, aquel que había sido el jefe del gran proyecto, Sai Wu, responsable del mismo durante treinta y seis años, como le explica a su hijo.

—Lo que convierte a Sai Wu en el mejor ingeniero y arquitecto de su época.

Esta frase la soltó repentinamente Fernanda para sorpresa de todos. Pero, antes de que tuviéramos tiempo de reaccionar, el señor Jiang, sin mover un músculo, ya estaba hablando de nuevo. Y no para decir algo agradable, por cierto:

—El exceso de conocimiento en las niñas es pernicioso —comentó con un énfasis especial en la voz—. Malogra sus posibilidades de conseguir un buen marido. Debería usted enseñar a callar a su sobrina, *madame*, sobre todo en presencia de adultos.

(18) Sima Qian (145-90 a. n. e.), autor de la gran obra *Memorias históricas (Shiji)*, de gran influencia en los historiadores chinos posteriores.

Abrí la boca para explicarle enérgicamente al anticuario lo absurdo de sus afirmaciones pero...

—Tía Elvira, dígale al señor Jiang de mi parte —la voz de Fernanda estaba cargada de resentimiento— que si él pide respeto para sus tradiciones debería ofrecerlo también para las tradiciones de los demás, especialmente en lo que se refiere a las mujeres.

—Estoy de acuerdo con mi sobrina, señor Jiang —añadí con firmeza, mirándole directamente—. Nosotras no estamos acostumbradas al trato que dan ustedes aquí a la otra mitad de su población, esos doscientos millones de mujeres a los que no permiten hablar. Fernanda no ha querido ofenderle. Ha hecho, sencillamente, lo que hubiera hecho en Europa: comentar con acierto algo sobre la conversación que estábamos manteniendo.

—*Pa luen* (19). No voy a discutir este asunto con usted, *madame* —sentenció el anticuario con una frialdad que me heló la sangre en las venas. De inmediato, enrolló las tiras de bambú, las envolvió en el pañuelo de seda amarilla y las guardó en la caja. Luego, se puso en pie con su flexibilidad habitual y se alejó de nosotros. Aquello era una descortesía terrible.

—Bueno, Biao —dije, poniéndome también en pie aunque con mayores dificultades que el anticuario—, ya me explicarás qué hay que hacer en una situación como ésta en la que dos culturas se ofenden mutuamente sin haber tenido intención de hacerlo.

Biao me miró con gesto desolado y más cara de niño pequeño que nunca.

—No lo sé, *tai-tai.* —Parecía que no quería comprometerse.

—¡Yo no he hecho nada malo! —exclamó Fernanda realmente enfadada.

—Tranquila. Ya sé que no has hecho nada malo. El señor Jiang va a tener que acostumbrarse a nosotras, tanto si le gusta como si no.

(19) Dejar de tratar una cuestión. Cuestión cancelada.

Una vez, cuando era pequeña, tuve una idea magnífica. Estaba dibujando un pequeño jarrón que el profesor había dispuesto sobre una mesa para que aprendiera a trabajar con las luces y las sombras cuando, de repente, se me ocurrió que no sólo quería dedicarme a pintar cuando fuera mayor sino que quería que mi propia vida fuera una obra de arte. Sí, ése fue mi pensamiento: «Quiero hacer de mi vida una obra de arte.» Mucho había llovido desde entonces y, cuando recordaba aquel propósito infantil, me sentía orgullosa de mí misma por haberlo conseguido. Era cierto que mi trabajo como pintora no daba para muchas alegrías y que aún estaba lejos de conseguir mi sueño, que mi matrimonio no había sido exactamente ejemplar porque, como Rémy, carecía de la predisposición necesaria para la vida de casada, que el vínculo con mi familia jamás había funcionado, que los hombres de mi vida habían sido siempre deplorables (Alain, el pianista idiota; Noël, el estudiante aprovechado; Théophile, el compañero mentiroso...), y, sobre todo, que mi valentía juvenil se había esfumado con la edad adulta, dejándome indefensa ante las más sencillas contrariedades. Pero, en cualquier caso, reconociendo todas estas deficiencias, estaba orgullosa de mí misma. Mi vida era diferente a la de la mayoría de mujeres de mi generación. Había sabido tomar decisiones difíciles. Vivía en París y pintaba en mi estudio bajo la perfecta luz del sureste que entraba por las ventanas de mi propia casa. Había sobrevivido a muchos hundimientos y había sabido conservar a mis amigos. Si eso no era, a fin de cuentas, hacer una pequeña obra de arte, que bajara Dios y lo viera. Yo estaba segura de que sí. Mirándolo por el lado bueno, quizá aquel desgraciado viaje por China era una pincelada más de un cuadro que empezaba a estar dotado de belleza, con todos sus errores y *pentimenti*. O, al menos, así lo sentí la mañana del día que llegamos a Nanking, mientras la brisa del Yangtsé me daba en la cara y unos pescadores vestidos de negro mandaban de exploración por el río a sus cormoranes.

Es curioso cómo pescan los chinos. No usan cañas ni redes. Adiestran a esas grandes aves acuáticas de vistoso cuello para que capturen a los peces y, luego, los regurgiten en los canastos de la barca aún vivos y sin dañarlos. Pinté varios cormoranes aquella mañana en los márgenes y las pequeñas esquinas de hojas ya usadas de mi cuaderno con la idea de emplearlos después en el mismo cuadro en el que pensaba dibujar las aspas giratorias del ventilador de mi camarote del *André Lebon*. Aún faltaban piezas para la composición pero ya tenía claro que habría cormoranes y ventiladores.

Llegamos a Nanking el miércoles, 5 de septiembre, por la tarde, antes de la puesta de sol. A esas alturas me resultaba inconcebible pensar que sólo hacía una semana que había llegado a China. Era como si llevara mucho más tiempo y empezaba a situar mi salida de París en un pasado remoto que comenzaba a borrarse. Las nuevas experiencias, los viajes, tienen un influjo amnésico poderoso, como cuando pintas con un nuevo color sobre otro anterior que desaparece.

En Nanking, el Yangtsé hubiera podido tomarse por un mar en vez de por un río —tan ancho era su cauce—. En algún momento perdimos de vista la orilla norte y ya no la volvimos a recuperar, de manera que sólo el lento discurrir de las aguas fangosas en una dirección daba indicios de que aquel océano interminable era una corriente fluvial. Vapores de gran tonelaje, cargueros, remolcadores y cañoneras ascendían y descendían por el río o permanecían atracados en el muelle mientras caravanas de barcazas como la nuestra y cientos de sampanes familiares —auténticas casas flotantes—, cargados de hombres, mujeres y niños ligeros de ropa, se agolpaban y viraban de manera sorprendente en busca de un trecho de agua por el que avanzar. El olor a pescado frito era terrible.

Dejamos el río y abandonamos aquel embarcadero lleno de gente, cajas, cestas y jaulas de patos y gansos para adentrarnos en la ciudad. Necesitábamos encontrar un lugar donde dormir aquella noche y, aunque no lo dije, también donde poder darnos un baño: algunos de nosotros apestábamos como bueyes.

Pero Nanking no era Shanghai, con sus modernos hoteles y sus luces nocturnas. Aquella ciudad era una ruina. Grande, sí, pero una ruina. No quedaba en ella nada del esplendor de la antigua Capital del Sur (que es lo que significa Nanking, por oposición a la Capital del Norte, Pekín) fundada por el primer emperador de la dinastía Ming en el siglo XIV. Los deteriorados muros de la vieja ciudad surgían de vez en cuando mientras avanzábamos por las calles amplias y sucias en busca de una posada. Paddy, con los ojos hinchados y enrojecidos, caminaba dando traspiés aunque se iba espabilando un poco con el aire de la noche que, sin ser fresco, al menos aquel día no era tórrido.

El señor Jiang caminaba confiado y alegre. Nanking le traía buenos recuerdos de su juventud, ya que en esta ciudad había aprobado su examen literario con las mejores calificaciones. Al parecer, la Capital del Sur era algo así como una de nuestras ciudades universitarias europeas y los letrados que realizaban aquí sus estudios estaban mucho mejor considerados que los del resto de China. Grandes monumentos Ming se conservaban en la ciudad, sobre todo en las afueras, ya que había sido, en el pasado, una metrópoli de considerable importancia política y económica, con una población culta y numerosa.

—En Nanking —comentó orgulloso el anticuario— se publican los libros más hermosos del Imperio Medio. La calidad del papel y de la tinta que se fabrican aquí no tiene parangón.

—¿Tinta china? —preguntó Fernanda distraída, contemplando la miseria y la desolación de las calles por las que avanzábamos.

—¿Acaso hay de otra en este país? —repuso Paddy desabridamente. Todavía estaba resacoso.

Finalmente, después de mucho deambular, encontramos alojamiento en un triste *lü kuan* (una especie de hotel barato) situado entre la Misión Católica y el Templo de Confucio, al oeste de la ciudad. Se trataba, más bien, de un patio cuadrado con aspecto de antigua pocilga cubierto en parte por un sobradillo de paja y a cuyos lados daban las habitaciones. Al fondo, tenebrosamente iluminadas por farolillos y quinqués, se apiñaban las mesas llenas de gente que cenaba o jugaba sobre extraños tableros a pasatiempos desconocidos para mí.

El señor Jiang pronto entabló conversación con el dueño del negocio, un celeste joven, grueso y de frente despejada que aún conservaba su rancia coleta Qing. Mientras los demás cenábamos unos rollos de camarones con pedazos de carne condimentada y trozos de cerdo dulce y agrio —yo había ganado mucha habilidad con los palillos, los *kuaizi*, durante los días pasados en la gabarra y Fernanda parecía no haber utilizado otra cosa para comer en toda su vida—, el anticuario permaneció en pie junto a la gran cocina de leña recabando información del propietario para intentar situar los pocos datos que teníamos sobre el lugar en el que el médico Yao escondió, trescientos años atrás, el segundo pedazo del *jiance* de Sai Wu. Justo cuando estábamos terminando de cenar, el dueño del *lü kuan* se despidió de Lao Jiang con una gran sonrisa nerviosa y el anticuario regresó junto a nosotros.

—¿Y si informa a la Banda Verde de nuestra presencia en su establecimiento? —le pregunté, intranquila, mientras él tomaba asiento y, con los palillos, cogía un gran trozo de carne de cerdo.

—¡Oh! No dudo de que lo hará —me respondió amablemente—. Pero no esta noche. No ahora. De modo que tomemos el té con tranquilidad y déjenme contarles lo que he averiguado.

Biao, que había cenado en un patio trasero con los demás criados, se presentó, mugriento aún y apestoso, con una tetera de agua caliente para la infusión. Todo el mundo parecía contento aquella noche. Quizá me estaba preocupando en exceso.

Un chino viejo y ciego entró de pronto en el comedor y tomó asiento junto a una columna. De un estuche que dejó en el suelo extrajo una especie de pequeño violín de mástil largo cuya caja estaba hecha con la concha de una tortuga y, cogiéndolo verticalmente, empezó a rasgar las cuerdas con un arco y a entonar (si es que a eso se le podía llamar entonar) una canción extraña, quizá melancólica, en un agudo falsete. Algunos comensales siguieron el ritmo con golpes sobre las mesas, encantados por el entretenimiento y tanto el anticuario como el irlandés esbozaron grandes sonrisas de alegría mirando al músico.

—La situación es ésta —empezó a decir el señor Jiang reclamando nuestra atención—. La gran mayoría de las puertas de la antigua muralla Ming que rodea la ciudad han cambiado de nombre desde su construcción. Por eso yo no recordaba ninguna Puerta Jubao, como dice el mensaje del Príncipe de Gui, y el posadero tampoco conoce ninguna, pero está convencido de que se trata de *Nan-men*, la Puerta de la Ciudad, también llamada Puerta *Zhonghua*, es decir, Zhonghua Men, la puerta más grande de toda China, porque hay un montecito llamado Jubao frente a ella, al otro lado del río Qinhuai que sirvió de foso a la muralla. Sería la puerta principal de la vieja ciudadela de Nanking, la puerta sur, que fue construida en la segunda mitad del siglo XIV por orden del primer emperador Ming, Zhu Yuan Zhang.

—¿Cuántas puertas tiene la muralla? —preguntó Tichborne.

—En origen tenía muchas, más de veinte. En la época Ming, Nanking era la ciudad fortificada más grande del país y tenía dos murallas, la interior y la exterior, de la que no queda nada. La interior, que es de la que estamos hablando, tenía casi sesenta y ocho *li* (20), es decir, treinta y cuatro kilómetros, de los que hoy sólo se conservan unos veinte. De las puertas, quedarán siete u ocho. Cuando yo me examiné había doce, pero las últimas revueltas y los levantamientos han dañado muchas de ellas. Zhonghua Men, sin embargo, está en perfecto estado.

—Pero no estamos seguros de que esa Zhonghua Men sea la Puerta Jubao, ¿verdad?

—Debe de serlo, *madame*. El hecho de que exista un monte Jubao frente a ella resulta bastante significativo.

(20) Medida china de longitud. Un *li* es igual a 500 metros.

—Y, exactamente, ¿qué decía el mensaje del Príncipe de Gui? Deben disculparme pero no lo recuerdo.

Paddy resopló. Tenía la cara muy pálida y unas grandes bolsas negras le colgaban debajo de los ojos hinchados y enrojecidos.

—El príncipe le decía al médico Yao que buscara «en la Puerta Jubao la marca del artesano Wei, de la región de Xin'an, provincia de Chekiang», para esconder su fragmento. En China, el ladrillo es el elemento de construcción más utilizado después de la madera y los artesanos que los fabricaban para el Estado estaban obligados a escribir en ellos su nombre y provincia de procedencia. Así se les podía localizar y castigar si el material no era de buena calidad.

—¿Y el Príncipe de Gui conocía a todos los suministradores? —me extrañé—. Resulta curioso que, entre todos los artesanos que fabricaron ladrillos para las murallas y las puertas de Nanking, que debieron de ser muchos, el último emperador Ming conociera la existencia de ese anónimo obrero Wei de la región de Xin'an muerto tres siglos atrás.

—Está claro que aquí hay más de lo que vemos, *madame* —repuso Lao Jiang—. No adelantemos acontecimientos. Todo se aclarará cuando resolvamos el problema. Ahora, lo importante es que ustedes aprendan a identificar los caracteres chinos que representan *Wei, Xin'an* y *Chekiang.* Nosotros, los hijos de Han, utilizamos las mismas sílabas para nombrar muchas cosas distintas. Sólo la entonación con que las pronunciamos diferencia a unas de otras. Por eso nuestro idioma tiene una musicalidad tan insólita para los *Yang-kwei,* ya que si pronunciamos una palabra-sílaba con una entonación equivocada la frase dice otra cosa completamente distinta de lo que quería decir. La única posibilidad que tenemos de ser precisos es con la escritura. Los ideogramas son diferentes para cada concepto. Escribiendo, podemos entendernos entre nosotros aunque procedamos de regiones diferentes del Imperio Medio e, incluso, podemos entendernos con los japoneses y con los coreanos, aunque hablen otros idiomas, porque adoptaron nuestro sistema de escritura muchos siglos atrás.

—¡Menudo discurso! —se burló Tichborne—. A mí me costó tres años hablar tu maldita lengua y aprender los pocos caracteres que sé.

El anticuario apartó a un lado de la mesa los cuencos de la cena y sacó de uno de sus bolsillos una cajita rectangular forrada de seda roja que contenía, en tamaño reducido, lo que los celestes llaman los «Cuatro Tesoros Literarios», es decir, los pinceles de pelo, la pastilla de tinta, el soporte para fabricarla y el papel, un rollo pequeño de papel de arroz que extendió y aseguró en sus esquinas con los cuencos de la cena. Se arremangó y dejó caer unas gotas de agua de la tetera en el soporte para la tinta; seguidamente, cogió la pastilla y, con movimientos metódicos, la frotó hasta que la brillante emulsión negra adquirió la densidad que deseaba y, a continuación, sujetó el pincel en posición vertical con todos los dedos de la mano derecha mientras que con la izquierda retiraba la manga del brazo que escribía para que no arrastrara y estropeara los trazos; empapó el pincel en la tinta y lo apoyó sobre la superficie blanca. ¡Con cuánta unción realizó estos gestos! Parecía un sacerdote ejecutando un rito sagrado. Y lo que dibujó fue algo así:

—Éste es el carácter Wei —dijo, levantando la cabeza y entregando el pincel a Paddy que se dispuso a copiarlo rápidamente al lado del de Lao Jiang, aunque con menos seguridad y gracia—. Wei, el apellido de nuestro artesano. Su significado es «rodear», «cercar», «cerco»..., como bien se adivina por su forma. Memorícenlo. Intenten dibujarlo para así recordarlo mejor. De todas formas, mañana, antes de salir hacia la Puerta Jubao, volveré a enseñárselo.

Yo saqué mi *Moleskine* y copié el carácter con sanguina, en grande. Fernanda me contemplaba con cierta envidia.

—¿Me deja usted una hoja, tía? —preguntó humildemente. Sabía que era mi libreta de dibujo y que lo que me pedía era un sacrificio para mí.

—Toma —dije arrancándola con cuidado, suavemente, de arriba hacia abajo—. Y toma este lápiz también. Y tú, Biao, ¿quieres otra hoja y otro lápiz?

Pequeño Tigre desvió la mirada.

—No, gracias —rehusó—. Ya lo he memorizado.

Algo se barruntó Lao Jiang porque giró suspicazmente la cabeza hacia él.

—¿Sabes escribir chino? —preguntó con cierta violencia—. ¿Cuántos caracteres conoces ya?

El niño se asustó.

—En el orfanato sólo nos enseñan la caligrafía extranjera.

Los ojos de Lao Jiang lanzaron chispas y centellas y soltó los útiles de escritura para apoyar las palmas de las manos contra la mesa como si quisiera aplastarla.

—¿No conoces ningún carácter de tu lengua? —Nunca había visto al anticuario tan enfadado.

—Sí, éste —musitó el pobre Biao señalando con el dedo el apellido del artesano.

Paddy apoyó tranquilizadoramente la mano sobre el hombro del señor Jiang.

—Déjalo. No vale la pena —gangoseó—. Enséñale tú y no le des más vueltas.

El anticuario respiró hondo y exhaló muy despacio el aire por la boca. Con una cara que daba miedo, volvió a sujetar el pincel de aquella curiosa manera vertical y lo empapó de tinta. Su rostro cambió entonces y se serenó. Parecía que no pudiera escribir estando enfadado, que tuviera que concentrarse y mantener un estado de ánimo tranquilo para empezar a realizar aquellos complicados ideogramas que requerían trazos lentos y rápidos, largos y cortos, suaves y enérgicos. Observándole, se comprendía por qué los celestes habían hecho un arte de su caligrafía y, al mismo tiempo, por qué nosotros no.

—Así se escribe el nombre de Xin'an —dijo complacido—

y así el de la provincia de Chekiang. Chekiang sigue llamándose igual pero a Xin'an hoy se la conoce como Quzhou. En cualquier caso, debemos buscarla por su antigua denominación, que es la que nos interesa. Este grupo de caracteres que acabo de escribir debe encontrarse forzosamente unido a Wei en los ladrillos que buscamos.

Aplicadamente, los alumnos de aquella improvisada escuela inclinamos la cabeza sobre la mesa para copiar los nuevos trazos con diligencia. Incluso Biao, que antes había rehusado mi oferta de papel y lápiz, se afanaba ahora en el trabajo con verdadero interés. Sentí una cierta pena por Pequeño Tigre. Era un pobre expósito de trece años atrapado entre dos culturas, la oriental y la occidental, que se enfrentaban violentamente entre sí desde hacía mucho tiempo y que, para él, estaban representadas por el padre Castrillo y el señor Jiang, y a los dos les tenía miedo.

Para mi alegría, después de la lección pude darme, al fin, un baño caliente: una vieja criada me tiraba por encima de la cabeza los baldes de agua humeante que traía de la cocina y que iban rellenando la gran tina de madera que servía de bañera. El jabón, por suerte, no era demasiado malo a pesar de su desagradable aspecto, aunque me dejó la piel seca y escamada, y los trapos que me trajeron para secarme estaban limpios, al contrario que mi ropa, que, sucia y todo, regresó a mi cuerpo por unos cuantos días más. Breve para mi disgusto (los demás esperaban su turno cayéndose de sueño), el baño me dejó fresca y renovada. Sin embargo, esta buena disposición se fue rápidamente al garete en cuanto vi la miserable habitación en la que Fernanda y yo íbamos a dormir —de techo tan bajo que se podía tocar con las manos y con las paredes de adobe sucias y desconchadas— y no digamos el sórdido *k'ang* de bambú colocado sobre un horno de ladrillos —apagado, por suerte— en el que tendría que acostarme.

Pero estaba tan necesitada de sueño que no me enteré ni de la llegada de mi sobrina tras su baño y la noche pasó en un suspiro. De pronto, me encontré abriendo los ojos, totalmente despejada, atenta a un leve roce de tela en el patio. Me levanté con cuidado (aún era noche cerrada) y entreabrí la puerta de listones de madera con el corazón palpitándome como un tambor, dispuesta a gritar como una energúmena en cuanto viera a los secuaces de la Banda Verde. Pero no, no eran ellos. Aquella sombra oscura era Lao Jiang haciendo sus ejercicios taichi a la luz de un menudo farolillo que colgaba de una viga. No sé qué me impulsó a acercarme en lugar de volver al *k'ang* pero el caso es que lo hice y no sólo eso, sino que, además, me escuché a mí misma diciendo:

—¿Podría enseñarme, señor Jiang?

El anticuario se detuvo y me miró sonriente.

—¿Quiere aprender taichi?

—Si a usted no le molesta...

—Las mujeres también pueden practicar taichi si quieren —murmuró para sí mismo.

—¿Me enseña?

—Hoy no, *madame*. Es tarde. Mañana daremos la primera clase.

Así que allí me quedé, sentada en un banco, viendo girar y evolucionar lentamente a Lao Jiang hasta que éste dio por terminada su sesión de aquel día. Lo cierto era que había una gran armonía en ese extraño baile, una belleza misteriosa que yo sentía acrecentada por el hecho de que una persona tan mayor pudiera realizar ágilmente determinados movimientos que hubieran resultado imposibles para mí y, encima, con mucha lentitud, lo que aún lo hacía más difícil. Pero en ese taichi debía de residir el secreto de la asombrosa flexibilidad de los chinos y yo quería aprenderlo. Me encaminaba hacia los cincuenta a velocidades vertiginosas y no deseaba de ningún modo terminar como mi madre o como mi abuela, sentadas todo el día en un sillón, melindrosas y llenas de achaques.

Poco después, abandonábamos la posada. Nos precedía Biao portando una larga vara en cuyo extremo bailaba un farol que proyectaba un tenue círculo de luz. Como estaba amaneciendo, los gallos cantaban en los patios y algunos comerciantes barrían el suelo frente a las puertas de sus establecimientos. No caminamos mucho, en realidad. Recorrimos unas cuantas calles y en seguida cruzamos un puentecillo jorobado sobre un canal de agua y nos encontramos frente a Zhonghua Men. No podía ni imaginar cómo se vería extramuros pero, desde luego, por dentro era impresionante, abrumadora. ¿Qué enemigo se hubiera atrevido a soñar siquiera con tomar aquella fortaleza colosal formada, en realidad, por cuatro puertas consecutivas a cuál más inexpugnable? De hecho, según nos dijo el señor Jiang, Zhonghua Men jamás había sido atacada. Los ejércitos invasores preferían intentar el asalto a Nanking por cualquier otro lugar antes que ser masacrados desde aquel castillo defensivo que, en verdad, era digno de Goliat.

—Este conjunto —dijo el señor Jiang, orgulloso— mide 45 *ren* de este a oeste y 48 de sur a norte.

—Unos 119 metros de largo por unos 128 de ancho, más o menos —aclaró Paddy, tras pensar un poco—. El ren es una antigua medida de longitud equivalente a poco más de dos metros y medio.

—¡Es enorme! —dejó escapar mi sobrina, que mantenía la cabeza echada hacia atrás para poder abarcar con la vista todo aquel mazacote—. ¿Cómo vamos a encontrar los ladrillos de Wei? ¡Debe de haber millones! Y, además, estos muros son altísimos. Medirán unos quince o veinte metros.

—Visitemos los recintos donde se ocultaban los soldados —propuso Lao Jiang encaminándose hacia la mole—. Si yo quisiera esconder algo disimuladamente tras un ladrillo, intentaría que fuera en un lugar lo más alejado posible de la vista de la gente, un lugar discreto y, como ven, estas puertas y sus muros de discretos no tienen nada.

—¿Se imaginan al médico Yao subido en una escalera o colgando de unas cuerdas, quitando un ladrillo y escondiendo algo? —soltó Biao antes de romper a reír a carcajadas.

El anticuario se volvió hacia él y sonrió.

—Tienes razón, muchacho. Por eso creo que los túneles subterráneos de Zhonghua Men van a ser los mejores lugares para empezar. Hasta siete mil soldados se escondían allí, además de servir como almacenes para armas y alimentos.

Biao resplandeció como una de esas nuevas ampollas eléctricas. Sentí rabia por la manera en que Lao Jiang ignoraba a mi sobrina mientras que no ocultaba que Pequeño Tigre le había entrado por el ojo. No era justo. Empezaba a cansarme aquella actitud despectiva hacia las mujeres que exhibía el viejo chino.

—El complejo de Zhonghua Men tiene veintisiete recintos subterráneos —continuó el señor Jiang mientras los demás le seguíamos y entrábamos por una extraña puerta en el muro con forma de cruz rechoncha—. No hay más remedio que examinarlos todos. ¿Cuántas velas tenemos, Paddy?

—Bastantes, no te preocupes. Traje un buen puñado.

—Danos una a cada uno, por favor. El farol de Biao no ilumina lo suficiente.

A pesar de la buena temperatura matinal del exterior, allí dentro hacía un frío terrible y tanto las paredes como los peldaños de la escalera que descendía hacia el centro de la tierra estaban cubiertos por un moho aceitoso que podía hacernos perder pie al menor descuido.

Con los cirios encendidos y avanzando en procesión, iniciamos el resbaladizo descenso atentos a los pasos que iba dando el que teníamos delante. Tichborne resoplaba de vez en cuando, Fernanda gimoteaba mientras descendíamos lentamente y yo intentaba contener la claustrofobia que empezaba a cerrarme la garganta. De pronto, un pensamiento positivo me animó: ¿cuántos días llevaba sin crisis nerviosas? Hubiera jurado que no había sufrido ninguna desde que salimos de Shanghai. ¡Era magnífico!

—¡Hay culebras! —aulló entonces Biao para aguarme la fiesta. Creí morir del asco.

—¡Silencio! —profirió Tichborne de malos modos.

—¡Quiero salir de aquí! —suplicó Fernanda, empezando a retroceder. No me quedó otro remedio que darle un terrible pellizco de monja en cuanto se puso a mi altura.

—¡Estate quieta y callada! —susurré en castellano en su oído—. ¿O quieres que Lao Jiang te desprecie aún más? Demuéstrales que no somos débiles damiselas que se desmayan por un simple bicho.

—¡Pero tía...!

—Continúa bajando o te mando de vuelta a Shanghai en el primer vapor que salga de Nanking.

No volvió a incordiar nunca más; su talón de Aquiles era muy sensible. Frotándose el brazo para aliviar el dolor del pellizco se tragó los lloros y el miedo y, juntas, una detrás de la otra, seguimos descendiendo hasta que, por fin, alcanzamos el primero de los largos túneles que horadaban el subsuelo de la Puerta Jubao. Aquello ya era otra cosa. A pesar de las extraordinarias dimensiones del lugar, las paredes tenían una altura humana y el techo, también de ladrillos, podía examinarse sin grandes dificultades.

—No perdamos tiempo —advirtió Lao Jiang.

Rápidamente, los cinco empezamos a inspeccionar aquel túnel por todos sus lados. Los ladrillos eran muy distintos unos de otros en cuanto a color (los había negros, blancos, rojos, marrones, amarillentos, anaranjados, grises...), sin duda por los diferentes materiales utilizados en su fabricación y como, además, los del suelo habían sido pisados por miles de soldados a lo largo de los siglos, presentaban también diversos grados de deterioro. En cambio, todos eran iguales en forma y tamaño (unos cuarenta centímetros de largo por veinte de ancho). Yo llevaba mi libreta en una mano y la vela en la otra y forzaba la vista para no dejarme engañar por aquel fárrago de signos que singularizaba cada ladrillo, pero, aunque todos presentaban largas inscripciones parecidas a pisadas de gorriones grabadas en el barro antes de meterlos en el horno, ninguna de ellas contenía los caracteres Wei, Xin'an y Chekiang.

Tampoco aparecieron en el segundo túnel, ni en el tercero, ni siquiera en el cuarto o en el quinto. La mañana transcurrió sin éxito y se acercaba ya la hora de comer cuando, de pronto, en el decimoquinto túnel, uno de los más pequeños y mejor conservados, que parecía haber estado destinado más a despensa que a escondite de la soldadesca, Paddy Tichborne profirió una exclamación de júbilo:

—¡Aquí, aquí! —gritó, enarbolando su vela como si fuera una bandera para llamar nuestra atención.

Menos mal que no había nadie en aquellas galerías abandonadas.

—¡Aquí! —seguía gritando el irlandés a pesar de que ya estábamos todos a su lado contemplando los ladrillos del suelo que señalaba con un dedo—. ¡Hay muchos!

Y era cierto. Bajo nuestros pies, diez, cien, ciento cincuenta, doscientos..., doscientos ochenta y dos ladrillos exactamente exhibían la marca del artesano Wei y de su lugar de origen, Xin'an, en Chekiang.

—Son sólo los ladrillos negros y blancos del piso —comentó Paddy, pasándose la palma de la mano por la tersa piel de la cabeza.

Con un sobresalto, Lao Jiang puso cara de haber tenido una súbita revelación.

—No es posible... —murmuró, dirigiéndose hacia el centro de la cámara—. Sería una locura. ¡Traigan todas las luces! Mira esto, Paddy. ¡Es una partida de Wei-ch'i!

—¿Cómo...? —exclamó Tichborne avanzando hacia el anticuario. Los demás nos afanamos por llevar luz a los lugares que el señor Jiang iba señalando con el dedo.

—¡Mira, fíjate bien! —pedía el señor Jiang, presa de una excitación que jamás había manifestado hasta ese momento—. Diecinueve filas por diecinueve columnas de ladrillos... El suelo es el tablero, no hay duda. Ahora observa sólo los ladrillos blancos y los negros. ¡Es una partida! Cada jugador ha realizado ya más de doscientos movimientos.

—¡No vayas tan rápido, Lao Jiang! —objetó el irlandés, sujetándole por un brazo—. Puede tratarse de una casualidad. Quizá sean sólo ladrillos puestos al azar y nada más.

El anticuario se volvió hacia él y le miró con helada inexpresividad.

—Llevo toda mi vida jugando al Wei-ch'i (21). Reconozco una partida en cuanto la veo. Fui yo quien te enseñó, ¿o lo has olvidado? Y, por si no te has dado cuenta, el nombre del médico amigo del Príncipe de Gui es Yao, el mismo que el del sabio emperador que inventó el Wei-ch'i para instruir al más torpe de sus hijos, y el nombre del fabricante de ladrillos es Wei, «cercado». Todo encaja.

Yo no tenía ni idea de lo que era el Wei-ch'i ese del que hablaban. A mí, el suelo, me recordaba más bien a un gigantesco tablero de damas o de ajedrez, con sus escaques blancos y negros (pero también de otros muchos colores, pues había ladrillos de todas clases), y muy distinto de todo lo que yo había visto en materia de juegos de mesa hasta ese momento: de entrada, había muchísimas más casillas de las necesarias, así como unas doscientas o trescientas. Lo que no sabía yo es que no eran casillas lo que veía sino las propias piezas del juego.

—¿No conoce usted el Wei-ch'i, Joven Ama? —Los susurros de Biao, que hablaba con Fernanda a poca distancia de mí, me llegaron con toda claridad en aquel silencio—. ¿De verdad? —La voz del niño expresaba tal incredulidad que a punto estuve de volverme y recordarle que mi sobrina y yo veníamos del otro lado del mundo. Pero Paddy Tichborne le había escuchado también:

—Fuera de China —empezó a explicar el irlandés con la intención de zafarse de la fría mirada del anticuario—, al Wei-ch'i se le conoce como Go. Los japoneses le llaman Igo y fueron ellos quienes lo exportaron a Occidente, no los chinos.

—Pero es un juego chino —matizó Lao Jiang, volviendo a fijar la mirada en el suelo.

—Sí, es un juego totalmente chino. La leyenda dice que lo inventó el emperador Yao, que reinó en torno al año dos mil trescientos antes de nuestra era.

(21) También aparece escrito como Weichi, Weiqi, Wei Qi o Weiki. La forma Wei-ch'i es la más correcta.

—En este país —dije yo—, todo tiene más de cuatro mil años de antigüedad.

—En realidad, *madame*, puede que sea mucho más antiguo, pero los registros escritos empiezan en esas fechas.

—En cualquier caso, tampoco he oído hablar del Go —añadí.

—¿Conoces las reglas, Biao? —preguntó el anticuario al niño.

—Sí, Lao Jiang.

—Pues explícaselas a Mme. De Poulain para que no se aburra mientras Paddy y yo estudiamos esta partida. Y traigan más luz, por favor.

Encendimos unas cuantas velas más y Lao Jiang nos hizo ponerlas sobre los ladrillos que no eran ni blancos ni negros. Al parecer, sólo esos contaban. Los demás, no.

—Verá, Ama —empezó a explicarme Pequeño Tigre, nervioso por tener una función tan importante; Fernanda, a mi lado, también le escuchaba—. Imagine que el tablero es un campo de batalla. El vencedor será el que, al final, se haya apoderado de más territorio. Un jugador utiliza piedras blancas y otro piedras negras y cada uno pone una piedra por turno sobre alguno de los trescientos y sesenta y un cruces que forman las diez y nueve líneas verticales y las diez y nueve horizontales. Así van marcando su terreno.

¡Con razón veía yo tanta casilla! ¡Trescientas sesenta y una, nada menos! Habría que inventar once piezas nuevas de ajedrez para poder jugar en un tablero semejante.

—¿Y cuántas piedras tiene cada jugador? —preguntó Fernanda, sorprendida.

—El blanco, cien y ochenta, y el negro, que es quien empieza siempre las partidas, cien y ochenta y una. —Eso de que no supiera contar bien en castellano era culpa, sin duda, de la educación que recibía en el orfelinato de Shanghai—. Bueno, el Wei-ch'i no tiene muchas reglas. Es muy fácil de aprender y muy divertido. Sólo hay que ganar terreno. La manera de quitárselo al contrario es eliminando sus piedras del tablero y para eso se deben rodear con piedras propias. Ésa es la parte difícil, claro —sonrió envalentonado, enseñando unos dientes muy grandes—, porque el enemigo no se deja, pero una vez que una piedra o un grupo de piedras ha quedado cercado, está muerto y se elimina.

—Y como ese espacio está rodeado —comentó pensativamente mi inteligente sobrina—, sería absurdo que el perdedor volviera a poner piedras dentro.

—Exactamente. Ese terreno pertenece al jugador que hizo el cercado. De ahí viene el nombre del juego, Wei-ch'i. *Wei*, como ha dicho Lao Jiang, significa «rodear», «cercar».

—¿Y *ch'i*? —quise saber yo, curiosa.

—*Ch'i* es cualquier juego, Ama. Wei-ch'i, pronunciado así, como lo acabo de decir, significa «Juego del cercado».

A poca distancia de nosotros, el señor Jiang y Paddy Tichborne sostenían otra conversación mucho menos pacífica que la nuestra.

—Pero ¿y si juegan negras? —preguntaba Paddy, enfadado y con las mejillas y las orejas tan rojas como si estuvieran en carne viva.

—No pueden jugar negras. La leyenda dice que es el turno de las blancas.

—¿Qué leyenda? —inquirí levantando la voz para que me hicieran caso.

—¡Ah, *madame*! —repuso Tichborne, volviéndose hacia mí con afectación—. Este maldito tendero asegura que la partida que tenemos a nuestros pies es un viejo problema de Wei-ch'i conocido como «La leyenda de la Montaña Lanke». Pero, ¿cómo puede estar seguro? ¡Hay doscientas ochenta y dos piedras en el tablero! ¿Acaso podría alguien recordar exactamente la posición de cada una? Y, aunque así fuera, ¿de quién sería el próximo movimiento, de las piedras blancas o de las piedras negras? Eso podría cambiar completamente el resultado final de la partida.

—A veces, Paddy —silabeó Lao Jiang sin perder las formas—, pareces un mono que grita porque le pica algo y no sabe rascarse. Sigue dándote cabezazos contra la jaula a ver si los golpes te alivian la comezón. Escuche, *madame*, una de las más famosas leyendas del Wei-ch'i, que todo buen jugador conoce (22), cuenta que, alrededor del año 500 antes de la era actual, en una gran montaña situada en la provincia de Chekiang, y dese cuenta de que volvemos a encontrar una nueva pista relacionada con el artesano Wei y con el mensaje del Príncipe de Gui, en esa montaña de Chekiang, repito, vivía un joven leñador llamado Wang Zhi. Un día subió más de lo acostumbrado buscando madera y encontró a un par de ancianos jugando a Wei-ch'i. Como era un gran aficionado, dejó su hacha en el suelo y se sentó a ver la partida. El tiempo pasó rápidamente porque el juego estaba resultando muy interesante pero, poco antes de que terminara, uno de los ancianos le dijo: «¿Por qué no te vas a casa? ¿Piensas quedarte aquí para siempre?» Wang Zhi, avergonzado, se puso en pie para marcharse y, al recoger su hacha, se sorprendió al ver cómo el mango de madera se le deshacía entre los dedos. Cuando volvió a su pueblo no pudo reconocer a nadie y nadie le conocía a él. Su familia había desaparecido y su casa era un montón de escombros. Asombrado, se dio cuenta de que habían pasado más de cien años desde que salió en busca de leña y de que los ancianos eran, sin duda, un par de inmortales de los que habitan secretamente en las montañas de China. Pero Wang Zhi había retenido la partida en la memoria. Como buen jugador que era, podía recordar todos y cada uno de los movimientos. Lamentablemente, no había visto el final, así que ignoraba quién había ganado pero sí sabía que el siguiente movimiento le correspondía a las blancas. Esta leyenda se conoce como «La leyenda de la Montaña Lanke», porque *Lanke* quiere decir «mango descompuesto», como el mango del hacha de Wang Zhi. El esquema del juego ha sido reproducido en numerosas colecciones antiguas de partidas de Wei-ch'i y es exactamente el que tenemos aquí representado con ladrillos.

—¿Y en estos últimos dos mil quinientos años nadie ha con-

(22) Recogida por primera vez en *Shu Yi Zhi*, escrito por Ren Fong (Dinastías del Sur y del Norte, 420-589 n. e.)

seguido resolver el problema? —preguntó Fernanda con aparente inocencia.

—¡Ahí quería llegar yo! —dejó escapar Paddy con una risotada—. Además, Lao Jiang, ¿cuántas veces has visto el famoso diagrama Lanke (23) como para estar tan seguro de que es éste?

El señor Jiang apoyó una rodilla en el suelo y se inclinó sobre un grupo de ladrillos negros.

—Muy pocas, es verdad —admitió sin moverse—. Una o dos, a lo sumo. Pero, igual que conozco la leyenda, sé que la montaña Lanke de la historia se encuentra en la actual Quzhou, antigua Xin'an, provincia de Chekiang. Sospecho que, bajo nuestros pies, se oculta un escondrijo Ming construido al mismo tiempo que las murallas y la puerta Jubao. Todos los Ming debieron de conocer su existencia y utilizarlo para sus fines. Cuando el Príncipe de Gui le entregó a su amigo el médico Yao el segundo pedazo del *jiance*, la coincidencia de nombres con el emperador que inventó el Wei-ch'i debió de recordarle que existía este lugar y por eso le mandó aquí. Probablemente le informó de los ladrillos que debía mover, aunque eso no lo cuente el documento que encontramos en el «cofre de las cien joyas».

—Y, ahora, ¿qué hacemos? —pregunté.

—Pensar, *madame* —me contestó Paddy—. Este juego puede ser endiabladamente sutil, como los propios chinos.

—Pero, señor Tichborne —protestó Biao con una voz que le cambió a grave de repente—, si no tiene ninguna dificultad.

Y mientras el niño carraspeaba para aclararse la garganta, Lao Jiang recorrió en dos zancadas la distancia que les separaba y le sujetó por el pescuezo. Lo cierto es que tuvo que levantar el brazo para hacerlo ya que Biao eran tan alto como él.

—Demuéstralo —le exigió, dirigiéndole hacia el centro del recinto. Pequeño Tigre parecía más pequeño que nunca, el pobre.

(23) Este diagrama es más conocido entre los jugadores de Go por su nombre en japonés, Ranka.

—¡Perdón, Lao Jiang, sólo decía palabras necias! —chilló acobardado y, luego, empezó a rogar y a suplicar en chino de tal manera que, aunque no le podíamos entender, sabíamos perfectamente lo que estaba diciendo.

—No hables nunca si no vas a ser capaz de cumplir lo que digas —le amonestó el anticuario, soltándole. Biao se vino abajo y murmuró algo inaudible—. ¿Qué? ¿Qué has dicho?

—Si le toca jugar a las blancas... —murmuró el niño con un hilillo de voz—. Yo..., yo no sé quién va a ganar la partida, pero el siguiente movimiento de las blancas debe ser, a la fuerza, eliminar las dos piedras negras que están en *jiao chi* entre la esquina suroeste y el lateral sur.

—¿*Jiao chi*? —repitió Fernanda. El acento chino de la niña no era malo del todo.

—En *atari* (24), en jaque... —intentó explicarle Paddy Tichborne sin mucho éxito—. Cuando la próxima jugada amenaza con capturar piedras que están rodeadas por todas partes menos por el lugar que va a ser cerrado...

—¡Déjalo, Paddy! —exclamó Lao Jiang—. No podemos perder más tiempo. Biao tiene razón. Mira.

Pero Paddy, educadamente, ignoró al anticuario.

—Lo que quería decir es que las piedras que están a punto de ser cercadas están en *jiao chi*, es decir, que van a morir. Eso no significa el final de la partida, naturalmente. Sólo que esas piedras en concreto van a ser retiradas del tablero.

—Y, tal y como decía Biao —concluyó el señor Jiang arrodillándose muy cerca del muro sur del túnel, justo en frente de las escaleras por las que habíamos bajado—, estas dos piedras negras están, efectivamente, en *jiao chi* y voy a retirarlas de la partida en este mismo instante.

—¿Cómo las va a sacar? —me sorprendí—. Esas piedras..., quiero decir, esos ladrillos llevan ahí seiscientos años.

—No, *madame* —me recordó el anticuario—. El médico Yao

(24) Ésta es la expresión japonesa utilizada en Occidente por los jugadores de Go.

estuvo aquí en 1662 o 1663 por orden del último emperador Ming. Si no nos hemos equivocado, sólo hace doscientos sesenta años que los quitaron y los volvieron a poner.

—Además, la argamasa de los chinos —terció Paddy, condescendiente— se fabrica, desde hace miles de años, con una mezcla de arroz, sorgo, cal y aceite. No será difícil de quitar.

—¡Pues sus construcciones han resistido muy bien el paso de los siglos! —comentó Fernanda con una sonrisa irónica. ¿Era impresión mía o la niña estaba más delgada? Sacudí la cabeza para deshacerme de la ilusión óptica: la ropa china engañaba mucho.

Para entonces, Lao Jiang estaba raspando los bordes de los ladrillos con el mango de su abanico de acero. El polvillo resultante formaba una nubecilla gris iluminada por un rayo de luz del mediodía que se colaba oblicuamente a través del lúgubre agujero de las escaleras. Todos le observábamos en silencio, atentos a cualquier cosa que pudiera suceder.

Y los ladrillos se soltaron. No hizo falta escarbar mucho. Estaba claro que ambos formaban una sola y alargada pieza (estaban unidos por sus lados más cortos) colocada sobre una tabla de madera carcomida que no resultó difícil de sacar. Una vez retirada y aunque nos tapábamos la luz intentando mirar todos a la vez, descubrimos una especie de *bishachu* como el del despacho de Rémy, muy hondo y de paredes perfectamente lisas talladas en el granito del subsuelo. Paddy acercó una vela y vimos, al fondo, una vieja caja de bronce cubierta de óxido verde, idéntica a la que sacamos del lago de Yuyuan en Shanghai, y una especie de cilindro metálico con adornos de oro pálido que, según Lao Jiang, era un estuche Ming de documentos que podía valer una fortuna en el mercado de antigüedades. Curiosamente, sacó primero el estuche que, aparte de ser realmente precioso, no contenía nada en absoluto. La caja de bronce, por el contrario, sí. Ahí estaba nuestro segundo fragmento del *jiance*, con sus viejos cordones verdes y sus seis tablillas de bambú. No veía con mucha claridad pero me pareció que, desde luego, allí no había caracteres escritos sino gotitas de tinta sin sentido aparente. Lao Jiang, en cambio, soltó una exclamación de alegría:

—¡Ya tenemos la parte del mapa que faltaba!

—Deberíamos salir —comentó Paddy, incorporándose con un quejido—. Aquí no hay suficiente luz. ¡Oh, mis rodillas!

—Pongamos todo esto en su sitio —continuó el anticuario—. Primero, la madera y, luego, los ladrillos. Echaremos los residuos de la argamasa en las juntas. No quedará igual pero, en unos días, con la humedad, apenas se notará.

—Salgamos, por favor —insistió el periodista—. Estoy muerto de hambre.

De pronto, la luz que entraba por la escalera desapareció. Inconscientemente, todos nos volvimos a mirar pero las velas no iluminaban aquella zona, que quedaba en la penumbra. Lao Jiang le entregó la caja de bronce a Paddy.

—Apártense —susurró—. Vayan a aquella esquina.

—¿La Banda Verde? —tartamudeé, obedeciendo.

Pero el anticuario no tuvo tiempo de responder a mi pregunta. En menos de un segundo, diez o quince maleantes con cuchillos y pistolas se habían colado en el túnel y nos amenazaban entre gritos histéricos y gestos agresivos. Un pensamiento terrible cruzó por mi mente: eran demasiados. Esta vez, Lao Jiang no iba a poder con ellos. Un solo disparo terminaría con cualquiera de nosotros en un instante. No les costaría nada. El cabecilla chillaba más que ninguno. Con paso rápido se dirigió a Lao Jiang y me pareció entender que le exigía la caja. El anticuario permanecía tranquilo y hablaba con él sin alterarse. Los demás nos apuntaban. Noté que mi sobrina se pegaba a mí. Muy despacio, para no provocar un percance, levanté el brazo y se lo pasé por los hombros. Lao Jiang y el chino seguían conversando, uno a gritos y el otro en voz baja. Por el costado izquierdo noté que Biao también se me acercaba buscando protección. Hice el mismo gesto con el brazo libre y apreté a los dos niños contra mí para calmarlos. Lo más extraño de todo era que yo no tenía miedo. No, no estaba asustada. En lugar de ahogarme y tener palpitaciones, mi mente se puso a funcionar con rapidez y lo único que me preocupaba era que a Fernanda y a Biao les pasara algo. Les notaba temblar, pero yo estaba fuerte y me sentí muy bien por ello. ¿No me había angustiado durante años la idea de la muerte? ¿Cómo era, pues, que ahora que la tenía delante me daba exactamente lo mismo? Mientras el anticuario y el sicario seguían dialogando me di cuenta de cuánto tiempo de mi vida había perdido preocupándome por la llegada de ese momento que estaba viviendo y lo más gracioso de todo era que me sentía más viva que nunca, más fuerte y más segura de lo que me había sentido en los últimos años. ¡Si hubiera podido volver atrás y contarme a mí misma lo poco que valía la pena preocuparse por morir! Distraída con estos alegres pensamientos no me había dado cuenta de que el anticuario había dejado de hablar con el sicario y se dirigía a nosotros:

—Échense al suelo en cuanto se lo ordene —nos dijo tranquilamente y, luego, siguió conversando con el cabecilla que, como el resto de sus compañeros, parecía un simple culí descamisado. Todos llevaban calzones de lienzo azul sucios y raídos y todos tenían la cabeza rapada y una expresión fiera en el rostro. Supuse que alguno de ellos habría participado en el asesinato de Rémy.

—¡Ahora! —gritó de pronto. Los niños y yo nos lanzamos hacia el suelo y, por la masa de carne que noté contra mi cabeza deduje que Paddy se había puesto delante para protegernos. Pero no tuve tiempo de pensar mucho más. Una salva de disparos retumbaron en el túnel y las balas empezaron a chocar contra los muros muy cerca de nosotros. El eco del lugar hacía que aquello pareciera una delirante exhibición de fuegos artificiales. Biao temblaba con grandes sacudidas, así que le estreché más fuerte contra mí. Si íbamos a morir, que fuera juntos. De pronto, un espasmo terrible, acompañado de una exclamación, zarandeó el cuerpo del irlandés.

—¿Qué le ocurre, *mister* Tichborne? —grité.

—¡Me han dado! —gimió.

Solté a los niños e intenté levantar la cabeza con mucha precaución para ver cómo estaba el irlandés pero las balas rayaban el aire cerca de mis oídos, así que no tuve más remedio que volver a esconderme detrás de la gran barriga del herido. Afortunadamente, para entonces las detonaciones empezaron a menguar y muy poco después, habían terminado. Reinó de pronto un gran silencio.

—Ya pueden levantarse —nos alentó Lao Jiang.

Los niños y yo nos incorporamos lentamente y, al mirar por primera vez el túnel, lo que vi me dejó llena de perplejidad: en el suelo, un buen puñado de cuerpos inmóviles y, al fondo, en el otro extremo del tablero de Wei-ch'i, tras una densa nube de pólvora, un montón de faroles de papel encerado iluminando una especie de pelotón de soldados con fusiles y bayonetas caladas. ¿Qué estaba pasando allí? ¿Quiénes eran aquellos soldados? ¿Por qué Lao Jiang saludaba amistosamente a uno de ellos que llevaba un sable tan enorme al cinto que arañaba ridículamente el suelo? Un gemido de Tichborne me hizo regresar a la realidad.

—*Mister* Tichborne —le llamé, intentando girarle para comprobar la gravedad de la herida—. ¿Cómo se encuentra, *mister* Tichborne?

El irlandés tenía la cara contraída por el dolor y, con ambas manos, se apretaba fuertemente una pierna de la que manaba abundante sangre. Pero sangre era lo que sobraba en aquel lugar: la de los sicarios muertos fluía en riachuelos que se colaban entre los ladrillos del suelo —las piedras de Wei-ch'i—, dejando en el aire un extraño olor a hierro caliente que se mezclaba con el de la pólvora. No tenía tiempo de marearme, me dije. Lo primero era comprobar el estado del periodista y de los niños, así que me incliné sobre Tichborne y le examiné: estaba malherido, la bala le había destrozado la rodilla derecha y urgía atenderle cuanto antes. Fernanda estaba blanca como el papel, con los ojos hundidos y llorosos; Biao, que tanto había temblado, ahora sudaba copiosamente y gruesos goterones le resbalaban por la cara y caían al suelo como lágrimas. Los dos habían pasado un miedo atroz y no conseguían salir de la pesadilla.

—¿Cómo se encuentra, Mme. De Poulain? —me preguntó

Lao Jiang, dándome un susto de muerte. Creía que seguía hablando con el soldado.

—Los niños y yo estamos bien —le dije con una voz ronca que no parecía la mía—. Tichborne tiene una herida en la pierna.

—¿Grave?

—Creo que sí, pero yo no soy enfermera. Deberíamos llevarle a algún sitio donde pudieran atenderle.

—Los soldados se ocuparán de eso. —Se volvió hacia el capitán del sable, le dijo unas cuantas palabras e, inmediatamente, cuatro o cinco de aquellos muchachos armados, de no mucho mejor aspecto que los matones de la Banda Verde, dejaron el fusil en el suelo y se encargaron de Tichborne, llevándoselo afuera entre las carcajadas que los gritos de dolor del periodista les provocaban—. Le debo una explicación, Mme. De Poulain.

—Hace rato que la espero, señor Jiang —asentí, encarándome a él.

Algunos soldados empezaron a cargarse sobre los hombros, sin muchos miramientos, los cuerpos muertos de los bandidos y otros comenzaron a echar arena sobre la sangre del suelo.

—Soy miembro del Partido Nacionalista Chino, el Kuomintang, desde 1911, cuando fue fundado por el doctor Sun Yatsen, a quien tengo el honor de conocer y de quien me considero un buen amigo. Él es quien está financiando esta expedición y quien ha puesto a nuestra disposición aquí, en Nanking, este batallón de soldados del Ejército del Sur para que nos proteja de la Banda Verde. El capitán Song —e hizo un gesto con la cabeza señalando al chino del sable que permanecía a una respetuosa distancia mientras sus subordinados limpiaban el lugar— supo de nuestra llegada en cuanto desembarcamos ayer en el puerto y nos ha mantenido bajo discreta vigilancia para poder ayudarnos si era necesario.

No daba crédito a lo que estaba oyendo. Me costaba asimilar la idea de que aquella loca aventura había sido desde el principio un asunto político.

—¿Quiere decir, señor Jiang, que el Kuomintang está al tanto de lo que andamos buscando?

—Por supuesto, *madame*. En cuanto supe lo que había en el «cofre de las cien joyas» y adiviné el alcance del proyecto de restauración imperial de los Qing y de los japoneses, llamé en seguida al doctor Sun Yatsen a Cantón y le expliqué lo que estaba sucediendo. El doctor Sun se alarmó tanto como yo y me ordenó continuar secretamente con la búsqueda del mausoleo perdido de Shi Huang Ti, el Primer Emperador. Pero no se preocupe: mi parte del tesoro irá a parar al Kuomintang, sin duda, pero ustedes recibirán lo que habíamos pactado. Mi partido sólo quiere evitar por todos los medios la locura de una Restauración monárquica.

Un grupo de soldados recogía en canastos la arena ensangrentada y, en las zonas despejadas, otro grupo echaba baldes de agua limpia para terminar de adecentar el túnel. Pronto no quedarían más huellas de lo sucedido que los agujeros de bala en las paredes. Pero no, eso tampoco sería así. Un par de mozalbetes con gorras militares en las que aparecía cosida una pequeña bandera azul con un sol blanco en el centro (25), empezaron a rellenar los orificios con barro. Estaba claro que aquello era una operación de encubrimiento muy bien organizada. Con Tichborne fuera de juego, ¿qué íbamos a hacer?

—Debemos seguir, *madame*, no podemos detenernos ahora. La Banda Verde nos pisa los talones pero, al igual que al Kuomintang, no le interesa que todo este asunto salga a la luz. Sería un escándalo nacional de imprevisibles repercusiones. China no puede permitírselo. Las potencias occidentales intentarían apoderarse del descubrimiento y rentabilizarlo en su favor o a favor de quien más les interese para seguir desangrando a este país. Hay mucho en juego y a usted le sigue haciendo falta encontrar el mausoleo perdido. Hagamos las cosas bien, ¿no le parece, *madame*?

—Pero ¿y Tichborne?

—Él no sabe nada del Kuomintang. De momento se queda-

(25) La bandera del Kuomintang.

rá aquí y, si se repone pronto, podrá seguirnos. Mientras tanto estará bien atendido por el capitán Song.

—¿El capitán Song conoce algo de esta historia?

—No, *madame*. Él tenía orden de vigilarnos a distancia e intervenir en caso de que fuéramos atacados. Nada más. Sólo lo sabemos nosotros y el doctor Sun.

—Y el emperador Puyi y los eunucos imperiales y los japoneses y la Banda Verde...

Lao Jiang sonrió.

—Sí, pero el *jiance* lo tenemos nosotros.

—En realidad, señor Jiang, lo tengo yo —le rectifiqué, inclinándome hacia el suelo y recogiendo de los pies de Fernanda la cajita de bronce que Tichborne había abandonado al ser herido. El señor Jiang sonrió aún más ampliamente—. Sólo tengo una última pregunta. La Banda Verde y todos los demás ¿saben que el Kuomintang anda metido en esto?

—Espero que no. El doctor Sun no quiere que el partido se vea oficialmente envuelto en esta historia.

—Tiene miedo al ridículo, ¿verdad?

—Sí, algo así. Piense que el Kuomintang está en una situación delicada, *madame*. Las potencias imperialistas extranjeras no nos apoyan. Creen que somos peligrosos para sus intereses económicos. Saben que, si unimos China bajo una sola bandera, les quitaremos todas las abusivas prerrogativas comerciales que han conseguido con malas artes en los últimos cien años. Los Tres Principios del Pueblo del doctor Sun, es decir, Nacionalismo, Democracia y Bienestar, significan el final de sus grandes beneficios económicos. Si toda esta historia saliera a la luz... Bueno, podrían destruir al Kuomintang.

—¿Y quién va a protegernos durante el resto del viaje? Le recuerdo que no sólo nos persigue la Banda Verde sino que, además, nos vamos adentrando en zonas controladas por señores de la guerra.

—Aún tengo que resolver ese asunto.

—Pues hágalo pronto —le advertí, cogiendo de las manos a los todavía amedrentados Fernanda y Biao—. Estos niños están muertos de miedo. Creo que ha actuado usted con malas artes, señor Jiang, ocultándonos un aspecto importante, *une affaire politique*, de este peligroso viaje. Creo que no es usted una buena persona, que no es tan honesto como aparenta ser y como usted mismo se cree. En mi opinión, hace prevalecer sus intereses políticos por encima de cualquier otra cosa y nos está utilizando. Hasta ahora le admiraba, señor Jiang. Creía que usted era un digno defensor de su pueblo. Ahora empiezo a pensar que, como todos los políticos, es un ávido materialista que no calcula las consecuencias personales de sus decisiones.

No sé por qué hablé así. Estaba realmente enfadada con el anticuario, aunque no tenía claro si era por los motivos que acababa de decirle o porque estaba asustada y había dicho todo aquello como hubiera podido decir cualquier otra cosa. A fin de cuentas, acababa de pasar por la experiencia más aterradora de mi vida y, en realidad, había salido de ella airosa y reforzada. Empezaba a notar grandes cambios en mi interior. Sin embargo, no estaba mal poner a Lao Jiang contra la pared: se le veía lívido y creo que mis palabras le habían hecho daño. Me sentí un poco culpable pero, en seguida, pensé: «¡Él nos ha mentido!», y se me pasó.

—Lamento oír eso —dijo—. Sólo intento salvar a mi país, *madame*. Puede que tenga usted razón y que, hasta ahora, les haya estado utilizando. Meditaré sobre ello y le daré una explicación más satisfactoria. Si debo disculparme, lo haré.

Salimos de la Puerta Jubao y montamos en un viejo camión descubierto que nos llevó, dando tumbos sobre los adoquines de las devastadas avenidas de Nanking, hasta el cuartel general del Kuomintang en la ciudad, un feo edificio pintado con los colores de su ondulante bandera y protegido por grandes ruedos de alambrada espinosa. En el interior, los soldados que hacían guardia jugaban a los naipes y fumaban. Allí nos dieron de comer y nos permitieron asearnos. Tichborne descansaba en el catre de un cuartucho apestoso, sangrando profusamente hasta que llegó un médico vestido a la occidental y empezó a curarle. Para entonces, alguien había traído de la posada nuestras pertenencias y Biao, más tranquilo, nos contó a Fernanda y a mí que, en la habitación contigua, Lao Jiang y el capitán Song estaban organizando nuestra partida para esa misma noche. Yo no recordaba cuál era nuestra siguiente parada así que no tenía ni idea de hacia dónde íbamos a viajar. Ahora, eso sí, tenía en mi poder, bien custodiada, la cajita que habíamos sacado de debajo de los ladrillos de la Puerta Jubao y, como estábamos solos porque nadie nos prestaba la menor atención, decidí que era un momento magnífico para volver a examinar el contenido con los niños.

—¿Va a abrirla, tía? —se asombró Fernanda—. ¿Y Lao Jiang?

—Ya la verá luego —exclamé, levantando la tapa de bronce verdoso. En el interior seguía el manojito de tablillas con las diminutas manchas de tinta. Biao, curioso, se inclinó sobre ellas cuando las extendí hacia él sobre mis manos abiertas. Teníamos buena luz porque en aquel cuartel del Kuomintang había ampollas eléctricas, así que las manchas se distinguían con toda claridad—. El señor Jiang dijo que era un mapa, Biao. ¿Tú qué opinas?

No sé por qué me inspiraba confianza la inteligencia de aquel mozalbete de pelo hirsuto. Si había sido capaz de resolver él solo el problema de Wei-ch'i, ¿por qué no iba a poder ver algo que quedaba oculto a mis ojos por mi educación occidental?

—Sí que debe de ser un mapa, *tai-tai* —confirmó tras mirarlo detenidamente—. No sé lo que dicen estos caracteres escritos tan pequeños que hay junto a los ríos y las montañas, pero los dibujos están muy claros.

—Pues yo sólo veo rayas y puntos —comentó Fernanda, celosa del protagonismo de su criado—. Alguna manchita redonda por aquí, alguna otra cuadrada por allá...

—Estas líneas de puntos son ríos —le explicó Pequeño Tigre—. ¿No ve, Joven Ama, la forma que tienen? Y estas rayas son montañas. Las manchas redondas deben de ser lagos porque están sobre líneas de puntos o cerca de ellas y esta forma cuadrada de aquí quizá sea una casa o un monasterio. Lo que hay escrito dentro no sé lo que significa.

—¿Te gustaría saber leer en tu idioma, Biao? —le pregunté.

Se quedó pensativo un momento y luego negó con la cabeza y resopló:

—¡Demasiado trabajo!

Era la respuesta que hubiera dado cualquier escolar del mundo, me dije ocultando una sonrisa. Lo sentía por Biao, pero Lao Jiang no estaba dispuesto a permitir que siguiera ni un solo día más sin conocer los extraños ideogramas de su escritura milenaria, de modo que entre el castellano y el francés que le enseñaba Fernanda y el chino que le enseñaría a escribir Lao Jiang, Pequeño Tigre iba a tener un viaje muy ocupado.

—¿Sabéis qué podemos hacer mientras esperamos al señor Jiang? —pregunté a los niños con voz animada—. Podemos jugar al Wei-ch'i.

—Pero si no tenemos piedras —objetó Fernanda, quien, sin embargo, se había animado de repente. Estaba muy mustia desde el tiroteo en el túnel y me tenía preocupada.

Biao se había puesto de pie de un brinco y corría hacia la puerta del cuartucho.

—¡He visto un tablero! —exclamó, contento—. Voy a pedirlo.

Cuando regresó, traía bajo el brazo una madera cuadrada y dos tazones de sopa llenos de piedras negras y blancas.

—Los soldados me lo han dejado —explicó y, luego, despectivo, añadió—: prefieren jugar a los naipes occidentales.

Bueno, me dije, algunas opiniones del anticuario ya estaban calando en él.

Poco después de que nos trajeran la cena, apareció por fin el señor Jiang exhibiendo una complacida sonrisa que aún se hizo más afable al vernos a los tres inclinados sobre el tablero de Wei-ch'i, muy concentrados. La verdad era que yo no servía para un juego tan sumamente exquisito y difícil pero a Fernanda se le dio bien desde el principio. Biao rodeaba mis piedras con una facilidad y una rapidez asombrosa y se comía, de un golpe, grupos enteros y numerosos mientras que yo tenía la vista puesta en algún ataque ridículo que nunca conseguía rematar. Fernanda se defendía mejor y, al menos, no le permitía que la masacrara como hacía conmigo. En los nueve días siguientes, mientras navegábamos por el Yangtsé rumbo a Hankow a bordo de un sampán, ama y criado pasaron muchas horas inclinados sobre el tablero (Lao Jiang había conseguido que los soldados nos regalaran el juego), enzarzados en duras batallas que se iniciaban tras las clases matinales y que a veces duraban hasta el anochecer.

No pudimos despedirnos de Tichborne. Cuando abandonamos el cuartel, el médico todavía estaba operándole. No le quedaba mucho de la rodilla derecha, nos dijeron. Si sanaba, cojearía para siempre. Tuve la grave impresión de que difícilmente podría volver a unirse a nosotros en algún momento del viaje; la cosa parecía muy seria. En cualquier caso, y aunque desde el principio sentí por él un agudo rechazo, tuve que admitir que había actuado como un valiente durante la refriega y los niños y yo siempre tendríamos que agradecerle su gesto protector.

Nuestro sampán era una auténtica casa flotante que, por comparación con la barcaza en la que habíamos navegado hasta Nanking, podía considerarse casi un hotel de lujo: era grande y amplio, con dos velas enormes que se abrían como abanicos, un par de habitaciones en el interior de la cabina —cubierta por un hermoso tejado rojo hecho de cañas de bambú combadas— y una cubierta tan plana que Lao Jiang y yo podíamos practicar los ejercicios taichi sin más problemas que los provocados por la corriente del río, a veces muy embravecida. El patrón era miembro del Kuomintang y los dos marineros a sus órdenes eran soldados del capitán Song encargados de custodiarnos hasta Hankow, donde otro destacamento militar se haría cargo de nuestra seguridad. Lao Jiang temía que la Banda Verde pudiera atacarnos en el río, así que obligaba a los soldados a vigilar día y noche las riberas y él observaba con ojos de águila todos los barcos con los que nos cruzábamos, fueran chinos u occidentales. Confiaba en que el denso tráfico fluvial nos hiciera invisibles o que los hombres de *Surcos* Huang creyeran que habíamos tomado el Expreso Nanking-Hankow. Yo, por mi parte, en cuanto pasábamos frente a alguna gran ciudad, temía que nos dijera de nuevo aquello de «rápido como el viento, lento como el bosque, raudo y devastador como el fuego, inmóvil como una montaña» y ya me veía cargando mi hatillo y abandonando el sampán para tomar otro medio de transporte mucho menos cómodo. Pero los días pasaron y llegamos a Hankow sin ningún problema.

De aquel viaje recuerdo especialmente una noche en la que estaba sentada en la proa de la nave, rodeada por el incienso que usaba el patrón para espantar a los mosquitos y viendo balancearse las linternas de aceite al ritmo del río. Lejanamente se oía el ruido de la resaca del agua contra las orillas. De repente me di cuenta de que estaba cansada. Mi vida en Occidente me parecía lejana, muy lejana, y todas las cosas que allí tenían valor aquí resultaban absurdas. Los viajes tienen ese poder mágico sobre el tiempo y la razón, me dije, al obligarte a romper con las costumbres y los miedos que, sin darnos cuenta, se han vuelto gruesas cadenas. No hubiera querido estar en ninguna otra parte en aquel momento ni hubiera cambiado la brisa del Yangtsé por el aire de Europa. Era como si el mundo me llamara, como si, de pronto, la inmensidad del planeta me suplicara que la recorriera, que no volviera a encerrarme en el mezquino corrillo de zancadillas, ambiciones y pequeñas envidias que era el círculo de los pintores, galeristas y marchantes de París. ¿Qué tenía yo que ver con todo aquello? Allí sí que había auténticos mandarines que decidían lo que era arte y lo que no, lo que era moderno y lo que no, lo que debía gustar al público y lo que no. Ya estaba harta de todo aquello. En realidad, lo único que yo quería era pintar y eso podía hacerlo en cualquier parte del mundo, sin competir con otros artistas ni tener que adular a los galeristas y a los críticos. Buscaría la tumba del Primer Emperador para saldar las deudas de Rémy pero, si todo aquello no era más que una locura y el lance terminaba sin éxito, no volvería a tener miedo. Empezaría otra vez de la nada. Seguramente, los nuevos ricos de Shanghai, tan esnobs y tan chics, pagarían bien por la pintura occidental.

Aquella noche tan querida para mí fue la del 13 de septiembre. Dos días después arribamos al puerto de Hankow y Fernanda y yo nos enteramos, al poco de desembarcar y gracias a los cablegramas de información internacional que se recibían en el cuartel general del Kuomintang, que en aquella fecha había tenido lugar en España un golpe de Estado dirigido por el general Primo de Rivera quien, apoyado por la extrema derecha y con el beneplácito del rey Alfonso XIII, había disuelto las Cortes democráticamente elegidas y había proclamado una dictadura militar. En nuestro país imperaba ahora la ley marcial, la censura y la persecución política e ideológica.

CAPÍTULO TERCERO

Aún no habíamos llegado y el anticuario ya estaba ansioso por abandonar Hankow. Decía que allí no íbamos a estar seguros, que era una ciudad violenta y peligrosa y, de hecho, en el puerto, además de los sampanes, los juncos, los remolcadores y los vapores mercantes que atestaban el río, había una cantidad respetable de grandes buques de guerra de todas las nacionalidades. Esta visión, además de sobrecogerme, me persuadió de la necesidad de marcharnos cuanto antes pero, al parecer, no podíamos hacerlo hasta que el Kuomintang nos proporcionara un destacamento de soldados para nuestra protección. El patrón del sampán no ocultaba su nerviosismo mientras, con las manos clavadas en el timón, maniobraba esforzadamente entre la niebla para franquear los inmensos armazones metálicos.

Hankow (26), situada en la confluencia del Yangtsé con uno de sus grandes afluentes, el Han-Shui, era el último puerto al que las embarcaciones podían llegar desde Shanghai, a más de mil quinientos kilómetros aguas abajo. Después, el gran río Azul se volvía impracticable, de manera que las potencias occidentales, por motivos comerciales, habían convertido la ciudad en un gran puerto franco y habían levantado en ella unas espléndidas Concesiones que, para su desgracia, sólo habían atraído desde el principio la mala suerte: durante la revolución

(26) Junto con Hanyang y Wuchang, Hankow forma parte hoy de una única ciudad llamada Wuhan, capital de la provincia de Hubei.

de 1911 contra el emperador Puyi, la urbe fue prácticamente arrasada y sólo siete meses antes de nuestra llegada habían tenido lugar en ella duros enfrentamientos y matanzas entre miembros del Kuomintang, del Kungchantang —el joven Partido Comunista, fundado apenas dos años atrás en Shanghai— y de las tropas de los caudillos militares que dominaban la zona.

Mientras los *rickshaws* nos llevaban hacia el cuartel del Kuomintang, los dos soldados disfrazados de marineros que nos habían acompañado desde Nanking corrían a nuestro lado con los pies descalzos y las manos en los revólveres que ocultaban bajo la ropa. Hubiera preferido, con diferencia, buscar alojamiento en algún *lü kuan* anodino; estar en manos de un partido militarizado empezaba a gustarme menos que los ataques de la Banda Verde, aunque no por ello dejaba de reconocer que nos hacía falta su amparo. Ahora, en Hankow, de nuevo en tierra firme, ¿cuánto tiempo transcurriría antes de que los esbirros que nos hostigaban desde Shanghai nos atacaran de nuevo?

Pasamos junto a unas viejas murallas destrozadas, dejamos atrás la —en otro tiempo— elegante Concesión Británica y llamó mi atención un soberbio edificio victoriano cuyas columnas corintias parecían haber sido abatidas a tiros. El hermoso estilo arquitectónico colonial estaba por todas partes pero también por todas partes había caído sobre él un odio destructor difícil de comprender. Al igual que había ocurrido poco antes en Europa, en China la guerra también estaba haciendo retroceder a la gente hacia el vandalismo, la necedad y la barbarie. Hankow debía de ser un polvorín y, en opinión de Lao Jiang y mía, no era una buena idea permanecer allí mucho tiempo.

Por suerte para nosotros, en el cuartel lo tenían todo preparado. Alguien había avisado por telegrafía al comandante del puesto y, desde días atrás, los transportes, avíos y escoltas aguardaban nuestra llegada listos para partir. Fue entonces cuando nos enteramos del golpe militar ocurrido en España y, mientras yo me lamentaba e intentaba explicarle a mi ignorante sobrina el alcance de la desgracia, el señor Jiang, viendo que había un teléfono, pidió permiso para ponerse en comunicación con el cuartel general de Nanking y preguntar por el estado de salud de Paddy Tichborne. Las noticias, por desgracia, no fueron buenas:

—La pierna se le ha gangrenado y van a tener que amputársela —me contó cuando se reunió con nosotros en el patio trasero del recinto, donde aguardaban los caballos—. Le trasladaron ayer mismo a un hospital de Shanghai porque se negaba a ser intervenido en Nanking. Por lo visto, armó un escándalo terrible cuando le dieron la noticia.

—¡Es espantoso! —murmuré, apesadumbrada.

—Le voy a dar su primera lección de taoísmo, *madame*: aprenda a ver lo que hay de bueno en lo malo y lo que hay de malo en lo bueno. Ambas cosas son lo mismo, como el yin y el yang. No se preocupe por Paddy —me recomendó con una sonrisa—. Tendrá que dejar la bebida durante algún tiempo y, luego, cuando se encuentre mejor, escribirá uno de esos libros insufribles de los suyos sobre esta experiencia y conseguirá un gran éxito. En Europa gustan mucho las historias sobre el peligroso Oriente.

Tenía razón. A mí también me encantaban, sobre todo las de Emilio Salgari.

—Pero ¿y si en ese libro cuenta algo que no debe sobre la tumba del Primer Emperador?

Lao Jiang entornó los ojos y sonrió misteriosamente.

—Aún no tenemos la tercera parte del *jiance*. Nadie sabe en realidad dónde está el mausoleo y a nuestro amigo Paddy le quedan por delante muchos meses de dolorosa convalecencia antes de que pueda siquiera empezar a pensar en escribir —sonrió—. ¿Está lista, *madame*? Nos espera un largo viaje por tierra hasta las montañas Qin Ling. Debemos llegar al antiguo monasterio taoísta de Wudang. Calculo que tardaremos un mes y medio en recorrer los ochocientos *li* que tenemos por delante.

¿Un mes y medio? Pero ¿cuánto era un *li*?, me pregunté rápidamente. ¿Un kilómetro..., quinientos metros?

—Desde Hankow hasta Wudang hay unos cuatrocientos kilómetros en dirección oeste-norte (27), *madame* —me aclaró el anticuario, leyéndome el pensamiento—. Pero no es un camino fácil. Cruzaremos un valle durante muchos días y, luego, habrá que ascender hasta la cumbre de Wudang Shan (28). Allí fue donde el Príncipe de Gui envió a su tercer amigo, el maestro geomántico Yue Ling, con el último fragmento del *jiance*, ¿lo recuerda?

Inesperadamente, el anticuario cerró el puño de una mano dentro de la otra a la altura de los labios y se inclinó respetuosamente ante mí.

—Sin embargo, antes de partir, *madame*, debo disculparme —dijo manteniéndose en esa humilde postura—. Tenía usted razón en Nanking cuando afirmó que les estaba utilizando para conseguir mis objetivos. Debe perdonarme. No obstante, aprovecho la ocasión para pedirle disculpas también por el futuro, puesto que voy a seguir haciéndolo. Le agradezco su compañía y le agradezco, sin duda, sus puntos de vista occidentales y las cosas que intenta enseñarme.

¡Vaya, aquello era casi una declaración de paz en su sentido más amplio! Siempre me quedaría la incertidumbre, dado lo retorcido del carácter y el lenguaje de los celestes, de si esa mención a las enseñanzas que él decía recibir de mí no sería un educado recordatorio de las que yo estaba recibiendo de él y que bien podían ser el pago por la utilización de nuestras personas. En aquel mismo momento decidí que sí, que lo eran, así que tanta disculpa y tanta inclinación no significaban otra cosa que la firma de un tratado, no de paz, como yo había pensado, sino comercial. Bueno, así funcionaba el mundo.

—Admito sus disculpas —dije imitando el gesto de las manos y la reverencia—, y le doy las gracias por su sinceridad y por todo lo que me está enseñando. Pero, aprovechando el mo-

(27) Al revés que en Occidente, los chinos mencionan el Este o el Oeste antes que el Norte o el Sur. Así, nosotros diríamos Noroeste mientras ellos dicen Oestenorte o Estesur por Sudeste.

(28) *Shan*, «montaña».

mento, me gustaría pedirle que supere su desprecio hacia las mujeres y que trate a mi sobrina con la misma consideración con que trata al joven criado. Este detalle sería muy importante para nosotras y le colocaría a usted en una posición más propia del mundo de hoy.

Lao Jiang no hizo el menor gesto que indicara que aquello le había molestado o, quizá, todo lo contrario, así que partimos de Hankow con una buena actitud y una nueva relación de confianza que, a la postre, hizo un poco menos desagradable el largo y penoso viaje.

Nuestro convoy estaba formado por una recua de diez caballos y mulas cargados con cajas y sacos, cinco soldados disfrazados de campesinos y nosotros cuatro, que marchábamos a pie junto a los animales entre otras cosas porque ni Fernanda, ni Biao, ni yo sabíamos montar y Lao Jiang, que sí sabía, prefería caminar ya que, decía, aumentaba el vigor, la circulación sanguínea y la resistencia a las enfermedades, además de permitirle estudiar de cerca las elegantes arquitecturas internas de la naturaleza y, por lo tanto, del Tao ya que, sin ser lo mismo, una era la imagen del otro. Apenas dejamos Hankow, saliendo por la puerta Ta-tche Men, descubrí que mi sobrina ya no era la sobrina gorda y fea que apareció cierto día en mi casa de París con una cursi capotita negra en la cabeza. Ahora se cubría con un sombrero chino y las ropas azules de criada empezaban a bailarle alrededor del cuerpo. Había perdido muchos kilos y su figura, aunque invisible bajo el lienzo de algodón, se adivinaba más armoniosa. Al igual que su abuela y su madre, la gordura de Fernanda venía del pecado de la gula, pecado del que, en aquel viaje, estaba completamente a salvo ya que las comidas chinas eran de lo más frugales. Además, el sol que recibía en la cara ponía en su piel un brillo trigueño que, aunque resultaba muy poco elegante, le daba un aspecto saludable y confería mucha más credibilidad a su disfraz.

Como no debíamos llamar la atención, todo cuanto necesitábamos estaba dentro de las cajas que acarreaban los animales: alimentos secos, pastillas de té prensado, cebada para los caballos, gorros de piel, gruesos abrigos para la montaña, esteras trenzadas de bambú blando para dormir, mantas, vino de arroz, algo llamado licor de tigre para el frío, sandalias de cáñamo de repuesto y un botiquín (¡chino, un botiquín chino!, que, por supuesto, no tenía ninguno de los medicamentos conocidos en Occidente y sí cosas como ginseng, tisanas de junco, raíces, hojas, begonias secas para los pulmones y la respiración, píldoras de las Seis Armonías para fortalecer los órganos y algo llamado Elixir de los Tres Genios Inmortales para tratar el estómago y las indigestiones). Con todo ello esperábamos no tener que abastecernos en los mercados de las poblaciones que aparecerían en nuestra ruta y que trataríamos de esquivar dando fastidiosos rodeos. Tras la derrota sufrida en Nanking por la Banda Verde, y como no había quedado ni un solo esbirro vivo, era probable que hubieran perdido nuestra pista y que no los volviésemos a ver pero, por si acaso, convendría pasar lo más desapercibidos posible. También era verdad que quizá conocían nuestro siguiente destino y que podían encontrarse allí, listos para embestirnos en cuanto asomáramos la nariz por el monasterio. El señor Jiang estaba convencido de que, una vez dentro de Wudang, ya no correríamos ningún peligro porque no había ejército en China que se atreviese a atacar a un grupo de monjes taoístas maestros en lucha.

—¿Lucha Shaolin? —pregunté al anticuario mientras caminábamos cierta tarde sobre un ancho terraplén levantado entre bancales, en dirección a la puesta de sol. Nos acercábamos a un pueblecito llamado Mao-ch'en-tu, situado en el centro de un pequeño valle.

—No, *madame*, la lucha Shaolin es un estilo externo de artes marciales budistas muy agresivo. Los monjes de Wudang practican estilos internos taoístas, pensados para la defensa, mucho más poderosos y secretos, basados en la fuerza y la flexibilidad del torso y de las piernas. Son dos técnicas marciales completamente diferentes. Según la tradición, los ejercicios taichi del monasterio de Wudang...

—¿También practican taichi en Wudang? —pregunté, ilusionada. Durante las últimas semanas, mientras mi sobrina jugaba al Wei-ch'i con Biao, yo aprendía taichi con Lao Jiang y, no sólo había descubierto que me encantaba, sino que, además, la concentración que requería calmaba mis nervios y el esfuerzo físico ponía en condiciones los descuidados músculos de mi cuerpo, acostumbrados a la inactividad. La lentitud, suavidad y fluidez de los movimientos (que tenían nombres tan curiosos como «Coger la cola del pájaro», «Tocar el laúd» o «La grulla blanca despliega las alas») los volvía mucho más agotadores que los de cualquier gimnasia normal. Sin embargo, lo más complicado para mí era la extraña filosofía que envolvía cada uno de esos movimientos y las técnicas de respiración que los acompañaban.

—De hecho —me explicó Lao Jiang—, los ejercicios taichi, tal y como los practicamos hoy día, nacieron en Wudang de la mano de uno de sus monjes más famosos, Zhang Sanfeng.

—Entonces ¿no proceden del Emperador Amarillo?

Lao Jiang, sujetando con firmeza las riendas de su caballo, sonrió.

—Sí, *madame*. Todo el taichi procede del Emperador Amarillo. Él nos legó las Trece Posturas Esenciales sobre las que Zhang Sanfeng trabajó en el monasterio de Wudang en el siglo XIII. Cuenta la leyenda que, cierto día, Zhang estaba meditando en el campo cuando, de pronto, observó que una garza y una serpiente habían iniciado una pelea. La garza intentaba inútilmente clavar su pico en la serpiente y ésta, a su vez, intentaba sin éxito golpear a la garza con su cola. Pasó el tiempo y ninguno de los dos cansados animales lograba vencer al otro de modo que terminaron separándose y marchándose cada uno por su lado. Zhang se dio cuenta de que la flexibilidad era la mayor fuerza, que se podía vencer con la suavidad. El viento no puede romper la hierba, como usted ya sabe, así que Zhang Sanfeng se consagró a partir de entonces a aplicar este descubrimiento a las artes marciales y dedicó toda su vida como monje a cultivar el Tao, llegando a poseer unas asombrosas capacidades marciales y de sanación. Estudió en profundidad los

Cinco Elementos, los Ocho Trigramas, las Nueve Estrellas y el I Ching y ello le permitió comprender cómo funcionan las energías humanas y cómo conseguir la salud, la longevidad y la inmortalidad.

Me quedé muda de asombro. ¿Había oído bien o es que el murmullo del riachuelo que discurría junto a nosotros me había confundido? ¿Lao Jiang había dicho «inmortalidad»?

—Supongo que no me dirá que Zhang Sanfeng sigue vivo, ¿verdad?

—Bueno... Él empezó a estudiar en Wudang a los setenta años y dicen las crónicas que murió con ciento treinta. Eso es lo que nosotros, los chinos, llamamos inmortalidad: conseguir una larga vida para poder perfeccionarnos y alcanzar el Tao, que es la auténtica inmortalidad. Claro que ésta es la versión de los últimos mil o mil quinientos años. Antes, muchos emperadores murieron envenenados por las píldoras de la inmortalidad que les preparaban sus alquimistas. De hecho, Shi Huang Ti, el Primer Emperador, vivió obsesionado por encontrar la fórmula de la vida eterna y llegó a hacer verdaderas locuras para conseguirla.

—¡Vaya! Yo creía que las supuestas píldoras de la inmortalidad, el elixir de la eterna juventud y la transmutación del mercurio en oro se habían cocinado en los hornos europeos medievales.

—No, *madame*. Como muchas otras cosas, la alquimia nació en China y tiene miles de años de antigüedad respecto a la de su Europa medieval, que no era más que una burda imitación de la nuestra, si se me permite decirlo.

¡Mira por dónde ya teníamos ahí el sentimiento de superioridad de los chinos respecto a los Diablos Extranjeros!

Aquella noche acampamos en las afueras de Mao-ch'en-tu. Llevábamos tres días de viaje y los niños —y quienes ya no éramos tan niños— empezaban a estar cansados. Sin embargo, según Lao Jiang, avanzábamos con mucha lentitud y debíamos apurar la marcha. Repitió unas cuantas veces aquello de «rápido como el viento, lento como el bosque, raudo y devastador como el fuego, inmóvil como una montaña» pero Fernanda, Biao y yo estábamos cada día más magullados por culpa de dormir sobre el suelo y con los pies más lastimados y las piernas más doloridas por las larguísimas caminatas. Era una marcha demasiado extenuante para unos andariegos de nuevo cuño como nosotros. Algunas noches nos alojábamos en hogares campesinos que aparecían solitarios en mitad de la nada, pero mi sobrina y yo preferíamos mil veces pernoctar a cielo abierto con serpientes y lagartos antes que someternos a la tortura de las pulgas, las ratas, las cucarachas y los insoportables olores de esas casas donde personas y animales compartían una misma habitación llena de salivazos del dueño y excrementos de cerdos y gallinas. China es el país de los olores y es necesario crecer allí para no sufrir por ello como sufríamos nosotras. Por fortuna, el agua abundaba en aquella extensa región de la provincia de Hubei, por lo que podíamos asearnos y lavar la ropa con cierta regularidad.

Pronto se hizo evidente que no éramos el único grupo de personas que se desplazaba por los inmensos campos de China con un larguísimo viaje por delante. Familias enteras, aldeas en pleno avanzaban lentamente como caravanas de la muerte por los mismos caminos que nosotros huyendo del hambre y de la guerra. Era una experiencia espantosa y triste contemplar a madres y padres cargando en brazos con sus hijos enfermos y desnutridos, a viejos y viejas llevados en carretillas entre muebles, fardos y objetos que debían de ser las exiguas pertenencias familiares que no habían podido ser vendidas. Un día, un hombre quiso darnos a su hija pequeña a cambio de unas pocas monedas de cobre. Quedé horrorizada por la experiencia y aún más al saber que era una práctica habitual, ya que las hijas, al contrario que los hijos, no eran muy valoradas dentro del seno familiar. Quise, con el corazón roto, adquirir a la niña y darle de comer (estaba hambrienta), pero Lao Jiang, enfadado, me lo impidió. Me dijo que no debíamos participar en el comercio de personas porque era una manera de fomentarlo y porque, en cuanto la noticia se supiera, serían cientos los padres que nos hostigarían con las mismas pretensiones. El anticuario me explicó que la gente había empezado a emigrar hacia Manchuria huyendo del bandolerismo, de las hambrunas provocadas por las sequías y las inundaciones y de los impuestos abusivos y las matanzas de los caudillos militares, indiferentes a las amarguras del pueblo. Manchuria era una provincia independiente desde 1921, gobernada por el dictador Chang Tso-lin (29), un antiguo señor de la guerra, y, como en ella reinaba una paz relativa que estaba permitiendo el desarrollo económico, los pobres intentaban llegar masivamente hasta allí.

Inmersos en aquellos ríos de gente seguíamos nuestro camino hacia Wudang, pasando junto a pueblos recientemente saqueados e incendiados cuyas ruinas aún humeaban entre campos sembrados de tumbas. Con frecuencia nos cruzábamos con regimientos de soldados malcarados que disparaban sobre cualquiera que se resistiera a sus hurtos y violencias. Por fortuna, nosotros no sufrimos ninguno de estos percances pero había días en que Fernanda y Biao no podían dormir o se despertaban sobresaltados después de haber visto morir a alguien o de contemplar los cuerpos despojados que quedaban a un lado del camino. Era muy significativo, decía Lao Jiang, que en un país donde los antepasados y la familia tenían tanta importancia, los vivos abandonaran a sus muertos en tierra extraña y sin darles sepultura.

A los quince días de haber salido de Hankow —y justo un mes después de que Fernanda y yo hubiéramos llegado a China—, cerca de una localidad llamada Yang-chia-fan, un grupo armado de jóvenes harapientos y sucios se plantó frente a nosotros impidiéndonos el paso. Nos llevamos un susto de muerte. Mientras los soldados les apuntaban rápidamente con sus fusiles, los niños y yo nos parapetamos detrás de los caballos. Uno de los mocetones avanzó hacia Lao Jiang y, sacudiéndose antes las manos en los deshilachados pantalones, le presentó una especie de carpeta de mediano tamaño que el anticuario abrió y

(29) Zhang Zuolin, 1873-1928.

examinó con atención. Empezaron entonces a parlamentar. Ambos parecían muy tranquilos y Lao Jiang no hizo ningún gesto que delatara peligro. Aunque me moría de curiosidad, no me atrevía a preguntarle a Biao de qué estaban hablando, ya que temía que el resto de la banda, que permanecía en pie detrás de su compañero, se alterara y empezara a disparar o a cortarnos los tendones de las rodillas. Al cabo de unos minutos, el anticuario regresó junto a nosotros. Le dijo algo al cabecilla de los soldados y éstos bajaron las armas, aunque no por ello cambiaron el gesto adusto de la cara y alguno, incluso, hizo una mueca de profundo desagrado que no me pasó desapercibida.

—No se alarmen —nos dijo Lao Jiang, apoyando una mano en la silla del caballo tras el que estábamos escondidos—. Son jóvenes campesinos miembros del ejército revolucionario del Kungchantang, el Partido Comunista.

—¿Y qué quieren? —murmuré.

Lao Jiang frunció el ceño antes de contestar.

—Verá, *madame*, alguien del Kuomintang se ha ido de la lengua.

—¡Qué me dice!

—No, no..., por favor, calma —pidió; se le veía preocupado—. No quiero pensar que haya sido el propio doctor Sun Yatsen, viejo amigo de Chicherin, el ministro de Relaciones Exteriores de la Unión Soviética —reflexionó en voz alta—. En cualquier caso, al día de hoy, los nacionalistas y los comunistas tenemos buenas relaciones, así que va a ser muy difícil averiguar cómo se han enterado.

—Entonces, ¿saben toda la historia de la tumba del Primer Emperador?

—No. Sólo saben que se trata de dinero, de riquezas. Nada más. El Kungchantang, por supuesto, también quiere su parte. Estos jóvenes van a unirse a nuestros soldados para protegernos de la Banda Verde y de los imperialistas. Ésa es su misión. Quien les dirige es ese muchacho con el que he estado hablando. Se llama Shao.

El tal Shao no le quitaba el ojo de encima a Fernanda y eso no me gustó.

—Adviértales que no se acerquen a mi sobrina.

Quizá las relaciones políticas entre los nacionalistas del Kuomintang y los comunistas del Kungchantang fueran buenas, no digo que no, pero, durante todo el tiempo que duró nuestro peculiar viaje, ni los cinco soldados nacionalistas, ni Shao y sus seis hombres cruzaron media palabra como no fuera para pelearse a gritos. Creo que, de haber podido, se habrían matado y yo, también de haber podido, los hubiera dejado atrás a todos en algún pueblo abandonado del que no supieran salir. Sin embargo, las cosas no eran tan sencillas: de vez en cuando, en el momento más inesperado, escuchábamos disparos en la distancia y gritos que nos ponían los pelos de punta. Entonces, nuestros doce paladines, sin importarles sus diferencias políticas, sacaban sus armas y nos rodeaban, apartándonos de los caminos o escondiéndonos tras cualquier montículo o loma cercana y no dejaban de protegernos hasta que consideraban que había pasado el peligro. Con todo, la convivencia se había vuelto muy incómoda y para cuando llegamos a las montañas Qin Ling, cerca ya de mediados de octubre —un mes desde que habíamos dejado el Yangtsé en Hankow—, no veía la hora de entrar por la puerta del monasterio. Sin embargo, aún nos quedaba la parte más dura del viaje porque el ascenso a las montañas coincidió con el principio del frío invernal. Los hermosísimos paisajes verdes bañados en brumas blancas nos dejaban sin aliento. Lo malo era que también dejaban sin aliento a nuestros caballos, que se agotaban pronto con las subidas a pesar de que su carga había disminuido mucho. Apenas nos quedaban alimentos y sandalias de repuesto y, aunque nosotros llevábamos abrigos de mangas muy largas —llamadas «mangas que detienen el viento»— y gorros de piel, los jóvenes campesinos de Shao afrontaban las heladas nocturas y los vientos glaciales con la misma ropa raída con la que aparecieron en Yang-chia-fan. Esperé inútilmente a que se marcharan, a que desistieran de seguir viaje con nosotros, pero no fue así. Las primeras nieves les hicieron reír a carcajadas y con un pequeño fuego tenían suficiente para sobrevivir a las gélidas noches; sin duda, estaban acostumbrados a la dureza de la vida.

Por fin, una tarde, llegamos a un pueblo llamado Junzhou (30), situado entre el monte Wudang y el río Han-Shui, el mismo afluente del Yangtsé que habíamos dejado en Hankow un mes y medio atrás. En Junzhou se levantaba el inmenso y ruinoso palacio Jingle, una antigua villa de Zhu Di, el tercer emperador Ming (31), devoto taoísta, que mandó construir la casi totalidad de los templos de Wudang a principios del siglo XV. Al tratarse de un pueblo montañés aislado, solitario y venido a menos, decidimos que sería un buen lugar para pasar la noche pero, por supuesto, no había posadas, así que tuvimos que alojarnos en casa de una familia acomodada que, previo pago de una considerable cantidad de dinero, nos cedió sus cuadras y nos proporcionó una olla grandísima llena de un cocido hecho con carne, col, nabo, castañas y jengibre. Los niños y yo bebimos agua, pero el resto, por desgracia, se empapó de un terrible licor de sorgo que les calentó la sangre y les mantuvo despiertos buena parte de la noche entre enardecidos discursos políticos, cantos de los himnos de sus partidos y ruidosas disputas. La brutalidad de aquellos muchachos no estaba, por desgracia, iluminada por la reflexión. No vi al anticuario cuando los niños y yo nos acurrucamos al calor de los animales para dormir, entre la maloliente paja seca y las mantas, pero, al día siguiente, antes de la salida del sol, allí estaba el anciano practicando silenciosamente sus ejercicios taichi sin haber bebido siquiera el tazón de agua caliente que tomaba por todo desayuno desde que iniciamos el viaje. Sin despertar a Fernanda y a Biao, y helada de frío, me incorporé a los ejercicios viendo cómo las primeras luces de la mañana iluminaban un cielo perfectamente azul y unos inmensos y escarpados picos cubiertos de selva que cambiaban de matiz verdoso sin perder ni un ápice de intensidad.

(30) La actual ciudad de Danjiangkou.

(31) Nombre de reinado Yonle (1403-1424).

Al acabar, tras el movimiento de cierre, Lao Jiang se volvió hacia mí.

—Los soldados no pueden venir con nosotros al monasterio —me dijo, muy serio.

—¡No sabe cuánto me alegro! —se me escapó. Un calorcillo agradable recorría mi cuerpo a pesar de las bajas temperaturas del amanecer. Los ejercicios taichi tenían la curiosa propiedad de entibiar el organismo a la temperatura adecuada, ni más de la necesaria ni tampoco menos, ya que, según decía Lao Jiang, alcanzada la relajación, la mente y la energía interna se acomodaban entre sí como el yin y el yang. Aunque el agua estuviese congelada en los pucheros, yo me sentía espléndidamente, como todas las mañanas después del taichi. No en vano había sobrevivido a una marcha de casi cuatrocientos kilómetros después de muchos años de total inactividad.

—La Banda Verde podría infiltrarse en el monasterio de Wudang, *madame*.

—Pues que vengan con nosotros.

—No lo entiende, Elvira. —Aquella mención de mi nombre, por primera vez, me hizo dar un respingo y mirarle como si se hubiera vuelto loco, pero el anticuario, sin darle importancia, continuó hablando—. Los militares del Kuomintang podrían, quizá, quedarse en las inmediaciones del monasterio con algún permiso especial del abad, pero los soldados del Kungchantang, por principio, están en contra de todo lo que consideran superstición y doctrina contraria a los intereses del pueblo y, posiblemente, la emprenderían a tiros y culatazos contra las imágenes sagradas, los palacios y los templos. No podemos llevar a unos y dejar a otros. Si los comunistas se quedan, los nacionalistas también.

—¿Y nuestra seguridad?

—¿Cree que más de quinientos monjes y monjas expertos en artes marciales serán suficientes? —me preguntó con ironía.

—¡Oh, vaya! —repuse muy contenta—. ¿Monjas también? Así que Wudang es un monasterio mixto, ¿eh? Eso no nos lo había dicho.

Como hacía siempre que algo le molestaba, el anticuario se dio la vuelta y me ignoró, pero yo estaba empezando a comprender que esa forma de actuar no era tan ofensiva como había pensado, sino la torpe reacción de alguien que, ante una situación incómoda a la que no sabe replicar porque carece de razones, da la callada por respuesta y huye. El anticuario también era humano, aunque a veces no lo pareciese.

Así que nuestros milicianos se quedaron en Junzhou, con serias protestas por parte del teniente del Kuomintang y de Shao, el jefe de los comunistas, aunque yo lo sentía más por las gentes del pueblo que iban a tener que soportarles hasta que volviésemos por ellos. Sin embargo, la orden de Lao Jiang fue tajante y sus razones eran lógicas: había que respetar a los monjes y monjas de Wudang y no convenía a nuestros intereses aparecer acompañados por militares armados. La exhibición de fuerza era un error que no nos podíamos permitir, sobre todo porque, esta vez, no íbamos a rescatar algo escondido —o eso creíamos entonces— sino, tal y como indicaba el mensaje del Príncipe de Gui, a pedir humildemente al abad de Wudang que fuera tan amable de entregarnos un viejo pedazo de *jiance* que obraba en poder del monasterio desde que, unos cuantos siglos atrás, lo dejara allí un misterioso maestro geomántico llamado Yue Ling. No dije nada a nadie, por supuesto, pero tenía muchas y muy serias dudas sobre el éxito de esta empresa ya que, sinceramente, me preguntaba por qué motivo el abad de Wudang iba a acceder a algo así.

De manera que el anticuario, los niños y yo nos dirigimos, todavía acompañados por nuestros doce guerreros custodios, hacia la primera de las puertas del monasterio, Xuanyue Men, que significaba nada más y nada menos que «Puerta de la Montaña Misteriosa», cosa que, de entrada, ya me preocupó. ¿Montaña misteriosa...? Aquello sonaba mal, tan mal como poner una puerta en una montaña. ¿Había algo más absurdo? Pero Xuanyue Men, en realidad, sólo era una especie de arco conmemorativo de piedra de unos veinte metros de altura perdido en mitad de la floresta, con cuatro columnas y cinco tejadillos superpuestos. Era bonito, desde luego, y no inspiraba la desconfianza que producía su nombre. Nos despedimos de los soldados, que regresaron a Junzhou, y, cargados con nuestras bolsas de viaje, iniciamos el ascenso hacia la cumbre subiendo los anchos peldaños de piedra de una solitaria y antigua escalera que Lao Jiang llamó «Pasillo divino» porque así estaba escrito en la roca. El primer templo que divisamos fue el llamado Yuzhen Gong (32) y era de unas dimensiones descomunales, pero estaba vacío y sólo pudimos vislumbrar desde la puerta una inmensa estatua plateada de Zhang Sanfeng, el gran maestro de taichi, colocada en el salón principal.

Estuvimos ascendiendo tanto tiempo que la noche se nos echó encima. A ratos la escalera se volvía camino empinado y, a ratos, estrecho desfiladero junto a un grandioso precipicio. Pero no perdí los nervios, ni temblé de miedo ante la posibilidad de una caída; la vida se había vuelto mucho más sencilla desde que afrontaba peligros reales. Por suerte, la Montaña Misteriosa era un lugar de peregrinación taoísta y disponía de una humilde posada para atender a los fieles, así que pudimos cenar adecuadamente y dormir sobre calientes *k'angs* de bambú. A la mañana siguiente reanudamos la subida dejando atrás hermosos bosques de pinos sumergidos en un mar de nubes y nos dirigimos hacia la cumbre en la que ya podían divisarse, esparcidos por aquí y por allá, numerosos y extraños edificios de muros rojos y tejados cornudos verdes que lanzaban al aire limpio y ligero de la mañana centelleantes reflejos dorados. La escena volvía a tener, como en la casa de Rémy, un aspecto simétrico, ordenado, armonioso, como si cada una de aquellas construcciones hubiera sido puesta en el lugar perfecto que le estaba destinado desde el principio de los tiempos. Mis piernas, mucho más fuertes que antes, caminaban a buena marcha sin que yo notara el cansancio. Podía sentir cómo se flexionaban mis músculos al afirmar en el suelo un pie y después el otro. Bajo la luz del sol, las mil hierbas y matorrales que alfombraban

(32) *Gong* significa templo o palacio.

el suelo exhalaban al aire fragancias nuevas que fortalecían mis sentidos y los chillidos y aullidos de los monos salvajes que poblaban la Montaña Misteriosa le daban a aquella ascensión el brillo de una gran aventura. ¿Dónde había quedado mi triste neurastenia? ¿Dónde todas mis enfermedades? ¿Era yo ya aquella Elvira ocupada y preocupada de París y Shanghai? Casi decido que no en el preciso momento en que mi atención se quedó prendada de los movimientos de un feo insecto que revoloteaba a un lado de las escaleras de piedra y que desprendía unos increíbles destellos incandescentes.

Por fin, alcanzamos el primero de los edificios monásticos habitados de Wudang. Lao Jiang golpeó una campana con un tronco que colgaba en horizontal de unas cadenas. Al poco, salieron del *Gong*, o sea, del templo, un par de monjes vestidos con el habitual traje chino de color azul pero con la cabeza cubierta por unos curiosos gorritos negros y unas polainas blancas que les llegaban hasta las rodillas. Ambos sonreían educadamente e hicieron numerosas inclinaciones a modo de saludo. Tenían la cara arrugada y la piel curtida por el sol y el aire de la montaña. ¿Aquéllos eran los grandes maestros de artes marciales? Pues no hubiera dicho tal cosa ni en diez mil años, la cifra mágica china que simboliza la eternidad.

Lao Jiang se les acercó cortésmente y habló con ellos durante un buen rato.

—Se ha presentado y ha pedido hablar en privado con el abad sobre un asunto muy importante relacionado con el antiguo maestro geomántico Yue Ling —nos explicó Biao. Si Fernanda había perdido diez kilos como mínimo, Pequeño Tigre había crecido diez centímetros o más desde que salimos de Shanghai. Pronto sería un gigante y, por desgracia, se movía con la torpeza y el desgarbo que le imponía su estatura: andares de pato, hombros cargados y huesos descoyuntados. De momento ya era más alto que yo y le faltaba poco para superar la estatura del anticuario.

—¿Sólo se ha presentado él? —observó, molesta, Fernanda—. ¿De nosotros no ha dicho nada?

—No, Joven Ama.

Mi sobrina bufó y dio la espalda a la escena, entreteniéndose, en apariencia, con el paisaje. El cielo estaba empezando a nublarse y pronto comenzaría a llover.

Al cabo de un instante, Lao Jiang regresó a nuestro lado. Uno de los monjes inició una rápida ascensión por el «Pasillo Divino» como si la empinada escalera no fuera más que un prado suave.

—Debemos esperar aquí hasta que seamos llamados por el abad, Xu Benshan (33).

—¿Seamos llamados? —repetí con sorna.

—¿A qué se refiere?

—A mí también me gustaría encontrarme con el abad.

El anticuario reflejó contrariedad en el rostro.

—Usted no habla chino —objetó.

—A estas alturas —repliqué muy digna— conozco bastantes palabras y puedo entender mucho de lo que se dice. Me gustaría estar presente cuando seamos recibidos por el abad. Biao podrá explicarme lo que no comprenda.

El silencio fue la única respuesta que obtuve de Lao Jiang pero me dio lo mismo. Ahora éramos él y yo los adultos responsables de aquel viaje y, aunque mi condición de occidental me colocaba en una posición incómoda y poco útil, no estaba dispuesta a convertirme en una simple herramienta al servicio de los intereses políticos del anticuario.

Tuvimos que refugiarnos en el Tazi Gong porque la lluvia empezó a caer con fuerza y el mensajero del abad tardaba mucho en volver. Nos sentamos sobre unas esteras de caña y dos jóvenes monjes vestidos de blanco nos sirvieron un agradable té. Fue mi sobrina la que se dio cuenta de que uno de aquellos monjes era una chica de su edad.

—¡Tía, fíjese! —exclamó emocionada señalando con la mirada a la novicia.

Sonreí complacida. Wudang empezaba a gustarme. De pronto, Fernanda se volvió hacia el anticuario.

(33) Famoso maestro de artes marciales y abad de Wudang (1860-1932).

—¿Se ha dado cuenta, Lao Jiang, de que uno de los monjes es una joven monja?

No llegué a tiempo de darle un pellizco o un manotazo para hacerla callar, pero yo sí que enmudecí de asombro cuando el anticuario giró la cabeza hacia ella y, con absoluta parsimonia, respondió:

—Así es, Fernanda. Me había dado cuenta.

¡Cielo santo! ¡Lao Jiang estaba hablando directamente con mi sobrina! ¿Qué había ocurrido para que se produjera el milagro? A mí me había llamado por mi nombre de pila el día anterior y ahora se dirigía a la niña con absoluta normalidad después de ignorarla durante casi dos meses. O había un plazo prudencial y protocolario para estas cosas (plazo que ya debía de haber transcurrido) o al anticuario le habían hecho mella todas nuestras pullas y comentarios (algo que a mí me parecía bastante improbable). En fin, por lo que fuese, allí estaba el prodigio y no debíamos permitir que cayera en saco roto.

—Gracias, Lao Jiang —dije con una reverencia.

—¿Por qué? —preguntó complacido, aunque se notaba que sabía de qué iba el asunto.

—Por usar mi nombre y el de mi sobrina. Le agradezco la confianza que demuestra.

—¿Acaso no utiliza usted mi nombre de amistad desde hace meses?

Tras unos segundos de sorpresa descubrí que tenía razón, que tanto los niños como yo habíamos estado usando, inapropiadamente, el nombre de amistad (Lao Jiang, «Viejo Jiang») por el que le llamaba Paddy Tichborne. Sonreí complaciente y seguí bebiendo mi té mientras Fernanda, ajena ya a la conversación, seguía con la mirada a la joven monja que, por semejanza de edad y disparidad de cultura, despertaba en ella una gran curiosidad.

Al cabo de una hora, poco más o menos, regresó el monje-mensajero con la noticia de que seríamos recibidos inmediatamente por el honorable Xu Benshan, abad de Wudang, en el Pabellón de los Libros de Zixiao Gong, el Palacio de las Nubes

Púrpuras, y que, para protegernos de la lluvia que se había transformado en aguacero, el monasterio ponía a nuestra disposición unas elegantes sillas de mano con ventanas de celosía. De esta guisa ascendimos el último tramo hasta el mismo corazón de la Montaña Misteriosa.

El Palacio de las Nubes Púrpuras era una edificación enorme, casi como una ciudad medieval amurallada. Atravesamos un puente de piedra sobre un foso antes de llegar al templo principal, levantado sobre tres terrazas excavadas en la falda de un monte y construido con madera lacada de rojo y brillantes tejas de cerámica verde ribeteadas de dorado. Las sillas se detuvieron y, al bajar, nos encontramos frente a una elevada escalinata de piedra. No parecía haber ninguna duda, pese a que los porteadores no dijeron nada, sobre la necesidad de ascender aquella gradería para poder encontrarnos con Xu Benshan. El lugar era imponente, majestuoso, casi diría que imperial, aunque la implacable lluvia nos impidiese disfrutar de una tranquila contemplación. Chapoteando en los charcos, con las sandalias y los sombreros absolutamente mojados, comenzamos a subir a toda prisa mientras unos monjes ataviados como los de Tazi Gong descendían hacia nosotros llevando en las manos sombrillas de paja encerada. Ambos grupos nos encontramos en un rellano entre dos tramos de escalera, junto a una especie de caldero gigante de hierro negro con tres patas, y, con gestos amables, los monjes nos protegieron del diluvio y nos acompañaron hasta el interior del pabellón en el que, con la sencillez y, al mismo tiempo, la suntuosidad propia de un abad taoísta tan importante, Xu Benshan nos esperaba sentado al fondo de una habitación iluminada por antorchas en la que, a derecha e izquierda, se apilaban cientos o quizá miles de antiguos *jiances* hechos con tablillas de bambú. El lugar era tan impresionante que cortaba la respiración, pero no parecía el salón adecuado para recibir la visita de unos extraños excepto en el caso de que el abad supiera por qué estábamos allí y qué queríamos exactamente, así que supuse que el mensaje de Lao Jiang incluyendo el nombre del viejo maestro geomántico

Yue Ling había sido como una flecha que se clava en el centro de la diana.

Nos fuimos acercando al abad con unos pasos cortos y ceremoniosos que imitábamos de los monjes que nos precedían. Una vez frente a él, todos ejecutamos una profunda inclinación. El abad no tenía ni barba ni bigote, así que no contaba con ningún indicio que pudiera servirme para adivinar su edad porque, además, llevaba la cabeza cubierta por un gorro parecido a una tartaleta puesta del revés. Vestía una rica y amplia túnica de brocado con motivos en blanco y negro y sus manos quedaban ocultas dentro de las largas «mangas que detienen el viento». En lo que sí pude fijarme al hacer la inclinación fue en sus zapatos de terciopelo negro, que me dejaron absolutamente perpleja: disponían de unas alzas de cuero de casi diez centímetros de grosor. ¿Cómo podía caminar con ellos? ¿O es que no caminaba...? En fin, por lo demás, y a pesar de su porte indiscutiblemente aristocrático, Xu era un hombre muy normal, más bien menudo, delgado, con una cara agradable en la que destacaban dos pequeños ojos rasgados muy negros. No parecía un peligroso guerrero aunque también era verdad que en aquel monasterio nadie lo parecía y, sin embargo, ésa era su característica más famosa.

—¿Quiénes sois? —se interesó, y me sentí muy contenta al darme cuenta de que le había comprendido. Para sorpresa de los niños y mía, Lao Jiang le respondió con la verdad, ofreciéndole al abad toda la información sobre nosotros, incluyendo mi nombre español y el de Fernanda. Biao seguía representando su papel de traductor porque mi sobrina se empeñaba en no aprender ni una sola palabra de chino y a mí me venía bien porque todavía había muchos términos y expresiones que no conocía o de los que no identificaba correctamente el tono musical que les daba un significado u otro.

—¿Qué asunto es ése relacionado con el maestro geomántico Yue Ling del que queréis hablar conmigo? —preguntó el abad después de las presentaciones.

Lao Jiang tomó aire antes de responder.

—Desde hace doscientos sesenta años obra en poder de los abades de este gran monasterio de Wudang el fragmento de un viejo *jiance* que fue confiado a su custodia por el maestro geomántico Yue Ling, amigo íntimo del Príncipe de Gui, conocido como emperador Yongli, último Hijo del Cielo de la dinastía Ming.

—No sois los primeros en venir a Wudang reclamando el fragmento —repuso el abad tras una breve reflexión—. Pero, al igual que a los emisarios del actual emperador Hsuan Tung del Gran Qing, debo informaros de nuestra completa ignorancia sobre este asunto.

—¿Los eunucos imperiales de Puyi han estado aquí? —se inquietó Lao Jiang.

El abad se sorprendió.

—Veo que sabéis que se trataba de eunucos del palacio imperial. En efecto, el Alto Eunuco Chang Chien-Ho y su ayudante el Vice-Eunuco General visitaron Wudang hace sólo dos lunas.

Se hizo tal silencio en el salón que pudimos oír el tenue chasquido de las tablillas de bambú y el leve crepitar del fuego de las antorchas. La conversación había llegado a un punto muerto.

—¿Qué ocurrió cuando les dijisteis que no sabíais nada del fragmento del *jiance*?

—No creo que sea asunto vuestro, anticuario.

—Pero ¿se enfurecieron?, ¿os agredieron?

—Repito que no es asunto vuestro.

—Tenéis que saber, abad, que nos vienen persiguiendo desde Shanghai, donde miembros de la Banda Verde, la mafia más poderosa del delta del Yangtsé...

—La conozco —murmuró Xu Benshan.

—... a instancias de los eunucos y de los imperialistas japoneses, nos atacaron en los Jardines Yuyuan, lugar en el que recogimos el primer fragmento del viejo libro. También nos atacaron en Nanking, nada más recuperar el segundo fragmento, y hemos hecho el camino hasta aquí ocultándonos durante ochocientos *li* para pediros el último pedazo que nos falta y así poder completar nuestro viaje.

El abad permaneció silencioso. Algo de lo que había dicho Lao Jiang le estaba haciendo cavilar.

—¿Tenéis aquí los dos fragmentos del *jiance* de los que habéis hablado?

Los ojos de águila de Lao Jiang brillaron. Estaban entrando en su terreno; era la hora de negociar.

—¿Tenéis en Wudang el tercer fragmento?

Xu Benshan sonrió.

—Dadme vuestra mitad del *hufu*, de la insignia.

Lao Jiang se sorprendió.

—¿De qué insignia habláis?

—Si no podéis darme la mitad del *hufu*, no puedo entregaros el tercer y último fragmento del *jiance*.

—Pero, abad, no sé a qué os estáis refiriendo —protestó el señor Jiang—. ¿Cómo os lo podría dar?

—Escuchad, anticuario —suspiró Xu Benshan—. Por mucho que estéis en posesión de los dos primeros fragmentos del *jiance* de nada os servirá conseguir el tercero si no tenéis, o tenéis sin saberlo, los objetos imprescindibles para alcanzar vuestra meta. Observad que no os he preguntado en ningún momento por el propósito final de vuestro viaje y que pongo todo mi interés en ayudaros porque he visto sinceridad en vuestras palabras y creo que en verdad tenéis los dos primeros pedazos de la antigua carta del maestro de obras. Pero lo que no debo hacer en ningún caso es quebrantar las instrucciones del Príncipe de Gui que nos fueron transmitidas por el maestro Yue Ling. El tercer fragmento es el más importante y recaen sobre él protecciones especiales.

La cara de Lao Jiang era una máscara de estupor. Casi podía escuchar el ruido de su cerebro intentando recuperar algún recuerdo sobre una insignia del Príncipe de Gui relacionada con el *jiance*. También yo cavilaba desesperadamente, evocando palabra por palabra la escena en la que el Príncipe hablaba con sus tres amigos en el texto original que encontramos en el libro miniaturizado. Pero, si la memoria no me fallaba, allí nadie mencionaba insignia alguna. Ni insignia, ni emblema, ni divisa de ningún tipo. Quizá estaba en el propio *jiance*, en la propia carta de Sai Wu a su hijo Sai Shi Gu'er, en las tablillas. Pero no porque, según yo recordaba de lo que leyó Lao Jiang en la barcaza del Gran Canal, tampoco allí se hacía referencia a un objeto semejante. En realidad, todo aquello era completamente absurdo porque la única insignia que habíamos visto y tenido en nuestras manos desde que empezó aquella loca historia de tesoros reales y tumbas imperiales se encontraba en el «cofre de las cien joyas» y, desde luego, no tenía nada que ver con el Príncipe de Gui ni con el *jiance*. Se trataba de aquella cosa..., aquel medio tigre de oro. Mi pensamiento se detuvo en seco. El medio tigre. De repente, comprendí: ¡El tigre de oro y el Tigre de Qin!

—Lao Jiang —le llamé con voz queda y con el corazón latiéndome a toda prisa—. Lao Jiang.

—¿Sí? —respondió sin volverse.

—Lao Jiang, ¿recuerda aquella figurilla de oro que vimos en el «cofre de las cien joyas» y que representaba medio tigre con el lomo lleno de ideogramas? Creo que el abad se refiere a ella.

—¿Qué dice? —masculló, enfadado.

—«El Tigre de Qin», Lao Jiang. ¿No lo recuerda? La insignia militar de Shi Huang Ti.

El anticuario abrió los ojos desmesuradamente, comprendiendo.

—¡Biao! —tronó.

—Sí, Lao Jiang —repuso el niño con voz asustada.

—Tráeme mi bolsa. Inmediatamente.

Habíamos dejado los fardos con nuestras cosas en la entrada del templo, así que Biao se lanzó a una loca carrera que el abad aprovechó para entablar conversación conmigo.

—Mme. De Poulain, ¿qué motiva a una extranjera como usted a realizar un viaje tan peligroso como éste por un país desconocido?

La pregunta me la tradujo Lao Jiang, que me hizo un gesto para indicarme que hablara con confianza. En cualquier caso, pensé, dijera lo que dijera no podía meter la pata porque el anticuario lo arreglaría al pasar mis palabras al chino.

—Problemas económicos, *monsieur l'abbé.* Soy viuda y mi marido me dejó muchas deudas que no puedo pagar.

—¿Quiere decir que está obligada por la necesidad?

—*Exactement.*

El abad permaneció silencioso unos segundos durante los cuales Biao regresó junto a Lao Jiang y le entregó su bolsa de viaje. El anticuario empezó a buscar en el interior y, mascullando entre dientes, completamente abstraído, dijo:

—El abad me pide que le traduzca estas frases del *Tao te king* (34) de Lao Tsé: «Sólo con la moderación se puede estar preparado para afrontar los acontecimientos. Estar preparado para afrontar los acontecimientos es poseer una acrecentada reserva de virtud. Con una acrecentada reserva de virtud, nada hay que no se pueda superar; cuando todo se puede superar, nadie hay que conozca los límites de su fuerza.»

—Dígale al abad que se lo agradezco —repuse, intentando memorizar el largo pensamiento taoísta que Xu Benshan acababa de regalarme. Era realmente hermoso.

Lao Jiang extrajo de su bolsa el precioso «cofre de las cien joyas» envuelto en seda. Lo había llevado consigo durante todo nuestro viaje y yo ni siquiera me había preocupado por saber qué había sido de él, si el anticuario lo había ocultado adecuadamente antes de salir de Shanghai o si, como era el caso, lo llevaba encima. Me sentí una irresponsable, una insensata... Así me iba en la vida. Ya me lo decía mi madre: «Hija mía, estás en el mundo para que haya de todo.»

En la palma de la mano del anticuario brillaba la mitad longitudinal del pequeño tigre de oro mientras se acercaba al abad con un rostro inescrutable. Podíamos estar equivocándonos, naturalmente, así que no era el momento de echar las campanas al vuelo.

(34) *Tao te king Dao de jing,* s. IV a. n. e., tratado filosófico fundamental del taoísmo atribuido a Lao Tsé (Lao Zi).

Pero Xu Benshan, abad del monasterio de Wudang, en la Montaña Misteriosa, esbozó una alegre sonrisa cuando vio lo que le llevaba el señor Jiang e, introduciendo la mano derecha en su gran manga izquierda, sacó de ella algo que ocultó en el puño cerrado hasta que el anticuario le entregó el medio tigre del «cofre de las cien joyas». Entonces, con una gran satisfacción, unió los dos pedazos de la figurilla y nos la mostró.

—Este *hufu* perteneció al Primer Emperador, Shi Huang Ti —nos explicó—. Servía para garantizar la transmisión de las órdenes a sus generales ya que ambas partes tenían que encajar a la perfección. La caligrafía del lomo pertenece a la antigua escritura *zhuan*, de modo que este tigre es anterior al decreto de unificación de los ideogramas y tiene, por tanto, más de dos mil años de antigüedad. En él pone: «Insignia en dos partes para los ejércitos. La parte de la derecha la tiene Meng Tian. La de la izquierda procede del Palacio Imperial.»

¿Dónde había oído yo el nombre de Meng Tian? ¿Era aquel general a quien Shi Huang Ti había encargado la construcción de la Gran Muralla?

—¿Vais a darnos ahora el tercer fragmento del *jiance*? —preguntó el anticuario con un tono duro en la voz que no me pareció muy oportuno. El buen abad sólo estaba cumpliendo las instrucciones del Príncipe de Gui y, además, parecía muy dispuesto a ayudarnos en todo cuanto pudiera. ¿A qué venía, pues, aquella actitud? Lao Jiang estaba impaciente; extraña incorrección para un comerciante.

—Aún no, anticuario. Os dije que sobre el tercer pedazo del *jiance* recaían protecciones especiales. Todavía falta una.

Hizo un gesto con la mano a los dos monjes que permanecían firmes en la puerta del Pabellón, al fondo de la sala, y ambos salieron a toda velocidad para regresar, instantes después y con paso vacilante, cargados con una gruesa percha de bambú sobre los hombros de la que colgaban, atadas con cuerdas, cuatro grandes losas cuadradas que oscilaban en el aire. Dejaron las piedras con cuidado en el suelo y las liberaron de sus amarres y, luego, las colocaron erguidas una al lado de la otra, mirando hacia nosotros. Cada una de ellas mostraba, bellamente tallado, un único ideograma chino. El abad empezó a hablar pero nuestro traductor, el joven Biao, estaba tan embobado contemplando las losas —y, sin duda, tan cansado del esfuerzo que suponía su trabajo de voluntarioso truchimán—, que se olvidó de cumplir con su papel, así que mi dulce sobrina, toda ella ternura y comprensión, le ladró algunas palabras poco amables y el pobre Biao tuvo que regresar de golpe a la dura realidad de su vida.

—El emperador Yongle ordenó tallar en nuestro hermoso Palacio Nanyan —estaba diciendo el abad—, estos cuatro caracteres fundamentales del taoísmo de Wudang. ¿Sabrían ustedes ponerlos en orden?

—Como no sepa Lao Jiang... —musité para mí, contrariada. ¿Creía el abad que los cuatro leíamos chino? ¿Acaso no se había enterado de que Fernanda y yo éramos extranjeras y de que era tinta china lo que cegaba nuestros ojos?

—El primero de la izquierda es el ideograma *shou,* que significa «Longevidad» —empezó a explicarnos el anticuario. Era un ideograma muy complicado, con siete líneas horizontales de distinta longitud—. El siguiente es el carácter *an,* cuyo principal sentido es «Paz». —Por suerte, *an* era bastante más sencillo y parecía un joven bailando el foxtrot, con las rodillas dobladas y cruzadas y los brazos extendidos—. Después está *fu,* el carácter que representa «Felicidad». —Pues la felicidad tenía un ideograma de lo más peculiar: dos flechas en fila apuntando hacia la derecha en la parte superior y, debajo de ellas, dos cuadrados y una suerte de martillo con brazos colgantes—. Y, por último, el ideograma *k'ang* que, aunque les suene parecido, no significa «Cama» sino «Salud». —Rápidamente memoricé la figura de un hombre atravesado por un tridente, con un látigo extendido en la mano izquierda y cinco piernas retorcidas.

—¿Y qué se supone que tenemos que ordenar? —pregunté, desconcertada.

—Ya hablaremos de eso luego —masculló Lao Jiang con tono de rabia contenida.

—Piénsenlo —concluyó el abad poniéndose en pie—. No tengan prisa. Hay veinticuatro posibilidades pero sólo admitiré una en una única ocasión. Pueden quedarse en Wudang todo el tiempo que quieran. Aquí estarán a salvo. Además, ha comenzado la época de lluvias y, en estas condiciones, resulta peligroso abandonar el monasterio.

Fuimos amablemente alojados en una vivienda con un pequeño patio interior lleno de flores alrededor del cual se distribuían las habitaciones. Lao Jiang ocupó la principal, Fernanda y yo la mediana y Biao la más pequeña, que también servía para recibir a las visitas. El comedor y el cuarto de estudio estaban en la planta superior y daban a una estrecha galería de madera y con celosías que discurría alrededor del patio, siempre lleno de los charcos causados por el interminable aguacero. Las paredes estaban decoradas con hermosos frescos de inmortales taoístas y había por todas partes un penetrante olor al aceite perfumado que se quemaba en las lámparas, al incienso de los altarcillos y al que desprendían los antiguos y pesados cortinajes que cubrían las entradas. Pero se trataba del mejor alojamiento que habíamos tenido en cerca de dos meses y no era cuestión de ponerle pegas porque, en verdad, no las tenía. Durante los días siguientes, dos o tres niños de poca edad aparecieron en distintos momentos para traernos comida y hacer la limpieza, a pesar de la cual la casa producía la impresión de ser un lugar particulamente sucio por culpa del barro y la lluvia.

Aquella noche, después de hablar con el abad y mientras cenábamos una magnífica sopa con sabor a minestrone, Lao Jiang nos planteó de una forma más comprensible el asunto de los cuatro caracteres de piedra:

—¿Qué es lo más importante para un taoísta de Wudang? —preguntó, mirándonos de hito en hito—. ¿La longevidad o, quizá, conseguir la paz, la paz interior?

—La paz interior —se apresuró a responder Fernanda.

—¿Estás segura? —inquirió el anticuario—. ¿Cómo podrías tener paz interior si sufres una dolorosa enfermedad?

—¿La salud, entonces? —insinué yo—. En España decimos que las tres cosas más deseables son la salud, el dinero y el amor.

—Pero es que, entre los cuatro ideogramas que nos han enseñado, no estaban los del «Dinero» ni el «Amor» —objetó mi sobrina.

—Ésos no son conceptos importantes para los taoístas —farfulló el anticuario.

—¿Y cuáles son? —preguntó Biao engullendo un gran pedazo de pan mojado en la sopa.

—Precisamente eso es lo que nos ha preguntado el abad —repuso Lao Jiang, imitándole.

—Es decir, que tenemos que combinar por orden de importancia los objetivos taoístas de longevidad, paz, felicidad y salud —concluí.

—Exactamente.

—Pues sólo hay veinticuatro posibilidades —recordó Fernanda, de no muy buen humor—. Será fácil, desde luego.

—Creo que deberíamos aprovechar el tiempo que las lluvias nos van a obligar a pasar en este monasterio para preguntar a los monjes y conseguir la información —comenté—. No puede ser tan complicado. Sólo debemos encontrar a uno que nos lo quiera decir.

—¡Es cierto! —sonrió Biao—. ¡Mañana mismo podemos saber la respuesta!

—Ojalá sea cierto —deseó Lao Jiang, llevándose a los labios el cuenco con los restos de la sopa—, pero mucho me temo que no va a ser tan sencillo. Hay que conocer y comprender la sutileza y profundidad del pensamiento chino para ser capaz de resolver un problema tan aparentemente sencillo. Opino que los libros entre los que nos ha recibido Xu Benshan, esos *jiances* que llenaban la sala, pueden ser también una buena fuente de información.

—Pero sólo usted sabe leer chino —observé.

—Cierto. Y de ustedes tres sólo Biao sabe hablar la lengua. Así que les propongo lo siguiente: yo buscaré la información en las bibliotecas del monasterio y usted, Elvira, con la ayuda de Biao, hablará con los monjes.

—¿Y yo qué? —preguntó Fernanda con un dejo ofendido en la voz.

—Tú te unirás a las prácticas taoístas de los novicios del monasterio. Lo que aprendas de las artes marciales de Wudang quizá nos ayude también con el problema.

Por raro que parezca, la niña no protestó ni montó en cólera pero sus labios se quedaron blancos y los ojos se le llenaron de lágrimas. Lo último que ella hubiera deseado en este mundo era una inmersión semejante en una cultura y unas prácticas que rechazaba de plano. De todas formas, no le iba a venir nada mal. Ahora que tenía una figura tan bonita y que su cara redonda había dado paso a un rostro fino y agraciado, un poco de ejercicio físico tendría sobre ella un efecto higiénico muy beneficioso.

Así que, a la mañana siguiente, después de los ejercicios taichi, de lavarnos y de desayunar un cuenco de harina de arroz con vegetales en vinagre y té, cada uno empezó con sus tareas. Lao Jiang pidió a los sirvientes un buen montón de libros que le fueron traídos en cajas cerradas y se recluyó con ellos en la habitación de estudio de la planta superior. Fernanda recibió un atavío completo de novicia y desapareció con cara abatida en pos de dos monjas jóvenes que a duras penas podían sostener, al mismo tiempo, los paraguas y la risa. Y el niño y yo, muy animados, nos lanzamos a la caza y captura de algún monje parlanchín saludando con simpatía a todos con cuantos nos cruzábamos por aquellos señoriales caminos empedrados. Sin embargo, y para nuestra desgracia, nadie parecía dispuesto a entablar una agradable conversación bajo el aguacero, envueltos por una luz oscura más propia del anochecer que de primera hora de la mañana. Por fin, cansados y mojados, nos recluimos en uno de los templos donde un viejo maestro estaba impartiendo una clase a un grupo de monjes y monjas que, sentados en el suelo sobre almohadillas de colores, parecían estatuas.

—¿Qué dice?

Biao frunció el ceño e hizo un gesto de aburrimiento.

—Habla de la naturaleza del universo.

—Bueno, pero ¿qué dice?

—¡Pero si no se entiende nada! —protestó.

Una mirada gélida bastó para que empezara a traducir precipitadamente. El Tao, explicaba aquel anciano maestro de blanca barbita, es la energía que anima todas las cosas. En el universo hay un orden que podemos observar, un orden que se manifiesta en los ciclos regulares de las estrellas, los planetas y las estaciones. En ese orden podemos descubrir la fuerza original del universo y esa fuerza es el Tao.

Sí que era complicado el asunto, pensé, aunque adjudiqué buena parte de tal complejidad a la desganada traducción de Pequeño Tigre.

Del Tao nació el *qi*, el aliento vital, y ese aliento vital se condensó en los Cinco Elementos de la materia: el metal, el agua, la madera, la tierra y el fuego, que representan transformaciones distintas de la energía y que se organizan bajo un orden dual conocido como yin y yang, los opuestos complementarios, que, al apoyarse y oponerse recíprocamente, generan el movimiento, la evolución y, por lo tanto, el cambio, que es lo único constante del universo. El yin se asocia a conceptos como quietud, tranquilidad, línea partida, Tierra, femenino, flexibilidad... El yang a dureza, potencia, línea continua, Cielo, masculino, actividad... Estudiando el Tao podremos unirnos a la fuerza original del universo pero, como no todas las personas son iguales, decía el maestro, ni tienen las mismas necesidades y destinos, existen cientos de maneras de realizar tal propósito.

A pesar de mi interés, aquellas ideas me parecían muy complicadas y, además, no terminaba de ver qué relación tenían el metal, el agua, la madera, la tierra y el fuego con el yin y el yang. Sin duda, me dije, en esta vida todo tiene su yin y su yang, es decir, su cara y su cruz, aunque el maestro no parecía estar haciendo una valoración simplista en el sentido de bueno o malo sino que aseguraba, sencillamente, que ambos opuestos, al relacionarse, generaban el movimiento y el cambio de las cosas.

—Es muy importante que aprendáis las relaciones de los Cinco Elementos —decía— porque la armonía del universo se basa en ellas y es la armonía lo que permite la vida. De este modo, recordad que el elemento fuego se asocia también con la luz, el calor, el verano, el movimiento ascendente y las formas triangulares; el agua, con lo oscuro, el frío, el invierno, la forma ondulante y el movimiento descendente; el metal, con el otoño, la forma circular y el movimiento hacia el interior; la madera, con la primavera, la forma alargada y el movimiento hacia el exterior; y la tierra, por último, con las formas cuadradas y el movimiento giratorio. El yang nace como madera, en primavera, y alcanza su culminación con el fuego, en verano. Entonces se detiene y, al ir deteniéndose, se convierte en Yin, que aparece como tal en otoño, con el metal, y que, a su vez, alcanza su cenit en invierno, con el agua, poniéndose de nuevo en movimiento y pasando a ser yang. El elemento tierra es el que equilibra el yin y el yang. Los Cinco Elementos están asociados también a las cinco direcciones. Como la energía benéfica viene del sur su elemento es el fuego y está representado por un Cuervo Rojo; por su parte, el norte pertenece al elemento agua y su figura es la Tortuga Negra; al oeste corresponde el metal y está simbolizado por un Tigre Blanco; el este se asocia con la madera y su imagen es la de un Dragón Verde; y, por último, el centro corresponde al elemento tierra y su forma es la de una Serpiente Amarilla.

Aquello era demasiado. En menos que canta un gallo, saqué de uno de mis bolsillos mi libreta *Moleskine* y anoté aquel galimatías con dibujos y símbolos utilizando mis lápices de colores. Biao, sin dejar de repetir la lección en castellano y francés, según le resultase más cómodo, me miraba como si tuviera delante al Dragón Verde o al Tigre Blanco.

Aunque el maestro hablaba con parsimonia y Biao se pensaba mucho algunas palabras, creo que nunca he dibujado, gara-

Nos despidió con un gesto y se concentró nuevamente en las montañas cercanas. Lo cierto es que no debía de verlas en absoluto: estaba claro que la cortina blanca que velaba sus ojos la había dejado ciega mucho tiempo atrás. Sin embargo, sonreía mientras Biao y yo nos alejábamos en dirección a nuestra casa. Realmente, parecía feliz. ¿Sería la felicidad el primer ideograma que podíamos colocar en su sitio?

Encontré a Lao Jiang en el cuarto de estudio del piso superior, leyendo al calor de un brasero de carbón. Ambos estuvimos de acuerdo en que había que empezar por ahí. Sin duda, la aspiración principal de cualquier ser humano era la felicidad y, aunque nos costara comprenderlo, los monjes de Wudang, con su vida retirada, también deseaban lo mismo.

—Lo malo es que sólo tenemos una oportunidad —comenté—. Si nos equivocamos, no habrá forma de conseguir el tercer pedazo del *jiance*.

—No hace falta que me recuerde lo evidente —gruñó.

—Si usted fuera muy feliz, ¿qué querría después? ¿Salud, paz o longevidad?

—Mire, Elvira —rezongó el anticuario, dejando caer la mano sobre uno de los volúmenes que tenía abiertos encima de la mesa—, no se trata sólo de averiguar cuál es el orden de prioridades vitales de los taoístas de Wudang. Esa anciana monja ha podido darle, en efecto, el primero de los cuatro ideogramas, pero lo realmente importante es conseguir pruebas que avalen esa disposición. No tenemos margen para el error. El abad no admitirá ni un solo fallo. Necesitamos pruebas, ¿comprende?, pruebas que respalden el orden de los caracteres.

En el almuerzo, al que no asistió Fernanda, tomamos fideos de harina de garbanzos, vegetales y un pan de forma y sabor extraños. Los pequeños novicios aparecieron a media tarde para llevarse los cuencos, barrer de nuevo la casa (lo hacían dos veces al día) y fumigar la habitación de estudio con unos vasos que desprendían vapor de agua aromatizado con hierbas que, al parecer, servía para proteger los libros de los gusanos que se comían el papel. Como Biao y yo no salimos aquella tarde por culpa del mal tiempo —llovía torrencialmente—, Lao Jiang nos estuvo contando algunas cosas sobre uno de los textos clásicos en los que trabajaba. Se trataba del *Qin Lang Jin*, escrito durante la dinastía Qin, la del Primer Emperador, que versaba sobre algo llamado *K'an-yu*, una filosofía milenaria muy importante que había cambiado de nombre con los siglos pasando a llamarse «Viento y agua» o, lo que es lo mismo, *Feng Shui*, y que trataba de las energías de la tierra y de la armonía del ser humano con la naturaleza y con su entorno. Lao Jiang, naturalmente, no había tenido tiempo de leerlo entero porque, además de ser difícil de comprender por su lenguaje arcaico y oscuro, quería hacerlo con mucha atención; estaba seguro de poder encontrar en él lo que buscábamos, ya que había descubierto repetidas menciones a los cuatro conceptos de los ideogramas.

Preocupada por la ausencia de Fernanda, cuando salimos del cuarto de estudio le dije a Biao que la buscara y la trajera inmediatamente a casa. Era muy tarde ya y la niña llevaba fuera todo el día. Además, se había marchado enfadada y triste y no quería que hiciera alguna tontería. Así que Biao partió a la carrera en busca de su Joven Ama y yo me quedé sola en el patio, bajo el porche, oyendo el potente ruido de la lluvia y mirando cómo el agua regaba las plantas y las flores. De repente, el corazón me dio un salto en el pecho y se me desbocaron las palpitaciones. Hacía tanto tiempo que no había tenido trastornos cardíacos que me asusté muchísimo. Empecé a dar vueltas como una loca de un lado a otro, luchando contra la idea de que iba a morir en aquel mismo instante fulminada por un ataque al corazón. Intentaba decirme que sólo era una de mis crisis neurasténicas, pero eso ya lo sabía y saberlo no me servía de nada. ¡Qué poco me habían durado los efectos saludables del viaje! En cuanto me había establecido de nuevo en una casa, la hipocondría se había adueñado otra vez de mí. Acallada por las distracciones de los últimos meses, la vieja enemiga se alzaba ahora poderosa aprovechando la primera ocasión. Por suerte, la niña y Biao hicieron su entrada por la puerta armando mucho alboroto y distrayéndome de mis negros pensamientos.

—¡Ha sido estupendo, tía! —exclamaba Fernanda sacudiéndose el agua de encima como un perro. Estaba absolutamente empapada y traía las mejillas y las orejas encendidas. Pequeño Tigre la miraba con envidia—. ¡He pasado todo el día en un patio muy grande con otros novicios y novicias, haciendo una gimnasia muy parecida a los ejercicios taichi!

Lao Jiang se asomó desde la galería del piso superior con cara de pocos amigos.

—¿Se puede saber qué ocurre?

—Fernanda ha vuelto encantada de su primer día como novicia de Wudang —comenté en tono de broma sin dejar de contemplar a la niña. Daba gusto verla tan contenta. No era lo normal.

El anticuario, de pronto muy satisfecho, empezó a bajar la escalera hacia nosotros.

—Eso es magnífico —comentó sonriente.

—Será magnífico —atajé muy seria, dirigiéndome a mi sobrina—, pero ahora vas a ir a secarte y a cambiarte de ropa antes de coger una pulmonía.

La cara de Fernanda se ensombreció.

—¿Ahora?

—Ahora mismo —le ordené señalando con el dedo la entrada de nuestra habitación.

Como la lluvia hacía mucho ruido, mientras la niña volvía nos dirigimos hacia el cuarto de Biao, el de recibir a las visitas, y nos sentamos en el suelo, sobre cojines de raso hermosamente bordados. Lao Jiang me miraba sonriente.

—Creo que este viaje —dijo complacido— va a ser muy enriquecedor para usted y para la hija de su hermana.

—¿Sabe lo que yo he aprendido hoy? —repuse—. La extraña teoría del yin y el yang y los Cinco Elementos.

Sonrió ampliamente, con manifiesto orgullo.

—Están conociendo ustedes muchas cosas importantes de

la cultura china, las ideas principales que han dado lugar a los grandes modelos filosóficos y que han servido de base para la medicina, la música, las matemáticas...

Fernanda apareció como una tromba en ese momento, secándose el pelo con una fina tela de algodón.

—O sea —dijo mientras entraba y tomaba asiento—, estaba claro que yo no iba a entender nada, ¿verdad? Todos eran chinos y hablaban en chino y yo pensaba que aquello era una tontería. Además, llovía a mares y quería volver aquí. Pero, entonces, el maestro, el *shifu*, se me acercó y, con mucha paciencia, empezó a repetir una y otra vez los nombres y los movimientos hasta que fui capaz de imitarlos bastante bien. El resto de los novicios nos seguía pero, al principio, se reían de mí. Sin embargo, al ver que *shifu* les ignoraba y que sólo estaba conmigo, empezaron a trabajar en serio.

Tiró la larga toalla sobre una mesita de té y se puso en pie de un salto en el centro de la habitación.

—No irás a escenificarnos lo que has aprendido, ¿verdad? —me espanté. Le vi en la cara una primera reacción de rabia pero la presencia del anticuario la contuvo.

—Quisiera acompañar mañana a la Joven Ama —declaró Biao en ese momento.

—¿Qué has dicho? —repuso Lao Jiang, mirando al niño con severidad.

—Que quiero acompañar mañana a la Joven Ama. ¿Por qué no puedo aprender yo también artes marciales?

Por muy alto que fuera, sólo tenía trece años y aquel día, conmigo, se había aburrido demasiado.

—Por supuesto que no. Tu deber es servir de intérprete a tu Ama Mayor.

—¡Pero yo quiero aprender lucha! —protestó Pequeño Tigre, tan enfadado que me sorprendió.

—¿Qué es esto? —bramó el anticuario, mirándome—. ¿Va usted a consentir que un criado se tome estas confianzas?

—No, claro que no —titubeé, no muy segura de lo que debía hacer. Lao Jiang se puso en pie y se acercó hasta un hermoso jarrón que descansaba sobre el suelo, en una esquina, para coger un largo tallo de bambú.

—¿Quiere que proceda yo en su nombre? —me sugirió al ver mi cara de aprensión.

—¿Es que va a pegarle? —exclamé horrorizada—. ¡De ninguna de las maneras! ¡Deje ese bambú!

—Usted no es china, Elvira, y no sabe cómo funcionan las cosas aquí. Incluso los altos funcionarios de la corte imperial admiten que recibir unos buenos azotes cuando lo han merecido es un castigo honroso que debe aceptarse con dignidad. Le ruego que no intervenga.

Ni que decir tiene que Fernanda y yo lloramos a lágrima viva mientras fuera, en el patio, se oía el silbido del bambú cortando el aire antes de golpear el trasero de Pequeño Tigre. Cada chasquido nos dolía a nosotras en el corazón. Desde luego, el niño se merecía un castigo, pero con mandarlo a la cama sin cenar hubiera sido suficiente. En China, sin embargo, una ancestral costumbre ordenaba que los criados que se tomaran excesivas confianzas con sus amos recibieran una buena somanta de palos. Por fortuna, las consecuencias de aquel mal trago fueron leves: el niño no pudo sentarse durante un par de días. Por lo demás, a la mañana siguiente apareció en nuestra habitación para abrir las ventanas y airear los *k'angs* como si nada hubiera ocurrido.

Seguía lloviendo a raudales y no hay ánimo que pueda soportar un tiempo tan desapacible sin caer en una cierta melancolía. La cosa se agravó cuando Fernanda fue incapaz de ponerse en pie para desayunar y descubrí que tenía una fiebre altísima. Inmediatamente, Lao Jiang mandó a Biao a por uno de los médicos del monasterio que no tardó en aparecer con todos sus extraños útiles de galeno chino. Fernanda tiritaba bajo la montaña de mantas que le habíamos puesto encima y mi preocupación tocó techo cuando vi que el monje trituraba unas hierbas no muy limpias y se las hacía ingerir a mi sobrina disueltas en un poco de agua. Estuve a punto de gritar y de lanzarme como una fiera contra el brujo que iba a matar a la niña con potingues alquímicos venenosos, pero Lao Jiang me contuvo, sujetándome por los brazos sin misericordia y susurrándome al oído que los médicos de Wudang eran los mejores de China y que la Montaña Misteriosa era la herboristería donde compraban sus productos los doctores más importantes. No me convenció. Me sentí culpable por no haber previsto que podríamos necesitar algunos medicamentos occidentales (Novamidón, Fenacetina...) y me dije que, si le pasaba algo a la niña, no podría perdonármelo nunca. Ella no tenía a nadie en el mundo más que a mí y yo, ahora que Rémy había muerto, sólo la tenía a ella y a mi edad y con mis alteraciones cardíacas, perder a las dos personas más importantes de mi vida en menos de un año sería sin duda mi fin. No lo soportaría.

Permanecí toda la mañana sentada a su lado, viéndola dormir y oyéndola gemir entre sueños inquietos. Lao Jiang y Biao tuvieron que cuidar de las dos. A mí me trajeron té muy caliente en varias ocasiones —no quise comer nada— y a Fernanda le hicieron beber la infusión de hierbajos que le había prescrito el brujo de Wudang. En una ocasión en que las lágrimas me resbalaban copiosamente por las mejillas sin poder evitarlo, el anticuario, acercando un cojín al mío, se sentó a mi lado.

—La hija de su hermana se curará —afirmó.

—Pero ¿y si ha contraído esa peste pulmonar que está matando a millones de sus compatriotas por todo el país? —objeté, desesperada. Me costaba hablar porque me costaba respirar.

—¿Recuerda las palabras del *Tao te king* que le dijo el abad?

—No, no recuerdo nada —dejé escapar, molesta.

—«Sólo con la moderación se puede estar preparado para afrontar los acontecimientos. Estar preparado para afrontar los acontecimientos es poseer una acrecentada reserva de virtud. Con una acrecentada reserva de virtud, nada hay que no se pueda superar; cuando todo se puede superar, nadie hay que conozca los límites de su fuerza.»

—¿Y qué?

—Que usted, Elvira, necesita trabajar su moderación. El *Tao te king* insiste siempre en que la mente debe estar sosegada y en paz, las emociones contenidas y bajo el dominio de nuestra voluntad, el cuerpo descansado y los sentidos tranquilos. Lo contrario es nocivo para la salud. Una mente excitada por unas emociones sin control, en un cuerpo cansado y con los sentidos agitados es una invitación a la desdicha y la enfermedad. Su objetivo debería ser siempre la moderación, el justo término medio. Fernandina no va a morir. Sólo tiene un enfriamiento que, mal tratado, podría ser grave, no se lo discuto, pero está en las mejores manos y pronto volverá a sus clases con el resto de los novicios.

—¡No volverá, puede estar seguro! ¡No pienso dejar que asista a ninguna clase más!

—Moderación, *madame*, por favor. Moderación para afrontar la enfermedad de la hija de su hermana; moderación para enfrentarse a sus problemas económicos; moderación para resistir a sus miedos.

Acusé con dignidad el golpe y le miré de soslayo, un tanto ofendida.

—¿De qué está hablando?

—Durante nuestro viaje hasta aquí, siempre que la vi tranquilamente sentada, con la mirada perdida, el gesto de su cara era de ansia y preocupación. Sus movimientos taichi son rígidos, jamás fluyen. Sus músculos y sus tendones están agarrotados. Su energía *qi* se encuentra bloqueada en múltiples puntos de los meridianos de su cuerpo. Por eso el abad le aconsejó moderación. Debe usted saber que puede superarlo todo en esta vida porque los límites de su fuerza son inabarcables. No tenga tanto miedo. La moderación es uno de los secretos de la salud y la longevidad.

—¡Déjeme en paz! —atiné a decir entre lágrimas. Mi sobrina estaba ahí delante, terriblemente enferma de vaya usted a saber qué, y el anticuario se creía con derecho a soltarme un sermón sobre unas rancias palabras escritas en un viejo libro desconocido en el mundo civilizado.

—¿Quiere que me vaya?

—¡Por favor!

Al cabo de un rato, aún enfadada, terminé por quedarme dormida sobre el suelo, con la cabeza apoyada en el *k'ang* de Fernanda. Por suerte, no pasó mucho tiempo (hubiera podido enfermar, con la humedad y el frío) antes de que mi sobrina se despertara y empezara a revolverse bajo las mantas.

—¡Quite la cabeza de mis piernas, tía! Me estoy muriendo de calor.

Abrí los ojos, atontada por el sueño.

—¿Cómo estás? —farfullé.

—Perfectamente. No me he encontrado mejor en toda mi vida.

—¿En serio? —No podía creerlo. En menos que canta un gallo había pasado de unas fiebres que casi la hacían delirar a la normalidad más absoluta.

—Y tan en serio —repuso, destapándose y dando un pequeño brinco desde el *k'ang* hasta el suelo—. Quiero mi ropa.

—Hoy no irás a ninguna parte, muchacha —objeté muy seriamente—. Aún no te has recuperado del todo.

Tras una larga —larguísima— mirada de indignación vino una interminable retahíla de protestas, condenaciones, promesas y lamentos que me dejaron absolutamente fría. Ni por todo el oro del mundo iba a permitirle salir de casa aquel día, aunque, a última hora de la tarde estaba profundamente arrepentida de mi decisión: sus lloros y quejas se oían de tal modo en el silencio del monasterio que un grupo numeroso de monjes y monjas se había congregado frente a nuestra puerta para saber qué ocurría. De todos modos, yo estaba contenta: mejor llorona y escandalosa que no taciturna y muda como antes.

Habíamos perdido un día entero de trabajo, así que, tras una buena noche de sueño y unos ejercicios taichi en los que me esforcé por demostrarle a Lao Jiang lo muy flexibles que eran mis tendones y mis músculos, Biao y yo salimos de la casa con el ánimo bien dispuesto para conseguir nuestro objetivo. Se me había metido entre ceja y ceja que aquella viejecita del templo iba a ser una buena fuente de información, así que le dije al niño que, sin más demora, debíamos dirigirnos hacia el lugar donde la habíamos visto dos días atrás. Pero, cuando llegamos, resultó que la anciana no estaba, aunque sí su cojín, y también una joven monja que limpiaba de barro las puertas y el atrio del templo con mucha energía. La lluvia no había cesado; fuera de los caminos de piedra que unían los edificios, podías hundirte en el fango hasta los tobillos, así que aquella tarea parecía un tanto inútil. Biao habló con la barrendera para interesarse por la supuesta centenaria.

—Ming T'ien viene más tarde —le explicó aquélla—. Es tan mayor que no la dejamos levantarse hasta la hora del caballo.

—¿Cuál es la hora del caballo? —pregunté a Biao.

—No lo sé, *tai-tai*, pero me parece que a media mañana.

Un niño más pequeño que Biao apareció corriendo por el camino bajo un paraguas. Llevaba el traje blanco de novicio que practica las artes marciales y no el atuendo de algodón azul que vestían los criados que venían a casa para hacer la limpieza.

—¡Chang Cheng! —gritaba.

—¡Qué raro resulta ver correr a alguien en este lugar! —le dije a Biao, mientras empezábamos a alejarnos del templo de Ming T'ien—. Aquí todos caminan con pasos de procesión de Semana Santa.

—¡Chang Cheng! —repitió el niño, agitando la mano en el aire para llamar nuestra atención. ¿Nos buscaba a nosotros?

—¿Qué significa Chang Cheng? —le pregunté a Biao.

—Es el nombre chino de la Gran Muralla —repuso. A esas alturas ya no quedaba ninguna duda de que el niño venía tras nosotros.

—¡Chang Cheng! —exclamó sin resuello el pequeño corredor, deteniéndose ante mí y haciendo una reverencia—. Chang Cheng, el abad quiere que te acompañe a la cueva del maestro Tzau.

Miré a Biao, sorprendida.

—¿Estás seguro de que ha dicho eso y de que me ha llamado «Gran Muralla»?

Biao, sonriendo entre dientes, asintió. Pero yo estaba indignada.

—Pregúntale por qué me llama así.

Los dos niños intercambiaron algunas palabras y Pequeño Tigre, intentando mantenerse serio, dijo:

—Todo el mundo en el monasterio la llama Gran Muralla desde ayer, *tai-tai*, desde que los llantos de la Joven Ama se oyeron por toda la montaña Wudang. A usted la llaman Chang Cheng y a ella Yu Hua Ping, Jarro de lluvia.

Los poéticos nombres chinos, tan rimbombantes, podían ocultar también una ironía que pretendía ser graciosa.

—Debemos acompañar al novicio, *tai-tai*. El maestro Tzau nos espera.

¿Por qué querría el abad que visitara a ese maestro que vivía en una cueva? La única manera de averiguarlo era seguir al niño, así que, confiando en terminar dicha visita antes de la hora del caballo, iniciamos un largo camino bajo la lluvia torrencial. Durante nuestro trayecto pasamos junto a muchos templos impresionantes, subimos y bajamos muchas escaleras y cruzamos muchos patios en los que novicios y monjes practicaban complicadas artes marciales, afanándose bajo la lluvia con esos vestidos blancos como la nieve que ofrecían una hermosa oposición contra el gris oscuro de la piedra y el rojo de los templos. Algunos trabajaban con lanzas larguísimas, otros con espadas, sables, abanicos y todo tipo de extraños artilugios para la lucha. En una de aquellas explanadas, varios metros por debajo del gran puente que los dos niños y yo cruzábamos en aquel momento, una figurilla blanca agitó los brazos para llamar nuestra atención. Era Fernanda, que nos había visto y nos saludaba. Me pregunté cómo había sabido que éramos nosotros si las sombrillas nos cubrían las cabezas y había otra mucha gente deambulando por aquel laberinto de puentes, caminos y escaleras de piedra decorados con mil esculturas de calderos, grullas, leones, tigres, tortugas, serpientes y dragones, algunas de las cuales daban verdadero miedo.

Por fin, tras mucho caminar y mucho ascender por uno de

los picos que formaban la Montaña Misteriosa, llegamos junto a la entrada de una gruta. El novicio le dijo algo a Biao y, tras una reverencia, echó a correr colina abajo.

—Ha dicho que debemos entrar y buscar al maestro.

—Pero si está oscuro como la boca de un lobo —protesté.

Biao se mantuvo en silencio. Creo que hubiera preferido que nos marchásemos de allí lo más rápidamente posible. Como a mí, no le hacía ninguna gracia entrar en una cueva tenebrosa en la que a saber qué clases de bichos y animales podían picarnos o atacarnos. Pero no había más remedio que obedecer al abad, así que, cada uno se tragó su miedo y, plegando los paraguas, entramos en la cueva. Al fondo se veía una luz. Nos dirigimos hacia ella caminando muy despacio. El silencio era absoluto; apenas llegaba, amortiguado, el sonido del aguacero que íbamos dejando atrás. Fuimos serpenteando por pasadizos y galerías tenuemente iluminados por antorchas y lámparas de aceite. El camino descendía hacia el interior de la montaña y una sensación opresiva empezaba a atenazarme la garganta, sobre todo cuando se volvía tan estrecho que teníamos que avanzar de lado. El aire era pesado y olía a humedad y a piedra. Por fin, tras un rato que se me hizo eterno, llegamos a una cavidad natural que se abría súbitamente al final de un angosto corredor. Allí, sentado sobre una ancha protuberancia de roca que surgía del suelo como un grueso tronco talado a escasa altura, un monje tan viejo que lo mismo podía ser centenario que milenario permanecía inmóvil, con los ojos cerrados y las manos cruzadas a la altura del abdomen. Al principio me asusté muchísimo porque me pareció que estaba muerto pero, luego, al oír que nos acercábamos, entreabrió los párpados y nos examinó con unos ojos extraños, como de color amarillo, que casi me hicieron soltar un grito de terror. Biao dio unos pasos rápidos y se colocó detrás de mí; así que allí estaba yo, la más valiente del mundo, sirviendo de escudo entre un diablo y un niño asustado. El diablo alzó lentamente una mano con unas uñas tan largas que se enroscaban sobre sí mismas y nos hizo un gesto para que nos acercáramos. La cosa no estaba clara. Algo en mi interior me impedía avanzar un solo milímetro hacia aquella aparición infernal y no sólo porque despidiese un repugnante hedor a mugre y a estiércol de buey que podía percibirse desde donde estábamos. Entonces habló, pero Biao no tradujo sus palabras. En la boca del viejo faltaban casi todos los dientes y los pocos que le quedaban eran tan amarillos como sus ojos y sus uñas. Le di un codazo al niño y le oí soltar una exclamación ahogada.

—¿Qué dice? —La voz no me salía del cuerpo.

—Dice que es el maestro Tzau y que nos acerquemos sin temor.

—¡Ah, bueno, pues nada! Ya está claro —repuse sin moverme.

De algún lugar a su espalda, el maestro extrajo un tubo forrado de cuero negro, muy desgastado, y lo destapó, quitándole la parte superior. No era muy alto, un palmo poco más o menos y del ancho de una pulsera de caña. Al abrirlo, el montón de palitos de madera que contenía hicieron un sonecillo tranquilizador que reverberó contra las paredes de la caverna. Fue entonces cuando descubrí que éstas estaban cubiertas de extraños signos y caracteres labrados en la piedra. Alguien había pasado muchos años de su vida tallando pacientemente bajo aquella pobre luz un montón de rayas largas y cortas, como de Morse, y un montón de ideogramas chinos.

El espíritu de ojos amarillos volvió a hablar. Su voz recordaba el chirrido de las ruedas de un tren contra los raíles. Creo que se me erizó todo el vello del cuerpo.

—Insiste en que nos acerquemos. Dice que tiene muchas cosas que enseñarnos por orden del abad y que no puede perder el tiempo.

Claro, ciertamente, ¿cómo no lo había pensado? Era natural que un anciano de mil años sentado todo el día sobre una piedra en el interior de una cueva subterránea tuviera un montón de cosas que hacer.

Más muertos que vivos nos aproximamos hacia la gran roca mientras el maestro Tzau, con gestos idénticos a los de cualquier mujer que aún tiene húmeda la laca de uñas, extraía los palitos de madera del cilindro de cuero.

—Dice que ya basta —susurró Biao—, que nos detengamos aquí —estábamos como a un par de metros de la roca— y que nos sentemos en el suelo.

—Lo que faltaba —mascullé, obedeciendo. Desde esa altura, el maestro parecía la estatua de un dios imponente y pestífero. El pobre Biao, que no podía sentarse, se arrodilló y le costó un poco encontrar una postura más o menos cómoda.

La mano seca del espíritu de ojos amarillos se alzó en el aire para enseñarnos los palillos que sujetaba.

—Siendo usted extranjera —dijo—, es imposible que entienda la profundidad y el sentido del *I Ching*, también conocido como el Libro de las Mutaciones, por eso el abad me ha pedido que se lo explique. Con estos palillos puedo decirle muchas cosas sobre usted misma, sobre su situación actual, sus problemas y sobre cómo actuar de la mejor manera posible para resolverlos.

—¿El abad quiere que me hable de videncia y adivinación? —No pude poner un gesto más expresivo sobre lo que pensaba al respecto pero, seguramente, mi cara era tan inescrutable para los chinos como las suyas lo eran para mí porque el maestro continuó con su perorata como si yo no hubiera dicho nada.

—No se trata de videncia ni de adivinación —replicó el viejo—. El *I Ching* es un libro con miles de años de antigüedad que contiene toda la sabiduría del universo, de la naturaleza y del ser humano, así como de los cambios a los que están sujetos. Todo lo que usted quiera saber se encuentra en el *I Ching*.

—Ha dicho que se trataba de un libro... —comenté, mirando a mi alrededor por si veía algún ejemplar de ese *I Ching*.

—Sí, es un libro, el Libro de las Mutaciones, de los cambios. —El demonio de ojos amarillos soltó una risita siniestra—. No puede verlo porque está en mi cabeza. He pasado tanto tiempo estudiándolo que conozco de memoria sus Sesenta y Cuatro

Signos, así como sus dictámenes, imágenes e interpretaciones, sin olvidar las Diez Alas, o comentarios, añadidas por Confucio y los numerosos tratados que eruditos más grandes que yo escribieron sobre este libro sapiencial a lo largo de los milenios.

¿«Eruditos más grandes que yo»...?

—El *I Ching* describe tanto el orden interno del universo como los cambios que se producen en él y lo hace a través de los Signos, de los sesenta y cuatro hexagramas mediante los cuales los espíritus sabios nos informan de las diferentes situaciones en las que puede encontrarse un ser humano y, de acuerdo con la ley del cambio, pronosticar hacia dónde van a evolucionar dichas situaciones. Por eso los espíritus que hablan a través del *I Ching* pueden aconsejar a las personas que les consultan sobre acontecimientos venideros.

¡Dios mío!, pensaba yo irritada, ¿por qué estoy perdiendo el tiempo? No me interesan en absoluto los espíritus.

—En todas las calles de China hay adivinos que utilizan el *I Ching* para leer el futuro por unas pocas monedas, Ama —me susurró Biao en ese momento—. Pero no son muy dignos de respeto. Es un gran honor para usted que el maestro Tzau quiera hacerle su oráculo.

—Será como tú dices —comenté, despectiva.

Biao miró a hurtadillas al maestro.

—Deberíamos disculparnos por la interrupción.

—Pues hazlo. Date prisa. Quiero hablar con la anciana Ming T'ien antes de la comida.

—El Libro de las Mutaciones —siguió diciendo el maestro Tzau, ajeno a mi desinterés— fue uno de los pocos que se salvó de la gran quema de libros ordenada por el Primer Emperador, que era un devoto seguidor de la filosofía del yin y el yang, los Cinco Elementos, el *K'an-yu* o *Feng Shui* y el *I Ching*. Gracias a ello, hoy podemos seguir consultando a los espíritus.

Eso ya era otra cosa, me dije aguzando el oído. Si seguía hablando del Primer Emperador, le prestaría de nuevo atención. Pero, claro, no lo hizo. Sólo había sido una mención colorista.

—Dice que le pregunte usted lo que desee saber para que pueda lanzar los palillos.

No me lo pensé dos veces.

—Pues dile que quiero saber, por orden de importancia, cuáles son los cuatro objetivos de la vida de un taoísta de Wudang. Pero aclárale que no los objetivos de cualquier taoísta chino sino, particularmente, los de los taoístas de este monasterio.

—Muy bien —respondió el maestro cuando Biao le repitió mi petición. Por supuesto, no le creí. ¿Acaso el abad nos iba a regalar la respuesta a su propia pregunta a través de un médium o lo que quiera que fuera aquel extraño anciano? Anciano que, por cierto, ya había empezado su particular ceremonia cogiendo las varillas y extendiéndolas frente a él sobre la piedra como un tahúr que extiende una baraja sobre la mesa de juego. Lo primero que hizo fue separar una de ellas y dejarla al margen y, luego, agrupó las restantes en dos montones paralelos, extrayendo otra más del lote de la derecha y poniéndosela entre los dedos meñique y anular de la mano izquierda. De esta guisa y con esa misma mano cogió el montón que tenía debajo y empezó a retirar metódicamente varillas en grupos de a cuatro. Cuando ya no pudo quitar más porque le quedaban menos de esa cifra, se colocó dicho resto entre los dedos anular y corazón de la mano que ya empezaba a parecer un alfiletero o un cactus. Después, repitió la operación con el montón de la derecha y se puso el resto sobrante entre los dedos corazón e índice. Entonces, anotó algo con el pincel en un pliego de papel de arroz y, para mi desesperación, le vi comenzar de nuevo todo el ritual desde el principio hasta que lo repitió cinco veces más, momento en el que, al fin, pareció quedar satisfecho y yo tuve que regresar rápidamente del lugar al que me había llevado hacía bastante rato mi aburrido pensamiento. Los ojos amarillos del maestro Tzau se quedaron prendados en mí mientras, con una de sus enroscadas uñas, me indicaba uno de los signos de la pared:

—Ahí tiene su respuesta. Su primera figura es ésa, «La Duración».

Miré hacia donde señalaba y esto fue lo que vi:

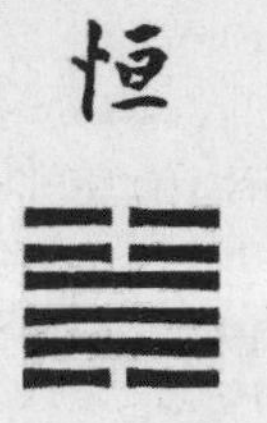

—Como hay un Viejo Yin en la sexta línea —continuó diciendo—, tiene también una segunda figura, aquella de allá —y señaló en otra dirección—, «El Caldero».

Me quedé absolutamente desconcertada. El asunto del oráculo debía de estar pensado sólo para los chinos porque yo no había entendido nada de nada. ¿Qué se suponía que tenía que hacer ahora, dar las gracias al maestro por aquella absurda predicción según la cual un caldero muy firme y permanente era la respuesta a mi pregunta sobre los objetivos de los taoístas de Wudang? El anciano había señalado dos de los peculiares dibujos de la pared, cada uno de ellos compuesto por seis líneas superpuestas, unas continuas y otras partidas por la mitad, con un ideograma chino encima que debía de ser su nombre. Los que a mí me habían correspondido, gracias al baile y manoseo de varillas, eran «La Duración» —dos trazos partidos, tres continuos y, al final, otro más partido— y «El Caldero» —un trazo continuo, otro partido, tres continuos y, el último, partido; es decir que eran idénticos salvo por la raya superior, lo que me llevó a pensar que aquélla debía de ser el Viejo Yin de la sexta línea al que había hecho alusión el brujo y que, por lo tanto, aquellos hexagramas se leían de abajo arriba y no de arriba abajo.

—Usted es una de esas personas —empezó a decirme el viejo— que vive en un estado de permanente desasosiego. Esto le ha traído y le trae grandes infortunios. No es feliz, no tiene paz y no encuentra descanso. «La Duración» habla del trueno y del viento obedeciendo a las leyes perpetuas de la naturaleza, así como de los beneficios de la perseverancia y de tener un sitio adonde ir. Además, el Viejo Yin de la sexta línea indica que su perseverancia se ve alterada por su desasosiego y que su mente y su espíritu sufren mucho por su nerviosismo. Sin embargo, «El Caldero» le informa de que, si usted rectifica su actitud, si actúa siempre y en todo con moderación, su destino la llevará a encontrar el significado de su vida y a seguir el camino correcto en el que obtendrá gran ventura y éxito.

No era exactamente la respuesta a mi pregunta pero se acercaba mucho a una descripción bastante buena de mí misma así que, igual que los ríos se desbordan bajo las lluvias torrenciales, yo empecé a sulfurarme lenta pero imparablemente por esa manía china de hacerte un examen médico del alma y cantarte *La Traviata* con el propósito de que hicieras no sé cuántos cambios en tu personalidad por no sé qué extrañas razones. Era verdad que detrás de sus sentencias no se ocultaba esa cargante moralina cristiana en la que me había criado, pero tenía demasiado orgullo para aceptar que cualquier celeste de pelo blanco se sintiera autorizado a decirme lo que me pasaba y lo que sería bueno que hiciera. ¡No se lo había consentido jamás a mi familia y no se lo iba a consentir ahora a unos extraños de otro país que, encima, comían con palillos! Pero el maestro Tzau no había terminado:

—El *I Ching* le ha dicho cosas importantes a las que debería hacer caso. Las entidades espirituales que hablan a través del Libro de las Mutaciones sólo quieren ayudarnos. El universo tiene un plan demasiado grande para ser comprendido por nosotros, que sólo vemos pequeños pedazos inexplicables y vivimos en la ceguera. Fueron los antiguos reyes Fu Hsi y Yu quienes descubrieron los signos formados por combinaciones de líneas rectas Yang y líneas quebradas Yin que forman los Sesenta y Cuatro Hexagramas del *I Ching*. Todo eso ocurrió hace más de cinco mil años. El rey Fu Hsi encontró, en el lomo de un caballo que surgió del río Lo, los signos que describen el orden interno del universo; el rey Yu, en el caparazón de una tortuga gigante que emergió del mar al retirarse las aguas, los que explican cómo se producen los cambios. El rey Yu fue el único ser humano que pudo controlar las crecidas y las inundaciones en la época de los grandes diluvios que asolaron la Tierra. Yu viajaba con frecuencia hasta las estrellas para visitar a los espíritus celestiales y éstos le entregaron el mítico *Libro del Poder sobre las Aguas*, que le permitió encauzar las corrientes y secar el mundo. Aún hoy, los maestros taoístas y los que practican las artes marciales internas ejecutan la suprema danza mágica que llevaba a Yu hasta el cielo. Es una danza muy poderosa que debe interpretarse con mucho cuidado. Para terminar, debo hablarle del rey Wen, de la dinastía Shang (36), que fue quien, reuniendo y combinando matemáticamente los signos encontrados por el rey Fu Hsi y el rey Yu, compuso los Sesenta y Cuatro Hexagramas del *I Ching* que aparecen tallados en las paredes de esta cueva.

¿Sería ya la hora del caballo? No quería parecer grosera y por eso aparentaba prestar mucha atención al discurso del maestro Tzau frunciendo el ceño y asintiendo con la cabeza pero, en realidad, lo único que me preocupaba en aquel momento era encontrar a la vieja Ming T'ien antes de la comida. Me daban lo mismo los antiguos reyes chinos y sus diluvios universales. Nosotros, en Occidente, también habíamos tenido el nuestro y, además, un Noé salvador.

—Y, ahora, pueden marcharse —dijo inesperadamente el maestro, cerrando los ojos y adoptando otra vez aquella postura de absoluta concentración que tenía cuando llegamos. Colocó una mano sobre la otra a la altura del vientre y pareció que se dormía. Era la señal que estaba esperando. Biao y yo, todavía un tanto sorprendidos por el súbito desenlace de aquella con-

(36) 1766-1121 a. n. e.

versación, nos pusimos en pie y abandonamos la cueva siguiendo el mismo laberíntico camino que habíamos hecho para llegar hasta allí. Cuando volví a escuchar, a lo lejos, el agradable ruido de la lluvia y el fuerte tronar del cielo, sentí un gran alivio en mi corazón y aceleré el paso para llegar al aire libre y limpio de la montaña. Qué asfixiantes resultaban los espacios cerrados y más aún si olían penosamente a inmundicia.

Una vez con nuestros paraguas en las manos, el niño y yo nos miramos, desorientados.

—¿Sabremos volver al monasterio? —pregunté.

—A algún sitio llegaremos... —me respondió, haciendo una brillante deducción.

Caminamos durante mucho tiempo por la montaña. A veces, tomábamos caminos que terminaban en las entradas a otras cuevas o en manantiales de los que, obviamente, brotaba el agua en abundancia. El fango se nos adhería a los pies como unas pesadas botas militares. Al fondo, en las laderas de los picos de enfrente, teníamos los edificios de los templos e intentábamos avanzar hacia ellos pero nos perdíamos una y otra vez. Por fin, después de mucho tiempo, encontramos un trecho de «Pasillo divino» y lo seguimos, tremendamente reconfortados. Nos limpiábamos los pies en los charcos pero las sandalias de cáñamo estaban deshechas y llegamos descalzos al primero de los palacios que se nos apareció en el camino. Era una escuela de artes marciales para niños y niñas muy pequeños. Del techo colgaban lo que parecían sacos de arena y extrañas piezas de madera, que servían para que los críos realizaran extraños ejercicios que no nos entretuvimos en observar. Yo tenía mucha prisa por hablar con Ming T'ien. Estaba segura de poder sonsacarle el segundo ideograma del acertijo y, con dos en nuestro poder, obtener el tercero sería coser y cantar. El cuarto y último, pensé con una sonrisa, no había que buscarlo. Saldría por eliminación.

Pero, cuando por fin llegamos a su templo, Ming T'ien estaba descansando después de comer. Resulta que habíamos pasado muchísimo tiempo dentro de la gruta con el maestro Tzau y dando vueltas por las montañas. Una novicia nos informó de que no volvería a su cojín de satén hasta la hora del Mono (37), de modo que al niño y a mí no nos quedó más remedio que regresar a casa con las manos vacías.

Lao Jiang estaba cómodamente sentado en una esquina del patio viendo llover. El cielo retumbaba como si se estuviera resquebrajando, con fuertes y ensordecedores truenos. Todo vibraba y se estremecía pero el anticuario lucía una expresión de gran satisfacción en la cara y sonrió con alegría cuando nos vio entrar por la puerta.

—¡Grandes noticias, Elvira! —dijo levantándose y caminando hacia nosotros con los brazos abiertos. El ruedo de su túnica tenía manchas de humedad por culpa del suelo mojado.

—Me alegro, porque a mí sólo me han leído el futuro —exclamé desolada, dejando el paraguas apoyado contra una pared. Lao Jiang pareció quedar muy impresionado.

—¿Quién?

—El abad quiso que visitara a un tal maestro Tzau que vive en una cueva subterránea, dentro de una montaña.

—¡Qué gran honor! —murmuró—. Sólo puedo decirle que no se tome a broma lo que le haya dicho el maestro, si me permite el comentario.

—Se lo permito, pero los oráculos y los médiums no son asuntos de mi agrado. Quizá a usted también le inviten a visitar su cueva para que el maestro le lea el futuro.

La cara del anticuario cambió durante unos segundos. Me pareció ver miedo en sus ojos, un miedo raro que se desvaneció tan rápidamente como había surgido y que me dejó con la duda de si no habría sido un efecto de mi agitada imaginación.

—Puedo contarle, eso sí —continué explicándole, quizá demasiado rápidamente—, que el *I Ching* fue una de las pocas obras que se salvó de una gran quema de libros ordenada por el Primer Emperador.

(37) Las horas chinas son dobles. La hora del Mono abarca desde las 15.00 h. hasta las 16.59 h.

Lao Jiang asintió.

—Es cierto que Shi Huang Ti ordenó quemar los textos de las Cien Escuelas, las crónicas de los antiguos reinos, toda la poesía y también los documentos de los viejos archivos. Su intención era eliminar cualquier rastro de los sistemas de gobierno anteriores al suyo. Tras unificar «Todo bajo el Cielo» y crear el Imperio Medio quiso que las viejas ideas desaparecieran y, con ellas, cualquier intento de volver al pasado.

—Eso me recuerda su obsesión por impedir la Restauración Imperial.

El anticuario bajó la mirada al suelo.

—Shi Huang Ti tenía razón al sospechar que, cuando el mundo avanza, siempre quedan peligrosos nostálgicos capaces de cualquier cosa, *madame*, y si no me cree, mire el golpe de Estado militar ocurrido en su país, la Gran Luzón. Por eso el Primer Emperador ordenó la quema de libros y archivos. Quiso provocar el olvido, pero no debemos dejar de lado que también ordenó destruir todas las armas de los ciudadanos de su nuevo imperio y, con el bronce que consiguió después de fundirlas, mandó fabricar enormes campanas y doce gigantescas estatuas que colocó en la entrada de su palacio de Xianyang. Ideas y armas, Elvira. Tiene sentido, ¿no cree?

Era una pregunta extraña, especialmente por el tono con el que me la había formulado. Pero todo era raro en aquella Montaña Misteriosa y yo tenía muy clara mi respuesta.

—Las armas sí, Lao Jiang —repuse, dirigiéndome hacia el comedor; me había dado cuenta de que estaba hambrienta—, pero no los libros. Las armas matan. Recuerde nuestra reciente guerra en Europa. Los libros, por el contrario, alimentan nuestras mentes y nos hacen libres.

—Pero muchas de esas mentes caen en las redes de ideas peligrosas.

Suspiré.

—Bueno, así es el mundo. Siempre podemos intentar mejorarlo sin destruir ni matar. Me sorprende que un taoísta como usted que perdonó la vida a los sicarios de la Banda Verde en los jardines Yuyuan de Shanghai, me esté diciendo estas cosas.

—Yo no defiendo las armas ni la muerte —repuso él, tomando asiento frente a mí que me había colocado ante mis apetitosos cuencos de comida fría; Biao se había retirado con los suyos a un rincón y los de Fernanda, naturalmente, no estaban—. Sólo digo que debemos impedir que las viejas ideas ahoguen a las nuevas, que el mundo cambia y evoluciona y que volver al pasado nunca ha hecho grande a una nación.

—Mire, ¿sabe qué? —repuse llevándome a la boca un poco de arroz—, no me gustan ni la política ni los grandes discursos. ¿Por qué no me cuenta esas buenas noticias que quería darme cuando he llegado?

Su rostro se iluminó.

—Tiene razón. Le pido disculpas. Voy a traer el libro y, mientras usted come, le leeré lo que he encontrado.

—Sí, vaya, por favor... —le animé engullendo mis verduras con verdadero apetito. Pero su ausencia no duró mucho, apenas unos minutos. Pronto le tenía sentado nuevamente frente a mí con un antiguo volumen chino desplegado sobre las piernas.

—¿Recuerda que le hablé en cierta ocasión de Sima Qian, el historiador chino más importante de todos los tiempos?

Hice un gesto vago que no quería decir nada porque eso era exactamente lo que recordaba: nada.

—Cuando íbamos en la barcaza por el río Yangtsé —continuó él, imperturbable—, le conté que Sima Qian, en su libro *Memorias históricas*, afirmaba que todos cuantos habían participado en la construcción del mausoleo del Primer Emperador habían muerto con él. ¿Lo recuerda?

Afirmé con la cabeza y seguí comiendo.

—Pues ésta es una maravillosa copia del llamado *Shiji*, *Memorias históricas*, de Sima Qian, escrito hace más de dos mil años, poco después de la muerte del Primer Emperador. Estaba seguro de que en Wudang debía de haber un ejemplar. No hay muchos, no crea. Éste valdrá una verdadera fortuna —ahora hablaba como comerciante, sin duda—. Pedí el libro porque quería estar seguro de los datos que daba el cronista sobre la tumba, ya que es la única fuente documental que existe sobre ella, y escuche lo que he encontrado en la sección llamada Anales Básicos. —Suspiró profundamente y empezó a leer—: «En el noveno mes fue enterrado el Primer Augusto Emperador cerca del monte Li. Cuando Shi Huang Ti ascendió al trono, comenzó a excavar y a dar forma al monte Li. Más tarde, una vez se hubo apoderado de Todo bajo el Cielo, mandó trasladar allí a más de setecientos mil condenados procedentes de todo el imperio. Se excavó hasta encontrar tres canales subterráneos de agua y se recubrió todo con bronce fundido. Se construyeron réplicas de palacios, pabellones, torres, edificios gubernamentales y de los cien funcionarios, así como instrumentos extraños, joyas y objetos maravillosos para llenar la tumba. A los artesanos se les ordenó la fabricación de arcos y ballestas automáticas, colocados de tal modo que se dispararan si alguien intentaba violar la tumba. Se utilizó mercurio para hacer los cien ríos, el río Amarillo y el Yangtsé, así como los grandes mares, realizándolos de tal manera que parecían fluir y se comunicaban entre ellos.»

A esas alturas, yo había dejado de comer y le escuchaba embobada. ¿Mercurio en grandes cantidades para construir ríos y mares? ¿Réplicas de palacios, torres, soldados, funcionarios, además de instrumentos y objetos maravillosos...? Pero ¿de qué estábamos hablando?

Lao Jiang seguía leyendo:

—«En la parte superior estaba representado todo el Cielo y en la parte inferior la Tierra. Se utilizó aceite de ballena para alumbrar las lámparas calculando la cantidad para que la luz jamás se extinguiera. El Segundo Emperador decretó que las concubinas de su padre que no habían tenido hijos le siguieran a la tumba y murió una multitud de ellas. Luego, un alto dignatario dijo que los artesanos y los obreros que habían construido la tumba e inventado todos aquellos artificios mecánicos sabían demasiado acerca del mausoleo y de los tesoros que escondía y que no se podía estar seguro de su discreción, por lo que, ape-

..as el Primer Emperador fue colocado en la cámara mortuoria rodeado de sus tesoros, se cerraron las puertas interiores y se bajó la exterior, dejando encerrados a todos los que habían trabajado allí. No salió ninguno. Después, sobre el mausoleo se plantaron árboles y se cultivó un prado para que ese lugar tuviera el aspecto de una montaña.»

Levantó los ojos del texto y me observó, triunfante.

—¿Qué le había dicho? —exclamó—. ¡Es un lugar lleno de tesoros!

—Y de trampas mortales —maticé—. Por lo que dice ese historiador, hay una insospechada cantidad de arcos y ballestas esperando para dispararse automáticamente en cuanto pongamos el pie en el mausoleo, sin contar con esos artificios mecánicos de los que nada sabemos, pensados expresamente para los ladrones de tumbas como nosotros.

—Como siempre, Elvira, su pensamiento negativo va demasiado rápido. ¿Acaso no recuerda que nosotros tenemos el mapa de Sai Wu, el jefe de obras? Lo preparó para su propio hijo, Sai Shi Gu'er, así que ¿duda, acaso, de que en el tercer pedazo del *jiance* están las soluciones para salir airoso de cualquier trampa que proteja la tumba?

El Viejo Yin de mi Caldero Duradero me impedía confiar ciegamente en las palabras de Lao Jiang. Desasosiego y nerviosismo. ¿No eran ésos los términos que definían mi temperamento, según el *I Ching*? Pues no podía quedarme tranquila, confiando en el amor de Sai Wu por su pobre hijo huérfano, después de oír lo de los arcos, las ballestas y los artificios mecánicos. No, señor, no podía. Y, además, aún no teníamos el tercer fragmento del *jiance*, lo que me recordó que no sería bueno perder más tiempo comiendo si no quería que Ming T'ien se me escapara de nuevo.

—¿Es ya la hora del Mono? —pregunté en chino, limpiándome los labios con un pañuelo y poniéndome en pie.

El anticuario sonrió.

—Se está convirtiendo usted en una auténtica hija de Han, Elvira.

También yo sonreí.

—Creo que no, señor Jiang. Tratan ustedes demasiado mal a sus mujeres como para que sea una condición deseable. De momento, prefiero seguir siendo europea, pero no niego que su idioma y su cultura están empezando a gustarme.

Pareció ofenderse pero me dio igual. ¿No afirmaba él que el mundo estaba cambiando y que debíamos impedir que las viejas ideas ahogaran a las nuevas? Pues quizá debería aplicar sus grandes pensamientos políticos a la situación desfavorecida de la otra gran mitad de la población de su inmenso país.

—Sí, ya es la hora del Mono —gruñó.

—Gracias —exclamé saliendo a toda prisa por la puerta del comedor en busca de un nuevo par de sandalias—. ¡Biao, vamos!

Me sentía contenta mientras el niño y yo corríamos por las calzadas de piedra y subíamos y bajábamos las interminables escaleras de Wudang cubriéndonos con nuestros paraguas de papel. Sin darme cuenta, le había dicho a Lao Jiang una gran verdad: la cultura china, el arte chino, la lengua china me gustaban muchísimo. Me resultaba imposible mantener la actitud de los extranjeros que habitaban las concesiones internacionales, encerrados siempre en sus pequeños grupos de occidentales sin mezclarse jamás con los nativos, sin aprender su idioma, despreciándolos como ignorantes e inferiores. Aquel largo viaje por un país agonizante dividido entre partidos políticos, imperialistas, mafias y señores de la guerra me estaba aportando tantas cosas que iba a necesitar mucho tiempo para asimilarlas todas y sacarles el partido que merecían.

Pero aún me alegré más cuando, desde la distancia, vi a la anciana y diminuta Ming T'ien sentada en su cojín en el pórtico del templo. Como la última vez, sonreía mirando al vacío, contemplando unas montañas que sus ojos no eran capaces de apreciar y un cielo encapotado y lluvioso que no podía ver. Pero, sin duda, era feliz. Cuando nos oyó llegar, adivinó que éramos nosotros.

—*Ni hao,* Chang Cheng —dijo con aquella vocecilla rota

con la que me había llamado «pobre tonta» la última vez. Sin duda, que ahora me nombrase por mi nuevo apodo de «Gran Muralla» indicaba lo muy rápido que circulaban las noticias por el monasterio.

—*Ni hao,* Ming T'ien —respondí—. ¿Cómo estás hoy?

—Pues esta mañana me dolían un poco los huesos, pero después de hacer mis ejercicios taichi me he encontrado mucho mejor. Gracias por interesarte por mi salud.

¡Cómo no le iban a doler los huesos! Estaba tan encogida sobre sí misma, tan doblada y retorcida por la edad, que lo extraño era que aún pudiese practicar taichi.

—¿Recuerdas que te enfadaste conmigo el otro día porque fui tan ignorante que no supe adivinar que lo más importante de la vida es la felicidad?

—Claro.

—¿Y es la felicidad lo más importante para un taoísta de Wudang?

—Así es.

—Entonces, para un taoísta de Wudang, ¿qué sería lo más importante después de la felicidad?

Ming T'ien, haciendo honor a su nombre (38), resplandecía de satisfacción ante mis preguntas. Quizá nunca hubiera tenido discípulos y le encantaba la idea o, por el contrario, los había tenido y echaba de menos su antigua condición de maestra, el caso es que su pequeña cara arrugada ya no le permitía sonreír más.

—Imagínate que en este momento eres muy feliz —repuso—. Siéntelo dentro de ti. Eres tan feliz, Chang Cheng, que tu deseo principal sería...

¿Mi deseo principal? ¿Cuál sería mi deseo principal si yo fuera feliz? Sacudí la cabeza con desolación. ¿Qué era ser feliz? No podía reproducir a voluntad un sentimiento que desconocía. Había vivido momentos alegres, apasionados, divertidos, emocionantes, eufóricos... y todos ellos se hubieran podido ca-

(38) *Ming T'ien,* «Cielo brillante».

lificar como felices, pero no tenía ni idea de lo que era exactamente la felicidad. Así como la tristeza y el dolor duraban el tiempo suficiente como para reconocerlos y poder definirlos, la felicidad era tan efímera que no dejaba el rastro necesario para seguirle la pista. Podía imaginar algo parecido si creaba una mezcla de sentimientos (alegría, pasión...) pero hacer eso era remendar un descosido para salir del paso. Bueno, de cualquier modo, si yo fuera muy, muy feliz, lo más probable es que deseara prolongar ese estado el mayor tiempo posible ya que la característica principal de la felicidad era, precisamente, su escasa duración.

—Pues tú misma te has dado la respuesta —repuso Ming T'ien cuando le resumí mis cavilaciones—. Cuando eres feliz, anhelas la longevidad, porque una vida larga te permite disfrutar más tiempo de esa felicidad que has alcanzado. Yo tengo ciento doce años y he sido feliz desde que emprendí la senda del Tao hace ya más de cien.

¡Por el amor del Cielo! Pero ¿qué estaba diciendo aquella mujer? Por un momento, sentí que le perdía todo el respeto.

—Seguro que tú piensas mucho en la muerte —añadió.

—¿Por qué estás tan segura? —repliqué desafiante, conteniendo a duras penas el enfado.

Ella soltó una risita pueril que me exasperó. No quise mirar a Biao para que el niño no creyera que le estaba dando vela en aquel entierro.

—Ahora, vete —ordenó Ming T'ien en ese momento—. Estoy cansada de tanto hablar.

Debía de ser costumbre nacional terminar las conversaciones de forma tan abrupta (con lo ceremoniosos que somos los occidentales para despedirnos quedando bien), así que lo mejor era acostumbrarse a esos jarros de agua fría que usaban para echarte de los templos, palacios y cuevas de Wudang. No valía la pena tomárselo a mal. Recogí mi palmo de narices y me incorporé para marcharme.

—¿Puedo volver a visitarte? —le pregunté.

—Tendrás que hacerlo, al menos, una vez más, ¿no es cierto? —repuso, cerrando sus malogrados ojos y adoptando, como el maestro Tzau, aquella actitud de silenciosa e impenetrable concentración que parecía indicar que ya no estaba allí.

Me quedé de piedra. ¿Sabía Ming T'ien por qué la visitaba y por qué le hacía aquellas preguntas sobre los objetivos de los taoístas de Wudang? Si era así, la cosa se complicaba. Yo, que creía estar consiguiendo una información importantísima de una fuente tan discreta y acertada, resulta que había sido descubierta. Entonces, ¿por qué no darme directamente la solución completa? ¿Por qué Ming T'ien se empeñaba en facilitarme sólo uno de los ideogramas en cada conversación? Aquello era una manera de prolongar innecesariamente nuestra estancia en Wudang, aunque también era cierto que, con aquellas lluvias, salir de allí resultaba un tanto arriesgado. Bueno, arriesgado sí, pero no imposible, de modo que dosificar la información sólo nos hacía perder el tiempo. Tenía que decírselo a Lao Jiang.

Pero cuando se lo conté, sentados ambos en la habitación de estudio, el anticuario no mostró demasiado interés. Nunca había sentido una gran fe por Ming T'ien. Él quería pruebas tangibles e irrefutables, y por eso seguía empecinado en leer antiguos volúmenes taoístas escritos en la época del Primer Emperador —como aquél sobre *Feng Shui* que hablaba acerca de la armonía de los seres vivos con las energías de la tierra—. Mi preocupación no le afectó, como tampoco mi alegría por haber conseguido el segundo ideograma del acertijo del abad. Le parecía muy lógica la conclusión y estaba de acuerdo en que podíamos tener ya la mitad del problema resuelto: primero la felicidad y luego la longevidad, pero nada de lo que había leído había corroborado todavía la exactitud de tales suposiciones, así que continuaba escéptico.

—Y, ¿no le parecería más lógico —le pregunté— leer libros escritos por monjes que vivieron en este monasterio y que, en algún momento, pudieron mencionar los objetivos de sus vidas?

—Cree que utilizo un criterio equivocado en mis lecturas, ¿no es cierto?

—No, Lao Jiang, creo que debería ampliarlo. Si usted lee obras sobre *Feng Shui* será por algo, pero dudo que pueda encontrar ahí lo que buscamos.

—¿Quiere saber por qué lo hago? —replicó con sorna—. Pues verá, el Primer Emperador creía en el *K'an-yu* tanto como cualquier chino que se precie. Todos los hijos de Han, pero sobre todo los taoístas, pensamos que hay que vivir en armonía con el entorno y con las energías del universo y, por eso, estamos convencidos de que, según el lugar donde construyamos nuestra casa o coloquemos nuestra tumba, las cosas nos irán bien o mal. La salud, la longevidad, la paz y la felicidad dependerán en buena medida de nuestra relación con las energías que tenga el lugar elegido para vivir y con las que circulen por el interior de nuestra casa, nuestro negocio o nuestra tumba, porque también los muertos necesitan ser enterrados en un lugar con energías beneficiosas para que su existencia en el más allá sea feliz y plácida. ¿Cómo cree que se construyeron todos estos templos y palacios de Wudang? Antiguos maestros geománticos estudiaron la montaña minuciosamente para encontrar las mejores ubicaciones.

¡Ahora lo entendía! El *Feng Shui* era la razón por la cual, desde que había llegado a China, todas las edificaciones me habían parecido tan exquisitamente armoniosas. Lo increíble era que hubiera una ciencia milenaria dedicada sólo a eso. Los celestes eran muy peculiares, desde luego, pero esas rarezas les habían acercado a la belleza de una manera desconocida para nosotros, los occidentales. ¿Sería también ése el motivo de que sus muebles estuvieran dispuestos siempre simétricamente en las habitaciones?

—Sin embargo, aún hay otra razón para estudiar estos antiguos libros de *Feng Shui* —siguió diciendo Lao Jiang—. El Primer Emperador tenía un auténtico ejército de maestros geománticos trabajando para él. Según dice Sima Qian —y puso la mano sobre el volumen que me había estado leyendo a mediodía—, todos sus palacios, que eran muchos, se construyeron conforme a las leyes del *Feng Shui* y es evidente que su tumba también. Como los emplazamientos correctos presentan unas características fácilmente reconocibles a simple vista, he creído que deberíamos tener claras ciertas nociones de *Feng Shui* para cuando llegue el momento de localizar el monte Li y el mausoleo.

—Pero eso ya nos lo dirá el tercer fragmento del *jiance.*

—¿Y si no lo conseguimos? —farfulló—. Podemos equivocarnos en la combinación de los ideogramas, ¿no lo ha pensado? Tiene usted tanta fe en esa anciana, Ming T'ien, que ni se le pasa por la cabeza que podamos fallar. —Se recogió el borde de la túnica en un pliegue sobre las rodillas y suspiró—. De todas formas, voy a hacerle caso. Como el sirviente que me trae los libros no tardará en venir, le pediré que se lleve todos estos volúmenes de *Feng Shui* y que me traiga obras escritas por los monjes de Wudang.

Biao y yo teníamos algo de tiempo libre hasta la hora de la cena, así que le pedí al niño que posara para mí y le hice un retrato rápido que le dejó fascinado. No me salió todo lo bien que hubiera deseado, entre otras cosas porque la luz era pésima y, sobre todo, porque el niño no paraba de resoplar, rascarse las orejas o la cabeza, acercarse a mirar y hacerme preguntas.

—Me gustaría aprender a dibujar, *tai-tai* —comentó girando la cabeza hacia la puerta por donde entraba la luz.

—Tendrás que estudiar mucho —le advertí mientras dejaba que mi muñeca oscilara para bosquejar las crenchas de su pelo—. Díselo al padre Castrillo cuando regresemos a Shanghai.

Él me miró, preocupado.

—Pero..., ¡si no quiero volver al orfanato nunca más!

—¿Qué tonterías estás diciendo?

—No me gusta el orfanato —rezongó—. Además, soy chino y tengo que aprender las cosas de aquí, no las de los *Yang-kwei.*

—No me gusta que utilices esa expresión, Biao —protesté; el orgulloso nacionalismo de Lao Jiang estaba dando también sus frutos en el niño—. Creo que ni Fernanda ni yo merecemos que nos llames «diablos extranjeros». Que yo recuerde, no te hemos ofendido en nada.

Él se azaró.

—No hablaba de ustedes, *tai-tai*, hablaba de los agustinos del orfanato.

Preferí cambiar de tema y continuar dibujando.

—Por cierto, Biao, ¿y tu familia? Nunca te he preguntado por ella.

La cara de Biao se contrajo en una mueca extraña y comenzó a mordisquearse el labio inferior con nerviosismo.

—Discúlpame —le rogué—. No tienes que contarme nada.

—Su cuerpo larguirucho parecía querer encogerse hasta desaparecer.

—Mi abuela murió cuando yo tenía ocho años —empezó a explicar con la mirada fija en la puerta—. Yo nací en Chengdú, en la provincia de Sichuan. A mis padres y hermanos los mataron durante los disturbios de 1911, cuando el doctor Sun Yatsen derrocó al emperador. Los vecinos nos quitaron las tierras y expulsaron a mi abuela, que consiguió salvarme escondiéndome en una cesta de ropa y embarcando de noche en un sampán hacia Shanghai. Vivíamos en el Pudong. Mi abuela pedía limosna y yo, en cuanto aprendí a caminar...

Se detuvo unos instantes, inseguro. No podía imaginar lo que iba a decir a continuación pero la mano con la sanguina se me quedó flotando en el aire sobre la libreta de dibujo.

—Bueno, como todos los niños del Pudong, en cuanto aprendí a caminar... tuve que trabajar para la Banda Verde, para *Surcos* Huang —murmuró—. Fui uno de sus correos hasta que el padre Castrillo me encontró.

No podía creer lo que estaba oyendo. De hecho, fui incapaz de articular una sola palabra. ¿Qué vida había llevado aquel niño?

—Esperábamos en el callejón que hay detrás de la casa de té (39) donde Huang hace sus negocios —siguió contando—. Cuando necesitaba enviar o recoger algo, nos llamaban. Paga-

(39) La famosa Cornucopia Tea House, situada en la zona baja del Bund, en Shanghai.

ba bien y era divertido. Pero mi abuela se murió y, un día, cuando tenía diez años, me crucé con un extranjero muy grande que me preguntó dónde vivía y si estaba solo. Le respondí y, entonces, me cogió de un brazo y me llevó a rastras por todo Shanghai hasta el orfanato de los agustinos españoles. Era el padre Castrillo.

Imágenes de Biao saltando como un mono sobre los sicarios de la Banda Verde en los jardines Yuyuan cruzaron rápidamente por mi cabeza, como si este recuerdo significara algo importante en la historia del niño. Pobre Pequeño Tigre, pensé. Qué vida tan difícil.

—No te avergüences de haber trabajado para la Banda Verde —le dije con una sonrisa—. Todos hemos hecho cosas que nos duele recordar pero lo mejor es seguir adelante y no volver a cometer los mismos errores.

—¿Se lo dirá a Lao Jiang? —quiso saber, preocupado.

—No, no le diré nada a nadie.

Los sirvientes con los platos de la cena aparecieron poco después de que hubiese terminado de trazar los grandes ojos de Pequeño Tigre, que ya no volvió a despegar los labios mientras siguió posando. Cuando le enseñé el dibujo se entusiasmó. Fue entonces cuando caí en la cuenta de que mi sobrina no había regresado y de que no sólo era la hora de cenar sino que afuera ya estaba oscuro como la boca de un lobo. Le regalé a Biao el dibujo, que cogió y guardó con una gran sonrisa de satisfacción, y le mandé a buscar a la niña. Si continuábamos en Wudang iba a tener que hablar con sus profesores para que la hicieran volver a una hora correcta porque estaba claro que ella no encontraba el momento de abandonar sus estupendos ejercicios.

Ambos niños regresaron calados por la lluvia y la atlética Fernanda llevaba barro hasta en las orejas. Quién me hubiera dicho dos meses atrás, con lo remilgada, estirada y cursi que era, que mi sobrina acabaría convertida en una joven espléndida, deportista y sucia. El cambio de Fernanda había sido espectacular y, sólo por el gusto de molestar un poco, hubiera dado cualquier cosa porque mi madre y mi pobre hermana hubieran podido verla en aquel momento.

Aquella fue una noche rara. Algo me despertó de madrugada y no supe qué era hasta que estuve completamente despejada: había dejado de llover. El silencio que envolvía la casa era completo, como si la naturaleza, agotada, hubiera decidido sumirse en un tranquilo reposo. Estaba tan espabilada que no creí posible poder volver a dormirme, así que me levanté sigilosamente para no molestar a Fernanda, me envolví en la manta porque hacía mucho frío y salí al patio con la intención de sentarme un rato a mirar el cielo. Pero, cuál no sería mi sorpresa al ver salir a Biao de la iluminada habitación de estudio de Lao Jiang con un farolillo en la mano y dirigirse hacia las escaleras con paso adormilado.

—¿Adónde vas, Biao? —susurré.

El niño dio un brinco y miró en todas direcciones con cara de susto.

—Aquí abajo —le indiqué.

—¿*Tai-tai*? —preguntó, temeroso.

—¡Pues claro! ¿Quién iba a ser? ¿Qué haces despierto a estas horas?

—Lao Jiang me llamó. Me ha pedido que la despierte y le pida que suba a verle.

—¿Ahora? —me sorprendí. Como pronto, debían de ser las dos o las tres de la madrugada. Algo había sucedido y la única explicación posible era que el anticuario había encontrado algo importante en sus nuevas lecturas.

Pequeño Tigre me esperó arriba alzando el farol hasta que llegué a su lado chapoteando con las sandalias sobre los escalones mojados y, luego, me iluminó el camino hasta la habitación de estudio. Me asomé con cautela para mirar lo que estaba haciendo el anticuario y le vi, a la luz de las velas, leyendo con absoluta concentración. Ni siquiera se dio cuenta de que yo entraba en el cuarto y me colocaba a su espalda. Sólo cuando, aterida, me abrigué más estrechamente con la manta, levantó la cabeza y se giró sobresaltado.

—¡Elvira! ¡Qué rapidez! Me alegro de que haya venido tan pronto.

—Ya me había despertado el silencio antes de encontrarme con Biao. Y usted, ¿por qué no se ha acostado?

Pero no me respondió. Su cara expresaba una gran agitación contenida.

—Permítame que le lea algo, por favor —solicitó, invitándome con un gesto a tomar asiento.

—¿Ha encontrado un dato importante?

—He encontrado la solución —dejó escapar con una risa nerviosa, acercando una de las muchas velas que había sobre la mesa al libro que tenía delante. Biao trajo un taburete, lo puso junto a Lao Jiang y se retiró a una esquina de la habitación; me senté con el estómago encogido—. Este libro es una joya bibliográfica que alcanzaría un precio exorbitante en el mercado. Se titula *Los verdaderos fundamentos secretos del reino de lo puro elevado* y lo escribió un tal maestro Hsien durante el reinado del cuarto emperador Ming, a mediados del siglo XV.

—¡Dígame ya la solución al enigma del abad! —proferí, impaciente.

—Su querida Ming T'ien le ha estado diciendo la verdad. Este libro sólo tiene cuatro capítulos y estoy seguro de que puede adivinar cómo se llaman.

—¿«Felicidad», «Longevidad», «Paz» y «Salud»? —aventuré.

Lao Jiang se rió.

—No. No hubiera usted pasado la prueba.

—¿«Felicidad», «Longevidad», «Salud» y «Paz»?

—Exactamente —aprobó—. Le haré un resumen: según el maestro Hsien, los taoístas deben ser, en primer lugar, personas felices, de manera que su felicidad les lleve a desear una larga vida que les permita disfrutar mucho tiempo de ese bienestar y esa satisfacción que han conseguido. Mediante las técnicas taoístas para la longevidad, alguna de las cuales usted ya conoce, obtienen, al mismo tiempo, una buena salud, algo muy importante porque sin salud resulta imposible ser feliz. Por lo tanto, cuando son felices y saben que, gracias a su diario trabajo desarrollando ciertas cualidades físicas y mentales, van a gozar de una larga vida llena de salud, entonces, y sólo entonces, aspiran a la paz, una paz interior que les permitirá cultivar las virtudes taoístas del *Wu wei.*

—¿*Wu wei?*

—«Inacción». Es un concepto difícil para ustedes, los occidentales. Significa no actuar frente a las situaciones de la vida. —Se pasó los dedos con suavidad por la frente buscando la forma de explicarme algo tan simple como la holgazanería—. *Wu wei* no significa pasividad, aunque a usted pueda parecérselo ahora. El sabio taoísta, como tiene la mente en paz, permite que las cosas discurran por sí mismas, sin interferir en los acontecimientos. Al renunciar al uso de la fuerza, a las emociones agitadas, a la ambición por las cosas materiales, descubre que intentar imponerse al destino es como remover el agua de una charca y enfangarla. Si, por el contrario, su acción consiste en no removerla, en dejarla como estaba, el agua permanecerá limpia o se limpiará por sí sola. La inacción del *Wu wei* no implica no actuar sino hacerlo siempre bajo el signo de la moderación del Tao, retirándose discretamente una vez que se ha terminado el trabajo.

—Eso de la moderación, ¿lo ha añadido usted de su cosecha por alguna razón?

Me observó divertido y movió la cabeza.

—Su desconfianza llega a extremos sorprendentes, Chang Cheng —dijo utilizando el sobrenombre que me había dado la Montaña Misteriosa. ¿Cómo se había enterado del mote, encerrado todo el día como estaba en la habitación de estudio?—. Lo dice el *Tao te king,* ya lo sabe, en un hermoso fragmento que se le ofreció como regalo. En fin, deberíamos mandar aviso al abad y pedirle que nos reciba para comprobar si hemos acertado.

—¿Sabe la hora que es? —me escandalicé, descubriendo en ese momento que el control de las emociones y el *Wu wei* no entrarían nunca a formar parte de mi vida.

—Está a punto de amanecer —repuso—. Hace horas que el

abad debe de estar celebrando las ceremonias matinales del monasterio.

—Mi sentido del tiempo está muy alterado desde que llegué a Wudang —admití con resignación—. Esas horas dobles con nombres de animales me confunden.

—Ésas son las auténticas horas chinas. Sólo han dejado de utilizarse en los territorios ocupados por ustedes, los occidentales —replicó Lao Jiang poniéndose en pie—. Biao, acércate al Palacio de las Nubes Púrpuras y pide una audiencia con el abad. Di que hemos resuelto el enigma.

—Quizá debería visitar a Ming T'ien y confirmar los dos últimos ideogramas antes de hablar con el abad —propuse.

—Hágalo —convino, disimulando un bostezo—. Creo que puedo irme a dormir un rato con la satisfacción de haber resuelto el enigma. No lo hubiera conseguido sin su ayuda. Me alegro de que me animara a dejar el *Feng Shui* y a buscar en los textos taoístas de Wudang. Pronto tendremos el tercer y último fragmento del *jiance.*

Sorprendentemente, mi sobrina Fernanda recibió la noticia con absoluta indiferencia. En el fondo, su transformación había sido sólo de intereses:

—Entonces, ¿nos marcharemos pronto de Wudang? —preguntó frunciendo el ceño—. No quisiera dejar mis clases en este momento.

Mientras desayunábamos en el comedor, un sol agobiado entre gruesas capas de nubes luchaba por abrirse paso en aquella primera mañana sin lluvia.

—Biao y yo podríamos quedarnos aquí —propuso, terca. Al niño se le iluminaron los ojos pero no se atrevió a decir esta boca es mía. Había vuelto hacía sólo unos minutos del palacio del abad con la noticia de que un servidor vendría a buscarnos a la hora de la Serpiente (40) para acompañarnos a la audiencia.

(40) Entre las 9.00 y las 10.59 h.

—Tú vendrás conmigo adonde yo vaya, Fernanda —declaré, armándome de paciencia. Fui yo quien quiso que se quedara en Shanghai con el padre Castrillo para no exponerla a peligros innecesarios y fue ella la que se empeñó en no separarse de mí y ahora estaba dispuesta a verme marchar con Lao Jiang y los soldados con tal de no abandonar Wudang—. ¿Cómo voy a dejarte sola en este monasterio taoísta, perdido en el interior de la China?

—Pues no sé por qué no, tía. Aquí estamos más seguros que en cualquier otra parte y Biao y yo no somos necesarios para encontrar la tumba de ese dichoso emperador Ti Huang... lo que sea.

—Se terminó la cuestión, Fernanda —ordené, levantando una mano en el aire—. No permitiré que te quedes aquí. Vete a tus clases ahora pero regresa en cuanto el niño vaya a buscarte.

No se lo pensó dos veces y, sin terminar su desayuno, salió a grandes zancadas de la habitación. Lao Jiang apareció en ese momento con cara de sueño. Aquella mañana había sido la primera que yo había hecho sola mis ejercicios taichi y, aunque los errores se habían sucedido uno tras otro, había disfrutado de una magnífica soledad frente a las serenas montañas

—*Ni hao* —saludó el anticuario—. ¿Qué novedades tenemos?

—Dentro de una hora... de una hora occidental quiero decir, vendrá un sirviente del abad para acompañarnos al Palacio de las Nubes Púrpuras.

—¡Ah, perfecto! —exclamó con gran satisfacción, sentándose a desayunar—. ¿No quería usted visitar antes a Ming T'ien?

—Ya nos marchábamos, ¿verdad, Biao? —repuse, levantándome. No estaba muy segura de que la anciana monja estuviera tan temprano en su cojín de satén pero había que intentarlo. Podía ser la última vez que la viera.

Caminamos por las avenidas de piedra, aún húmedas, dejando en el aire nubes de vaho que salían de nuestras bocas. Monjes vestidos con largas túnicas negras se esforzaban por barrer los corredores, puentes, patios, palacios y escalinatas de

Wudang para quitar el barro acumulado. El frío revitalizaba el cuerpo y las imágenes que se ofrecían ante mis ojos eran, tras tantos días de lluvia, una auténtica embriaguez para los sentidos. Al pasar por un camino que daba a un acantilado, vimos una alfombra de nubes blancas varios cientos de metros por debajo de nosotros. El templo de Ming T'ien se distinguía a lo lejos, tras un puente, construido en una ladera. Wudang era tan grande que sus paisajes cambiaban cada día sin que te dieras cuenta. Era una ciudad, una ciudad misteriosa donde la paz entraba en los pulmones junto con el aire puro. En el fondo, mi sobrina tenía razón; no me hubiera importado quedarme algún tiempo allí para reflexionar tranquilamente sobre las cosas que había visto y oído pero, ante todo, para recapacitar sobre las que había aprendido quizá demasiado rápidamente y con exagerados prejuicios y prevenciones por mi parte.

En ese momento, el corazón me dio un vuelco de alegría al divisar la diminuta figura de la anciana sentada en el portal.

—¡Vamos! —urgí a Biao y ambos aceleramos el paso.

Al llegar frente a ella, y para mi sorpresa, Ming T'ien nos recibió con una buena reprimenda.

—¿Por qué vas siempre corriendo de un lado para otro? —me espetó a bocajarro, muy enfadada. El tono suave de Biao al traducir su pregunta distaba mucho de la voz malhumorada con la que ella me hablaba.

—Perdón, Ming T'ien —repuse haciendo una inútil reverencia con las manos unidas a la altura de la frente—. Hoy es un día muy especial y tenemos un poco de prisa.

—¿Y qué importa eso? ¿Acaso crees que esas esculturas de tortugas que adornan todo el monasterio están puestas sólo para decorar? Aprende de una vez que la tortuga posee la longevidad porque se conduce de manera pausada. Actuar precipitadamente acorta la vida. Repítelo.

—Actuar precipitadamente acorta la vida —repetí en chino.

—Así me gusta —declaró exhibiendo una gran sonrisa—. Quiero que recuerdes este pensamiento cuando estés muy lejos de aquí, Chang Cheng, ¿lo harás?

—Lo haré, Ming T'ien —le prometí, no muy convencida.

—Bien. Me das una gran alegría. —Sus ojos blanquecinos se giraron de nuevo hacia las montañas—. Siento que ya no tengamos otra oportunidad de volver a hablar, pero me gusta que hayas venido a despedirte.

¿Cómo sabía ella...?

—Deberías estar camino del Palacio de las Nubes Púrpuras —añadió—. El pequeño Xu os recibirá dentro de poco.

—¿El pequeño Xu? —pregunté. No podía estar hablando de Xu Benshan, el gran abad de Wudang. ¿O sí?

Ella se rió.

—Aún recuerdo el día que llegó a estas montañas —me explicó—. Al igual que yo, nunca ha vuelto a salir de aquí, ni lo hará.

Pero ¿cómo sabía ella todo eso?, ¿cómo sabía que habíamos resuelto el enigma?, ¿cómo sabía que teníamos una audiencia con el abad?

—No quisiera que llegaras tarde, Chang Cheng —dijo adoptando nuevamente el tono de amonestación con el que nos había recibido—. Sé que necesitas confirmar el orden de los ideogramas, así que, dime, ¿cuál es el resultado correcto?

—«Felicidad», «Longevidad», «Salud» y «Paz».

Ella sonrió.

—Ve, anda —dijo agitando su mano huesuda como si estuviera espantando una mosca—. Tu destino te espera.

—Pero ¿es correcto? —pregunté, insegura.

—¡Claro que es correcto! —se enfadó—. ¡Y márchate ya! Empiezo a estar cansada.

Biao y yo dimos media vuelta y comenzamos a alejarnos de ella. Una gran tristeza me invadía. Me hubiera gustado quedarme allí, aprender más de Ming T'ien.

—¡Acuérdate de mí cuando llegues a mi edad! —exclamó y, luego, la oí reír. Me volví para mirarla y levanté la mano a modo de despedida aunque sabía que no podía verme. Valía la pena acortarse un poco la vida y salir corriendo antes de que las lágrimas me impidieran ver el camino. «Acuérdate de mí cuando llegues a mi edad», había dicho. Sonreí. ¿Pretendía decirme que llegaría, como ella, a los ciento doce años...? En ese caso moriría, ni más ni menos, que en el lejanísimo 1992, casi a finales del siglo que acababa de comenzar. Llegué a la casa riendo todavía y seguía haciéndolo cuando, acompañados por un sirviente ricamente ataviado, iniciamos el camino hacia el gran palacio del «pequeño Xu».

El imperial Palacio de las Nubes Púrpuras aún me impresionó más que la primera vez que lo vi, el día de nuestra llegada bajo la lluvia. El cielo seguía cubierto, plomizo, pero afortunadamente no cayó ni una sola gota mientras atravesábamos el gran puente sobre el foso y ascendíamos por las grandiosas escalinatas que salvaban las tres alturas del edificio. El abad nos recibió, de nuevo, en el Pabellón de los Libros, al fondo del cual nos esperaba sentado con gran dignidad, flanqueado por los miles de *jiances* hechos con tablillas de bambú que se apilaban, enrollados, unos sobre otros a cada lado de la sala y que ahora estaban iluminados por la luz que entraba a través de las ventanas cubiertas con papel de arroz. No había antorchas, ni fuego; sólo cuatro grandes losas de piedra colocadas delante del abad mostrándonos su lisa parte posterior.

Cuando, después de avanzar con los pasos cortos protocolarios, llegamos al límite de la proximidad permitida, los monjes que nos acompañaban se retiraron con una profunda reverencia. Volví a fijarme en las inmensas plataformas de los zapatos de terciopelo negro del abad, aunque ahora, con luz natural, llamaba más mi atención el brillo de la seda azul de su túnica.

—¿Tenéis buenas noticias? —nos preguntó Xu Benshan con voz suave.

—¡Como si no supiera que sí! —farfullé en voz baja mientras Lao Jiang daba un paso adelante hacia las losas de piedra y, señalándolas con un dedo, decía:

—«Felicidad», «Longevidad», «Salud» y «Paz».

El «pequeño Xu» asintió satisfecho con la cabeza e introdujo su mano derecha en la amplia manga izquierda de su túnica. A mí el corazón se me desbocó cuando le vi sacar un rollo de viejas tablillas sujetadas con un cordón de seda verde. Era nuestro tercer fragmento del *jiance*.

Ceremoniosamente, el abad se incorporó y descendió los tres escalones que le separaban de las piedras al tiempo que dos monjes vestidos de púrpura giraban las losas para que comprobásemos el resultado. Allí estaban, por orden, el ideograma *fu*, «felicidad», el de las fechas y los cuadrados; luego *shou*, «longevidad», con sus múltiples rayas horizontales; después, *k'ang*, «salud», con su hombrecillo atravesado por un tridente; y, por último, *an*, «paz», cuyo protagonista bailaba el foxtrot.

El abad atravesó la línea de las losas y, con el brazo extendido, hizo entrega a Lao Jiang del último fragmento del *jiance* escrito por el arquitecto e ingeniero Sai Wu más de dos mil años atrás. Visto tan de cerca, Xu Benshan parecía muy joven, casi un niño, pero mis ojos se apartaron de él para seguir al *jiance* desde su mano hasta las de Lao Jiang. Ya era nuestro. Ahora sabríamos cómo encontrar la tumba del Primer Emperador.

—Gracias, abad —escuché decir al anticuario.

—Sigan disfrutando de nuestra hospitalidad todo el tiempo que deseen. Empieza para ustedes la parte más difícil de su viaje. No duden en pedirnos cualquier cosa que necesiten.

Hicimos nuevamente una profunda reverencia de agradecimiento y, mientras el abad se quedaba allí, mirándonos, Lao Jiang, Biao y yo emprendimos, conteniendo a duras penas la impaciencia, el interminable y lento camino hacia el exterior del palacio para poder examinar nuestro ansiado trofeo. ¡Al fin teníamos el tercer fragmento! Y, por lo que veía de reojo, era idéntico a los dos que ya obraban en nuestro poder.

—Esperaremos a estar en la casa antes de abrirlo —dijo Lao Jiang levantando victoriosamente en el aire la mano con las tablillas—. Quiero unirlo a los otros fragmentos para hacer una lectura completa.

—Biao —exclamé llena de júbilo—. Ve a buscar a Fernanda y volved los dos sin perder un minuto.

CAPÍTULO CUARTO

Sobre la mesa de la habitación de estudio, ahora completamente despejada de libros, las tablillas de bambú que formaban la vieja carta del arquitecto Sai Wu habían vuelto a reunirse por primera vez desde aquella noche de 1662 en que el Príncipe de Gui cercenó los cordones de seda que las ligaban haciendo tres fragmentos que entregó a sus más fieles amigos para que los escondieran a lo largo del cauce del Yangtsé. Según sospechábamos, el último pedazo de la carta indicaba la ubicación de la tumba perdida del Primer Emperador y la forma de entrar en ella eludiendo lo que ahora sabíamos que eran disparos automáticos de ballestas y peligrosas trampas mecánicas dispuestas contra los saqueadores de tumbas (es decir, contra nosotros). Por eso la lectura completa del *jiance* revestía tanta importancia e incluso Fernanda, que había regresado a la carrera en cuanto Biao fue a buscarla, estaba visiblemente nerviosa, inclinada sobre las tablillas como si pudiera entender lo que veía. Lao Jiang, a la postre, terminó por ordenarle con firmeza que se apartara de la mesa antes de tomar asiento y calarse las gruesas gafas en la nariz. Los demás le rodeamos por la espalda, en completo silencio, mirando por encima de sus hombros.

—¿Qué dice el fragmento nuevo? —pregunté al cabo de un buen rato.

El anticuario sacudió la cabeza despacio.

—El tamaño de los ideogramas es un poco más pequeño y algunos de ellos no se pueden leer porque la tinta se ha estropeado —dijo, al fin.

—Ya contábamos con eso —murmuré, acercándome un poco más—. Lea lo que sí puede verse.

Él emitió un gruñido indescifrable y alargó una mano hacia Biao.

—Pásame la lupa que hay sobre aquellos libros.

El niño voló y regresó antes de que el anticuario hubiera terminado la frase.

—Bien, veamos... Aquí dice... «Cuando tú, hijo mío, llegues al mausoleo, el sacrificio de todos cuantos hemos trabajado aquí habrá surtido efecto y ya nadie recordará su emplazamiento.»

—¿A qué edad suponía Sai Wu que su hijo huérfano iría a saquear la tumba? —quiso saber Fernanda, sorprendida por la rapidez con la que el arquitecto creía que se olvidaría una obra de tal magnitud e importancia.

—Imagino que tras su mayoría de edad, como indicaba en el primer fragmento —repuso Lao Jiang, quitándose las gafas para mirarla—. Entre dieciocho y veinte años después de mandar al niño a casa de su amigo en... ¿dónde era?, ¿Chaoxian?, sí, Chaoxian —confirmó mirando las primeras tablillas—. Pero no es extraño que nadie pudiera recordar la localización de la tumba del Primer Emperador después de tan poco tiempo. Piensa que en las obras sólo estaban los condenados a trabajos forzados y sus jefes, los arquitectos y los ingenieros. Todos ellos murieron con Shi Huang Ti al ser enterrados vivos. El común de las gentes, los «cabezas negras» como se llamaba a los hombres libres, no estaba al tanto del lugar de la construcción, que era secreto. Únicamente lo conocían los ministros y la propia familia imperial, que era la encargada de hacer las ofrendas funerarias, pero, en este caso, tres años después de la muerte de Shi Huang Ti, debido a las conspiraciones en la corte, a las revueltas campesinas y a los alzamientos de los antiguos señores feudales, ya no quedaba nadie vivo. La dinastía que fundó para Diez Mil años apenas duró tres.

—¿Podría seguir leyendo, por favor? —pedí, llevándome las manos a la cintura con un gesto castizo que me sorprendió.

—Naturalmente —accedió el anticuario volviendo a ponerse las gafas y sujetando la lupa sobre las tablillas—. ¿Dónde estaba...? Aquí, ya lo veo. «Observa el mapa, Sai Shi Gu'er. La entrada secreta se encuentra en el lago artificial formado por el dique de contención de las aguas del río Shahe. Sumérgete donde he puesto la señal y desciende cuatro *ren*...»

—¡Un momento, un momento! —exclamé, acercando a la mesa uno de los taburetes para ponerme más cómoda—. Deberíamos examinar el mapa. Yo no he conseguido distinguir nada por más que lo he intentado. A lo mejor ahora, con las indicaciones de Sai Wu entendemos esas manchas de tinta.

Lao Jiang se giró hacia mí, risueño.

—Pero si está muy claro, Elvira. Mire, fíjese bien en este cuadrado de aquí —dijo señalando una minúscula marca en la esquina superior izquierda del mapa—. Dentro pone «Xianyang», la antigua capital del primer imperio chino, la ciudad de Shi Huang Ti. Era razonable suponer que el mausoleo se encontraría relativamente cerca, a no mucho más de cien kilómetros en cualquier dirección. Xianyang, hoy, debe de ser sólo un montón de ruinas, si es que queda algo, pero a muy poca distancia está la gran urbe de Xi'an que, equivocadamente, pasa por ser aquella vieja capital. Como ve, Xi'an no aparece en el mapa, lo que demuestra su autenticidad porque esta ciudad se fundó algunos años después de la muerte de Shi Huang Ti.

—¿Y Xi'an está muy lejos de aquí, de Wudang?

Lao Jiang inclinó la cabeza, pensativo.

—Calculo que a la misma distancia que Hankow, en dirección oeste-norte —dijo, al fin—. Xi'an es la capital de la vecina provincia de Shensi (41), al norte, y Wudang se encuentra en el límite con Shensi, de modo que habrá unos... cuatrocientos kilómetros, puede que menos. Aunque el problema serán las montañas. Entre Wudang y Shensi se encuentra la cordillera Qin Ling, de modo que necesitaremos otro mes o mes y medio para llegar hasta allí.

(41) Actual provincia de Shaanxi Sheng.

No podía ser fácil, me dije desolada. En plena época de lluvias, cercano ya el invierno, tendríamos que atravesar una cordillera que, con absoluta seguridad, sería aún más temible que Wudang con sus setenta y dos cumbres altas y escarpadas.

—No se desanime, Elvira —oí decir al anticuario—. Xi'an era el punto de origen de la famosa Ruta de la Seda que unía Oriente y Occidente. Está muy bien comunicada. Tiene buenos caminos y buenas pistas de montaña.

—Pero ¿y la guerra?, ¿y la Banda Verde?

—¿Volvemos al mapa...? Ya tenemos situada la capital del Primer Emperador, la vieja Xianyang. Esta línea de puntos que discurre por debajo, de un lado a otro de las tablillas, es el río Wei. —Y señaló otro par de caracteres ilegibles; lo hubiera visto mejor de habérmelo indicado con alguna de aquellas uñas postizas de oro que lucía en Shanghai—. Si seguimos el cauce del Wei hacia el este encontramos que tiene muchos afluentes al norte y al sur pero éste —y puso el dedo sobre la última línea que descendía hacia la esquina inferior derecha del mapa—, éste en concreto es el Shahe, del que habla Sai Wu en su carta, ¿lo ve?, aquí está escrito el nombre, y sin duda este engrosamiento alargado es el lago artificial formado por el dique de contención. ¡Qué maravilla! —exclamó abriendo los brazos como para estrechar entre ellos al desgraciado maestro de obras muerto dos mil años atrás—. Adviertan esta pequeña marca de tinta roja en el extremo del embalse. Casi no se distingue, pero ahí está.

Me pasó la lupa y se apartó para que yo pudiera examinar la maravillosa señal roja. Viéndolo así, como él lo explicaba, lo cierto es que el extraño mapa se volvía comprensible. Si seguía con la mirada el descenso vertical del Shahe desde el Wei hasta una cadena de montañas que descansaba sobre el borde inferior de las tablillas de bambú, podía verse, cerca del final de su cauce, un ensanchamiento alargado con una ligera inclinación en sentido nordeste que tenía una diminuta mancha roja en su extremo más cercano a las montañas. ¿Esa mancha roja indicaba el lugar donde había que sumergirse...? ¡Por favor!

Después de que Fernanda, e incluso Biao, examinaran el plano, la lupa volvió a las manos de Lao Jiang, que continuó con la lectura.

—«Sumérgete donde he puesto la señal y desciende cuatro *ren...*» —repitió.

—¿Cuánto es un *ren*? —preguntó mi sobrina.

El anticuario pareció sorprenderse con la pregunta.

—Son medidas antiguas —le explicó después de pensárselo un poco— y muchas de ellas han variado desde aquella época, pero me atrevería a decir que cuatro *ren* son unos siete metros, aproximadamente.

—¡Siete metros! —me lamenté—. ¡Pero si yo casi no sé nadar!

—No se preocupe, *tai-tai* —quiso animarme Biao—, la ayudaremos. No es difícil.

Lao Jiang, harto de interrupciones, prosiguió con la lectura:

—«...cuatro *ren* hasta encontrar la boca de una tubería pentagonal que forma parte del sistema de drenaje del recinto funerario».

—¿Pentagonal? —murmuró Biao.

—De cinco lados —le aclaró rápidamente Fernanda.

—«Avanza por ella veinte *chi...*».

—¡Ya estamos otra vez! —protestó la niña—. Y, ahora, ¿qué es un *chi*?

—Un *chi* equivale, más o menos, a unos veinticinco centímetros —le aclaró Lao Jiang sin levantar la mirada del *jiance*—. Veinte *chi* serían unos cinco metros, si no me equivoco.

—No, no se equivoca —dijo el sabihondo de Biao; ese niño valía para las matemáticas, estaba claro.

—¿Puedo seguir leyendo, por favor? —suplicó Lao Jiang con malhumor.

—Adelante —le animé. Lo cierto era que, si seguíamos interrumpiéndole, no acabaríamos nunca.

—«Avanza por ella veinte *chi* y asciende al respiradero. Encontrarás uno cada veinte *chi*. El último es el fondo de un pozo que te llevará directamente al interior del túmulo. Saldrás frente a las puertas del gran salón principal que da entrada al palacio funerario. Debes saber que la tumba tiene seis niveles de profundidad, el número sagrado del reinado del Dragón Primigenio.»

—¿Seis niveles? —proferí.

—¿El número sagrado? —preguntó al mismo tiempo Fernanda.

Lao Jiang, desolado, se quitó nuevamente las gafas.

—¿Podrían hacer las preguntas sin atropellarse, por favor? —rogó con un suspiro.

—Bien, yo primero —dije, adelantándome a mi sobrina—. ¿Cómo es que la tumba tiene seis niveles de profundidad? El historiador que hizo la crónica sobre el mausoleo no dice nada de eso.

—Cierto, Sima Qian no menciona este detalle, pero le recuerdo que Sima Qian escribió su historia cien años después de la muerte del emperador y que jamás visitó el lugar ni sabía dónde se encontraba. Se limitó a copiar las referencias que encontró en los viejos archivos históricos de la dinastía Qin.

—¿Por qué el seis era el número sagrado del Primer Emperador? —le atajó Fernanda, a quien le importaban poco la historia y las crónicas de nadie.

—Shi Huang Ti, influenciado por los maestros geománticos de su época, adoptó la filosofía de los Cinco Elementos. No voy a explicarles ahora en qué consiste —yo asentí; sabía de lo que hablaba y, desde luego, me parecía muy bien que no lo explicara. Me bastaba con tener anotada dicha teoría en mi libreta de dibujo—, pero, según el taoísmo, existe una relación armoniosa entre la naturaleza y los seres humanos, relación que se concreta en los Cinco Elementos, es decir, el Fuego, la Madera, la Tierra, el Metal y el Agua. El reinado de Shi Huang Ti, según el ciclo de estos Elementos, estaba regido por el Agua, ya que los reinados anteriores pertenecían al período del Fuego y él los había conquistado y dominado. Como el Elemento Agua se corresponde con el color negro, toda la corte imperial vestía de negro y todos los edificios, estandartes, ropas, sombreros y decoraciones se hacían con este color.

—¡Qué siniestro! —dejé escapar.

—Y por eso llamaban también a la gente del pueblo «cabezas negras». Pero, además, según la teoría de los Elementos, el Agua no sólo está asociada al color negro sino al número seis. Y ésa es la respuesta a su pregunta, Elvira: la tumba tiene seis niveles porque así lo dictaban las normas del emperador. Era su número geomántico.

—Por eso y porque quién se iba a imaginar que un mausoleo subterráneo pudiera tener seis pisos, ¿verdad?

—Verdad —confirmó él, poniéndose otra vez las gafas con gesto cansino—. Bien, en fin, estábamos leyendo... Aquí. «... el número sagrado del reinado del Dragón Primigenio. Cada uno de los niveles es una trampa mortal pensada para proteger el verdadero sepulcro, que se encuentra en el último, en el más profundo, a salvo de los profanadores y los saqueadores. Y allí es donde tú tienes que llegar, Sai Shi Gu'er. Ahora te daré toda la información que he recogido, con grandes dificultades, durante los últimos años. Los miembros del gabinete secreto del... ¿*Shaofu*?»... —Lao Jiang se detuvo—. No sé qué significa esta palabra. Me resulta completamente desconocida. «...del gabinete secreto del *Shaofu* (42) encargados de la seguridad trabajan en completo aislamiento y yo me he limitado a construir lo que ellos me han ordenado, pero puedo decirte algunas cosas que te servirán. Sé que en el primer nivel cientos de ballestas se dispararán cuando entres en el palacio pero podrás evitarlo estudiando a fondo las hazañas del fundador de la dinastía Xia.»

—¡Esto es una locura! —exclamé, apabullada, sin poder evitarlo.

—«Del segundo nivel aún sé menos, pero no enciendas fuego allí para alumbrarte, avanza en la oscuridad o morirás. Del tercero conozco lo que yo hice: hay diez mil puentes que, en apariencia, no conducen a ninguna parte pero existe un camino entre ellos que lleva a la salida. En el cuarto nivel está la cá-

(42) Departamento de la administración del Primer Emperador responsable de los trabajos del mausoleo.

mara de los *Bian Zhong...*» —Lao Jiang se detuvo, pensativo—. No sé qué son los *Bian Zhong.* «...la cámara de los *Bian Zhong,* que tiene relación con los Cinco Elementos».

—Eso sí lo sabemos —apunté, animosa, pero nadie me secundó.

—«En el quinto hay un candado especial que sólo se abre con magia. Y en el sexto, el auténtico lugar de enterramiento del Dragón Primigenio, tendrás que salvar un gran río de mercurio para llegar a los tesoros.» —Hizo una pausa y se pasó la mano por la frente—. «Te ruego, hijo mío, que vengas y que hagas lo que te pido. Inclinándome dos veces, Sai Wu.»

—¿Cree que podremos conseguirlo? —le pregunté. La confianza que flotaba en el aire al comenzar la lectura se había esfumado por completo. Ahora, como los enfermos postrados en cama que no pueden levantarse, permanecíamos en silencio, inmóviles, atrapados por la duda.

—Este texto es muy antiguo —farfulló Lao Jiang tras meditar un poco la respuesta—. Lo que entonces era ciencia avanzada hoy ya no lo es. Tampoco creemos ya en la magia y, sin duda, disponemos de copias suficientes de los manuscritos que contienen los conocimientos que entonces sólo eran accesibles a los eruditos de la corte y a los emperadores. Creo que no debemos preocuparnos —concluyó—. Estoy seguro de que lo conseguiremos.

Durante unos minutos nadie dijo nada. Todos reflexionábamos. El peligro real podía no ser, como decía Lao Jiang, aquel conjunto de viejas trampas que incluso cabía la posibilidad de que hubieran dejado de funcionar. No, el peligro real era enterrarnos a una gran profundidad bajo tierra en una edificación excesivamente antigua. Todo el mausoleo podía venirse abajo y pillarnos dentro como ratas en una ratonera. Podíamos terminar sepultados bajo innumerables capas de escombros y aquella idea me impedía respirar. Además, no había que olvidar a los niños: ¿cómo íbamos a ponerlos en semejante peligro? No cabía duda de que lo mejor era dejarlos en Wudang. Yo estaba atrapada por las importantes deudas que me había dejado

Rémy, pero Fernanda no tenía ninguna necesidad de morir a los diecisiete años y Biao tampoco debía terminar sus días de una manera tan triste.

—Los niños se quedarán en Wudang —anuncié.

Mi sobrina se volvió para mirarme con una expresión de colérica incredulidad.

—La idea fue tuya, Fernanda —le advertí antes de que empezara a protestar—. Esta misma mañana estabas muy molesta por tener que abandonar el monasterio. Voy a consentir que te quedes para que puedas progresar en tus ejercicios.

—¡Pero ahora quiero ir! —se enojó.

—Pues ahora a mí me da lo mismo lo que tú quieras —objeté sin alterarme—. Biao y tú os quedaréis en Wudang hasta que volvamos a recogeros.

—Estoy de acuerdo —murmuró Lao Jiang—. Fernanda y Biao se quedarán en Wudang al cuidado de los monjes.

La cara de Biao se había inflamado como en un incendio: dos rosetones de color bermellón emergían sobre el cobrizo de sus mejillas y sus orejas estaban a punto de prenderse fuego. Seguramente era el efecto de la fuerza que hacía para contener las airadas protestas que le hervían por dentro, ya que él, como Fernanda, hubiera dado cualquier cosa por acompañarnos a la tumba del Primer Emperador.

Mi sobrina fue la primera en abandonar la habitación de estudio. Salió de allí, muy digna y muy ofendida, seguida a poca distancia por el larguirucho Biao que, por miedo a la vara, disimulaba su enfado todo lo que podía. Yo estaba segura de que, en breves momentos, empezarían a pitarme muchísimo los oídos.

Una vez solos, Lao Jiang y yo nos miramos.

—Vamos a echar de menos a Paddy —dijo el anticuario.

—Cierto. Usted y yo somos pocos para afrontar una empresa semejante.

—¿Qué podemos hacer? ¿Pedir ayuda a nuestros soldados? ¿Involucrarlos hasta ese punto?

—No creo que sea buena idea —argüí.

—Yo tampoco, pero vamos a necesitarles. Piénselo.

—No necesito pensarlo. Serían más un peligro que una ayuda.

—Lo sé, lo sé... —reconoció con pesar—. Pero ¿qué otra cosa podemos hacer?

Intenté encontrar una solución rápidamente. Y, de pronto, se me ocurrió algo.

—¿Y si le pedimos ayuda al abad? Dijo que no dudáramos en solicitarle cualquier cosa que necesitáramos.

—¿Y qué «cosa» le pediríamos? —ironizó.

—Un monje —propuse—. O dos.

—¿Monjes...?

—¡Mire a su alrededor! Tenemos montones de taoístas expertos en artes marciales, en historia antigua, en adivinación, en astrología, magia, geomántica, filosofía... —me exalté.

Lao Jiang me observó preocupado.

—Pero, entonces, deberíamos compartir una parte del tesoro con el monasterio.

—¡No sea tan avaricioso! —proferí, indignada. Ya sabía que su parte no era para él sino para el Kuomintang, pero me daba lo mismo—. ¿No le parece magnífico que las riquezas del Primer Emperador se distribuyan entre un periodista borracho, una viuda endeudada, los nacionalistas, los comunistas y un monasterio taoísta? ¿Prefiere acaso que caigan en manos de Puyi y los suyos o, peor aún, de los japoneses?

Aquellas preguntas le hicieron reflexionar.

—Tiene usted razón —admitió, visiblemente contrariado—. Voy a escribir una carta al abad explicándole nuestras necesidades. Le comentaré, de paso, que los niños se quedan aquí y le ofreceré participar en el reparto de las riquezas del mausoleo. Ya veremos qué dice.

Aquella tarde, tras una comida a la que no asistieron los desaparecidos Fernanda y Biao, dos extraños personajes hicieron su aparición en la puerta de nuestra casa. Eran dos monjes —cosa nada extraordinaria en un monasterio—, pero lo raro de ellos era su notable parecido: misma altura, mismo cuerpo, misma cara... Traían una carta del abad en respuesta a la de Lao Jiang. Mientras el anticuario la leía con suma atención yo observaba estupefacta a los dos gemelos que esperaban sin pestañear en el pórtico del patio. Eran delgados y aún tenían el pelo negro aunque ya escaso; las cejas pobladas, los ojos muy separados y una barbilla tan pronunciada que les deformaba la cara. Sólo pude advertir una pequeña diferencia entre ambos tras mucho examinarles (y podía hacerlo tranquilamente porque ellos sólo miraban a Lao Jiang) y fue una ligera sombra en la mejilla del monje situado a la izquierda.

—El abad nos envía a los hermanos Daiyu y Hongyu —dijo entonces el anticuario, levantando la mirada del papel; ellos hicieron una reverencia al escuchar sus nombres—. Uno de los dos es el maestro Daiyu, «Jade Negro», experto en artes marciales. —El de la mancha inapreciable en la cara volvió a inclinarse educadamente—. El otro es su hermano, el maestro Hongyu, «Jade Rojo», uno de los mayores eruditos de Wudang. —El aludido repitió el gesto—. Ambos son de Hankow y hablan francés, así que no habrá problemas de comunicación. Maestros Jade Negro y Jade Rojo, es un gran honor para *madame* De Poulain y para mí, Jiang Longyan, contar con vuestra ayuda en nuestro viaje. Estamos muy agradecidos al abad por poner a nuestra disposición a dos consejeros tan ilustres como ustedes.

A continuación, hicimos todos muchas reverencias pero, en el fondo, yo estaba bastante molesta porque los dos Jades me ignoraban como Lao Jiang había ignorado a mi sobrina en el pasado. Creí oportuno hacer un pequeño comentario:

—Quizá sería buena idea que los maestros Jade Negro y Jade Rojo recibieran mi consentimiento para mirarme y dirigirse a mí con toda confianza.

Las cejas de ambos se arquearon y el anticuario, antes de sufrir un conflicto diplomático, les soltó una larga conferencia en chino que no comprendí pero que surtió efecto porque, al terminar, ambos gemelos se volvieron y, tras echarme una ojeada indecisa, hicieron una nueva sarta de reverencias. Aquello ya era otra cosa.

—Saldremos mañana al amanecer —anunció Lao Jiang—. Debemos mandar recado a nuestros soldados en Junzhou para que vayan hacia el norte. Nos encontraremos con ellos en Shiyan. Sería absurdo retroceder para recogerlos.

—Mañana es un día propicio para partir —dijo el maestro Jade Rojo—. Tendremos un buen viaje.

—Eso espero... —murmuré no muy convencida.

Aquella noche la cena fue muy triste. Fernanda seguía enfadada y se negaba a hablar. Comió frugalmente un poco de tofu con verduras y setas y, con lágrimas en los ojos, se fue a dormir. Cuando entré en la habitación, yacía de cara a la pared.

—¿Estás despierta? —murmuré sentándome en el borde de su *k'ang*; no me respondió—. Volveremos pronto, Fernanda. Aprende y estudia, aprovecha el tiempo que vas a pasar en Wudang. Voy a dejarte escrita una carta para el cónsul español en Shanghai, don Julio Palencia. Si me pasara algo... Si a mí me pasara algo, regresa a Shanghai con Biao y entrégale la carta. Él te ayudará a volver a España.

Una respiración profunda fue toda la respuesta que obtuve. Quizá dormía de verdad. Me levanté y subí a la habitación de estudio para escribir la carta.

Antes del amanecer de aquel martes, 30 de octubre, todavía con noche cerrada y con los niños durmiendo, Lao Jiang, los dos monjes gemelos y yo partimos del monasterio a paso ligero cargando nuestros fardos al hombro. Hacía un frío terrible aunque, por suerte, no llovía; lo último que deseábamos era un aguacero sobre nuestras cabezas en pleno descenso de la Montaña Misteriosa. Conforme el sol se fue alzando en el cielo despejado, la profecía del maestro Jade Rojo sobre un día propicio pareció cumplirse a rajatabla.

Mientras caminábamos en silencio íbamos dejando atrás los hermosos picos de Wudang, los templos y los palacios, las grandes escalinatas, las estatuas de grullas y tigres, los océanos de nubes y los bosques cerrados e impenetrables de hermosos tonos verdes y ocres. Sólo habíamos pasado allí cinco días pero sentía que era una especie de hogar al que siempre me gustaría volver y que cuando estuviera en París, en mitad del ruido de los autos, de las luces nocturnas de las calles, de las voces de la gente y del ajetreo cotidiano de una gran ciudad occidental, recordaría Wudang como un paraíso secreto donde la vida estaría transcurriendo de otra manera, a otra velocidad. Los monos chillaban como si nos despidieran y yo sólo pensaba en regresar pronto para recoger a Fernanda y no porque tuviera miedo de lo que nos esperaba, que lo tenía, sino porque ya echaba de menos a la niña y quería estar de vuelta con todo el asunto resuelto.

Cerca del anochecer cruzamos otra de aquellas exóticas puertas que daban acceso a la Montaña Misteriosa. Ésta era un poco diferente, más pequeña quizá que aquella por la que entramos cerca de Junzhou, menos decorada, pero igual de antigua e imponente. Hicimos noche en un *lü kuan* de peregrinos y, por primera vez desde hacía mucho tiempo, tuve una habitación para mí sola. Me pregunté cómo estaría la niña, cómo habrían pasado el día Biao y ella. Por desgracia, Lao Jiang y los maestros Rojo y Negro —ese mismo día empecé a llamarlos así en recuerdo de *Le rouge et le noir*, la conocida novela de Stendhal— no eran una compañía demasiado agradable. Dormí poco y mal, aunque me levanté a tiempo para sumarme al grupo de ejercicios taichi que se había formado en el patio del albergue.

Marchamos durante todo el día, parando sólo un momento para comer. Tampoco es que hablásemos mucho durante aquel rato pero, en fin..., comimos y volvimos al camino. El tiempo mejoraba conforme nos alejábamos de las montañas; las nubes más negras, las de lluvia, parecían quedarse enredadas en los picos de Wudang sin poder avanzar en ninguna dirección. Verme de nuevo recorriendo aquellos senderos de China con los ojos rasgados por la tinta me provocó una fuerte sensación de *déjà vu* que se intensificó cuando, a media tarde, tras cruzar un pequeño río, divisamos por fin el pueblecito de Shiyan donde, a las afueras, en torno a un fuego, nos esperaban los cinco soldados del Kuomintang y los siete miembros del ejército revolucionario comunista en aparente camaradería, con nuestros caballos y mulas pastando tranquilamente en las cercanías.

Por la noche, cenando, los soldados nos informaron de que ningún miembro de la Banda Verde había asomado la nariz por aquellos parajes mientras estábamos fuera. No habían visto nada sospechoso ni nadie les había hablado de la presencia de gentes que no fueran peregrinos que iban o venían del monasterio. Parecían contentos, demasiado contentos, como si aquello se hubiera transformado en un viaje de placer del que estaban disfrutando de lo lindo. Reían groseramente y bebían licor de sorgo con excesiva alegría para mi gusto y, al parecer, habían comprado grandes cantidades de este licor en Junzhou para añadirlo a las provisiones del equipaje. Me alegré inmensamente de haber dejado a Fernanda en el monasterio, a salvo de todo aquello. No podía ni imaginar a mi sobrina sentada a mi lado contemplando aquella escena. Hicimos noche allí mismo, en un miserable *lü kuan* que invadimos al completo y, de amanecida, iniciamos camino hacia Yunxian, «a escasos cuarenta y ocho *li* de distancia», según el maestro Rojo, que era el que más hablaba de los dos gemelos (y eso que casi no abría la boca).

Los caminos no eran peores que los de Hankow a Wudang. Incluso diría que circulábamos mejor porque en esta ruta no se veían aquellas tristes caravanas de campesinos que huían en masa de las guerras. Lo malo empezaría con las nevadas pero, para entonces, nos habríamos alejado también de los puntos conflictivos más peligrosos al dirigirnos hacia zonas montañosas que apenas interesaban a los señores de la guerra. Y podía comprenderse perfectamente ese desinterés tanto al contemplar la humilde aldea montañesa de Yunxian, emplazada en una intersección de caminos y rodeada por un río, como transitando por los penosos senderos que llevaban hasta ella. Tardamos tanto en recorrer aquellos «escasos cuarenta y ocho *li*» que llegamos muy avanzada la noche y sin posibilidad alguna de encontrar alojamiento. Nos vimos obligados a acampar a la intemperie y a luchar contra el terrible frío nocturno con grandes hogueras y todas las mantas que teníamos. Apenas había conseguido pillar el sueño cuando un gran escándalo (gritos, golpes, voces de alarma...) me hizo saltar del jergón con el corazón en la garganta.

—¿Qué pasa? —grité repetidamente. El problema fue que, en mitad del fragor y del susto, sin darme cuenta lo estaba preguntando en castellano y, claro, ni Lao Jiang, que estaba de pie junto a mí, ni los monjes Rojo y Negro ni, por supuesto, los soldados, que corrían de un lado para otro con las armas en la mano, entendían lo que yo estaba diciendo. Debía de tratarse, sin duda, de un ataque de la Banda Verde, así que tironeé de la manga de Lao Jiang para que me prestara atención y le dije (en francés)—: Deberíamos escondernos, Lao Jiang. Estamos al descubierto.

Pero, en lugar de hacerme caso, se giró hacia el soldado al que aquella noche le había tocado el primer turno de guardia. El muchacho caminaba muy resuelto y divertido hacia nosotros con... Fernanda y Biao sujetos por el cuello. Dejé escapar una exclamación de asombro. No podía creer lo que estaba viendo.

—¿Se puede saber qué narices...? —empecé a chillar, enfurecida.

—¡No se enfade, tía, no se enfade! —imploraba, llorando, la tonta de mi sobrina a la que jamás había visto tan mugrienta y andrajosa. El corazón se me paró en el pecho. ¿Les habría pasado algo? ¿Cómo habían llegado hasta allí?

El revuelo en el campamento estaba disminuyendo. Ahora todo lo que se oía eran carcajadas. Vi, de reojo, que algunos soldados se esforzaban por calmar a los animales.

—¿Qué ha pasado? —pregunté a los niños intentando controlar mis nervios—. ¿Estáis bien?

Biao asintió con la cabeza, taciturno y, desde luego, sucio a más no poder. Fernanda se secó las lágrimas con la gran manga del abrigo chino y aspiró ruidosamente, intentando controlar los sollozos.

—Pero ¿qué demonios hacéis vosotros dos aquí? ¡Quiero una explicación ahora! ¡Ya!

—Queríamos venir —murmuró Biao con voz grave sin levantar la vista del suelo. Era tan alto que yo tenía que alzar un poco la barbilla para verle la cara.

—¡No te he oído! —grité para alegría de la divertida concurrencia, que empezaba a tomar asiento a nuestro alrededor como si estuviera disfrutando de un gran espectáculo. Y era lógico, porque mis gritos agudos podían pasar por maullidos operísticos chinos.

—He dicho que queríamos venir —repitió el niño.

—¡No teníais permiso! ¡Os dejamos al cuidado del abad!

Ambos guardaron silencio.

—Déjelo ya, Elvira —me sugirió Lao Jiang—. Mañana castigaré a Biao como se merece.

—¡Usted no le pegará con la vara! —exploté, gritándole en el mismo tono con que les estaba gritando a los niños.

—¡Sí, *tai-tai*, por favor! —suplicó Biao—. ¡Lo merezco!

—¡En este país todo el mundo está loco! —proferí hecha una energúmena. Se oyeron más risas a mis espaldas—. ¡Se acabó! ¡A dormir! Mañana hablaremos de todo esto.

—Tenemos hambre —confesó mi sobrina en ese momento con una voz completamente normal. Ya se le había pasado el disgusto y ahora venían las exigencias. Pues hasta ahí podíamos llegar. Tenía la cara lo suficientemente roñosa como para no inspirarme ninguna compasión.

—Hoy ya no hay comida para nadie —exclamé con los brazos en jarras—. ¡A dormir todo el mundo!

—¡Pero no hemos comido desde ayer! —protestó, airada.

—¡Me da exactamente lo mismo! ¡No os vais a morir por estar dos días con el estómago vacío! ¿Y vuestras bolsas?

—Donde nos descubrió el centinela —se apresuró a decir Biao.

—¡Pues, hala, traedlo todo! —Di media vuelta y empecé a alejarme—. Mañana será otro día y ya no querré matar a nadie. ¡Venga, rapidito!

No sé lo que pasó a continuación. Yo me metí en el *k'ang* y no quise abrir los ojos ni siquiera cuando escuché cómo aquellos dos irresponsables preparaban sus camas a mi lado. Les oí susurrar durante un rato y luego, poco a poco, todo quedó nuevamente en silencio. Aparenté que dormía porque no me quedaba otro remedio, pero no pude pegar ojo en toda la noche pensando en cómo hacerlos volver a Wudang a la mañana siguiente.

Pero cuando el soldado del último turno de guardia nos despertó y les vi allí tumbados, dormidos como marmotas, pensé que bien podían acompañarnos hasta Xi'an y quedarse en la ciudad mientras Lao Jiang, los monjes y yo entrábamos en el mausoleo. En definitiva, mi obligación era cuidar de mi sobrina y mantenerla a mi lado mientras no corriera peligro. Estaba mejor conmigo que en un monasterio taoísta y eso no me lo iba a discutir ningún buen ciudadano occidental. Resultó gracioso descubrir que ahora éramos seis haciendo taichi por las mañanas. Fernanda y Biao, por mucho frío que hiciera e, incluso, por mucha nieve que hubiera, se unían a los ejercicios matinales con sincero entusiasmo y, para cuando, a finales de noviembre, llegamos a una ciudad llamada Shang-hsien (43), tras casi un mes de duras jornadas atravesando terribles puertos de montaña entre vientos gélidos, borrascas y desprendimientos, los niños, el anticuario, los monjes y yo ofrecíamos una magnífica exhibición de armonía y coordinación de movimientos.

Pero la localidad de Shang-hsien, situada en el corazón mismo de la cordillera, en un pequeño valle formado por el curso del río Danjiang y la falda de la montaña Shangshan, era un punto geográfico históricamente peligroso. Numerosas batallas habían tenido lugar allí, nos explicó Lao Jiang tras hablar con algunos lugareños, y por eso conservaba todavía restos de sus antiguas murallas y un par de calles empedradas. A lo largo de más de dos mil años, ejércitos y sublevaciones campesinas habían utilizado Shang-hsien para llegar hasta la gran Xi'an (a

(43) Actualmente llamada Shangxian o Shangzhou.

sólo cien kilómetros de distancia) por estar ubicada en el único paso existente a través de los montes Qin Ling desde el sur. La ciudad tenía, incluso, un viejo *lü kuan* que nos pareció el colmo del lujo después de vagar tanto tiempo por las montañas aunque, en realidad, se trataba de un miserable y sórdido albergue. Pero a mí me daba lo mismo: estaba dispuesta a matar o a morir si era necesario por un buen baño de agua caliente.

Cenamos bien. Fernanda y Biao se pusieron a jugar al Wei-ch'i bajo la mirada entusiasta de los hermanos Rojo y Negro quienes, como todas las noches, terminaron participando. Los soldados, por su parte, bebieron mucho licor y estuvieron alborotando en una esquina del amplio comedor mientras Lao Jiang y yo, también como casi todas las noches, examinábamos nuestra propia copia del mapa del *jiance* (elaborada con mis lápices de colores y una hoja de mi libreta), y especulábamos acerca de las pocas palabras que sobre las trampas de la tumba había querido transmitir el arquitecto Sai Wu a su hijo. Muchas veces me preguntaba por qué el hijo de Sai Wu no recibió nunca la carta. Del texto se desprendía que las tablillas debían acompañar al niño hasta la casa del amigo de su padre, el cual se haría cargo de ellas hasta que el joven Sai Shi Gu'er alcanzara la mayoría de edad. Si el *jiance* y el niño iban juntos y el *jiance* nunca llegó a su destino, estaba claro que tampoco el niño llegó a Chaoxian. Sentía una inmensa compasión por aquel recién nacido a quien su padre reservaba un destino tan ambicioso y que probablemente murió con el resto del clan de los Sai. Si eso fue así, en algún punto de la cadena apareció un eslabón débil, y sólo pudo ser el «criado de toda confianza» a quien Sai Wu entregó las tablillas y el niño. Pero ¿cómo se salvaron las tablillas? Indudablemente, jamás lo sabríamos.

Nos fuimos a dormir limpios y satisfechos, incluso diría que contentos por el hecho de saber que íbamos a descansar sobre unos maravillosos *k'angs* calientes colocados encima de los ladrillos que conducían el calor de las cocinas. Aquello era un placer paradisíaco, un lujo oriental, y nunca mejor dicho. Sin embargo, mi siguiente recuerdo de aquella noche es el de una voz que me susurraba extrañas y violentas palabras al oído mientras algo frío y metálico me oprimía la garganta. Abrí los ojos de golpe, completamente despierta, sólo para descubrir que la oscuridad no me permitía ver nada y que el extraño me tenía sujeta de tal forma que no podía moverme ni tampoco respirar porque me tapaba la boca y la nariz con la mano. Quise gritar pero no pude y, en cuanto empecé a forcejear, el metal presionó aún más mi cuello y el dolor me indicó que estaba muy afilado. Un hilillo de sangre caliente resbaló por mi piel hacia el hombro. Supe, por los ruidos ahogados, que mi sobrina también se encontraba en apuros. Íbamos a morir y no podía entender qué era lo que retrasaba el momento. Como en Nanking, la proximidad de la muerte, que tanto miedo me daba, me hizo sentir más viva y más fuerte. Una luz se iluminó en mi mente y recordé que, no exactamente a mis pies pero sí cerca, había una mesilla pegada a los ladrillos calientes con una gran jofaina de barro que, si caía, armaría un estruendo terrible. Pero si me estiraba para golpear la jofaina con los pies, el cuchillo se me clavaría en la garganta y una vez seccionadas las venas de esa zona, ¿quién conseguiría parar la hemorragia? Entonces oí un gemido furioso de mi sobrina y ya no lo pensé más: en un solo movimiento, intenté apartar el cuello echando la cabeza hacia la izquierda y hacia atrás, hacia el pecho del sicario, y estiré las piernas —y todo el cuerpo— con tanta fuerza que noté perfectamente cómo golpeaba la vasija con los pies y cómo ésta echaba a volar por los aires. El sicario que me sujetaba, sorprendido y enfadado a la vez, me golpeó fuertemente con la mano en la sien pero, para entonces, el estrepitoso choque de la enorme vasija contra el suelo de piedra ya se había oído por todo el *lü kuan* y mientras intentaba inútilmente recuperarme del golpe, que me había dejado casi inconsciente, oí una exclamación ahogada a mi espalda y sentí que los brazos del asesino se aflojaban y me soltaban. Me desplomé, inerte, sobre el *k'ang* y, en ese momento, escuché un agudo chillido de angustia de mi sobrina que me hizo luchar por incorporarme para ayudarla.

—No se mueva —susurró entonces la voz del maestro Rojo (o quizá fuera la del maestro Negro; nunca lo supe)—. Su sobrina está bien.

—Fernanda, Fernanda... —llamé. La niña, llorando como una Magdalena, se me abrazó hecha un flan y yo le devolví el abrazo mientras intentaba comprender lo que estaba pasando. No podía pensar. Estaba aturdida y dentro de mi propia cabeza, que me dolía horrores, sonaban unos zumbidos penetrantes que se mezclaban con los disparos, los gritos, los golpes y las exclamaciones que llegaban desde afuera, desde el gran comedor, que se había convertido en un campo de batalla. No podía ser otra cosa que un ataque de la Banda Verde. Era su habitual forma de actuar y esta vez había faltado muy poco para que mi sobrina y yo no pudiéramos contarlo. Aunque a lo peor no podíamos, pensé acobardada. Debíamos movernos y salir de allí, escondernos en alguna parte mientras la lucha continuaba por si ganaba la Banda Verde. Más mareada que una sopa, hasta el punto de vomitar todo lo que tenía en el estómago en cuanto puse el pie en tierra, hice que Fernanda se levantara conmigo y, pasándole el brazo por los hombros, caminé dificultosamente hacia la puerta. En realidad, no sabía a dónde quería ir; actuaba sin coherencia. Abandonar la habitación significaba salir al comedor del *lü kuan* y era de allí de donde venían los disparos.

—¡Dios mío, que Biao esté bien! —oí decir, entre hipos, a la niña. Mi decisión de escapar había sido ridícula. Sujeté de nuevo a Fernanda o, mejor, me apoyé en ella y retrocedimos por la habitación vacía y oscura pisando, con los pies descalzos, los fragmentos afilados de la jofaina rota—. ¿Qué quiere usted hacer? —me preguntó confundida.

—Debemos escondernos —susurré—. Es la Banda Verde.

—¡Pero no hay ningún sitio para hacerlo! —exclamó.

Una bala entró por la puerta con un silbido y se incrustó en la pared haciendo saltar esquirlas de piedra que rebotaron sobre nosotras. Mi sobrina chilló.

—¡Cállate! —le ordené pegando la boca a su oreja para que

nadie más me oyera—. ¿Es que quieres que sepan que estamos aquí y que vengan a por nosotras?

Sacudió la cabeza, negando enérgicamente, y me cogió de la mano para llevarme hasta una esquina de la habitación. Por el camino, pasamos sobre los cuerpos muertos de los dos asesinos que nos habían atacado. Sorprendida, la escuché remover las mantas y las esteras de bambú de los *k'angs* y dirigirse a continuación hacia mí con no sé qué extraña intención. Muy mareada todavía noté que me envolvía en una de las mantas y que me enrollaba con una de las esteras hasta dejarme convertida en un rulo que apoyó desconsideradamente contra la pared. Había que admitir que era una buena idea, la mejor de las posibles.

—¿Y tú? —pregunté desde el interior de mi agobiante refugio.

—Yo también me estoy escondiendo —respondió.

Ya no volvimos a hablar hasta que, mucho tiempo después, la lucha en el patio terminó. Yo había pasado un rato malísimo y no sólo por el miedo. No sé cómo me había golpeado el desgraciado sicario pero el dolor de cabeza y la sensación de angustia, de mareo y, la peor de todas, la de ir a perder el conocimiento en cualquier momento, convirtieron aquel tiempo dentro del rollo de estera en una auténtica heroicidad por mi parte: debía esforzarme mucho por mantenerme despierta y en pie, y eso que tenía la espalda apoyada contra la pared. Cuando ya creía que no podría aguantar ni un segundo más me pareció escuchar la voz de Biao.

—¡*Tai-tai!* ¡Joven Ama! —sonaba muy lejos, como si nos llamara desde el otro mundo, aunque lo más probable era que quien estuviera ya cerca del otro mundo fuera yo—. ¡Joven Ama! ¡*Tai-tai!*

—¡Biao! —oí decir a mi sobrina. Yo intenté hablar, pero sólo recuerdo que vomité de nuevo dentro de mi estrecho escondite y nada más.

Abrí los ojos y vi un techo de adobe pintado de blanco. Mi primera sensación fue la de haber dormido mucho y, luego, la de que había demasiada luz. Entorné los párpados y pensé que era extraño que no nos hubiéramos despertado al amanecer para hacer los ejercicios taichi. ¿Dónde estaba Biao? ¿Por qué no me había despertado Fernanda?

—Avisa a Lao Jiang —dijo alguien—. Ha abierto los ojos.

Claro que había abierto los ojos. Qué tontería. ¿O acaso era otra persona la que había abierto los ojos? No entendía nada de lo que estaba pasando.

—¿Tía? ¿Cómo se encuentra?

En mi pequeño campo de visión apareció la cara compungida de mi sobrina, toda hinchada y llorosa. Iba a preguntarle, de malos modos, qué narices le pasaba para tanto lagrimeo cuando me di cuenta de que me costaba muchísimo hablar, de que no podía articular la mandíbula, que se negaba a abrirse.

—¿Tía...? ¿Me ve, tía, me ve?

Algo muy grave me estaba pasando y no podía comprender qué era ni por qué. Empecé a asustarme. Al final, haciendo un esfuerzo increíble, conseguí despegar los labios.

—Claro que te veo —balbucí a duras penas.

—¡Me ve! —gritó alborozada—. No se mueva, tía. Tiene un bulto en la cabeza del tamaño de una plaza de toros y media cara morada.

—¿Cómo? —repliqué intentando incorporarme. Obviamente, era demasiado esfuerzo.

—¿No recuerda nada de lo que pasó anoche?

¿Anoche?, ¿qué había pasado anoche? ¿No nos habíamos ido a dormir después de cenar? Y, por cierto, ¿dónde estábamos?

—La Banda Verde nos atacó —me dijo mi sobrina.

¿La Banda Verde...? ¡Ah, sí, la Banda Verde! Sí, claro que nos había atacado. De repente recordé todo lo sucedido. El asesino que me había puesto un cuchillo en el cuello, la patada que le di a la jofaina, un golpetazo terrorífico en la sien... Y, después, retazos de sueños, una manta, una estera...

—Sí, ya lo recuerdo —murmuré.

—Bien —dijo la voz de Lao Jiang desde las proximidades—. Buena señal. ¿Cómo se encuentra, Elvira? ¿O prefiere que la llame Chang Cheng?

Oí la risa de Biao cerca y también la de mi sobrina.

—Nada de Chang Cheng —proferí, molesta.

—Aquí la tenemos de nuevo —exclamó, satisfecho.

Una de las caras idénticas de los hermanos Rojo y Negro (no podía ver aún con tanta nitidez como para distinguir si tenía la sombra en la mejilla) se puso delante de mí, me examinó con atención y tocó el lado izquierdo de mi cabeza. Me dolió tanto que grité.

—Recibió un golpe terrible —me explicó el maestro—. Seguramente «La Palma de Hierro». Algunos de los atacantes conocían técnicas secretas de lucha Shaolin. Podría haber muerto.

—Fue una dura batalla —declaró Lao Jiang.

—¿Qué ocurrió? —pregunté.

—Nos atacaron por sorpresa. Entraron en nuestras habitaciones sin que los soldados se dieran cuenta.

—Demasiado licor de sorgo —gruñí, enfadada.

—No se preocupe —dijo él, lúgubremente—. Lo han pagado caro. Ninguno ha sobrevivido.

—¿Cómo dice? —me alarmé, intentando incorporarme de nuevo. Me dolió todo el cuerpo y desistí.

—Los maestros Jade Rojo y Jade Negro fueron los primeros que consiguieron salir de su cuarto. Nos atacaron a todos a la vez. Eran más de veinte hombres. Creo que Biao ha contado veintitrés cadáveres, ¿no, Biao?

—Sí, Lao Jiang. Más los doce soldados.

Qué estúpida carnicería, recuerdo que pensé. ¿Por qué los hombres resuelven siempre los problemas con guerras, matanzas o asesinatos? Si los de la Banda Verde querían el *jiance*, o todo el dichoso contenido del «cofre de las cien joyas», con apresarnos, obligarnos a dárselo y soltarnos era suficiente. Pero no, había que atacar, matar y morir. Absurda violencia.

—Veníamos hacia aquí cuando usted tiró al suelo el *lien p'en*

—dijo el maestro—. Sabíamos que estaban en peligro. Con el ruido, los soldados despertaron y empezó la pelea.

—Al principio —siguió contando Lao Jiang—, las balas de los rifles acabaron con muchos de los asaltantes pero los que quedaron vivos al final, cuando nuestros soldados ya estaban en las últimas, eran luchadores Shaolin como el que la atacó a usted. Los maestros Jade Rojo, Jade Negro y yo habíamos conseguido eliminar a cuatro o cinco de ellos con muchas dificultades pero aún quedaban otros tantos que, incluso heridos, liquidaron a los últimos muchachos del grupo comunista de Shao. Fue un ataque fuerte y muy bien organizado. Esta vez no querían correr riesgos. Venían dispuestos a llevarse el *jiance* pero, gracias a la jofaina que usted tiró, no les dimos tiempo ni a buscarlo. El maestro Jade Negro tiene varias lesiones importantes y yo muchas contusiones y un par de heridas. El maestro Jade Rojo es el que ha salido mejor parado; sólo recibió cortes en las manos y en la espalda, pero ninguno de gravedad.

—¿Y Biao? —me inquieté.

—Estoy bien, *tai-tai* —le oí decir—. A mí no me pasó nada.

—¿Cómo sabían que estábamos aquí? ¿Nos habían seguido?

—Indudablemente —afirmó Lao Jiang—. El monasterio de Wudang era la última referencia que tenían de los tres fragmentos del *jiance*. Recuerde que habían visitado al abad. Ya no les quedaban más oportunidades antes de perdernos.

—¿Y por qué aquí?, ¿por qué en esta ciudad?

—No lo sabemos. Quizá se enteraron tarde de nuestra salida o quizá esperaron hasta tenernos en este lugar por alguna razón, la más probable de las cuales es que los expertos en artes marciales que nos atacaron procedan del templo Shaolin de Songshan, en la cercana provincia de Henan, al Oeste, el lugar más importante de lucha Shaolin de toda China. No creo que fueran monjes, pero nunca se sabe. Esta ciudad, Shang-hsien, es el mejor punto de encuentro para reunir al grupo de sicarios procedentes del sur que venían tras nosotros con el de luchadores procedentes de Henan. La Banda Verde ha debido de gastar mucho dinero organizando este ataque.

—¿Y ahora qué?

—Ahora, debemos descansar. Usted no estará en condiciones de moverse hasta dentro de un par de días por lo menos y hay que disponer el regreso del maestro Jade Negro a Wudang. No puede acompañarnos el resto del viaje y tampoco podemos dejarle aquí.

—¿Tan mal está?

—Tiene los dos brazos rotos y una herida muy profunda en la pierna derecha. Luchó valerosamente y se llevó la peor parte. Pero no corre peligro de muerte.

¿Los gemelos iban a separarse? Eso sí que era una novedad. Si el maestro Rojo, el gran erudito, se quedaba con nosotros, quizá consiguiéramos averiguar si tenía personalidad propia al margen de la de su hermano, el luchador.

—Ahora que no disponemos de soldados —siguió diciendo Lao Jiang— y que el maestro Jade Negro regresa a Wudang, si se produjera otro ataque como el de anoche estaríamos completamente perdidos.

—¿Y no puede usted pedir ayuda al Kuomintang o a los comunistas de esta ciudad?

—¿Kuomintang en esta zona de China...? No, Elvira. Ni Kuomintang ni comunistas. Estamos en las cumbres del macizo Qin Ling, ¿recuerda?, prácticamente aislados del mundo salvo por un estrecho y escarpado camino de montaña cubierto de nieve. Sin embargo, la buena noticia es que, si abandonamos ese camino y seguimos otras rutas, ya no podrán darnos alcance y, si nos pierden el rastro ahora, serán incapaces de volver a encontrarnos. No saben hacia dónde nos dirigimos.

—Hacia Xi'an —replicó Fernanda con tonillo de suficiencia, como si Lao Jiang fuera tonto o algo así.

—Xi'an es una ciudad muy grande, joven Fernanda, tan grande como Shanghai y nosotros no vamos directamente hacia allí. —Lao Jiang acababa de dar al traste con mi intención de dejar a los niños en aquel lugar—. La Banda Verde no tiene ni idea de cuál es nuestro destino. ¿O para qué crees que querían el *jiance*? No saben dónde está el mausoleo.

—Pero, Lao Jiang —objeté sin pestañear para que no me explotara la cabeza—, ¿cómo vamos a cruzar las montañas nosotros solos? ¿Es que no recuerda todo lo que hemos pasado para llegar hasta aquí? ¿Cómo vamos a salir vivos de ésta si dejamos el camino?

—Ya no estamos muy lejos, Elvira. Con el peor de los tiempos posibles podría faltarnos, como máximo, una semana hasta Xi'an y, además, a partir de ahora todo el trayecto es de bajada. Debemos evitar a toda costa que nos sigan. Es lo único que pueden hacer, su única posibilidad de encontrar la tumba. Estoy seguro de que han dejado espías en Shang-hsien, gente dispuesta a venir tras nosotros hasta la misma entrada del mausoleo. ¿Es que quiere usted que nos ataquen allí? ¿Se lo imagina? Debemos tomar todas las precauciones posibles.

—Entonces, hay alguien ahí afuera esperando a que reanudemos el viaje. —Un sueño raro me cerraba los ojos. Me dio miedo dormirme.

—Este tramo final es el más importante para ellos. Ya no tienen otras referencias. Si ahora nos pierden de vista, se acabó y no creo que sean tan tontos. Supongo, por otro lado, que no esperaban fracasar en el asalto de anoche pero, por si acaso, debemos guardarnos muy bien las espaldas.

—¿Y cómo lo haremos? —pregunté, notando que, sin poder evitarlo, me iba quedando rápidamente dormida.

—Pues, verá. Lo que hemos pensado es lo siguiente...

Y ya no recuerdo nada más.

Aquella tarde me desperté sin encontrarme mejor. Apenas pude beber un sorbo de agua. Mi sobrina me contó que Lao Jiang había pagado al dueño del *lü kuan* por nuestra estancia y por todos los daños y que había contratado a seis porteadores expertos para llevar al maestro Jade Negro de vuelta a Wudang y que, además, para no tener problemas con las autoridades chinas de Shang-hsien, también había comprado un pedazo de tierra en las afueras y había llegado a un acuerdo con algunos campesinos para que enterraran allí a los muertos en cuanto fuera posible porque, en esta época del año, el suelo estaba congelado. Mientras tanto, los cuerpos se conservarían en unas cuevas de la montaña Shangshan, en cuya ladera se encontraba la ciudad, y también por eso Lao Jiang había tenido que pagar una cierta cantidad de dinero en concepto de alquiler.

Mientras hablaba, Fernanda se empeñaba en darme la comida en la boca como a los niños pequeños pero no pude tragar absolutamente nada. Recuerdo que, por curiosidad, pasé muy suavemente la mano por el vendaje que cubría la hinchazón de mi cabeza y que, no sólo vi las estrellas, sino que, además, me asusté muchísimo al comprobar que el chichón tenía exactamente las mismas dimensiones que la parte más ancha de un huevo de gallina. Qué golpe no me habría dado aquel bestia, me dije, shaolin, mandarín o lo que fuera. Ahora, que, desde luego, lo había pagado caro. Por idiota. Peor para él. Si se hubiera dedicado a cualquier otra profesión más pacífica no estaría criando malvas.

A la mañana siguiente, en cambio, me desperté muchísimo mejor. Seguía doliéndome la cabeza pero pude levantarme del *k'ang*. Al lavarme la cara tuve que hacerlo con extremo cuidado porque todo el lado izquierdo me dolía y, luego, al desayunar, cada bocado me supuso un quejido de dolor. Después, tranquilamente, estuve paseando por el *lü kuan*, contemplando cómo los criados intentaban remediar los destrozos de la batalla, que eran muchos. Parecía que un tornado hubiera pasado por allí, o peor, un terremoto como el que había destruido Japón tres meses atrás, cuando Fernanda y yo llegamos a Shanghai. Resultaba increíble pensar que hacía ya tanto tiempo que deambulábamos por China en busca de la tumba perdida de un antiguo emperador pero, por difícil que fuera de creer, mis pies encallecidos y mis fuertes piernas podían corroborarlo. Continué dando vueltas por el *lü kuan* hasta que, inesperadamente, en un rincón, me encontré frente a un gran espejo octogonal con un trigrama tallado en cada lado del marco —los hexagramas del *I Ching* eran de seis líneas y éstos sólo de tres, pero parecían primos hermanos—. No pude evitar soltar un grito de horror cuando me vi reflejada. El vendaje me daba un aspecto muy parecido al de los soldados heridos que regresaban a París durante la guerra; pero lo peor, con diferencia, era la tumefacción negro azulada que me deformaba la parte izquierda del rostro, ojo, labios y oreja incluidos. Me había convertido en un monstruo. Si en algún momento la tan llevada y traída moderación taoísta debía serme útil sin duda era en aquél, y no se trataba de estar fea, guapa o deformada; se trataba de que hubieran podido matarme con aquel golpe llamado «La Palma de Hierro» y mi cara lo decía bien a las claras. Podría estar muerta, me repetía mientras me observaba cuidadosamente y supe que, en tanto aquel enorme cardenal no desapareciera, debía echar mano de la moderación, del *Wu wei* y de la moderación otra vez.

Aquella tarde empezaron a llegar nuevos huéspedes al *lü kuan*. Primero fueron dos o tres hombres pero, al poco, ya no paraban de entrar familias completas con aire de fiesta. Por la noche, el establecimiento estaba abarrotado, y eso que no había suficientes mesas para todos y que prácticamente no quedaban sillas. Debía de tratarse de alguna inesperada avalancha de visitantes o de algún nutrido grupo de mercaderes que viajaban con sus mujeres y sus niños. En cuanto los criados nos trajeron los cuencos de la cena, Lao Jiang echó una mirada satisfecha al comedor y exclamó:

—Bien, aquí tenemos a nuestros protectores. Creo que no falta ninguno.

Fernanda y el maestro Rojo parecían saber de qué iba el asunto porque sonrieron y continuaron cenando pero yo no tenía ni la menor idea acerca de lo que hablaba Lao Jiang.

—Se quedó usted dormida cuando empecé a contarle nuestro plan —me dijo atacando con apetito la sopa de arroz—. Todas estas personas son campesinos de los alrededores a los que hemos invitado a cenar. ¿Ve usted aquel hombre de allí? —me preguntó señalando a un anciano alto y delgado—. Él se hará pasar por mí y aquella mujer de allá es usted, Elvira. La hija del hostelero le cortará el pelo para que parezca el suyo. Aquel hombre será el maestro Jade Rojo y el joven alto de su derecha, Biao. Aún no he decidido cuál de aquellas dos muchachas asumirá el papel de Fernanda, ¿quién se le parece más? No se fije en las caras, eso es lo de menos. Fíjese en el cuerpo, en la estatura. Todos ellos saldrán de Shang-hsien dentro de tres horas, en plena noche, en dirección a Xi'an. Se llevarán algunos de nuestros caballos.

Así que aquél era el plan. Unos dobles asumirían nuestra personalidad mientras nosotros permanecíamos a salvo en el *lü kuan*.

—No, nosotros no nos quedaremos en el *lü kuan*. Nosotros partiremos en cuanto Biao nos avise de que los espías se han ido tras el grupo o, en caso contrario, un par de horas después que ellos.

—Pero ¿y si esta gente ha hablado? ¿Y si esos supuestos vigilantes ya saben lo que planeamos hacer?

—¿Cómo iban a saberlo —replicó muy divertido— si nuestros propios dobles lo desconocen todavía?

Aquel hombre no dejaba de sorprenderme. Debí de poner cara de tonta aunque, con mi deformación, no creo que se notara la diferencia.

—Todas estas personas son muy pobres —me aclaró—. El maestro Jade Rojo y yo invitamos a los más necesitados de entre los campesinos de la zona. No podrán rechazar mi oferta en cuanto les muestre el dinero que estamos dispuestos a pagarles.

Y no la rechazaron. Mientras Fernanda y yo terminábamos de cenar y Biao regresaba de las cocinas, Lao Jiang y el maestro Rojo fueron de mesa en mesa cerrando tratos y pagando acuerdos. También dieron algo de dinero al resto de los presentes para que no se produjera un tumulto o alguien tuviera la mala idea de intentar robarnos. Nuestros imitadores nos siguieron hasta las habitaciones y, en menos de media hora, estaban vestidos con nuestras ropas acolchadas y peinados como nosotros, con nuestros gorros, nuestros abrigos de piel de cordero y nuestras botas (unas magníficas botas de piel forradas de espesa lana y con una gruesa suela de cuero para la nieve que nos habían proporcionado en Wudang). Menos mal que teníamos repuesto de casi todo. Los dobles quedaron tan logrados que ni yo misma hubiera podido notar la diferencia de no mirarles la cara. Ellos parecían muy contentos y muy dispuestos a realizar su bien remunerado trabajo: caminar sin descanso toda la noche y todo el día siguiente, sin parar ni para comer. Luego, podrían regresar a sus casas. Nosotros ya nos habríamos alejado lo suficiente como para que la Banda Verde no pudiera alcanzarnos.

Hice que Biao se abrigara antes de salir del *lü kuan* por la leñera. Tendría que pasar un par de horas escondido junto al camino que llevaba a Xi'an, en plena noche y sobre la nieve, y no quería que muriese congelado. A continuación, se marcharon nuestros dobles. La mujer que se hacía pasar por mí había protestado mucho porque, decía, yo caminaba de una manera muy rara que le costaba imitar y no porque ella tuviese «Nenúfares dorados» (era raro que las niñas pobres sufrieran la monstruosa deformación de los pies ya que, de mayores, debían trabajar en el campo como los hombres), sino porque, al andar, yo movía mucho todo el cuerpo, especialmente las caderas, y eso ella no lo había visto nunca. Jamás se me hubiera ocurrido pensar en una cosa semejante, pero la mujer, que debía de ser muy lista, estuvo ensayando en la habitación hasta que se dio por satisfecha y lo mismo hizo la jovencita que remedaba a Fernanda, cosa que aún me sorprendió más.

No había pasado ni una hora cuando Biao reapareció, muy nervioso y muerto de frío, con la noticia de que, efectivamente, un par de hombres habían salido en pos de nuestros dobles en cuanto éstos abandonaron Shang-hsien. Los tipos se movían con cuidado para no ser descubiertos aunque la oscuridad de la noche los ocultaba bastante bien.

—¡Es la hora! —exclamó el anticuario poniéndose precipitadamente el abrigo—. ¡Vámonos!

Montamos en los caballos que nos habían quedado y salimos de Shang-hsien. Los que no sabíamos montar, o sabíamos mal, tuvimos que aguantarnos el miedo, mantener el equilibrio y sostener las riendas lo mejor que pudimos. Las mulas con el resto de las cajas y los sacos nos seguían mansamente y nos servía de guía uno de los lugareños que había cenado y cobrado un dinero en el *lü kuan*. El buen hombre nos llevó por un estrecho sendero que rodeaba completamente la ciudad pasando junto al cauce del río Danjiang y ascendiendo ligeramente por la ladera de la montaña Shangshan. Al cabo de unas horas, en mitad de un espeso bosque de pinos, Lao Jiang detuvo su caballo, desmontó y estuvo hablando con él. A pesar de la hora y del frío, los niños aguantaban bien. Yo era la que estaba realmente fastidiada: el frío en el lado izquierdo de mi cara era como un cuchillo que me rebanara la carne una y otra vez en delgados filetes.

Después, el guía se marchó y Lao Jiang y el maestro Rojo estuvieron hablando un buen rato, consultando a la misérrima luz de una luna menguante algo parecido a una brújula del tamaño y la forma de un plato y, luego, reanudamos la marcha a través del bosque siguiendo un camino inexistente en una dirección desconocida. Amaneció y no nos detuvimos a desayunar. Tampoco paramos a comer; lo hicimos sin desmontar y, cuando el sol empezó a declinar y yo a creer que seguiríamos para siempre montados sobre aquellos pobres animales, el anticuario, por fin, ordenó descansar. Nada en el paisaje había cambiado durante toda la jornada. Seguíamos en mitad de la espesura con la nieve hasta los tobillos, aunque ahora, al anochecer, una bruma misteriosa se deslizaba suavemente entre los troncos. Acampamos allí aquella noche y la siguiente fue idéntica, y la siguiente también. Los días no se diferenciaban en absoluto: árboles y más árboles, matorrales saliendo a duras penas de entre la nieve en la que se hundían los cascos de los caballos con un ruidito seco y machacón; fuego nocturno para espantar a los animales salvajes —felinos y osos— y para preparar la cena y el desayuno de la mañana. Eliminábamos todos los restos de nuestro paso antes de montar y marcharnos. Algunas veces, el maestro Rojo se quedaba atrás y esperaba un rato agazapado entre los árboles para comprobar que nadie nos seguía. Los niños estaban siempre como atontados, medio dormidos por culpa del monótono vaivén de los caballos. Se espabilaban un poco mientras hacíamos taichi pero luego volvían a caer en un profundo sopor. Al cabo de los ocho días que duró el viaje habíamos cruzado cuatro o cinco ríos, algunos poco profundos pero otros tan grandes y de corrientes tan rápidas que nos vimos en la necesidad de alquilar balsas para llegar al otro lado.

La primera señal que tuvimos de que nos acercábamos a zonas más «civilizadas» fue una apocalíptica visión de aldeas arrasadas o incendiadas y las huellas indudables en la nieve del paso de tropas militares y de cuadrillas de bandidos. La cosa se complicaba. Tampoco nos quedaba ya mucha comida, apenas un poco de pan que mojábamos en el té y galletas secas. Fernanda me comunicó la alegre noticia de que mi chichón estaba disminuyendo de tamaño ostensiblemente y de que la mitad izquierda de mi cara había pasado a tener un hermoso color verde que indicaba el principio del fin del moretón. Como seguíamos huyendo de la gente y no queríamos dejarnos ver —o dejarnos ver lo menos posible—, continuábamos dando rodeos absurdos con ayuda de aquella extraña brújula llamada *Luo P'an*, fabricada con un ancho plato de madera en cuyo centro había una aguja magnética que señalaba al Sur. Era el artefacto chino más curioso de todos los que había visto hasta entonces y me propuse dibujar una copia en cuanto tuviera oportunidad porque el plato tenía, delicadamente tallados, entre quince y veinte estrechos círculos concéntricos en los cuales había trigramas, caracteres chinos y símbolos extraños, algunos pintados con tinta roja y otros con tinta negra. Era realmente bonita, original, y el maestro Rojo, su propietario, me explicó que se utilizaba para descubrir las energías de la Tierra, para calcular las fuerzas del *Feng Shui*, aunque nosotros le estábamos dando un uso mucho más vulgar: guiarnos hasta el mausoleo del Primer Emperador.

Por fin, acabando la primera semana de diciembre y habiendo dejado atrás las montañas y la nieve, llegamos a un villorrio llamado T'ieh-lu donde nos aprovisionamos de víveres en una tienducha situada dentro de una pequeña estación de ferrocarril. Cuando salimos de allí, Lao Jiang, señalando un monte que se veía a lo lejos, dijo:

—Ahí tenemos el Li Shan, el monte Li del que habla Sima Qian en su crónica sobre la tumba de Shi Huang Ti. Dentro de unas horas llegaremos al dique de contención del río Shahe.

La frase era optimista y esperanzadora. Se acercaba el final de nuestro largo viaje y, precisamente por eso, mi estómago dio un gran vuelco de miedo: sólo si habíamos conseguido engañar a la Banda Verde alcanzaríamos la presa del Shahe porque, si no era así, las próximas horas resultarían sumamente peligrosas. En cualquier caso, llegar al dique tampoco sería la panacea puesto que allí nos esperaba una muy poco deseable inmersión en aguas heladas y nada menos que las flechas de las ballestas del ejército fantasma de Shi Huang Ti. O sea, que, por donde se mirase, la tarde iba a ser terrible y mi estómago me avisaba de ello.

El maestro Rojo, que a esas alturas del camino aún no sabía hacia dónde nos dirigíamos exactamente, puso cara de interés al escuchar lo de la presa del río Shahe. Como medida de precaución (aunque yo diría más bien que como equivocado gesto de desconfianza), Lao Jiang se había obstinado en no mostrar el *jiance* a los hermanos Rojo y Negro y en no hablar con ellos acerca de las pistas que Sai Wu había dejado escritas para ayudar a su hijo a entrar en el mausoleo y para guiarle por el interior. El pobre maestro Rojo sólo sabía lo que decía Sima Qian en sus *Anales Básicos* y era, de todos nosotros, el único que desconocía lo del baño en agua helada.

Los niños, por su parte, manifestaron la mayor de las alegrías. Para ellos se acercaba el momento más emocionante y divertido de los últimos meses. Aquello era una fantástica aventura con un cuantioso tesoro como premio. ¿Qué más se podía pedir a los trece y a los diecisiete años? Mi intención había sido siempre mantenerlos a salvo, pero todo había salido mal una y otra vez. Ahora no quedaba otro remedio que llevarlos con nosotros y dejar que corrieran los riesgos y peligros que nos esperaban al resto en el interior de la tumba. Me sentí tremendamente culpable. Si algo les llegaba a ocurrir a Fernanda y a Biao... No quería ni pensarlo. Y todo por pagar unas deudas que ni siquiera eran mías; bueno, sí, eran mías por herencia pero esa ley que me había cargado con los problemas económicos de Rémy me parecía absolutamente injusta. Nada de todo aquello estaría sucediendo si él hubiera sido una persona cabal. De repente, no sé por qué, me vino a la cabeza una frase que me había dicho Lao Jiang cuando supimos en Nanking que a Paddy Tichborne le tenían que amputar una pierna: «Le voy a dar su primera lección de taoísmo, *madame*: aprenda a ver lo que hay de bueno en lo malo y lo que hay de malo en lo bueno. Ambas cosas son lo mismo, como el yin y el yang.» ¿Qué podía haber de bueno en todo aquello...? No fui capaz de verlo, de verdad, y entre estos negros pensamientos y otros de la misma índole, fuimos avanzando por grandes extensiones de campos yermos que, en épocas más pacíficas, debieron de dar buenas cosechas de cereales a sus propietarios. Ahora estaban abandonados, los campesinos habían huido y una gran soledad reinaba en la zona.

Aún no habíamos visto el río Shahe cuando el maestro Rojo llamó nuestra atención señalándonos un frondoso montículo de unos cuarenta o cincuenta metros de altura extrañamente aislado en una inmensa campiña al fondo de la cual se destacaban las cinco cumbres siamesas del monte Li.

—¡Lo hemos conseguido! —exclamó Lao Jiang, incorporándose sobre su caballo para observar mejor desde la distancia. Todos sonreímos satisfechos. Fue un momento muy emocionante.

«Después —había escrito Sima Qian en su crónica—, sobre el mausoleo se plantaron árboles y se cultivó un prado para que ese lugar tuviera el aspecto de una montaña.» La descripción era un tanto pretenciosa ya que montaña, lo que se dice montaña, no parecía, pero impresionaba saber que la tumba del Primer Emperador de la China, perdida durante dos mil años, se encontraba allí, bajo aquel insignificante y achatado altozano. Y lo realmente increíble era que nosotros íbamos a ser los primeros en entrar en ella.

De pronto, algo pareció molestar profundamente a Lao Jiang:

—Ya deberíamos encontrarnos junto al cauce del Shahe —dijo—. Según el mapa, fluía desde el monte Li hacia el río Wei, a nuestras espaldas. Pero aquí no hay agua.

—¿No existe el río Shahe? —me sorprendí.

—En dos mil doscientos años podría haberse secado —farfulló—. ¿Quién sabe?

Cada vez más preocupados, continuamos avanzando hacia el sur con el mausoleo a nuestra derecha. En aquellos vastos espacios no se divisaba ningún río y, lo que aún era peor, ninguna presa, ningún dique de contención, ningún lago artificial... Deberíamos estar viéndolo pero no era así aunque, si existía, tenía que estar muy cerca, casi debajo de nosotros. En cambio, lo que había hasta las laderas del monte Li sólo era tierra baldía.

Desolados, nos detuvimos un rato después sobre el punto de inmersión mencionado por Sai Wu en el *jiance*. Tras una prolongada observación del terreno que sólo terminó cuando se fue la luz del sol, el maestro Rojo, Lao Jiang y yo llegamos a la conclusión de que la presa había existido en algún momento del pasado porque descubrimos ligeras elevaciones en el suelo que coincidían con la gran forma oblonga del mapa y una depresión en el centro que parecía indicar que, efectivamente, en aquel lugar había habido un lago en alguna ocasión. Sin duda, el tiempo y la naturaleza erosionaron y, finalmente, destruyeron el dique y cualquier otra obra o desviación del Shahe que pudieran haber llevado a cabo los ingenieros del Primer Emperador. Sólo después de admitir a regañadientes la desconcertante situación, nos dispusimos a pasar la noche envueltos ya por la más completa oscuridad —había luna nueva—, sin encender el fuego ni para preparar la cena ni para calentarnos porque era demasiado peligroso hacer una fogata en aquella extensa llanura despejada. Comimos en silencio algo de lo que habíamos comprado por la mañana en la tiendecita de la estación de tren y, al terminar, aunque hacía un frío atroz y se suponía que debíamos irnos a dormir, ninguno de nosotros se movió.

Tantos meses de esfuerzos y peligros, tantos muertos y heridos, tanto sufrimiento para nada. Era mi único pensamiento, aunque más que un pensamiento era como una sensación, como una imagen que contenía la idea completa y que se mantenía fija en mi mente. No me daba cuenta del paso del tiempo. No me daba cuenta de nada. Por dentro, me había detenido.

—¿Qué vamos a hacer ahora?

La voz de Fernanda me llegó desde muy lejos.

—Encontraremos una solución —murmuré.

—¡No, no hay solución! —tronó Lao Jiang, terriblemente enfadado—. Le daremos el *jiance* a la Banda Verde para que comprueben por ellos mismos que la entrada ha desaparecido y así nos dejarán en paz y podremos recuperar nuestras vidas en Shanghai. Toda esta locura se ha terminado.

Me indigné. No había gastado tanta energía ni había sometido a mi sobrina a tantos peligros para admitir una derrota tan absurda y humillante.

—¡No quiero volver a oír que esto se ha terminado! —vociferé; el anticuario me miró sorprendido, lo mismo que Fernanda, Biao y el maestro Rojo—. ¿Quiere darle el *jiance* a la Banda Verde...? ¡Usted se ha vuelto loco! Les estaríamos entregando el mausoleo en bandeja de plata. Sabiendo dónde está, sólo tienen que venir con un batallón de obreros y empezar a excavar. Les daremos la tumba del Primer Emperador y sus incalculables riquezas a cambio de nuestras pequeñas vidas en Shanghai o en París, ¿no es así? ¡Ah, y no olvidemos las soluciones de las trampas contra los ladrones! Todo, les daremos todo a cambio de que nos dejen en paz, ¿verdad? Pero usted parece olvidar que la Banda Verde sólo es la mano criminal contratada por los imperialistas y los japoneses a quienes tanto odia y teme. ¡Piense! ¡Utilice la cabeza si no desea volver a inclinarse ante un todopoderoso emperador manchú que le obligará a llevar de nuevo la coleta Qing!

—¿Y qué quiere...? ¿Que excavemos nosotros? —se burló.

—¡Quiero que hagamos cualquier cosa, lo que sea, para encontrar otra manera de entrar en el mausoleo! —exclamé, dejándolos a todos boquiabiertos—. ¡Si tenemos que excavar, excavaremos!

Me iba creciendo al escucharme a mí misma. Sabía que acertaba, que eso era lo que debíamos hacer aunque, claro, si me hubieran preguntado sobre la forma de resolver el problema me habría desinflado como un globo. Pero mis palabras surtieron un efecto inesperado. El maestro Rojo pareció despertar de un ensueño.

—Quizá sea posible —dijo muy bajito.

—¿Qué ha dicho? —repliqué, sintiéndome aún dueña de la situación.

Me echó una mirada rápida, muy azorado (todavía le costaba hacerlo), y bajando los ojos hacia el suelo, repitió:

—Quizá sea posible entrar de otra manera.

—¿Qué tontería es ésta? —se enfadó Lao Jiang.

—No se ofenda, por favor —suplicó el maestro—. Recuerdo haber leído algo, hace mucho tiempo, sobre unos pozos perforados por bandas de ladrones que quisieron saquear el mausoleo.

—¿El mausoleo del Primer Emperador? —repuse, sorprendida—. ¿Este mausoleo?

—Sí, *madame*.

—Pero, vamos a ver, maestro Jade Rojo, eso es imposible —razoné—. Para empezar tenían que conocer su emplazamiento y nadie ha sabido nada de él desde hace dos mil años.

—Exacto, *madame* —aprobó tan tranquilo—. Hay un pasaje del *Shui Jing Chu*...

—¿El «Comentario al Clásico de las Aguas» del gran Li Daoyuan? —se sorprendió el anticuario—. ¿Ha tenido usted en sus manos una copia del «Comentario al Clásico de las Aguas»?

—En efecto —admitió el monje—. Una copia tan antigua como la propia obra, ya que fue realizada durante la dinastía Wei del Norte (44).

—Algún día tendré que hablar de negocios con el abad de Wudang —musitó el anticuario, hablando consigo mismo.

—¿Y qué decía ese pasaje del «Comentario al Clásico de las

(44) 386-534 n. e.

Aguas»? —atajé, antes de que aquello se convirtiera en una discusión sobre los valiosos libros existentes en las bibliotecas de la Montaña Misteriosa.

—Decía que Xiang Yu, el fundador de la dinastía Han, la siguiente a la del Primer Emperador, después de asesinar a toda la familia imperial de los Qin y de arrasar Xianyang, la capital, se dirigió al mausoleo de Shi Huang Ti y, según el texto, le prendió fuego tras apoderarse de todos los tesoros.

—Eso es imposible —comentó tranquilamente Lao Jiang—. Li Daoyuan escribió su obra setecientos años después de la desaparición de la dinastía Qin. Si eso hubiera ocurrido, Sima Qian, el gran historiador, lo habría mencionado en sus *Memorias históricas*, escritas sólo cien años después y perfectamente documentadas.

—Estoy de acuerdo con usted —asintió el maestro Rojo—. Y ésa es también la opinión de todos los sabios y estudiosos que escribieron sobre ese fragmento de la obra de Li Daoyuan durante los catorce siglos posteriores. Sin embargo, recuerdo que uno de ellos, un antiguo maestro de *Feng Shui*, contaba una historia curiosa en un viejo tratado: decía que, pese a no ser cierta la historia contada por Li Daoyuan, sí era verdad que, en los doscientos años posteriores a la muerte del Primer Emperador, hubo dos serios intentos de saquear su mausoleo organizados por algunas familias nobles de la corte Han, ansiosas de hacerse con sus inmensas riquezas. En ambos casos se perforaron pozos muy profundos con la intención de llegar al palacio subterráneo.

—¿Y lo consiguieron? —preguntó Lao Jiang, escéptico.

—El primer intento fue un fracaso porque, a pesar de contar con los medios económicos necesarios, se desconocía la técnica para perforar a tanta profundidad.

—Los ingenieros de los Han no eran tan hábiles como los maestros de obras de los Qin —dijo mi sobrina.

—Cierto —celebré. El frío nocturno era cada vez más intenso. A pesar de mis botas forradas, tenía los pies como bloques de hielo.

—En el segundo intento hubo más suerte —siguió explicando el maestro Rojo—. Los ladrones llegaron al mausoleo pero nunca se volvió a saber de ellos. Al parecer, murieron allí dentro.

—Las ballestas automáticas —murmuré.

—Seguramente —admitió Lao Jiang—. Pero, salvo que el maestro Jade Rojo pueda decirnos con exactitud dónde se encuentra el pozo excavado por los ladrones del segundo intento, toda esta conversación es absurda.

—Es que sí que puedo decírselo —anunció muy sonriente el maestro—. El sabio que aludió a estos hechos era un maestro de *Feng Shui* del período de los Tres Reinos (45). Él no sabía dónde se encontraba la tumba del Primer Emperador pero, como maestro de *Feng Shui* que era, disponía de los datos geománticos que hoy, a nosotros, estando aquí, nos pueden llevar hasta el pozo que alcanzó el mausoleo.

—¿Y puede recordar esos datos geománticos? —se asombró Biao que, hasta entonces, no había abierto la boca.

—Claro que puedo —dijo el maestro sin dejar de sonreír—. Es muy fácil. Sólo hay que encontrar un Nido de Dragón.

Mientras Biao abría la boca y los ojos como si acabara de oír las palabras más maravillosas de la mejor y más hermosa poesía del mundo, Fernanda reaccionó:

—¡Los dragones no existen, maestro Jade Rojo! ¿Cómo vamos a encontrar un nido?

—No estoy hablando de dragones auténticos —se rió el monje—. El Nido de Dragón es un concepto del *Feng Shui.* Para nosotros, los chinos, el dragón simboliza la buena suerte, la buena estrella. Un Nido de Dragón es el lugar donde la energía *qi* se concentra poderosamente de manera equilibrada y natural. Son muy escasos y difíciles de encontrar. En la antigüedad, los Nidos de Dragón señalaban el punto exacto en el que debía enterrarse a los emperadores. Si además se daba el caso, como aquí, de que la situación geomántica era la correcta, entonces

(45) 220-265 n. e.

el enterramiento resultaba especialmente afortunado y el muerto se aseguraba una buena vida en el más allá.

—Es cierto —dijo Lao Jiang—. Aquí se da la situación geomántica correcta para un enterramiento: el fuego del Cuervo Rojo al sur, que serían las crestas del monte Li; el agua de la Tortuga Negra al norte, el río Wei; el metal del Tigre Blanco al oeste, la cordillera montañosa del Qin Ling por donde vinimos desde Wudang; y al este... ¿Qué hay al este? —se sorprendió—. No hay nada.

—No hay nada que podamos ver —repuso el maestro—. La zona este, la del Dragón Verde, estará protegida de algún modo, no lo dude (46). Los maestros geománticos de Shi Huang Ti eran los mejores de su época.

—Eso del Tigre Blanco, el Cuervo Rojo, la Tortuga Negra y el Dragón Verde me suena mucho —comenté, sorprendida—. Creo que lo explicaron en una clase sobre los Cinco Elementos a la que asistí en el monasterio.

—Tiene razón —asintió el maestro—. La ciencia del *qi*, los Cinco Elementos, el *Feng Shui*, el *I Ching*, las artes marciales y el resto de los ancestrales conocimientos de nuestra cultura están todos relacionados entre sí.

—Bueno, volviendo al Nido de Dragón —dije, retomando la conversación para que no acabáramos yéndonos otra vez por los cerros de Úbeda—. ¿El pozo que llegó hasta el mausoleo estaba en un Nido de Dragón o sólo la tumba del Primer Emperador?

—Estoy seguro de que la tumba se hizo en un Nido de Dragón, pero lo que aquel gran erudito del período de los Tres Reinos destacaba, por extraordinario, era que el pozo que alcanzó el mausoleo se había perforado en un segundo Nido cercano al primero, algo realmente inusual.

—En ese caso se destruiría al cavar.

—Un Nido de Dragón no se destruye, *madame* —replicó pa-

(46) Al este se encuentra, enterrado en grandes fosas, el conocido e impresionate Ejército de Terracota, no descubierto hasta 1974.

cientemente—. No es un pedazo de tierra que, si se remueve, ya no vuelve a quedar como antes. Es un punto donde la concentración del *qi* de la Tierra es muy fuerte y se encuentra en las mejores condiciones posibles. Esa energía altera el terreno produciendo un característico dibujo que es lo que sirve para encontrar los Nidos.

—¿Un dibujo? —preguntó Biao.

—Un Nido de Dragón suele tener una forma más o menos circular y, dentro de él, la tierra presenta dos colores distintos, marrón oscuro y marrón claro, separados por una línea blanca. La tierra oscura es viscosa y la tierra clara está suelta como la arena. Los dos colores forman dibujos dentro del Nido que a veces pueden ser círculos concéntricos, espirales, lunas menguantes o, incluso, el remolino del *t'ai-chi*.

—¿Del taichi? —me sorprendí. ¿Qué tenían que ver los ejercicios matinales con el Nido de Dragón?

—No. Del *t'ai-chi*. Es diferente. El *t'ai-chi* es un dibujo que representa al Yin y al Yang con los colores blanco y negro en un pequeño remolino circular conteniendo cada uno de ellos un punto del color contrario. Los Nidos de Dragón, a veces, presentan también esta imagen. —El maestro Rojo se levantó el cuello del abrigo—. Hace dos mil años, alguna noble y acaudalada familia Han mandó cavar un profundo pozo hasta el mausoleo. Sus maestros geománticos encontraron el mejor lugar para hacerlo: un inesperado Nido de Dragón. Eso aseguraba el éxito del proyecto. Sin embargo, todos los sirvientes que bajaron por él y llegaron hasta el fondo, murieron. Seguramente eso les asustó lo bastante como para que ordenaran cegarlo y olvidaran todo el asunto. Pero un pozo de muchos metros de profundidad no podía ser un simple agujero y menos aún si la obra estaba bien financiada. El pozo debía de ser amplio para poder sacar cómodamente los tesoros, con las paredes reforzadas para evitar derrumbamientos, algún sistema de poleas para bajar a los obreros y subir las cestas con la tierra que se iba retirando o, lo más probable, con peldaños excavados en las paredes. Al fracasar el intento, cerrarían el pozo y, con los siglos, la energía *qi* volvió a emerger de nuevo y redibujó en el suelo su Nido de Dragón. Sólo tenemos que encontrarlo. Ya saben cómo es.

—Mañana por la mañana, con la luz del sol —sentenció Lao Jiang—, nos repartiremos las zonas alrededor del túmulo y empezaremos a buscar.

—Y, ahora, vayamos a dormir, por favor —supliqué—. Estoy cansada y muerta de frío. Mejor será que durmamos con toda la ropa puesta. Sin fuego, podemos congelarnos.

Sin embargo, pese al cansancio, no pude pegar ojo y la noche se hizo muy larga. Todos estábamos impacientes, nerviosos. Oí removerse a los niños durante horas y escuché a Lao Jiang y al maestro Rojo conversar en susurros hasta la madrugada. Las mantas aparecieron cubiertas de escarcha cuando, por fin, una ligera claridad se abrió en el cielo y nos levantamos para hacer los ejercicios taichi (no *t'ai-chi*). Con ellos y con el té caliente del desayuno —pudimos encender fuego en cuanto hubo bastante luz para que pasara desapercibido— terminamos por entrar en calor.

Biao propuso tímidamente distribuirnos los cuatro puntos cardinales. Fernanda y él irían juntos, dijo, pero mi sobrina se negó en redondo; ella sola era perfectamente capaz de encontrar un Nido de Dragón sin ayuda de nadie, de modo que me quedé yo con el pobre Biao y ambos formamos el equipo del Cuervo Rojo, el del sur. Lao Jiang se quedó el Tigre Blanco del oeste, Fernanda el Dragón Verde del este y el maestro Rojo la Tortuga Negra del norte. Esta última zona era la más extensa ya que llegaba hasta el cauce del río Wei, pero el maestro contaba con sus profundos conocimientos de *Feng Shui* y con el *Luo P'an* para estudiar el terreno, lo que era como decir que, si el Nido de Dragón estaba en su área, caminaría directo hacia él sobre las líneas del flujo del *qi*. Como la campiña era enorme, nos llevamos comida para el mediodía. Primero fuimos con los caballos hasta el montículo que, según Sima Qian, señalaba el lugar del mausoleo; luego, sujetamos las riendas con unas piedras para que los animales no se escaparan durante nuestra ausencia y, por fin, cada uno de nosotros se fue hacia el lado que le había correspondido de la frondosa pirámide de tierra.

—Haremos recorridos paralelos al montículo, Biao. ¿Qué te parece?

—Muy bien, *tai-tai*, pero, para llegar antes a la ladera del monte Li que marca el final de nuestra zona, podríamos caminar en sentidos opuestos, encontrándonos en el centro. Así haríamos el doble de trabajo en la mitad de tiempo.

—Una gran idea. Recuerda que los tramos tienen que ser más grandes conforme nos alejemos de aquí.

—Podemos contar los pasos y dar uno más en cada recorrido.

Alcé el brazo y le pasé cariñosamente la mano por su pelo hirsuto.

—Llegarás tan lejos como te propongas, Pequeño Tigre.

Las orejas se le incendiaron y sonrió con modestia. Resultaba sorprendente pensar en lo mucho que había crecido durante el viaje y recordé cómo era cuando le vi por primera vez en el jardín de la casa de Shanghai junto a Fernanda. En aquella ocasión me había parecido un golfillo resabiado y su aparente descaro no me había gustado en absoluto. Cómo yerran, a veces, las primeras impresiones, me dije.

Caminamos toda la mañana sin encontrar nada, yendo arriba y abajo de aquella parcela de tierra que nos había tocado. A mediodía, después de que el niño se quejara tres veces de tener hambre en tres encuentros sucesivos, nos detuvimos a comer y aún no habíamos dado un par de bocados a nuestras bolas de arroz cocido envueltas en hojas de morera cuando un grito que parecía proceder del otro extremo del planeta nos hizo mirarnos, sorprendidos.

—¿Alguien llama o lo he soñado? —le pregunté a Biao, que masticaba con voracidad el arroz que tenía en la boca. Emitió un gruñido nasal que venía más o menos a decir que la respuesta no estaba clara cuando el grito volvió a escucharse—. ¡Nos llaman, Biao! ¡Alguien ha encontrado el Nido de Dragón!

Engulló de golpe el arroz y, tosiendo, se puso en pie al mismo tiempo que yo.

—¿De dónde viene? —pregunté, intentando orientarme.

Pero, como no lo sabíamos, permanecimos atentos y callados.

—¡De allí! —exclamó Biao cuando el grito se repitió, echando a correr hacia el este, hacia el sector de Fernanda. Entonces la vi. Me pareció distinguir un grupo de caballos al galope, pero sólo una figura —que, por las ropas, era mi sobrina— a lomos de uno de los animales. Mientras corría hacia ella campo a través, pensé que la niña era una de esas personas que carecen de habilidades porque, sencillamente, nadie la ha animado a desarrollarlas. Llegó a China gorda y vestida de luto —¡aquella horrorosa capotita!—, con un carácter desagradable y un genio de mil demonios. Eso era todo. Pero se puso a comer con palillos y, rápidamente, dominó la técnica; aprendió a jugar al Wei-ch'i y pronto estuvo a la altura de Biao, que era un genio; había empezado a practicar taichi hacía poco menos de un mes pero ya sobresalía; se había negado a aprender chino pero el día que decidió hacerlo y tomar carrerilla se puso a mi nivel en una semana; y, ahora, en mitad de aquella llanura de China, la veía acercarse a galope tendido sobre un caballo como si hubiera recibido clases y montado por los paseos del Retiro, en Madrid, durante toda su vida. Algo tendría que hacer con ella cuando regresáramos a Europa. Si es que regresábamos.

Biao y yo dejamos de correr.

—¡Tía! —gritó ella, sofrenando a su caballo cuando llegó a nuestro lado—. ¡El maestro Jade Rojo encontró el Nido de Dragón hace más de una hora! Yo estaba cerca y me avisó. El maestro fue a buscar a Lao Jiang y yo he traído sus monturas para no perder tiempo porque está lejos.

—¡Magnífico! —exclamé—. ¡Vamos allá!

La cuestión era cómo poner al galope un caballo sabiendo poco más que llevarlo al paso y, encima, sintiendo un cierto —digamos— respeto por un animal de tal peso y tamaño. «No es el momento de ser cobarde, Elvira», me dije montando con brío. La cosa debía de pasar por golpearle el vientre con los estribos más rápida e intensamente que cuando había que animarlo a caminar. Así lo hice, un poco asustada, y, efectivamente, salí hacia el túmulo a toda velocidad seguida a corta distancia por los niños. Menos mal que nadie conocido podía verme dando aquellos brincos e inclinándome de un lado a otro sobre la silla.

Seguimos cabalgando durante un buen rato y pasamos junto al túmulo sin detenernos. El río Wei aún quedaba lejos pero sus aguas brillantes podían divisarse en la distancia cuando vimos las diminutas figuras erguidas de Lao Jiang y del maestro Rojo, que parecían estar esperándonos. No tardamos en darles alcance. Tironeando de las riendas con firmeza detuvimos nuestros animales junto a los suyos y desmontamos. Los dos hombres exhibían unas sonrisas deslumbrantes, unas de esas pocas sonrisas chinas que parecen realmente sinceras.

—Mire el Nido de Dragón —me invitó Lao Jiang. Mi paso en tierra aún era inseguro pero avancé hacia donde su dedo señalaba con los ojos clavados en una forma ovoide de color claro con extraños zigzags en su interior hechos de barro oscuro. No era demasiado grande; quizá tuviera medio metro de diámetro en su parte más larga y jamás hubiera llamado mi atención de no saber que existía algo llamado Nido de Dragón. Pero sí, desde luego, su aspecto resultaba de lo más extraño.

—Sin duda, habrán sembrado muchas veces sobre él —dijo el maestro— y esta tierra ha debido de dar siempre buenas cosechas.

—Y, ahora, ¿qué tenemos que hacer? —pregunté—. ¿Cavar? Porque les recuerdo que no tenemos palas.

—Sí, es un contratiempo —murmuró Lao Jiang—. Ya había pensado en ello.

—Podemos volver al pueblecito de la estación de tren —propuso Biao—, pero no regresaríamos hasta mañana.

—Tengo una solución que proponerles —anunció el anticuario con un cierto aire misterioso—. Llevo en mi bolsa una pequeña cantidad de explosivos que podemos utilizar para abrir el pozo.

Como en Nanking, cuando apareció el primer batallón de soldados del Kuomintang para salvarnos de la Banda Verde y me enteré de que el anticuario era miembro de ese partido y de que nos lo había estado ocultando hasta aquel momento, noté que me enfadaba lenta pero imparablemente por haber vuelto a ser engañada. ¿Llevaba explosivos encima? ¿Con los niños allí? ¿Desde cuándo?, ¿desde Shanghai? ¿Para qué pensaba utilizarlos? Como defensa era mucho mejor cualquier arma y él tenía su abanico de acero, así pues ¿por qué transportarlos de un lado a otro durante miles de kilómetros a través de China con el inmenso peligro que eso suponía?

—Por su cara, deduzco que está usted molesta, Elvira —observó el interesado.

—¿A usted qué le parece? —mascullé intentando controlarme—. ¿No ha pensado en los niños en ningún momento? ¿En el riesgo que corríamos todos viajando con usted?

—No veo dónde está ese peligro del que habla —repuso—. La dinamita es estable y segura por mucho que se la mueva o por muchos golpes que reciba. Sólo se vuelve peligrosa cuando se conecta el detonador a la mecha y la mecha a los cartuchos. No creo haberles puesto en peligro en ningún momento.

—¿Y para qué la ha traído, eh? ¡No nos hacía falta en este viaje!

Fernanda, Biao y el maestro Rojo nos observaban cabizbajos. Los niños, además, tenían cara de miedo.

—La traje para esto —respondió el anticuario, señalando el Nido de Dragón—. Supuse que podría hacernos falta en el mausoleo o, en el peor de los casos, para salvarnos de la Banda Verde.

—¡Ya teníamos protección contra la Banda Verde! ¿No lo recuerda? Los soldados del Kuomintang nos siguieron desde Shanghai sin que nadie, salvo usted, lo supiera. Y, luego, se sumaron los milicianos comunistas.

—No comprendo su enfado, Elvira. ¿Qué puede haber en unos pequeños cartuchos de dinamita para que se ponga así? Tal y como supuse, nos van a resultar muy útiles para abrir la entrada. Le aseguro que no la entiendo.

Ni yo tampoco le entendía a él. Aquello me parecía el colmo del absurdo: cargar durante meses con explosivos por si llegaban a hacer falta en algún momento era ridículo. Habíamos tenido mucha suerte de no sufrir ningún accidente. Podíamos haber perdido la vida.

—Será mejor que se alejen todo lo que puedan —nos advirtió dirigiéndose hacia su bolsa que colgaba de la silla del caballo—. Váyanse ya.

Cogí a los niños por los brazos y empecé a caminar a paso ligero. El maestro Rojo me siguió en silencio. Creo que él tampoco estaba muy conforme con el asunto de los explosivos. Avanzamos sin parar hasta que se escuchó la detonación y digo detonación por llamar a aquello de alguna manera porque, aunque yo estaba esperando otra cosa, para mi sorpresa, sonó lo mismo que una bengala de fuegos artificiales. Entonces nos detuvimos y nos volvimos a mirar. Una pequeña columna de humo ascendía hacia el cielo despejado mientras los animales, muy agitados, se revolvían intentando soltarse. El anticuario, por su parte, estaba echado en el suelo a medio camino entre nosotros y el desaparecido Nido de Dragón.

Ante nuestros ojos, la columna se deshizo lentamente y se convirtió en una nube de polvo y tierra que se escampó en círculos, varios metros alrededor del agujero. Cuando Lao Jiang se puso en pie, todos iniciamos el regreso.

—¿Se habrá escuchado la explosión en Xi'an? —preguntó Fernanda, preocupada.

—Xi'an está a setenta *li* —le explicó el maestro—. No se ha oído nada.

La capa de polvo que flotaba en el aire se asentó poco a poco y, por fin, pudimos asomarnos a la cavidad abierta en el suelo. Tenía forma de cono, de manera que la boca era más ancha que el fondo, situado a unos tres metros; no costaría nada dejarse caer por aquellos terraplenes. El problema era que el pozo parecía continuar cegado.

—Yo diría que el agujero todavía no es lo bastante profundo —comenté.

—¿Debería usar más explosivos? —preguntó Lao Jiang.

—¡Déjeme bajar antes, Lao Jiang! —pidió Biao, inquieto—. A lo mejor no hace falta.

—Baja —le autorizó éste—, pero ten cuidado.

El niño se sentó en el borde y, girándose como un gato, empezó a descender a cuatro patas. No le llamé la atención porque se veía que daba cada paso con mucho cuidado, asentando con firmeza primero un pie y luego el otro y agarrándose enérgicamente con las manos. Pronto llegó al final. Le vimos incorporarse y sacudirse la tierra de los pantalones acolchados. Se le notaba inseguro, tanteando con el pie sin atreverse a caminar.

—¿Qué ocurre?

—Parece que debajo está hueco. El suelo tiembla.

—¡Sube ahora mismo, Biao! —le ordené pero, en lugar de obedecerme, volvió a ponerse a cuatro patas y, con las manos, empezó a escarbar en la tierra, apartándola.

—Aquí hay monedas —se extrañó y levantó una en el aire para que la viéramos.

—¡Tíramela! —le pidió Fernanda. El niño se puso de rodillas y cogió impulso. No bien la hubo lanzado, la cara le cambió y, en décimas de segundo, le vi arrojarse en plancha contra el terraplén y sujetarse a la tierra con los ojos apretados. Al mismo tiempo que la moneda caía en manos de mi sobrina se oyó un extraño crujido y una nubecilla de polvo se elevó desde el centro del suelo en el que instantes antes había estado hurgando Biao. No nos dio tiempo a reaccionar: el fondo del agujero se partió en dos y ambos pedazos cayeron al vacío succionando la tierra a la que el niño se agarraba desesperadamente. Todos gritamos a la vez. El agujero se había convertido en una tolva y Biao estaba perdido. Se hundió en el pozo con la cara levantada hacia nosotros. Creí morir de angustia. Entonces, en menos del tiempo que hay entre dos latidos, se escuchó un topetazo seco y un doloroso lamento.

—¡Biao, Biao! —llamamos. El lamento se hizo más agudo.

—Hay que bajar —dijo alguien, pero yo ya lo estaba haciendo. Frenándome con las botas y con las manos, iba resbalando sobre la tierra suelta por el mismo sitio por el que había descendido Biao. En menos de un par de segundos estaría muerta o junto al niño. Cuando el terraplén terminó sentí que caía al vacío y, un momento después, noté que mis pies chocaban con tanta fuerza contra una superficie dura que, si no hubiera sido por los ejercicios taichi que me habían fortalecido los tobillos y por las caminatas que habían robustecido mis piernas, seguramente me habría roto más de un hueso. Recibí el golpe en todo el esqueleto. El niño lloriqueaba a mi derecha. Menos mal que no me había desplomado sobre él. La polvareda me hizo toser.

—Biao, ¿estás bien? —pregunté, cegada.

—¡Me he hecho daño en un pie! —gimoteó. La imagen de Paddy Tichborne y su pierna amputada me vino a la mente. Me arrodillé a su lado y, tanteando, cogí su cabeza entre mis manos.

—Te sacaremos de aquí y te curarás —le dije. Fue en ese momento cuando me di cuenta, horrorizada, de lo que había hecho. ¿Que yo me había tirado al vacío por un agujero como una suicida...? Las manos que sujetaban la cara de Biao empezaron a temblar. ¿Es que me había vuelto loca o qué narices me había pasado? ¿Yo, Elvira Aranda, pintora, española residente en París, tía y tutora de una joven huérfana que sólo me tenía a mí en el mundo había estado a punto de matarme en un acto inconsciente e insólito que jamás hubiera llevado a cabo de encontrarme en mis cabales? El corazón se me disparó.

—¿Se encuentran bien? —preguntó la voz de Lao Jiang. No pude contestar. Estaba tan impresionada por lo que acababa de hacer que no me salía ningún sonido de la garganta—. ¡Elvira, responda!

Petrificada. Me había quedado petrificada.

—¡Estamos bien! —gritó al fin Biao que, por el temblor de mis manos, debió de notar que algo raro me pasaba. Se esforzó por soltarse de mí y, arrastrándose hacia atrás, se liberó. A impulsos pequeños y con ayuda de la pared logró incorporarse y, entonces, fue él quien, inclinándose y tirando hacia arriba de mi brazo, me ayudó a ponerme en pie—. Vamos, *tai-tai*, tenemos que movernos.

—¿Has visto lo que he hecho? —atiné a decir.

Él sonrió con timidez.

—Gracias —susurró, pasando mi brazo derecho sobre su hombro y levantándose todo lo alto que era.

—¡Tía!, ¡Biao! —gritaba mi sobrina desde arriba. La tierra que yo había arrastrado en mi caída ya se había disipado y la luz del mediodía entraba a raudales. Miré a mi alrededor. Aquel sitio era extraordinario. El niño y yo estábamos sobre una plataforma de dos metros de larga por unos ochenta centímetros de ancha, excavada en el suelo y pavimentada con ladrillos de arcilla blanca cocida. El pozo era perfectamente cilíndrico, de unos cinco metros de diámetro, revestido de tableros y vigas de madera en bastante mal estado. Lo más sólido era la grada sobre la que nos encontrábamos, así como la rampa en la que terminaba que, a su vez, descendía hasta otra plataforma de la que salía otra rampa y así sucesivamente, girando hasta el fondo del pozo que, por cierto, no se veía.

—¿Y tu pie? —le pregunté al niño.

—Creo que no me lo he roto —aseguró—. El dolor se me está pasando.

—Ya veremos cuando se te enfríe después de estar quieto un buen rato.

—Sí, pero ahora puedo caminar.

—¡Tía...! ¡Biao...!

—¡Esperad un momento! —grité—. ¿Cómo les hacemos bajar? —le pregunté al niño.

—Creo que no hay otra forma —respondió mirando a nuestro alrededor—. Tienen que dejarse caer.

—Sí, pero corremos el riesgo de que se hagan daño.

—Que tiren primero las bolsas y nosotros las colocaremos como si fueran *k'angs*.

—La de Lao Jiang ni en sueños —repuse, alarmada.

—No —convino él muy serio—, la de Lao Jiang no.

La voz de mi sobrina sonó atemorizada cuando aseguró que

ella no se sentía capaz de dejarse caer por el terraplén. Le dije, muy seria, que me parecía estupendo que se quedara arriba para cuidar de los animales pero que tuviera muy presente que, si no salíamos en varios días, pasaría sola todo ese tiempo, noches incluidas, y que eso me asustaba. Cambió rápidamente de opinión y, cuando le llegó el turno de saltar tras el maestro Rojo, se lanzó como una valiente. Saber que caes, no al vacío como suponía yo cuando me tiré sin pensar, sino a un suelo firme y carente de peligro, hace que el descenso sea distinto, más firme y seguro. Todos llegaron bien. Después de Fernanda, vino la dichosa bolsa de Lao Jiang con los explosivos. Él no paraba de repetir desde arriba que no tuviésemos miedo, que no iba a pasar nada, pero los niños y yo nos alejamos rampa abajo hasta la siguiente plataforma por si las moscas. El maestro Rojo recibió el desagradable fardo en los brazos y, luego, lo dejó cuidadosamente a un lado para ayudar a Lao Jiang en su caída. Al poco, todos estábamos enteros y a salvo dentro de aquel pozo de la dinastía Han del que ascendía un extraño olor a podrido. Daba mucha tranquilidad —aunque no completa— saber que pisabas tierra firme reforzada con tableros y vigas que, por muy mal que estuvieran, algo harían porque nada temblaba.

No sé cuántos metros descendimos hasta que la luz se redujo a un punto blanco en lo alto que ya no iluminaba en absoluto. Desde luego, yo no había contado con aquella eventualidad pero, como siempre, Lao Jiang sí. Sacó un yesquero de plata de su bolsillo —el mismo con el que seguramente había prendido la mecha de la dinamita y que yo no le había visto hasta entonces— y, de su bolsa, extrajo también una gruesa caña de bambú en la que anduvo trasteando hasta que consiguió, al parecer, quitarle una pieza muy pequeña y, entonces, al acercarle la llama del yesquero, aquello se encendió lo mismo que una antorcha.

—Un antiguo sistema chino de iluminación para los viajes —nos explicó—, tan eficaz que, tras muchos siglos, aún se sigue utilizando.

—¿Y qué combustible lleva? —curioseó Fernanda.

—Metano. Un magnífico texto de Chang Qu (47) del siglo IV describe la construcción de canalizaciones de bambú calafateadas con asfalto que conducían el metano hasta las ciudades para ser utilizado en el alumbrado público. Ustedes, en Occidente, no han iluminado sus grandes capitales hasta hace menos de un siglo, ¿verdad? Pues nosotros, no sólo lo conseguimos hace más de mil quinientos años sino que, además, también aprendimos a almacenar el metano en tubos de bambú como éste para usarlos como antorchas o como reservas de carburante. El metano se ha empleado en China desde antes de los tiempos del Primer Emperador.

El maestro Rojo y Pequeño Tigre sonrieron orgullosamente. La modestia china era una falacia como otra cualquiera. No había más que ver cómo se ponían en cuanto tenían algo de lo que presumir. Desde luego, sus muchos y muy valiosos y antiguos conocimientos eran dignos de asombro y admiración, pero cansaba un poco que siempre estuvieran vanagloriándose de ellos. A lo mejor es que necesitaban recordárselos a sí mismos para recuperar su orgullo nacional pero, francamente, resultaba un poco molesto. Yo había dado un salto suicida en busca de Biao y, sin embargo, no me dedicaba a mencionarlo para que me recordaran lo valiente que había sido (aunque me hubiera gustado, para qué nos vamos a engañar).

Después de aquello, con la antorcha china, el descenso por las rampas volvió a ser cómodo y seguro. Cada vez nos hundíamos más en las profundidades de la tierra y yo me preguntaba, asustada, cuándo recibiríamos el primer flechazo de ballesta. Caminaba con desconfianza, aunque ahora, después del salto, sentía un recobrado ánimo en mi interior que me volvía un poco más arrojada e intrépida. La sensación era muy dulce, como si volviera a tener veinte años y pudiera comerme el mundo.

—El camino se termina —dijo de pronto el maestro Rojo.

Nos detuvimos en seco. Sólo nos quedaban dos plataformas y

(47) Historiador (291-361 n. e.), autor de las *Crónicas de los Estados al Sur del Monte Hua*, más conocidas como *Crónicas de Huayuang*.

tres rampas para llegar al final. Curiosamente, a la profundidad en la que nos encontrábamos no hacía más frío que en el exterior; diría, incluso, que la temperatura era más agradable. Lo único difícil de soportar era el olor pero, después de llevar tres meses en China, incluso esto había dejado de ser un problema.

—¿Qué hacemos? —pregunté—. Las ballestas pueden empezar a disparar en cualquier momento.

—Habrá que arriesgarse —murmuró el anticuario.

No di ni un solo paso.

—Recuerde el *jiance* —me dijo, irascible—. El maestro de obras le explicaba a su hijo que, entrando por el pozo al que llegaría tras sumergirse en la presa, saldría directamente al interior del túmulo, frente a las puertas del salón principal que conduce al palacio funerario, y que allí se dispararían sobre él cientos de ballestas. Este pozo está muy alejado del túmulo. Las ballestas no están aquí.

—Pero, en la historia que contó el maestro Jade Rojo —me obstiné—, los ladrones que bajaron por estas mismas rampas nunca volvieron a subir.

—Pero no tuvieron que morir necesariamente en este lugar, *madame* —me contestó el maestro—. Los chinos somos muy supersticiosos y hace dos mil años todavía más. Es lógico suponer que, tratándose de la tumba de un emperador tan poderoso, los primeros sirvientes que entraron en ella estarían aterrados. Probablemente serían presos, como los que construyeron el mausoleo y arriba, en la superficie, se habrían quedado los capataces y los nobles esperando a ver qué ocurría.

—¿Y qué ocurrió? —preguntó Biao como si no hubiera oído nunca la historia.

—Pues que los que bajaron no volvieron a subir —sonrió el maestro—. Era todo lo que decía la crónica que leí. Pero eso asustó tanto a los que esperaban fuera que cegaron el pozo como si temieran que algo espantoso pudiera escaparse de aquí.

—Profanar una tumba en China —comenté—, donde tanto se venera y respeta a los antepasados, debe de ser algo terrible.

—Y mucho más la tumba de un emperador a quien los propios Han no habían dejado ni un solo descendiente vivo para que pudiera llevar a cabo las ceremonias funerarias en su honor que marca la tradición.

—Hagamos una cosa —propuse—. Vayamos tirando nuestras bolsas por delante de nosotros y así sabremos si el camino está despejado.

—Una idea muy buena, Elvira.

—Pero su bolsa no, Lao Jiang.

Seguimos descendiendo un poco más y empezamos a lanzar los hatos con mucho impulso para que llegaran lo más lejos posible del pozo y de los restos destrozados del suelo que se había hundido bajo el peso de Biao. Y no ocurrió nada. Ninguna flecha los atravesó.

—La trampa no está aquí —dijo el maestro Rojo.

—Pues sigamos adelante.

El último pie que pusimos en la última pendiente fue el primero de una visión desconcertante que nos dejó boquiabiertos: frente a nosotros se abría una inmensa extensión aparentemente vacía, jalonada por columnas lacadas en negro y decoradas con motivos de dragones y nubes, sin capiteles ni basas. El techo de placas de cerámica se encontraba a unos tres metros de altura y se sostenía gracias a unas traviesas fabricadas con gruesos troncos que no me inspiraron demasiada confianza. Muchas de las placas se habían desprendido y yacían hechas añicos sobre el piso de baldosas.

—¿Dónde estamos? —preguntó mi sobrina.

—Yo diría que en el recinto exterior del palacio funerario —conjeturó Lao Jiang señalando con el dedo algo que quedaba oculto tras una de las columnas. Di unos pasos hacia adelante y me llevé un susto de muerte al descubrir a un hombre arrodillado, con el cuerpo descansando sobre los talones y las manos escondidas dentro de las «mangas que detienen el viento». Era grande e iba muy bien peinado con un moño sobre la nuca y raya en el centro.

—¿Es una estatua? —Fue una pregunta tonta por mi parte,

ya que era obvio que no podía tratarse de un ser humano auténtico, pero es que parecía terriblemente real, tan real como cualquiera de nosotros.

—¡Claro que es una estatua, tía! —se rió mi sobrina.

—Sí, pero no una estatua cualquiera. Es magnífica —aseguró Lao Jiang, sinceramente impresionado. Se acercó aún más y llamó a Biao. El niño avanzó con paso inseguro. El anticuario le dio la antorcha y le colocó el brazo a la altura que deseaba que la sostuviera. Luego, se caló las gafas en la nariz y se inclinó para estudiarla mejor—. Es la representación de un joven siervo de la dinastía Qin. Está hecho con arcilla cocida y todavía conserva la pigmentación, lo cual resulta extraordinario. Fíjense en el color de su cara y en el pañuelo rojo que lleva anudado al cuello. Impresionante.

—Fue colocado mirando al sur —indicó el maestro Rojo—, hacia el túmulo.

—Deberíamos seguir —manifesté. Nunca me habían gustado mucho las estatuas, sobre todo las de forma humana como aquélla, tan realistas. Siempre tenía la sensación, cuando visitaba los museos de París, de que las esculturas me miraban y de que no eran falsos ojos de piedra los que me seguían. Procuraba salir corriendo de ese tipo de salas.

Pero aquel joven siervo no fue el único que encontramos. Cada cierto número de columnas había uno parecido, todos mirando hacia el sur, la misma dirección que nosotros seguíamos, y también funcionarios imperiales, en pie, vestidos con gruesas chaquetas y amplios pantalones negros, luciendo vistosos lazos al cuello y, colgando del cinto, sus instrumentos de escritura. Además hallamos esqueletos de animales que bien podían ser ciervos o cualquier otra especie salvaje, junto a pesebres de cerámica y con la argolla que les sujetaba a las columnas todavía alrededor de las vértebras del cuello. Sólo eran huesos y cráneos, pero impresionaban en medio de aquellas tinieblas. Descubrimos muchas otras cosas igualmente extrañas porque había también compartimentos con altares de piedra lujosamente adornados sobre los que aún descansaban los más variados cacharros de bronce cubiertos de cardenillo (jarras, jarrones, hervidores, calderos de tres patas...), habitaciones que debieron de albergar hermosos cojines y cortinas de seda, algunas estancias con armas, otras con miles de *jiances*, cocinas repletas de animales de arcilla como aves de caza, cerdos o liebres junto a los más variados utensilios de carnicero e, incluso, cuadras completas de caballos con los esqueletos en el suelo, prácticamente deshechos. Pero, lo más hermoso de todo, con diferencia, eran las cámaras repletas de lujosos vestidos ceremoniales confeccionados con sedas y piezas de jade. En éstas ni siquiera nos atrevimos a entrar por miedo a que nuestra presencia dañara las delicadas telas de dos milenios de antigüedad. Caminamos durante mucho tiempo, impresionados y también un poco sobrecogidos por las cosas que veíamos. Conforme nos acercábamos al túmulo el techo se iba haciendo más y más alto, alejándose de nuestras cabezas hasta alcanzar una altura desproporcionada. Pronto descubrimos la razón: un largo muro de tierra enlucida pintado de rojo nos impedía seguir avanzando. Era tan alto que no divisábamos el final (aunque también es verdad que la antorcha de Lao Jiang no daba para muchas alegrías y que su círculo luminoso no llegaba más allá de los tres o cuatro metros).

—¿Y ahora, qué? —inquirí—. ¿Derecha o izquierda?

El maestro Rojo sacó su *Luo P'an* de la bolsa y lo consultó. No sé qué cálculos extraños haría pero pasaba la uña del índice repetidamente sobre los signos y caracteres del plato de madera y se le veía sumamente concentrado.

—Las «Venas del dragón»... —murmuró al fin, levantando la cabeza, satisfecho.

—Las líneas de energía *qi* —explicó Lao Jiang.

—... fluyen hacia el sur pero hay otra, mucho más débil, de este a oeste. Si los cálculos de las Nueve Estrellas son correctos —afirmó el maestro—, llegaremos antes a la puerta principal yendo por la derecha.

—No me pregunten sobre las Nueve Estrellas —nos advirtió Lao Jiang a los niños y a mí viéndonos coger aire y abrir las bocas—. Son asuntos de *Feng Shui* muy complicados que sólo conocen los grandes expertos.

De manera que continuamos caminando y, unos diez minutos más tarde, llegamos a la esquina de la muralla, que torcimos para seguir descendiendo. La pared presentaba grandes desconchones que dejaban al descubierto la tierra apisonada de su interior y nosotros, al caminar, aplastábamos los trozos de enlucido rojo produciendo, para mi gusto, un ruido áspero que, en aquellas oscuras soledades, sonaba preocupante.

Al cabo de bastante tiempo —no sabría puntualizar cuánto, puede que una media hora o quizá un poco más— alcanzamos el final y torcimos a la izquierda. Ya no debía de faltar mucho para la puerta. Mis sentidos se aguzaron: con un poco de suerte (o de mala suerte, según cómo se mirase), podríamos ver los restos de los sirvientes que murieron asaeteados por los disparos de las ballestas y eso nos avisaría del peligro. Pero cuando por fin llegamos, no advertimos nada que nos indicara que ninguna flecha se hubiera disparado nunca en aquel lugar aunque, sin duda, alguien había pasado por allí antes que nosotros porque las hojas de aquel inmenso portalón de casi cinco metros de altura, cada una de ellas adornada con una enorme argolla de hierro oxidado que colgaba de una aldaba con forma de cabeza de tigre, estaban abiertas de par en par. Las atravesamos con prevención, mirando en todas direcciones, pues, pasándolas, entrabas en una especie de túnel abovedado de unos diez metros de largo que parecía el lugar ideal para un ataque por sorpresa. Aquélla era una edificación monumental, de unas dimensiones colosales. Ningún rey europeo había tenido nunca un enterramiento tan grandioso. No era de extrañar que hubieran hecho falta tantísimos condenados a trabajos forzados para llevarlo a cabo. Ni las pirámides de Egipto se le podían comparar.

Al otro lado del túnel fuimos a dar a un patio o, mejor dicho, a un corredor de grandes dimensiones enlosado con planchas de cerámica blancas y grises que dibujaban motivos en espiral y geométricos. A esas alturas, echaba de menos las lámparas con grandes cantidades de aceite de ballena que, según Sima Qian en sus *Anales Básicos,* nunca se iban a apagar en el mausoleo del Primer Emperador. La oscuridad de los grandes espacios que nos rodeaban empezaba a cansarme y, además, no podía hacerme una idea clara de las magnitudes de la estructura.

Atravesando el inmenso patio llegamos frente a otra muralla idéntica a la anterior, pintada también de rojo e igual de alta. El mausoleo estaba guarecido, pues, por dos barreras capaces de detener a cualquier ejército del mundo por numeroso que fuera, incluso a un ejército moderno con todos sus carros de combate y sus cañones «Berta». Y, ¿todo eso para proteger a un hombre muerto? El Primer Emperador había padecido de una gran megalomanía, no cabía ninguna duda. En esta nueva muralla había una segunda puerta de proporciones gigantescas, aunque ésta era de hojas correderas y estaba erizada de peligrosas púas por toda su superficie. Permanecía entreabierta gracias a unas gruesas barras de bronce que debieron de colocar allí los siervos Han; era incomprensible cómo habían soportado durante tanto tiempo aquella presión. Pasando entre dos de ellas fuimos a dar al interior de otro túnel abovedado al fondo del cual se veían unas escaleras que ascendían hacia un vano enorme y negro. Subimos poco a poco, atentos a cualquier ruido o señal de peligro y, cuando llegamos arriba, sencillamente, no vimos nada: la luz de nuestra antorcha se perdía en el más lóbrego y silencioso de los vacíos.

—¿Y ahora qué hacemos? —preguntó mi sobrina. Su voz se disolvió en un espacio inmenso que no podíamos ver. Callamos, atemorizados.

Lao Jiang, tras un momento de vacilación, se dirigió hacia la pared izquierda de la muralla y levantó al máximo el brazo de la antorcha. Luego, fue hacia el lado derecho y buscó algo también. Aquí pareció encontrar lo que necesitaba.

—Ven, Biao —dijo.

El niño fue a su encuentro y el anticuario se arrodilló.

—Sube a mi espalda.

Biao, desconcertado, le obedeció y Lao Jiang, antes de incorporarse, le pasó la antorcha.

—Sujétate bien a mis hombros —dijo el anticuario—. Maestro Jade Rojo, por favor, ayúdeme a ponerme en pie.

El maestro se acercó a él y, cogiéndole por un brazo, tiró hacia arriba al mismo tiempo que Lao Jiang se esforzaba por enderezarse con el niño encima, que se balanceaba peligrosamente.

—¿Ves una vasija adosada a la pared?

—Sí, Lao Jiang.

—Mete la mano dentro y dime qué tocas.

Biao puso cara de loco al oír la orden e intentó mirarnos a Fernanda y a mí buscando nuestra ayuda pero obviamente, para él, nosotras quedábamos ocultas en la oscuridad. Horrorizada, le vi meter la mano en aquel recipiente como si la estuviera metiendo en un nido de serpientes.

—Parece... No lo sé, Lao Jiang. Hay un palito de metal clavado en algo duro. Madera seca o algo así porque tiene estrías.

—Huele esa madera.

—¿Qué? —se espantó el niño.

—Acércate la mano a la nariz y dime a qué huele la madera. —Las piernas del anticuario temblaban imperceptiblemente. No aguantaría a Biao sobre los hombros mucho más tiempo.

Me dio un asco increíble ver al pobre niño olisquear aquello que había tocado con la punta de los dedos. A saber qué cantidad de porquería se habría acumulado allí durante dos mil años.

—No huele a nada, Lao Jiang.

—¡Mete la mano de nuevo!

Biao le obedeció.

—No sé... —vaciló—. A rancio, quizá. Manteca rancia. Pero no estoy seguro. Está seco.

—Acerca la llama al palillo de metal (48).

(48) Se cree que los chinos utilizaron amianto para hacer mechas desde varios siglos antes de nuestra era. Esas mechas no había que reponerlas porque no se consumían.

—¿Que acerque la llama adónde?

—¡Acerca la llama a la grasa de ballena! —Lao Jiang no podía más. Estaba completamente apoyado sobre el maestro Rojo que tenía la cara contraída por el esfuerzo.

Entonces, Biao inclinó la caña de bambú sobre el receptáculo y, después de un momento que nos pareció eterno, la retiró y saltó al suelo, liberando así al pobre Lao Jiang. Fernanda y yo seguíamos la escena con mucha atención, entre otras cosas porque no había otro sitio hacia donde mirar, por eso nos quedamos pasmadas cuando vimos salir de la vasija un pequeño resplandor luminoso que se fue haciendo más intenso hasta que, con un bisbiseo, apareció una hermosa claridad que, teniendo los ojos acostumbrados a la penumbra como los teníamos, nos pareció que alumbraba con la fuerza de una potente lámpara eléctrica. Todos soltamos unos cuantos «¡Oh!» y otros tantos «¡Ah!» de admiración antes de descubir que una hilera de fuego avanzaba por un canalillo a lo largo de la muralla prendiendo otros tantos pebeteros colocados cada diez o quince metros. Girábamos sobre nosotros mismos siguiendo con los ojos el recorrido de la llama cuando nuestra vista tropezó, súbitamente, con la silueta de un inmenso edificio, de un palacio gigantesco que ocultó el avance del resplandor. Nos separaba de él una explanada interminable y unas grandiosas escalinatas de piedra divididas en tres tramos y defendidas por dos monstruosos tigres sedentes colocados sobre pedestales. En algún momento, en un punto oculto a nuestros ojos, el camino del fuego se dividió en varios ramales porque, mientras contemplábamos lo que sólo era aún una imagen imprecisa del palacio, dos lenguas de fuego surgieron a derecha e izquierda del edificio, torcieron hacia los tigres y, cuando llegaron a ellos, avanzaron rápidamente en dirección a nosotros siguiendo las líneas marcadas por las baldosas grises que dibujaban una amplia avenida entre pilastras.

Nos quedamos embobados, aunque decir esto es decir muy poco. La cimas de las pilastras se incendiaron también al paso de las lenguas de fuego iluminando el centro y los lados de la plaza, en los que había dos estanques gigantescos cuyo fondo no podía verse y que alguna vez contuvieron agua y peces y que, seguramente, conectaban con las tuberías pentagonales del sistema de drenaje del recinto funerario. Nada más verlos, supe que uno de ellos era el pozo por el que hubiéramos salido de haber existido aún la presa del río Shahe, de modo que las ballestas ya no podían estar muy lejos. Al tiempo que la explanada se iluminaba como una feria, por el lado izquierdo de la muralla volvió la llama prendida por Biao después de contornear todo el recinto. Aquello se había convertido en una explosión de luz y ahora el palacio se veía perfectamente definido y hermoso frente a nosotros, con sus tres pisos de paredes amarillas y tejados hechos con cerámica de color tostado. El único problema era que el aceite de ballena, al quemarse, olía espantosamente mal, si bien había que reconocerle el mérito de no echar humo, detalle importante en un recinto subterráneo como aquél por grande que fuera.

A ambos lados del palacio se extendían muchas otras dependencias hasta casi donde la vista se perdía así que, indiscutiblemente, aquel lujoso edificio debió de ser considerado por los miembros de la corte Qin, los funcionarios, los soldados y, desde luego, los posibles saqueadores de tumbas el lugar donde reposarían para siempre los restos de Shi Huang Ti. Si el propósito del Primer Emperador había sido engañarlos a todos y que no sospechasen la verdad sobre su auténtico enterramiento, por descontado que lo había conseguido. Aquello desbordaba la imaginación de cualquiera.

Sin despegar los labios iniciamos la andadura a través de la avenida de baldosas grises en dirección al palacio. Si alguien hubiera podido observarnos desde el tejado del último piso habría pensado que éramos una fila de hormigas avanzando por el centro de un gran salón de baile y, salvando las distancias, tardamos casi lo mismo que ellas en alcanzar los horripilantes tigres dorados que custodiaban las escalinatas. Cada uno era tan grande como una casa y exhibían unas enormes uñas afiladas y unas exóticas escamas en los lomos que los volvían un tanto repulsivos. Desde aquella posición, había que levantar mucho la cabeza para descubrir el edificio detrás del último tramo de escaleras.

—¿Vamos a subir ahora? —preguntó Fernanda. Vi dar un respingo a Biao y al maestro Rojo. Hacía tanto tiempo que permanecíamos callados que la voz de la niña sonó como un cañonazo.

—¿Te pasa algo? —me inquieté.

Puso una cara compungida.

—Estoy cansada. Debe de ser tarde. ¿Por qué no cenamos aquí, con luz, y dormimos un rato antes de seguir?

—Nada me gustaría más, Fernanda —le dije pasándole un brazo sobre los hombros—. Pero éste no es un buen sitio para descansar, junto a estos horribles animales. Pronto encontraremos un lugar menos desagradable, te lo prometo.

Por el rabillo del ojo me pareció ver un gesto burlón en la cara de Biao. ¡Qué mala es la adolescencia!, me dije, armándome de paciencia. En fin, si teníamos que subir todos aquellos escalones más valía que empezásemos cuanto antes, así que di unos pasos y me situé delante de los demás. Para poder presumir más tarde de mi hazaña, me dio por contar cada peldaño: uno, dos, tres, cuatro... cincuenta, cincuenta y uno, cincuenta y dos... setenta y tres, setenta y cuatro... cien. Primer tramo. Hasta ese momento todo había ido perfectamente, aunque notaba un cierto dolorcillo en los músculos de las pantorrillas.

—¿Seguimos? —nos animó Lao Jiang, emprendiendo el segundo tramo. «Venga, vamos», me alenté, y empecé a contar de nuevo. Pero cuando se acercaba el final de aquella tortura china, ya no podía con mi alma. Una cosa es caminar y otra muy distinta subir escaleras cargada con una bolsa de viaje. Yo ya no tenía edad para estas cosas. Por muy orgullosa que me sintiera de mi recobrada fuerza y de mi nueva agilidad, mis cuarenta y tantos años me pasaban factura: al llegar al descansillo me derrumbé en el suelo.

—¿Se encuentra usted bien, tía?

—¿Es que tú no te encuentras mal? —gemí desde mi humillante posición—. Dijiste que estabas cansada antes de empezar a subir.

—Sí, bueno... —Su corazón generoso (es un decir) no deseaba herir mi orgullo.

—Está bien. Denme un minuto para recuperar el aliento y podré incorporarme.

—Pero ¿podrá acabar el último tramo? —preguntó, inquieto, Lao Jiang.

Así que yo era la única que se sentía morir, ¿no es cierto? Los demás, incluido aquel anciano de barbita blanca, estaban frescos como rosas en primavera.

—Puedo ayudarla si usted me lo permite, *madame*—murmuró el maestro Rojo arrodillándose en el suelo frente a mi cara.

—¿Sí...? ¿Cómo?

—Con su permiso —dijo cogiendo uno de mis brazos y subiéndome la manga. Con los pulgares, empezó a presionar ligeramente en distintas zonas. Luego, cambió al otro brazo y repitió la operación. El dolor de mis piernas desapareció por completo. Siguió presionando en puntos cerca de los ojos, en las mejillas y, por último, ejerció una presión un poco más fuerte en las orejas usando los pulgares y los índices. Cuando se puso en pie tras una reverencia de cortesía, yo era la rosa más fresca de aquel jardín.

—¿Qué me ha hecho? —pregunté, sorprendida, recuperando ágilmente la verticalidad. Me sentía estupendamente.

—Le he quitado el dolor —murmuró recogiendo su hato— y la he ayudado a liberar su propia energía. Sólo es medicina tradicional.

Miré a Lao Jiang en busca de una explicación pero, al ver en sus ojos esa mirada de orgullo que tan bien conocía, desistí con presteza y me dispuse a subir corriendo el último trecho de escaleras. Los chinos eran un pozo de sabiduría milenaria y poseían conocimientos extraños que los occidentales no podíamos ni siquiera imaginar, atrincherados en nuestro orgullo de colonizadores. ¡Cuánta humildad nos hacía falta para ser capaces de aprender y respetar las cosas buenas de los demás!

Llegué arriba la primera y alcé el brazo con un gesto de victoria. Ante mí, seis grandes aberturas en la pared amarilla daban acceso al interior del palacio. Seguramente, cuando aquello se construyó, esos vanos estarían cerrados por elegantes puertas de madera pero, ahora, sólo sus restos podridos y fragmentados se veían por el suelo. Pronto estuvimos todos reunidos. La luz radiante del recinto exterior se colaba suavemente por las muchas ventilaciones abiertas en las paredes del edificio y, una vez dentro, desaparecía poco a poco hasta morir sin remedio, ahogada por aquellos techos, suelos, columnas y muebles de color negro. El negro, símbolo del elemento agua, era el color de Shi Huang Ti y, como hombre de excesos que fue, lo llevó todo hasta sus últimas consecuencias. Para los chinos el color del luto es el blanco pero a mí aquel enorme salón del trono —pues eso es lo que era— me resultaba bastante fúnebre. Según nos había contado Lao Jiang en una ocasión, un cronista que conoció al Primer Emperador había dejado escrito que era un hombre de nariz ganchuda, pecho de ave de rapiña, voz de chacal y corazón de tigre. Ahí es nada. Pues bien, aquel salón principal del palacio funerario era absolutamente apropiado para alguien como él: de un lado a otro mediría más de quinientos metros y desde el fondo hasta nosotros, que estábamos al sur, no habría menos de ciento cincuenta, separados en tres niveles distintos por dos grupos de escalones. Filas de gruesas columnas lacadas en negro marcaban el camino hasta el trono que, en este caso, en lugar de un lujoso asiento desde el que presidir grandes acontecimientos era un sarcófago colocado sobre un gigantesco altar a cuyos lados permanecían, con las enormes fauces abiertas, dos imponentes esculturas de dragones dorados que llegaban hasta el techo.

—Fíjense —dijo el maestro Rojo señalando un punto frente a nosotros.

Forzando un poco la vista porque estaba cansada y porque el alto madero del umbral trazaba una sombra alargada que no permitía ver con claridad, divisé algo en el suelo a pocos metros de la entrada, unos palos, unos perfiles sin forma...

—Los sirvientes Han —murmuró el anticuario.

Me alarmé. ¿Allí? ¿Era allí dónde se disparaban las ballestas? Yo no veía ni uno solo de aquellos artefactos por ninguna parte.

—No debemos avanzar más —sentenció el maestro.

—¿Vamos a pasar la noche aquí? —preguntó Fernanda.

Miré a Lao Jiang y éste me hizo un leve gesto afirmativo con la cabeza.

—Aquí mismo —repuse dejando caer mi bolsa en el suelo. La verdad es que debía de ser tardísimo, posiblemente cerca de la medianoche, y estábamos agotados. La jornada había sido muy, muy larga. Cenamos huevos duros y bolas de arroz que deshicimos en té caliente. Un estómago lleno de comida siempre es el mejor de los somníferos así que, pese a la luz y a todas las cosas extraordinarias que nos rodeaban, en cuanto apoyamos la cabeza en los *k'angs*, nos quedamos profundamente dormidos.

No había manera de saber si ya era por la mañana o todavía no. Abrí los ojos. Aquella luz, aquel extraño alero, aquel lejano cielo de piedra... El mausoleo del Primer Emperador de la China. Estábamos dentro. Mil cosas habían pasado pero, ahora, estábamos dentro y, ¡ah, sí!, ya sabíamos dónde se disparaban las ballestas: como muy bien advertía el arquitecto Sai Wu a su hijo, al entrar en el gran salón principal del palacio funerario.

Escuché un sonido cercano y me volví a mirar: cuatro pares de ojos me contemplaron sonrientes. Todos estaban despiertos y esperándome.

—Buenos días, tía.

Sí, buenos días, tan buenos como si no fuera aquél el más peligroso de nuestras vidas. No obstante, pese a mis temores, disfruté haciendo los ejercicios taichi en aquel balcón frente al palacio, contemplando a lo lejos los muros rojos y la gran explanada con sus fuegos sobre las pilastras y sus estanques vacíos. Si era la última vez, ¿por qué no hacerlo a lo grande?

Todavía saboreaba mi té cuando Lao Jiang dio la orden de ponernos en marcha.

—¿Adónde se supone que quiere ir? —me burlé, dando el último sorbo. Allí abajo la higiene iba a ser un problema. Teníamos agua para beber pero no para fregar los cacharros ni para lavarnos.

—No muy lejos —sonrió él—. ¿Qué le parece al salón del trono?

—¿Quiere que muramos? —bromeé.

—No. Quiero que recojamos todas nuestras cosas y que empecemos a estudiar el terreno. Primero, probaremos con los fardos para ver si las viejas ballestas todavía funcionan y, en caso afirmativo, intentaremos descubrir por dónde salen los dardos para poder esquivarlos.

—Tome —dije haciendo un lanzamiento enérgico—. Pruebe con mi bolsa. La suya mejor la deja aquí.

Los niños se dieron prisa en recogerlo todo al ver cómo Lao Jiang, el maestro Rojo y yo nos aproximábamos al dintel de una de las puertas y nos deteníamos y arrodillábamos justo delante del madero del umbral. Aquel gran salón era imponente. Si hubiera sido un auténtico palacio administrativo, miles de personas hubieran podido reunirse en su interior sin grandes estrecheces. Se veían, cerca de nosotros, los restos del puñado de vetustos esqueletos entre cuyos huesos casi pulverizados y ropas deshechas se distinguían quince o veinte dardos de bronce tan largos como mi antebrazo.

—¿Está segura de que podemos usar su bolsa? —inquirió Lao Jiang echándome una mirada suspicaz.

—Tengo el pálpito de que las ballestas no van a funcionar —repuse, esperanzada. En el peor de los casos, mi pasaporte y el de mi sobrina, así como mi libreta y mis lápices estaban a salvo en los numerosos bolsillos de mis calzones y mi chaqueta.

Pero, claro... ¿Para qué hablaré siempre antes de lo debido? No bien mis pobres pertenencias tocaron el suelo al otro lado del umbral, se escuchó un ruido como de cadenas y, antes de que nos diéramos cuenta, una sola flecha que venía de la pared norte, surgida de algún punto entre el féretro y los dragones dorados, se clavó en ellas como si fueran un acerico.

—Pues su pálpito estaba equivocado —murmuró el maestro Rojo, muy serio.

—Ya lo veo —repliqué.

—Ahora sabemos todo lo que necesitamos saber —dijo Lao Jiang—. Primero, las ballestas siguen funcionando y, segundo, lo hacen con mucha precisión y a gran distancia. No podemos aproximarnos al mecanismo.

—El problema está en el suelo —añadí pensativa—. Es al tocar el suelo cuando se disparan las flechas.

—Pero no podemos llegar al otro lado volando —bromeó Fernanda.

—Es hora, maestro Jade Rojo —manifestó Lao Jiang—, de que sepa usted lo que dice el tercer fragmento del *jiance* sobre la trampa de las ballestas. Sus grandes conocimientos ya nos han ayudado una vez. Espero que puedan hacerlo también ahora.

El maestro Rojo, que ya estaba arrodillado, hizo una reverencia tan grande frente al anticuario que casi se clava su pronunciada barbilla en el cuello.

—Será un gran honor para mí poder ayudarles de nuevo, Da Teh.

El maestro llamaba a Lao Jiang por su nombre de cortesía, Da Teh, el que se suponía que Fernanda y yo también deberíamos estar usando pero que, por culpa de oír a Paddy Tichborne llamarle por su nombre de amistad, había caído en el mayor de los olvidos.

—El arquitecto Sai Wu dejó escrito a su hijo: «En el primer nivel, cientos de ballestas se dispararán cuando entres en el palacio pero podrás evitarlo estudiando a fondo las hazañas del fundador de la dinastía Xia.»

El maestro cruzó los brazos, hundiendo las manos hasta el fondo de sus «mangas que detienen el viento», y se sumió en una profunda meditación que más que meditación debía de ser reflexión, porque la meditación taoísta consiste en vaciar la mente y no pensar absolutamente en nada, justo lo contrario de lo que él tenía que hacer. Yo también reflexionaba. Algo en la frase de Sai Wu pronunciada por Lao Jiang me había llamado la atención:

—En realidad, no se han disparado cientos de ballestas —comenté, extrañada—. Sólo una.

¿Y por qué sólo una? Sai Wu no engañaría a su hijo, ¿verdad?, y menos para advertirle de un falso peligro muy superior al real, por lo tanto él creía sinceramente que serían cientos los dardos que saldrían disparados cuando Sai Shi Gu'er pisara el negro suelo del palacio. Si creía eso era porque, en verdad, él había ordenado colocar cientos de ballestas detrás de las paredes aunque desconociera cómo iban a funcionar.

—¿Qué ocurriría si tirásemos la bolsa hacia otro lado? —pregunté en voz alta.

—¿Cómo dice?

—Démela —pedí; Lao Jiang la tenía más cerca que yo. Se estiró con cuidado y la recogió. Arrancando el dardo con ímpetu, la arrojé de nuevo sobre las baldosas aunque más hacia la derecha. Una flecha surgió de la lejana pared del este y se clavó con la misma precisión y fuerza que la primera pero, sorprendentemente, en esta ocasión el disparo había sido hecho desde doscientos cincuenta metros de distancia y con otro ángulo. Tras unos segundos de vacilación, me puse en pie, le quité a mi sobrina su saco de las manos y también cogí el de Biao y, usando ambos brazos, lancé cada uno a un lado distinto y a desigual distancia de nosotros. Fue increíble: dos flechas de bronce surgieron de las paredes este y oeste respectivamente y volvieron a hacer diana justo en el centro. Aquel milenario mecanismo contra profanadores de tumbas no sólo tenía una puntería extraordinaria sino que se comportaba igual que si tuviera los ojos de un gran arquero (o, mejor dicho, de un gran ballestero).

Lao Jiang, al ver lo sucedido, se llevó las manos a la cabeza como esforzándose por recordar algo muy importante. Se peinó los cabellos blancos repetidamente hacia atrás.

—Podría ser... —dijo al fin—. Podría ser una combinación

de detectores de terremotos y ballestas automáticas. No estoy completamente seguro pero sería lo más lógico. Los detectores percibirían tanto las vibraciones del suelo como su punto de origen y activarían la ballesta correspondiente.

—Lao Jiang, por favor —supliqué—, ¿de qué está hablando?, ¿qué detectores de terremotos?

—Los dragones —afirmó.

Yo no entendía nada y, por la cara que tenían los niños, ellos tampoco.

—¿Qué dragones? ¿Aquéllos...? —y señalé los dos enormes dragones dorados que flanqueaban el altar con el féretro.

—Sí. Hace mucho tiempo que los chinos aprendimos a detectar los terremotos. Todavía pueden verse algunos viejos sismoscopios en Pekín y en la misma Shanghai. La primera referencia que se tiene del invento es del siglo II, aunque los eruditos han sospechado siempre que debía de existir algún ingenio similar desde mucho tiempo atrás y creo que aquí tenemos la prueba, en esos dragones.

—¿Y por qué en los dragones? —quiso saber Biao.

—Porque los sismoscopios siempre se han construido con forma de dragón. Será por la superstición de la buena suerte, no lo sé. El detector de terremotos funciona con unas pequeñas bolitas de metal colocadas en la boca del animal que vibran de una determinada manera y en una cierta cantidad según la intensidad del temblor de tierra y el lugar en el que se haya producido. Dicen que el dragón del observatorio de Pekín avisaba de los terremotos ocurridos en cualquier parte de China. ¿Por qué no iba a poder detectar un mecanismo más antiguo unas simples pisadas dentro de un salón?

—¿Quiere decir que ese... sismoscopio —pregunté— percibe nuestros pasos sobre las baldosas negras y acciona exactamente la ballesta que apunta al lugar donde se origina la vibración?

—Eso es lo que estoy diciendo.

—¿Y cuántos dardos podrá disparar cada ballesta?

—Quizá unos veinte o treinta, no estoy seguro. Piense que

las más grandes, las de guerra, debían ser transportadas por cuatro hombres. Se utilizaban para dar en el blanco a distancias enormes, sobre un ejército enemigo muy lejano que podía, incluso, estar escondido detrás de murallas o de montañas. Cada máquina iba equipada con veinte o treinta flechas colocadas en una barra horizontal bajo el arco para que los ballesteros pudieran recargar con rapidez.

—Sin embargo, detrás de estas paredes no caben cientos de esas grandes ballestas de guerra. ¿No había otras más pequeñas?

—Sí, naturalmente. Y tiene usted razón: las que se ocultan tras estas paredes no pueden ser tan grandes, sería absurdo. Probablemente se trata de las ballestas pequeñas, las que llevaba un solo arquero y, en ese caso, iban equipadas nada más que con diez dardos de bronce, que era la cantidad máxima que un hombre podía cargar.

—Pero aquí no hay hombres, Lao Jiang —objetó mi sobrina—. Sólo un mecanismo automático.

—No nos compliquemos tanto la vida —desaprobó él—. Las guerras de entonces no eran como las guerras de hoy y las máquinas de entonces tampoco eran tan sofisticadas. Lo más probable es que, para un mausoleo imperial, la cantidad de dardos por ballesta fuera limitada. ¿Cuántos intentos de saqueo podrían esperarse en un lugar como éste? ¿Cuántos ha habido en dos mil años?

—Creo que tengo la solución —exclamó el maestro Rojo en ese momento. Todos nos volvimos a mirarle. Continuaba sentado en la misma postura pero había abierto sus pequeños ojos separados y tenía la cabeza ligeramente levantada para poder vernos.

—¿En serio? —se admiró Biao.

Mientras tanto, yo, mujer de ninguna fe, recogí del suelo la primera flecha que atravesó mi bolsa y, con toda intención, la lancé resueltamente contra los huesos de los siervos Han provocando lo que hubiera podido calificarse como un polvoriento sacrilegio. Parte de los restos y las telas saltaron por los aires, cayendo a su vez sobre otras baldosas cercanas. Lo interesante de este experimento fue que sólo dos flechas se dispararon desde la pared norte y otra más desde la pared oeste. Resultaba difícil de saber pero la intuición me decía que, seguramente, hubieran debido dispararse algunas más. Si yo tenía razón, aquello sólo podía significar que tras dos o tres disparos las ballestas quedaban descargadas. No me iba a poner a comprobarlo por si acaso pero era un dato que podía ser útil si el maestro Rojo, en contra de lo que afirmaba, no había resuelto el problema.

—¿Se ha divertido ya lo suficiente, Elvira?

—Sí, Lao Jiang. Maestro Jade Rojo le pido mil perdones. Por favor, cuéntenos lo que ha descubierto.

—Usted me dijo, Da Teh —empezó a explicar el maestro—, que los disparos de las ballestas podían evitarse estudiando a fondo las hazañas del fundador de la dinastía Xia. Yo he comenzado a reflexionar sobre la dinastía Xia (49) y su fundador, el emperador Yu, que realizó grandes trabajos e incontables proezas, como nacer de su padre muerto tres años atrás, hablar con los animales, conocer sus secretos, levantar montañas, convertirse en oso a voluntad o, mucho más importante todavía, descubrir en el caparazón de una tortuga gigante los signos que explican cómo se producen los cambios en el universo.

Aquello empezaba a sonarme. ¿No había sido el maestro Tzau, el viejo de la gruta en el corazón de una montaña de Wudang, el que me había hablado acerca de ese tal Yu? Sí, sí que había sido él. Me había contado lo de las rayas enteras Yang y partidas Yin que formaban los símbolos del *I Ching* y que habían sido descubiertas por Yu en el caparazón de una tortuga.

—Nada de todo esto tiene aparentemente relación con las ballestas —seguía diciendo el maestro Rojo—. En cambio, sí la tiene una de las más importantes hazañas del emperador Yu: contener y controlar los desbordamientos de las aguas. La suya fue la época de las grandes inundaciones que asolaron la tierra.

(49) Dinastía mitológica, 2.100-1.600 a. n. e., aproximadamente.

Las lluvias y las crecidas de los ríos y de los mares mataban a muchas personas y destrozaban las cosechas. Según cuenta el *Shanhai Jing*, el «Libro de los Montes y los Mares»...

—¿También tienen una copia de...?

—¡Lao Jiang, por favor! —le atajé en seco. ¿Es que no había ni un solo libro antiguo que no le interesara?

—... los emperadores del Cielo y los espíritus celestiales ordenaron a Yu librar al mundo del peligro de las aguas. Pero ¿por qué se lo ordenaron a Yu? Pues porque conocían a Yu, que viajaba al cielo con frecuencia para visitarlos.

—¿Y cómo viajaba hasta el cielo? —preguntó Fernanda, muy interesada.

—Con una danza —dije yo, recordando lo que me había contado el maestro Tzau; el maestro Rojo sonrió y asintió con la cabeza—. Yu bailaba una danza mágica que le llevaba hasta las estrellas.

—Una danza que sólo conocemos algunos pocos practicantes de las artes internas y que se llama «El Ritmo de Yu» o «Los Pasos de Yu».

—Sigo sin ver la relación —protestó el anticuario.

—Una danza, Lao Jiang —exclamé, encarándome con él—. Danza, pasos... —Me miró como si me hubiera vuelto loca—. ¡Pasos, pisadas, baldosas, ballestas, dragones...!

Sus ojos se agrandaron demostrando que, por fin, había comprendido lo que quería decirle.

—Ya lo entiendo —murmuró—. Pero sólo usted conoce los pasos de esa danza, maestro Jade Rojo y no vamos a empezar nosotros a aprenderla ahora.

—Cierto, es un poco difícil —admitió el maestro—, pero pueden seguirme. Pueden pisar donde yo vaya pisando imitando mis gestos.

—Lo de los gestos no será necesario —comenté.

—¿Podremos recuperar nuestras bolsas? —preguntó Fernanda.

—Eso va a ser un problema —admití con remordimientos. Como no pasáramos danzando cerca de ellas, las habíamos perdido para siempre por culpa mía, por lanzarlas alegremente para hacer pruebas.

—¿Empezamos? —nos animó el maestro.

—Pero ¿y si la danza no es la solución correcta? —se inquietó Biao. Además de las teorías de Lao Jiang, también se le iban pegando mis manías.

—Pues ya pensaremos en otra cosa —le dije, poniéndole una mano en la espalda y empujándolo hacia las puertas—. Lo que ahora me preocupa es que no sabemos cuál es el punto de inicio, la baldosa para dar el primer paso.

Pero el maestro Rojo ya había pensado en ello. Le vi inclinarse y coger sin aprensión un largo hueso de alguno de los siervos Han que habían quedado cerca del dintel después de que yo los escampara con la flecha.

—Pónganse contra las paredes, lejos de las puertas —nos recomendó. Cualquier dardo que saliese de la pared norte y no encontrase en el salón nada contra lo que clavarse, saldría disparado hacia la explanada de abajo llevándose por delante a quien estuviese en su camino. Era mejor no jugársela. Quien sí iba a correr ese peligro era el maestro Rojo, aunque se tiró al suelo, ocultándose tras el madero del umbral, y se parapetó también detrás de su hato por si las moscas. Con el hueso en la mano derecha fue golpeando, una a una, las losetas de la primera fila, arrastrándose como una culebra desde la primera puerta de la derecha hasta la última de la izquierda, la más cercana a nosotros. El primer baquetazo nos alegró el corazón: no se disparó ningún dardo, pero es que el maestro había golpeado con demasiada suavidad porque no se fiaba de la solidez del hueso. El segundo, sin embargo, provocó el esperado disparo desde la pared norte y el dardo salió por la puerta y pasó por encima de la barandilla de piedra de la terraza. Lo mismo sucedió con la siguiente baldosa, y también con la siguiente, y con la siguiente... Las flechas volaban ahora hacia las escalinatas que tanto nos había costado subir. Pero no nos desanimábamos aunque se fueran terminando las oportunidades; sabíamos que estábamos en el buen camino y, por eso, cuando el maestro

Rojo golpeó dos veces la misma baldosa sin que ninguna saeta se disparase desde el fondo, todos soltamos una exclamación de alegría.

—Es aquí —dijo muy seguro—. La siguiente tampoco debería provocar una descarga.

Y, en efecto, le asestó un golpe y no hubo dardo cruzando el aire.

—Éste es el lugar donde empieza la danza —anunció poniéndose en pie.

—¿No debería golpear también las que faltan para comprobar que no se equivoca? —insinué mientras nos colocábamos detrás de él.

—Las que faltan, *madame*, provocarían disparos.

—¿Está seguro? Entonces, ¿cómo piensa avanzar?

—Tía, por favor, espérese un poco. Ya veremos qué pasa.

El maestro, demostrando un arrojo sorprendente, levantó una pierna y luego la otra y puso un pie en cada una de las dos losas contiguas que no habían hecho saltar las bolas metálicas de las bocas de los dragones. Lo había conseguido. Estaba dentro y, en apariencia, a salvo.

—Echaos al suelo, niños —ordené, tirándome yo también y viendo cómo Lao Jiang me imitaba—. Maestro Rojo, por favor, compruebe antes con el hueso la siguiente baldosa que vaya a pisar e intente alejarse del ángulo de tiro.

Como no nos atrevimos a levantar las cabezas, no pudimos ver lo que estaba ocurriendo. Sólo escuchamos los golpes que iba dando el maestro y, por el momento, no se oía el silbido de ningún dardo. Los golpes se alejaban. El maestro seguía avanzando por el salón.

—¿Se encuentra bien, maestro Jade Rojo? —pregunté a gritos.

—Muy bien, gracias —respondió—. Estoy llegando a los primeros escalones.

—¿Cómo le vamos a seguir nosotros? —se inquietó mi sobrina.

—Supongo que nos dirá el camino cuando llegue al final.

—Pues será muy fácil equivocarse —objetó ella—. Una losa errónea y se acabó.

Tenía razón. Había que cambiar de estrategia.

—¡Maestro Jade Rojo! —llamé—. ¿Podría volver?

—¿Que vuelva? —se sorprendió. Su voz sonaba muy lejana.

—Sí, por favor —le pedí. Esperamos pacientemente, sin movernos, hasta que le oímos llegar. Sólo entonces nos incorporamos con un suspiro de alivio.

—Ha ido bien, ¿verdad? —preguntó Lao Jiang, satisfecho.

—Muy bien —asintió el maestro—. «Los Pasos de Yu» funcionan.

—Tome, maestro Jade Rojo —dije yo entregándole mi caja de lápices—. Marque las baldosas seguras con cruces de colores para que nosotros sepamos dónde debemos pisar.

—Pero si pueden seguirme —objetó—. No corren ningún peligro. Vengan conmigo ahora.

No me gustaba la idea. No me gustaba nada.

—El maestro tiene razón —indicó el anticuario—. Vayamos con él.

—De todas formas, marcaré el suelo —dije, terca, sin querer admitir que me iba a resultar imposible hacerlo—, por si debemos dar la vuelta y salir corriendo.

De ese modo fue como tuvimos el gran honor de conocer y seguir «Los Pasos de Yu», una danza mágica de cuatro mil años de antigüedad que podía llevar hasta el cielo a los antiguos chamanes chinos (porque no estaba demostrado que llevase a los monjes taoístas y, desde luego, a nosotros no nos llevó).

Tras el maestro Rojo iba Lao Jiang, después yo, después Fernanda y, por último, el niño. Cuando me llegó el turno, puse los pies sobre las dos primeras baldosas temblando de arriba abajo. Lo siguiente fue dar un paso en diagonal hacia la izquierda con un solo pie y, saltando a la pata coja, avanzar dos baldosas más. A continuación, con otro desvío en diagonal hacia la derecha, tres pasos más con el pie derecho; otros tres con el izquierdo; de nuevo tres con el derecho; otros tres con el izquierdo y, por fin, parada con los dos pies apoyados uno junto a otro como al principio. El maestro Rojo nos había dicho que esta primera secuencia se llamaba «Peldaños de la Escala Celeste» y que la siguiente era la «Fanega del Norte» (50) que consistía en dar un salto en diagonal a la derecha, otro hacia adelante, otro más hacia la izquierda y tres adelante, como dibujando la silueta de un cazo.

A grandes rasgos, éstos eran «Los Pasos de Yu» y, repitiendo ambas series, llegamos hasta los primeros escalones donde comprobamos con alivio que no había ballestas apuntando hacia nosotros. A esas alturas habíamos recuperado mi bolsa y la de Biao, pero no la de Fernanda, que había quedado situada bastante lejos del camino trazado por la danza. La niña estaba enfurruñada y me miraba insistentemente de un modo que me hizo sospechar que, si no hacía algo por devolverle lo que le había quitado, tendría que aguantar sus reproches durante el resto de mi vida y, claro, eso no era conveniente para mi salud, así que me puse a pensar como una loca en cómo rescatar aquel hato abandonado. Consulté en voz baja con Lao Jiang que, tras opinar que tal esfuerzo era una tontería, me aseguró, molesto, que él se encargaría del asunto. Abrió su bolsa de las sorpresas y extrajo el «cofre de las cien joyas» y, luego, una cuerda muy fina y extremadamente larga en uno de cuyos cabos anudó uno de los varios pendientes de oro del cofre que tenía el gancho para la oreja con forma de anzuelo de pesca.

—Si lo engancha con eso —le avisé—, provocará que se disparen las ballestas de todas las baldosas por donde pase la bolsa.

—¿Se le ocurre otra manera mejor?

—Deberíamos tumbarnos sobre los escalones —dije, volviéndome hacia los demás, que se precipitaron a obedecer mi sugerencia dado lo vulnerable de nuestra posición. Sólo había tres escalones pero, como eran tan largos, cabíamos todos en el primero, que era el más seguro. Lao Jiang se alejó de la bolsa desplazándose hacia la izquierda por el segundo peldaño, de

(50) La constelación de la Osa Mayor.

tal manera que la cuerda, al lanzarla, quedase prácticamente horizontal y, desde allí, realizó el primer intento. Por suerte, el pendiente no pesaba lo bastante como para provocar la vibración de las bolas del sismoscopio porque la puntería del anticuario dejaba mucho que desear. Cuando, por fin, enganchó el saco de Fernanda (más por la tosquedad de la tela, que se prestaba a ello, que por su habilidad), volvieron a escucharse repetidamente los desagradables ruidos de cadenas y los agudos silbidos de los dardos pasando esta vez a poca distancia de nuestras cabezas.

No mucho después, Fernanda rebosaba de satisfacción cargando nuevamente con su bolsa a la espalda y todos habíamos reemprendido la danza de «Los Pasos de Yu» después de encontrar las dos primeras baldosas seguras de aquel nuevo tramo de salón. Saltar a la pata coja con los sacos no era fácil pero la alternativa de caer o de pisar la baldosa vecina era tan sumamente peligrosa que todos llevábamos muchísimo cuidado y avanzábamos concentrados por entero en lo que hacíamos.

Llegamos a los segundos escalones y descansamos. Allí la luz ya no era tan clara como al principio. Me preocupó que precisamente en el último recorrido, tan cerca ya del altar y de los monumentales dragones dorados, la vista pudiera fallarnos y, sin darnos cuenta, pisáramos fuera de la losa correcta. Lo comenté en voz alta para que todos lo tuvieran presente y pusieran los cinco sentidos en cada paso. Aun así, el último tramo se convirtió en una pesadilla. Recuerdo haber sudado a mares por el esfuerzo, por los nervios y por el muy fundado temor a equivocarme. Tenía yo razón al suponer que no se iba a ver bien. En realidad, las rayas entre las baldosas ya no se distinguían y avanzar era una pura labor de intuición. Pero llegamos. Llegamos enteros y a salvo y no recuerdo una sensación más agradable que la de poner el pie en el primero de los muchos escalones que subían hacia el altar con el féretro. Me sentí pletórica de alegría. Los niños estaban bien, el maestro Rojo y Lao Jiang estaban bien y yo estaba bien. Había sido la danza más larga y agotadora de mi vida. ¿No había existido en Europa, durante la

Edad Media, algo llamado «Danza de la muerte» relacionada con las epidemias de peste negra? Pues no sería lo mismo pero, para mí, «Los Pasos de Yu» habían sido lo más parecido a esa «Danza de la muerte».

Los niños gritaron de entusiasmo y se lanzaron escaleras arriba para ver el féretro de cerca. Por un momento temí que les ocurriera algo, que aún quedara alguna trampa mortal en aquel primer nivel del mausoleo, pero Sai Wu no había mencionado nada de eso en el *jiance* así que decidí no preocuparme. Los adultos seguimos a los niños igual de satisfechos aunque con una actitud más moderada. «Actuar precipitadamente acorta la vida», me había dicho Ming T'ien. El maestro Rojo, Lao Jiang y yo éramos la viva estampa de la moderación en un momento de gran alegría.

El altar de piedra sobre el que descansaba el féretro tenía la forma de una cama de matrimonio aunque tres veces más grande de su tamaño normal. Sobre él no sólo estaba aquel cajón rectangular lacado en negro y con finos adornos de dragones, tigres y nubes de oro sino quince o veinte cofres de tamaño medio separados por mesitas como las que se ponían sobre los canapés chinos para servir el té. Alrededor del féretro, unos hermosos paños de brocado cubrían montones piramidales de algo desconocido y varias decenas de figuritas de jade con forma de soldados y de animales fantásticos se alineaban por toda la superficie. También había vasijas de cerámica, peines y peinetas de nácar, hermosos espejos de bronce bruñido, copas, cuchillos con turquesas engastadas... Todo estaba cubierto por una capa muy fina de polvo, como si hubieran hecho limpieza sólo una semana antes.

Teniendo mucho cuidado de no romper nada, Lao Jiang subió ágilmente al altar para abrir el féretro. Se acercó hasta él y soltó el cierre, pero pesaba demasiado y fue incapaz de levantar la tapa él solo. Al ver sus infructuosos esfuerzos, Biao dio un brinco y se colocó a su lado pero, aunque consiguieron alzar la plancha unos centímetros, al final tuvieron que soltarla. Así que ya no quedó otro remedio que poner todos juntos manos a la obra. El maestro, Fernanda y yo nos encaramamos también al altar y, esta vez sí, entre los cinco, logramos abrir el terco sarcófago, total para descubrir que, en su interior, sólo había una impresionante armadura hecha con pequeñas láminas de piedra unidas a modo de escamas de pez. Estaba completa, con hombreras, peto, espaldar y un largo faldón, y tenía incluso un yelmo con el agujero para la cara y la protección para el cuello. Quizá fuera una valiosísima ofrenda funeraria, un ejemplar único de armadura imperial de la dinastía Qin, como dijo Lao Jiang, pero a mí me daba la impresión de que se trataba de una humorada del Primer Emperador, una manera de decir a quien abriese su falso sarcófago que acababa de equivocarse por completo.

Soltamos la tapa antes de que se nos rompieran los brazos y bajamos del altar dispuestos a examinar el resto de los tesoros. A Lao Jiang se le veía impaciente por echar una ojeada a lo que habíamos encontrado, por eso fue el primero en retirar los paños y abrir los cofres. Los cúmulos de forma piramidal estaban formados por pilas de pequeños medallones parecidos a los pesos que se ponen en las balanzas de las tiendas de ultramarinos (aunque éstos estaban hechos de oro puro) y dentro de los cofres había montones de joyas cuajadas de piedras preciosas de un valor incalculable. Allí había una fortuna inmensa.

—Lo tenemos —murmuré.

—¿Saben de qué están hechas estas figuras? —preguntó el anticuario cogiendo uno de los pequeños soldados que salpicaban el altar.

—De jade —respondió Fernanda.

—Sí y no. De jade sí, pero de un jade magnífico llamado *Yufu* que ya no existe. Este soldado puede alcanzar en el mercado un precio de entre quince y veinte mil dólares mexicanos de plata.

—¡Qué gran noticia! —exclamé—. ¡Ya tenemos lo que necesitábamos! No hace falta que sigamos bajando hasta el fondo del mausoleo. Nos repartimos todo esto y ¡podemos irnos ahora mismo!

Se había terminado. Aquella locura había llegado a su fin. Ya tenía el dinero necesario para pagar las deudas de Rémy.

—Dividido en seis partes no es tanto, Elvira.

—¿Seis partes? —me sorprendí.

—Usted, el monasterio de Wudang, Paddy Tichborne, el Kuomintang, el Partido Comunista y yo, pues he pensado que, después de tanto esfuerzo, bien podía quedarme con algunas cosas para mi tienda de antigüedades. Y le advierto que el Kuomintang querrá, además, recuperar los gastos de nuestro viaje.

Vaya, Lao Jiang había dejado a un lado su idealismo político para caer también en las garras de una avaricia que, hubiera jurado, se le notaba en la cara.

—Incluso dividido en seis partes, Lao Jiang —objeté—, sigue siendo mucho. Tenemos más que suficiente. Vámonos de aquí.

—Quizá sea mucho para usted, Elvira, pero es muy poco para los dos partidos políticos que luchan por construir un país nuevo y moderno con los restos de otro hambriento y destrozado, sin olvidarnos de un monasterio como Wudang con tantas bocas que alimentar y tantas obras y reparaciones pendientes. Así me lo explicó el abad Xu Benshan en la carta que me envió con los maestros Jade Rojo, aquí presente, y Jade Negro, aceptando mi oferta de entregarle una parte del tesoro a cambio de su ayuda. No piense sólo en usted, por favor. Debería preocuparse también un poco por las necesidades de los demás. Y, por otra parte, hay que arrancar estas riquezas de las garras de los imperialistas.

—¡Pero nosotros no podemos llevarnos todo lo que hay en esta tumba!

—Cierto, pero con lo que saquemos de aquí, que será mucho más que esto, se pagarán las excavaciones necesarias para extraer el resto. Shi Huang Ti traerá riqueza de nuevo a su pueblo —exclamó. No me cupo la menor duda de que Lao Jiang se había vuelto loco. Noté que me enfadaba por momentos, sobre todo por aquella desagradable y condescendiente exhibición de espíritu generoso: «No piense sólo en usted, por favor. Debería preocuparse también un poco por las necesidades de los demás.» De modo que teníamos que seguir arriesgando nuestras vidas porque en aquel altar no había suficiente dinero para pagar el renacimiento de China. Bien, pues qué suerte tenía China, me dije, porque ella, al fin y al cabo, podría renacer pero nosotros, si moríamos, no. Así que, puesto que todas aquellas riquezas sólo eran *peccata minuta* y no servían para nada, lo correcto sería darles un uso adecuado.

—Pónganse a cubierto —advertí, cogiendo con ambas manos un puñado de pesos de oro.

—¿Qué va a hacer, tía? —se asustó mi sobrina al verme la cara.

—He dicho que se pongan todos a cubierto —repetí—. Van a dispararse muchas ballestas.

Se echaron al suelo a toda velocidad y yo, acuclillándome delante del altar, lancé los medallones con toda mi alma contra las baldosas. Apenas las tocaron, una nube de flechas apareció en el cielo del salón y fue a estrellarse contra las piezas de oro con un estrépito enorme. Me incorporé rápidamente y cogí otro puñado grande.

—Pero ¿qué está haciendo? —gritó Lao Jiang—. ¿Se ha vuelto loca?

—En absoluto —respondí lanzando más lejos aún el segundo puñado—. Quiero asegurar la salida. Voy a hacer que se descarguen las ballestas para abrir un pasillo hasta las puertas por el que poder escapar y, después, si usted quiere, puede agacharse para recoger el tesoro del suelo. ¡Niños, ayudadme! ¡Tirad las joyas de los cofres en línea recta frente a nosotros!

Incluso el maestro Rojo se unió con entusiasmo al divertido juego de vaciar los cargadores de las ballestas con aquellas riquezas milenarias. Cogíamos grandes puñados de piedras preciosas, de pendientes, de dijes, de extraños colgantes para el pelo, de hebillas, collares, horquillas, pulseras... y los tirábamos sobre las baldosas como si echásemos piedras al agua. Lo mejor era ver cómo las propias flechas, al rebotar contra el suelo cercano, disparaban a su vez otras flechas que también rebotaban y, así, cada vez era mayor el pasillo seguro hasta las puertas. Al cabo de un rato, cuando ya empezábamos a estar cansados, los disparos cesaron. Había sido lo mismo que disfrutar de un hermoso espectáculo de fuegos artificiales sólo que un poco más peligroso pero ahora, si queríamos, podíamos correr hacia la salida sin que nuestras vidas peligraran.

Lao Jiang había permanecido oculto tras el altar, a salvo de los dardos, sin decir esta boca es mía. Por supuesto, no había participado en la diversión, de modo que no estaba tan exultante y sudoroso como nosotros, que reíamos a carcajadas y nos felicitábamos. El maestro Rojo y yo nos saludamos con una reverencia que fue como un afectuoso apretón de manos porque, naturalmente, no íbamos a tocarnos, pero se le veía feliz como a un niño con zapatos nuevos. Todos lo habíamos pasado estupendamente. Todos, menos Lao Jiang, claro está, que se levantó con cara de pocos amigos y se echó su peligrosa bolsa al hombro con un gesto despectivo que nos aguó un poco la fiesta.

Detrás del altar, a escasa distancia, una losa vertical de piedra negra que bajaba desde el techo y que tendría unos dos metros de largo daba empaque y solemnidad al lugar en el que debería de haber estado el sitial del trono. Magníficos escultores habían tallado en ella las figuras de dos poderosos tigres erguidos sobre las patas traseras sosteniendo con el hocico un torbellino de nubes de las que escapaban volutas de algo que podía ser tanto vapor de agua como cualquier otra cosa parecida. Lao Jiang avanzó con decisión hacia la parte trasera de la losa y desapareció. Nosotros, todavía riendo e indiferentes a su orgullo herido, recuperamos nuestros petates y, tras guardar en ellos grandes puñados de piedras preciosas (Fernanda y yo cogimos, además, un par de hermosísimos espejos de bronce), le seguimos. Una trampilla abierta en el suelo nos aguardaba detrás. El anticuario, ignorándonos, ya se había metido por ella y bajaba hacia el fondo de un pozo muy oscuro utilizando unos travesaños de hierro encastrados a la pared. Anudé y me crucé en bandolera los cordones de la bolsa y dejé que el maestro Rojo pasara delante de mí para que los niños entraran los últimos y, así, poder sujetarles si resbalaban o si se soltaba algún barrote de aquella escalera. No conseguía explicarme de ningún modo cómo pensaba Lao Jiang sacar por allí esos grandes tesoros que parecía dispuesto a llevarse para construir un país nuevo y moderno.

Fue espantoso bajar en la más completa oscuridad oyendo los jadeos y resoplidos de Fernanda y Biao sobre mi cabeza. También yo tenía la respiración fatigosa al cabo de poco tiempo por lo arduo que resultaba el descenso. Afortunadamente no duró mucho y pronto llegamos al final y nos encontramos en lo que parecía un cubículo sin salida.

—¿Por qué no enciende la antorcha, Lao Jiang? —pregunté.

—Porque el *jiance* lo prohíbe, ¿no lo recuerda? —respondió con voz enfadada.

—¿Debemos movernos a oscuras? —se sorprendió el maestro.

—Sai Wu decía: «Del segundo nivel aún sé menos, pero no enciendas fuego allí para alumbrarte, avanza en la oscuridad o morirás.»

—Tiene que haber alguna puerta —murmuró Biao, a quien notaba moverse por el cuchitril tentando las paredes—. ¡Aquí! ¡Aquí hay algo!

Nos revolvimos chocando unos contra otros para dejar paso a Lao Jiang y le escuchamos lidiar con algún tipo de cerrojo que, por fin, tras varios forcejeos, se dejó abrir, oyéndose el desagradable sonido de unas bisagras quejumbrosas.

—Pues si no podemos encender ninguna luz, no sé cómo vamos a salir de este segundo piso. A saber dónde estará la bajada al tercero.

Este comentario tan optimista fue mío pero no encontró eco en los demás, que ya cruzaban la invisible portezuela abierta por Lao Jiang. «Así deben de vivir los ciegos totales», pensé extendiendo los brazos para no chocar contra nada. Recordé aquellos domingos por la mañana en el parque, cuando era pequeña, jugando a «La gallinita ciega» con mis amigas, y me dije que podía tomarme la situación de la misma forma, buscándole la parte divertida, como un desafío, siempre que, naturalmente, los peligros que nos esperaran al otro lado no fueran tan terribles que convirtieran aquella profunda oscuridad en una pesadilla infernal.

Al otro lado de la puerta no había nada, es decir, además de paredes, suelo y tinieblas lo único que palpábamos era el vacío absoluto. Como no convenía caminar a tontas y a locas para terminar perdidos y desorientados vaya usted a saber dónde, se me ocurrió que alguno de nosotros podía sujetarse a la cintura uno de los extremos de la larga cuerda de Lao Jiang y explorar un poco los alrededores mientras los demás permanecíamos donde estábamos, con la salida bien localizada. Se admitió la propuesta y, rápidamente, Biao se ofreció como explorador dado que tenía buenos reflejos y era muy rápido. Él podía reaccionar en un instante, dijo, si chocaba con algo o notaba que se abría un agujero bajo sus pies.

—Es verdad —comenté—. No consientas nunca que mientan diciendo que fuiste tú el que se cayó al fondo del pozo por el que entramos en el mausoleo.

—¡Por eso me salvé! —protestó—. Salté rápidamente a la pared cuando se abrió el suelo.

—Pues por eso también, como no quiero más sustos, no vas a ser tú quien se ate la cuerda a la cintura. Yo lo haré.

—No, Elvira, usted no lo hará —dijo tajantemente la vibrante voz de Lao Jiang—. Iremos el maestro Jade Rojo o yo, pero usted no.

—¿Por qué no? —me ofendí.

—Porque usted es una mujer.

Ya volvíamos a las andadas. Para los hombres, ser mujer te convertía, per se, en tullida o lisiada aunque lo disfrazaban de galantería masculina.

—¿Acaso no tengo piernas y brazos como usted?

—No insista. Iré yo. —Se le oyó abrir su bolsa y volver a cerrarla—. Sujete este cabo, maestro Jade Rojo, por favor.

—¿Qué clase de cuerda es ésta? —murmuró el maestro, extrañado—. No está hecha de cáñamo.

—Sujétela bien —le pidió Lao Jiang, alejándose—. Si caigo y tiro de ella con fuerza se le puede escapar de las manos.

—No se preocupe, me la estoy atando a la muñeca.

—¿Hay algo, Lao Jiang? —pregunté levantando la voz.

—No, de momento.

Nos quedamos callados a la espera de novedades. Después de un rato el maestro Rojo nos dijo que el anticuario había llegado al límite de la longitud del cordón y que estaba dibujando, como si fuera un compás, una especie de semicírculo para ver qué encontraba en el camino. Y, por desgracia, me encontró a mí: de repente sentí algo que me tocaba el vientre y di un grito echándome hacia atrás. Mi grito, que había sido bastante fuerte por la impresión, regresó con un eco débil y raro, como si nos encontrásemos en una catedral de proporciones inimaginables.

—¿Ha gritado usted, Elvira? —quiso saber el anticuario.

—Sí, he sido yo —admití un tanto avergonzada—. Me he llevado un susto de muerte.

—Siéntense todos en el suelo, por favor, y bajen las cabezas para que pueda terminar de examinar la zona.

—¿Cuánto mide su cuerda? —pregunté dejándome caer con las piernas cruzadas al tiempo que notaba cómo Fernanda y Biao hacían lo mismo cerca de mí. La superficie, al tacto, parecía la de un espejo, fría y pulida hasta lo indecible aunque no resbaladiza.

—Unos veinticinco metros.

—¿Nada más? Parece que esté usted mucho más lejos. De todas formas, ya que pensó en traer una cuerda podía haberla comprado un poco más larga.

—¿Sería tan amable de guardar silencio? Me está distrayendo.

—¡Oh, desde luego! Perdón.

Los niños, en cambio, siguieron conversando en murmullos. La oscuridad total les ponía nerviosos y hablar les quitaba un poco el miedo, miedo que yo también sentía aunque no había ninguna razón lógica para ello: el maestro de obras no hablaba de ningún peligro especial en este lugar, sólo recomendaba a su hijo no encender fuego para alumbrarse porque si prendía una antorcha o algo similar, moriría.

¿Por qué?, me pregunté de pronto. «Avanza en la oscuridad o morirás.» No tenía sentido salvo que... En las minas de carbón los trabajadores morían por explosiones de grisú, que detonaba en contacto con las llamas de las lámparas. Y, ¿qué era el grisú?, metano, el gas que los chinos llevaban milenios utilizando para alumbrar sus populosas ciudades o para fabricar antorchas como la que llevaba Lao Jiang, el cual había asegurado, muy ufano, que los celestes sabían aprovechar el metano desde antes de los tiempos del Primer Emperador. ¿Estábamos respirando metano? En Occidente, los periódicos daban cuenta casi todos los días de explosiones en las minas de carbón pues, aunque había habido grandes adelantos técnicos como las lámparas de seguridad, el grisú no olía y, a veces, al picar en una pared, se producían escapes súbitos de alguna gran bolsa de gas que explotaba incluso con la llama casi fría de la lámpara.

Olfateé el aire. No olía a nada, por supuesto. Si aquello estaba lleno de metano, no podríamos saberlo más que encendiendo el yesquero de Lao Jiang y no era la forma más conveniente. Había otra manera, desde luego, pero tampoco resultaba atractiva: el grisú, después de inhalarlo durante algún tiempo, provocaba síntomas como vértigos, náuseas, dolor de cabeza, falta de coordinación en los movimientos, pérdida de conocimiento, asfixia... Lo que ya no tenía tan claro era cuánto tiempo hacía falta para que todo eso empezara a producirse.

La oscuridad me estaba volviendo loca. Mi vieja neurastenia atacaba de nuevo. ¿Cómo iba a haber grisú en la tumba de un emperador? Aquello no era una mina de carbón. O Lao Jiang regresaba pronto con alguna noticia, por mala que fuera, o mis enfermizos delirios se apoderarían de mí por culpa de aquel ambiente oscuro. Noté que el corazón me palpitaba con fuerza y que las manos empezaban a sudarme. «Calma, Elvira, calma.» Lo que menos deseaba era sufrir allí un ataque de temor morboso.

—¿Ya regresa, Da Teh? —oí decir al maestro Rojo.

—Sí.

—¿Ha encontrado algo?

—Nada.

—Pues algo tiene que haber —declaró Fernanda.

—Sólo se me ocurre que avancemos pegados a la pared hasta que encontremos la salida —opinó Lao Jiang.

—Pero ¿y si es otra trampilla en el suelo y se encuentra en el centro de este lugar?

—En ese caso, joven Fernanda, la descubriremos un poco más tarde, pero la descubriremos.

Me prohibí con toda la fuerza de mi voluntad pensar en la ridícula idea de la muerte por grisú.

—Desde la puerta avanzaremos con una mano en la pared en el sentido de las agujas del reloj —dije para espantar cualquier otro tipo de pensamientos.

—¿Y en qué sentido avanzan las agujas de los relojes? —inquirió el maestro Rojo con mucha curiosidad.

—¿Habla usted el francés perfectamente y no ha visto nunca un reloj occidental? —El maestro me había dejado con la boca abierta (aunque daba lo mismo porque no se veía).

—En la misión donde estudiamos mi hermano y yo no había relojes.

—Pues las agujas giran dentro de un círculo digamos que de derecha a izquierda.

—Es decir, que empezamos donde estoy yo —observó, como si pudiéramos verle.

—Deberíamos dejar algo en esta puerta para reconocerla a la vuelta —sugerí, siempre preocupada por el regreso.

—Adelante, ¿qué propone?

—No sé. Dejaré uno de mis lápices. Aunque, como no veo, no sé de qué color es.

—¿Y no le parece que da lo mismo, tía? Nadie se lo va a robar.

—Nunca se sabe —sentencié—. Estos lápices valen una fortuna en París.

Empezamos a caminar. Mi mano izquierda acariciaba la superficie de la pared que, a diferencia del suelo, era rugosa y áspera, de manera que terminé por pasar sólo la yema de los dedos para no sentir tanta dentera y, al final, sólo el dedo índice. Después de un rato, llegué a la conclusión de que aquel lugar era mucho más grande que el palacio funerario del piso superior. Debía de tener las mismas dimensiones que los muros de tierra enlucida de arriba. Tras doblar la primera esquina estaba ya completamente segura, así que me preparé para un largo y aburrido paseo que podía durar bastante tiempo. ¿Por qué no hacerlo más agradable? En realidad, podía pasear por donde yo quisiera ya que, al no ver nada, era libre de imaginar cualquier lugar del mundo y elegí la *rive gauche*, la ribera izquierda del Sena, en París, con sus puestos de libros viejos y sus pintores aficionados. Veía los hermosos puentes, el agua, el sol... Oía el ruido de los autos y de los ómnibus, los gritos de los vendedores de dulces... Y mi casa, veía mi casa, el portal, la escalera, la puerta... Y, dentro de ella, mi salón, mi dormitorio, mi cocina, mi estudio... ¡Ah, el olor de mi casa! Había olvidado cómo olía la madera de los muebles, las flores que siempre tenía en los jarrones, los fogones en los que cocinaba, la ropa almidonada de los cajones y, naturalmente, los lienzos nuevos aún sin imprimar, las pinturas al óleo, la trementina... ¡Había pasado un siglo desde que salí de mi casa! Sentí una nostalgia enorme y unas ganas también enormes de llorar. No tenía edad para esas tonterías, pero ¿qué iba a hacer si añoraba mi hogar?

Quizá fue la pena pero sentí que me mareaba un poco, que la pared se movía, o el suelo, como cuando íbamos a bordo del *André Lebon*. Ya no debía de faltar mucho para encontrarnos otra vez en el punto de partida. Habíamos doblado cuatro esquinas así que la puerta donde había dejado mi lápiz de color desconocido tenía que encontrarse cerca. Quizá fuera hambre aquella sensación de vaivén. Nunca es bueno caminar tanto con el estómago vacío. Y no estaba dispuesta a aceptar ninguna otra explicación.

Diez minutos después tenía mi lápiz abandonado entre las manos.

—Creo que no hemos adelantado mucho —dijo Fernanda enfurruñada—. Hemos vuelto al principio.

—Sí, pero también hemos eliminado una posibilidad. Ahora tenemos que probar otras.

—Es que estoy un poco mareada —protestó mi sobrina. Me alarmé.

—¿Cómo te encuentras tú, Biao?

—Mareado también, *tai-tai.* Pero no mucho.

—¿Y ustedes? —No hacía falta que dijera sus nombres, los dos se dieron por aludidos.

—Yo estoy bien —comentó Lao Jiang—. El problema es que llevamos mucho tiempo caminando a ciegas.

—Yo también estoy bien —dijo el maestro Rojo—. ¿Y usted, *madame*?

—Sí, bien —mentí. O encontrábamos la bajada hacia el tercer sótano inmediatamente o me llevaba a los niños corriendo al palacio funerario del piso de arriba—. ¿Alguien propone alguna solución rápida?

—Deberíamos examinar el suelo —titubeó el maestro Rojo—. Aunque si los niños se encuentran mal...

—Ya sabemos que estamos en un gran espacio rectangular —le atajó Lao Jiang—. Dividamos este espacio en franjas que marcaremos colocando los lápices de Elvira y nos echaremos al suelo para buscar la trampilla de este piso.

Tardaríamos una eternidad. No teníamos tanto tiempo.

—Les propongo que subamos al palacio para comer. Allí hay luz y necesitamos recuperarnos un poco. Después, bajaremos y revisaremos el suelo. ¿Qué les parece?

—Aún es pronto —desaprobó Lao Jiang—. Hagamos, al menos, una sección antes de subir.

—Una sección es demasiado —protesté sin saber a qué proporción se refería exactamente el anticuario. Pero éste me ignoró.

—Biao, da cinco pasos grandes hacia adelante y quédate allí mientras los demás comprobamos el terreno desde la pared hasta la línea que tú representas. Si nos perdemos, te llamaremos para que nos guíes con la voz. ¿Entendido?

—Sí, Lao Jiang, aunque me gustaría decir algo.

—No vuelvas a repetir que te encuentras mal... —le advirtió amenazadoramente.

—No, no... Lo que quería decir es que, bajo mis pies, hay una cosa extraña que no es una trampilla pero que tiene que ser importante porque parece uno de esos hexagramas del *I Ching*.

—¿Estás seguro? —saltó Lao Jiang como si le hubiera picado un avispón.

—Déjeme comprobarlo —pidió el maestro Rojo—. ¿Biao?

—Sí, soy yo, maestro. Agáchese. Es aquí, ¿lo ve?

—No, no lo veo —rió el maestro—, pero lo toco y, sí, desde luego es un hexagrama. Este suelo debe de ser de bronce pulido y el hexagrama está grabado en relieve.

—En bajorrelieve —constaté al tocarlo con mis propias manos y notar la tersura de las formas: seis líneas horizontales, unas enteras y otras partidas, formando un cuadrado perfecto de poco más de un metro por cada lado—. La figura apenas resalta sobre el plano. Podría confundirse con una simple irregularidad del suelo si no fuera tan grande.

—¡Qué curioso! —dijo el maestro—. Se trata del hexagrama *Ming I*, «El Oscurecimiento de la Luz». Sería muy significativo si no se tratara de un simple adorno.

—¿Qué adorno iban a poner en un sitio en el que no se ve nada? —se enfadó Fernanda—. Eso está ahí por algo.

—¿Se sabe usted el *I Ching* de memoria, maestro Jade Rojo? —le pregunté.

—Sí, *madame*, pero no es nada extraordinario —señaló con modestia.

—El maestro Tzau, de Wudang, también se lo sabía.

—El maestro Tzau es más que un sabio, *madame*. Es el mayor erudito del *I Ching* que existe en China. Vienen gentes de todas partes a consultarle. Me alegro de que tuviera ocasión de conocerle.

—¡Dejémonos de conversaciones de salón! —nos interrumpió Lao Jiang—. Interprete el signo, maestro Jade Rojo.

—Por supuesto, Da Teh. Le pido humildemente perdón.

—¡No pierda más tiempo! —le espetó Lao Jiang. Sorprendida, no daba crédito a la transformación radical que se había producido en el carácter del anticuario desde que habíamos entrado en el mausoleo. Era como si le molestásemos, como si cualquier cosa que hiciésemos o dijésemos le enfureciera. Desde luego, no se parecía en nada al elegante y educado anticuario que yo había conocido en las habitaciones de Paddy Tichborne en el Shanghai Club.

—El hexagrama *Ming I,* «El Oscurecimiento de la Luz» —estaba diciendo el maestro Rojo—, alude al sol que se ha hundido bajo la tierra provocando la oscuridad total. Un hombre tenebroso ocupa el puesto de mando y los sabios y capaces sufren por ello porque, aunque les pese, deben seguir avanzando con él. El dictamen del signo dice que la luz ha desaparecido y que, en estas condiciones, es propicio ser perseverante en la emergencia.

—No entiendo nada, *tai-tai* —me susurró Biao al oído. Le tapé la boca con la mano para que se callara. No quería más reprimendas de Lao Jiang.

—Supongo que, en la situación en la que nos hallamos —continuó diciendo el maestro—, la interpretación sería que hay algún riesgo que no vemos, alguna emergencia por la cual deberíamos movernos con rapidez. Creo que el hexagrama nos pide que busquemos rápidamente la luz porque corremos algún peligro.

Lo sabía. No me había vuelto loca. El aire estaba lleno de metano. Había que salir de allí cuanto antes.

—¡Aquí hay otro hexagrama! —exclamó mi sobrina en ese momento.

—¿Tan cerca? —se sorprendió Lao Jiang.

—Empezando desde la puerta y yendo en línea recta, primero está el que descubrió Biao y, después, a un par de metros, éste que acaba de encontrar Fernanda —le expliqué arrodillándome junto al nuevo relieve para examinarlo. En realidad, sólo lo toqué para comprobar que la niña no se había equivocado. Fue el maestro Rojo quien lo tanteó cuidadosamente para averiguar de qué hexagrama se trataba.

—*Sheng* —dictaminó tras estudiarlo con las manos—, «La Subida». Se refiere al árbol creciendo con esfuerzo desde la tierra. En realidad, habla de cualquier éxito conseguido desde una situación inferior gracias al tesón y al empeño personal. El dictamen dice que hay que poner manos a la obra y empezar a actuar sin miedo porque la partida hacia el sur trae ventura.

—¿La partida hacia el sur? —coreó Lao Jiang—. ¿Debemos ir hacia el sur desde aquí?

—Yo diría que sí.

—¿Y cómo vamos a saber dónde está el sur? —pregunté mientras intentaba dibujar un mapa mental del mausoleo en mi cabeza. La puerta por la que habíamos entrado en aquel recinto venenoso estaba al norte ya que se encontraba enfrente de los travesaños de hierro por los que habíamos bajado desde el fondo del palacio funerario. Ir hacia el sur, pues, significaba adentrarse en las sombras hacia adelante, desandar el camino que habíamos hecho arriba, caminar hacia las profundidades del monte Li.

—Con el *Luo P'an, madame*, puedo localizar los ocho puntos cardinales porque están tallados en la madera y, tocando la aguja levemente con los dedos, puedo averiguar hacia dónde señala.

¿Qué hubiéramos hecho sin el genial maestro Rojo? Me felicité por haber sido yo quien tuvo la maravillosa idea de pedirle al abad que nos proporcionara algún monje experto en ciencias chinas. Ahora estábamos en disposición de empezar a movernos. El problema era cómo podría yo señalizar el camino para el regreso. Igual que había despejado de dardos el salón del trono, me habría gustado marcar el suelo con algo para que, a la vuelta, sólo hubiera que seguir aquel rastro hasta la puerta. Pero no podía pensar con claridad, estaba muy mareada y, además, empezaba a notar un pequeño dolor de cabeza que me asustaba un poco.

—Encuentre el sur de una vez, maestro Jade Rojo —ordenó el anticuario.

¿Qué tenía yo en mi bolsa que pudiera utilizar...? ¡Las piedras preciosas! Ese hermoso puñado de turquesas verdes que había cogido del altar antes de seguir a Lao Jiang. Apenas eran del tamaño de un garbanzo y resultarían difíciles de localizar en la oscuridad pero no había otra cosa, así que tendrían que servir. Mientras el maestro Rojo continuaba con sus cálculos, rebusqué en el fondo de mi bolsa y recuperé las piedras, guardándomelas en un par de bolsillos de la chaqueta. Como no me atreví a tirar la primera porque se iba a escuchar el ruido, me agaché discretamente y la dejé en el suelo con toda delicadeza. De algo tenían que servir los cuentos infantiles. ¿Acaso no había sido el pequeño Pulgarcito quien había dejado en el bosque un rastro de piedrecitas blancas para poder encontrar el camino de regreso a casa? Pues, mira por donde, aquel viejo cuento de Charles Perrault me iba a resultar muy útil.

Por fin, al cabo de un momento, el maestro dijo:

—Cójanse a mi túnica y formen una fila. Yo iré delante.

Era muy tonto caminar así, todos de la mano (menos cuando yo me soltaba unos segundos para dejar una turquesa en el suelo), pero estábamos tan mareados y con tanta angustia que nadie gastó una broma o hizo un comentario gracioso ni siquiera cuando el maestro Rojo se detuvo y chocamos unos contra otros. Ésa fue otra prueba más de que los efectos del gas iban en aumento. ¿Por qué no habría insistido para que volviéramos al salón del palacio funerario? Ahora me sentía culpable pero es que no había querido causar una alarma general porque, al principio, no había estado segura de que hubiera realmente metano, no hasta que el maestro Rojo había interpretado el primer hexagrama y, luego, Lao Jiang había empezado a meternos prisa y a enfadarse y todo se había vuelto confuso.

—Tres rayas Yin, una Yang, otra Yin y otra Yang —estaba diciendo el maestro Rojo—. Por lo tanto, es el hexagrama *Chin*, «El Progreso».

—Eso quiere decir que vamos bien —comenté, intentando parecer optimista.

—El sol se eleva sobre la tierra de manera rápida —explicó

el erudito—. El dictamen de «El Progreso» dice que el príncipe fuerte es favorecido con caballos en gran número. Yo diría que este signo lo que indica es que debemos correr, avanzar rápidamente como caballos al galope hacia el siguiente hexagrama.

—Pero ¿debemos seguir hacia el sur? —pregunté. El dolor de cabeza se iba agudizando por momentos y cada vez que me inclinaba para dejar una turquesa me parecía que dejaba también una parte de mi cerebro pegada al suelo.

—Sí, *madame*, puesto que el hexagrama no menciona otra dirección, debemos seguir hacia el sur. Cójanse otra vez y síganme lo más rápido que puedan, por favor.

—¿Seguro que usted se encuentra bien, maestro Jade Rojo? —pregunté mientras sujetaba las manos heladas de los niños. Si él se desorientaba o perdía el conocimiento, los demás estábamos muertos.

—Sí, *madame*. Me encuentro perfectamente.

—Yo tengo angustia, tía —lloriqueó la niña—. Y me duele la cabeza.

—Eso son tonterías —exclamó Lao Jiang con voz dura—. En cuanto salgamos de aquí se te pasará todo. Es por la oscuridad.

—Yo también me encuentro mal, *tai-tai* —murmuró Biao.

—¡Silencio! —ordenó el anticuario.

Él lo sabía. Lao Jiang sabía que estábamos en una trampa de grisú. Lo había comprendido al mismo tiempo que yo y había decidido, en nombre de todos, que había que correr el riesgo. Supongo que pensaba que nadie más se había dado cuenta.

—Caminad más rápido, niños —les pedí, empujando con el hombro a Biao y tironeando de la mano fría de Fernanda.

¿Qué pasaba por la mente del anticuario? Algo le ocurría y necesitaba saber qué era. Dejé una nueva turquesa en el suelo y, cuando me incorporé, además de luchar por mantener el equilibrio, tropecé con la cara de mi sobrina que se había inclinado para hablar conmigo sin que los demás se enteraran.

—¡Ay! —exclamé, llevándome una mano a la cabeza. El mentón de Fernanda casi me había agujereado el cráneo.

—¡Uf! —dijo ella al mismo tiempo.

—¿Qué les pasa? —gruñó Lao Jiang.

—Nada, siga caminando —le respondí desabridamente.

—¿Por qué me suelta la mano y se agacha de vez en cuando, tía? —me susurró la niña al oído.

—Porque estoy dejando un rastro de piedrecitas blancas como Pulgarcito.

No sé si me creyó o si pensó que su tía se había vuelto loca de remate, pero no dijo nada. Me sujetó la mano con fuerza y seguimos avanzando. A partir de ese momento, noté que, cada vez que la soltaba y la volvía a coger, sus dedos apretaban los míos afectuosamente, como aprobando lo que hacía. Aquella niña era un tesoro. En bruto, desde luego, pero un tesoro.

—Otro hexagrama —anunció el maestro—. Permítanme comprobar cuál es.

Nos quedamos quietos, a la espera.

—*K'un*, «Lo Receptivo». Este signo es complicado y suele interpretarse en conjunción con el anterior, *Ch'ien*, «Lo Creativo». Ambos son como el yin y el yang.

—Al grano, maestro Jade Rojo —le ordenó el anticuario.

—Ciñéndonos al dictamen —abrevió éste, un tanto apurado—, «Lo Receptivo» implica que si el noble quiere avanzar solo, puede extraviarse mientras que si se deja conducir por otros con la perseverancia de una yegua, animal que combina la fuerza y la velocidad del caballo con la suavidad y docilidad de lo femenino, alcanzará el éxito.

—¿Eso es todo? —se enfadó Lao Jiang—. ¿Hemos de cambiar la anterior velocidad del caballo por la de la yegua de ahora? O sea, que este hexagrama es otro recordatorio de que debemos continuar hacia el sur a toda velocidad.

—No, hacia el sur ya no —denegó el maestro—. «Es propicio encontrar amigos al Oeste y al Sur y evitar los amigos al Este y al Norte», declara el dictamen.

—¿Por qué no hablan más claro estos hexagramas? —se quejó mi sobrina.

—Porque su función no es ésta, Fernanda —le expliqué—. Se trata de un libro milenario que se utiliza como texto oracular.

—Muy bien, entonces hay que evitar el este y el norte, que es de donde venimos —resumió Lao Jiang—, y dirigirnos hacia el sur y el oeste. ¿No es así? Pues vayamos hacia el sudoeste.

—No, Da Teh, no es así como hay que interpretarlo. El *I Ching*, cuando quiere proponer una dirección, la indica correctamente. Si tuviéramos que ir hacia el sudoeste, lo diría. En cambio, habla de sur y de oeste por separado. Como ya veníamos del sur, la dirección que nos señala es el oeste y lo hace así porque, de los sesenta y cuatro hexagramas del *I Ching*, *K'un*, «Lo Receptivo», es el único que menciona el oeste. Quien seleccionó los hexagramas de este lugar sólo tenía *K'un* para señalarnos esta dirección.

—Si usted lo dice, maestro Jade Rojo, así será. Llévenos hacia el oeste. No perdamos más tiempo.

—Sí, Da Teh.

El siguiente hexagrama que encontramos fue *Pi*, «La Solidaridad», que hablaba de que debíamos permanecer unidos y correr porque «Los inseguros avanzan poco a poco y el que llega tarde tiene desventura». Otra advertencia de que el tiempo era vital. Sin embargo, no hacía falta que nos lo dijeran porque, entre Lao Jiang y yo, que sabíamos lo que nos estábamos jugando, obligábamos al grupo a caminar con pasos acelerados. Mi trabajo de dejar las turquesas en el suelo se había vuelto sumamente complicado e incómodo pero, en cierto momento, me di cuenta de que, yendo a la velocidad que íbamos, podía dejar caer las piedras sin preocuparme por el ruido ya que las pisadas rápidas y los resoplidos lo disimulaban.

Siguiendo en línea recta hacia el oeste, dimos con el sexto hexagrama, *Chien*, «El Impedimento» que quizá nos indicaba la presencia de algo que entorpecía nuestro camino aunque no tropezamos contra nada. Allí fue donde Biao vomitó. Y, luego, instantes después, Fernanda. Y poco faltó para que yo fuera la tercera porque el dolor de cabeza me estaba matando. No podía creer que a Lao Jiang y al maestro Rojo no les afectara el metano. Era imposible que no manifestaran síntomas de envenenamiento. Por eso no me sorprendió cuando el anticuario, de pronto, se cayó al suelo.

Oímos un golpe tremendo y Biao, que iba de su mano, soltó una exclamación.

—¡Lao Jiang se ha caído! —gritó.

—Estoy bien, estoy bien... —murmuró el afectado. Todos nos habíamos acercado y el maestro Rojo, a oscuras, le estaba reconociendo.

—El peligro del que hablan los hexagramas... —empezó a decir el maestro.

Saltándome las normas de cortesía, me acerqué a su oído y le dije:

—Este sitio está lleno de metano, maestro Jade Rojo. Los niños no deben saberlo. Hay que salir rápidamente de aquí. No nos queda mucho tiempo.

Él afirmó con la cabeza, sin decir nada, y lo noté por el roce de su pelo contra mi cara. Olía mal. Atufaba a grasa rancia y recordé las quejas de Biao cuando tuvo que meter la mano en los recipientes con la grasa seca de ballena que ahora ardía iluminando el piso superior.

Lao Jiang se puso en pie con la ayuda de todos, aseguró repetidamente que se encontraba bien y nos pidió que le soltáramos.

—Interprete el signo, maestro Jade Rojo —pidió.

—Por supuesto, Da Teh. Se trata de *Chien*, «El Impedimento», cuyo dictamen asegura que es propicio ir hacia el sudoeste.

—Otro cambio de dirección.

—Ya no puede faltar mucho —aseguré—. Juraría que avanzamos en diagonal.

—Con algún molinete por enmedio —admitió el anticuario—. Rápido, maestro, no nos queda tiempo.

Se encontraba mal, no cabía duda. Lo había ocultado pero, de todos nosotros, era el que peor estaba y, si quedaba alguna duda, Biao me la despejó tirando de mi mano y susurrándome:

—Lao Jiang camina como si estuviera bebido. ¿Qué hago?

—Nada —repuse—. Intenta que no se caiga.

—Yo sigo teniendo mucha angustia.

—Ya lo sé Biao. Recuerda lo que significa tu nombre. Piensa que eres un pequeño tigre, fuerte y poderoso. Puedes vencer la angustia.

—Debería cambiar de nombre, *tai-tai*, porque ya soy bastante mayor.

Él aún podía pensar en cosas como ésa. Yo no. Mi angustia se redoblaba al hablar.

—Después, Biao. Cuando salgamos de aquí —murmuré conteniendo una arcada.

Por fortuna, el maestro Rojo no tardó en encontrar el séptimo hexagrama, uno que tenía un nombre precioso y esperanzador: *Lin*, «El Acercamiento», cuyo dictamen decía literalmente: «El acercamiento tiene elevado éxito.»

—Tía —me llamó Fernanda con voz débil—. Tía, no puedo más. Creo que voy a caerme como Lao Jiang.

—¡No, Fernandina, ahora no! —le supliqué utilizando el nombre que a ella le gustaba—. Aguanta un poco más, venga.

—No creo que pueda, de verdad.

—¡Eres una Aranda y una mujer! ¿Quieres que Lao Jiang, Biao y el maestro Rojo piensen que nosotras no valemos para esto porque somos débiles? ¡Te ordeno que camines y te prohíbo que te desmayes!

—Lo intentaré —lloriqueó.

Una eternidad después, casi una vida entera después, el maestro Rojo anunció el octavo hexagrama. Ya no corríamos; nos arrastrábamos. Biao, no sé cómo, sujetaba a Lao Jiang por los hombros para que no trastabillase y cayese y yo, que no podía dar un solo paso, llevaba a Fernandina por la cintura y tiraba del brazo que ella me pasaba por el cuello. No íbamos a aguantar. Apenas nos quedaban unos minutos antes de perder el conocimiento. Habíamos respirado mucho gas durante demasiado tiempo y el veneno ya había hecho su trabajo. Supongo que sólo nos quedaba el instinto de supervivencia para no morir allí.

—¡Anímense! —exclamó el resistente maestro Rojo cuya voz llena de vida era como un faro en la oscuridad—. Hemos encontrado el hexagrama *Hsieh*, «La Liberación».

Sonaba muy bien. La liberación.

—¿Saben qué dice el dictamen? «La Liberación. Es propicio el sudoeste. Si todavía hay algún lugar a donde uno debiera ir, entonces es venturosa la prontitud.» ¡Vamos, dense prisa! Estamos a punto de llegar a la salida.

Pero no nos movimos. Oí alejarse al maestro y pensé que la niña y yo deberíamos dejarnos caer al suelo para descansar y dormir. Yo tenía mucho sueño, un sueño terrible.

—¡Aquí, aquí está la trampilla! —gritó el maestro Rojo—. ¡La he encontrado! ¡Vengan, por favor! ¡Tenemos que salir!

Sí, claro que teníamos que salir, pero no podíamos. Ya me hubiera gustado a mí seguirle y abandonar aquel lugar, pero era incapaz de moverme y mucho menos de arrastrar a mi sobrina conmigo.

—*Tai-tai*, ¿vamos a morir?

—No, Biao. Saldremos. Camina hacia el maestro Jade Rojo.

—No puedo con Lao Jiang.

—¿Podrías con Fernanda?

—A lo mejor... No lo sé.

—Venga, inténtalo.

—¿Y usted, *tai-tai*?

—Ve donde está el maestro y dile que recoja él a Lao Jiang. Tú, márchate con la niña. Es el aire, Biao. Hay gas venenoso en el aire. Salid los dos de aquí rápidamente.

Sentí cómo me quitaba a Fernanda de los brazos y noté que se alejaba con paso torpe. No hizo falta que le dijera nada al maestro. Sé que se cruzaron en el camino y que éste le indicó cómo llegar a la trampilla: todo recto en la misma dirección en la que avanzábamos.

—Vamos, *madame* —oí decir al maestro Rojo junto a mí.

—¿Y Lao Jiang?

—Ha perdido el conocimiento.

—Cójale a él y sáquelo de aquí. Yo sólo necesito que me

permita sujetarme a su túnica para no perderme. No creo que pueda seguir yo sola una línea recta.

¿De dónde saqué la fuerza para caminar, para apretar entre los dedos helados la tela de la túnica del maestro y para acompañarle dificultosamente hasta la trampilla arrastrando los pies, sin ser consciente de mis movimientos y, en realidad, profundamente dormida? No lo sé. Pero, cuando pude volver a pensar, descubrí que era mucho más fuerte de lo que creía y que, como decía la frase del *Tao te king* que me había regalado el abad de Wudang, cuando todo se puede superar, no hay nadie que conozca los límites de su fuerza.

Aunque suene paradójico, abrí los ojos porque me cegó la claridad. Parpadeé y me froté con las manos hasta que conseguí acostumbrarme de nuevo a la luz. Era la llama de la antorcha de Lao Jiang, radiante como un sol de mediodía. Estaba tumbada en el suelo pero no tenía ni idea de dónde me encontraba y mi primer pensamiento consciente fue para Fernanda.

—¿Y mi sobrina? —pregunté en voz alta—. ¿Y Biao?

—Aún no se han despertado, *madame* —me contestó el maestro Rojo inclinándose sobre mí para que le viera la cara. Era él quien sostenía la antorcha. Me apoyé en los codos y levanté la cabeza para observar el lugar en el que estábamos: una plataforma amplia parecida a las del pozo Han por el que habíamos bajado al mausoleo aunque cubierta de baldosas negras y bastante más grande que aquéllas, pues, además de las cuatro personas que estábamos allí tumbadas, aún hubieran cabido cuatro o cinco más. El lugar era también un pozo profundo, circular y amplio como aquél, sólo que en éste las paredes eran de piedra y parecían más sólidas y recias.

Fernanda, Lao Jiang y Biao dormían, completamente inmóviles, sobre el suelo de baldosas.

—¿Ha intentado despertarles, maestro?

—Sí, *madame*, y no tardarán en hacerlo. Como a usted, les he aplicado en la nariz unas hierbas de efectos estimulantes que pronto les harán recuperar el sentido. Respirar metano es muy peligroso.

—¿Y por qué usted no se envenenó? —le pregunté mientras me incorporaba con ayuda de las manos y me quedaba sentada en el suelo.

El maestro Rojo sonrió.

—Eso es un secreto, *madame*, un secreto de las artes marciales internas.

—No irá a decirme que usted no respira... —bromeé, pero algo vi en su cara que me hizo palidecer—. Porque usted respira, ¿verdad, maestro Jade Rojo?

—Quizá un poco menos que ustedes —admitió de mala gana—. O quizá de otra manera. Nosotros aprendemos a respirar con el abdomen. El control de la respiración y de los músculos que la gobiernan es una de nuestras prácticas habituales de meditación. Forma parte del aprendizaje de las técnicas de salud y longevidad. Mientras ustedes inhalan y exhalan unas quince o veinte veces, y los niños algo más, nosotros lo hacemos sólo cuatro, como las tortugas, que viven más de cien años. Por eso no me afectó el metano, porque inhalé mucha menos cantidad.

Los celestes y, en particular, los taoístas no dejaban nunca de sorprenderme, pero no tenía fuerzas para asimilar más cosas raras. Sentía dolor por todo el cuerpo. Echando el resto conseguí ponerme en pie y, al girarme, justo a mi espalda, vi unos barrotes de hierro en la pared que componían, sin duda, la escalinata por la que habíamos bajado —aunque yo no recordara cómo— desde el nivel del metano. Arriba, a unos tres metros, estaba el techo y se distinguía, afortunadamente muy bien cerrada, la trampilla que daba paso a la gran catedral de suelo de bronce saturada de gas. Todavía no podía comprender cómo habíamos salido vivos de allí. Al menos, había sido capaz de seguir dejando caer las turquesas hasta el último momento (el último que recordaba, que no sabía muy bien cuál era). Ya veríamos si servían para algo.

Mi sobrina abrió los ojos y gimió. Me arrodillé a su lado y le pasé la mano por el pelo.

—¿Cómo te encuentras? —le pregunté con afecto.

—¿Podría alguien apagar la luz, por favor? —protestó, exasperada. La mano que tenía en su cabeza tentada estuvo de bajar y largarle un bofetón como Dios manda, pero yo no era partidaria de esas cosas y, además, no hubiera sabido hacerlo. Ahora que, desde luego, ganas de aprender no me faltaron.

Biao se despertó también quejándose por la luz de la antorcha aunque, como sirviente que era, se comportó con más educación.

—¿Dónde estamos?

—No podría decirte, Biao. Hemos salido del segundo piso del mausoleo pero todavía no hemos bajado hasta el tercero. Hay rampas como en el pozo en el que te caíste, aunque más grandes y firmes. Mira —dije señalándole la pared de enfrente en la que se veían dos niveles de bajadas. Si nos asomábamos al pozo seguramente podríamos divisar más, pero no tenía ganas de moverme tanto para eso.

Ayudé a los niños a levantarse y entonces fue Lao Jiang el que dio señales de vida.

—¿Qué tal se encuentra, Da Teh? —le preguntó el maestro acercándole la antorcha.

—¡Apártela, por favor! —exclamó cubriéndose los ojos con el brazo.

—Bien, estamos todos vivos —dejé escapar con satisfacción, más que nada por disimular mi profundo enfado con Lao Jiang. No tenía intención de decirle nada, pero pensaba vigilarle muy de cerca y leer sus pensamientos si era necesario para evitar que volviera a ponernos a todos en peligro por decisión propia. No sucedería de nuevo.

—¿Comemos antes de empezar a bajar? —preguntó tímidamente el maestro Rojo.

Los niños pusieron cara de asco y tanto Lao Jiang como yo denegamos con la cabeza. Ni siquiera podía pensar en la comida sin sentir angustia de nuevo.

—¿Sabe lo que nos vendría bien, tía? —comentó Fernanda cogiendo su hato—. Una infusión de jengibre contra los mareos como las que tomaba usted en el barco.

—Coma algo mientras bajamos, maestro Jade Rojo —dijo Lao Jiang, echando a andar por la plataforma en dirección a la primera rampa. Los demás le seguimos a toda prisa y el maestro no hizo siquiera intención de sacar la comida de su bolsa.

Empezamos a descender aquella fosa por la espiral que, pegada a la pared, formaban las plataformas y las rampas. No resultó muy pesada y lo mejor de todo fue que del fondo ascendía una suave corriente de aire fresco que nos limpiaba el cerebro de brumas y la sangre de veneno. Al cabo de muy poco tiempo, el aire se volvió frío y algo después pasó a ser gélido. Nos arropamos bien y escondimos las manos en las grandes mangas de las chaquetas acolchadas. Pero ya habíamos llegado al final del pozo. La última rampa terminaba súbitamente y, enfrente, la boca de un túnel era el único camino posible a seguir.

—¿Dónde están los diez mil puentes? —murmuró Lao Jiang.

—El arquitecto Sai Wu le escribió a su hijo que encontraría diez mil puentes en el tercer subterráneo que, en apariencia, no le conducirían a ninguna parte —le dije al maestro Rojo para que entendiera de lo que estaba hablando Lao Jiang—. Sin embargo, existía un camino entre ellos que le llevaría hasta la única salida.

—¿Diez mil puentes? —repitió él—. Bueno, diez mil es un número simbólico para nosotros. Sólo quiere decir «muchos».

—Lo sabemos —repliqué, observando cómo el anticuario se dirigía con paso firme hacia una vasija situada en la boca del túnel, similar a las de los muros del palacio funerario. Cuando le acercó la llama de la antorcha, quizá por el frío, tardó un poco más que las otras en prenderse pero, una vez que el resplandor adquirió cuerpo y fuerza, vimos la repetición del fenómeno del fuego avanzando por un canalillo a lo largo de la pared. El túnel quedó iluminado.

Avanzamos por él unos quince metros, con mucha cautela y los cinco sentidos alerta. Al fondo, se veía una extraña estructura de hierro y, detrás, la oscuridad. Nos dirigimos hacia allí para examinar aquel armazón que, además de estar completamente oxidado, parecía brotar misteriosamente del suelo. Tres gruesos pilotes de escasa altura (dos a los lados y uno en el centro del pasillo) brotaban de la piedra y sujetaban firmemente unas impresionantes cadenas del mismo material. La cadena del centro avanzaba en línea recta hacia la oscuridad del fondo; las dos de los lados subían en diagonal hacia la parte superior de otros dos robustos postes de algo más de un metro de altura y, desde allí, se lanzaban también al vacío en línea recta.

—¿Un puente? —preguntó Fernanda, atemorizada.

—Me temo que sí —confirmó Lao Jiang.

Tres cadenas, me dije, sólo tres cadenas de hierro. Una para caminar y otras dos, a un metro y pico de altura, para sujetarse. Desde luego eran enormes, de eslabones tan gruesos como mi puño pero, con todo, no parecía la manera más segura de cruzar un río o una sima.

El fuego del canalillo inflamaba cada vez más y más vasijas y las tinieblas se volvían claridad. Apostados en el límite del túnel contemplábamos boquiabiertos cómo la luz nos iba desvelando poco a poco el tercer subterráneo del mausoleo. Nuestro puente de hierro terminaba a unos treinta metros de distancia, en un pedestal de tres metros cuadrados del que nacían otros dos puentes más que seguían avanzando hacia el fondo y hacia un lado. El problema era que había muchos pedestales como ése y que todos estaban conectados por puentes de hierro y que esos pedestales eran, en realidad, unas gigantescas pilastras que se hundían en la tierra tan profundamente que no podíamos ver el final y que, hasta donde la vista alcanzaba mirando hacia abajo, cientos, miles de puentes formaban un laberinto tejido con hierro en horizontal y diagonal, a distintas alturas y con diferentes inclinaciones, naciendo y muriendo en la superficie de pilastras de elevaciones desiguales. Sai Wu no había mentido ni exagerado cuando le escribió a su hijo: «Hay diez mil puentes que, en apariencia, no conducen a ninguna parte.»

Abrumados, contemplábamos el laberinto sin hablar, conteniendo la respiración mientras el fuego avanzaba hacia abajo, ampliaba nuestro campo de visión y confirmaba lo que temíamos. En algún momento, las llamas llegaron al fondo e iniciaron un recorrido ascendente por las pilastras. No mucho después, todo el lugar estaba perfectamente iluminado y se olía de nuevo ese desagradable aroma que producía la combustión del aceite de ballena.

—Este sitio es muy peligroso —observó Lao Jiang como si los demás no nos hubiéramos dado cuenta—. Podemos estar de regreso aquí mismo después de caminar horas y horas por esas inestables cadenas de hierro.

Muy alentador. Daban ganas de empezar cuanto antes.

—Debe de existir alguna lógica aunque no la veamos —dije yo, adoptando el modo de pensar chino.

El maestro Rojo contemplaba los puentes y las pilastras girando la cabeza a derecha e izquierda y bajándola de vez en cuando.

—¿Qué mira, maestro Jade Rojo? —le preguntó Fernanda con curiosidad.

—Como *madame* ha dicho, tiene que existir alguna lógica. Si hay una salida no puede tratarse de un esquema al azar. ¿Cuántas columnas cuadradas cuentan ustedes?

¡Uf!, no se me había ocurrido pensar en eso. En el nivel en el que nosotros estábamos, se veían tres filas consecutivas de tres gigantescas pilastras cada una. Más abajo, resultaba imposible de calcular.

—Nueve columnas —declaró el maestro Rojo en voz alta—. ¿Y cuántos puentes nacen y mueren en cada una de ellas?

—Es difícil de saber, maestro. Se cruzan en distintos puntos.

—Pues voy a la columna de ahí delante —indicó dirigiéndose hacia el puente mientras se ajustaba y aseguraba la bolsa en la espalda—. Desde allí podré verlo más claro.

La sangre se me heló en las venas y no precisamente por el frío.

El maestro, sujetándose firmemente con las manos a las cadenas, puso un pie en ese vacilante andamiaje oxidado que rechinó y osciló como si fuera a venirse abajo. Cerré los ojos y los apreté con fuerza. No quería verlo morir. No quería verlo caer al vacío ni tampoco oír cómo se estrellaba contra alguna de las pilastras de abajo o contra el suelo del fondo. Pero lo único que escuchaba eran los chirridos y crujidos del hierro mientras él seguía adelante. Los niños no podrían pasar por allí. Y, aunque pudieran, me iba a negar en redondo. Después de unos largos, muy largos minutos de tensión insoportable el maestro, por fin, llegó al final. Se oyó salir de golpe el aire retenido en nuestros pulmones y Lao Jiang y los niños lanzaron exclamaciones de alegría. Yo estaba demasiado aterrorizada para moverme o, incluso, para regocijarme tan abiertamente como ellos. Sólo suspiré y relajé todos los músculos del cuerpo que tenía contraídos por el miedo. El maestro nos saludó con la mano desde el otro lado.

—Es firme —anunció—. Pero no pasen todavía.

De nuevo, le vimos examinar el laberinto girando la cabeza en todas direcciones y asomándose peligrosamente por los bordes de la pilastra. Luego, inesperadamente, se sentó en el suelo y sacó el *Luo P'an* de su bolsa.

—¿Qué está haciendo? —quiso saber Biao.

—Utiliza el *Feng Shui* para estudiar la disposición de las energías y la distribución de los puentes —le explicó Lao Jiang.

—¿Y de qué nos puede servir eso? —insistió el niño.

—Recuerda que esta tumba fue diseñada por maestros geománticos.

El maestro Rojo se puso en pie y guardó la brújula.

—Voy a seguir hasta la siguiente columna —anunció.

—¿Por qué, maestro Jade Rojo? —le preguntó Lao Jiang.

—Porque necesito confirmar unos datos.

—Por favor, tenga cuidado —le supliqué—. Estas pasarelas son muy antiguas.

—Tan antiguas como este mausoleo, *madame*, y, como puede ver, sigue en pie.

Se oyeron rechinar de nuevo los eslabones de hierro y le vimos avanzar poniendo un pie delante de otro y agarrándose a las cadenas que servían de flexibles barandales. Sólo con que sus piernas bailaran un poco de un lado a otro, se mataría. El equilibrio era fundamental en aquellos caminos de hierro y tomé buena nota de ello para cuando llegara el momento de jugarme la vida como lo estaba haciendo él.

A pesar de que los postes que sujetaban los puentes se interponían entre nosotros, le vimos llegar sano y salvo a la segunda pilastra y, por sus movimientos, adivinamos que sacaba de nuevo el *Luo P'an* para realizar sus cálculos de energías. Otra vez se asomó peligrosamente a los márgenes para examinar los puentes de abajo y, por fin, se incorporó y nos hizo un gesto con el brazo para que fuéramos hacia él.

—Vosotros dos os quedáis aquí —les dije a Fernanda y Biao. El niño miró a Lao Jiang en busca de ayuda pero el anticuario ya había empezado a caminar por las cadenas; mi sobrina frunció el ceño como no se lo había visto fruncir en todos los meses que la conocía.

—Yo voy —declaró, terca y desafiante.

—No, tú te quedas.

—Yo también quiero ir, *tai-tai.*

—Pues lo siento. Nos esperaréis los dos aquí hasta que volvamos.

—¿Y si no vuelven? —Fernanda seguía con ese peligroso ceño fruncido.

—Pues salís y buscáis ayuda en Xi'an.

—Iremos detrás de ustedes en cuanto se hayan marchado —me advirtió con aires de suficiencia dejando caer su bolsa al suelo.

—No te atreverás.

—Sí nos atreveremos, ¿verdad Biao? Ya nos escapamos de Wudang para seguirles, ¿lo recuerda?

—Biao —le dije al niño—, te prohíbo que vengas detrás de Lao Jiang y de mí por mucho que Fernanda te lo ordene, ¿me has comprendido?

El niño bajó la cabeza, compungido.

—Sí, *tai-tai.*

—Y tú, Fernanda, te quedarás con Biao. Y, si no me obedeces, cuando volvamos a París te meteré interna en el colegio de monjas más estricto que haya. ¿Te queda claro? Y ya sabes la fama que tienen las monjas francesas. Te aseguro que no saldrás ni en vacaciones.

Su gesto se transformó de rabia en sorpresa y, luego, en ira contenida pero había captado la idea. Pegó una patada en el suelo y se dejó caer sobre su bolsa con los brazos cruzados y mirando hacia el lado contrario del túnel.

El maestro Rojo seguía haciéndonos gestos con el brazo.

—Toma, Biao. —Abrí mi petate, saqué la caja de lápices y la libreta de dibujo y se la di al niño—. Para que no os aburráis mucho. Tened cuidado, por favor. No hagáis tonterías. Volveremos pronto.

—Gracias, *tai-tai.*

Aseguré la bolsa con fuerza para que no me desequilibrara, adelanté un pie temblón y puse las manos heladas y sudorosas sobre las barandillas. Lao Jiang ya estaba llegando al final.

—¿Le sigo o me espero? —pregunté.

—¡Los puentes son muy firmes, *madame*! —gritó el maestro Rojo desde la lejanía—. ¡No tenga miedo! ¡Aguantarán el peso de los dos!

Así que, aterrorizada, empecé a caminar. Aquélla era la prueba más dura de todas cuantas había pasado. La muerte estaba sólo a un mal paso. No debía mirar hacia abajo pero tampoco quería poner los pies de manera incorrecta y perder el equilibrio. Si continuaba sudando de miedo como lo estaba haciendo, las manos me resbalarían por mucho óxido que tuvieran aquellos anillos de hierro. Lao Jiang alcanzó la pilastra y se volvió.

—Siga adelante —me dijo—. Le aseguro que no hay ningún peligro.

¡No, ninguno, desde luego que no! Sólo una caída de yo qué sé cuántos cientos de metros. Pero daba igual, ya estaba allí y tenía que seguir avanzando. Retroceder y quedarme con los niños no era factible porque no tenía ni idea de cómo dar la vuelta sin matarme. Era mejor continuar y no pensarlo. ¿No decían que los valientes no eran los que no tenían miedo sino los que, teniéndolo, se enfrentaban a él y lo superaban? Pues a esa idea tenía que agarrarme con la misma fuerza con que me agarraba a las dichosas cadenas. Yo era valiente, muy valiente. Y, aunque me temblaran las piernas, aquella situación lo demostraba.

Aún continuaba en estado de atontamiento cuando puse el pie, por fin, en la pilastra. ¿Había llegado al final...? ¿De verdad?

—¡Muy bien, Elvira! —me felicitó Lao Jiang tendiéndome una mano para ayudarme a dar el último paso. ¿Estaba en la pilastra? ¿Había cruzado todo el puente?

—Fíjese qué vista hay desde aquí —dijo extendiendo un brazo hacia abajo.

—No, muchas gracias. Si no le importa, preferiría no mirar.

Él sonrió.

—Pues vamos a por el siguiente —me animó—. Pase usted delante y así la vigilaré.

¡Oh, no! ¡Otra vez no!

Tomé aire profundamente y, con paso inseguro, me dirigí hacia la segunda pasarela, la que continuaba en línea recta. Qué locura. Resultaba imposible saber qué dirección nos acercaría más a la salida. De nuevo, un sudor frío me resbaló por todo el cuerpo. No, al miedo no te acostumbras; tampoco desaparece. Aprendes a convivir con él sin dejarle ganar, nada más.

Por no ofender al sonriente maestro Rojo, reprimí el impulso de abrazarle cuando llegamos a la pilastra en la que nos esperaba, pero me alegré muchísimo de estar viva para volver a verle.

—¿Ya sabe cómo salir de aquí? —le preguntó Lao Jiang con impaciencia mal disimulada.

—Desde luego —contestó él, exhibiendo su *Luo P'an* con orgullo—. Siguiendo la ruta de la energía a través de las Nueve Estrellas del Cielo Posterior.

Me quedé muda de asombro y albergué la secreta esperanza de seguir siendo ignorante respecto a ciertos asuntos de los celestes porque, por ejemplo, el día que entendiera a la primera y me pareciera normal algo como «la ruta de la energía a través de las Nueve Estrellas del Cielo Posterior» significaría que yo habría dejado de ser yo y me habría transformado en alguna clase de monstruo como en la obra *El extraño caso del Dr. Jekyll y Mr. Hyde* del escocés Robert Stevenson.

—¡Increíble! —dejó escapar Lao Jiang.

—Sí, increíble —convine discretamente.

—No sabe de lo que hablamos, ¿verdad, Elvira?

—Pues no, Lao Jiang. Pero tampoco sé si quiero saberlo.

El anticuario puso cara de haber pillado la broma y se rió.

—¿Recuerda a Yu, el primer emperador de la dinastía Xia, cuya danza seguimos en el palacio funerario?

—Por supuesto.

—Pues Yu fue quien descubrió el dibujo de las Nueve Estrellas del Cielo Posterior en el caparazón de una tortuga gigante que salió del mar cuando él consiguió detener las inundaciones y secar la tierra.

No, un momento, no fue así. El maestro Tzau me había contado que unos antiguos reyes llamados Fu Hsi y Yu habían descubierto los signos formados por las líneas enteras y las líneas partidas que, luego, formaron los hexagramas del *I Ching*. El rey Fu Hsi había descubierto unos cuantos en el lomo de un caballo que surgió de un río y el rey Yu, o emperador Yu de la dinastía Xia, otros tantos en el caparazón de esa tortuga que surgió del mar. Más tarde, algún rey de una dinastía posterior los había reunido para componer los sesenta y cuatro hexagramas del *I Ching* propiamente dicho. El maestro Tzau no había mencionado en absoluto ninguna estrella de ningún cielo y mucho menos posterior.

El maestro Rojo me miró con admiración cuando expliqué mis objeciones.

—No hay muchas mujeres que tengan tantos conocimientos como usted sobre estas materias.

Me negué a admitir su presunto homenaje. Si no había muchas mujeres era porque nadie las animaba o las dejaba estudiar las cosas consideradas exclusivas de los hombres. Era triste que yo, una extranjera, supiera más que doscientos millones de mujeres chinas sobre su propia cultura.

—Verá, *madame*, cuando el emperador Yu, por orden de los espíritus celestiales a los que visitaba en el cielo gracias a «Los Pasos de Yu», consiguió por fin librar al mundo de las inundaciones vio salir una tortuga gigante del mar con unos extraños signos en el caparazón. Pero esos signos no eran las líneas Yin y Yang de los hexagramas. Digamos que el maestro Tzau le contó la versión simplificada de la historia para que usted comprendiese la idea fundamental. El emperador Yu lo que vio en el caparazón fue el *Pa-k'ua* del Cielo Posterior. *Pa-k'ua* significa, literalmente, «Ocho Signos» y Cielo Posterior quiere decir el cielo después del cambio, el universo en constante movimiento y no estático como el Cielo Anterior. Pero no quisiera confundirla. Baste decir que esos Ocho Signos representaban, más bien, un patrón de las variaciones del flujo de la energía en el universo. De ellos salieron tanto los ocho trigramas que sirvieron de base para los Sesenta y Cuatro Hexagramas del *I Ching* como las ocho direcciones a las que apuntaban, los ocho puntos cardinales (sur, oestesur, oeste, oestenorte, norte, estenorte, este y estesur) además del centro, es decir, las Nueve Estrellas, que es el nombre por el que se les ha conocido en el *Feng Shui* desde hace miles de años. Gracias a las Nueve Estrellas y al *Luo P'an*, la brújula, podemos conocer cómo circula la energía *qi* en un determinado lugar, sea un edificio, una tumba o un espacio cualquiera.

Sí, bueno, no lo comprendía del todo pero la idea fundamental la tenía clara: las Nueve Estrellas eran los puntos cardinales más el centro. Las nueve direcciones espaciales.

—¿Ve usted este laberinto de puentes de hierro? —me preguntó echando una mirada alrededor—. Pues, si no estoy equivocado, y mis cálculos dicen que no lo estoy, este laberinto oculta el patrón, la ruta de la energía *qi* a través de las Nueve Estrellas del Cielo Posterior.

—¡Pues es complicadísimo! —se me escapó después de echar un vistazo rápido a la tupida red de puentes que llenaban aquel gigantesco lugar.

—No, no *madame*. Le he dicho que el laberinto ocultaba el patrón. La cantidad impide ver la sencillez del camino.

—Déjeme su libreta y sus lápices, Elvira —me pidió Lao Jiang.

Hice un sincero gesto de pesar.

—No los tengo. Se los dejé a los niños para que tuvieran algo en lo que entretenerse.

—Bien, pues imagine una cuadrícula de tres por tres. Un cuadrado con nueve casillas, ¿de acuerdo?

—De acuerdo.

—Las ocho casillas exteriores serían las ocho direcciones. La casilla central superior representaría el sur, a su derecha, en el sentido de las agujas del reloj, la casilla suroeste, debajo de ésta, la casilla oeste, y así hasta volver arriba. ¿Lo comprende?

—No es difícil. Me estoy imaginando un tablero de «Tres en raya».

—¿De qué?

—Da igual. Siga.

—Bien, pues la energía *qi* circularía entre esas casillas siempre trazando un mismo camino. Localizando el sur, podemos seguir ese camino. Lo que el maestro Jade Rojo intentaba decirle es que la ruta de la energía *qi* está aquí, trazada por algunos de esos puentes.

—¿Recuerda que hay nueve columnas cuadradas? —me preguntó el maestro—. Pues son las nueve casillas de las que le hablaba Da Teh. Cada una de estas columnas es una casilla y sólo uno de los puentes que hay entre ellas es el correcto. Lo que hicieron los maestros geománticos del Primer Emperador fue copiar el esquema de las Nueve Estrellas. Como verá, no podía ser más sencillo.

Refrené un gesto de sarcástico escepticismo que me salía del alma.

—De hecho, ahora mismo —me explicó Lao Jiang— estamos en la casilla central de la cuadrícula de las Nueve Estrellas. La plataforma anterior, de la que venimos, sería el norte.

—Y, además, también sería el punto de origen de la energía,

aunque no me pregunte por qué ya que la explicación resultaría muy complicada para ofrecérsela en unos pocos minutos.

—No se preocupe, maestro Jade Rojo, le aseguro que no iba a preguntárselo. La cuestión es adónde debemos ir ahora.

—Bueno... —balbuceó—. En realidad, debemos retroceder. La energía *qi* parte del norte para encaminarse directamente al oestesur y no podemos llegar al oestesur desde aquí.

—¿Por ese puente larguísimo? —dije mirando horrorizada una pasarela que iba, sin interrupciones, desde la primera pilastra por la que habíamos entrado hasta la que quedaba frente a nosotros, a la derecha. Es decir, que medía lo mismo que dos puentes más un pedestal.

Aquello iba a terminar conmigo, pero no porque me cayera al vacío, cosa que podía suceder, sino por agotamiento nervioso.

Retrocedimos hasta la pilastra que quedaba frente a la boca del túnel donde estaban los niños. Los saludé con la mano pero sólo Biao respondió. Las cadenas de hierro, después de tantos siglos sin utilizarse, habían aguantado perfectamente el peso de una persona, luego de dos y ahora de tres al mismo tiempo. ¿Aguantaría también el dichoso puente de más de sesenta metros? Mejor no darle vueltas. Estaba claro: si tenía que morir, moriría. Era tarde para echarse atrás.

Poniendo un pie detrás de otro avanzamos hacia el suroeste. Primero el maestro Jade Rojo, luego yo y, por último, Lao Jiang. Aquella escena era digna de retratarse: dos chinos y una europea caminando por un viejo puente colgante de hierro a la luz de linternas de grasa de ballena, a muchos metros de profundidad bajo tierra y a otros tantos por encima del suelo. Hubiera sido divertido de no resultar patético. Me reía yo de los tesoros que quería sacar de allí Lao Jiang. Quizá los sacaran otros después de que abriéramos el camino pero nosotros no íbamos a llevarnos más de lo que pudiéramos transportar en los bolsillos. Menos mal que las ropas chinas tenían muchos y muy grandes.

Alcanzamos la pilastra suroeste y, desde ella, fuimos hacia la que estaba situada al este, pasando muy cerca de la pilastra central en la que habíamos estado y cruzándonos por arriba y por abajo con dos puentes que iban y venían de otras tantas superficies a las que aún teníamos que llegar.

Del este al sureste en línea recta y, de allí al centro que ya conocíamos, y del centro a la pilastra situada en el oestenorte, como decían ellos, aunque yo prefería un más sencillo noroeste. Lo que no entendía era por qué habíamos tenido que volver a pasar por el centro si ya habíamos estado allí. ¿No hubiera sido más sencillo (y seguro) ir directamente al noroeste sin hacer todo el camino desde el principio, retroceso incluido?

—Tenía que comprobar la ruta de la energía a través de las Nueve Estrellas del Cielo Posterior, *madame* —se justificó el maestro cuando se lo pregunté, poniendo una cara rara.

—¡Oh, venga, maestro Jade Rojo! —protesté—. Hubiera bastado con echar un vistazo a los puentes. Por enrevesado que sea el laberinto, ha sido una tontería ir otra vez hasta el inicio para terminar volviendo al centro. ¿Sabe cuántas pasarelas de éstas podríamos habernos ahorrado?

—Déjelo, Elvira —me ordenó Lao Jiang.

—¿Que lo deje? —me sulfuré.

—Usted no entiende nuestra forma de pensar. Usted es extranjera. Nosotros creemos que las cosas hay que hacerlas bien, completas, para que tengan un final tan bueno como su principio, para que todo tenga armonía.

—¿Armonía? —Aquello me superaba. Habíamos puesto nuestras vidas innecesariamente en peligro en unos tramos superfluos por la armonía universal.

—Como dice Sun Tzu, Elvira: «Haz tus cálculos antes de la batalla, porque vencerá quien los haga más completos. Los cálculos abundantes vencen a los escasos.» Un pequeño error puede conducir a un enorme fracaso, así pues ¿por qué no hacer el camino en su orden correcto si sólo representa un esfuerzo menor?

No pensaba contestar a eso.

—Había que comprobar los cálculos del *Luo P'an, madame*. Había que cerciorarse de que mi teoría era correcta antes de perdernos en los puentes y no poder encontrar la salida.

Del noroeste al oeste y del oeste al estenorte (o noreste). Aquella ruta era endiabladamente retorcida y, si era la que seguía la energía *qi* en el universo o en una casa o donde fuera, más valía no pensar en cómo llegaría la pobre energía al final del camino.

Por fin, desde el noreste fuimos, por otro de esos largos puentes de sesenta metros, hasta el sur, pero no el sur de nuestro nivel sino el del nivel inferior, ya que el puente descendía abruptamente hasta la superficie de una pilastra situada a unos veinte metros por debajo de la otra, a la que estaba pegada. Yo había memorizado la secuencia de direcciones que habíamos seguido porque no se me había ocurrido ninguna manera de marcar el camino para la salida. Aquí no podía provocar una lluvia de flechas ni dejar caer turquesas al suelo como Pulgarcito dejaba caer sus piedrecitas blancas, de modo que sólo contaba con mi memoria por si algo pasaba y lo que hice fue, usando la musiquita popular y facilona de la seguidilla *Por ser la Virgen de la Paloma*, canturrear en voz baja una y otra vez: «Norte-suroeste-este-sureste-centro-noroeste-oeste-noreste-sur.» El «sur» se me quedaba un poco descolgado de la tonadilla en la primera estrofa, pero repetía «noreste» un par de veces y, al final, terminaba encajando. Digo yo que algo tendría que ver en mi elección musical lo del mantón de la China del segundo verso.

—Bien —declaró el maestro Rojo—, me parece que ahora se trata de seguir la ruta de la energía a través de las Nueve Estrellas en sentido descendente.

Adiós a mi truco memorístico. Con lo bien que sonaba.

—¿Es que hasta ahora lo habíamos hecho en sentido ascendente?

—*En effet, madame.*

Bueno, pues nada. Allí estábamos de nuevo, caminando por otro puente larguísimo que regresaba hacia el noreste. Y del noreste al oeste y... Un momento, la secuencia era la misma pero al revés. Descendente significaba que la energía viajaba en sentido contrario pero, como no tenía ganas de más explicaciones sobre por qué la energía *qi* decidía darse la vuelta de repente y viajar al revés por el universo estelar, me abstuve de comentarlo y me hice la tonta, aparentando seguir al maestro Rojo sin preocuparme de nada más. Lo malo era que ahora ya no me servía la música de *Por ser la Virgen de la Paloma*, aunque daba lo mismo porque sólo debía recordar que, en el segundo nivel de puentes, la dirección correcta era la inversa a la registrada en mi serie musical. A partir de aquí todo fue como la seda: llegué a cogerle el tranquillo a esos pasos tan cursis que nos obligaban a dar las cadenas, y esa seguridad, que también habían adquirido el maestro y Lao Jiang, nos hacía avanzar más ligeros; por otra parte, la pauta de la energía era siempre la misma ya que iba en sentido ascendente en los niveles impares y descendente en los pares. Lo único que no se repetía era aquel primer puente colocado para despistar en el primer nivel entre el norte y el centro y que el maestro Rojo nos había obligado a retroceder para iniciar la serie completa desde el principio. Estaba todo meticulosamente pensado, desde luego, aunque, una vez comprendido el esquema general con un lenguaje sencillo en lugar de con esos rimbombantes nombres chinos, me sentía capaz de volver a subir sin perderme hasta donde nos esperaban Fernanda y Biao. Resultaría un tanto confuso pero no imposible.

Por fin, tras descender ocho alturas, llegamos al suelo y, con mis resistentes botas chinas, zapateé —un poco— de alegría sólo por la satisfacción de no estar ya colgada en el aire caminando como una maniquí de *Haute Couture*. Lao Jiang y el maestro Rojo me miraron desconcertados pero no les hice ni caso. Habíamos bajado desde una altitud de vértigo, seguramente más de ciento cincuenta metros, y habíamos llegado al final sanos y salvos gracias a nuestra prudencia y, sobre todo, gracias a esos sólidos puentes de hierro por los que no parecían haber pasado los milenios. Agradecí a Sai Wu su buen hacer desde lo más profundo de mi corazón.

Allí abajo todo se veía de otra manera. Eché la cabeza hacia atrás hasta donde pude, puse las manos en bocina alrededor de la boca y grité llamando a los niños por sus nombres. No podía verles a través de la malla de hierros pero les oí vociferar desde muy lejos sin entender lo que decían. Bueno, lo importante era que estaban bien y que se habían quedado donde yo les había dicho. No estaba muy segura después de haberles visto hacer de las suyas durante el viaje. Ahora ya podía enfrentarme a esos misteriosos *Bian Zhong* del cuarto subterráneo.

—Lao Jiang, ¿por qué no le explica al maestro Jade Rojo lo que decía Sai Wu en el *jiance* sobre los *Bian Zhong*?

—Maestro, ¿sabe usted lo que son los *Bian Zhong*? —preguntó el anticuario—. Sai Wu le decía a su hijo que en el cuarto nivel se encontraba la cámara de los *Bian Zhong* y que tenían algo que ver con los Cinco Elementos.

—Los *Bian Zhong* son campanas, Da Teh.

—¿Campanas?

—Sí, Da Teh, campanas, campanas mágicas de bronce capaces de emitir dos tonos diferentes: un tono bajo cuando son golpeadas en el centro y otro agudo cuando se las golpea en los lados. Hoy en día ya no se usan por la complejidad de su ejecución pero son uno de los instrumentos musicales más antiguos de China.

—¿Cómo es posible que yo no hubiera oído nunca hablar de esas campanas? —se extrañó Lao Jiang.

—Quizá porque apenas quedan unas cuantas en algunos monasterios y porque nada sabríamos de su existencia si no fuera por las partituras conservadas en las bibliotecas con anotaciones acerca de su gran antigüedad. Además, no son campanas normales como las que usted haya podido ver habitualmente. Son campanas planas. Da la sensación, al verlas, de que les ha caído una piedra encima.

—¿Y qué tienen que ver esas campanas planas con los Cinco Elementos? —rezongué.

—Bueno, si se trata de los Cinco Elementos no creo que la solución sea muy complicada.

No quería ser agorera, pero el maestro Rojo se parecía un poco a mí en cuanto a la capacidad de predecir el futuro. Había sido él quien había dicho, muy tranquilo, que «diez mil» puentes sólo serían «muchos» puentes, dándole el sentido de «unos cuantos». Así que más valía no hacerse falsas ilusiones. Y, encima, todas mis notas sobre los Cinco Elementos tomadas de aquella clase a la que asistimos Biao y yo en Wudang se habían quedado en la libreta que les había dejado a los niños.

—Muy bien —exclamó Lao Jiang—, pues vamos a buscar esas campanas.

Caminamos un rato cerca de las paredes y, finalmente, encontramos, a unos cien metros detrás del último puente por el que habíamos bajado, una trampilla en el suelo.

—¿Más descensos? —bromeé.

—Eso parece —repuso Lao Jiang sujetando la argolla y tirando de ella con fuerza. Como en los niveles anteriores, se abrió sin ninguna dificultad y otra vez descubrimos los consabidos barrotes de hierro sujetos a la pared a modo de escalera. Descendimos por ellos sumergiéndonos en la oscuridad aunque, por fortuna, el tramo fue muy corto. En seguida Lao Jiang, que iba el primero, nos avisó de que había llegado al final y, antes de que el maestro Rojo, que iba el último, pusiera un pie en el suelo, él ya había encendido la antorcha de metano (palabra que ahora me producía una enorme desazón) con su hermoso yesquero de plata. Y sí, allí estaban los *Bian Zhong*, imponentes, impresionantes, colgando frente a nosotros de un hermoso armazón de bronce que ocupaba por completo la pared del fondo, desde el techo hasta el suelo y de un lado al otro. Diría, sin temor a exagerar, que aquel monstruoso instrumento musical debía de medir unos ocho metros de largo por cuatro o cinco de alto. Había muchísimas de aquellas extrañas campanas aplastadas, una barbaridad, seis filas para ser exacta y, en cada una de ellas, conté once, que iban aumentando de tamaño de izquierda a derecha. A la izquierda estaban las pequeñas —del tamaño de un vaso de agua— y a la derecha las gigantescas, que hubieran podido utilizarse, dándoles la vuelta, como cubos para la basura o para el agua de limpiar.

A la luz de la antorcha de Lao Jiang, el oro de sus ondulados adornos todavía brillaba. Después descubrimos que también llevaban dibujos hechos con plata, pero la plata se había oscurecido y no destacaba tanto. Parecían bolsos expuestos en un escaparate y sus dos lados inferiores, terminados en graciosos picos, aún los hacía estar más a la moda. Las asas colgaban de unos ganchos dispuestos a distancias regulares en las seis gruesas barras que cruzaban de lado a lado el descomunal bastidor cubierto de verdín. Delante de este hermoso *Bian Zhong*, que también se llamaba así el carillón completo, sobre una pequeña mesa de té, había dos mazos del mismo metal, ambos de un metro de largo como poco, y que, sin duda, servían para golpear con ellos las campanas aplastadas.

—¿Tenemos que interpretar alguna música en concreto? —pregunté por incordiar.

El maestro Rojo, con su habitual capacidad de análisis y concentración, ya se estaba acercando al *Bian Zhong* para examinarlo con cuidado y, como necesitaba luz, le hizo un gesto a Lao Jiang para que fuera tras él, pero el anticuario había descubierto vasijas de grasa de ballena en las paredes y se disponía a prenderlas para apagar la antorcha. En realidad, ya me estaba acostumbrando al olor que desprendían esas lámparas y cada vez me molestaba menos. Acabaría por no advertirlo aunque, por descontado, tampoco lo echaría de menos cuando saliéramos al puro, limpio y abundante aire fresco del exterior. En aquel momento recuerdo que sentí un poco de hambre. No tenía ni idea de la hora que era, puede que media tarde, pero no habíamos comido nada en todo el día y los efectos del metano ya hacía un buen rato que habían desaparecido.

En cuanto la habitación se iluminó con la luz de las lámparas, el maestro Rojo se concentró en las campanas. También Lao Jiang y yo nos acercamos al armazón para curiosear aunque, al menos yo, no podría servir de mucha ayuda. Eran unas campanas realmente bonitas, con pequeños botones en relieve en su parte superior y dibujos de nubes en movimiento —hechos de oro— en la inferior. Tanto el borde de arriba como el extremo picudo de abajo lucían un ribete de plata con un adorno similar a una greca pero hecha con las volutas y sinuosidades propias del diseño chino.

—Aquí están los Cinco Elementos —anunció el maestro Rojo poniendo un dedo ganchudo sobre el centro de la campana que tenía frente a la nariz. Me acerqué a mirar y vi que su índice señalaba, dentro de un óvalo situado entre los botones y las nubes, un ideograma chino parecido a un hombrecito con los brazos abiertos—. Éste es el carácter Fuego y aquí —y puso el mismo dedo sobre la campana de al lado—, Metal. En esta otra pueden ver el elemento Tierra, la Madera aquí y, aquí, el Agua.

Eché un vistazo general al *Bian Zhong* y dije:

—Maestro Jade Rojo, no quisiera desanimarle pero cada una de las campanas tiene alguno de esos cinco ideogramas.

El carácter Agua era muy parecido al del Fuego salvo por el hecho de que el hombrecito tenía tres brazos, dos de ellos derechos. La Tierra parecía una letra T invertida, la Madera era una cruz con tres patas y el ideograma Metal hubiera pasado, sin confusión, por el dibujo de una casita monísima con un tejadillo a dos aguas. Definitivamente, el carácter que más me gustaba era éste, el del Metal.

—Me temo que va a ser muy complicado resolver este enigma —dijo pesaroso el maestro, mirando de reojo los largos mazos que descansaban sobre la mesita de té—. En primer lugar, hay que averiguar lo que tenemos que hacer: ¿descubrir una serie musical escrita con los ideogramas de los Cinco Elementos?

—¿Por qué no empezamos golpeando esas cinco campanas del centro a ver qué pasa? Luego, probamos con todas las que lleven el mismo carácter y seguimos buscando combinaciones hasta que alguna funcione.

Ambos hombres me miraron como si me hubiera vuelto loca.

—¿Sabe el ruido que hacen estos *Bian Zhong*, Elvira? —se enfadó Lao Jiang.

—¿Y qué tendrá que ver el ruido que hagan? —objeté—. ¿No están aquí esos mazos para eso? ¿Cómo quiere que bajemos al quinto subterráneo si no resolvemos esta partitura musical?

—Debemos pensar —opinó el maestro Rojo, recogiéndose la túnica y sentándose en el suelo en postura de meditación.

—¿Puedo intentarlo, al menos? —insistí desafiante, cogiendo los mazos.

—Haga lo que quiera —me respondió Lao Jiang tapándose los oídos con las manos y acercándose a las campanas para seguir examinándolas.

Era lo que estaba deseando escuchar. Sin pensarlo dos veces me lancé a la apasionante experiencia interpretativa de golpear (con cuidado, eso sí) sesenta y seis antiguas campanas aplastadas en todas las series y formas que se me iban ocurriendo. Tenían un sonido hermoso, como apagado, como si después de tañerlas pusieras una mano encima para ahogar la vibración y, con todo, de alguna manera, siguieran palpitando. Era, sin duda, un sonido muy chino, muy diferente a lo que estaba acostumbrada a oír e indiscutiblemente bello de no ser por mi terrible interpretación que no atinaba a dar, ni por casualidad, con la escala de ocho notas occidentales. No se parecía en absoluto al sonido de las campanas eclesiásticas aunque quizá su antigüedad y su capa de cardenillo modificaban en algo la resonancia original. De pronto, alguien me puso una mano en el hombro.

—¿Sí? —pregunté sorprendida, volviéndome y viendo a Lao Jiang.

—Por favor, se lo suplico, ¿podría parar?

—¿Les molesta el sonido?

El maestro Rojo, que seguía sentado en el suelo, dejó escapar una espontánea y por completo insólita carcajada.

—Es insoportable, Elvira. Por favor, déjelo.

Hay cosas que no cambian en esta vida. Cuando era muy pequeña, antes de empezar a estudiar el odioso solfeo, me gustaba aporrear el piano de casa hasta que me arrancaban del asiento entre rabietas y me castigaban. Ahora, más de treinta años después, y en China, se volvía a producir la misma situación. Era mi aciago destino.

Dejé los mazos sobre la mesilla y me dispuse a pasar un rato de aburrimiento hasta que al maestro Rojo se le ocurriera alguna brillante idea que nos permitiera averiguar qué debíamos hacer con aquellas hermosas campanas. Por no malhumorarme saqué una bola de arroz de mi bolsa y empecé a mordisquearla. Estaba seca. Un té caliente me hubiera venido bien, pero con el arroz, al menos, se me calmaba el estómago. Para entretenerme mientras comía, me dio por contar campanas. Con el ideograma Metal, el de la casita, sólo había cinco *Bian Zhong*, con el de Tierra, nueve, con el de Fuego, trece, con el de Madera, diecisiete y con el de Agua, veintidós. Si Biao hubiera estado allí, seguramente ya habría encontrado alguna relación numérica entre esas cifras. De todos modos, no era difícil: la serie se cumplía casi a la perfección sumando cuatro al número anterior, es decir, si había cinco casitas, cinco más cuatro, nueve campanas con el ideograma Tierra. Si a las nueve Tierras le sumábamos cuatro, teníamos los trece Fuegos. Trece Fuegos más cuatro, diecisiete Maderas. La cosa no terminaba de encajar con el Agua, porque, según la serie, debería haber veintiuna campanas con el carácter Agua, pero había veintidós. Sobraba una, y de Agua precisamente, el elemento regente del reinado de Shi Huang Ti, además de que había más campanas de Agua que de ningún otro elemento. El Agua era lo más abundante en aquel *Bian Zhong*. Y, después, en orden decreciente, la Madera, el Fuego, la Tierra y el Metal. ¿Qué había dicho el maestro de Wudang sobre los Cinco Elementos? Recordaba vagamente algo sobre que eran distintas manifestaciones de la energía *qi*, que todos estaban relacionados entre sí y con otras cosas como el calor y el frío, los colores, las formas... Vaya, ¿por qué había tenido que dejarles a los niños mi libreta con las anotaciones? Hice un esfuerzo de memoria visual, intentando recordar no lo que había dicho el maestro de Wudang sino lo que yo había dibujado. ¿Qué apunte había tomado usando unos animales? Ah, sí, ya me acordaba: había pintado los cuatro puntos cardinales con una tortuga negra al norte representando el elemento Agua, un cuervo rojo al sur que era el Fuego, un dragón verde al este para la Madera, un tigre blanco al oeste simbolizando al Metal y una serpiente amarilla en el centro que era el elemento Tierra.

Bueno, pero todo eso no me servía de nada. Continuaba sobrándome Agua en aquel carillón gigantesco que debía de pesar varias toneladas. Me alejé para tomar asiento en el suelo junto al maestro Rojo. Lao Jiang me siguió.

—¿Y bien, maestro? —le preguntó.

—Podría tratarse de algún tipo de composición musical basada en cualquiera de los dos ciclos de los Elementos, el creativo y el destructivo.

Lao Jiang asintió con la cabeza. Yo no recordaba haber escuchado nada sobre esos dos ciclos aunque a lo peor sí y lo había olvidado.

—¿Qué ciclos son esos, maestro Jade Rojo?

—Los Cinco Elementos están estrechamente relacionados entre sí, *madame* —me explicó—. Sus vínculos pueden ser creativos o destructivos. Si son creativos, el Metal se nutre de la Tierra, la Tierra se nutre del Fuego, el Fuego se nutre de la Madera, la Madera se nutre del Agua y el Agua se nutre del Metal, cerrando el ciclo. Si, por el contrario, sus vínculos son destructivos, el Metal se destruye por el Fuego, el Fuego se destruye por el Agua, el Agua se destruye por la Tierra, la Tierra se destruye por la Madera y la Madera se destruye por el Metal.

Algún *Bian Zhong* resonó dentro de mi cabeza al oír aquella retahíla de elementos nutriéndose y destruyéndose mutuamente.

—¿Podría repetirme el primer ciclo, por favor, el creativo? —le pedí al maestro Rojo.

Me miró extrañado pero hizo un gesto afirmativo.

—El Metal se nutre de la Tierra, la Tierra se nutre del Fuego, el Fuego se nutre de la Madera, la Madera se nutre del Agua y el Agua se nutre del Metal.

—¿Empieza por el Metal debido a alguna razón o podría hacerlo por cualquiera de los otros Elementos?

—Bueno, así los aprendí y así suelen venir en los libros más antiguos pero, si usted lo desea, puedo decirle el ciclo empezando por el Elemento que me pida.

—No, no es necesario, gracias. ¿Podría repetirlo completo otra vez?

—¿Otra vez? —se alarmó Lao Jiang.

—Por supuesto, *madame* —consintió amablemente el maestro—. El Metal se nutre de la Tierra...

Cinco campanas con el ideograma Metal; cinco más cuatro, nueve campanas con el ideograma Tierra.

—... la Tierra se nutre del Fuego...

Nueve campanas con el ideograma Tierra; nueve más cuatro, trece campanas con el ideograma Fuego.

—... el Fuego se nutre de la Madera...

Trece campanas con el ideograma Fuego; trece más cuatro, diecisiete campanas con el ideograma Madera.

—... la Madera se nutre del Agua...

Diecisiete campanas con el ideograma Madera; aquí me fallaban las cuentas porque diecisiete más cuatro eran veintiuno y tenía veintidós campanas con el ideograma Agua.

—... y el Agua se nutre del Metal, cerrándose así el círculo para volver a empezar. ¿Por qué le interesa tanto el ciclo creativo de los Cinco Elementos?

Les conté lo del número creciente de campanas según el ciclo creativo y lo de esa campana de Agua que me sobraba aunque no sabía por qué.

El maestro se quedó muy pensativo.

—El ciclo creativo... —repitió, al fin, en susurros.

—Sí, el ciclo creativo —le confirmé—. ¿Qué pasa con él?

—La nutrición, *madame*, el sustento que vigoriza y robustece, un elemento alimentando al siguiente para que sea más fuerte y poderoso y pueda, a su vez, alimentar al siguiente y ése a otro y así hasta volver al punto de origen. Hay algo en lo que usted no se ha fijado. Supongamos que esa campana del Elemento Agua que le sobra, en realidad no le sobrase sino que fuera el principio, el origen de esa cadena de elementos reforzándose unos a otros. Empezaríamos, pues, por una campana del elemento Agua a la que sumaríamos cuatro para seguir con ese incremento que usted ha descubierto y, ¿qué tendríamos? Cinco campanas del Elemento Metal, las que usted situaba en primer lugar, y de este modo, incluso, encajarían perfectamente las veintiuna *Bian Zhong* que antes tanto le estorbaban cuando eran veintidós. Así pues, ¿qué tenemos? Un diseño de nutrición entre los Cinco Elementos que empieza y termina con el Agua, fundamento y emblema del Primer Emperador.

—Pero ¿qué tiene que ver todo eso con las campanas? —preguntó desconcertado Lao Jiang.

—Aún no lo sé, Da Teh —repuso el maestro poniéndose ágilmente de pie y caminando hacia el *Bian Zhong*—, pero no es una casualidad numérica. Probablemente hayamos dado con la partitura musical aunque no sepamos interpretarla.

El anticuario y yo le seguimos hasta colocarnos a su lado, frente al gran bastidor de bronce, pero no vi nada que no hubiera visto antes y tampoco se me ocurrió cómo llevar aquel ciclo creativo hasta las sesenta y seis campanas con adornos de oro y plata que colgaban, tranquilas, de sus elegantes asas.

—¿Empezamos golpeando la campana de Agua más grande? —aventuré.

—Probemos —admitió esta vez Lao Jiang, adelantándose para coger los mazos antes que yo. Con paso decidido se dirigió a la derecha del mueble, donde estaban las *Bian Zhong* más grandes, buscó el ideograma del Elemento Agua y golpeó. El sonido, grave y hueco, reverberó ahogadamente durante un buen rato, pero no ocurrió nada.

—¿Debería golpear ahora las cinco campanas del Elemento Metal? —preguntó Lao Jiang.

—Adelante —dijo el maestro—. Hágalo por tamaño, de mayor a menor. Si no funciona, lo haremos al revés.

Pero tampoco sucedió nada. Ni tampoco cuando, después, tañó las nueve campañas de Tierra, las trece de Fuego, las diecisiete de Madera y las veintiuna de Agua. Un rato antes, Lao Jiang se había quejado del ruido que hacía yo golpeando las campanas pero ahora se le veía muy a gusto divirtiéndose con los mazos. Ver para creer. Cuando tocaba él, el sonido no le molestaba. La repetición de la serie al revés tampoco produjo resultados así que terminamos regresando al suelo, absolutamente desanimados y con los oídos medio sordos.

—¿Qué se nos está escapando? —pregunté desolada—. ¿Por qué no damos con la dichosa partitura?

—Porque no es una partitura, *tai-tai*, es una combinación de pesos —dijo una voz tímida a nuestra espalda.

¿*Tai-tai*...? ¿Biao...? ¡Fernanda!

—¡Fernanda! —grité, poniéndome en pie de un brinco y dirigiéndome hacia los travesaños de hierro a toda velocidad para mirar hacia arriba, hacia la trampilla—. ¡Fernanda! ¡Biao! ¿Qué demonios estáis haciendo aquí?

Sus miserables cabezas se divisaban muy pequeñas, apenas asomadas a los bordes del agujero. El silencio fue mi única respuesta.

—¡Biao! ¿Qué te dije, eh? ¿Qué te dije, Biao?

—Que no fuera detrás de Lao Jiang y de usted por mucho que la Joven Ama me lo ordenara.

—¿Y qué has hecho tú, eh, qué has hecho? —Me había puesto como una fiera. Sólo de imaginarlos bajando por los puentes de hierro me hervía la sangre.

—Seguir al maestro Jade Rojo —contestó humildemente.

—¿Cómo? —chillé.

—No se enfade tanto, tía —me pidió Fernanda usando un chapucero tonillo condescendiente—. Usted le ordenó que no siguiera ni a Lao Jiang ni a usted y él lo ha cumplido. Ha seguido al maestro Jade Rojo.

—¡Pero ¿y tú, desvergonzada?! Te prohibí terminantemente que te movieras de allá arriba.

—No, tía. Usted me ordenó que me quedara con Biao. Me dijo textualmente: «Si no te quedas con Biao te meteré interna en un colegio de monjas francesas.» Yo sólo he hecho lo que usted me dijo. Me he quedado con Biao todo el tiempo, se lo prometo.

¡Por el amor del cielo! Pero ¿qué les pasaba a aquellos dos niños? ¿Es que no tenían conciencia del peligro? ¿Es que no sabían lo que era obedecer una orden? Y ahora que ya estaban aquí no podía ordenarles que volvieran a subir. Además, ¿cómo habían bajado los puentes? ¿Cómo habían sabido qué camino tenían que seguir?

—Les estuvimos viendo bajar —me explicó mi sobrina— y Biao dibujó la ruta en su libreta.

—¡Devuélveme mi libreta y mis lápices ahora mismo, Biao!

El niño desapareció de mi vista para reaparecer por los pies, descendiendo lentamente travesaño a travesaño. Cuando llegó a mi lado le tendí una mano imperiosa y él, acobardado, me entregó mis cosas. Cogí el cuaderno, busqué la última hoja utilizada y descubrí el dibujo. El esquema era correcto, estaba bien trazado y presentaba marcas de flechas que indicaban el cambio de sentido de la energía en los niveles impares. Eran muy listos aquellos dos pero, sobre todo, eran desobedientes y la más desobediente de ambos era mi sobrina, la cabecilla del equipo. Aquél no era el momento para hablar sobre lo sucedido ni tampoco para pensar en un castigo magistral e inolvidable, pero ese momento llegaría, antes o después llegaría y Fernanda Olaso Aranda se iba a acordar de su tía durante el resto de su vida.

Terriblemente enojada, me di la vuelta, dejándolos tiesos y cabizbajos, para guardar mis útiles de dibujo en la bolsa.

—¿Ya se le ha pasado el enfado, Elvira? —me preguntó de manera desagradable Lao Jiang. Era lo último que me faltaba.

—¿Tiene usted algún problema con la forma en que trato a mi sobrina y a mi criado?

—No. Me da exactamente igual. Lo que quiero es que Biao nos explique lo que ha dicho sobre la combinación de pesos.

Ya no me acordaba de aquello. Con el disgusto se me había olvidado. El niño se adelantó y caminó muy despacito (supongo que por llevar encima el peso de la culpabilidad) hacia el *Bian Zhong*. Apenas se le entendió cuando dijo algo entre murmullos.

—¡Habla más alto! —le ordenó Lao Jiang. ¿Qué demonios le pasaba a aquel hombre? Estaba insoportable y, entre los niños y él, el viaje se estaba volviendo una pesadilla.

—Que si me pueden ayudar a coger la campana grande con el carácter de Agua.

El anticuario se precipitó hacia él y, entre los dos, la alzaron un poco y la sacaron. Se oyó el chirrido de un resorte y el gancho del que había estado colgando subió unos centímetros en la barra como si tuviera un muelle debajo. La dejaron con mucho cuidado en el suelo.

—¿Qué más? —preguntó Lao Jiang.

—Hay que quitar esa campana —afirmó el niño señalando, en la fila inferior, el *Bian Zhong* de tamaño mediano que ocupaba el puesto central, el sexto contando desde cualquier lado. Lao Jiang la sacó con cierto esfuerzo y la dejó también en el suelo—. Ahora hay que poner la grande en el lugar de la mediana —indicó agachándose para ayudar al anticuario a coger el gigantesco *Bian Zhong* con el ideograma de Agua. El rechinar de muelles y las leves subidas y bajadas de los ganchos al ser liberados o cargados revelaba que algo estaba sucediendo en el interior de aquel bastidor y que, por lo tanto, la idea de Biao era acertada. Con la ayuda del maestro Rojo, siguieron quitando y poniendo campanas. Al cabo de poco tiempo, se empezó a ver la imagen del puzle que el niño tenía en su cabeza. De vez en cuando se oía un lejano gruñido metálico como el de una barra de cerrojo al ser retirada. Los hombres sudaban por el esfuerzo. Fernanda y yo echábamos una mano cuando se trataba de los bronces más pequeños, los que parecían vasos de agua, aunque también pesaban lo suyo. Biao no daba abasto para indicarnos a unos y a otros qué campanas debíamos retirar y dónde debíamos colocar las otras.

Finalmente, sólo quedó una campana por poner, una muy pequeña del Elemento Agua que había que colocar en la esquina inferior izquierda del bastidor y que estaba en mis manos, en mis más que sucias manos. El *Bian Zhong* tenía ahora todas sus piezas situadas de forma no diría que desordenada —porque iban de menor a mayor en sentido izquierda-derecha— pero sí completamente diferente a su disposición primaria como instrumento musical de percusión. La campana gigante con el carácter Agua que colocamos en el centro de la barra inferior estaba ahora rodeada por las cinco del elemento Metal, las de las casitas, ya que el Metal nutría poderosamente al Agua.

Las cinco campanas de Metal estaban rodeadas a su vez por las nueve de Tierra, que nutrían al Metal que, a su vez, nutría al Agua. Las nueve campanas de Tierra estaban rodeadas por las trece de Fuego, las trece de Fuego por las diecisiete de Madera y éstas, finalmente, por las veintiuna de Agua (faltaba por poner la que yo tenía en las manos). Un ciclo perfecto, una ordenación magistral de fuerza y energía. Si Biao tenía razón, los maestros geománticos de Shi Huang Ti habían hecho del Elemento regente del emperador el principio y el fin de aquella combinación, disponiendo que el ciclo creativo de los Cinco Elementos reforzara al Agua con todo su poder y que ésta, a su vez, acabara envolviéndolo todo.

Hubo una cierta expectación en el aire cuando me dirigí hacia el último gancho vacío del armazón. Sintiéndome una diva ante su público, coloqué la campana con un gesto barroco y divertido que hizo reír a los niños y al maestro Rojo. Lao Jiang estaba tan desesperado porque aquella tentativa funcionara que cualquier otra cosa le resultaba indiferente.

Se oyó un chasquido metálico, un quejido de muelles, un largo crujido de piedra contra piedra y, por fin, el chirrido de un resorte. La pared en la que se apoyaba el *Bian Zhong* se deslizó hacia atrás lentamente provocando una suave vibración de las sesenta y seis campanas y se detuvo en seco tras recorrer un par de metros. Tanto en el borde de las dos paredes perpendiculares como en los pedazos de suelo y techo donde antes había estado encajado aquel muro de quita y pon se veían anchos orificios separados por treinta o cuarenta centímetros de distancia. Los dos huecos que habían quedado libres para pasar estaban, cómo no, en absoluta penumbra.

—Biao, dime —oí susurrar al maestro Rojo detrás de mí—. ¿Cómo supiste que se trataba de la disposición y el peso de las campanas y no de una partitura musical?

—Por dos razones, maestro —le contestó el niño también en voz baja—. La primera, porque me resultaba muy raro que el arquitecto Sai Wu, al decirle a su hijo en el *jiance* que la cámara de los *Bian Zhong* estaba relacionada con los Cinco Elementos, no mencionara en absoluto la música, y eso que hablaba de campanas. La segunda razón fue que ustedes las golpearon de todas las formas posibles sin ningún resultado. Pensé que no podía tratarse de una canción. Lo único cierto era que el problema tenía que ver con los Cinco Elementos, con la energía *qi*. Entonces, la Joven Ama Fernandina me hizo un comentario sobre lo mucho que debía de pesar aquel enorme instrumento musical, sobre lo díficil que sería moverlo para ver si había alguna puerta detrás. La idea se me ocurrió de pronto, mientras les oía hablar sobre el número de campanas que había y el ciclo creativo de los Cinco Elementos. Además, era lógico suponer que en alguna parte había un mecanismo escondido que abriría esa puerta de la que hablaba la Joven Ama pero la habitación estaba completamente vacía salvo por el *Bian Zhong* de modo que, si no era la música, ¿qué otra cosa podía poner en marcha el mecanismo? Las campanas colgaban de ganchos, luego podían quitarse y ponerse. Pensé también que si el Agua era el elemento principal y había una campana de Agua que sobraba o que, como usted dijo, era la primera de la serie, debía ser la más grande e ir colocada en su punto cardinal, el norte. Si imaginábamos un mapa chino sobre el *Bian Zhong*, el sur quedaba arriba, el oeste y el este a los lados y el norte abajo. La campana grande debía ir en el centro de la fila inferior. Esto y lo que ustedes decían sobre el número de campanas de cada Elemento y el orden del ciclo creativo fue lo que me dio la idea, maestro Jade Rojo.

Me había quedado boquiabierta. No podía creer lo que acababa de oír. Biao tenía una inteligencia extraordinaria y una maravillosa capacidad de análisis y deducción. Ese niño no podía volver al orfanato del padre Castrillo para terminar aprendiendo el oficio de carpintero, zapatero o sastre. Debía estudiar y aprovechar esas cualidades excepcionales para labrarse un buen futuro. De repente, tuve una idea magnífica: ¿por qué no le adoptaba Lao Jiang? El anticuario no tenía hijos que heredaran su negocio ni que pudieran cumplir con los ritos funerarios en su honor el día que él muriese. Era un tema muy delicado y, tal y como estaba de irritable últimamente, mejor no decirle nada por el momento pero, en cuanto saliésemos del mausoleo con los bolsillos llenos de dinero, hablaría con él para ver si la idea le parecía tan buena como a mí o si, por el contrario, la juzgaba ofensiva y me mandaba a ocuparme de mis asuntos. En cualquier caso, lo que estaba claro como el agua era que de ninguna de las maneras volvería Biao al orfanato.

Tras recoger nuestras bolsas nos dispusimos a cruzar el umbral abierto por la pared del *Bian Zhong*. Lao Jiang sacó de nuevo su yesquero y prendió la antorcha, colocándose en primer lugar. Yo iba detrás de él, protegiendo con el cuerpo a la tonta de mi sobrina y al niño, que caminaba junto al maestro. No sabía con qué podíamos encontrarnos detrás del muro aunque hasta entonces no habíamos tenido más sorpresas desagradables de las esperadas. Sin embargo, y por una vez, acerté con mis temores: oí una exclamación del anticuario y vi que se echaba hacia atrás y que iba a caer sobre mí. Por instinto, retrocedí apresuradamente chocando con Fernanda, que chocó a su vez con Biao y éste con el maestro Rojo.

—¿Qué ocurre? —pregunté.

Cuando Lao Jiang, que había mantenido el equilibrio de milagro, se giró para mirarnos, descubrí unas cosas negras que se movían por la orilla de su túnica y que subían a toda velocidad entre sus pliegues. ¿Cucarachas...? Sentí un asco de morirme.

—Escarabajos —aclaró el maestro Rojo.

—Hay de todo —precisó Lao Jiang sacudiéndose la ropa. Aquellas cosas negras con patitas cayeron al suelo y se movieron—. No he podido fijarme bien porque me he alarmado al ver las paredes y el suelo cubiertos de insectos pero hay miles de ellos, millones: escarabajos, hormigas, cucarachas... No se distingue la trampilla.

Mi sobrina soltó una exclamación de terror.

—¿Pican? —preguntó muerta de miedo, tapándose la boca con la mano.

—No lo sé, no creo —respondió Lao Jiang girándose de

nuevo hacia la habitación y alargando el brazo con la antorcha para iluminar el interior. No podía pensar siquiera en asomarme. Es más, no podría entrar allí aunque fuera el último lugar del mundo tras una catástrofe universal.

—Pues vamos —dijo Biao caminando hacia donde estaba Lao Jiang.

Los tres hombres se asomaron y les vimos poner cara de sorpresa.

—¡Está infestado! —exclamó el maestro—. La luz les hace moverse. ¡Miren cómo vuelan y cómo caen del techo!

—No podremos encontrar la trampilla —afirmó el niño sacudiéndose los bichos de los brazos de la chaqueta. Lao Jiang y el maestro se pasaban las manos por la cara.

—Yo la buscaré. Cuando la encuentre les llamaré.

—Lo siento, Lao Jiang, yo no puedo entrar ahí —le dije.

—Pues quédese. Haga lo que le plazca —repuso groseramente desapareciendo tras el muro. Me quedé de una pieza.

—Tía, ¿qué vamos a hacer nosotras? —Mi sobrina me miraba con ojos de angustia.

Me sentí tentada a darle una respuesta parecida a la que me acababa de soltar a mí el anticuario (aún estaba muy enfadada con ella por haberme desobedecido) pero me dio pena y no pude hacerlo. El miedo nos hermanaba y, además, comprendía su agobio. Pero si de miedo se trataba había que superarlo, me dije, había que enfrentarse a él. No quería que mi sobrina heredara mi neurastenia.

—Haremos de tripas corazón y pasaremos, Fernanda.

—Pero ¿qué está usted diciendo? —se horrorizó.

—¿Quieres que nos quedemos tú y yo aquí como dos tontas mientras ellos siguen hacia el tesoro?

—¡Pero hay millones de bichos! —aulló.

—¿Y qué? Pasaremos. Cerraremos los ojos y pasaremos. Le diremos a Biao que nos lleve de la mano a toda velocidad. ¿De acuerdo?

Los ojos se le llenaron de lágrimas pero asintió. Yo sentía terror y picores por todo el cuerpo sólo de pensar en entrar en aquella habitación pero tenía que dar una lección de valor a mi sobrina y tenía que demostrarme a mí misma que mi recuperación era cierta, que podría enfrentarme al miedo siempre que quisiera (o que no tuviera más remedio, como era el caso).

Le explicamos a Biao la situación y él mismo se ofreció a guiarnos antes de que se lo pidiéramos. Apenas tuvimos tiempo de prepararnos: la llamada de Lao Jiang sonó como un mazazo en la cabeza de Fernanda y en la mía. No debíamos pensar más. Biao cogió mi mano, yo cogí la de la niña y entramos en la misteriosa estancia infestada de sabandijas. Inmediatamente noté que quedaba cubierta por pequeñas cosas vivas que, además de posarse sobre mí, se movían. Casi me vuelvo loca de repugnancia y pánico pero no podía soltar a los niños para frotarme. Debía controlar mis nervios y, sobre todo, la mano de Fernanda, que hizo varios fuertes amagos por zafarse de la mía para quitarse de encima los repelentes animalejos. No abrí los ojos hasta que Biao me dijo que la trampilla estaba a mis pies. Entonces miré y ojalá no lo hubiera hecho: suelo, techo, paredes... todo estaba negro y en movimiento, en el aire volaban mil insectos con élitros negros. Empujé a la niña para que bajara la primera y saliera de allí y, mientras lo hacía, me fijé en Lao Jiang, que permanecía inmóvil sujetando la antorcha para iluminarnos: estaba cubierto de los pies a la cabeza por la misma capa de bichos que ocultaba las paredes. También Biao empezaba a tener un aspecto semejante y yo, aunque no quería ser consciente, debía de andar muy cerca de parecerme a ellos.

—¡No te entretengas, Fernanda! —le grité a mi sobrina, empezando a meterme en la trampilla. Fue un milagro que no nos matásemos. La niña y yo, aún cubiertas de pequeñas cosas vivas, bajábamos sacudiendo nuestras ropas. Al poco, escuché el sonido del escotillón al cerrarse sobre nuestras cabezas con un golpe seco y una lluvia de cucarachas y escarabajos me rozó las manos y la cara. Lao Jiang había apagado la antorcha de bambú, así que no veíamos nada. Y mejor así, la verdad. No tenía ganas de conocer el equipaje que llevaba encima.

Tampoco este tramo de descenso fue muy largo, unos diez

metros quizá. Pronto estuvimos en el suelo y escuché cómo Fernanda pataleaba con fuerza aplastando todo lo que pillaba bajo sus suelas y cada uno de sus pisoteos iba acompañado de varios crujidos crepitantes. Mientras los demás llegaban abajo, la imité, y pronto fuimos cuatro los que matábamos insectos a ciegas. Lao Jiang, por suerte, volvió a encender la antorcha en cuanto puso el pie en tierra. Estábamos invadidos, los teníamos por todas partes: en el pelo, en la cara, en la ropa... Mi sobrina y yo nos sacudimos mutuamente mientras los hombres hacían lo propio. El suelo se llenó de cadáveres reventados flotando en un charco amarillento y pastoso pero, al fin, pudimos dejar de rascarnos y de golpearnos como si tuviéramos la sarna o nos hubiéramos vuelto locos. Caminamos unos pasos para alejarnos de la repugnante mancha, dándole la espalda para no verla.

—¿Se ha terminado? —preguntó Lao Jiang, examinándonos. Fernanda hipaba a mi lado, secándose las lágrimas provocadas por los nervios; Biao tenía la cara contraída en una mueca de asco que se le había quedado congelada y yo me pasaba las manos compulsivamente por los brazos, eliminando unos insectos que ya no estaban allí—. Inspeccionemos este nuevo subterráneo.

No podía ver con claridad porque aquel lugar era muy grande y teníamos poca luz pero me pareció divisar unas mesas dispuestas como para un banquete.

—Busque vasijas con grasa de ballena, Lao Jiang —le sugerí al anticuario.

—Ayúdame, Biao —le pidió él al niño y ambos se dirigieron hacia las paredes. Al desplazarse Lao Jiang, Fernanda, el maestro Rojo y yo nos quedamos a oscuras pero, al mismo tiempo, pudimos ver un poco más de aquella sala que era bastante amplia y tenía, en efecto, tres mesas dispuestas en forma de U con el lado abierto en dirección a nosotros. Cuando el anticuario y Biao dieron al fin con las vasijas y las encendieron, el recinto adquirió una nueva dimensión y el aspecto de una impresionante y fastuosa sala de banquetes. Las paredes estaban decoradas con motivos de dragones dorados y torbellinos de nubes de jade, el suelo volvía a ser de baldosas negras como en el palacio funerario y, también como en el palacio, detrás de la mesa colocada en sentido horizontal, una gran losa de piedra negra de unos dos metros de largo caía en picado desde el techo hasta el suelo exhibiendo esta vez la talla de una especie de cuadrado gigante dividido en casillas, con incrustaciones de oro resaltando las líneas. Cerca de las vasijas luminosas había impresionantes esculturas de arcilla cocida como las que habíamos visto en el recinto exterior, pero éstas no encarnaban a humildes siervos ni a elegantes funcionarios; parecían, más bien, artistas preparados para dar inicio a algún tipo de actuación. Todos llevaban el pelo recogido en un moño, iban descalzos y estaban desnudos salvo por un faldellín corto que les dejaba lucir la gran musculatura del pecho, los brazos y las piernas, dándoles aspecto de acróbatas o luchadores. Sus caras, tan serias e inmutables, asustaban, así que les ignoré y no dejé de repetirme durante un buen rato que únicamente eran un puñado de barro con forma humana, barro y no personas, arcilla sin vida.

Pero lo que realmente llamaba la atención eran las mesas, las tres mesas aún cubiertas por lujosos manteles de brocado sobre las que se veía una infinidad de bandejas, platos, cuencos con y sin tapa, botellas de cuerpo panzudo, tazones, tarros, jarras, recipientes para frutas, cucharas, palillos... Todo de oro y piedras preciosas. Era una verdadera maravilla. Nos fuimos acercando muy despacio, intimidados, sobrecogidos como si fuéramos una banda de pordioseros que intenta colarse en el gran banquete funerario del emperador. De todas formas, la impresión que transmitía aquel supuesto festín era el de una celebración de fantasmas, un convite de difuntos condenados por toda la eternidad a participar de aquel macabro festejo. Recorrió mi espalda un estremecimiento glacial que me erizó toda la piel del cuerpo. Al acercarnos más, cuando ya estábamos a unos cinco o seis metros, descubrimos que los platos no estaban vacíos. No es que hubiera comida, por supuesto, pero sí un extraño cilindro de piedra preparado a modo de servilleta para cada comensal. Quizá fueran las tarjetas con los nombres de los invitados, aunque eran tan gruesos como mi brazo y estaban hechos con una tosca piedra gris que resaltaba sobre las finas superficies de oro. Conté veintisiete sillas por mesa lo que, multiplicado por tres, daba un total de ochenta y uno de aquellos cilindros. El maestro Rojo se fue directo a coger el que teníamos más cerca.

—¡Cuidado! —le advirtió Lao Jiang.

—¿Cuidado por qué? —pregunté, intimidada. El maestro, que ya tenía la pieza en la mano, le miró también con curiosidad.

—Sólo digo que vayamos con cuidado. Nos encontramos justo encima del auténtico mausoleo del Primer Emperador y creo que deberíamos extremar las precauciones. Sólo eso.

—Pero en el *jiance* no se habla de peligros inesperados —le recordé—. Lo único que dice sobre este quinto subterráneo es que hay un candado especial que sólo se abre con magia.

—¿Un candado especial que sólo se abre con magia? —repitió, curioso, el maestro Rojo.

—Exactamente —afirmé, caminando a paso ligero para coger otro de aquellos rodillos de piedra.

—Pues debe de ser esto —anunció Fernanda señalando el suelo. Se encontraba justo en el centro de la sala, en medio de las tres mesas. Dando un pequeño rodeo, fui hacia ella y los demás me siguieron.

Aquel dibujo ya lo había visto. Era el mismo que estaba en la losa negra situada detrás del asiento principal. Levanté la mirada y comparé ambos cuadrados: eran idénticos salvo por el hecho de que el del suelo era bastante más grande y que en sus casillas había agujeros, unos agujeros en los que hubiera jurado que encajaban a la perfección los cilindros grises. Examiné con curiosidad el que tenía en la mano y, entonces, descubrí que en una de sus bases había un ideograma chino tallado en relieve.

—Es un tablero de nueve por nueve —comentó Lao Jiang—, así que hay ochenta y un huecos en el suelo y ochenta y un rollos de piedra en las mesas. Ya hemos encontrado el candado. Ahora tenemos que buscar la magia.

Yo, a esas horas, ya no podía buscar nada. Tenía hambre, estaba cansada y seguía picándome el cuerpo como si aún tuviera bichos encima. Llevábamos todo el día superando pruebas para descender de un sótano a otro. Debía de ser muy tarde, seguramente la hora de la cena, y necesitaba parar. Además, ¿no disponíamos de unas mesas preparadas con muy buen gusto y de una magnífica vajilla que podíamos aprovechar para sentirnos como reyes saboreando nuestras humildes viandas? Aquel lugar era perfecto para hacer un descanso.

Ni Lao Jiang pudo negarse y eso que se le dibujó en la cara un gesto de contrariedad. Calentamos agua con la antorcha y pudimos tomar, al fin, un té caliente que me supo a gloria y unas bolas de arroz con especias que fueron manjar de los dioses. En París habría rechazado ambas cosas con asco y repugnancia tan sólo por su aspecto y por la suciedad de nuestras manos. Hubiera pensado en gérmenes y en enfermedades digestivas. Aquí, me daba lo mismo. Sólo quería comer y, además, utilizando aquella hermosa vajilla cuya capa de polvo milenario añadiría un buen aporte alimenticio. A veces, ya no podía reconocerme.

Los niños empezaron a cabecear y a bostezar en cuanto terminaron la cena, pero Lao Jiang fue inflexible. Estábamos sólo a un nivel del mausoleo del Primer Emperador y no íbamos a dormir ahora. Si los niños tenían sueño que bebieran más té y se echaran un poco de agua en la cara para espabilarse. Nada de dormir. A pensar. A buscar la magia del cerrojo para poder acceder esa misma noche al auténtico lugar de enterramiento de Shi Huang Ti.

—¿Y sabe qué pasará cuando lleguemos, Lao Jiang? —repuse, desafiante—. Que nos dormiremos allí, justo al lado del cuerpo seco del viejo emperador. Estamos cansados y no tiene sentido continuar esta noche con la búsqueda. Desde que nos despertamos esta mañana hemos escapado de los disparos de las ballestas bailando los «Pasos de Yu», descubrimos los hexagramas del *I Ching* que marcaban el camino de salida del segundo nivel mientras nos envenenábamos con metano, seguimos la ruta de la energía a través de las Nueve Estrellas del Cielo Posterior arriesgando nuestras vidas en aquellos dichosos diez mil puentes, cambiamos de lugar las sesenta y seis pesadas campanas de bronce del *Bian Zhong* según la teoría de los Cinco Elementos y hemos llegado hasta aquí después de pasar por un cuarto plagado de insectos que han estado a punto de devorarnos. Acabamos de tomar la primera comida decente del día y ¿quiere usted que sigamos y que resolvamos un nuevo enigma sin dormir unas horas para tener la cabeza despejada?

Sentí una oleada de solidaridad de los niños y del maestro Rojo, que me miraban y asentían con la cabeza mientras disimulaban los bostezos.

—Lo que no puedo entender —objetó fríamente Lao Jiang— es por qué quiere parar ahora, Elvira. Estamos tan cerca de conseguir nuestro objetivo que casi podemos tocarlo con las manos. Dormir estando frente a la puerta del tesoro me parece lo más absurdo que he oído en mi vida. No es momento de descansar; es momento de resolver la combinación de este maldito cerrojo para obtener aquello por lo que abandonamos Shanghai y hemos puesto mil veces nuestras vidas en peligro durante los últimos meses. ¿Es que no lo entiende?

Se volvió a mirar al maestro Rojo y le dijo:

—¿Está usted conmigo?

El maestro cerró los ojos y no se movió pero, tras unos segundos de vacilación, le vi ponerse en pie lentamente. Lao Jiang era el demonio. No tenía piedad con nadie. Volviéndose hacia los niños les preguntó:

—¿Y vosotros dos?

Fernanda y Biao me miraron en busca de la respuesta. Hubiera querido matar al viejo anticuario, en serio, pero no era el momento de mancharme las manos de sangre ni de dividir al grupo ni tampoco de provocar discusiones. Podíamos aguantar un rato más. Cuando cayésemos lo haríamos como plomos y estaríamos en coma durante varias horas.

—Prepararé más té —dije levantándome de mi asiento y haciendo con la cabeza un gesto a los niños para que fueran con Lao Jiang y el maestro Rojo.

Mientras calentaba el agua, les oía conversar. Fernanda y Biao habían recogido los cilindros de las mesas y, ahora, los dos hombres, sentados en el suelo, los examinaban.

—Están numerados en sus bases desde el número uno hasta el ochenta y uno —dijo Lao Jiang.

—Cierto, cierto... —murmuró, adormilado, el maestro.

—¿Por qué no estudian el diseño del suelo y de la losa? —pregunté echando las hojas de té en el agua caliente—. Quizá deberían hacerlo antes de seguir con los números.

—El diseño no tiene ningún problema, Elvira —me dijo Lao Jiang—. Se trata de un cuadrado de nueve casillas por nueve casillas, todas iguales y todas con un agujero en el centro para encajar estos ochenta y un cilindros. El problema es la disposición, el orden en el que deben ser colocados.

—Pregunten a Biao —les aconsejé, sacando las hojas de té de las tazas.

Los dos hombres se miraron y, muy despacio aunque con fría decisión, Lao Jiang se levantó y cogió al niño por el cogote, acercándole al gran cuadrado y los cilindros. Biao estaba agotado, se le cerraban los ojos de sueño y supe que no iba a servir de mucha ayuda.

—Hay que empezar por el principio —musitó, arrastrando las palabras—. Por el *jiance*, como en el *Bian Zhong*. ¿Qué dice exactamente el arquitecto?

—¿Otra vez? —se enfadó Lao Jiang.

—Dice que, en el quinto nivel —recordé mientras le alargaba una taza de té al pobre niño—, hay un candado especial que sólo se abre con magia.

—Con magia —repitió él—. Ésa es la clave. Magia.

—¡Este niño es tonto! —exclamó Lao Jiang, soltándole de golpe.

—¡No vuelva a insultarle! —me enojé—. Biao no es tonto. Es mucho más inteligente que usted, que yo y que todos los demás juntos. Como vuelva a hacerlo se quedará solo para resolver el problema. Los niños y yo tenemos bastante con las joyas del palacio funerario.

Un rayo de ira salió disparado de los ojos del anticuario, traspasándome de parte a parte, pero no me asustó. De ningún modo le iba a consentir que humillara a Biao porque él estuviera impaciente por llegar al tesoro.

—Verá, Da Teh —intervino en ese momento el maestro Rojo, que seguía estudiando el tablero del suelo como si a su alrededor no ocurriera nada—, quizá Biao tenga razón, quizá la clave de este enigma sea la magia.

El anticuario permaneció en silencio. Al maestro no se atrevía a insultarlo pero se le veía en la cara que estaba pensando de él lo mismo que de Biao.

—¿Se acuerda de los «Cuadrados Mágicos»? —le preguntó el monje y, entonces, la cara de Lao Jiang cambió. Una luz le recorrió el rostro.

—¿Es un «Cuadrado Mágico»? —preguntó incrédulo.

—Es posible. No estoy seguro.

—¿Qué es un «Cuadrado Mágico»? —quise saber, inclinándome a mirar con curiosidad.

—Uno en el que los números colocados en su interior suman lo mismo tanto en vertical como en horizontal y en diagonal. Es un ejercicio simbólico chino de miles de años de antigüedad —me explicó el maestro Rojo—. En China existe una tradición muy antigua que relaciona la magia con los números y los «Cuadrados Mágicos» son una expresión milenaria de esa relación. La leyenda más antigua dice que el primer «Cuadrado Mágico» lo descubrió... —el maestro Rojo se echó a reír—. Nunca lo adivinaría.

—Dígamelo —pedí impaciente.

—El emperador Yu, el de los «Pasos de Yu». La leyenda cuenta que lo que Yu vio en el caparazón de la tortuga gigante que salió del mar fue, en realidad, un «Cuadrado Mágico».

Pero ¿cuántas versiones había de lo que Yu había visto en la dichosa tortuga? El maestro Tzau me había dicho que se trataba de los signos que dieron origen a los hexagramas del *I Ching*, el maestro Jade Rojo que si la ruta de la energía a través de las Nueve Estrellas del Cielo Posterior y, ahora, de nuevo el maestro Jade Rojo me explicaba que, en realidad, lo que había en el caparazón del animal era un «Cuadrado Mágico».

—Oiga, maestro Jade Rojo —protesté—, ¿no le parece que esa pobre tortuga llevaba demasiadas cosas en su concha como para poder salir del mar? Ya he escuchado tres versiones distintas de la misma historia.

—No, no, *madame.* En realidad, todas dicen lo mismo. Es complicado de explicar pero, créame, no hay diferencias entre las tres. Verá, ¿recuerda la ruta de la energía *qi* que seguimos a través de los puentes colgantes?

La música de la seguidilla *Por ser la Virgen de la Paloma* empezó a sonar en mi cabeza.

—Claro que la recuerdo —repliqué, ufana—. Norte-suroeste-este-sureste-centro-noroeste-oeste-noreste-sur.

Todos me miraron con cara de sorpresa.

—¿Qué ocurre? —proferí muy digna—. ¿Es que no puedo tener buena memoria?

—Por supuesto que sí, *madame.* En fin, bueno... Sí, ésa es exactamente la ruta de la energía. —Se detuvo un momento, aún bajo los efectos de la sorpresa—. El caso es que no recuerdo lo que iba a decir... ¡Ah, sí! Verá, si tomamos la ruta y vamos numerando del uno al nueve las columnas cuadradas por las que pasamos, el norte sería el uno, el oestesur el dos, el este el tres... y así hasta llegar al sur que sería el nueve (y recuerde que el sur está arriba y el norte abajo, según el orden chino). Si ahora considera esas columnas como casillas dentro de un cuadrado de tres por tres, tendrá el primer «Cuadrado Mágico» de la historia, con más de cinco mil años de antigüedad. Y ese «Cuadrado Mágico» fue el que encontró el emperador Yu en el caparazón de la tortuga. Lo curioso es que, si hace lo mismo siguiendo la ruta de la energía en sentido descendente, se forma otro «Cuadrado Mágico» distinto.

Intenté imaginar lo que decía el maestro y vi, con alguna dificultad por el sueño y el cansancio, tres líneas de números: la de arriba formada por el cuatro, el nueve y el dos; la del centro, por el tres, el cinco y el siete; y la de abajo por el ocho, el uno y el seis. Todas esas filas sumaban quince. Si también sumaba las columnas el resultado seguía siendo quince y lo mismo pasaba con las diagonales. Así que eso era un «Cuadrado Mágico». Me pareció un poco tonto perder el tiempo en esos entretenimientos matemáticos. ¿Quién podía dedicarse a inventar cosas así?

—Emocionante —mentí—. Y supongo, por lo que dice, que ese gigantesco tablero de ochenta y una casillas debe de ser uno de esos «Cuadrados Mágicos».

—Es la única solución que se me ocurre —repuso el monje con pesar—. En tiempos del Primer Emperador era un ejercicio de matemática elevada cuyo secreto sólo conocían algunos maestros geománticos por su relación con el *Feng Shui*. Recuerde que el *Feng Shui* era una ciencia secreta, sólo disponible para los emperadores y sus familias.

—¿Y entonces se supone que tenemos que colocar esos ochenta y un cilindros de manera que sumando todas las filas, todas las columnas y también todas las diagonales el resultado sea siempre el mismo? —pregunté espantada. Aquello era una locura.

—Si se tratara de eso, *madame*, podríamos darnos por perdidos. No hay nada más complicado en este mundo que concebir un «Cuadrado Mágico» y no digamos si, además, es tan grande como éste, de nueve por nueve. Si fuera de tres por tres, como el de la ruta de la energía, o de cuatro por cuatro, a lo mejor tendríamos alguna esperanza, pero me temo que hemos topado con un problema imposible. Creo que estamos ante el candado más seguro del mundo.

—No es de extrañar, considerando lo que protege —rezongó Lao Jiang.

—¿Y qué podemos hacer?

—Nada, *madame*. Desde luego, vamos a intentarlo pero, ¿qué posibilidad existe de dar con la alineación correcta de los ochenta y un rollos de piedra por puro azar? Creo que hemos llegado al final del camino.

—¡No sea tan pesimista, maestro! —explotó Lao Jiang caminando de un lado a otro como un tigre enjaulado—. ¡Le aseguro que no vamos a salir de aquí hasta que lo logremos!

—¡Pues déjenos dormir! —me enfadé—. Todos pensaremos mejor después de unas horas de sueño.

El anticuario me miró como si no me conociera y continuó con su desesperado paseo de una esquina a otra del tablero.

—Durmamos —concedió, al fin—. Mañana resolveremos esto.

Y así fue como pudimos extender los *k'angs* y descansar después de aquel día tan raro y extenuante. Recuerdo que tuve muchos sueños extraños en los que mezclaba todo tipo de cosas: los *Bian Zhong* con las brillantes carpas de los jardines Yuyuan, la anciana monja Ming T'ien con el camino de turquesas que había dejado en el segundo nivel del mausoleo, las flechas de las ballestas con el abogado de Rémy, *Monsieur* Julliard... Fernanda caía por un pozo enorme y no podía sacarla, Lao Jiang rompía con el bastón que usaba en Shanghai las estatuas de los siervos del Primer Emperador, el maestro Rojo y Biao se arrastraban por el suelo sobre el tablero de las ochenta y una casillas... Cuando abrí los ojos no sabía dónde me encontraba. Como siempre, los demás ya estaban en pie, desayunando, así que me había perdido los ejercicios taichi.

—Buenos días, tía —me saludó mi sobrina al verme con los ojos abiertos—. ¿Ha descansado bien? Dormía usted profundamente. No quisimos despertarla.

—Gracias —dije, saliendo de mi *k'ang*—. ¿Podría tomar un té?

Fernanda me extendió mi taza y un poco de pan.

—Es todo lo que hay —dijo a modo de disculpa. Sacudí la cabeza para indicarle que me daba igual, que tenía suficiente. Bebí el té con ansia. Me dolía un poco la cabeza.

Fue entonces cuando vi a Biao y al maestro Rojo inclinados sobre mi libreta *Moleskine* en la que el niño estaba dibujando con uno de mis lápices. Fernanda, que se dio cuenta, le propinó un codazo en las costillas. Él levantó la cara, aturdido, y miró en todas direcciones hasta que se quedó atrapado en mi mirada.

—¿Qué estás haciendo, Biao? —Si mi voz hubiera sido un cuchillo, Biao habría quedado partido por la mitad. Boqueó, bizqueó, puso caras raras y, por fin, masculló una serie de palabras incoherentes—. ¿Qué has dicho?

—Que necesitaba su libreta, *tai-tai*, y como usted estaba durmiendo...

—¿Y para qué necesitabas mi libreta?

—Porque esta noche he tenido un sueño y quería comprobar...

Todos habíamos tenido sueños y no nos dedicábamos a echar el guante a las cosas de los demás.

—¿Y has cogido mi carísima libreta de dibujo porque has soñado algo que querías comprobar?

—Sí, *tai-tai*, pero era un sueño importante. He soñado que descubría cómo hacer el «Cuadrado Mágico».

Me miró con la esperanza de verme mudar el gesto pero yo no moví ni un solo músculo de la cara.

—No el «Cuadrado Mágico» grande, por supuesto —aclaró atropelladamente—. El pequeño, el de la ruta de la energía, el que apareció en el caparazón de la tortuga.

—¿Y al despertar sabías cómo hacerlo? —pregunté fríamente.

—No, *tai-tai*. Sólo había sido un sueño. Pero me dio la idea: si descubrimos el truco matemático para hacer el «Cuadrado Mágico» pequeño, el de tres por tres que ya conocemos, podemos utilizarlo para resolver el grande, el de nueve por nueve.

—¿Y cuántas páginas de mi libreta has estropeado ya para descifrar ese truco? —le pregunté con toda intención porque había visto un puñado de hojas arrugadas en el suelo.

Biao miró con desesperación al maestro Rojo y a Lao Jiang, pero los dos hombres olían el peligro.

—No sea tan dura, tía —me reprendió Fernanda—. No tenemos otra cosa para escribir. Ya se comprará más libretas en Shanghai.

—Pero ésa era de París —objeté— y tiene mis dibujos del viaje.

—¡No he tocado sus dibujos, *tai-tai*! Sólo he usado las hojas nuevas.

Esas preciosas hojas limpias, tersas, uniformes, con ese olor a papel bueno y ese color crema tan suave que servía de fondo perfecto a la sanguina...

Me levanté del *k'ang*, enfadada conmigo misma. ¿Qué importaba una dichosa libreta? ¡A paseo con mi ridículo sentido de la propiedad! Sólo quería otro té.

—Sigue usándola —le dije a Biao sin mirarle—. He dormido mal.

—Debería hacer taichi —me recomendó el anticuario.

—Pues espero que usted haya hecho el suficiente como para cambiarle el humor —repuse airada—, porque está insoportable desde que llegamos al mausoleo. ¿No era tan moderado y taoísta? Nadie lo diría ahora, Lao Jiang, créame.

Él apretó los labios y bajó la mirada. Mi sobrina puso cara de espanto y los otros dos aparentaron sumirse en sus operaciones matemáticas con absoluto interés. ¡Qué terrible es pasar una mala noche y qué cobarde se vuelve todo el mundo cuando alguien saca el mal genio! Me dolía la cabeza.

—Sí, podría ser... —oí decir al maestro Rojo—, pero no veo cómo vas a colocar los números que sobran.

—Es que no sobran, maestro —le explicaba Biao—. Como ya tenemos el resultado, sabemos dónde van. Lo que debemos hacer es fijarnos si existe alguna regla que determine esa colocación en todos los casos.

—Muy bien, pues baja el primer número.

—Sí, pero lo haré con otro color, para ver si aparece alguna figura —dijo el niño cogiendo el lápiz rojo de la caja abierta.

—Ahora sube el número nueve.

—Sí, está claro —murmuró Biao—. Ahora el tres me lo llevo a la izquierda y el siete lo pongo en la casilla vacía de la derecha.

Sentí curiosidad y, con la taza de té caliente entre las manos, me acerqué a él por la espalda y miré por encima de su hombro. Había dibujado un rombo con los nueve números que formaban el «Cuadrado Mágico», es decir, que había puesto el número uno arriba; debajo, el cuatro y el dos; en la siguiente fila, que era la central y más larga, el siete, el cinco y el tres; en la cuarta fila, el ocho y el seis; y, por último, abajo, el nueve.

—¿Por qué has distribuido así los números, Biao? —pregunté. No aspiraba a comprenderlo pero, a lo mejor, atrapaba al vuelo alguna idea.

—Pues me fijé en que, dentro del «Cuadrado Mágico», la diagonal que va desde el sureste hasta el noroeste estaba formada por el cuatro, el cinco y el seis. Entonces, siguiendo esa pauta, puse también en diagonal el uno sobre el dos de la esquina suroeste y el tres debajo. Ya tenía dos filas diagonales de números consecutivos y, después, hice lo mismo con el siete y el nueve, colocándolos arriba y debajo del ocho de la esquina noreste. Tres diagonales de números del uno al nueve. Después de quitar los números repetidos del interior del «Cuadrado Mágico», me quedó este dibujo...

—Es un rombo.

—... este rombo que el maestro Jade Rojo y yo hemos estudiado y del que hemos sacado algunas conclusiones. Lo que estábamos haciendo ahora, cuando usted ha preguntado, era volver a meter los números en el «Cuadrado Mágico», para ver desde dónde vienen y si hay alguna regla común en ese movimiento.

—¿Y la hay? —pregunté, dando un sorbo a mi té.

—Pues parece que sí, *madame* —añadió, sorprendido, el maestro Rojo—, y lo más admirable de todo es su sencillez. Si se cumple también en el «Cuadrado Mágico» del sentido inverso de la energía, creo que Biao ha dado con la fórmula para crear «Cuadrados Mágicos», uno de los ejercicios matemáticos más complicados que existen.

Biao, con falsa humildad desvelada por el rojo de sus orejas, dibujó el rombo de nuevo para que yo viera todo el proceso. Miré a Lao Jiang con una sonrisa, pensando que, al menos, se le vería tranquilo porque las cosas iban bien, y le descubrí con un severo gesto de disgusto, la mirada perdida y las manos ocupadas haciendo girar el yesquero de plata entre los dedos. Sentí un miedo extraño e indefinido. Aquella imagen de Lao Jiang despertaba una parte de mi antigua neurastenia y noté que el pulso se me atropellaba. Pero el pobre anticuario no hacía nada raro, sólo permanecía inmóvil y concentrado, ajeno a todo, de modo que no tenía sentido que yo estuviera tan asustada. Nunca me curaría de mis aprensiones enfermizas, me dije, siempre tendría que estar luchando contra los fantasmas provocados por el miedo irracional.

Haciendo uso de toda mi fuerza de voluntad, me centré en el rombo de números que Biao acababa de dibujar.

—¿Lo ve bien, *tai-tai*? —me preguntó.

—Sí, perfectamente.

—Pues ahora trazo encima del rombo los bordes del «Cuadrado Mágico». ¿Lo ve también? —repitió.

Y, efectivamente, encerró en un cuadrado los cinco números centrales dándole la apariencia de la cara de un dado: el cuatro y el dos arriba, el cinco solo en el centro y, debajo, el ocho y el seis. Después añadió las dos rayas verticales y las dos horizontales que faltaban para obtener la cuadrícula de nueve casillas.

—¿Se ha dado cuenta? —preguntó, nervioso.

—Sí, sí. Por supuesto —repuse amablemente.

—Pues ahora, tenemos que coger los números que han quedado fuera del cuadrado y meterlos en las casillas vacías.

Con el lápiz rojo tachó el uno que se había quedado solo arriba y lo escribió en el compartimento que había debajo del cinco. Luego, tachó el nueve de abajo y lo garabateó en el compartimento de arriba. El tres que había a la derecha lo colocó a la izquierda y el siete de la izquierda a la derecha. Ahí estaba el «Cuadrado Mágico» completo, absolutamente recuperado y perfecto.

—¿Lo ha visto?

—Naturalmente, Biao. Es fascinante.

—La regla es llevar los números que sobran a las casillas situadas en su misma línea pero en el lado opuesto del cinco, que es el centro.

—Repítelo todo de nuevo con el «Cuadrado Mágico» de la ruta de la energía en sentido descendente —le pidió el maestro Rojo.

Biao se fijó rápidamente en que, la diagonal que iba desde el sureste hasta el noroeste y que antes contenía el cuatro, el cinco y el seis, ahora estaba formada por el seis, el cinco y el cuatro. Esa pequeña pista le llevó a invertir la disposición de los números del rombo y, después de eso, el resto del proceso fue exactamente igual. Al acabar, tenía el «Cuadrado Mágico» perfectamente conseguido.

—¿Servirá para aplicarlo a un cuadrado tan grande como el del suelo, Biao? —le pregunté.

—No lo sé, *tai-tai* —dijo, nervioso—. Supongo que sí. Debería servir pero, claro, hasta que lo hagamos en el papel no podremos saberlo. Seguramente quedarán muchos más números del rombo fuera de los bordes del cuadrado y habrá que descubrir cómo meterlos dentro sin tener la referencia del «Cuadrado Mágico» terminado para comprobar si lo estamos haciendo bien.

—Pues empieza ya —le ordenó Lao Jiang, que seguía jugueteando con el yesquero.

El niño empezó a poner números muy pequeñitos en la hoja de papel para que le cupiesen todos.

—En el «Cuadrado Mágico» de tres por tres las filas diagonales del rombo estaban formadas por tres números. Como éste será de ochenta y una casillas, las estoy haciendo de nueve —explicó mientras seguía escribiendo cifras sin parar en líneas inclinadas.

Por fin, escribió el número ochenta y uno en el vértice inferior.

—Aquí, el número del centro no es el cinco, claro —murmuró, hablando consigo mismo—. Es el cuarenta y uno. Entonces..., si éste es el centro, los bordes del «Cuadrado Mágico» pasarán por aquí, por aquí —canturreó mientras dibujaba líneas de nueve casillas—, por aquí y también por aquí. ¡Ya está!

Exhibió con orgullo la libreta en el aire y todos sonreímos. Había encerrado las ochenta y una casillas en un cuadrado de nueve por nueve con un montón de huecos vacíos. La absurda idea de que Biao fuera adoptado por Lao Jiang ya no entraba en mis planes. El anticuario nunca sería un buen padre aunque supiera transmitirle al niño los profundos valores de su cultura. Pese a ello, seguía teniendo muy claro que Biao no debía regresar al orfanato. ¿Sería el monasterio de Wudang un buen lugar para él cuando todo esto terminase? ¿Le darían allí lo que necesitaba para desarrollar ese don que, como la pintura, requería de tantos años de estudio y de un duro y largo aprendizaje? Tenía que pensarlo. No podía devolvérselo al padre Castrillo y olvidarle, pero tampoco podía llevármelo a París, lejos de sus raíces, para convertirlo en ciudadano de segunda clase en un país que siempre lo miraría como si fuera una chinería exótica y no una persona. ¿Era Wudang la mejor opción para él?

—Ahora debes meter todos los números que se han quedado fuera en el interior del «Cuadrado Mágico» —le dijo el maestro Rojo a Biao.

El niño se agitó, inquieto.

—Sí, ésa va a ser la parte complicada. Volveré a coger el lápiz rojo.

Por encima del cuadrado le había sobrado una pirámide de cuatro filas de números y lo mismo ocurría por debajo, por la derecha y por la izquierda. En teoría, esos números debían volver al interior del cuadrado siguiendo la regla encontrada anteriormente por Biao: colocarlos en las casillas situadas en su misma línea o columna pero en el lado opuesto del centro, que ahora venía dado por el número cuarenta y uno.

Cada una de esas pirámides sobrantes estaba formada por diez números, lo que significaba que eran cuarenta en total los que había que recolocar. Empezó con el uno, situado en el vértice de la pirámide de arriba: lo tachó y volvió a escribirlo debajo del cuarenta y uno; repitió la misma operación con el vértice de la pirámide de abajo: tachó el ochenta y uno y lo escribió encima del centro. Lo mismo hizo con el nueve situado en el vértice de la derecha, poniéndolo a la izquierda del cuarenta y uno, y con el setenta y tres del vértice de la izquierda, que colocó a la derecha de dicho número. El pequeño cuadrado formado por las nueve casillas centrales estaba completo. Ahora había que seguir.

—Voy a ir colocando esos cilindros en sus agujeros —dijo impaciente Lao Jiang, poniéndose en pie.

—No, Da Teh, por favor —le rogó el maestro Rojo, un tanto apurado por tener que detenerlo—. Espere a que terminemos y, cuando hayamos sumado las líneas, las columnas y las diagonales, y hayamos comprobado que dan el mismo resultado, pondremos los rollos de piedra en sus sitios. Si nos equivocamos con un solo número, con uno solo, el candado no funcionará. Lo que está haciendo Biao no es fácil. Podría cometer cualquier pequeño error sin darse cuenta.

El anticuario, de mala gana, volvió a sentarse y a enfrascarse en la contemplación de su yesquero.

Biao, por su parte, seguía trasladando números desde el exterior del «Cuadrado Mágico» al interior. Lo hacía con una testarudez y una meticulosidad sorprendentes, siguiendo su propia regla con mucho cuidado.

—¡No, no no! —gritó de pronto, dándonos un susto de muerte—. ¡Me he equivocado y no tengo nada para borrar! He puesto el seis de la derecha en la casilla contigua en lugar de ponerlo en el extremo opuesto, a la izquierda. ¿Ahora qué hago?

Me miraba con los ojos llenos de agonía. No iba a ser fácil resolver su problema; lo que tenía en aquella hoja era un baile de hormigas rojas y negras, a cual más pequeña y más difícil de diferenciar.

—Espera —le dije—. Te traeré uno de esos palillos de oro de la mesa para que raspes el error y, luego, podrás escribir encima con el color naranja. Apenas se notará la diferencia.

Dio un profundo suspiro de alivio y se quedó conforme pero fui yo quien tuvo que rascar el número incorrecto porque a él le temblaban las manos y corría el riesgo de acabar rompiendo el papel. Sus nervios no eran tanto por haberse equivocado como por haber tenido que parar aquello tan sumamente emocionante que estaba haciendo, aquello que desafiaba a su cerebro y que le tentaba como un pastel a un glotón.

—¡Ya! —exclamó cuando colocó el último número en su sitio.

—Vamos a sumar —propuso el maestro Rojo—. Tú encárgate de las líneas y yo me ocuparé de las columnas. ¡Cómo me gustaría tener un ábaco! —suspiró.

Los dos, el niño y el maestro, cerraron los ojos y apretaron fuertemente los párpados al mismo tiempo. Los abrían de vez en cuando, miraban las cifras y volvían a cerrarlos. Parecían autómatas de feria, aunque mucho más rápidos. Biao fue el primero en terminar:

—Todas las líneas suman trescientos sesenta y nueve menos la tercera —se lamentó.

—Repítela —le recomendé.

Miró los números y volvió a cerrar los ojos. El maestro Rojo acabó en ese momento.

—Todas las columnas suman trescientos sesenta y nueve —anunció.

—Pues sume usted las diagonales mientras Biao repasa un pequeño fallo.

—No puede haber fallos, *madame* —se sorprendió el maestro Rojo—. Si las columnas están bien, las líneas tienen que estar bien. Si hubiera un error en una línea yo habría tenido también un error en alguna columna.

Como se había puesto a hablar, Biao terminó su repaso sonriendo de oreja a oreja.

—Me había equivocado yo —explicó, aliviado—. No había leído bien los números. Ahora me ha dado también trescientos sesenta y nueve.

—Pues a las diagonales —les animé.

Lao Jiang ya no pudo esperar más. Viendo que teníamos la solución en la mano, se puso rápidamente en pie y se dirigió hacia el montón de cilindros de piedra.

—Maestro Jade Rojo —llamó—. Usted me dará los cilindros para que yo los ponga en su sitio porque, además de mí, es el único que sabe leer los números chinos. Usted, Elvira, con la ayuda de Fernanda, los pondrá en posición vertical para que el maestro pueda encontrarlos con rapidez, y Biao que coja la libreta y dicte los números en voz alta.

—¿Le importaría esperar un poco? —le espeté—. Aún no hemos terminado.

—Sí que hemos terminado —me atajó—. El «Cuadrado Mágico» de ochenta y una casillas está completo. Como dice un viejo refrán chino: «Una pulgada de tiempo es una pulgada de oro.» Debemos bajar ya al mausoleo del Primer Emperador.

¡Ni que nos estuviera siguiendo la Banda Verde, por favor! ¿Qué prisas tenía? Y, sin embargo, allá que fuimos todos, haciéndole caso como tontos. Biao y el maestro se pusieron en pie y se dirigieron hacia el centro de las mesas. El niño se colocó frente al tablero del suelo con el cuaderno abierto entre las manos como si fuera un monaguillo listo para empezar a cantar salmos en una iglesia mientras Fernanda y yo nos dedicamos a enderezar los tubos de piedra dejando a la vista los caracteres chinos.

—Lee los números por líneas desde arriba —le ordenó el anticuario.

Biao comenzó a leer:

—Treinta y siete.

El maestro Rojo buscó y encontró el cilindro marcado con ese número y se lo entregó al anticuario, pero éste no se movió.

—¿Y ahora qué pasa? —pregunté.

—¿Dónde debo colocarlo?

—¿Cómo que dónde debe colocarlo? —No le entendía—. En la primera casilla de la primera línea de la cuadrícula.

—Sí, pero ¿cuál es la primera línea? —repuso, incómodo—. Tiene cuatro lados y en ninguno hay una marca que diga «Ésta es la parte de arriba» o «Se empieza por aquí».

Vaya, pues era un dilema. Pero, como en todo, tenía que existir alguna lógica. Sin salir del espacio marcado por las mesas, caminé hasta situarme frente al asiento principal detrás del cual estaba la losa de piedra que tenía tallado un tablero idéntico al del suelo. Allí, en vertical, se veía muy claramente cuál era la línea superior y la primera casilla de esa línea. Empecé a caminar hacia atrás, con cuidado de no tropezar con los cilindros, y seguí retrocediendo hasta que el cuadrado del suelo quedó delante de mí. Con el dedo señalé la línea superior:

—Ahí. Póngase mirando hacia el asiento principal. Ésa es la orientación correcta.

Lao Jiang, haciéndome caso, introdujo el cilindro marcado con el número treinta y siete en el orificio del extremo superior derecho.

—Setenta y ocho —entonó Biao, recordándome a los niños del Colegio de San Ildefonso de Madrid que llevaban dos siglos cantando la Lotería Nacional.

Fernanda y yo enderezábamos los cilindros a toda velocidad para que el maestro Rojo pudiera encontrar el que Lao Jiang necesitaba pero, por desgracia, el setenta y ocho apareció entre los últimos. El anticuario se impacientaba. Después, cuando ya todos estuvieron derechos, el problema fue que el maestro iba muy lento y que tampoco Biao hablaba con claridad y que nosotras, que no hacíamos nada, estorbábamos. No había manera de contentarle. Todo le parecía mal.

Al cabo de mucho tiempo, llegamos al número cuarenta y uno, el que estaba situado en el centro del cuadrado. Tanto esfuerzo y sólo habíamos completado cuatro líneas y media. Me consolé pensando que, a partir de entonces, la cosa iría más rápida porque el maestro cada vez tendría menos cilindros entre los que buscar.

Y, en efecto, la lentitud de la primera parte se resolvió en un periquete en la segunda. Mi sobrina y yo hicimos una cadena para transportar el cilindro cantado desde el maestro Rojo hasta Lao Jiang, acelerando de este modo el proceso. Antes de que nos diéramos cuenta, el último rodillo de piedra pasó de mis manos a las del anticuario.

—Adelante —le dije con una sonrisa de triunfo—. Lo hemos conseguido.

Sonrió. Parecía increíble pero había sonreído. Era la primera vez que lo hacía en mucho tiempo y, por eso, le devolví la sonrisa, contenta, pero él, decidido a terminar el trabajo, se giró indiferente y dejó caer el cilindro en el último agujero.

De nuevo, como en la sala del *Bian Zhong*, se escuchó un chasquido metálico seguido de un prolongado deslizamiento de piedras. El suelo tembló y nos miramos un poco asustados. Sabíamos de dónde procedía el ruido pero no lográbamos ver ningún acceso hacia el nivel inferior. En esta ocasión, no fue una pared la que retrocedió ante nuestros ojos, sino que un parpadeo en las lámparas, un temblor de los objetos de oro sobre las mesas, nos hizo desviar la mirada hacia la losa de piedra y sólo entonces descubrimos que el suelo que había detrás se inclinaba lenta y suavemente convertido en una rampa que, al llegar al final de su recorrido, golpeó el piso de abajo haciendo temblar toda la sala de banquetes.

Despacio, expectantes, tras recoger nuestras bolsas en silencio, caminamos juntos hacia allí. Algún misterioso mecanismo había prendido ya las lámparas del subterráneo inferior porque salía luz por el inmenso agujero sin que nosotros hubiésemos hecho nada.

Empezamos a descender cautelosamente, pendientes de cualquier cosa que pudiera suceder. Pero no ocurrió nada. Terminamos la rampa y nos encontramos en una inmensa y gélida explanada, más grande aún que la que habíamos visto arriba, cuya mejor definición la daría la palabra reluciente, pues toda ella brillaba como si los siervos la hubieran terminado de limpiar dos minutos antes o, más aún, como si el polvo no hubiera entrado allí jamás. El suelo era de bronce fundido y pulimentado como el de los espejos que Fernanda y yo llevábamos en nuestros equipajes. Gruesas columnas lacadas en negro sostenían, además de vasijas inexplicablemente encendidas, un techo, también de bronce, que se iba alejando de nuestras cabezas a medida que seguíamos caminando ya que el piso presentaba una ligera inclinación apenas perceptible que dilataba el espacio hasta convertirlo en colosal, en realmente grandioso.

Caminábamos sin rumbo, siguiendo una imaginaria línea recta que no sabíamos hacia dónde nos conducía. Hacía mucho frío. En un momento dado, me volví para mirar la rampa y ya no la divisé, sin embargo descubrí, a nuestra derecha, un pueblo, o algo parecido a un pueblo, con sus muros, sus torres vigías, sus mástiles y los tejados de sus casas y palacios. Era como los de verdad sólo que más pequeño, como si lo habitaran enanos o niños. Algo más lejos, a la izquierda, vi otro similar, y después muchos más. Al cabo de poco tiempo atravesamos uno de esos puentes chinos con forma de giba de camello que cruzaba sobre un riachuelo cuyas aguas —que no eran tales sino mercurio líquido, blanco y brillante— fluían suavemente dentro de su cauce. Los niños se lanzaron a meter las manos en la corriente para jugar con el extraño y fascinante metal que se escurría entre sus dedos formando pequeñas esferas de plata en las palmas de sus manos, pero no les permití entretenerse y, a regañadientes, volvieron al grupo.

Lao Jiang se inclinó sobre una pequeña estela de piedra que había en el suelo para leer la inscripción:

—Acabamos de salir de la provincia de Nanyang y estamos entrando en la de Xianyang —dijo soltando una carcajada—. Así pues, no falta mucho para alcanzar la prefectura de Hanzhong.

—¿Tan rápidamente hemos atravesado «Todo bajo el Cielo»? —preguntó el maestro Rojo utilizando la expresión común entre los chinos para llamar a su país.

—Bueno —comentó Lao Jiang muy divertido—, seguramente pusieron la rampa cerca de la capital, del centro de poder tanto del imperio real de arriba como de este pequeño *Zhongguo, Tianxia* o «Todo bajo el Cielo». Lo sorprendente es que se trata de una réplica bastante exacta. Es como un mapa gigantesco hecho con magníficas maquetas y asombrosos ríos de mercurio.

—Le faltan las montañas —replicó mi sobrina.

—Quizá pensaron que no eran necesarias —comentó el anticuario, cruzando las murallas del pueblo que teníamos delante y a las que se accedía por el puente. De pronto, volvió a reírse con muchas ganas—. ¡Tanto viajar para nada! ¿Saben dónde nos encontramos? ¡Hemos vuelto a Shang-hsien!

No pude evitar una gran sonrisa.

—¿Nos asaltarán aquí unos sicarios chiquititos de la Banda Verde? —bromeó mi sobrina.

—Pues le ruego, Lao Jiang —le pedí yo— que no nos haga llegar hasta el mausoleo cruzando de nuevo la cordillera Qin Ling. ¿Podríamos tomar la carretera principal que lleva hasta Xi'an?

—Por supuesto.

Atravesamos la pequeña Shang-hsien que, pese a su reducido tamaño, parecía mucho más suntuosa y elegante que su versión actual, y salimos por la puerta oeste para seguir la ruta hasta Hongmenhe que, en realidad, se encontraba a unos escasos cincuenta metros. Marchábamos entusiasmados, fijándonos en todos los detalles de aquella maravillosa reconstrucción. En los brillantes caminos de bronce encontramos estatuas a escala representando carreteros tirando de sus bueyes, campesinos levantando la azada en el aire en un eterno gesto de cultivar la tierra, carromatos llenos de frutas y verduras que se dirigían a la capital, solitarios caballeros sobre sus monturas, animales de corral como gallinas o cerdos... Era un país en miniatura, laborioso y lleno de vida, una vida que aumentaba de intensidad conforme nos acercábamos al corazón de aquel mundo: la imperial Xianyang. No dábamos crédito a lo que veíamos. Ni la imaginación más desbordante hubiera podido inventar un lugar así.

—¿No deberíamos ir hacia el monte Li y buscar de nuevo la colina que señala el mausoleo? —preguntó de pronto Biao.

—No creo que el emperador hiciera reproducir el palacio funerario dentro de su propio túmulo —dijo Lao Jiang—. Lo lógico es que quisiera ser enterrado en su palacio imperial de Xianyang. Si no está allí, lo buscaremos donde tú has dicho.

Pasamos por hermosas ciudades, cruzamos puentes sobre riachuelos que brillaban como la plata a la luz de las lámparas de grasa de ballena, sorteamos las cada vez más numerosas estatuas que representaban de manera increíble la vida cotidiana de aquel imperio desaparecido y, por fin, cuando empezábamos a tener la sensación de formar parte de un extraño mundo donde todos los seres y todos los edificios habían sido congelados en el tiempo, nos encontramos frente a unas inmensas murallas de tamaño real que protegían lo que Lao Jiang dijo que era el Parque Shanglin, un lugar excepcional construido al sur del río Wei para el esparcimiento de los reyes de Qin y, luego, ampliado por el Primer Emperador.

—De hecho —contó Lao Jiang—, poco antes de morir, Shi Huang Ti decidió que estaba harto del ruido, la suciedad y la acumulación de gente de Xianyang, situada al norte del Wei, y ordenó la construcción de un nuevo palacio imperial dentro de este parque, entre los preciosos jardines que en él había. Sima Qian relata que el nuevo palacio de Afang, que nunca se terminó, hubiera sido el más grande de todos los palacios jamás construidos y, con todo, sólo era la entrada a un monumental complejo palatino que, según el proyecto, hubiera tenido cientos de kilómetros de extensión. Pero al morir Shi Huang Ti, las obras se paralizaron y sólo quedó terminada la gran sala de audiencias, en la que podían sentarse diez mil hombres y plantarse estandartes de dieciocho metros de altura. Si no recuerdo mal, Sima Qian decía que de la parte baja de esta gran sala partía un camino que iba en línea recta hasta la cima de una montaña cercana, y otro camino, éste elevado y cubierto, llevaba desde Afang hasta Xianyang, pasando por encima del río Wei. Pero el Primer Emperador tenía muchos palacios en la capital, tantos que no se sabe el número con certeza. Por lo visto no quería que nadie supiera nunca dónde se encontraba y todas sus residencias estaban conectadas por túneles y corredores elevados que le permitían moverse de un sitio a otro sin ser visto. Afang era su palacio definitivo, su gran sueño, en el que puso a trabajar a cientos de miles de presos. Por eso pienso que mandó construir una réplica de Afang aquí abajo para que fuera también su morada final.

—Pero si el de arriba no pudo terminarse... —comenté.

—El de aquí abajo tampoco —convino Lao Jiang—. Ambas obras se construyeron a la vez, Afang y el mausoleo, así que supongo que las dos se paralizarían en el mismo punto. Si estoy en lo cierto, el verdadero sepulcro del Primer Emperador tiene que encontrarse en el duplicado subterráneo de esa magnífica sala de audiencias.

Cruzamos las murallas por una gran puerta de bronce ricamente labrada y decorada con lo que no me atreví a pensar que fueran enormes piedras preciosas y nos encontramos, de repente, en un espléndido jardín donde los árboles eran de tamaño natural así como los senderos y los riachuelos por los que corría el azogue. El cielo de bronce se tornó repentinamente azul —pintado, sin duda— y dejó de reflejar el brillo de las lámparas que ahora eran faroles colgados de las ramas o colocados sobre pilones de piedra a los lados del camino.

—¿Cómo puede ser que el mercurio se siga moviendo después de dos mil años? —preguntó Biao, que parecía sinceramente preocupado por el asunto.

Ninguno supimos responder a su pregunta. Lao Jiang y el maestro Rojo se enzarzaron en mil y una explicaciones, a cual más rocambolesca, sobre los posibles tipos de mecanismos automáticos capaces de accionar aquellos ríos desde alguna parte invisible del mausoleo. Mientras, seguíamos caminando por aquellos jardines increíblemente hermosos a los que los de Yuyuan, en Shanghai, incluso en sus mejores épocas Ming, no hubieran podido aproximarse ni por casualidad. No cabía duda de que tanto los árboles como el resto del mundo vegetal allí representado estaba hecho de arcilla cocida como las estatuas que habíamos ido encontrando por todo el mausoleo, pero sus colores permanecían brillantes, fuertes y yo no conseguía entender cómo ciertas obras artísticas muy posteriores en el tiempo (ciertos frescos del Renacimiento, por ejemplo) se encontraban en un estado lamentable mientras aquellos pigmentos sobre arcilla aparecían tan flamantes como el mismísimo día en que los elaboraron. Quizá fuera por el hecho de estar encerrados allá abajo sin que cambiase la humedad del aire, ni les diese el viento ni la gente pasara constantemente por allí. Con toda seguridad, si alguna de aquellas estatuas fuera sacada al exterior, sus colores se perderían para siempre. El bronce del suelo estaba cincelado de manera que aparentaba la textura de la tierra, la arena o la hierba, y las piedras que servían de decoración en recodos y rincones, y que eran naturales, tenían las formas más curiosas y elegantes que se pueda imaginar. Fue mi sobrina la que descubrió que en los riachuelos de mercurio había alguna otra cosa:

—¡Oh, Dios mío, miren esto! —exclamó inclinada sobre la barandilla de un puente, señalando hacia abajo con el brazo extendido.

Todos nos precipitamos para examinar aquella superficie líquida y plateada que, en su fluir, arrastraba unos extraños peces flotantes que parecían hechos de hierro. En realidad, la forma de peces hacía tiempo que la habían perdido y eran como los restos del casco de un barco naufragado: deformes, comidos por el óxido y arruinados.

—Debían de ser hermosos animales acuáticos de buen acero cuando los soltaron en el mercurio —comentó el anticuario.

Muy bien, primer desajuste histórico. Por ahí sí que no estaba dispuesta a pasar.

—El acero, Lao Jiang, creo que lo inventó un americano el siglo pasado.

—Lo siento, Elvira, pero el acero se inventó en China durante el Período de los Reinos Combatientes, previamente a la unificación del Primer Emperador. El hierro fundido lo descubrimos en el siglo IV antes de la era actual aunque ustedes los occidentales se empeñen en adjudicarse estos avances muchos siglos más tarde. En China siempre hemos tenido buenas arcillas para la construcción de hornos y fundiciones.

—Es cierto, *madame*.

—¿Y por qué hicieron estos peces de acero y no de oro o de plata? —preguntó Fernanda, viendo cómo se alejaban aquellos tristes restos río abajo.

—El oro y la plata se hubieran aleado con el mercurio y habrían desaparecido, mientras que el hierro es resistente y el acero no es otra cosa que hierro templado.

Continuamos nuestro camino a través de los jardines descubriendo cosas aún más asombrosas, como hermosos pájaros alineados en las ramas de los árboles, ocas, gansos y grullas picoteando en el suelo entre macizos de flores y cañas de bambú, ciervos, perros, extraños leones alados, corderos y, significativamente, un abundante número de esos feos animales llamados *tianlus,* monstruos míticos con poderes mágicos que, al igual que los leones alados, tienen por misión proteger el alma del fallecido defendiéndola de los espíritus malignos y de los demonios. También había pabellones colocados en medio de los riachuelos, con sus tejados cornudos, sus mesas para tomar un refrigerio y sus orquestas de músicos con antiguos instrumentos; había, además, unas oxidadas barquichuelas de acero graciosamente colocadas en un pequeño muelle cercano; un ejército de siervos de tamaño natural a lo largo de las veredas (de repente, te encontrabas con alguien a la vuelta de una esquina y te llevabas un susto de muerte hasta que descubrías que era una estatua y, entonces, te lo llevabas también); templetes en los que actuaban grupos de acróbatas o atletas como los que habíamos visto en la sala de banquetes; bandejas con jarras y vasos de finísimo jade dispuestos para saciar la supuesta sed del emperador; cestas de frutas hechas de perlas, rubíes, esmeraldas, turquesas, topacios... Mis ojos no podían despegarse de aquella inmensa riqueza, de aquella opulencia exagerada. Cierto, todo eso pagaría mis deudas y me devolvería la libertad, pero ¿por qué y para qué quiso acumular tanto aquel Primer Emperador? Debía de tratarse de algún tipo de enfermedad porque, una vez que tienes todo lo que necesitas y quieres, ¿de qué te sirve acumular, por ejemplo, cestas de frutas hechas con piedras preciosas o un sinfín de palacios en los que acabas viviendo a escondidas del mundo?

Todos menos Lao Jiang cogíamos lo que nos gustaba y lo íbamos echando en las bolsas. El anticuario decía que eso eran menudencias y que el gran tesoro se encontraba en el auténtico palacio funerario del emperador, pero aún tardamos un buen rato en salir de los jardines y toparnos, al fin, con la edificación más enorme que habíamos visto en nuestras vidas: una especie de pabellón inmenso de paredes rojas con varios tejados negros superpuestos y numerosas escaleras se levantaba en mitad de una nueva explanada de la que no se divisaban los confines. También allí las pilastras ardían incansablemente haciendo refulgir tanto las gigantescas estatuas de bronce de unos guerreros que vigilaban el camino de acceso como el brillante suelo y un techo increíble cuajado de constelaciones celestes de tamaño descomunal que desprendían destellos luminosos de todos los colores imaginables. Claramente se divisaba, allá arriba, la figura de un grandioso cuervo rojo al sur, que no podía estar hecho más que de rubíes o de ágatas; una tortuga negra al norte realizada con ópalos o cuarzos; al oeste, un tigre blanco de jade; al este, un impresionante y hermoso dragón verde elaborado sin duda con turquesas o esmeraldas; y, en el centro, sobre la gigantesca sala de audiencias del palacio subterráneo de Afang, una exquisita serpiente amarilla de topacios.

¡Qué belleza y qué desmesura! Nos quedamos embobados mirando aquella imagen que se abría ante nuestros asombrados ojos como si no fuera real, como si fuera un lugar de fantasía imposible de concebir. Pero era cierto, era auténtico, y nosotros estábamos allí para observarlo.

—Creo que tenemos un problema —me pareció que decía el maestro Rojo.

—¿Qué pasa ahora? —La voz de Lao Jiang también sonaba irreal.

—No podemos llegar hasta allí —repuso el maestro y, entonces, a la fuerza, tuve que despegar los ojos de aquel maravilloso techo para mirarle a él y vi que señalaba con el brazo el grupo de escaleras centrales de la inmensa sala de audiencias y que lo hacía porque un gran río de mercurio de unos cinco metros de ancho, que rodeaba la interminable explanada como un foso medieval, nos cortaba el paso.

—¿No hay ningún puente a la vista? —pregunté innecesariamente porque yo misma podía comprobar que no había ninguno.

—«Y en el sexto, el auténtico lugar de enterramiento del Dragón Primigenio —recitó de memoria Lao Jiang—, tendrás que salvar un gran río de mercurio para llegar a los tesoros.» ¿Cómo hemos podido olvidarlo? —se lamentó.

—¿Por qué no usamos las barcas de hierro que había cerca de los pabellones del jardín? —propuso Fernanda.

—Pesan demasiado —arguyó el maestro Rojo, sacudiendo la cabeza—. Ni siquiera entre los cinco podríamos acarrear una de ellas. Además, tendríamos que romper muchos de esos bonitos árboles de arcilla para traerlas hasta aquí.

—Pues no hay otra solución —objetó Lao Jiang, enfadado. Se le veía congestionado, sudoroso... Su paciencia estaba llegando al límite.

—Pues usemos los árboles —propuse sin pensar—. Podemos talar... es decir, romper algunos de ellos por su base y, con la cuerda que usted tiene, fabricar una balsa.

—No, con mi cuerda no —rechazó de plano cortando el aire con la mano de manera tajante.

—¿Por qué? —me extrañé.

—Podemos necesitarla a la salida.

—¡Eso no es verdad! —me enfadé—. Tenemos los seis niveles abiertos. Lo más difícil es volver a pasar por los puentes y atravesar el metano. No vamos a necesitar su cuerda para nada.

—¡Un momento, por favor! —nos interrumpió el maestro Rojo—. No discutan. Si Da Teh no quiere estropear su cuerda con la plata líquida, no la usaremos. Tengo otra idea. ¿Recuerdan los peces de acero que vimos flotando en la corriente de aquel riachuelo?

Todos asentimos.

—Pues ¿por qué no intentamos cruzar a nado?

—¿Nadar en el mercurio? —me sorprendí.

—Es un líquido muy denso, maestro Jade Rojo —objetó Lao Jiang—. No creo que sea posible. Nos agotaríamos antes de llegar a la mitad, si es que llegamos.

—Sí, tiene usted razón —admitió el monje—, pero los peces flotaban así que nosotros también. Si utilizamos pértigas para desplazarnos, podremos llegar fácilmente al otro lado.

—¿Y de dónde sacamos las pértigas? —pregunté.

—¡Las cañas de bambú del jardín! —exclamó Fernanda—. Podemos coger algunas y nos empujamos con ellas. ¡Seremos como gondoleros de Venecia!

El maestro Rojo y Biao la miraron sin comprender. Los gondoleros de Venecia debían de ser para ellos lo mismo que los *tianlus* para nosotros.

Tonterías al margen, yo no veía nada claro eso de que nos metiéramos en el mercurio. Al fin y al cabo no dejaba de ser un metal y sumergirse en un metal parecía algo peligroso, sin contar con el frío terrible que hacía en aquel subterráneo. ¿Y si tragábamos involuntariamente una cierta cantidad y nos envenenábamos? Sabía que era un componente común de muchos medicamentos, sobre todo de los purgantes, de los antilombrices y de algunos antisépticos (51), pero me daba miedo que, en cantidades superiores a las prescritas por los médicos, tuviera efectos perjudiciales para la salud.

Los niños ya corrían hacia el jardín en busca de las cañas de falso bambú. Aunque no había vuelto a quejarse, Biao cojeaba ligeramente del pie que se había lastimado al caer por el pozo, pero no parecía molestarle en absoluto. Les oí golpear algo con fuerza y, luego, el sonido de una cazuela de barro estrellándose contra el suelo.

—¡Cógelo, Biao! —gritó mi sobrina.

Yo fui con el maestro Rojo y Lao Jiang a recolectar nuestras propias pértigas. El maestro cogió por las patas una grulla de largo pico y la utilizó para golpear las cañas. No tardamos mucho en parecer nazarenos penitentes marcando el paso con las varas de sus hachotes. Estábamos listos para meternos en aquella corriente de azogue.

(51) Hasta hace pocos años no se descubrió la alta toxicidad del mercurio.

El primero en hacerlo fue Lao Jiang. Antes, había comprobado que la profundidad del río era de unos dos metros y que, por lo tanto, podía impulsarse perfectamente. En cuanto se dejó caer, sonrió satisfecho.

—Estoy flotando sin ningún esfuerzo —dijo y, a continuación, apoyando su bambú en el fondo empezó a desplazarse hacia la otra ribera.

—Fernanda, Biao —les llamé—. Venid aquí. Quiero que me prometáis que no vais a abrir la boca cuando estéis en el mercurio y que no vais a sumergir la cabeza de ninguna de las maneras. ¿Me habéis entendido?

—¿No puedo bucear? —se lamentó Biao que, por lo visto, ya lo había planeado.

—No, Biao, no puedes bucear, no puedes dar un trago de ese azogue, no puedes mojarte la cara y, a ser posible, no metas tampoco las manos.

—¡Pero, tía, esto es ridículo!

—Me da igual. Ambos lo tenéis prohibido y como mis amenazas y mis órdenes parecen entraros por un oído y saliros por el otro, al primero que vea desobedecerme en esta ocasión le voy a dar, directamente, una buena tanda de azotes en cuanto estemos en el otro lado. Y os juro que lo pienso cumplir. ¿Está claro?

Asintieron no muy conformes. Seguramente se habían imaginado un divertido baño en el mercurio lleno de emocionantes experiencias.

Lao Jiang ya había llegado al otro lado y, tras pelear con la pértiga para sacarla del foso y dejarla en el suelo sin que se rompiera, intentaba escapar trabajosamente del río impulsándose con las manos. Debía de llevar la ropa, en apariencia seca, llena de mercurio y el peso no le dejaba moverse. Por fin, con un esfuerzo considerable, consiguió poner una pierna sobre el margen y salir. Resopló y se sacudió como un perro de lanas, desprendiendo a su alrededor una nube de azogue que cayó al suelo.

—Lánceme mi bolsa, maestro Jade Rojo —pidió, y a mí se

me encogió el estómago. Ya estaba informada de que la dinamita era la mercancía más segura del mundo pero saberlo no significaba que me lo creyera. La bolsa explosiva voló por los aires y atravesó limpiamente el río gracias a la fuerza del maestro.

—Ahora usted, *madame.*

—No, prefiero que crucen los niños primero.

Fernanda y Biao no lo dudaron. Les estuve vigilando con ojos de águila durante todo el trayecto pero, además de temblar por el frío y de tontear y reírse, cumplieron mis órdenes a rajatabla y pude respirar tranquila cuando les vi llegar junto a Lao Jiang sanos y salvos. Entonces, me dispuse a sumergirme yo mientras el maestro lanzaba las bolsas de los niños, mucho menos pesadas que la del anticuario.

Al principio, el mercurio helado me cortó la respiración pero, pasado ese primer momento, resultaba muy cómodo flotar de aquella manera, meciéndose en el líquido espeso sin tener que agitar las piernas ni bracear. Bastaba con apoyar el bambú contra el fondo y, siguiendo con el ejemplo puesto por Fernanda, la inercia te llevaba como una góndola veneciana en la dirección deseada. Podía entender las risas tontas de los niños porque era realmente divertido.

Pronto estuve en la otra orilla y Lao Jiang y Biao tuvieron que ayudarme a salir; la ropa, efectivamente, pesaba como si fuera de plomo. El maestro lanzó primero mi bolsa y luego la suya y, a continuación, se sumergió mientras yo me giraba para examinar aquella impresionante explanada y sus gigantes de bronce. Había doce en total, seis a cada lado de la avenida principal y medirían más de diez metros de alto cada uno. Todos eran distintos y parecían representar seres humanos auténticos de mirada fiera y postura marcial. Desde luego, imponían. Si su objetivo era amedrentar a los visitantes del Primer Emperador, lo conseguían de largo.

Caminamos hacia ellos y tomamos la avenida con la exaltación y el nerviosismo que nos producía la proximidad, ahora ya indiscutible, de la auténtica sepultura del Primer Emperador de la China. Llegamos a las escalinatas y comenzamos a subir.

Afortunadamente, sólo era un tramo de cincuenta escalones que no provocó ninguna pérdida irreparable en el grupo y, antes de que nos diéramos cuenta, estábamos plantados frente a los huecos de las puertas de la gran sala de audiencias de Afang. Sin embargo, la imagen espeluznante que apareció ante nuestros ojos no era algo para lo que hubiéramos podido estar preparados de ninguna manera: millones de huesos humanos esparcidos por el suelo de la sala, esqueletos amontonados en incontables pilas que se perdían en la distancia, cuerpos descarnados que se acumulaban contra las paredes luciendo aún viejos trozos de vestidos, joyas o adornos para el cabello. Mujeres, había muchas mujeres. Las concubinas de Shi Huang Ti que no llegaron a darle hijos y, los demás, los desgraciados trabajadores forzados que habían construido aquel mausoleo. Entre los restos de aquel infinito camposanto estarían los de Sai Wu, nuestro guía en aquel largo viaje. Se me hizo un nudo en la garganta al tiempo que notaba cómo los niños se pegaban, despavoridos, a mis costados. Nadie hubiera podido contemplar aquella lamentable escena sin sentir lástima ni sin imaginar con pavor la horrible muerte que sufrieron aquellos miles y miles de personas para satisfacer la megalomanía de un solo hombre, de un rey que se creyó todopoderoso. ¡Cuántas vidas desperdiciadas por nada, cuánto sufrimiento y angustia para castigar la supuesta infertilidad de unas muchachas casadas con un viejo ególatra y para mantener el secreto de aquella tumba! Podía entender a Sai Wu, su rabia, su deseo de venganza. Por muy admirable que hubiera sido la obra del Primer Emperador, no tenía derecho a llevarse con él las vidas de tanta gente inocente. Sabía que mi juicio no era justo, que aquellos tiempos no eran los míos y que no se podía censurar el pasado desde una perspectiva tan lejana pero, con todo, seguía pareciéndome horrible y odioso que un simple hombre hubiera tenido tanto poder sobre los demás.

—Entremos —dijo con firmeza Lao Jiang, levantando un pie para atravesar el umbral y poniéndolo entre los restos humanos.

No recuerdo otro paseo más espantoso que ése de aquel día a través de los miles de cadáveres. Los niños estaban aterrorizados; no se apartaban de mí y les notaba dar respingos y soltar exclamaciones ahogadas cuando, sin querer, pisaban huesos o se les venía encima alguna pequeña pila de restos. No cabía duda de que los últimos en morir fueron retirando y amontonando los cuerpos de los que iban falleciendo. Sentí un escalofrío cuando me pasó por la mente la idea supersticiosa de que todo aquel viejo dolor se había quedado pegado en las paredes de aquella grandiosa y solemne sala de recepciones.

Por fin, tras una eternidad, nos acercamos a una larga pared negra con una pequeña puerta de dos hojas correderas en el centro.

—¿La cámara funeraria? —preguntó el maestro Rojo.

—El sarcófago exterior —puntualizó Lao Jiang—. Según la costumbre de la época, el féretro de los emperadores era colocado en un recinto rodeado por compartimentos en los que se guardaba el ajuar funerario, es decir, el tesoro que nosotros buscamos.

—¿Estará cerrada? —pregunté yo al tiempo que intentaba abrir la puerta. Y no sólo se abrió sino que, además, se hizo pedazos entre mis manos dándome un susto de muerte. Otra pared negra se veía enfrente, dejando un estrecho pasillo por el que circular, pero allí dentro no había luz, estaba completamente oscuro, así que Lao Jiang tuvo que volver a encender la antorcha. Él entró el primero y luego fuimos los demás. Aunque el pasadizo era bastante largo, en cuanto torcimos en la primera esquina, ya vimos muy cerca el vano que daba acceso a uno de esos compartimentos de los que había hablado Lao Jiang.

La luz de la antorcha resultó muy pobre para iluminar las fabulosas riquezas que se acumulaban en aquella inmensa habitación del tamaño de un almacén portuario: miles de cofres rebosantes de piezas de oro que alfombraban el suelo como si fueran desperdicios se mezclaban con cientos de elegantes trajes bordados en oro y plata llenos de piedras preciosas. Había, además, un número incontable de hermosas cajas que contenían especias y hierbas medicinales cuyo uso ya no podía ser muy recomendable, bellísimos objetos de jade de todas clases y formas y grandes cilindros profusamente adornados que, según pudimos comprobar, contenían maravillosos mapas de «Todo bajo el Cielo» pintados sobre una delicada y exquisita seda. El siguiente compartimento parecía estar destinado al arte de la guerra. Allí todas las piezas, las quince o veinte mil piezas que podía haber, eran de oro puro: millares de espadas, escudos, lanzas, ballestas, flechas y multitud de armas absolutamente desconocidas parecían hacer guardia alrededor de una caja enorme colocada en el centro —también de oro con adornos en plata y bronce de espirales de nubes, rayos, tigres y dragones— en la que estaba colocada la prodigiosa armadura del Primer Emperador, idéntica a la que habíamos visto arriba salvo por el hecho de que, en esta ocasión, las pequeñas láminas unidas a modo de escamas de pez eran de oro. Unos ribetes de piedras preciosas separaban cada una de sus partes: el peto, del espaldar, éstos, de los faldares, los brazales, de las hombreras y la gola, de la cubrenuca. El tamaño era el de un hombre normal, ni más grande ni más pequeño, y sólo el yelmo indicaba que había tenido, sin duda, una cabeza bastante grande. Otro dato valioso que se podía extraer de aquella armadura era la enorme fuerza que debió de tener el Primer Emperador, porque vestir aquello —que no pesaría menos de veinte o veinticinco kilos— durante el transcurso de una batalla tenía muchísimo mérito.

Ni que decir tiene que de este compartimento no nos llevamos nada porque el tamaño de los objetos era demasiado grande para nuestras bolsas, ya bastante llenas de por sí. El tercero tampoco sirvió de mucho a nuestro propósito saqueador. Sin duda era una maravilla pues albergaba millones de piezas de uso cotidiano como vasijas, cucharones, incensarios, espejos de bronce, cubos, hoces, jarrones, cuchillos, recipientes de medidas, cuencos, cocinas —algunas, incluso, con salida para humos—, frascos de esencias para el baño, calentadores de agua, retretes de cerámica para uso del muerto en la otra vida... Todo muy lujoso, por supuesto, y de una factura magnífica. Según dijo Lao Jiang, cualquiera de aquellos objetos hubiera alcanzado precios astronómicos en el mercado de antigüedades. Pero, curiosamente, él no cogió ninguno. Y no sólo no cogió ninguno allí sino que tampoco había metido nada en su bolsa en los compartimentos anteriores. Al darme cuenta de este detalle, volví a sentir esa extraña desazón, morbosa y absurda, que me quité a la fuerza de la cabeza porque no estaba dispuesta a volverme loca por culpa de unas extravagantes sospechas. No tenía tiempo para disgustos tontos.

El cuarto compartimento estaba dedicado a la literatura y a la música. Había innumerables y gigantescos arcones, del tamaño de una casa, que albergaban decenas de miles de valiosos *jiances*; delicados pinceles de pelo de distintos tamaños, un tanto ajados, colgaban de las paredes junto a montones de tabletas de tinta roja y negra con el sello imperial grabado encima; hermosos soportes de jade, refinadas jarras para el agua y, sobre una mesa larga y baja, pequeños cuchillos con el filo curvo que, según nos explicó Lao Jiang, servían para alisar el bambú o para borrar los caracteres mal escritos. También había piedras de afilar, tablillas y pliegos de seda en cantidades increíbles listos para ser utilizados. En materia de música, la variedad de instrumentos era interminable: largas cítaras, flautas, tambores, un pequeño *Bian Zhong*, siringas, extraños laúdes, los típicos violines para tocar en posición vertical, un curioso litófono, gongs... En fin, una orquesta completa para amenizar la aburrida eternidad de un hombre poderoso y muerto.

Y el quinto y último compartimento, el más pequeño de todos, sólo contenía un hermoso carro de paseo de tamaño descomunal, hecho a partes iguales por piezas de bronce, plata y oro. El vehículo tenía un enorme toldo redondo, como un quitasol gigante, bajo el que se refugiaba un auriga de arcilla cocida que sujetaba firmemente las riendas de seis inmensos caballos hechos enteramente de plata, cubiertos con gualdrapas y con largos penachos negros en las testuces, listos para llevar el alma del Primer Emperador a cualquier parte de su finca privada conocida como «Todo bajo el Cielo». El auriga, que no impresionaba tanto como los terroríficos caballos, iba elegantemente vestido y llevaba en la cabeza uno de esos gorritos de tela lacada que caen hacia atrás.

No le faltaba de nada a Shi Huang Ti para afrontar la muerte. Parecía mentira que se hubiera preocupado tanto de su riqueza en el más allá cuando se había pasado la vida, por lo visto, buscando la inmortalidad. Lao Jiang nos contó, mientras recorríamos el camino hacia la cámara central, que, durante los muchos años de su largo reinado, cientos de alquimistas habían buscado para él una píldora mágica o un elixir que le arrancara de las garras de la muerte y que, incluso, había mandado expediciones en barco en busca de una isla llamada Penglai donde vivían los inmortales, para que éstos le entregaran el secreto de la vida eterna. Se decía, por otra parte, que esas expediciones, en las que el emperador enviaba cientos de jóvenes de ambos sexos como regalo, habían sido las que habían poblado Japón, pues se mandaron bastantes y ninguna de ellas regresó jamás.

Un simple vano de pequeño tamaño nos separaba ya de la cámara funeraria donde debía de encontrarse el auténtico féretro del Primer Emperador. Los niños estaban nerviosos. Todos estábamos nerviosos. ¡Lo habíamos conseguido! Parecía imposible después de todo lo que nos había pasado. Mi bolsa estaba tan llena que ya no podía meter en ella ni una sola aguja más, así que esperaba no encontrar más cosas de ésas que no se pueden dejar sin llorar amargamente. En cualquier caso, lo importante era estar frente a esa entrada, hallarnos a sólo unos metros de Shi Huang Ti, el Primer Emperador.

Dentro, estaba completamente oscuro. Lao Jiang introdujo poco a poco el brazo con la antorcha y entonces pudimos ver que era un recinto grande, aparentemente vacío, de paredes de piedra y techos increíblemente altos.

—¿Dónde está? —exclamó nervioso el anticuario.

Nos introdujimos por el vano y miramos, desconcertados, a nuestro alrededor. Allí no había nada: suelo y paredes de piedra maciza gris en las que no se veía ni una sola grieta ni una juntura.

—¿Podría dejarme la antorcha un momento? —le pidió el maestro Rojo.

Lao Jiang se volvió, furioso.

—¿Para qué la quiere? —preguntó.

—Me ha parecido ver algo..., no sé, no estoy seguro.

El anticuario extendió el brazo para dársela pero el maestro le hizo un gesto a Biao para que la cogiera él.

—Súbete a mis hombros —le pidió después al niño.

Apenas habíamos dado unos diez pasos dentro de la cámara pero, hasta donde llegaba la luz, sólo había vacío. No imaginaba qué habría podido atisbar el maestro Rojo para pedirle a Biao una cosa tan extraña.

Con la ayuda de todos, el maestro se puso en pie con el niño encaramado a su espalda.

—Levanta el brazo todo lo que puedas e ilumina el techo.

Cuando Biao lo hizo e iluminó la bóveda no di crédito a lo que veían mis ojos: un gran cajón de hierro, de tres metros de largo, dos de ancho y uno de alto flotaba impasible en el aire sin que se apreciara, a simple vista, ninguna cadena o andamio que lo sostuviera.

—¿Qué hace el sarcófago ahí? —bramó Lao Jiang, incrédulo—. ¿Cómo puede permanecer de ese modo en el aire?

Era imposible responderle. ¿Cómo íbamos a saber nosotros qué clase de magia antigua mantenía aquel ataúd de hierro flotando como si fuera un zepelín? Biao saltó de los hombros del maestro y se quedó inmóvil, sosteniendo la antorcha.

El anticuario soltó un rugido y empezó a caminar de un lado a otro.

—Alcanzar el sarcófago no es importante, Lao Jiang —le dije, a sabiendas de que iba a recibir un exabrupto por respuesta—. Ya tenemos lo que queríamos. Vámonos de aquí.

Se detuvo en seco y me miró con ojos de loco.

—¡Váyanse! ¡Márchense! —gritó—. ¡Yo tengo que quedarme! ¡Tengo cosas que hacer!

¿De qué estaba hablando? ¿Qué le pasaba? Por el rabillo del ojo vi que el maestro Rojo, que estaba buscando alguna cosa en su bolsa, levantaba la cabeza, asustado, y se quedaba mirando fijamente a Lao Jiang.

—¿No me han oído? —continuó gritando el anticuario—. ¡Fuera, vuelvan a la superficie!

Ya me había cansado de su mala educación y de la insoportable actitud que había adoptado desde hacía un par de días. No estaba dispuesta a permitirle que nos gritara de aquella forma, como si se hubiera vuelto loco y quisiera matarnos.

—¡Basta! —chillé con toda la potencia de mis pulmones—. ¡Cállese! ¡Estoy harta de usted!

Durante unos segundos, se quedó perplejo, mirándome.

—Escúcheme —le pedí sin cambiar el gesto hosco y seco que tenía en la cara—. No hay necesidad de comportarse así. ¿Por qué quiere quedarse solo? ¿No hemos sido un equipo desde que salimos de Shanghai? Si tiene que hacer alguna cosa en este lugar, como usted ha dicho, ¿por qué no la hace y nos vamos? ¿Acaso quiere bajar el sarcófago? ¡Nosotros le ayudaremos! ¿No lo hemos hecho hasta ahora? Usted solo no habría conseguido llegar hasta aquí, Lao Jiang. Tranquilícese y díganos en qué podemos ayudarle.

En sus labios apretados se fue dibujando una extraña sonrisa.

—«Tres simples zapateros hacen un sabio Zhuge Liang» —contestó.

—Como no se explique, no sé lo que quiere decir —le espeté de malos modos.

—Es un refrán chino, *madame* —susurró el maestro Rojo desde el suelo, en el que continuaba agachado con las manos paralizadas dentro de su bolsa—. Significa que cuantas más personas haya, más posibilidades de éxito.

—«Cuatro ojos ven más que dos», ¿no dicen ustedes algo así? —nos aclaró el propio anticuario, ahora ya con la cara seria—. Por eso les traje conmigo. Por eso y porque eran un buen disfraz para mí.

Yo no entendía nada. Estaba disgustada y desconcertada. Me parecía absurdo mantener una conversación semejante en una situación y un lugar como aquéllos. Durante el viaje, me había conmovido en muchas ocasiones pensando en que aquellas personas a las que no conocía de nada pocos meses atrás (incluida mi propia sobrina), ocupaban ahora un lugar muy importante en mi vida. Todo lo que habíamos sufrido nos había unido y había llegado a sentir una fuerte confianza en Fernanda, Biao, Lao Jiang, el maestro Rojo e incluso en Paddy Tichborne. Es más, por alguna razón absurda, hubiera incluido también en aquel grupo a la anciana Ming T'ien, de la que no me había olvidado. Por eso, el cambio experimentado por Lao Jiang me confundía y echaba por tierra la buena imagen que me había formado de él.

—¿Recuerda usted lo que le conté en Shanghai sobre la importancia de este lugar para mi país? —me preguntó el anticuario con una voz oscura—. Esto —e hizo un gesto con los brazos intentando abarcar la estancia completa, féretro incluido— es tan importante para el futuro como lo fue para el pasado. China es un país colonizado por los Estados imperialistas extranjeros, que nos sangran y nos someten con sus robos y exigencias y, allá donde la colonización no llega porque no interesa, perviven los restos feudales de un país moribundo dominado por los señores de la guerra. ¿Sabe usted que la Unión Soviética ha sido la única potencia que nos ha devuelto, sin pedir nada a cambio, todas las concesiones y privilegios que nos robó su anterior régimen zarista? Ninguna otra potencia lo ha hecho y los soviéticos nos han prometido, además, su apoyo en la lucha para recuperar la libertad. El verano del año pasado, doce personas nos reunimos en un lugar secreto de Shanghai para celebrar el segundo Congreso del Partido Comunista Chino.

¿Lao Jiang en el Partido Comunista? ¿Pues no era del Kuomintang?

—En aquella reunión decidimos hacer de China una república democrática y acabar con la opresión imperialista extranjera; expulsarles a ustedes, los *Yang-kwei*, a sus países, a sus misioneros, a sus comerciantes y a sus compañías mercantiles. Pero ante todo, formar un frente unido contra los que quieren la restauración de la vieja monarquía, contra todos aquellos que quieren que China vuelva al antiguo sistema feudal. ¿Y sabe por qué los comunistas hemos tenido que hacernos fuertes, aceptar la ayuda de la Unión Soviética y tomar la bandera de la libertad? Porque el doctor Sun Yatsen ha fracasado. En los doce años transcurridos desde su revolución, no ha conseguido devolver la dignidad al pueblo chino, ni reunificar este país fragmentado, ni hacer desaparecer a los señores feudales con ejércitos privados pagados por los Enanos Pardos, ni obligarles a ustedes a marcharse de nuestra tierra, ni eliminar los tratados económicos abusivos y vejatorios. El doctor Sun Yatsen es débil y está permitiendo, por miedo, que el pueblo chino siga muriendo de hambre y que ustedes, con sus democracias y su paternalismo colonial, nos sigan hundiendo más y más en la ignorancia y la desesperación.

Sin darme cuenta, su arrebatado discurso me había sacado del mausoleo del Primer Emperador y me había devuelto a las habitaciones de Paddy Tichborne en el Shanghai Club. En realidad, sus palabras no habían cambiado; era su desprecio por el doctor Sun Yatsen y su recién descubierta filiación comunista lo único nuevo de aquella inesperada situación.

—Mi oculta condición de comunista me ha permitido informar a Moscú durante los últimos dos años de los movimientos del Kuomintang y de la actividad política y comercial extranjera en Shanghai. Cuando los Eunucos Imperiales y, más tarde, la Banda Verde y los diplomáticos japoneses visitaron mi tienda de la calle Nanking, adiviné la importancia del «cofre de las cien joyas» que le había vendido a Rémy y puse sobre aviso al partido. Pero como su difunto marido, y viejo amigo mío, se negó a devolverme el cofre, tras su muerte a manos de la Banda Verde estábamos tan pendientes de su llegada y de lo que usted pudiese encontrar en la casa como lo estaban los imperialistas, sólo que nosotros contábamos con mi vieja amistad con Rémy para averiguar qué estaba agitando los cimientos de la corte imperial de Pekín. Cuando usted me prestó el cofre y pude examinar su contenido, descubrí asombrado la versión original de la leyenda del Príncipe de Gui, con las pistas necesarias para encontrar el *jiance* que podía traernos hasta este mausoleo de Shi Huang Ti. Advertí inmediatamente al Comité Central del partido el cual, mientras decidía qué tipo de acciones íbamos a emprender, me ordenó informar a Sun Yatsen con el resultado que usted ya conoce. El doctor Sun me considera un gran amigo y un fiel partidario, por lo que siempre dispongo de abundante información. Nadie sabe en el Kuomintang que soy miembro del Partido Comunista porque, tal y como le expliqué cierto día, estas dos formaciones trabajan unidas en la actualidad, aunque sólo en apariencia. Antes o después terminaremos enfrentándonos. El doctor Sun, como usted sabe, se ofreció a costear nuestro viaje con el objetivo que ya le comenté: financiar al Kuomintang e impedir la restauración imperial. El Comité Central de mi partido, por el contrario, me dio una orden muy clara y terminante: bajo la tapadera de la misión del doctor Sun, mi verdadera tarea sería destruir este mausoleo.

—¡Destruir el mausoleo! —exclamé horrorizada.

—No se sorprenda —me advirtió y, luego, miró a los demás—. Usted tampoco, maestro Jade Rojo. Mucha gente conoce ya la existencia de este lugar perdido durante dos mil años. No sólo los manchúes de la última dinastía y los japoneses del Mikado sino también la Banda Verde y el Kuomintang. ¿Cuánto tiempo creen que va a tardar cualquiera de ellos en hacer uso de lo que hay aquí y, sobre todo, de ese extraño féretro flotante que tenemos sobre nuestras cabezas? ¿Sabe lo que significaría todo esto para el pueblo de China? A nosotros, los comunistas, nos dan igual las riquezas que contiene este lugar. No nos interesan. Sin embargo, los otros, además de lucrarse con todos los tesoros que hemos visto, utilizarán este descubrimiento para hacerse con una China cansada de las luchas por el poder, hambrienta y enferma. Cientos de millones de campesinos pobres serán manipulados para volver a la anterior situación de esclavitud en lugar de convertirse, como nosotros deseamos, en luchadores por la libertad y la igualdad. No sólo es ese despreciable Puyi quien desea convertirse en emperador. ¿Qué cree que haría el doctor Sun Yatsen? ¿Y qué harían las potencias extranjeras si cayera en manos de Sun Yatsen? ¿Cuánta sangre se derramaría si los señores de la guerra decidieran venir hasta aquí para hacerse con los tesoros? ¿Cuántos de ellos querrían ser emperadores de una nueva dinastía ya no manchú sino auténticamente china? Quien consiguiera apoderarse de esto —afirmó señalando hacia arriba— sería bendecido por el fundador de esta nación para apoderarse, en su nombre, de «Todo bajo el Cielo» y, créanme, no lo vamos a consentir. China no está preparada para asimilar este lugar sin graves consecuencias para su futuro. Algún día lo estará, se lo aseguro, pero ahora todavía no.

—¿Y tiene que destruir el mausoleo? —pregunté incrédula.

—Por supuesto, no lo dude. Así me lo han ordenado. Voy a permitir que ustedes se lleven todo lo que han cogido. Es mi manera de agradecerles lo que han hecho, que ha sido mucho. He tenido que utilizarles para llegar hasta aquí y mantener en el engaño tanto al Kuomintang como a la Banda Verde.

—¿Y qué me dice de Paddy Tichborne? —le pregunté—. ¿También es comunista como usted? ¿Estaba al tanto de todo esto?

—En absoluto, Elvira. Paddy es sólo un buen amigo, muy útil para recabar información en Shanghai, al que tuve que recurrir para llegar hasta usted.

—¿Y qué dirá cuando sepa todo esto?

El anticuario se rió a carcajadas.

—¡Espero que algún día escriba un buen libro de aventuras sobre esta historia, como ya le comenté! Nos ayudará mucho a convertir todo esto en una leyenda inverosímil. Yo, por supuesto, negaré haber estado aquí y, si alguien quiere venir a comprobar si hay algo de verdad en lo que ustedes puedan contar a partir de hoy, ya no encontrará nada porque voy a destruir este lugar.

Se agachó a recoger su bolsa y se la echó al hombro.

—Y no se le ocurra atacarme, maestro Jade Rojo, o haré explotar este lugar con todos ustedes dentro. Ayude a Elvira y a los niños a salir rápidamente.

—¿Usted va a morir, Lao Jiang? —le preguntó un Biao asustado y al borde de las lágrimas.

—No, no voy a morir —le aseguró fríamente el anticuario, ofendido al parecer por la pregunta—, pero no quiero que estén aquí mientras preparo los explosivos. No dispongo de todo el material que sería necesario para volar completamente este lugar, así que debo colocar las cargas de manera que la estructura se venga abajo y se hunda todo el complejo. La cuerda que utilizamos en el segundo nivel y que no quise estropear con el mercurio, Elvira, es una de las mechas que he traído para esta misión y, como comprenderá, necesito cada centímetro de ellas porque yo también tengo que salir de aquí. Son mechas lentas pero, aun así, la complejidad del mausoleo y la dificultad de los seis subterráneos van a ponerme las cosas muy difíciles para llegar a la superficie. Supongo que tardaré una hora u hora y media en preparar la detonación y dispondré de otra hora más, aproximadamente, para salir de aquí. Por eso les ruego que se marchen ya. Ustedes tienen dos horas y media para llegar arriba, salir por el pozo y alejarse, así que ¡váyanse! ¡Váyanse ya!

—¡Dos horas y media! —exclamé, desesperada—. ¡No nos haga esto, Lao Jiang! ¿Qué prisa tiene? ¡Denos más tiempo! ¡No lo vamos a conseguir!

Él sonrió con pesar.

—No puedo, Elvira. Ustedes han estado convencidos todo el tiempo de que nos habíamos librado definitivamente de la Banda Verde cuando salimos de Shang-hsien, pero la Banda Verde es muy lista y tiene sicarios y recursos por todas partes. Hágase usted misma esta reflexión: al día siguiente de nuestra partida de aquel pueblo, cuando nuestros dobles se detuvieron y se dieron la vuelta, la Banda descubrió que les habíamos engañado. O bien abandonaron la búsqueda, cosa harto improbable, o bien regresaron a Shang-hsien e interrogaron a todo el mundo hasta descubrir lo que había pasado y por dónde nos habíamos ido. Puede que, en ese momento, aún llevásemos dos días de ventaja, pero sin duda consiguieron toda la información que necesitaban tanto del guía que nos sacó del pueblo y nos acompañó hasta el bosque de pinos como de los balseros que nos ayudaron a cruzar los ríos entre Shang-hsien y T'ieh-lu, el villorrio con el apeadero del tren donde compramos la comida y, aunque cada día limpiábamos todo antes de volver a montar, no es difícil suponer que encontraron algún indicio, por pequeño que fuera, de nuestras hogueras nocturnas y nuestros desperdicios. De todos modos, tampoco les era necesario. Entre Shang-hsien y T'ieh-lu hay una línea recta muy fácil de seguir. ¿Y qué creen que les dirían en la tiendecilla de la estación? Que sí, que efectivamente estuvimos allí hace tres días y que vinimos en esta dirección. Nuestros animales, que siguen arriba, serán la última referencia que necesiten para encontrar la boca del pozo. En caso de que siguiéramos manteniendo los dos días de ventaja, o incluso si añadimos un día más por el tiempo que perdieron interrogando a la gente de Shang-hsien y siguiendo nuestras huellas, los sicarios de la Banda Verde ya están aquí, dentro del mausoleo.

Es decir, pensé, que huíamos de la sartén para caer en el fuego.

—No pierdan más tiempo y no me lo hagan perder a mí —nos urgió—. Márchense. Tengo mucho trabajo que hacer. Nos veremos fuera dentro de unas horas.

Hacía tantos meses que no usaba un reloj que, en cierta manera, había aprendido a calcular el paso del tiempo intuitivamente, por eso sabía que, si nosotros a duras penas lograríamos abandonar el mausoleo aun contando con toda la ayuda posible de la buena fortuna, Lao Jiang, salvo que dispusiera de algún recurso desconocido e improbable, no lo iba a conseguir. Y él también lo sabía, estaba segura.

—Adiós, Lao Jiang —le dije.

—Adiós, Elvira —me respondió con una ceremoniosa reverencia—. Adiós a todos.

Fernanda y Biao permanecieron inmóviles; mi sobrina con un gesto de indignación y disgusto en la cara; Biao, con los ojos enrojecidos y la cabeza gacha.

—Vámonos —ordené. El tiempo había empezado a correr y nosotros, por la cuenta que nos traía, teníamos que procurar adelantarle. Como nadie se movía, cogí por los brazos a los niños y los arrastré fuera de la cámara—. ¡Vamos, maestro!

Aquel desgraciado de Lao Jiang se había quedado con la única antorcha que teníamos así que la huida iba a ser en la oscuridad, por lo menos dentro de aquel sarcófago exterior. Menos mal que recordábamos el camino y pronto estuvimos en la sala de ceremonias, con el mar de esqueletos frente a nosotros. Allí me detuve.

—Maestro —dije apresuradamente—, creo que sería mejor abandonar las bolsas. Cojamos lo más valioso y echemos a correr.

El maestro Rojo asintió y los niños sacaron grandes puñados de piedras preciosas, monedas de oro y figuritas de jade que guardaron en sus amplios bolsillos. Conseguimos cargar con todo lo que no tenía un tamaño desmesurado.

—Fernanda, no te dejes el espejo. Mételo dentro de la chaqueta.

—¿El espejo? —se sorprendió—. Precisamente el espejo era lo último que pensaba llevarme. Es grande e incómodo —dijo despectivamente. Estaba enfadada, pero no conmigo sino con Lao Jiang.

El maestro Rojo, además de llenarse los bolsillos de joyas, se guardó su querido *Luo P'an* entre las ropas. Biao hizo lo mismo con mi libreta de dibujo y mis lápices, de los que se había apropiado.

—No miréis al pisar —les advertí—. Y no os detengáis por nada. ¡A correr!

Me lancé entre los montones de huesos a toda velocidad, intentando no perder el equilibrio si pisaba alguno. Corría como si me fuera la vida en ello porque, en verdad, me iba la vida, así que no había lugar para otra cosa que no fuera huir y conservar al máximo el aliento. ¡Cómo me alegraba ahora de haber adquirido una forma física tan buena con el taichi y los meses de largas caminatas por las montañas! Había sido una bendición.

Dejamos atrás las escalinatas de Afang y los gigantes de bronce y llegamos al río de mercurio donde recogimos los bambúes abandonados. Lo cruzamos todos a la vez, impulsándonos con fuerza para movernos deprisa en aquel líquido que, ahora, parecía querer frenarnos e impedirnos el paso. Una vez en la otra orilla, seguimos corriendo por el jardín como alma que lleva el diablo. Supongo que la angustia te agudiza los sentidos porque no nos perdimos ni una sola vez; ciertos animales, algunas piedras, los pabellones de los riachuelos nos llevaron directos a la gran puerta de bronce de las murallas que cerraban el Parque Shanglin. Esquivamos las numerosas estatuas que ocupaban el camino que partía desde allí hacia la subida al quinto nivel y ya no recuerdo los puentes que salvamos ni las ciudades que atravesamos salvo las calles empedradas de la pequeña y elegante de Shang-hsien. Después, empezó la inmensa y reluciente explanada de gruesas columnas lacadas en negro. En alguna parte, al otro extremo, estaba la rampa de salida. No debíamos perdernos. Corríamos sin descansar, a un ritmo fuerte y rápido y, cuando notamos que el techo se iba acercando a nuestras cabezas, supimos que, aunque nos hubiéramos desviado unos cuantos metros, íbamos bien.

—¡Allí! —gritó mi sobrina dando un pequeño giro hacia la izquierda. Poco después, estábamos ascendiendo a toda velocidad hacia la gran losa de piedra negra de la sala de banquetes. No nos detuvimos. Pasamos como una exhalación junto a las mesas con sus manteles de brocado y sus objetos de oro y nos dirigimos hacia los travesaños de hierro de la pared delante de los cuales continuaba el enorme charco espeso lleno de insectos aplastados. Fernanda se detuvo.

—¡No te pares! —le grité sin aliento. Empezaba a notar el cansancio. ¿Cuánto tiempo llevábamos corriendo sin parar? Puede que veinte o veinticinco minutos.

El maestro Rojo nos adelantó y fue un detalle que le agradecí. Él se enfrentaría a los millones de repugnantes bichos que infestaban el cuartucho de arriba permitiéndonos, de ese modo, atravesarlo más rápidamente. La idea de volver a llenarme el pelo, la cara y la ropa de aquellas cosas vivas y negras me superaba, pero no había tiempo que perder. A ellas les quedaba muy poco de vida y, si el precio de mis próximos cincuenta años (siempre hay que ser optimista en estos cálculos) era pasar de nuevo por aquel pedazo de infierno, lo pagaría.

Tras el maestro subió Biao, tras Biao, Fernanda y, por último, yo, que fui la que menos insectos recibió en la cabeza. El maestro dejó la trampilla abierta y, desde la sala del *Bian Zhong*, nos fue llamando a gritos incansablemente para guiar a Biao que, a su vez, guiaba a Fernanda y también a mí. Daba lo mismo cerrar los ojos que dejarlos abiertos. Ahora ya sabía que eran cucarachas, escarabajos y hormigas lo que llevaba encima y lo que me corría por la cara. Sólo esperaba que no me taparan la nariz ni me entraran en la boca o los oídos.

Perdimos más tiempo del debido por culpa de aquellos bichos. Lamentablemente, habían invadido también la sala del *Bian Zhong* porque la luz que atravesaba las aberturas dejadas por la pared móvil era un reclamo irresistible, de modo que ahora se habían apoderado de las hermosas campanas y de los barrotes de hierro que conducían al piso superior. Y no sólo eso. Como el día anterior, mientras bajábamos, no tomamos la precaución de cerrar la trampilla (fue por los niños, que aparecieron por sorpresa), los insectos voladores más atrevidos habían decidido explorar el espacio misterioso que había más allá del extraño agujero del techo y habían cruzado la frontera hacia el inmenso territorio de los diez mil puentes.

Allí estábamos otra vez, en aquel increíble lugar. Levanté la mirada hacia arriba y me asusté. No podíamos correr por aquellas cadenas de hierro suspendidas en el aire sin caernos.

—Por favor, maestro Rojo —le supliqué—. No se equivoque. Un simple error nos llevaría a perdernos en este laberinto.

—Le aseguro, *madame* —repuso empezando a subir la primera pasarela— que voy a poner toda la atención y todo el cuidado del mundo.

—¿Cuánto tiempo nos queda? —preguntó mi sobrina, siguiéndole.

—Calculo que una hora y cuarenta y cinco minutos —le dije.

—¡No lo vamos a conseguir! —gimió.

—Escúchenme todos —pidió el maestro—. Quiero que se concentren y que presten atención a mis palabras. A partir de ahora, olvidarán que caminan sobre una cadena de hierro e imaginarán que lo hacen sobre una ancha raya blanca pintada en el suelo de una gran habitación. La cadena es una raya segura y estable, una raya que no presenta ningún peligro, ¿de acuerdo?

—¿Qué dice? —me preguntó Biao con el volumen de voz suficiente para que sólo yo, que iba detrás de él, le escuchara.

—Mira, Biao, no tengo la menor idea de lo que pretende el maestro —le contesté en tono fuerte— pero si él dice que esta cadena bailona es una raya pintada en el suelo, tú te lo crees y punto.

—Sí, *tai-tai*.

—Y tú también, Fernanda, ¿me has oído?

—Sí, tía.

—Y sujetaos bien.

—Repetid varias veces dentro de vosotros que camináis sobre una línea muy ancha pintada en el suelo de una habitación grande —insistió el maestro.

Yo, por supuesto, lo intenté con todas mis fuerzas en varios momentos de aquel eterno recorrido por los dichosos puentes pero cada vez que un insecto volador se me cruzaba por delante perdía toda la concentración y notaba que mis pasos se volvían inestables y que, con las manos, zarandeaba sin querer la pasarela por la que avanzábamos. En esos momentos sentía terror de que alguno de los niños se cayera por mi culpa y no había maestro taoísta en el mundo ni mago de feria que pudiera convencerme entonces de que caminaba sobre una raya o sobre las aguas del mar. Fue un error dejarme arrastrar por el pánico a partir de una cierta altura. Perdí toda noción del tiempo y ya no pude calcular cuánto estábamos invirtiendo en aquella ascensión que, por cuidadosa que fuera, seguía resultando enormemente peligrosa.

Sin embargo, la práctica adquirida el día anterior y el juegecito mental del maestro Rojo parecían poner alas en nuestros pies y, cuando llegamos arriba, cuando pisamos suelo firme, el maestro y los niños convinieron que sólo habíamos empleado una hora en realizar el ascenso. No quise hacer mención de ello mientras corríamos por el túnel hacia las rampas del segundo nivel, pero eso significaba que, como mucho, disponíamos sólo de cuarenta y cinco minutos para salir del mausoleo.

Antes de empezar a subir, di la orden de alto.

—¿Qué pasa? —preguntó el maestro, confundido.

—Saca tu espejo, Fernanda y dáselo a Biao.

—¿Para qué lo quiero? —se extrañó el niño.

—¿Ves esa vasija, la que está en la boca del túnel?

—Sí.

—Pues quédate aquí y dirige la luz hacia arriba para iluminarnos la subida.

Biao se quedó pensativo.

—¿Puedo subir yo también un poco mientras sigo iluminando las rampas?

—Naturalmente —repuse mientras los demás echábamos a correr.

—¡Tía! ¿No pretenderá abandonarle, verdad? —me recriminó mi sobrina.

—Deja de decir sandeces y corre.

El frío gélido fue desapareciendo a medida que ascendíamos a toda velocidad por aquel pozo amplio hacia la trampilla que nos conduciría a la gran sala de suelo de bronce llena de metano. Llegamos sin resuello a la última plataforma y nos detuvimos frente a los barrotes de hierro bajo la trampilla del techo.

—¿Estás bien, Biao? —pregunté a voz en grito.

—¡Sí, *tai-tai*! —El foco de luz que el niño dirigía hacia nosotros con el espejo se elevaba brillante muy cerca del maestro Rojo.

—Maestro —le dije—. Quiero que abra usted la trampilla, por favor, y que entre.

Él me obedeció y, mientras, saqué mi propio espejo y le pedí a Fernanda que subiera por los hierros tras el maestro.

—¿Qué va usted a hacer? —inquirió, suspicaz.

—Voy a iluminarte el camino para que puedas correr.

Subí detrás de ella y me quedé con medio cuerpo dentro y medio fuera de la sala del metano.

—¡Biao! —grité—. ¡Mueve el espejo hacia la derecha!

El niño lo movió.

—Ahora, un poco hacia la pared.

Lo hizo y, no mucho después, el resplandor de su luz se reflejaba en mi espejo, que apuntaba directamente al suelo de aquella inmensa cámara arrancando chispas de luz verdosa a un pequeño reguero de turquesas que alguien muy inteligente había ido dejando caer con toda la intención.

—Corra, maestro. Llévese a Fernanda y avíseme cuando hayan abierto la trampilla del otro lado.

—Muy bien, *madame*.

Vi sus pies alejarse a la carrera siguiendo el camino marcado por la luz que el suelo de bronce bruñido ampliaba. A semejante velocidad, no tardarían más de unos pocos minutos en llegar al otro lado. ¡Qué bueno hubiera sido poder correr así el día anterior! No hubiéramos sufrido tanto caminando a ciegas y envenenándonos lentamente con el gas hasta perder el conocimiento. Poco después, oí la voz del maestro Rojo avisándome de que Fernanda y él habían llegado a la portezuela. Le pedí al maestro que hiciera subir a Fernanda al salón del trono del palacio funerario y él me contestó que ya lo estaba haciendo. Sentí un gran alivio. Ahora había que ocuparse del niño.

—Biao, escúchame —le dije descendiendo unos cuantos travesaños para volver a meter la cabeza en el pozo—. ¿Has subido algún tramo de rampa?

—Sí, *tai-tai.*

—Muy bien. Ahora quiero que apoyes la espalda contra la pared y vengas hasta aquí lo más rápido que puedas.

—Sí, *tai-tai* —repuso, dejándome de pronto en la más completa oscuridad. Mi espejo ya no servía para nada así que lo volví a guardar en el interior de mi chaqueta y me dispuse a esperar a Biao, que aún podía tardar un rato. Sin embargo, me pareció que escuchaba muy cerca ya su agitada respiración y, enseguida, algo me tocó en un pie.

—¿Cómo has llegado tan pronto? —me sorprendí.

—Porque con la espalda en la pared no podía correr pero apoyando el codo no había peligro de caerme por el pozo.

¡Qué chico tan listo! Y valiente. Yo no me hubiera atrevido. Ahora que, desde luego, el codo de su chaqueta debía de haber quedado hecho una pena.

—Subamos, Biao.

Pronto los dos estuvimos arriba y volví a llamar a gritos al maestro. Le pedí que no dejara de hablar para que su voz nos guiara a Biao y a mí hasta él. Me preguntó si me importaba que recitara versos taoístas y le dije que me daba igual lo que hiciera mientras no dejara de hablar con toda la potencia de sus pulmones.

¡Qué sensación más extraña es la de correr en la oscuridad! Al principio temes caer, tus pasos son inseguros porque, al perder el sentido de la vista parece que pierdes también el del equilibrio, pero la conciencia del peligro, del poco tiempo que nos quedaba antes de que aquel lugar explotara por culpa de ese viejo loco de Lao Jiang, hizo que nos adaptáramos a la situación y, siguiendo la voz del maestro, que berreaba en chino una melopea espantosa, atravesáramos como un rayo la inmensidad de aquella gigantesca basílica y alcanzáramos la portezuela.

—No cante más, maestro —le supliqué—. Estamos a su lado.

—Como usted diga, *madame.*

Entramos en el pequeño cubículo de la escalinata y subimos guiados nuevamente por un resplandor difuso que llegaba desde arriba. Fernanda nos estaba esperando junto a la trampilla, detrás de la gran losa de piedra negra. ¡Qué alegría sentí al volver a la luz! Pasamos junto al gigantesco altar de piedra sobre el que descansaba el falso féretro del Primer Emperador y echamos a correr hacia la salida por el camino libre de flechas de ballesta que tanto nos habíamos divertido abriendo con los puñados de joyas y, aunque temía que aún quedara algún dardo que pudiera darnos un susto, lo cierto es que llegamos perfectamente a las grandes escaleras del exterior.

Bajamos los peldaños de dos en dos, de tres en tres, corriendo el peligro de caernos y rompernos la cabeza, pero supongo que, a esas alturas, estábamos hechos a todo y conseguimos salir indemnes de aquel descenso suicida por la magna escalera imperial. No quería preguntar cuánto tiempo nos quedaba para no preocupar a los niños pero no serían más de veinte o veinticinco minutos y estábamos aún tan lejos de la salida que ni con el doble llegaríamos. Apreté el paso e, inconscientemente, los demás me imitaron. Cruzamos la explanada, atravesamos el túnel de la primera muralla, saltamos las gruesas barras de bronce que mantenían abierta la gigantesca puerta erizada de púas, superamos el corredor intermedio, pasamos también el segundo túnel de la otra muralla y, por fin, dejamos atrás el inmenso portalón de las aldabas con forma de cabeza de tigre. Habíamos salido del palacio sepulcral. Ahora sólo teníamos que correr como locos hasta el pozo.

Por desgracia, un nutrido grupo de sicarios de la Banda Verde con antorchas en una mano y cuchillos en la otra no estaba de acuerdo con la idea.

—¡Oh, no, no! —gemí con toda el alma. Estábamos perdidos. Nos acercamos unos a otros como si eso pudiera salvarnos las vidas. Pasé un brazo sobre el hombro de mi sobrina y la atraje hacia mí.

Aquellos estúpidos asesinos nos contemplaban desafiantes. El que parecía el jefe, un tipo alto, de frente rasurada y rasgos mongoles más que chinos, dijo algo con tono desagradable. El maestro Rojo le contestó y vi que la cara del líder cambiaba de expresión. El maestro Rojo siguió hablando, repitiendo muchas veces las palabras *cha tan* y *bao cha.* Yo no sabía lo que querían decir pero parecían surtir efecto. El grupo se miraba, desconcertado. El maestro seguía repitiendo, cada vez más alterado, aquellas *cha tan* y *bao cha* mezcladas con el nombre del anticuario en su versión completa, Jiang Longyan, y en su versión de cortesía, Da Teh, y también le escuché mencionar repetidamente la palabra *Kungchantang,* el nombre del Partido Comunista Chino. Deduje que les estaba contando que aquel lugar iba a explotar en unos pocos minutos, que el anticuario era un comunista a quien habían ordenado destruir el mausoleo del Primer Emperador, que, si nos quedábamos allí, moriríamos todos sin remedio y que ya no quedaba mucho tiempo para eso. El jefe de los matones dudaba pero algunos miembros del grupo parecían nerviosos. El maestro Rojo seguía hablando. Ahora parecía que suplicaba, luego que explicaba, después que volvía a suplicar y, por fin, supongo que por agotamiento, el líder de los sicarios hizo un gesto brusco con el brazo indicando que podíamos irnos. Algunos de sus hombres empezaron a vociferar, muy alterados. Nosotros aún no nos habíamos movido. El jefe gritó, chilló y, de pronto, dijo algo con voz tajante y caminó hacia la puerta de las aldabas. Lo único que a él le interesaba era el mausoleo y a nosotros, afortunadamente, no nos quería para nada.

—¡Vámonos! —exclamó el maestro Rojo echando a correr.

Sin decir ni media palabra, salimos lanzados tras él a toda velocidad. Lo extraño fue que un pequeño grupo de sicarios empezó a seguirnos. Yo estaba aterrorizada. ¿Iban a matarnos? Entonces, ¿por qué algunos de ellos nos adelantaban y hasta nos dejaban atrás?

Llegamos al final del muro pintado de rojo y torcimos a la derecha. Corríamos y corríamos. Ahora éramos muchos huyendo en dirección al pozo. Seis o siete sicarios, al parecer, habían dado crédito a la explicación del maestro y habían optado por salvar sus vidas. No es que lo sintiera por los que se quedaban, pero siempre le agradecería al jefe que hubiera tenido el detalle de no matarnos. La caza que se inició en Shanghai y que, por lo visto, acababa de terminar, sólo había sido para conseguir la información sobre el mausoleo, verdadero objetivo de la familia imperial de Pekín y de los japoneses, los dos patronos de la Banda Verde. Así que ahora sólo debíamos preocuparnos por salir rápidamente de allí y dejar de pensar en todo lo demás. Hasta cierto punto, había sido una gran suerte que aquellos tipejos hubieran decidido acompañarnos en la huida porque con sus antorchas iluminaban el camino y podíamos movernos con más seguridad y, aunque el maestro Rojo llevaba su *Luo P'an* y hubiera conseguido llevarnos hasta el pozo, yo, que sabía lo que era correr a oscuras, agradecía ver el suelo que tenía delante y no andar chocando contra las gruesas columnas negras que estaban por todas partes.

Nos separamos definitivamente de las murallas que rodeaban el palacio en el preciso momento en el que hubiera jurado que se cumplía el plazo de dos horas y media que nos había dado el anticuario antes de hacer explotar aquel lugar. Cuando me di cuenta, noté que me debilitaba y supe que se debía al miedo. Ahora escapábamos con tiempo prestado y deseé que la dinamita y las mechas del anticuario hubieran fallado y que su plan se hubiera ido al garete. Resoplaba como un fuelle y empecé a sentir una punzada de dolor en el costado derecho. No iba a aguantar mucho más. O aparecía pronto el pozo o me dejaba caer allí mismo. Ya ni siquiera me entraba aire en los pulmones y esa sensación siempre había sido la pesadilla de mis neurastenias, el horrible final de mis crisis de nervios.

—¡Vamos, tía, siga! —me dijo mi sobrina, cogiéndome por un brazo y tirando de mí.

Fernanda. Tenía que seguir por Fernanda. Si yo me quedaba allí, ¿quién cuidaría de ella? Y, además, estaba Biao. Tenía que ocuparme de Biao. No podía rendirme. Si tenía que morir, que fuera porque ese loco de Lao Jiang hacía explotar el mausoleo y no porque yo me resignara a esperar sentada a que lo hiciera.

Y así, llegamos a la rampa. Aquella hermosa rampa hecha

con ladrillos de arcilla blanca me hizo soñar con seguir viva al día siguiente y al otro y al otro... No cabía ninguna duda de que algo había salido mal en el sexto nivel. Algo había fallado y los sicarios de la Banda Verde terminarían encontrando a Lao Jiang y a sus explosivos. No sabía si lo sentía o no. Sólo podía pensar en aquella preciosa, preciosa rampa en la que ya estaba poniendo el pie. ¡Qué cansada me sentía y qué optimista, qué feliz!

Ascendimos atropelladamente. Los matones que habían huido con nosotros no tenían el menor reparo en propinarnos empujones y codazos para obligarnos a dejarles pasar incluso en mitad de aquellas estrechas plataformas. Estaba claro que nuestra manera de correr les había confirmado la veracidad de la historia del maestro Rojo y, ahora que veían la salida, se mostraban desesperados por llegar a la superficie. Lo único que nosotros pedíamos era que, en una de ésas, no nos tiraran al pozo, de modo que, cuando alguien te golpeaba en la espalda con la intención de hacerte caer, lo mejor era apartarse, pegarse a la pared y cederle el paso. Así fue como consiguieron llegar los primeros a una robusta escala de cuerdas de cáñamo que colgaba desde el exterior hasta la plataforma en la que Biao y yo habíamos caído. Los sicarios empezaron a subir por ella dándose puñetazos unos a otros, tironeándose de las ropas, empujándose... Observando en lo alto el pedazo de cielo y la luz dorada de media tarde que se colaba a través de aquel círculo que significaba la salvación, caí en la cuenta de que, en cuanto llegásemos arriba y aquellos brutos descubrieran que el mausoleo no explotaba, vendrían sin piedad a por nosotros. Que el plan del anticuario hubiera fallado —como parecía haber sucedido—, significaba que volvíamos a estar en peligro. Debíamos encontrar alguna manera de defendernos y así se lo dije al maestro Rojo en voz baja. Él asintió. Sin embargo, quiso tranquilizarme:

—Sólo son siete, *madame* —susurró, confiado—, y no llevan armas de fuego. Podré con ellos. No se preocupe.

Le creí sólo a medias, pero bastó para hacerme sentir un poco mejor. Por fin, pudimos ascender nosotros por la escala.

Fernanda y Biao fueron los primeros. Mientras esperaba, recordé la explosión de dinamita que había abierto aquella tolva en el lugar donde antes se encontraba un Nido de Dragón. Sonreí con amargura. En aquel momento no había podido entender por qué Lao Jiang, un viejo y respetable anticuario de Shanghai, llevaba explosivos en su bolsa. ¡Qué ciegos habíamos estado!

Cuando llegué arriba, los niños estaban tirados en el suelo, agotados.

—¡Arriba! —les grité—. Esto aún no se ha terminado. Hay que alejarse de aquí.

Los animales continuaban en el mismo lugar donde les habíamos dejado. Parecían nerviosos pero en buenas condiciones. Los sicarios de la Banda Verde pasaron junto a ellos, corriendo hacia sus propias monturas que pacían tranquilamente cerca del montículo.

Y entonces fue cuando ocurrió. Primero sentimos un ligero temblor en el suelo, algo casi inapreciable que fue subiendo de intensidad hasta convertirse en un terremoto que nos hizo trastabillar y caer. Los caballos se encabritaron y relincharon angustiados mientras las mulas rebuznaban enloquecidas y daban patadas al aire y saltos como yo no había visto dar nunca a un cuadrúpedo. Una de ellas rompió las riendas y, soltando el bocado, se alejó al galope para ir a caer de mala manera poco después. El suelo se agitaba como un mar embravecido; varias olas, y digo bien, se alzaron en la campiña y nos sacudieron como si fuéramos barquichuelas a la deriva, haciéndonos rodar de un lado a otro mientras gritábamos desesperados. Se escuchó, de pronto, un rugido sordo, un fragor que procedía del fondo de la Tierra. Así debían de sonar los volcanes cuando entraban en erupción pero, por suerte para nosotros, no se abrió ningún cráter; al contrario, el suelo, que parecía de goma, se hundió como si fuera a formarse una tolva gigante; luego, ascendió otra vez formando una suave colina y, después, recuperó su nivel. Todo cesó. Los sicarios y nosotros dejamos de gritar al mismo tiempo. Sólo los animales continuaban armando jaleo pero se fueron tranquilizando hasta quedar inmóviles y silenciosos. Una calma terrible se apoderó del lugar. Era como si la muerte hubiera pasado por allí y nos hubiera rozado a todos con su manto para, luego, alejarse y desaparecer. El mundo entero se había quedado callado.

Miré a mi alrededor buscando a mi sobrina y la encontré junto a mí, boca abajo, con los brazos extendidos hacia arriba, sacudida por pequeñas y silenciosas convulsiones que bien podían ser llanto contenido como espasmos de dolor. Me acerqué más a ella y le di la vuelta. Tenía la cara llena de tierra y pringosa de lágrimas que formaban un barrillo blanco en torno a sus ojos. La abracé con fuerza.

—¿Están bien? —preguntó el maestro Rojo.

—Nosotras estamos bien —fueron mis últimas palabras antes de echarme a llorar desesperadamente—. ¿Y Biao? —balbucí al cabo de poco, soltando a Fernanda y buscando al niño con la mirada.

Allí estaba, levantándose del suelo, sucio, mugriento e irreconocible.

—Estoy bien, *tai-tai* —susurró con un hilillo de voz.

Los de la Banda Verde, a cierta distancia de nosotros, también se iban incorporando poco a poco. Parecían asustados.

—Maestro —gimoteé, intentando hablar con coherencia—. Dígales a aquellos tipos que el mausoleo del Primer Emperador ha sido destruido. Pídales que transmitan a su jefe de Shanghai, a ese maldito *Surcos* Huang o como demonios se llame, que esta historia se ha terminado, que Lao Jiang ha muerto y que el *jiance* y el «cofre de las cien joyas» han desaparecido. Díganselo.

El maestro, levantando la voz en mitad de aquel pesado silencio, les soltó un largo discurso que escucharon con indiferencia. Hubieran podido demostrar un poco de gratitud por haberles salvado la vida prestando algo de atención, pero se limitaron a montar en sus caballos.

—Dígales también —le pedí de nuevo— que nos dejen en paz, que ya no tenemos nada que puedan querer.

El maestro repitió a gritos mis palabras pero los sicarios ya cabalgaban en dirección a Xi'an y ninguno volvió la cabeza para mirarnos cuando pasaron a nuestro lado. Querían largarse de allí y eso fue exactamente lo que hicieron.

—¿Nos hemos librado de ellos? —preguntó entre hipos y lágrimas mi sobrina.

—Creo que sí —repuse pasándome las manos por la cara para limpiarme los ojos y contemplar, no sin alegría, cómo se alejaban dejando en el aire una nubecilla de tierra.

—Y, ahora, ¿qué vamos a hacer? —preguntó Biao—. ¿A dónde vamos?

El maestro Jade Rojo y yo nos miramos y, luego, contemplamos el solitario y frondoso montículo que, en mitad de aquella gran campiña encerrada entre el río Wei y las cinco cumbres del monte Li, continuaba señalando, como había hecho durante los últimos dos mil doscientos años, el lugar donde había estado el impresionante mausoleo de Shi Huang Ti, el Primer Emperador de la China. Nada parecía haber cambiado en el paisaje. Allí arriba todo seguía igual.

—Maestro —dije—, ¿le apetecería pasar unos días en Pekín?

—¿En Pekín? —se sorprendió.

Metí las manos en los bolsillos exteriores de mi chaqueta y las saqué llenas de piedras preciosas y de pequeños objetos de jade que brillaron bajo la luz crepuscular.

—Tengo entendido —le expliqué— que existe un gran mercado de antigüedades en las inmediaciones de la Ciudad Prohibida y como, además, es la gran capital de este inmenso país, seguro que encontraremos muchos compradores dispuestos a pagar un buen precio por estas hermosas joyas.

CAPÍTULO QUINTO

Cuando llegamos a Pekín en el expreso procedente de Xi'an, la ciudad atravesaba una de sus habituales tormentas de polvo amarillo procedente del desierto del Gobi y el viento, un viento que no cesó ni un momento mientras estuvimos allí, provocaba desagradables remolinos en todas las avenidas, paseos y callejuelas de la ciudad. Ese dichoso serrín amarillo que lo sepultaba todo se metía en los ojos, en la boca, en los oídos, en la ropa, en la comida y hasta en la cama. Además, hacía muchísimo frío. Las gentes llevaban orejeras velludas y caminaban enfundadas en unos enormes abrigos de piel que les hacían parecer osos polares y los árboles sin hojas, de ramas yermas, terminaban de darle a la capital imperial un aspecto triste y fantasmal. No era una buena época para visitar Pekín.

Fernanda y yo recuperamos, al fin, nuestra condición de occidentales para lo cual tuvimos que adquirir, con el dinero que nos quedó después de pagar los cuatro billetes de ferrocarril —dinero que yo traía conmigo desde Shanghai—, ropas femeninas adecuadas en las tiendas del llamado barrio de las Legaciones, una pequeña ciudad extranjera dentro de la gran ciudad china, fuertemente protegida por ejércitos de todos los países con presencia diplomática (aún no se habían olvidado los cincuenta y cinco días de terror vividos durante la famosa sublevación de los bóxers de 1900). Ataviadas otra vez como mujeres europeas y después de acudir al salón de belleza para arreglarnos el pelo, que nos había crecido mucho durante los tres meses y pico de viaje, pudimos buscar alojamiento en el

Grand Hôtel des Wagons-Lits, de anticuado y señorial estilo francés, con cuartos de baño, agua caliente y servicio de habitaciones. Para que Biao y el maestro Rojo fueran admitidos en el barrio de las Legaciones, donde a todas luces estaban más seguros, tuvieron que hacerse pasar por nuestros criados y dormir en el suelo del pasillo del hotel delante de la puerta de nuestra habitación. El acusado régimen colonial de aquel barrio nos obligaba, para no llamar la atención, a tratarles en público de una manera despótica y despectiva que estábamos muy lejos de sentir, pero no pensábamos quedarnos en Pekín más tiempo del necesario. En cuanto vendiéramos los valiosos objetos del mausoleo, nos marcharíamos.

Sin embargo, no todos íbamos a regresar a Shanghai. El maestro Rojo anhelaba recuperar su tranquila vida de estudio en Wudang y sólo podía hacerlo volviendo a Xi'an, recogiendo los caballos y las mulas que habíamos dejado en el apeadero de T'ieh-lu al cuidado del dueño de la tiendecilla de comestibles y cruzando de nuevo los montes Qin Ling en dirección al sur. En cuanto tuviéramos el dinero, lo dividiríamos en tres partes: una para el monasterio, otra para Paddy Tichborne, y la tercera para los niños y para mí. Aún debíamos inventar una buena historia que justificase ante los ojos de Paddy el dinero que le íbamos a entregar sin vernos en la obligación de explicarle peligrosos secretos sobre la muerte de Lao Jiang que pudieran despertar en él el deseo de ponerse a husmear en los círculos políticos del Kuomintang y del Partido Comunista en busca de un buen artículo de investigación.

El primer día visitamos a los comerciantes de oro de Pekín, a los más importantes, y negociamos hasta obtener los precios que consideramos justos por nuestros artículos. Ninguno de ellos pareció extrañarse al ver a dos mujeres europeas con piezas chinas de tanto valor ni tampoco preguntaron por su origen. Al día siguiente fuimos a los mejores establecimientos de piedras preciosas, con idéntico resultado; y, por último, acudimos a los anticuarios instalados en la calle de la «Paz Terrena» de los que nos habían hablado muy bien, indicándonos que eran sumamente discretos y formales. Todo lo que había contado Lao Jiang sobre la compraventa de antigüedades procedentes de la Ciudad Prohibida era absolutamente cierto: muebles, piezas caligráficas, rollos de pinturas y objetos decorativos a todas luces demasiado valiosos para no proceder del otro lado de la alta muralla que separaba Pekín del palacio del derrocado emperador Puyi, se vendían en cantidades sorprendentes y a precios irrisorios. Me impresionó pensar que allí, tan cerca, estaba ese joven y ambicioso Puyi del que habíamos estado huyendo durante tantos meses. Él nunca había salido de la Ciudad Prohibida y, si alguna vez lo hacía, se rumoreaba en el barrio de las Legaciones, sería, sin duda, para marchar al exilio.

Obtuvimos una cantidad de dinero tan absolutamente vergonzosa que tuvimos que abrir a toda prisa varias cuentas bancarias en distintas entidades para no llamar demasiado la atención. Con todo, esta estratagema resultó inútil. Los directores de las oficinas del Banque de l'Indo-Chine, del Crédit Lyonnais y de la sucursal del Hongkong and Shanghai Banking Corp. no pudieron por menos que hacer su aparición para presentarme ceremoniosamente sus respetos en cuanto les fue comunicada la cantidad de dinero que estaba ingresando en sus bancos. Todos me ofrecieron cartas de crédito ilimitado y empezaron a llegar al hotel presentes e invitaciones para cenas y fiestas.

Ése fue otro problema. En cuanto el embajador francés y el ministro plenipotenciario de España, el marqués de Dosfuentes, descubrieron que la rica hispano-francesa de la que tanto empezaban a hablar los banqueros estaba alojada en el Grand Hôtel des Wagons-Lits, se empeñaron en organizar recepciones oficiales para exponerme ante las personalidades más destacadas de ambas comunidades. Tuve que presentar mis excusas reiteradamente para poder librarme de tales acontecimientos porque, entre otras cosas —como escapar de las crónicas sociales de la prensa internacional de Pekín—, ya teníamos el equipaje en el maletero del automóvil de alquiler que nos iba a llevar hasta la estación en la que debíamos coger el ferrocarril que nos conduciría hasta Shanghai, un expreso de lujo protegido por el ejército de la República del Norte, muy preocupado por la seguridad de los extranjeros y los chinos acaudalados que debíamos desplazarnos hacia el sur.

Éramos tan absurdamente ricos que hubiéramos podido comprarnos el tren y hasta el propio barrio de las Legaciones de haber querido (algunas de las piezas vendidas resultaron tan valiosas —especialmente las del magnífico y ya inexistente jade *Yufu*— que los comerciantes llegaron a pujar por ellas, alcanzando así precios exorbitantes). Sería insensato mencionar la cantidad pero, desde luego, el monasterio de Wudang iba a poder remozarse por entero y Paddy Tichborne podría comprar la producción completa de whisky de Escocia durante el resto de su vida. Yo, por mi parte, además de saldar las deudas de Rémy y de hacerme cargo de Fernanda y Biao hasta que ambos fueran mayores de edad, no tenía ninguna idea concreta sobre lo que deseaba hacer. Volver a casa, continuar pintando, participar en exposiciones... Ésos eran mis únicos deseos. Ah, y también, por supuesto, comprarme ropa bonita, zapatos caros y sombreros preciosos.

Durante aquellos pocos días en Pekín, leíamos cada mañana cuidadosamente tanto los periódicos chinos como los extranjeros para cerciorarnos de que nadie —ni el Kuomintang ni el Kungchantang ni los imperialistas chinos ni los japoneses— mencionaba el *affaire* del mausoleo. La situación política china no estaba como para andarse con tonterías y así, unos por temor a las reacciones de las potencias imperialistas extranjeras, como ellos las llamaban, y otros para no verse hundidos en el descrédito y la repulsa de la opinión mundial, todos callaron el asunto y lo dejaron correr. Total, el Primer Emperador ya no podía representar el papel que habían querido asignarle los que buscaban la Restauración y, los que habían querido impedirla, conseguido su objetivo, ¿para qué ensuciarse confesando públicamente haber destruido, o participado en la destrucción, de una obra colosal e histórica como el mausoleo de Shi Huang Ti?

Cuando llegamos a la estación, atestada como siempre por

una ruidosa muchedumbre, buscamos un lugar tranquilo para despedirnos del maestro Rojo. Aquel día era el domingo 16 de diciembre, de modo que sólo habíamos pasado juntos un mes y medio. Parecía increíble. Había sido un período tan intenso y tan lleno de peligros que hubiera podido valer por toda una vida. Nos resultaba imposible admitir que, en pocos minutos, fuéramos a separarnos y, lo que aún era peor, que quizá no volviésemos a vernos nunca. Fernanda, cubierta por un precioso abrigo de piel y tocada con un bonito gorro de marta cibelina como el mío, tenía los ojos llenos de lágrimas y un evidente gesto de tristeza en la cara. Biao, asombrosamente guapo con aquel traje occidental de tres piezas de *tweed* inglés y con el pelo muy corto y acharolado por la brillantina, ofrecía una apariencia magnífica, necesaria para ser admitido en aquel ferrocarril y en los vagones de primera clase.

—¿Qué hará usted cuando vuelva a Xi'an, maestro Jade Rojo? —le pregunté con un nudo en la garganta.

El maestro, que guardaba su parte del dinero en pesadas bolsas cautelosamente escondidas bajo su amplia y desgastada túnica, parpadeó con sus ojillos pequeños y separados.

—Recuperaré a los animales y regresaré a Wudang, *madame* —sonrió—. No veo la hora de descargar en las mulas el peso abrumador de toda esta riqueza.

—Correrá un gran peligro viajando solo por aquellos caminos.

—Mandaré aviso al monasterio para que envíen gente en mi ayuda, no se preocupe.

—¿No volveremos a verle, maestro? —gimoteó mi sobrina.

—¿Vendrán ustedes a Wudang alguna vez? —En la voz del erudito taoísta había una nota de nostalgia.

—El día que menos se lo espere, maestro Jade Rojo —afirmé—, alguien le dirá que tres extraños visitantes han cruzado a toda prisa *Xuanyue Men*, la «Puerta de la Montaña Misteriosa», y han ascendido corriendo el «Pasillo divino» preguntando a gritos por usted.

El maestro se sonrojó y bajó la cabeza con una tímida sonrisa, haciendo ese gesto tan suyo que siempre me provocaba el temor de que se clavara aquella barbilla tan peligrosamente pronunciada.

—¿No ha vuelto a preguntarse nunca, *madame*, por qué flotaba en el aire el pesado féretro del Primer Emperador?

La mención a la cámara del féretro, que ahora parecía tan lejana, fue como una nota discordante que rompió la emoción del momento. Aquel lugar estaría unido para siempre en mi memoria a la última imagen que tenía de Lao Jiang en aquellas horribles circunstancias, con sus explosivos y sus arengas. De repente fui consciente de la gran cantidad de occidentales que nos rodeaban y que nos miraban con curiosidad, de las numerosas familias procedentes del barrio de las Legaciones que habían acudido a la estación para despedirse de sus parientes o amigos que se marchaban con nosotros.

—¿Por qué flotaba? —preguntó Biao, rápidamente interesado.

—Era de hierro —explicó el maestro con énfasis como si aquello fuera la clave de todo el asunto.

—Eso ya lo vimos —repuse.

—Y las paredes de piedra —continuó. ¿Por qué no le entendíamos si la respuesta era tan obvia?, parecía estar diciendo.

—Sí, maestro, de piedra —repetí—. Toda la cámara era de piedra.

—La aguja de mi *Luo P'an* giraba enloquecida. Lo vi cuando abrí mi bolsa.

—Deje de jugar con nosotros, maestro Jade Rojo —se indignó Fernanda sujetando su bolso, sin darse cuenta, como si fuera a darle con él en la cabeza.

—¿Imanes? —insinuó tímidamente Biao.

—¡Exacto! —exclamó el maestro con alegría—. ¡Piedras magnéticas! Por eso mi *Luo P'an* no funcionaba. Toda la cámara estaba construida con grandes piedras magnéticas que atraían al féretro proporcionalmente y lo mantenían flotando en equilibrio. Las fuerzas de las piedras imán estaban igualadas en todas direcciones.

Yo sí que me quedé de piedra al oír aquello. ¿Tanta resistencia tenían los imanes? Por lo visto, sí.

—Pero, maestro —objetó Biao—, cualquier movimiento del sarcófago hubiera desequilibrado esas fuerzas haciéndolo caer.

—Por eso lo pusieron tan alto. ¿No recuerdas ya dónde estaba? Era imposible llegar hasta él y, a esa distancia del suelo y de la entrada a la cámara, nada le afectaba, ni el aire ni la presencia humana. Todo había sido cuidadosamente ajustado para que aquel gran cajón de hierro permaneciera eternamente quieto en el centro de las fuerzas magnéticas.

—Eternamente no, maestro Jade Rojo —murmuré—. Ahora ya no existe.

Los cuatro guardamos silencio, apenados por la pérdida irreparable de las cosas maravillosas que habíamos visto y que nadie podría volver a ver nunca. El silbato de vapor de la locomotora atronó en la gran estructura de la estación.

—¡Nuestro tren! —me alarmé. Teníamos que irnos.

No me importó mi recobrado y elegante aspecto occidental ni tampoco la gente que pudiera estar contemplándome desde las cercanías; cerré mi puño derecho y lo rodeé con mi mano izquierda y, subiéndolo a la altura de la frente, hice una profunda y larga inclinación ante el maestro Jade Rojo.

—Gracias, maestro. Nunca le olvidaré.

Los niños, que me habían imitado y seguían con la cabeza inclinada cuando me incorporé, murmuraban también palabras de agradecimiento.

El maestro Rojo, muy conmovido, nos devolvió a los tres la reverencia y, sonriendo con una gran ternura, se dio la vuelta y se alejó en dirección a la puerta de la estación.

—Perderemos el tren —anunció de repente Fernanda, tan pragmática como siempre.

Durante las siguientes treinta y seis horas cruzamos China de norte a sur en el interior de aquellos agradables vagones en los que disponíamos de amplios y lujosos dormitorios, salones con piano y zona de baile y magníficos comedores donde los camareros chinos servían unas comidas exquisitas. Los platos hechos con pato o faisán, que en China son tan corrientes como las gallinas, eran los mejores porque estos animales, antes de ser asados, recibían una fina capa de laca —la misma que se utilizaba en los edificios, los muebles y las columnas— que los convertía en patos o faisanes laqueados, un manjar reservado en la antigüedad a los emperadores.

Gracias a los soldados que custodiaban el tren y que resultaron una presencia incómoda por su grosería y su brutalidad, el viaje transcurrió sin incidentes a pesar de atravesar zonas realmente peligrosas, en manos de señores de la guerra o de ejércitos de bandoleros (que, para mí, eran lo mismo, aunque me abstuve de hacer comentarios sobre el tema con nuestros amables compañeros de viaje porque éstos desconocían por completo la auténtica situación política de China y las condiciones en que vivía el pueblo chino). Durante el segundo día de viaje, el tiempo cambió y, aunque hacía frío, ya no era ese frío glacial de Pekín, de manera que pudimos pasar algún tiempo en los balcones del vagón disfrutando del paisaje. Nos acercábamos al Yangtsé, un río al que, por absurdo que parezca, me sentía unida por los muchos días pasados en sus aguas en dirección a Hankow. Si toda aquella gente tan elegante y simpática que nos rodeaba hubiera siquiera sospechado que los dos niños y yo habíamos remontado aquel río a bordo de barcazas y sampanes mugrientos, vestidos como pordioseros y huyendo de algo llamado Banda Verde, se habría alejado de nosotros como si tuviésemos la peste. ¡Qué lejos quedaban aquellos días y qué maravillosos habían sido!

Atravesamos durante horas inmensos arrozales cubiertos de agua antes de llegar a Nanking, la antigua Capital del Sur fundada por el primer emperador Ming, que yo recordaba ruinosa y de calles sucias por las que Lao Jiang caminaba alegremente evocando sus tiempos de estudiante. Pero sobre todo, lo que nunca olvidaría de Nanking era aquella inmensa Puerta Jubao o *Zhonghua Men,* como se llamaba en la actualidad, con aquel túnel subterráneo cuyo suelo representaba un antiquísimo problema de Wei-ch'i de dos mil quinientos años de antigüedad conocido como «La leyenda de la Montaña Lanke», que, ya entonces, resolvió el listísimo Biao. Allí nos atacó por segunda vez la Banda Verde, a resultas de lo cual Paddy Tichborne perdió una pierna al ponerse delante de los niños y de mí para protegernos. Tendría que mentirle a Paddy cuando llegáramos a Shanghai, pero le estaría eternamente agradecida por aquel gesto y, desde luego, le daría su parte completa del tesoro.

Tuvimos que abandonar el ferrocarril al llegar a Nanking, ya que la locomotora y los vagones debían ser transportados hasta el otro lado del Yangtsé en una operación que resultaba algo peligrosa y para la que convenía que el pasaje se encontrara fuera. Cruzamos el río, aquel inmenso, interminable río Azul en unos bonitos y cómodos vapores que esquivaban los pequeños juncos, los sampanes y las numerosas embarcaciones de gran calado con ágiles maniobras y aparente facilidad. Al anochecer, regresamos al tren y reanudamos nuestro viaje hacia Shanghai, adonde ya no nos faltaban muchas horas para llegar. Las estaciones por las que pasábamos sin detenernos se iban haciendo más numerosas y veíamos brillar los farolillos de papel rojo iluminando al gentío que se reunía en ellas.

Por fin, nuestro convoy se detuvo cerca de la medianoche en uno de los andenes de la Shanghai North Railway Station, la Estación del Norte de la que habíamos partido tres meses y medio atrás —recién llegadas a China Fernanda y yo—, cargados con nuestras bolsas de viaje y disfrazados de pobres campesinos. Ahora regresábamos en primera clase y con un aspecto tan elegante que hubiera sido imposible reconocernos.

La ropa que traíamos de Pekín nos sobraba en Shanghai. Nos fuimos de allí con el agobiante calor del verano y, aunque ahora era pleno invierno, no hacía tanto frío como para llevar pieles y gorros de marta que, sin embargo, nos dejamos puestos porque no queríamos congelarnos en los *rickshaws* a esas horas de la noche. Como daba por cierto que, siguiendo mis indicaciones, *Monsieur* Julliard, el abogado de Rémy, habría vendido la casa y subastado los muebles y las obras de arte, decidí que debíamos alojarnos en un hotel de la Concesión Internacional, lejos de la Concesión Francesa controlada por la policía de *Surcos* Huang, y por eso, por recomendación de una agradable compañera de viaje, aquella primera noche la pasamos en el Astor House Hotel, donde Biao, gracias a su imponente estatura, a su elegante aspecto occidental y a una considerable cantidad de dinero que le dimos al gerente, consiguió una pequeña habitación en la zona del servicio. Fue un favor muy especial, porque dar alojamiento a un amarillo podía menoscabar la buena reputación del hotel.

Me di cuenta en seguida de que movernos con Pequeño Tigre por las zonas reservadas para los occidentales iba a ser un grave problema. Como ejemplo baste decir que, cerca del Astor, había unos bonitos jardines públicos con un cartel en la entrada que rezaba en inglés: «Prohibida la entrada a perros y chinos.» Aquello pintaba mal, así que, a la mañana siguiente, dejé a los niños en el hotel bajo el solemne juramento de que no lo abandonarían de ninguna de las maneras y tomé un *rickshaw* para ir a visitar a M. Julliard en su despacho de la calle Millot en plena Concesión Francesa.

Fue muy agradable pasear por la ciudad. La Navidad estaba cercana y algunos edificios ya habían sido engalanados con adornos propios de esas fechas. No reconocía los sitios ni los lugares destacados porque no había tenido tiempo de visitarlos durante mi primera estancia en Shanghai, pero fue una gran alegría para mí recorrer, por fin, el famoso Bund, la gran avenida situada en la ribera oeste del Huangpu, el río sucio y de aguas amarillas por el que habíamos subido a bordo del *André Lebon* hasta los muelles de la Compagnie des Messageries Maritimes el día de nuestra llegada a China. ¡Qué cantidad de autos, de tranvías, de *rickshaws*, de bicicletas...! ¡Qué cantidad de gente! Había riqueza y opulencia como no había visto en ninguna otra parte de aquel gran país. Personas del mundo entero habían encontrado en Shanghai el lugar donde hacer negocios y vivir, donde divertirse y morir. Como Rémy. O como tantos otros. De no ser por la corrupción que imperaba en la ciudad, por las bandas, las mafias y el opio, Shanghai hubiera sido una buena ciudad donde quedarse.

Atravesamos las alambradas que separaban ambas concesiones sin que los gendarmes nos pararan para pedirme la documentación, de lo que me alegré profundamente pues temía que mi nombre disparara algunas alarmas en la *Sécurité* dirigida por *Surcos* Huang. No es que le tuviera miedo después de lo sucedido en el mausoleo, pero prefería no remover las aguas turbias y pasar lo más desapercibida posible antes de abandonar Shanghai.

Nada había cambiado en el despacho de André Julliard en la calle Millot. El mismo olor a madera vieja y húmeda, el mismo cuartito acristalado y los mismos pasantes chinos deambulando entre las mesas de las jóvenes mecanógrafas. Incluso M. Julliard llevaba puesta la misma lamentable americana arrugada de la última vez. Se llevó una agradable sorpresa al verme y me recibió con afecto. Me preguntó qué había estado haciendo durante aquellos meses en los que había sido imposible encontrarme y le expliqué una extraña historia sobre un viaje de placer por el interior de China que, naturalmente, no se creyó. Mientras tomábamos unas tazas de té, volvió a sacar de un cajón el voluminoso legajo de la documentación de Rémy y me explicó que, en efecto, había vendido la casa y subastado el resto de propiedades, obteniendo una cantidad cercana a los ciento cincuenta mil francos, la mitad de la deuda, pero que aún quedaba por saldar la otra mitad. Los acreedores esperaban impacientes y algunos litigios se habían fallado ya en mi contra convirtiéndome prácticamente en una proscrita buscada por la ley.

—¡Oh, pero no se preocupe por ello! —comentó muy sonriente con su fuerte acento del sur de Francia—. Esto, en Shanghai, es de lo más normal.

—No estoy preocupada, M. Julliard —repuse—. Tengo el dinero. Voy a darle un cheque por el valor total de lo que se debe y un poco más por sus servicios y por si apareciese alguna otra deuda imprevista. Si no fuera así, dentro de un año puede quedarse con el dinero.

Sus ojos se agrandaron detrás de los cristales sucios de sus quevedos y le vi dibujar con los labios una pregunta que no llegó a formular.

—No se ponga nervioso, M. Julliard. No voy a darle un cheque sin fondos. Aquí tiene una copia de una carta de crédito del Hongkong and Shanghai Bank y aquí... —dije sacando un flamante talonario y cogiendo la pluma que él me ofrecía—, los doscientos mil francos que van a poner fin a esta pesadilla.

El pobre abogado no sabía cómo agradecerme tan generosos honorarios y se deshizo en mil amabilidades y cortesías. Ya en la puerta de su despacho, a punto de irme, le rogué que fuera discreto en la forma de pago, que no saldara de golpe todas las deudas, que lo hiciera poco a poco para no llamar la atención.

—No se preocupe, *madame* —repuso con un gesto de complicidad que no conseguí adivinar a qué santo venía—, la entiendo perfectamente y así se hará. Quédese tranquila. Cualquier cosa que desee o que necesite, cualquier servicio que yo pueda prestarle, no dude en pedírmelo. Lo haré encantado.

—Pues, mire, sí tengo algo que pedirle —repliqué con una encantadora sonrisa—. ¿Podría encargarse usted de comprar en mi nombre tres pasajes de primera clase para Marsella o Cherburgo en el primer barco que salga de Shanghai?

Me volvió a mirar muy sorprendido pero asintió con la cabeza.

—¿Incluso si saliese mañana mismo? —preguntó.

—Mejor si sale mañana mismo —dije alargándole mil dólares de plata—. En cuanto los tenga, hágamelos llegar a mi hotel, por favor. El Astor House.

Nos despedimos amistosamente, intercambiando frases de cortesía y agradecimiento mutuo y me marché de allí sintiéndome en paz con el mundo y con la grata sensación de no deberle nada a nadie por primera vez en mucho tiempo. Ser rica era muy cómodo, parecía que siempre pisabas sobre suelo firme y que llevabas una especie de escudo protector que te mantenía al margen de cualquier problema o contratiempo inesperado.

Mi siguiente parada de aquella mañana fue en el Shanghai

Club. Confiaba en que Paddy Tichborne se encontrara bastante restablecido y que no le hubiera dado por beber más de la cuenta. Me llevé una gran sorpresa cuando el conserje me dijo que ya no residía allí, que se había trasladado a otro alojamiento —y, por la cara que puso, deduje que debía de tratarse de un lugar barato y pobre— en la barriada de Hong Kew. Me despedí del conserje y del busto del rey Jorge V con frialdad e indiferencia y recuperé mi asiento en el *rickshaw* tras darle las nuevas señas al culí.

Resultó que la barriada de Hong Kew se hallaba entre la Estación del Norte y mi hotel, por cuyas inmediaciones pasamos, pero no tenía nada que ver con el Shanghai que yo conocía. Era un lugar miserable, sucio, en el que todo el mundo daba la impresión de ser bastante peligroso. Las pintas de maleantes, ladrones e, incluso, asesinos que ostentaban los que circulaban por allí me hicieron temblar como si estuviera viendo a los mismísimos sicarios de la Banda Verde con los cuchillos en la mano. Esquivé las miradas curiosas y salí del *rickshaw* a toda velocidad cuando el culí se detuvo en un estrecho callejón chino frente a un edificio de ladrillos con el portal más oscuro que había visto en mi vida. Allí, en el segundo piso, vivía Tichborne. Algo muy grave debía de haberle sucedido para que ese antro fuera su nuevo hogar.

Llamé a la puerta con preocupación, esperando encontrarme cualquier cosa extraña al otro lado, pero fue el mismo gordo y canoso Paddy Tichborne que habíamos dejado en Nanking el que me abrió y, tras examinarme unos segundos desconcertado, una luz brillante se iluminó en sus ojos y en su cara se dibujó una enorme sonrisa.

—¡*Madame* De Poulain! —casi gritó.

—¡*Mister* Tichborne! ¡Qué alegría!

Y era cierto. Incomprensible, pero cierto: estaba contenta de volver a verle, muy contenta. Hasta que me fijé en sus muletas y mis ojos descendieron hacia su pierna derecha, que ya no existía por encima de la rodilla. Llevaba la pernera del pantalón recogida hacia atrás.

—Pase, pase, por favor —me invitó, apartándose con dificultad por culpa de las muletas.

Aquel garito presentaba un aspecto lamentable. Toda la casa era una única habitación en la que se veía, a un lado, la cama de sábanas sucias y sin hacer; al otro, una diminuta cocina llena de cacharros sin fregar y de platos y vasos sucios; y, en el centro, un par de sillas y una butaca alrededor de una mesa desvencijada sobre la que había, cómo no, un montón de botellas vacías de whisky. Al fondo, junto a una pequeña repisa con libros, una puertecilla debía de llevar al patio comunitario y a los servicios. Olía mal y no sólo por la suciedad de la casa. Hacía mucho tiempo que Paddy no había tocado el jabón. Su cara, de hecho, estaba sin rasurar y su apariencia general era de desidia y descuido.

—¿Cómo está, Mme. De Poulain? ¿Cómo están los demás? ¿Y Lao Jiang? ¿Y su sobrina? ¿Y el niño chino?

Me eché a reír mientras nos acercábamos poco a poco a los asientos. No hice ningún remilgo a la hora de ocupar una de aquellas sillas grasientas y llenas de manchas.

—Bueno, *mister* Tichborne, tengo una historia muy larga que contarle.

—¿Consiguieron llegar al mausoleo del Primer Emperador? —preguntó ansioso, dejándose caer como un peso muerto en la pobre butaca, que crujió de manera peligrosa.

—Veo que está usted impaciente, *mister* Tichborne, y lo comprendo...

—Llámeme Paddy, por favor. ¡Qué alegría verla!

—Entonces, llámeme usted por mi nombre, Elvira, y así estaremos a la par.

—¿Quiere usted tomar...? —se quedó en suspenso, echando un vistazo al mezquino y sucio cuartucho—. No tengo nada que ofrecerle, *madame*... Elvira. No tengo nada que ofrecerle, Elvira.

—No se preocupe, Paddy. Estoy bien.

—¿Le importa que yo me sirva un poco de whisky? —preguntó, llenando hasta arriba un vaso sucio que había sobre la mesa.

—No, de ninguna manera. Sírvase, por favor —contesté, a pesar de que él ya estaba dando un trago tan largo que poco le faltó para beberse de golpe el vaso completo—. Pero, dígame, ¿por qué ha dejado el Shanghai Club?

Su mirada se tornó huidiza.

—Me echaron.

—¿Le echaron? —pregunté aparentando una sorpresa absolutamente fingida.

—Cuando perdí la pierna, ¿recuerda?, ya no estaba en condiciones de trabajar como corresponsal de prensa ni tampoco como delegado del *Journal* de la Royal Geographical Society.

—Pero la falta de una pierna no es motivo para que le despidan —objeté—. Usted podía seguir escribiendo, podía desplazarse por Shanghai en *rickshaw*, podía...

—No, no, Elvira —me cortó—. No me despidieron por no tener pierna, me despidieron porque empecé a beber demasiado cuando salí del hospital y no era capaz de cumplir con mis obligaciones. Y, como puede ver... —dijo, rellenando el vaso de nuevo hasta arriba y dando otro largo trago—. Como puede ver continúo bebiendo demasiado. Bueno, cuénteme, ¿dónde está Lao Jiang?, ¿por qué no ha venido con usted?

Había llegado la parte más difícil de la entrevista.

—Verá, Paddy, Lao Jiang ha muerto.

Su cara se desencajó.

—¿Cómo dice? —balbuceó, atontado.

—Bueno, déjeme contarle toda la historia desde que usted resultó herido en Nanking.

Le expliqué que, por fortuna, un destacamento de soldados del Kuomintang que pasaba por *Zhonghua Men* en el momento en que estábamos siendo atacados por la Banda Verde nos salvó de morir aquel día. Ellos se encargaron de llevárselo a su cuartel y de proporcionarle asistencia médica.

—Eso lo sé —comentó—. Tuve mucha fiebre y no recuerdo todos los detalles pero algo hay de una pelea con un oficial del Kuomintang para que me trasladaran a un hospital de Shanghai cuando dijeron que había que amputarme la pierna.

—Exacto. El Kuomintang se hizo cargo de usted por ser extranjero y corresponsal de prensa. En cuanto les informamos, se ofrecieron a ocuparse de todo.

Primera parte de la nueva versión de la historia. No íbamos mal del todo. Mientras él bebía un vaso de whisky tras otro, le fui relatando nuestro viaje en sampán hasta Hankow, nuestra estancia en Wudang, lo que tuvimos que hacer para recuperar el tercer pedazo del *jiance*, los otros ataques de la Banda Verde, la peregrinación por las montañas hasta el mausoleo en el monte Li, cómo conseguimos entrar gracias al maestro Jade Rojo y su Nido de Dragón, y todo lo demás. Estuve hablando mucho tiempo, dándole toda suerte de detalles —pensaba en ese libro que, quizá, escribiría algún día—, pero le oculté a conciencia los detalles políticos del asunto. No volví a mencionar al Kuomintang, ni dije nada de los jóvenes milicianos comunistas, ni del Lao Jiang que se reveló en la cámara del féretro del Primer Emperador. Le conté, en cambio, que salimos los cinco de allí y que, cuando ya estábamos en el tercer nivel, subiendo por los diez mil puentes, una de las pasarelas se soltó, por vieja y gastada, y que Lao Jiang cayó desde una altura de más de cien metros y que no pudimos hacer nada por él; al contrario, tuvimos que correr, con grave riesgo para nuestras vidas, porque las gigantescas pilastras empezaron a venirse abajo, chocando unas contra otras, provocando un terremoto que hizo temblar todo el complejo funerario. Le expliqué el truco de los espejos en el nivel del metano, y también que, cuando ya estábamos saliendo del salón del trono, que se hundía bajo nuestros pies, apareció la Banda Verde y quiso detenernos pero que, viendo que todo el mausoleo se desmoronaba, echaron a correr con nosotros y que, cuando ya estábamos fuera, se marcharon sin ayudarnos, abandonándonos en mitad de la campiña.

—Sólo querían la tumba del Primer Emperador —farfulló Paddy, que arrastraba las palabras por culpa del alcohol. Se le veía dolido por la muerte de Lao Jiang, su viejo amigo, el anticuario de la calle Nanking.

—Lo cual nos lleva a la última parte y conclusión de esta

historia —repliqué contenta, intentando animarle—. La Banda Verde ya no nos persigue. No le interesamos. Pero podría ocurrir que, como están al tanto de todo, si usted o yo nos paseáramos por Shanghai exhibiendo esto —y, al mismo tiempo, cogí de mi bolso un talón que había rellenado en el hotel antes de salir hacia el despacho del abogado y se lo puse delante, sobre la mesa—, podría ocurrir, como le digo, que la Banda quisiera amargarnos la vida.

Paddy alargó una mano, cogió el cheque, lo abrió muy despacio y leyó la cifra que yo había escrito. Se quedó lívido y empezó a sudar de tal manera que tuvo que pasarse por la frente, temblando, un pañuelo mugriento que sacó de un bolsillo del pantalón.

—No... No es... No es posible —balbuceó.

—Sí que lo es. En Pekín vendimos todas las joyas que habíamos sacado del mausoleo y dividimos en tres partes iguales la cantidad obtenida: una para Wudang, otra para usted y otra para mí.

—¿Y los niños?

—Los niños se quedan conmigo.

—Pero yo no corrí tantos riesgos como ustedes, yo no llegué al mausoleo, yo...

—¿Quiere callarse, Paddy? Usted perdió una pierna por salvarnos la vida, algo que nunca podremos agradecerle bastante, así que no se hable más.

Sonrió ampliamente y metió el cheque en el mismo bolsillo donde acababa de guardar el pañuelo.

—Tendré que ir al banco —murmuró.

—Tendrá usted que asearse antes —le recomendé—. Y, hágame caso, Paddy: váyase de China. No podemos fiarnos de la Banda Verde y usted es muy conocido en Shanghai. Coja un barco y vuelva a Irlanda. No necesita seguir trabajando. Podría comprarse un castillo en su país y dedicarse a escribir libros. Nada me gustaría más que leer esta historia del tesoro del Primer Emperador en una buena novela que compraré en alguna de mis librerías preferidas de París. Los niños y yo podríamos visitarle de vez en cuando y usted podría venir a nuestra casa y quedarse con nosotros todo el tiempo que quisiera.

Le vi fruncir el entrecejo. No había continuado bebiendo. El vaso, lleno, permanecía abandonado sobre la mesa.

—Tendrá usted que conseguir los papeles de Biao —comentó preocupado—, si es que existen. No podrá salir de China sin documentación.

—Hablaré esta tarde con el padre Castrillo, superior de la misión de los agustinos de El Escorial —admití—, pero no me preocupa lo que me diga. El niño tiene ciertos contactos y podría conseguir documentación falsa en unas pocas horas. El dinero no es problema.

—¡Cómo ha cambiado usted, Elvira! —exclamó, soltando una carcajada—. Antes era tan remilgada, tan timorata... —Se dio cuenta de pronto de las insolencias que estaba diciendo y replegó velas—. Discúlpeme, no quería ofenderla.

—No me ofende, Paddy. —Era mentira, claro, pero había que decir eso—. Tiene usted razón. He cambiado muchísimo, más de lo que se imagina. Y para bien. Estoy contenta. Sólo hay algo que me preocupa.

—¿Puedo ayudarla?

—No, no puede —repuse, contrariada—, salvo que esté en sus manos cambiar el mundo y conseguir que Biao no sea rechazado en París por ser chino.

—¡Ah, eso va a ser muy difícil! —exclamó, quedándose pensativo.

—No sé cómo voy a resolver este problema. Biao tiene que estudiar. Es increíblemente inteligente. Cualquier especialidad de ciencias será perfecta para él.

—¿Sabe de qué me estoy acordando? —murmuró Paddy—. Del «Incidente de Lyon».

—¿«Incidente de Lyon»?

—Sí, ¿no lo recuerda? Ocurrió hace un par de años, a finales de 1921. Después de la guerra en Europa, Francia reclamó mano de obra a sus colonias en China para cubrir el déficit de las fábricas. Se enviaron ciento cuarenta mil culíes. Al mismo tiempo, como propaganda, se invitó también a los mejores alumnos de todas las universidades de este país a continuar sus estudios en Francia, con la intención, decían, de promover las relaciones y el contacto entre ambas culturas. No quiera saber cómo terminó aquella historia —gruñó, retrepándose en el asiento—. A los pocos meses de llegar los primeros becarios, la Sociedad de Estudios Franco-Chinos estaba en bancarrota, no había ni un franco para pagar los gastos de estudios e internados. Los jóvenes, casi todos de buenas familias o especialmente inteligentes, como Biao, tuvieron que ponerse a trabajar en las fábricas junto a los culíes para poder comer y otros, con más suerte, encontraron trabajo como lavaplatos. Los demás se convirtieron en pordioseros que vagaban por las calles de París, Montargis, Fontainebleau o Le Creusot. El embajador de China en Francia, Tcheng Lou, se lavó las manos como Pilatos y anunció que no pensaba hacerse cargo de aquellos desgraciados entre los que, además, empezaban a hacer furor los ideales comunistas transmitidos, todo hay que decirlo, por el propio Partido Comunista Francés, que encontró en ellos un campo abonado y listo para sembrar.

Le escuchaba horrorizada, imaginando a Biao en semejante situación. ¿Qué sería considerado el niño en Francia? ¿Un culí chino, un lavaplatos, un obrero de fábrica, un revolucionario comunista...?

—A finales de septiembre de 1921 —siguió contándome Paddy—, los estudiantes organizaron una manifestación frente a las puertas del Instituto Franco-Chino de Lyon, ubicado en el fuerte Saint-Irénée. El embajador Tcheng manifestó que el Imperio Medio no pensaba hacerse cargo de aquellos agitadores así que, tras una dura carga policial en la que hubo bastantes heridos, algunos de aquellos estudiantes fueron expulsados del país y otros consiguieron que sus familias les mandaran dinero para pagarse el billete de regreso.

—¿Intenta decirme que sería mejor dejar a Biao en Shanghai? —me angustié.

—No, Elvira. Le informo de lo que el niño se va a encontrar en Europa. No se trata sólo de Francia. La mentalidad colonial europea es un muro muy alto contra el que Biao va a tener que enfrentarse. Da igual que sea listo, bueno, honrado..., incluso rico. Da igual. Es chino, es amarillo, tiene los ojos rasgados. Es diferente, es de las colonias, es inferior. Siempre se pararán a mirarlo cuando vaya por la calle y le señalarán con el dedo en Francia, en Alemania, en Bélgica, en Italia, en Inglaterra, en España...

—Creo que es usted demasiado pesimista, Paddy —me sublevé—. Sí, será diferente, pero acabarán acostumbrándose a su diferencia. Llegará un momento en que las personas más cercanas, sus compañeros de aula, sus profesores, sus amigos no notarán que tiene los ojos rasgados. Será sólo Biao.

—Y, además, necesitará un apellido —apuntó Paddy—. ¿Le adoptará usted? ¿Se convertirá en la madre legal de un chino?

Ya sabía yo que iba a llegar ese momento.

—Si es necesario, lo haré —repuse.

Me miró largamente, no sé si con lástima o con admiración, y, luego, haciendo un gran esfuerzo, se incorporó y recogió sus muletas. Yo también me puse en pie.

—Cuente con mi ayuda —dijo sin más—. Ahora, voy a asearme, como usted me ha sugerido que haga, y voy a ir al banco. Me compraré ropa y un pasaje para Inglaterra. Después, pasaré por su hotel, aunque no me ha dicho dónde se aloja...

—En el Astor House.

—Me pasaré, pues, por el Astor y... No, mejor aún, me alojaré yo también en el Astor House y volveremos a hablar sobre este asunto. Gracias, Elvira —murmuró, tendiéndome una mano. Se la estreché con calor y me dirigí a la puerta, seguida por los rítmicos taconazos de sus muletas.

—Nos encontraremos, pues, en el hotel —dije a modo de despedida. Él sonrió.

—Hasta luego.

Pero ya no volvimos a verle. Aquella tarde, a la vuelta del orfanato tras arreglar todo el asunto de la documentación de Biao con el padre Castrillo, el conserje me entregó un sobre con los billetes de primera clase que M. Julliard había adquirido para los niños y para mí en el paquebote *Dumont d'Urville* que salía al día siguiente, miércoles 19 de diciembre, a las siete de la mañana, en dirección al puerto de Marsella. Junto al sobre del abogado, había otro con una nota firmada por Patrick Tichborne en la que me pedía disculpas por no acudir a la cita; había tenido la gran suerte de encontrar pasaje en un vapor que partía esa misma noche rumbo a Yokohama. Tras mucho pensar, había decidido marcharse a Estados Unidos, a Nueva York, donde podría conseguir que le pusieran la mejor pierna ortopédica del mundo. Prometía localizarme en París en cuanto volviese a Europa.

Pero no lo hizo. Ya no hubo más noticias de Paddy. Nunca volvimos a saber de él. Supongo que consiguió su pierna ortopédica y que se dedicó a vivir como un rey y a emborracharse en alguna parte del mundo con la fortuna conseguida en el mausoleo del Primer Emperador.

Los niños y yo regresamos a mi casa de París. Fernanda, debido a todo lo que había aprendido en China y, sin duda, a una cierta propensión familiar, desarrolló con los años un agudo sentido de la independencia que la convirtió en una mujer de genio terrible. Cuando el joven y brillante Biao entró en el afamado Lycée Condorcet, mi sobrina decidió que ella también quería estudiar. Mientras nos construían una espléndida casa en las afueras de París, me vi obligada a ponerle profesores particulares de las mismas asignaturas que tenía Biao en el *lycée*. Después de mudarnos, continuó estudiando y cuando Biao ingresó en l'Université de Paris, en La Sorbonne, para cursar ciencias físicas, ella fue la primera mujer extranjera que pudo matricularse —no sin que yo tuviera que recurrir a todas las amistades e influencias que me fueron posibles— en L'École Libre de Sciences Politiques, donde, al poco tiempo, conoció y se comprometió con un joven diplomático de ideas modernas que sabía manejarla como nadie.

Biao resistió con valentía las difíciles pruebas que tuvo que soportar en París por su condición de oriental. Nunca se tomó a mal las bromas de mal gusto ni los obstáculos que algunos idiotas pusieron en su camino. Continuó adelante como un tren sin frenos, doctorándose a los pocos años con las calificaciones más altas y todos los laúdes universitarios existentes y, como en Francia no conseguía encontrar trabajo, acabó aceptando el contrato de una empresa norteamericana radicada en California que le hizo una oferta laboral digna de un emperador. Al poco de llegar a Estados Unidos conoció a una chica llamada Gladys y se casó con ella (ésa fue la primera vez que crucé el Atlántico) y, un año después, Fernanda se casaba también con André, el diplomático experto en supervivencia, y se marchaba a un país impronunciable del continente africano.

¿Qué hice yo? Bueno, mientras tuve a los niños en casa, me dediqué a pintar y a comprar pintura. Gasté una considerable cantidad de dinero en adquirir cuadros de mis pintores favoritos y me convertí en una coleccionista de renombre. También abrí varias galerías de arte y una espléndida academia de pintura en la *rue* Saint-Guillaume. Cuando Fernanda y Biao se marcharon, me dediqué a viajar por Europa para visitar museos y exposiciones. Poco después, en 1936, un grupo de militares fascistas dio un golpe de Estado en España y comenzó la Guerra Civil. Me fui entonces al sur, a la frontera, donde colaboré personal y económicamente con los refugiados republicanos que huían del país. Era una tarea interminable, agotadora. Cruzaban a millares los Pirineos todos los días huyendo del ejército enemigo y estaban perdidos, sin dinero, sin comida y sin conocer el idioma. Llegaban sucios, enfermos, heridos, desmoralizados... Fue un trabajo muy duro que, cuando parecía tocar a su fin, tuvo su inmediata continuación en la Segunda Guerra Mundial. Para entonces yo había cumplido ya los sesenta años y Biao, que tenía dos niños de corta edad, me ordenó tajantemente que saliera de Europa y me fuera a California con su familia y con él. Fernanda, desde el país africano impronunciable, me aconsejó que lo hiciera, dijo que era lo mejor, lo más seguro, que Francia no tardaría en caer en manos de los nazis y que ella y sus dos pequeños hijos me seguirían en poco tiempo.

Y así fue como, en 1941, mi colección de pinturas y yo partimos rumbo a Nueva York en transatlántico y, luego, atravesamos en un tren especial aquel inmenso país de costa a costa hasta llegar a la ciudad de Los Ángeles. Tres meses después llegó mi sobrina con los pequeños. Como en casa de Biao no había sitio para tanta gente, compré una villa preciosa en Santa Mónica, donde se concentraban casi todas las galerías de arte de Los Ángeles, y también me compré un automóvil.

Al terminar la guerra, André dejó el cuerpo diplomático francés y se vino a California para trabajar como directivo en una empresa de exportación de cítricos donde le fue muy bien y prosperó mucho. Pero quien realmente prosperó fue Fernanda, que entró a trabajar por pura casualidad en el departamento de Asuntos Legales y Negocios de los estudios de cine Paramount, y hoy en día es el terror de los representantes artísticos de los actores más importantes de Hollywood. Los estudios están encantados con ella y yo sé por qué.

Ahora tomo el sol y sigo pintando. No me convertí en una pintora famosa pero sí en una famosa coleccionista y en una importante mecenas de grandes pintores. Ya soy muy mayor. Demasiado. Pero eso no me impide ir a la playa con mis nietos, ni nadar en la piscina de casa, ni conducir mi automóvil. Mi médico dice que tengo una salud de hierro y que seguramente llegaré a cumplir los cien años. Yo siempre le digo:

—Doctor, hay que vivir aprendiendo a reconocer lo que hay de bueno en lo malo y lo que hay de malo en lo bueno.

Y él se ríe y afirma que tengo unas ideas muy raras. Como ésa de hacer ejercicios taichi todas las mañanas al levantarme. Yo también me río pero, entonces, recuerdo a la vieja Ming T'ien mirando aquellas hermosas montañas que no veía:

—Actuar precipitadamente acorta la vida —me repite una y otra vez sin dejar de sonreír.

—Sí, Ming T'ien —le respondo.

—¡Y acuérdate de mí cuando llegues a mi edad! —me grita antes de desaparecer.

Y, entonces, sigo moviendo mi energía *qi* en el jardín de casa, bajo el sol, con calma, con el pelo suelto como recomendaba el Emperador Amarillo.

Railway Station
Too San's Garden
North Thibet Rd.
North Honan Road
N
British Gaol
Gas Works
Sinza Road
Park Road
Peking Road
Kuling Road
Avenue Road
Louza Police Station
WESTERN DISTRICT
CEN
Burkill Road
Nanking Road
Town Hall
Market
Kwangse Road
Foklen Road
DIS
Chine
Hospit
Race Club
Hebrew Cementery
Recreation Ground
Mohamedean Church
Taku Road
FRENCH SETTLEMENT
Rue
Rue Wagner
École Franco-chinoise
Quai de la Brèche
Avenue Paul Brunat
École Municipale Française
Poste de Police de l'Ouest
Cimetièrie Français

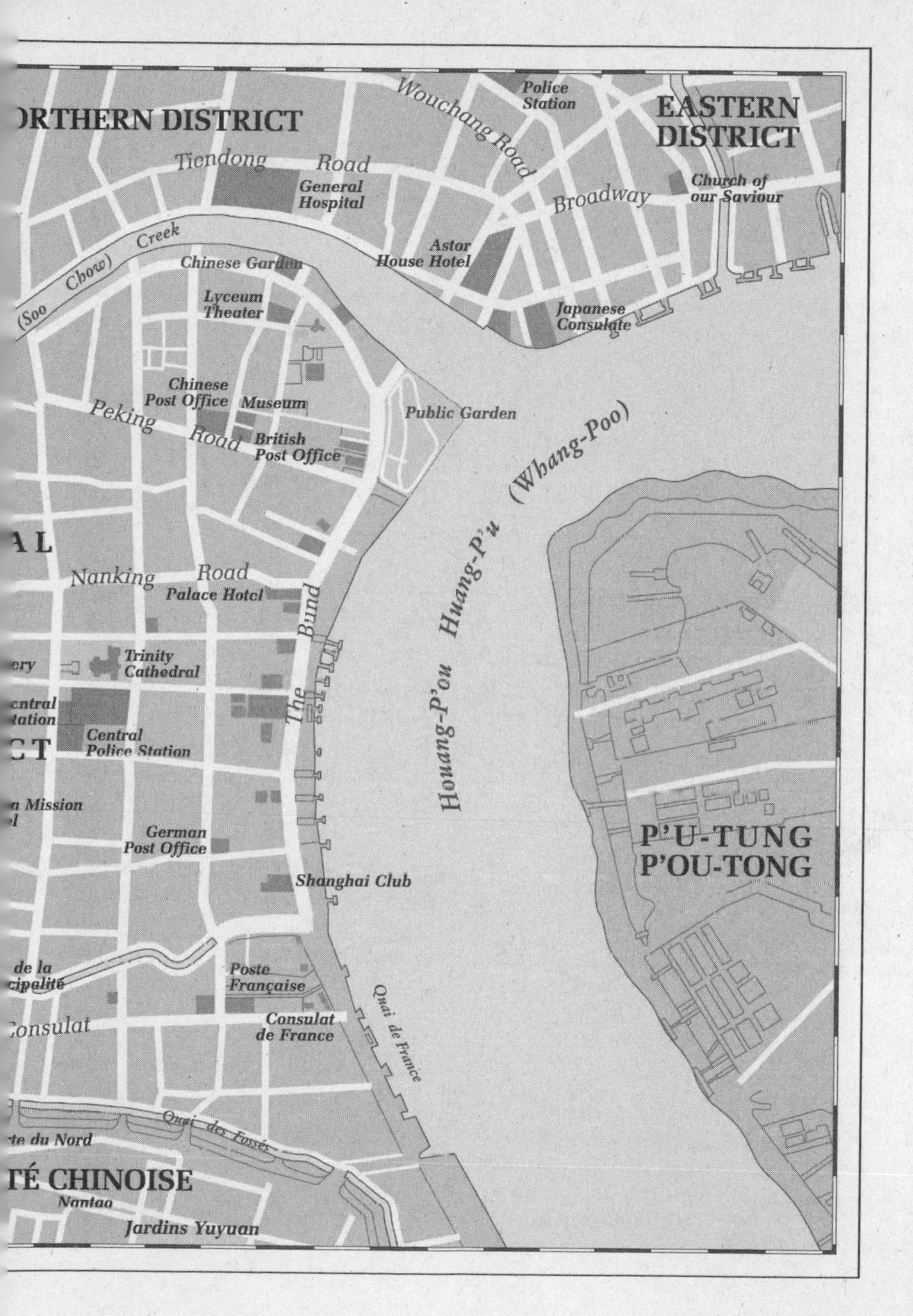

Shanghai, 1923